시그니슨

몬세라트

차키르

브레이빅

사마라

서머튼

앵카

스톤워터 강

졸라(클라프스베인)

던네스 강

에스벤 산맥

포로미엘

말렉 만

불모지

페이비스

크로블라

코딘

N
W E
S

1
아이언 플레임

Cover art and design by Bree Archer and Elizabeth Turner Stokes

Stock art by Peratek/Shutterstock, yyanng/depositphotos,
stopkin/Shutterstock, detchana wangkheeree/Shutterstock,
and d1sk/Shutterstock
Interior art by Elizabeth Turner Stokes
Interior endpaper map art by Melanie Korte
Interior design by Toni Kerr

IRON FLAME

1

아이언 플레임

IRON FLAME

레베카 야로스 지음

이수현 옮김

내 동료 얼룩말들에게.

물리적인 힘만이 힘은 아니야.

다음에 실린 문서는 바스지아스 군사학교 서기 분과의 큐레이터
제시니아 닐워트가 나바르어에서 현대어로 충실히 옮긴 내용이다.
모든 사건은 실제로 일어난 일이며, 전사자들의 용기를 기리기 위해
이름도 그대로 옮겼다. 그들의 영혼이 말렉에게 맡겨졌기를.

제4비행단 조직도

*모든 비행단 체제는 동일하다.

 비행단장

 부비행단장
작전장교

발톱전대

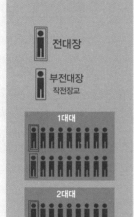

불꽃전대

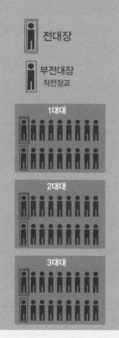

꼬리전대

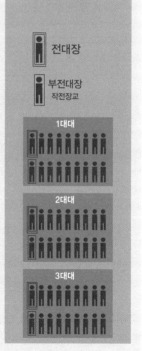

*각 대대는 15~20명으로 이뤄진다.   *이중 네모: 지휘관   *네모: 작전장교

PART ONE

01

통합 628년, 분리주의 반란을 종식하는 조약에 따라 아레티아는
드래곤의 화염에 불탔음을 기록한다. 달아난 자들은 살아남았고,
달아나지 않은 자들은 아레티아의 폐허에 묻혔다.

— 세렐라 닐워트, 〈공고 628.85〉

혁명의 맛은 희한하게… 달콤하다.

아레티아 요새의 바쁘게 돌아가는 거대한 주방 안에서, 나는 군데군데 흠
이 난 나무 테이블 너머를 빤히 바라보며 내 접시에 오빠가 올려놓은 꿀 바른
비스킷을 씹었다. 쳇. 맛있네. 정말 맛있어.

아마 민담에서 튀어나온 존재에게 독 묻은 칼로 옆구리를 찔리고 나서부터
꼬박 사흘 동안 아무것도 먹지 못해서겠지. 나는 그 독에 죽었어야 했다. 브레
넌이 아니었다면 확실히 죽었을 것이다. 그 브레넌은 내가 비스킷을 씹는 동
안 계속 웃고 있었다.

이건 내 평생 가장 비현실적인 경험으로 남을지도 모르겠다. 브레넌이 살
아 있다. 허구 속에만 존재한다고 생각했던 어둠의 세력인 베닌이 정말로 있
다. 브레넌이 살아 있다. 6년 전 티렌더 반란 이후 잿더미가 되었던 아레티아
가 아직 존재한다. 브레넌이 살아 있다! 내 배에는 8센티미터짜리 흉터가 생
겼지만 난 죽지 않았다. 브레넌이, 살아, 있다.

"비스킷 맛있지?" 브레넌은 우리 둘 사이에 놓인 접시에서 비스킷을 하나 집어 들며 물었다. "칼디르 주둔 시절에 요리사가 만들어준 비스킷이 생각나더라. 기억나?"

나는 오빠를 뚫어져라 보면서 비스킷을 씹었다.

그 모습은 너무나… 내 오빠 그대로였다. 그러면서 기억과 달라 보이기도 했다. 전과 달리 적갈색 곱슬머리는 이마 위로 흘러내리지 않게 바싹 깎았고, 얼굴선에도 부드러움이라고는 남아 있지 않았다. 그리고 눈가에는 잔주름이 생겼다. 하지만 그 미소, 그 눈은 변함없는 오빠였다.

특히 브레넌다운 부분은 음식을 먹기 전에는 드래곤들에게 데려다주지 않겠다는 조건을 걸었다는 점이다.

물론 테른이 허락 같은 걸 기다리는 존재일 리 없지만. 그건 사실 이런 의미다. *"나도 네가 뭐든 먹어야 한다고 생각한다."* 테른의 낮고 오만한 목소리가 머릿속에 울렸다.

"알았어요. 알았어." 나는 대충 대꾸하고, 서둘러 지나가던 주방 일꾼이 브레넌에게 짧게 미소를 던지는 사이에 앤다나에게 마음을 뻗었다.

앤다나의 응답은 없지만 우리 사이에서 희미하게 빛나는 연결선은 느낄 수 있었다. 다만 이제는 앤다나의 비늘 같은 금빛이 아니었다. 정확히 머릿속에 그림을 그릴 수가 없었다. 내 머리는 아직도 약간 혼미한 상태였다. 앤다나는 자고 있는데, 시간을 멈추려고 에너지를 다 쓴 후에 잠드는 건 이상한 일이 아니었다. 레손에서의 일을 생각하면 아마 다음 주까지 내내 자야겠지.

"너 거의 한마디도 안 했어." 브레넌이 어떤 문제를 해결하려고 할 때면 늘 그랬듯이 고개를 옆으로 기울였다. "좀 무서운데."

"내가 먹는 걸 오빠가 지켜보는 게 무섭지." 나는 비스킷을 삼키며 맞받아 쳤다. 목소리가 아직도 약간 쉬어 있었다.

"뭐 어때?" 브레넌이 능글맞게 어깨를 으쓱이며 히죽 웃자 뺨에 보조개가 얼핏 보였다. 오빠에게 유일하게 남은 소년 같은 부분이었다. "며칠 전에는 네가, 뭐랄까, 뭐라도 하는 걸 다시는 못 볼 줄 알았거든." 그가 비스킷을 크게 베어 물었다. 식욕은 여전한 모양이라, 이상하게 안심이 됐다. "그나저나 복원해줘서 고맙다는 인사는 됐어. 스물한 살 생일 선물이라고 치자."

"고마워." 그렇다. 나는 생일을 자면서 보내버렸다. 분명히 내가 죽기 직전인 상태로 침대에 누워 있었던 것이 이 성인지 저택인지에 있는 모두에게 아주 극적인 사건이 됐겠지.

제이든의 사촌 동생인 보디가 제복을 입은 채 주방 안으로 성큼성큼 들어왔다. 팔은 삼각붕대에 걸고, 풍성한 검은색 곱슬머리는 정돈된 모습이었다.

보디는 브레넌에게 편지 한 통을 건네며 말했다. "아이서레이 중령님. 이게 막 바스지아스에서 도착했습니다. 답장하고 싶다면 라이더가 오늘 밤까지는 여기 있을 겁니다." 보디가 나를 보고 미소 짓자, 나는 다시 한번 그가 제이든의 부드러운 닮은꼴이라고 생각했다. 그는 내 오빠에게 목례를 한 번 하고 몸을 돌려 자리를 떠났다.

바스지아스라고? 여기에 라이더가 또 왔어? 대체 몇 명이나 있는 거지? 이 혁명군의 규모가 얼마나 큰 거야?

말문을 여는 것보다 머릿속에 질문이 떠오르는 속도가 더 빨랐다.

"잠깐만. 오빠가 중령이라고? 그리고 아이서레이는 누구야?" 정작 질문은 생각과 다르게 나왔다. 그야, 아무래도 그게 제일 중요한 의문이었으니까.

"내가 성을 바꿔야 했던 이유야 뻔하지 않아?" 오빠는 나를 흘긋 보더니 파란색 봉인을 깨고 편지를 펼쳤다. "그리고 상관이 계속 죽으면 얼마나 빨리 승진하는지 너도 겪어보면 놀랄 거야." 오빠는 편지를 읽더니 욕설을 내뱉으며 주머니에 쑤셔 넣었다. "난 이제 의회에 가야 해. 너는 비스킷을 마저 먹어. 30분 뒤에 홀에서 만나면 네 드래곤들에게 데려다줄게." 어느새 보조개의 흔적도, 잘 웃는 오빠의 모습도 사라졌다. 그 자리에는 잘 알지 못하는 남자, 내가 모르는 장교만이 남았다. 낯선 사람 같았다.

그는 내 대답을 기다리지 않고 일어나더니 주방에서 성큼성큼 걸어 나갔다. 나는 우유를 마시면서 오빠가 남기고 간 맞은편의 빈자리를 보았다. 마치 금방이라도 돌아올 생각이라는 듯, 의자를 테이블 밑에 밀어 넣지도 않은 상태였다. 나는 목구멍 안쪽에 달라붙은 비스킷을 마저 삼키고 턱을 들어 올렸다. 가만히 앉아서 오빠가 돌아오기만을 기다릴 마음은 없다.

테이블에서 일어나 오빠 뒤를 쫓았다. 주방 바깥의 긴 복도를 걷는데 흔적도 보이지 않는 걸 보니 어지간히 서둘렀나 보다.

높은 아치의 넓은 복도에서 발소리를 줄여주는 복잡한 문양의 카펫 위를 걷다 보니… 절로 탄성이 나왔다. 정교한 난간이 달린 반질반질한 이중의 곡선 계단이 3층, 아니 4층 높이로 솟아올라 있었다.

그동안 오빠에게만 정신이 쏠려 있었는데, 이제야 거대한 건축물이 눈에 들어오면서 입이 딱 벌어졌다. 층계참마다 조금씩 아래층과 어긋난 모습을 보니, 계단은 요새가 자리 잡은 산 속으로 파고들어 간 것 같았다. 요새 입구의 거대한 양 여닫이문 위로 솟아오른 5층짜리 벽에 장식이라고는 수십 개의 작은 창문뿐이었는데, 그리로 아침 햇살이 흘러들었다. 창문이 어떤 문양을 그리고 있는 것 같은데, 벽에 가까이 서 있어서 전체가 보이진 않았다.

전망이 보이지 않는다. 이 말이 지금 내 인생 전체에 대한 은유처럼 느껴진다.

위병 두 명이 내 모든 발걸음을 지켜보았지만, 지나가는 나를 막으려고 하지는 않았다. 그렇다면 최소한 내가 죄수는 아니라는 뜻이겠지.

중앙 복도를 계속 걷다 보니 마침내 건너편 어느 방에서 흘러나오는 목소리들이 들렸다. 장식이 새겨진 커다란 문짝 두 개 중에서 하나가 살짝 열려 있었다. 가까이 다가서자 바로 브레넌의 목소리를 알아들을 수 있었다. 그 친숙한 음색에 가슴이 조였다.

"그건 안 통할 겁니다." 브레넌의 낮은 목소리가 울려 퍼졌다. "다음 제안."

나는 각각 왼쪽과 오른쪽으로 이어지는 부속건물 같은 곳들을 무시하고 거대한 현관으로 들어갔다. 이곳은 놀라웠다. 반은 궁전, 반은 저택이면서 동시에 전체가 요새이기도 했다. 두꺼운 돌벽이 6년 전의 멸망에서 이 요새를 구해냈을 것이다. 내가 읽은 내용에 따르면 라이오슨 저택은 어떤 군대에게도 돌파당한 적이 없었다. 내가 아는 세 번의 포위전에서도 마찬가지였다.

'돌은 타지 않아.' 제이든이 그렇게 말했지. 이제는 마을로 축소된 아래 도시는 멜그렌 장군의 코앞에서 몇 년 동안 조용히, 아주 은밀하게 재건되었다. 처형당한 반란군의 자식들에게 찍힌 낙인이, 세 명 이상만 무리를 지으면 멜그렌의 고유 능력으로도 볼 수 없게 그들을 가려줬다. 멜그렌은 낙인자들이 참여하는 전투의 결과를 볼 수 없으니 그들이 여기에서 전투를 준비하는 모습도 결코 '볼' 수 없다.

산비탈을 파고 들어간 방어 지형, 자갈 바닥과 강철로 덧댄 양 여닫이문까지, 라이오슨 저택에는 바스지아스를 연상시키는 구석이 있었다. 어머니가 학장으로 부임한 이후 줄곧 내 집이었던 군사학교 말이다. 하지만 비슷한 면은 거기까지다. 바스지아스의 벽 앞에는 전쟁 영웅들의 흉상만 놓여 있을 뿐이지만 여기 벽에는 실제 그림이 있고, 보디와 이모젠이 서 있는 열린 문간 맞은편에 걸린 것은 분명 포로미엘 태피스트리 진본이었다.

이모젠이 입술에 검지손가락을 대더니, 자기와 보디 사이로 들어오라고 손짓했다. 나는 그 지시에 따르면서 이모젠이 내가 누워 있는 동안 반삭발 머리카락을 더 밝은 분홍색으로 물들였음을 알아차렸다. 이모젠은 여기를 편하게 여기는 게 분명했다. 보디도 마찬가지였다. 두 사람이 전투에 참여했던 흔적이라고는 삼각붕대에 건 보디의 부러진 팔과 이모젠의 입술에 남은 상처 자국뿐이었다.

"누군가는 뻔한 발언도 해야지요." 2층 높이의 방 안에 꽉 차는 긴 테이블 저편에서 한쪽 눈에 안대를 한 매부리코의 중년 남자가 말했다. 풍상에 시달린 옅게 탄 피부에는 주름이 깊이 새겨져 있고, 턱살이 늘어졌으며, 회색 머리카락은 숱이 줄고 있었다. 그 남자는 튀어나온 배에 두꺼운 손을 얹으며 의자 뒤로 등을 기댔다.

30명은 족히 앉을 만한 긴 테이블 한쪽에 검은색 라이더 복장을 한 다섯 명이 앉아 있었다. 문 앞에서 가까운 데다가 고개만 돌리면 우리가 보일 각도였지만, 그들이 돌아보는 일은 없었다. 브레넌이 테이블 앞을 오갔지만 역시 쉽게 우리를 볼 각도는 아니었다.

심장이 목으로 튀어나올 것 같았다. 살아 있는 브레넌을 보는 데 익숙해지려면 시간이 걸릴 모양이다. 오빠는 정확히 내가 기억하는 그대로이면서도 달랐다. 하지만 여기 있다는 것만은 확실했다. 살아 숨 쉬면서, 지금은 긴 벽에 걸린 대륙 전도를 노려보고 있었다. 바스지아스의 전투 브리핑실에 걸려 있는 지도와 맞먹을 만큼 큰 지도였다.

그리고 그 지도 앞에는 제이든이 서 있었다. 커다란 의자에 한 팔을 기대고 서서 테이블에 앉은 사람들을 내려다보고 있었다.

수면 부족으로 눈 아래가 붉그레하긴 했지만, 좋아 보였다. 높은 위치의 광대뼈, 평소 나와 마주치면 부드러워지는 까만 눈, 눈썹을 둘로 나누면서 눈 아래까지 이어지는 흉터, 소용돌이 모양으로 반짝이며 턱에서 끝나는 낙인, 너무나도 잘 아는 조각 같은 입매가 합쳐져서 육체적으로 완벽한 남자를 구성했다. 그것도 얼굴만 두고 하는 얘기였다. 몸은 그보다 더 좋고, 나를 안을 때 그가 몸을 쓰는 방식은….

안 돼. 나는 고개를 저으며 생각을 끊었다. 제이든이 강력한 데다가 무서울 정도로 치명적일진 몰라도, 아니 그 사실 자체만으로 이렇게 섹시하게 느껴지면 안 되는데. 이제 그가 나에게 사실대로 말하리라 믿을 수가 없다…. 무엇에 대해서든 그렇다. 내가 불쌍할 정도로 그를 사랑하게 되었다는 사실을 감안하면 정말 뼈아픈 현실이다.

"그래서 어떤 뻔한 말을 하셔야겠다는 겁니까, 페리스 소령님?" 제이든이 묻는데, 완벽하고도 철저하게 지겹다는 투였다.

"이건 의회 모임이야." 보디가 나에게 속삭였다. "일곱 명이 한꺼번에 여기 있을 때가 거의 없다 보니 정족수 다섯 명만 있으면 투표할 수 있고, 네 명이 투표하면 가결돼."

나는 그 정보를 마음속에 담아뒀다. "우리가 들어도 되는 거야?"

"회의는 참석하고 싶은 사람 누구에게나 열려 있어." 이모젠이 똑같이 작은 소리로 대답했다.

"그런데 우린… 복도에서 참석하는 거고?" 나는 물었다.

"그래." 이모젠은 다른 설명 없이 그렇게만 대답했다.

"선택지는 돌아가는 것밖에 없습니다." 매부리코가 말을 이었다. "돌아가지 않으면 여기에 지은 모든 것을 잃을 위험이 있습니다. 수색대가 올 것이고, 우리에겐 라이더 수가 충분하…."

"들키지 않으려고 하면서 신병을 모집하기는 좀 힘들죠." 까마귀처럼 반지르르한 검은 머리의 예쁘장한 여자가 테이블 옆으로 매부리코를 노려보면서 황갈색 피부에 주름을 잡았다.

"주제에서 벗어나지 말죠, 트리사." 브레넌이 콧잔등을 문지르며 말했다. 아버지를 닮은 코였다. 그 모습에 기분이 이상해졌다.

"신병에게 무기를 쥐어줄 대장간도 없는 상태에서 숫자를 늘려봐야 소용없지요." 매부리코의 목소리가 커졌다. "잊었는지 모르겠는데, 우리에겐 여전히 루미너리가 없습니다."

"그래서 테카루스 자작과 루미너리에 대한 협상은 어디까지 진행됐나요?" 덩치 큰 남자 하나가 흑단 같은 검은 손으로 무성한 은빛 턱수염을 잡아당기면서 차분하고도 잘 울리는 목소리로 물었다.

테카루스 자작이라니? 나바르의 어떤 기록에도 그런 귀족 가문은 없다. 아니, 나바르 귀족 체계에는 자작 자체가 없다.

"외교적인 해결책을 강구하는 중입니다." 브레넌이 대답했다.

"해결책은 없어요. 테카루스는 당신이 작년 여름에 가한 모욕에서 아직 벗어나지 못했으니까." 금발 머리를 하얗고 각진 턱 바로 아래까지 기른 독선적인 인상의 노년 여성이 제이든과 눈을 마주쳤다.

"전에도 말했지만 애초에 자작은 절대 우리에게 루미너리를 내주지 않았을 겁니다." 제이든이 대꾸했다. "그자는 물건을 모으기만 하지, 거래는 하지 않아요."

"글쎄, 이제는 확실히 우리와 거래하지 않겠죠." 여자는 눈매를 좁히며 받아쳤다. "자작이 제일 최근에 한 제안을 당신이 생각도 해보지 않는다면 더 말할 것도 없고."

"꺼지라고 해요." 제이든의 목소리는 차분했지만, 두 눈에는 테이블에 앉은 누구도 감히 반대하지 못할 날카로움이 깃들어 있었다. 그는 이 사람들에게 시간 낭비할 가치가 없다는 듯이 육중한 의자 팔걸이 옆을 돌아서 앉더니, 긴 다리를 쭉 뻗고 벨벳 팔걸이에 두 팔을 얹었다. 세상 어디에도 신경 쓰지 않는다는 듯한 태도였다.

방 안에 내려앉은 정적이 사실을 뒷받침했다. 제이든은 바스지아스와 마찬가지로 이 혁명군 의회에서도 존경받는 존재였다. 나야 브레넌 말고 다른 라이더들은 모르지만, 그들의 침묵에서 제이든이 그 방에서 제일 강력하다는 사실을 알 수 있었다.

당장은 그렇지. 테른이 100년 동안 대륙에서 가장 위협적인 전투 드래곤으로 군림해온 존재로서 보여줄 수 있는 오만한 태도로 나를 일깨웠다. *정치가 끝나거든 그 인간들에게 너를 계곡으로 데려오라고 하거라.*

"해결책이 있어야 할 겁니다. 그리폰 부대들에게 내년에 제대로 싸울 만큼 무기를 보급하지 못한다면 베닌의 진격을 묶어둘 가망도 없어질 테니까요." 은빛 수염이 말했다. "이 모든 노력이 허사가 될 거예요."

속이 울렁거렸다. 1년이라고? 며칠 전까지만 해도 몰랐던 전쟁인데, 그 전쟁에서 질 날이 이렇게 가깝다고?

"말했다시피. 루미너리에 대해서는 제가 외교적인 해결책을 강구하는 중입니다." 브레넌의 말투가 날카로워졌다. "그리고 지금 화제가 너무 중구난방이군요. 이게 같은 회의가 맞나 싶을 정도예요."

"난 바스지아스의 루미너리를 빼앗자는 데 한 표 던집니다." 독선가가 제안했다. "이 전쟁에서 패할 위기라면 다른 선택지가 없어요."

제이든이 브레넌에게 눈빛을 던지는데, 이번에는 뜻을 해독할 수가 없었다. 나는 곧 그 의미를 깨닫고 숨을 깊이 들이마셨다. 아마도 제이든이 나보다 오빠를 더 잘 알 거라는 뜻이었다. 그리고 제이든은 오빠의 존재를 숨겼다. 그가 숨긴 온갖 비밀 중에서도 그게 제일 소화가 되지 않는다.

"만약 제이든이 그 사실을 알려줬다면 네가 어떻게 했을까?" 테른이 물었다.

"감정적인 문제에 자꾸 논리를 끌고 오지 말아요." 나는 팔짱을 꼈다. 머리로는 제이든을 이해해도 마음이 온전히 용납하질 못했다.

"그 문제는 논의가 끝났습니다." 브레넌이 단호하게 말했다. "우리가 바스지아스의 단조 장치를 가져온다면, 나바르는 전초기지에 있는 저장고를 다시 채울 수 없습니다. 그 보호막들이 무너지면 수많은 민간인이 죽을 거예요. 그런 결과에 책임지고 싶은 사람 있습니까?"

침묵이 내려앉았다.

"그럼 합의된 거군요." 매부리코가 말했다. "그리폰 부대에 보급이 가능해질 때까지 생도들은 학교로 돌아가야 합니다."

오!

"우리 얘기하고 있잖아." 나는 속삭였다. 그래서 우리가 의회 구성원들이 보지 못하는 곳에 서 있는 거였다.

보디가 고개를 끄덕였다.

"답지 않게 조용하군요, 수리." 브레넌이 옆에 앉은 떡 벌어진 어깨의 갈색 머리 여자를 흘긋 보면서 말했다. 여자는 올리브빛 피부에 머리카락에는 한 가닥 은빛 줄기가 있고, 코는 여우처럼 씰룩거렸다.

"둘만 빼고 다 보내자는 의견입니다." 그 여자가 앙상한 손가락으로 테이블을 두드리자 거대한 에메랄드 반지가 빛을 받아 반짝이는데, 그 태연한 모습을 보고 나는 등골에 소름이 돋았다. "여덟이 아니라 여섯 생도여도 거짓말은 똑같이 할 수 있겠죠."

17

여덟.

제이든, 개릭, 보디, 이모젠, 전투에 뛰어들기 전엔 제대로 알 기회도 없던 낙인자 세 명, 그리고… 나.

메스꺼움이 밀려왔다. 모의전투 훈련. 우리는 바스지아스 라이더 분과의 비행단끼리 벌이는 올해의 마지막 경합을 마쳐야 했는데, 그 대신에 일주일 전까지만 해도 전설이라고만 생각했던 적과의 위험천만한 전투를 치르게 됐고, 이제는… 이제는 존재하지 말아야 할 도시에 와 있었다.

하지만 우리 모두가 온 건 아니었다. 나는 목이 메어 뜨거워지는 눈을 애써 깜박였다. 솔레일과 리암은 살아남지 못했다.

리암. 금발에 하늘색 눈동자가 떠오르자 갈비뼈 안쪽에 통증이 일었다. 리암의 떠들썩한 웃음소리. 씩 웃던 모습. 의리와 친절함. 다 사라졌다. 리암은 사라졌다. 제이든에게 나를 지키겠다고 약속했기 때문이었다.

"여덟 명 모두 희생할 수 없는 전력이에요, 수리." 은색 수염이 의자 뒷다리에 몸을 기대고는 제이든 뒤에 걸린 지도를 살폈다.

"펠릭스의 제안은 뭡니까?" 수리가 맞받아쳤다. "우리 모두 남는 시간에 우리만의 군사학교라도 운영해요? 이 생도들 대부분은 교육을 마치지도 않았습니다. 아직 우리에게 쓸모가 없어요."

"우리의 복귀 여부에 여러분이 발언권이라도 있는 것처럼 말하는군요." 제이든이 끼어들어서 모두의 주목을 끌었다. "우리는 의회의 충고를 들을 테지만, 오지 충고로만 받아들일 겁니다."

"제이든의 목숨을 잃는 위험은 감수할 수가…" 수리가 반대했다.

"내 목숨도 모두와 똑같습니다." 제이든이 우리 쪽을 가리켰다.

브레넌이 나를 보고 눈을 동그랗게 떴다. 방 안에 있는 모두가 우리 쪽으로 고개를 돌렸고, 거의 모두가 나를 보고 눈매를 좁히자 나는 물러나고 싶은 본능과 싸워야 했다.

저들은 누굴 보는 걸까? 릴리스의 딸? 아니면 브레넌의 동생?

턱을 들어 올렸다. 나는 둘 다였고… 둘 다 아닌 기분이었기 때문이다.

"모두와는 아니지요." 수리가 나를 똑바로 보면서 말했다. 아파라. "어떻게 다들 거기 서서 저 애가 의회의 대화를 엿듣게 놔둘 수가 있지?"

"애가 듣는 게 싫었으면 문을 닫았어야죠." 보디가 방 안으로 들어서며 대꾸했다.

"저 애는 믿을 수 없어!" 수리의 뺨이 붉어진 건 분노 때문일지 몰라도, 그 눈동자에 비치는 건 두려움이었다.

"애에 대해서라면 제이든이 이미 책임졌어요." 이모젠이 옆걸음으로 살짝 나에게 가까이 붙으며 말했다. "잔인한 관습이지만요."

나는 시선을 홱 돌려 제이든과 눈을 마주쳤다. 대체 이모젠이 무슨 말을 하는 거지?

"난 아직도 그 결정이 이해되지 않아." 매부리코가 덧붙여 말했다.

"간단해요. 바이올렛은 내 열 배가 넘는 가치가 있습니다." 제이든이 말하자 나는 그 강렬한 눈빛에 숨을 멈췄다. 아무것도 몰랐더라면 진심이라고 생각했을 텐데. "고유 능력만 두고 하는 말이 아닙니다. 그리고 어차피 내가 여기에서 오간 논의를 다 말해줬을 테니, 문이 열려 있었다는 건 중요한 문제가 아닙니다."

가슴속에 희망의 불씨가 피어올랐다. 어쩌면 이제 제이든은 정말로 비밀을 두지 않기로 했는지 모른다.

"쟨 소른게일 장군 딸이야." 독선가가 좌절감이 선명한 목소리로 지적했다.

"그리고 난 그 장군의 아들이죠." 브레넌이 반박했다.

"자네는 지난 6년 동안 충성심을 증명하고도 남았어!" 독선가가 외쳤다. "저 애는 아니고!"

화가 나서 목이 달아오르고 얼굴까지 붉어졌다. 그들은 마치 여기에 없는 사람처럼 나에 대해 말하고 있었다.

"바이올렛은 레손에서 우리와 함께 싸웠어요." 보디도 긴장해서 목소리를 높였다.

"가둬놔야 해." 의자를 밀어내고 일어서면서 내 쪽으로 시선을 던진 수리는 내가 틀어올려 땋은 머리의 절반이 은빛인 걸 보고 얼굴이 시뻘게졌다. "저 애는 자기가 아는 정보로 우리 모두를 파멸시킬 수 있어."

"동의하네." 매부리코가 나를 보고 명백한 혐오를 드러내며 합세했다. "자유롭게 두기에는 너무 위험해."

배 근육이 당겼지만, 나는 수없이 보았던 제이든의 모습처럼 표정을 숨기고 두 손을 칼집에 든 단검 가까이에 늘어뜨렸다. 내 몸이 연약하고 관절이 불안할지는 몰라도 단검 실력만은 치명적으로 정확하다. 저들이 날 여기 가두게 둘 수는 없다.

나는 의회 구성원 하나하나를 훑어보며 누가 제일 큰 위협일지 평가했다.

그때 브레넌이 벌떡 일어섰다. "바이올렛은 테른과 계약했어요. 테른은 라이더와 계약할 때마다 결속이 점점 강해지는 데다가, 이전의 결속도 너무 강한 나머지 나올린이 죽을 때 테른까지 거의 죽을 뻔했다는 걸 알면서도 이렇게 굴 겁니까? 우리가 지금 바이올렛이 죽으면 테른도 죽을까 봐 두려워한다는 사실을 알면서도요? 바로 그 때문에 라이오슨의 목숨이 바이올렛의 목숨과 묶여 있다는 걸 알면서도요?" 그는 고갯짓으로 제이든을 가리켰다.

쓰디쓴 실망감이 느껴졌다. 오빠에겐 내가 고작 그런 존재인가? 제이든의 약점?

"바이올렛에 대한 책임은 나에게 있습니다." 제이든은 순수한 적의를 드러내며 목소리를 낮게 깔았다. "그리고 나만으로 부족하다면, 이미 바이올렛의 진실성을 보증한 드래곤이 하나도 아니고 둘 있습니다."

그 정도면 됐다.

"그 바이올렛, 여기 있거든요." 날카로운 내 말에 앞에 보이는 여러 명이 입을 딱 벌리자 나는 상황에 맞지 않는 만족감을 느꼈다. "그러니 저에 대해 말하는 건 그만두고 저에게 직접 말해보시죠."

제이든의 입꼬리가 올라갔고, 얼굴에는 뿌듯한 표정이 스쳤다.

"나한테 뭘 원해요?" 나는 방 안으로 걸어 들어가며 물었다. "난간다리를 걸어서 용기를 증명하길 원하나요? 그건 했어요. 포로미엘 시민들을 지키고 우리 왕국을 배신하길 원해요? 그것도 했습니다. 저 사람의 비밀을 지키길 원해요?" 나는 왼손으로 제이든을 가리켰다. "그렇게 했어요. 난 모든 비밀을 지켰어요."

"중요한 비밀 하나만 빼고 그랬지." 수리가 한쪽 눈썹을 올렸다. "우리 모두 자네가 애더빈에서 어떤 상황에 처했는지 알아."

죄책감이 내 목을 틀어막았다.

"그건…." 제이든이 의자에서 일어서면서 입을 열었다.

"그건 이 친구 잘못은 아니지요." 나와 가장 가까이 있던 회색 수염의 남자, 펠릭스가 내 시야를 가로막으며 수리를 돌아보았다. "어떤 1학년도 기억 능력자에게 저항할 순 없어요. 특히나 친구라고 여기는 상대라면." 그는 몸을 빙글 돌려 나와 마주했다. "하지만 자네는 이제 바스지아스에 적이 있다는 사실을 알아야 해. 그리로 돌아간다면 에이토스가 자네의 친구가 아니라는 사실을 알아야 한다고. 에이토스는 자네가 본 것들 때문에 온 힘을 동원해서 자넬 죽이려고 할 거야."

"알아요." 대답이 힘겹게 나왔다.

펠릭스는 고개를 끄덕였다.

"회의는 끝입니다." 제이든이 말하면서 수리와, 그 다음에는 매부리코와 시선을 마주치자 그들은 어깨를 늘어뜨리며 물러났다.

"내일 아침에는 졸랴에 대한 업데이트를 기대하겠습니다." 브레넌이 말했다. "이번 의회는 휴회합니다."

의회 구성원들이 문 앞에서 물러난 우리 셋 옆을 차례차례 지나갔다. 이모 젠과 보디는 내 옆을 지키고 있었다.

마침내 제이든이 걸어오다가 내 앞에 멈춰 섰다. "우린 계곡으로 갈 거야.

준비되면 만나."

"지금 같이 갈게." 여긴 대륙 전체에서 가장 남겨지고 싶지 않은 장소였다.

"남아서 오빠하고 얘기 좀 해." 그는 조용히 말했다. "언제 또 기회가 올지 누가 알겠어."

나는 보디 너머로 방 한가운데 서서 나를 기다리고 있는 브레넌을 보았다. 어렸을 때부터 늘 시간을 내어 내 무릎에 붕대 감는 일을 도와주던 브레넌. 내가 바스지아스에서 1학년을 버텨낼 수 있게 도와준 일기를 쓴 브레넌. 내가… 6년 동안 보고 싶어 했던 브레넌이었다.

"가봐." 제이든이 재촉했다. "우린 너 없이 떠나지 않을 거야. 의회가 이래라저래라 하게 두지도 않을 거고. 우리가 어떻게 할지는 우리 여덟 명이 같이 결정할 거야." 제이든의 간절한 표정을 보자, 내 머리를 따르지 않는 심장이 조여들었다. 곧바로 제이든이 나가자 보디와 이모젠도 뒤따랐다.

남겨진 나는 6년치 질문으로 무장한 채 오빠에게 몸을 돌렸다.

02

라이오슨 저택 위쪽에는 그 가문의 가장 큰 자산이 있는데, 바로 자연적인 열에너지로 데워지는 계곡이다. 그곳이 두브마딘 가계의 원래 부화지이기 때문이다. 우리 세대의 가장 강력한 두 드래곤, 코다흐와 테른을 낳은 계통 말이다.

_ 케이오리 대령, 《드래곤 도감》

나는 높은 문을 등 뒤로 닫고 브레넌에게 다가갔다. 이 만남은 확실히 다른 사람들에게 보여줄 수 없었다.

"먹긴 충분히 먹었어?" 오빠는 어릴 적 버릇처럼 테이블 가장자리에 몸을 기댔다. 그 움직임은… 너무나 오빠다웠고, 나는 그 질문을 싹 무시했다.

"그러니까 지난 6년 동안 여기 있었던 거야?" 목소리가 갈라지려고 했다. 오빠가 살아 있어서 정말 기쁘다. 중요한 건 그뿐이어야 마땅하다. 하지만 내가 오빠의 죽음을 슬퍼하게 내버려둔 세월을 잊을 수는 없다.

"그래." 브레넌의 어깨가 축 처졌다. "내가 죽었다고 믿게 놔둬서 미안해. 다른 방법이 없었어."

어색한 침묵. 그렇게 말하면 내가 뭐라고 해야 하지? '괜찮아. 하지만 진짜 괜찮은 건 아니야?' 오빠에게 하고 싶은 말이 정말 많고, 해야 하는 말도 정말 많지만, 우리가 떨어져 지낸 세월이… 명확하게 느껴진다. 우리 둘 다 이전과 같은 사람이 아니다.

"넌 예전과 달라 보인다." 브레넌은 미소 지었지만 슬픈 미소였다. "나쁘게 변했다는 건 아니고. 그냥… 달라."

"마지막으로 봤을 때 난 열네 살이었어." 나도 모르게 얼굴이 구겨졌다. "아마 키는 그때와 같을 거야. 확 컸으면 좋겠다고 생각했는데 안타깝게도 그대로네."

"그러게." 오빠는 고개를 천천히 끄덕였다. "언제나 네가 서기 옷을 입은 모습을 떠올렸는데, 검은 옷도 잘 어울려. 신들이시여…." 오빠가 한숨을 내쉬었다. "네가 탈곡에서 살아남았다고 들었을 때 얼마나 마음이 놓였는지 말도 못하겠다."

"그걸 알았어?" 놀라서 눈이 커졌다. 그건 바스지아스에 정보원이 있다는 뜻이니까.

"알았지. 그 다음엔 라이오슨이 칼에 찔려 죽어가는 널 데리고 나타났고." 오빠는 시선을 돌리고 헛기침을 하더니, 심호흡을 하고 나서 말을 이었다. "네가 나아서 정말 기쁘고, 네가 바스지아스에서 첫해를 버텨낸 것도 정말 기쁘다." 그 눈에 비치는 안도감을 보자 분노가 조금은 가라앉았다.

"미라 언니가 도와줬어." 완곡한 표현이었다.

"그 갑옷 말이야?" 오빠는 정확하게 추측했다. 비행용 가죽옷 안에 입은 드래곤 비늘 갑옷은 그 무게 이상의 가치를 했다.

나는 고개를 끄덕였다. "언니가 만들어줬어. 오빠 일기장도 나한테 줬고. 언니를 위해서 썼던 책 말이야."

"그 책이 쓸모 있었다면 좋겠다."

나는 난간다리를 건너던 순진한 여자애를 떠올렸다. 그리고 지금의 여성으로 변모하기까지 1년 동안 그 여자애가 견뎌낸 모든 시련을 돌이켰다. "쓸모 있었어."

브레넌의 웃는 얼굴이 흔들리더니 시선이 창밖으로 향했다. "미라는… 어때?"

"내 경험으로 말하자면, 오빠가 살아 있다는 걸 알면 분명 언니도 지금보다 훨씬 더 잘 지낼 거야." 우리에게 남은 시간이 얼마 없다면 말을 길게 늘어놓을 필요가 없지.

오빠는 움찔했다. "나야 그런 말을 들어도 싸지."

나는 그걸로 질문의 답이 됐다고 생각했다. 언니는 오빠의 존재를 모르는 거다. 하지만 언니도 알아야 했다.

"오빠, 정확히 어떻게 살아 있는 거야?" 나는 짝다리를 짚으며 팔짱을 꼈다. "마브는 어디 있어? 여기에선 뭘 하고 있는데? 왜 돌아오지 않았어?"

"하나씩 하자." 오빠는 공격이라도 받은 사람처럼 두 손을 들어 올렸고, 나는 그 손이 테이블 가장자리를 잡기 전에 손바닥에 남은 룬 모양의 흉터를 보았다. "나올린이…" 오빠의 턱에 힘이 들어갔다.

"테른의 예전 라이더 말이지." 나는 느리게 말하면서 나올린과 브레넌이 단순한 동료 이상의 관계였을지 생각해봤다. "케이오리 교수님을 통해서 나올린이 흡수 능력자였고 오빠를 구하려다 죽었다고 들었어." 가슴이 내려앉았다. "*우리 오빠를 구하려다가 당신 라이더가 죽었다니 미안해요.*"

"*예전 라이더 이야기는 하지 말자.*" 테른의 목소리가 매끄럽지 않았다.

잠깐 브레넌의 입꼬리가 올라갔다. "케이오리 교수 보고 싶네. 좋은 분인데." 곧이어 한숨을 쉬더니 고개를 들어 나와 시선을 맞췄다. "나올린은 실패하지 않았지만 그 대가로 모든 걸 잃었어. 난 여기에서 멀지 않은 낭떠러지에서 깨어났지. 마브도 부상을 입긴 했지만 살아 있었고, 다른 드래곤들이…" 오빠의 호박색 눈이 나와 마주쳤다. "여기엔 다른 드래곤들이 있어서 우리를 구해주고, 또 계곡 안에 연결된 동굴 속에 우리를 숨겨줬지. 나중에는 불타버린 도시에서 살아남은 민간인들도 함께했고."

나는 오빠의 말을 이해하느라 이마를 찡그렸다. "마브는 지금 어디 있는데?"

"다른 드래곤들과 계곡에 있어. 테른, 스게일, 그리고 네가 깨어난 후부터는 라이오슨과 함께 너의 앤다나를 지켜보느라고."

"제이든이 거기 있었던 거야? 앤다나를 지키느라?" 그 말을 들으니 제이든이 나를 피한다고 여긴 분노가 조금은 사그라들었다. "그래서 오빠는 왜 여기 있는 건데?"

오빠는 답이 뻔하지 않느냐는 듯이 어깨를 으쓱였다. "내가 여기 있는 이유는 네가 레슨에서 싸운 이유와 같지. 나바르의 보호막 속에 안전하게 숨은 우리의 이기적인 지도자들 때문에 무고한 사람들이 베닌에게 죽는 꼴을 두고 볼 수 없어서야. 내가 집에 돌아가지 않은 이유도 같아. 우리가 저지른 짓을, 지금도 저지르고 있는 짓을 알면서도 나바르를 위해 날 수는 없고, 어머니의 눈을 마주 보며 어머니가 우리의 비겁함을 정당화하는 소리를 들을 자신도 전혀 없어. 난 그런 거짓된 삶을 거부하기로 했어."

"미라 언니와 난 그렇게 살게 내버려두고?" 의도한 것보다 더 화난 느낌으로 말이 튀어나왔다. 어쩌면 내가 생각보다 더 화나 있는지도 모르겠다.

"그 후로 매일 내 선택에 대해 의문을 던지긴 했어." 오빠의 눈빛에 담긴 깊은 후회를 보니 그제야 심호흡을 하고 다시 중심을 잡을 수 있었다. "너희에겐 아빠가 있다고 생각했고⋯."

"없어지기 전까진 그랬지." 목이 메려고 했기에 나는 급히 몸을 돌려 지도를 쳐다봤다가, 좀 더 자세히 보려고 다가갔다. 국경선의 그리폰 공격을 매일 업데이트하는 바스지아스의 지도와는 달리, 이 지도에는 나바르가 숨기고 있는 진실이 담겨 있었다. 불모지, 즉 대전 중에 대러모어 장군이 폐허로 만든 후 모든 드래곤들이 버리고 간 건조한 사막에 뒤덮인 남동쪽 반도 지역을 완전히 새빨갛게 칠해놓았다. 그리고 그 빨간색은 던네스 강을 넘어 브레이빅으로 뻗어나갔다.

걱정스러울 만큼 많은 빨간색과 오렌지색 깃발들이 새로운 전투 현장을 표시하는 것 같았다. 빨간 깃발들은 역병처럼 번져나가서, 말렉 만을 낀 크로블라 지방의 동쪽 국경만이 아니라 북쪽 평원지대에도 밀집되다가 시그니슨에까지 점을 몇 개나 찍을 정도였다. 하지만 오렌지색 깃발들은 스톤워터 강가에 집중되었는데, 이 강은 곧장 나바르 국경으로 이어졌다.

"그러니까 민담이 전부 사실이었네. 베닌은 불모지에서 나와 도시에서 도시로 이동하면서 마력을 빨아들여 땅을 고갈시키는 거야."

"너도 직접 봤다시피, 그래." 오빠가 내 옆으로 다가왔다.

"그리고 와이번은?"

"우린 몇 달 전부터 와이번에 대해 알고 있었지만, 생도들은 몰랐어. 지금까지 라이오슨을 비롯한 다른 생도들의 안전을 위해 정보를 제한했는데, 돌이켜 보면 그게 실수였을지도 모르겠어. 와이번은 최소한 두 종류야. 하나는 파란 화염을 토하고, 다른 하나는 녹색 화염을 뿜고 더 빨라."

"얼마나 돼? 와이번을 만드는 곳은 어디야?"

"부화지 말이야?"

"부화하는 게 아니야." 나는 거듭 말했다. "아빠가 읽어주던 민담 기억 안 나? 거기서 와이번은 베닌이 창조하는 거라고 했지. 베닌이 와이번에게 마력을 채널링해. 그래서 내가 어둠의 라이더들을 죽이자 와이번들도 따라서 죽은 것 같아. 마력의 원천이 사라진 거지."

"아빠가 읽어준 내용을 다 기억해?" 오빠는 놀란 눈으로 나를 보았다.

"난 아직도 그 책을 갖고 있어." 다행히 제이든이 내 방에 보호막을 쳐놓았으니, 우리가 여기 있는 동안 누가 발견하지는 못할 것이다. "와이번이 만들어진 존재인 것도 모르고, 어디에서 오는지도 전혀 몰랐단 말이야?"

"그거… 정확한 지적이다."

"참 안심이 되네." 나는 피부에 따끔따끔한 전기가 흐르는 가운데 중얼거렸다. 그러고는 커다란 지도 앞을 서성이며 두 손을 털었다. 오렌지색 깃발들은 브레이빅에서 두 번째로 인구가 많은 도시인 졸랴에, 그리고 포로미엘의 플라이어 아카데미가 있는 클리프스베인에 너무 가까웠다. "은색 수염이 우리에게 흐름을 돌릴 시간이 1년 남았다고 했지?"

"펠릭스 말이지? 펠릭스는 의회에서 가장 이성적인 사람이지만, 나는 개인적으로 그 생각이 틀렸다고 봐." 브레넌은 허공에 손을 흔들어서 대충 브레이빅이 던네스 강을 따라 불모지와 맞닿은 경계선을 그렸다. "빨간 깃발들은 지난 몇 년 동안의 것이고, 오렌지색은 지난 몇 달 동안 발견한 거야. 와이번 숫자만이 아니라 영역을 팽창한 속도를 보면, 난 놈들이 곧바로 스톤워터 강을 거슬러 오를 거고, 놈들이 나바르를 칠 만큼 강해지기까지 6개월도 안 남았다고 생각해. 의회는 내 말을 듣지 않겠지만 말이야."

6개월. 나는 목으로 솟구치려는 담즙을 눌러 삼켰다. 어머니는 언제나 브레넌이 뛰어난 전략가라고 했고, 나도 그 평가를 믿었다. "전체적인 패턴은 북서쪽, 나바르로 향하고 있어. 레손은 예외야. 어딘지 모르겠지만 저 깃발도 예외고." 나는 레손에서 동쪽으로 한 시간쯤 날아간 곳에 꽂힌 깃발을 가리켰다.

번창하는 무역기지였던 레손을 둘러싼 건조한 지형이 기억 속에 떠올랐다. 저 깃발들은 그냥 특이값이 아니다. 건드리지 않은 지역에 딱 둘만 찍힌 오렌지색 점이다.

"개릭 태비스가 레손에서 찾은 철제 상자가 베닌을 유혹한 미끼 같긴 한데, 제대로 조사할 기회도 없이 상자를 부숴야 했어. 자흐나에서도 비슷한 상자가 나왔는데, 이미 부서져 있었고." 브레넌이 내 쪽을 보았다. "하지만 만든 솜씨를 보면 나바르 물건이야."

나는 긴 숨을 내쉬며 그 정보를 받아들였다. 레손에서 우리를 죽이기 위해 이용했다는 것 말고 나바르가 미끼를 만들 이유가 뭐가 있을까. "정말로 놈들이 포로미엘을 다 점령하기 전에 나바르로 올 거라고 생각해?" 왜 더 쉬운 목표를 먼저 치지 않고?

"그래. 놈들을 막는 데 우리의 생존이 걸린 만큼이나 놈들의 생존도 거기에 달려 있거든. 바스지아스의 부화지에서 얻을 수 있는 에너지면 놈들은 수십 년을 먹고살 수 있어. 그런데도 멜그렌은 보호막이 절대로 무너지지 않는다면서 사람들에게 경고하지 않으려고 하지. 아니면 사람들에게 말했다간 우리가 이제는 좋은 편이 아니라는 사실을 깨달을까 봐 두려워하는 걸지도 모르고. 펜의 반란은 지도자들에게 행복한 시민들이 통제하기 훨씬 쉽다는 사실을 가르쳐줬거든. 불만을 품은 사람들이나, 더 나쁜 경우에는 겁에 질린 사람들보다 말이야."

"그래도 그 사람들은 어떻게든 진실을 숨기고 있어." 나는 속삭였다. 과거 어느 때에 나바르인 한 세대가 역사를 지우고, 교육에서 베닌의 존재를 삭제했다. 베닌을 죽일 수 있는 단 하나의 물질이자 보호막에 동력을 공급하는 합금을 내놓지 않음으로써 우리의 안전을 위험에 빠뜨리지 않기 위해서였다.

"맞아. 흠, 아빠는 언제나 우리에게 말해주려고 했지." 새삼 브레넌의 목소리가 부드러워졌다. "드래곤 라이더와 그리폰 플라이어, 그리고 베닌들이 있는 세상이라도…."

"진짜 권력을 쥔 건 서기들이라고 했지." 공개 발표문을 내놓는 건 서기들이다. 기록을 보관하는 것도 서기들이다. 우리의 역사를 쓰는 것도 서기들이다. "아빠는 알았을까?" 철저히 사실을 중심으로 나를 키운 아버지가 정작 가장 중요한 지식은 알려주지 않았다고 생각하면 이해할 수가 없다.

"난 아빠가 몰랐다고 믿을래." 브레넌은 슬픈 미소를 지어 보였다.

"그놈들이 국경에 가까이 다가올수록 상황이 알려질 거야. 계속해서 진실을 숨길 수는 없어. 분명 누군가는 볼 거야. 누군가는 볼 수밖에 없어."

"그래. 우리 혁명군은 그때를 대비해야지. 비밀이 새어 나오는 순간, 낙인자들을 사령부의 감시하에 둘 이유가 없어져. 그렇게 되면 우린 바스지아스의 대장간에 접근할 방법을 잃게 돼."

또 그 말이었다. 혁명군.

"오빠는 이길 수 있다고 생각하는구나."

"왜 그렇게 생각해?" 오빠가 나를 돌아보았다.

"반란이 아니라 혁명이라고 말하잖아." 나는 눈썹을 올렸다. "아빠가 우리 둘에게 가르쳐준 건 티렌더 말만이 아니야. 오빠는 이길 수 있다고 생각해. 펜 라이오슨과는 다르게 말이지."

"우린 이겨야 해. 아니면 우리 모두 죽겠지. 나바르는 보호막 안에 있으니 안전하다고 믿고 있는데, 보호막이 약해진다면 어떻게 될까? 사령부가 생각만큼 강하지 않다면? 나바르 사령부는 이미 보호막을 최대치까지 연장시켰어. 보호막 바깥에 사는 사람들은 말할 필요도 없지. 우리는 어느 쪽으로 보나 열세야, 바이. 레손에서처럼 놈들이 한 명의 지도자 밑에서 조직적으로 움직이는 모습을 본 적이 없는데, 개릭에게 듣기로 그놈은 달아났어."

"스승." 나는 두 팔로 몸을 감싸면서 몸서리를 쳤다. "날 찌른 베닌이 그놈을 그렇게 불렀어. 그놈이 그 여자를 가르쳤던 것 같아."

"그놈들이 서로를 가르친다고? 베닌을 위한 학교라도 세웠다는 거야? 끝내주는군." 브레넌이 고개를 저었다.

"그리고 오빠는 보호막 안에 있지 않아." 나는 사실을 지적했다. "여기는 아니야." 베일에 있는 드래곤 부화지가 제공하는 마법 보호 방벽은 나바르의 국경 산맥까지 다 미치지 못했고, 아레티아를 포함하여 티렌더의 남서쪽 해안선 전체가 노출되어 있었다. 바깥에 있는 위험이 그리폰뿐이라고 생각했을 때는 전혀 문제가 되지 않았던 사실이다. 그리폰은 절벽 꼭대기까지 날아오를 수 없다.

"여긴 아니지." 브레넌도 동의했다. "하지만 우습게도 아레티아에는 휴면 중인 보호석이 있어. 적어도 난 그게 보호석이라고 생각해. 바스지아스의 보호석에는 가까이 다가갈 수가 없었으니 그 둘을 비교해볼 순 없지만 말이야."

나는 눈썹을 들어 올렸다. 두 번째 보호석이라고? "보호석은 통합 때 딱 하나만 만들어진 줄 알았는데."

"그래. 그리고 난 베닌은 민담 속 괴물이고 보호막에 동력을 공급하는 건 드래곤밖에 없는 줄 알았지." 오빠는 어깨를 으쓱였다. "하지만 새로운 보호막을 만들어내는 건 잃어버린 마법이니까 보호석이라고는 해도 멋진 조각품이나 다름없어. 하지만 예쁘긴 해."

"여기에 보호석이 있다고." 나는 머리가 빙빙 도는 가운데 중얼거렸다. 보호막이 있다면 이 사람들에게도 그렇게 많은 무기가 필요하진 않을 것이다. 여기에 자기들만의 보호막을 만들 수 있다면, 우리가 보호막을 최대치로 늘린 것처럼 여기 보호막도 포로미엘까지 연장할 수 있을지 모른다. 최소한 이웃한 사람들 일부만이라도 안전하게 지킬 수 있다면….

"쓸모없는 물건이야. 우리에게 필요한 건 합금을 제련해서 베닌을 물리칠 무기를 만들 수 있을 정도로 드래곤의 화염을 강화해주는 그 망할 놈의 루미너리야. 그게 유일한 기회라고."

"만약 그 보호석이 쓸모 있다면?" 심장이 미친 듯이 뛰기 시작했다. 우리는 줄곧 보호석은 단 하나뿐이라고, 그 보호석 경계선을 최대치까지 늘렸다고 배웠다. 하지만 보호석이 하나 더 있다면…. "지금 아무도 새로운 보호막을 만드는 방법을 모른다고 해도, 그 지식이 어딘가에 존재할 가능성은 있어. 아카이브 안에 있을지도 몰라. 그런 정보라면 삭제하지 않았을 거야. 만약에 대비해서 무슨 일이 있어도 지켰을 거야."

"바이올렛, 무슨 생각을 하는지는 몰라도 하지 마." 브레넌이 엄지손가락으로 턱을 문지르며 말했다. 오빠는 불안하면 늘 그랬다. 기억이란 참 놀랍기도 하지. "아카이브는 적진이라고 생각해야 해. 우리가 이 전쟁에서 이길 방법은 무기뿐이야."

"하지만 여기엔 대장간도 없고, 나바르가 이곳을 알아차렸을 때 방어할 만큼의 라이더도 없잖아." 공포가 거미처럼 내 등골에 타고 올랐다. "그러면서 단검 몇 자루로 이 전쟁에서 이길 거라고 생각해?"

"꼭 우리가 망한 것처럼 말하네. 아니야." 오빠의 턱 근육이 불거졌다.

"첫 번째 분리주의 반란은 1년 만에 박살이 났고, 며칠 전까지만 해도 난 그 사건이 오빠도 빼앗아갔다고 생각했어." 브레넌은 이해하지 못한다. 이해할 리가 없지. 가족을 묻은 건 오빠가 아니었으니까. "난 이미 오빠 물건이 불타는 꼴을 한 번 봤어."

"바이…." 브레넌은 멈칫하다가 나를 끌어안고 가만가만 흔들었다. 다시 어린아이가 된 기분이었다. "우린 펜의 실패에서 배운 게 있어. 펜처럼 나바르를 공격하지도, 독립을 선언하지도 않을 거야. 그저 나바르의 턱 밑에서 싸울 거고, 우리에겐 계획이 있어. 600년 전, 대전 중에 뭔가가 베닌을 전부 없앴어. 우린 그 무기를 적극적으로 찾고 있어. 루미너리를 손에 넣을 수만 있다면, 단검을 제련해서 그 무기를 찾을 때까지 버틸 거야. 지금은 준비가 안 됐을지 몰라도 나바르가 상황을 알 때는 준비되어 있을 거야."

브레넌의 목소리는 그다지 설득력이 없었다. 나는 한 걸음 물러섰다. "어떤 군대로? 이 혁명에 참여하는 수가 얼마나 되는데?" 이번에는 얼마나 많은 사람이 죽을까?

"구체적인 정보는 모르는 게 좋아." 오빠는 잠시 굳었다가 다시 나에게 손을 뻗었다. "이미 널 위험에 빠뜨릴 만큼 많이 말했어. 적어도 네가 에이토스를 차단할 수 있을 때까지는 안 돼."

가슴이 조여들어 나는 오빠의 손길을 피했다. "제이든처럼 말하네." 말투에 씁쓸함이 묻어나는 건 어쩔 수가 없었다. 사랑에 빠진다고 해도 온갖 시인들이 찬양하는 것처럼 엄청난 행복감이 찾아오지는 않는다. 그건 상대방도 나를 사랑할 때뿐이다. 게다가 상대방이 내가 아끼는 모든 사람과 모든 존재를 위태롭게 하는 비밀을 지키고 있다면? 사랑은 결코 얌전히 죽어주지 않는다. 그저 너무나도 비참한 절망으로 바뀔 뿐이다. 내 가슴속의 아픔이 바로 그것이다. 비참함.

왜냐하면 사랑의 뿌리는 회망이기 때문이다. 내일에 대한 희망. 가능성에 대한 희망. 내 모든 것을 믿고 맡긴 사람이 그 신뢰를 부드럽게 보살피고 지킬 것이라는 희망. 희망이라는 그 망할 것은 드래곤보다 더 죽이기 힘들다.

내 고조된 감정에 응하여 테른의 마력이 차오르자 피부 아래에 희미한 진동이 흐르고, 뺨이 붉게 달아올랐다. 적어도 이제 그 힘에 접근할 수 있다는 사실은 알게 됐다. 베닌의 독도 내게서 그 힘을 빼앗아가지는 않았다. 나는 여전히 나다.

"아." 브레넌이 해석하기 힘든 눈빛으로 나를 보았다. "왜 제이든이 꽁무니에 불이라도 붙은 것처럼 뛰쳐나갔나 했다. 예상치 못한 문제라도?"

나는 브레넌을 힘껏 노려보았다. "오빠는 모르는 게 좋을 텐데."

브레넌은 킬킬거렸다. "야, 난 소른게일 생도가 아니라 내 동생에게 묻는 거야."

"오빠는 6년 동안 죽은 척하다가 내 삶에 돌아온 지 5분밖에 안 됐으니까, 내가 연애 생활에 대해 말하지 않더라도 이해해. 오빠는 어떤데? 결혼했어? 애들은 없고? 누구든 오빠가 연애 기간 내내 거짓말한 상대가 있어?"

"파트너는 없어. 아이도 없고. 그리고 무슨 말인지 알아들었어." 오빠는 주춤하더니 비행용 가죽옷 주머니에 두 손을 찔러 넣으면서 한숨을 쉬었다. "재수 없게 굴려는 건 아니야. 하지만 기억 능력자들을 상대로 언제나 차단벽을 유지하는 기술에 숙달되기 전까지는, 뭐든 자세히 알면 안 돼."

나는 데인이 나를 만졌다가 이 장면의 브레넌을 본다는 생각에 움찔했다. "맞아. 나한테 말하지 마."

브레넌은 눈매를 좁혔다. "너무 쉽게 동의하는데."

나는 고개를 내젓고 문으로 향하면서 어깨 너머로 외쳤다. "나 때문에 또 누가 죽기 전에 떠나야겠어." 내가 더 많은 것을 보면 볼수록 오빠에게도 이 모든 일에도 엄청난 골칫거리가 될 뿐이었다. 그리고 우리가 여기에 오래 있을수록…. 신들이시여. 제발, 다른 사람들은.

"*우린 돌아가야 해요.*" 나는 테른에게 말했다.

"*나도 안다.*"

브레넌은 나를 따라잡으면서 턱에 힘을 넣었다. "바스지아스에 돌아가는 게 너에게 가장 좋은 계획일지 잘 모르겠어." 그러면서도 브레넌은 문을 열어 줬다.

"나에게는 아니지만, 오빠에게는 가장 좋은 계획이지."

테른과 나, 브레넌과 브레넌의 오렌지 대거테일인 마브까지 스게일이 있는 곳에 다다랐을 때, 나는 죽도록 긴장해 있었다. 제이든의 거대한 블루 대거테일은 자기보다 더 큰 나무 몇 그루의 그늘 아래에 서서 뭔가를 지키는 듯한 태도였다. 앤다나를 지키는 거겠지. 스게일은 브레넌을 보고 송곳니를 드러내며 으르렁대더니 위협하듯 한 걸음을 내딛으며 날카로운 발톱을 전부 내밀었다.

"안 돼요! 우리 오빠예요!" 나는 둘 사이에 끼어들며 스게일에게 소리쳤다.

"스게일도 알아." 브레넌이 중얼거렸다. "그냥 날 싫어해서 그래. 늘 싫어했지."

"개인적인 문제로 받아들이지 마." 나는 스게일의 면전에서 브레넌에게 말했다. "스게일은 제이든을 빼면 아무도 안 좋아해. 나도 참아주는 것뿐이야. 물론 스게일에게 내 존재가 점점 커지고 있긴 해."

"암덩어리처럼 말이지." 스게일은 우리 넷을 잇는 정신 연결을 통해 대꾸하더니 고개를 휙 움직였다.

나도 느꼈다. 마음 가장자리에서 검은빛으로 아른거리던 끈이 강해지면서 부드럽게 당겼다. "제이든은 이쪽으로 갔어." 나는 브레넌에게 말했다.

"진짜 희한하네." 오빠는 팔짱을 끼고 우리 뒤를 보았다. "둘이 언제나 서로를 감지할 수 있는 거야?"

"비슷해. 스게일과 테른 사이의 결속 때문에 그래. 익숙해진다고 말하고 싶지만, 사실은 아니야." 내가 잡목림 안으로 걸어들어가자 비켜달라고 말할 새도 없이 스게일이 인심 쓰듯이 오른쪽으로 두 걸음을 옮겼다. 그러자 스게일과 테른 사이로 정확히 보이는 건….

이게 뭐야?

저게 앤다나일리는… 말도 안 돼.

"침착해라. 네가 동요하면 거기에 반응해서 화내며 깨어날 거다." 테른이 경고했다.

나는 며칠 전보다 두 배 가까이 커진 잠자는 드래곤을 빤히 바라보면서 내가 보고 있는 것의 정체를 이해하려 애썼다. 사실 우리 사이의 결속 덕분에 마음으로는 이미 알고 있었다. "저건…." 나는 고개를 절레절레 흔들었지만 심장박동이 빨라졌다.

"예상치 못한 일이었지." 브레넌이 조용히 말했다. "라이오슨이 오늘 아침에 보고할 때 몇 가지 사항을 빼고 말했어. 드래곤이 저렇게 급속 성장하는 건 처음 봐."

"비늘이… 검은색이잖아." 그래. 이렇게 소리 내어 말하면 좀 더 사실감이 느껴지겠지.

"드래곤은 어릴 때만 금빛이다." 테른이 성격에 어울리지 않게 인내심 있는 목소리로 말했다.

"급속 성장이라고." 나는 작은 소리로 브레넌의 표현을 되풀이하고는 숨을 들이켰다. "에너지를 많이 써서 그렇구나. 우리가 억지로 성장시킨 셈이야. 레손에서. 앤다나가 너무 오래 시간을 멈췄어. 우리가… 아니, 내가 강제로 성장시킨 거야." 말을 멈출 수가 없었다.

"결국에는 일어날 일이었다, 은빛 아이야. 좀 더 천천히 성장하기는 했겠지만."

"다 성장한 건가요?" 나는 앤다나에게서 눈을 뗄 수가 없었다.

"아니다. 지금은 너희가 청소년기라고 부를 만한 상태다. 앤다나가 '꿈 없는 잠'에 진입해서 성장 과정을 마칠 수 있게 베일로 데리고 가야 한다. 깨어나기 전에 경고해두는데, 지금은 좀… 위험한 시기로 악명이 높아."

"앤다나에게요? 앤다나가 위험해요?" 나는 테른에게 시선을 돌리고 잠시 두려움에 마음을 졸였다.

"아니다. 주위의 모두에게 위험할 뿐이야. 청소년기 드래곤이 계약을 맺지 않는 데는 이유가 있다. 인간에 대해 참을성이 없거든. 어른에 대한 참을성도 없고. 논리도 없지." 테른이 그르릉거렸다.

"그러니까, 인간 청소년과 똑같네요." 십대 같은 드래곤이라니. 멋져라.

"무시무시한 이빨이 있고 불을 뿜는다는 점을 빼면 그렇지."

앤다나의 비늘은 새까맣다 못해서 잎사귀들 사이로 떨어지는 햇빛을 받아 자줏빛으로… 아니, 정확히는 무지갯빛으로 반짝일 정도였다. 드래곤의 색은 유전일 텐데….

"잠깐만요. 정말로 앤다나는 테른의 자식이 아니에요?" 나는 테른에게 물었다. "신들에게 맹세코 앤다나까지 나한테 비밀로 한 거였으면…."

"작년에 말했을 텐데. 앤다나는 우리 자손이 아니라고." 테른이 기분이 상한 듯 고개를 들어 올리며 대답했다. "블랙 드래곤이 희귀하긴 하지만 전대미문은 아니야."

"그런데 내가 우연히 그중 둘과 계약했고요?" 나는 테른을 보며 맞받아쳤다.

"엄밀히 말해서 네가 계약했을 때는 골드 드래곤이었지. 비늘색이 어떻게 변할지는 앤다나도 모른다. 새끼들의 색깔은 드래곤 굴에서도 가장 나이 많은 이들만이 감지할 수 있거든. 코다흐의 말에 따르면 작년에만 블랙 드래곤이 둘이나 더 부화했지."

"흠, 별 도움은 안 되는 소리네요." 나는 앤다나의 고른 호흡소리를 들으며 몸 상태를 확인했다. 커지긴 했지만… 멀쩡했다. 아직은 앤다나의 이목구비를 알아볼 수 있었다. 살짝 둥근 주둥이, 나선을 그리면서 동그랗게 말려 올라간 두 개의 뿔, 자면서 날개를 접는 방식까지도… 앤다나였다. 그저 몸집이 더 커졌을 뿐. "혹시 부모 중에 모닝스타테일이 있다면…."

"꼬리는 선택과 필요에 따라 정해진다." 테른이 분개한 듯이 씩씩거렸다. "학교에서 아무것도 안 가르쳐주더냐?"

"드래곤이 개방적이기로 이름을 떨치는 종족은 아니잖아요." 분명히 케이오리 교수님은 이런 정보에 침을 흘리겠지.

갑자기 마음속에 연결된 검은색 끈이 더 강하게 느껴졌다.

"앤다나가 벌써 깼어?" 제이든의 깊은 음색을 듣자 언제나처럼 맥박이 빨라진다.

돌아보자 브레넌 옆에 제이든이 서 있고, 이모젠과 개릭, 보디와 다른 사람들이 무성한 풀밭 속에서 제이든의 양옆을 에워싸고 있었다. 내 시선이 낯선 생도들에게 향했다. 남자 둘, 여자 하나였다. 함께 전투를 치렀는데도 복도에서 지나치면서 본 게 다인 사이라 너무 어색했다. 이름을 추측해보려고 하니 바보가 된 듯한 기분이 들었다. 물론 바스지아스는 소속 대대 외의 우정을 조성하는 곳이 아니다.

연애 관계도 마찬가지고.

'네 신뢰를 되찾는 데 남은 평생을 바칠게.' 제이든이 했던 말이 서로를 물끄러미 쳐다보는 우리 사이의 허공을 채웠다.

"우린 돌아가야 해." 나는 싸움에 대비하며 팔짱을 꼈다. "의회가 뭐라고 하든 간에 우리가 돌아가지 않으면 학교에선 반역의 낙인이 찍힌 생도 전원을 죽일 거야."

제이든도 같은 결론에 도달했다는 듯 고개를 끄덕였다.

"바이올렛, 거기선 네가 하려는 거짓말을 다 꿰뚫어보고, 널 처형할 거야." 브레넌이 응수했다. "첩보에 따르면 소른게일 장군은 이미 네가 없어졌다는 걸 알아."

모의전투 명령서를 나눠줄 때 어머니는 연단에 없었다. 올해 모의전투는 부관인 에이토스 대령이 맡았다.

어머니는 몰랐어.

"어머니가 날 죽게 내버려두진 않을 거야."

"그 말 다시 해봐." 브레넌이 조용히 말했다. 고개를 기울여 쳐다보는 모습이 아버지를 무척 닮아서 나는 눈을 두 번 깜박였다. "이번에는 정말이라고 스스로를 설득하려고 하면서 말해봐. 장군의 충성심은 수정처럼 투명해. '그래, 베넌이 있다고? 이제 수업으로 돌아가'라는 문신을 이마에 새겼을지도 모른다 싶을 정도지."

"그렇다고 날 죽이진 않을 거야. 내가 우리 이야기를 믿게 만들 수 있어. 말하는 사람이 나라면, 어머니도 믿고 싶어 할 거야."

"널 죽이지 않을 거라고? 널 라이더 분과에 던져 넣은 사람인데?"

좋다. 일리 있는 지적이었다. "그래, 그랬지. 그런데 그거 알아? 난 라이더가 됐어. 어머니에 대해 할 말은 많지만, 그래도 에이토스 대령이 증거 없이 날 죽이게 내버려두진 않을 거야. 마컴이라 해도 막을걸. 오빠가 돌아오지 않았을 때 어머니가 어땠는지 못 봤잖아. 엄청나게… 타격받은 모습을."

브레넌이 주먹을 말아쥐었다. "어머니가 내 이름으로 저지른 극악무도한 짓들은 알지."

"장군은 거기 없었어." 이름을 모르는 남자 한 명이 우리 대화에 끼어들었다. 일제히 그쪽을 노려보자 남자는 두 손을 들어 올렸다. 키는 다른 사람보다 작고, 어깨에는 불꽃전대 3대대 휘장이 붙어 있으며, 밝은 갈색머리에 아마리 신상 발치에 흔히 새기는 아기천사가 떠오르는 동그란 분홍빛 얼굴이었다.

"진심이야, 키아란?" 갈색머리의 2학년이 한 손을 이마로 들어 올려 하얀 피부에 떨어지는 햇빛을 가리자 어깨에 붙은 불꽃전대 1대대 휘장이 보였다. 그녀는 피어싱을 한 눈썹 한쪽을 들어 올렸다. "소른게일 장군을 위해 변명을 해준다고?"

"아니야, 아야. 그런 게 아니야. 하지만 명령서를 나눠줄 때 장군은 거기 없었어…." 그는 경고하듯 두 눈썹을 사선으로 내리며 말을 끊었다가 덧붙였다. "그리고 올해 모의전투는 에이토스 책임이었어."

키아란과 아야란 말이지. 나는 덩치 큰 개릭 옆에 서서 짙은 갈색 손으로 뾰족코에 얹은 안경을 밀어 올리는 여윈 남자를 쳐다보았다. "미안한데, 선배 이름이 뭐지?" 모두의 이름을 알지 못하는 게 잘못된 일 같았다.

"메이슨이야." 그는 씩 웃으며 대답했다. "그리고 이러면 네 기분이 나아질까 모르겠는데…." 그는 브레넌을 흘긋 보았다. "나도 올해 모의전투에 너희 엄마가 관련된 것 같진 않아. 에이토스가 전부 다 자기 아빠가 계획한다고 큰 소리로 떠벌렸거든."

망할 놈의 데인.

"고마워." 나는 브레넌을 돌아보았다. "어머니가 에이토스 대령의 계획을 몰랐다는 데 목숨이라도 걸겠어."

"우리 모두의 목숨까지?" 설득되지 않은 게 분명한 아야가 자신을 지지해 달라는 듯이 이모젠을 쳐다보았지만, 이모젠은 반응하지 않았다.

"난 돌아가는 데 한 표 던진다." 개릭이 말했다. "위험은 감수해야 해. 우리가 돌아가지 않으면 놈들이 나머지를 다 죽일 게 분명하고, 바스지아스에서 가지고 나오는 무기 흐름도 끊을 수 없어. 동의하는 사람?"

하나씩, 하나씩, 제이든과 브레넌만 빼고 모두가 손을 들었다. 제이든의 턱에 힘이 들어가더니 미간에 두 줄의 주름이 생겼다. 내가 아는 표정이다. 생각하고 계획을 세울 때 표정.

"에이토스가 얘한테 손대는 순간 우리는 아레티아를 잃고 너희는 목숨을 잃어." 브레넌이 제이든에게 말했다.

"내가 그 녀석을 차단할 수 있게 훈련시킬 거야." 제이든이 대꾸했다. "테른을 차단하는 방법을 배우자마자 학년에서 가장 강력한 차단벽을 쌓은 녀석이니까, 늘 벽을 올리고 있는 방법만 배우면 돼."

나는 반대하지 않았다. 제이든은 나와 정신적으로 직접 통하는 연결고리가 있으니까 그와 연습하는 것이 가장 논리적인 선택이었다.

"바이가 데인의 능력을 차단할 수 있게 될 때까지는? 네가 늘 함께 있지는 못할 텐데, 어떻게 그놈이 손대지 못하게 막을 건데?" 브레넌이 이의를 제기했다.

"그놈의 제일 큰 약점을 때려야지. 자존심 말이야."

제이든이 입술을 휘어 무자비한 미소를 지었다. "다들 돌아간다는 생각이 확고하다면, 앤다나가 깨어나는 대로 날아간다."

"확고해." 개릭이 모두를 대신해서 대답했다.

나는 목에 응어리지는 감정을 삼키려 애썼다. 이게 옳은 결정이다. 또한 우리를 죽음으로 몰아넣을 수 있는 결정이기도 하다.

뒤쪽에서 바스락거리는 소리에 고개를 돌려보니 앤다나가 몸을 일으키고 있었다. 새로 발톱이 돋은 발을 어설프게 모으면서, 나를 보고 금빛 눈을 천천히 껌벅거렸다. 나는 안도감과 기쁨에 미소를 짓다가 앤다나가 일어서려고 버둥거리는 모습을 보고 웃음을 거뒀다. 오… 신들이시여. 앤다나는 마치 갓 태어난 망아지 같았다. 날개와 다리가 몸과 균형이 맞지 않는 듯했고, 몸을 세우려고 하자 모든 게 기우뚱거렸다. 이 상태로 앤다나가 날 수 있을 리가 없다. 들판을 걸을 수 있는지도 의심스러웠다.

"일어났어?" 나는 미소 지으며 말했다.

"난 이제 시간을 멈출 수 없어." 앤다나가 조심스럽게 나를 처다보는데, 그 금빛 눈동자가 나를 가늠하는 모습을 보자 시연 날이 떠올랐다.

"알아." 나는 고개를 끄덕이고 앤다나의 눈동자 속에 보이는 구릿빛의 줄을 관찰했다. 원래도 저런 게 있었던가?

"실망하지 않아?"

"네가 살아 있잖아. 네 덕분에 모두가 살아 있어. 그런데 어떻게 내가 실망할 수 있겠어?" 깜박이지 않는 앤다나의 금빛 눈을 들여다보자 가슴이 답답해져서, 다음에 할 말은 조심스럽게 골랐다. "우린 언제나 그 선물이 네가 작을 때만 유지된다는 걸 알고 있었잖아. 사랑하는 나의 친구야, 넌 이제 작지 않아." 앤다나의 가슴에서 그르렁거리는 소리가 울렸고, 나는 눈썹을 치켜올렸다. "기분은… 괜찮아?" 대체 내가 무슨 말을 했다고 저렇게 반응하는 거지?

"청소년이란." 테른이 그르렁거렸다.

"난 괜찮아." 앤다나는 테른을 보고 눈을 가늘게 뜨며 말했다. "당장 떠나자." 앤다나가 날개를 펼치는데, 한쪽 날개만 다 펴고도 불균형한 무게에 비틀거리며 몸이 앞으로 확 쏠렸다.

그때 제이든의 그림자가 숲에서 휙 튀어나오더니 앤다나의 가슴을 휘감으며 얼굴부터 땅에 처박지 않게 막아줬다.

이런 젠장.

"어… 아무래도 저 비행용 고정장비를 좀 조정해야겠는데." 앤다나가 계속 균형을 잡지 못하자 보디가 말했다. "그러려면 몇 시간은 걸릴 거야."

"앤다나를 데리고 베일까지 날 수 있겠어요?" 나는 테른에게 물었다. "이젠 몸이… 큰데요."

"그런 모욕을 준 멍청한 라이더를 여럿 죽여봤다."

"과도한 반응이네요."

"나 혼자 날 수 있어." 제이든의 그림자에 도움을 받아 간신히 균형을 잡은 앤다나가 주장했다.

"만약에 대비해서야." 내 약속을 듣고도 앤다나는 의심의 눈으로 쳐다보았다. 그럴 만도 했다.

"빨리 장비를 조정해." 제이든이 말했다. "계획이 하나 있는데, 이게 통하려면 48시간 안에 돌아가야 해. 비행시간만 해도 그중 하루는 필요할 거야."

"48시간 후에 뭐가 있는데?" 내가 물었다.

"졸업."

03

라이더 분과의 졸업식만큼 보람 있고, 마음을 울리며⋯ 실망스러운 순간은 없다. 그때만큼은 보병 분과가 부러웠다. 보병 생도들은 졸업식을 제대로 즐길 줄 안다.

— 아펜드라 소령, 《라이더 분과 지침》(무허가 판본)

해 뜨기 전에 접근한 바스지아스 비행장은 아직 어두웠고, 아무도 없어 보였다. 우리 드래곤들은 최대한 눈에 띄지 않으려고 산맥 지형에 딱 붙어서 날고 있었다.

"그렇다 해도 누군가는 우리가 착륙하는 모습을 볼 수도 있겠지." 테른은 아레티아에서부터 거의 18시간을 내리 날아왔으면서도 날갯짓을 일정하게 유지했다. 앤다나를 몰래 베일에 데려다놓을 수 있는 시간은 아주 짧았고, 그 기회를 놓치면 모든 새끼 드래곤들이 위험에 빠질 터였다.

"전 아직도 왜 엠피리언이 드래곤과 라이더의 계약에 동의했는지 이해가 안 가요. 그랬다간 그리폰 플라이어들만이 아니라 나바르인에게서도 새끼들을 지켜야 한다는 걸 알면서, 왜 그랬어요?"

"섬세한 균형을 위해서." 테른은 지형을 따라 왼쪽으로 몸을 기울이면서 대답했다. "600년 전 드래곤 굴에 접근한 최초의 여섯 라이더는 사람들을 구하고자 필사적이었지. 그때 드래곤들이 최초의 엠피리언을 구성해서 인간과 계약한 이유는 오직 더 큰 위협인 베닌으로부터 부화지를 지키기 위해서였다. 우리에겐 보호막을 엮거나 룬 문자를 그리기에 적합한 손가락이 없으니 말이다. 어느 종족도 온전히 믿을 만하지는 않았어. 둘 다 나름의 이유에서 서로를 이용했다 뿐이지."

"나는 뭐든 테른에게 숨길 생각을 해본 적이 없어요."

테른은 가끔 하던 대로 목뼈가 없는 듯한 기묘한 동작으로 머리를 빙 돌리더니 잠시 동안 눈을 가늘게 뜨고 나를 보다가 다시 지형으로 관심을 돌렸다. "지금 대답할 만한 질문들에 답하는 것 말고는 지난 9개월을 바로잡기 위해 내가 할 수 있는 일이 없구나."

"알아요." 나는 조용히 말하면서, 그 말만으로 입안에서 맴도는 배신의 쓴맛을 씻어낼 수 있다면 좋겠다고 생각했다. 이 마음을 떨쳐버려야겠지. 그건 나도 안다. 테른은 스게일의 반려니까 나에게 모든 것을 밝힐 수는 없을 것이다. 앤다나는 테른을 따라한 어린 드래곤이니 탓할 수 없다. 하지만 제이든은 전혀 다른 문제였다.

"가까워지고 있다. 준비해라."

"일찌감치 비행 중에 내리는 연습을 해둘 걸 그랬어요." 테른이 몸을 기울이면서 내 몸도 오른쪽으로 쏠리자, 나는 안장 폼멜을 꽉 잡으며 농담을 던졌다. 안장에 몇 시간이나 앉아 있었던 대가를 호되게 치르긴 하겠지만, 얼굴에 와닿는 여름 바람의 느낌은 무엇과도 바꿀 수 없었다.

"그랬다간 충격으로 네 팔다리가 찢어질 거다." 테른이 쏘아붙였다.

"그건 모르는 일이지." 앤다나가 맞받아쳤다. 아무래도 무조건 테른이 틀렸다고 말하는 게 앤다나의 새로운 대화법이 된 것 같다.

테른의 가슴이 우르릉 울리더니 내 안장과 앤다나를 테른의 가슴에 붙들어 맨 장비를 진동시켰다.

"나라면 조심하겠어." 나는 웃음을 누르며 말했다. "테른이 질려서 널 떨어뜨릴지도 몰라."

"자존심 때문에 절대 못 그럴걸."

"장비를 달지 않겠다고 20분이나 버티던 드래곤이 잘도 말하는구나." 테른이 마주 쏘아붙였다.

"좋아요, 어린이들. 다투지 맙시다." 테른이 바스지아스 산 가장자리를 스치듯이 급강하하여 비행장이 다시 보이는 곳으로 내려가자 근육이 긴장하고, 벨트가 허벅지에 파고들었다.

"여전히 아무도 없군." 테른이 말했다.

"잘 아시겠지만 날고 있는 드래곤 등에서 뛰어내리는 기동은 2학년 때 배워요." 숙달하고 싶은 마음은 전혀 없지만 그래도 훈련해야 한다는 사실이 달라지진 않는다.

"네가 그 훈련에 참여할 일은 없다." 테른이 그르렁거렸다.

"테른이 안 한다면 내가 널 태울 수도 있어." 앤다나가 끼어들어 말하더니 마지막에 가서는 드래곤다운 하품으로 끝맺었다.

"넌 우리 계약자를 태우고 말렉을 만나기 전에 가장 기본적인 착륙 훈련부터 해야겠지?"

하, 앞으로 길고 힘든 한 해가 될 것 같다.

테른이 비행장이 있는 협곡으로 급강하하자 내장이 같이 곤두박질쳤다.

"앤다나를 베일에 떨궈놓은 다음 이 근처에서 맴돌고 있으마."

"테른도 쉬어야죠."

"놈들이 너희 여덟 명을 처형하기로 결정한다면 휴식 따윈 없을 거야." 테른의 목소리에 깃든 근심 때문에 나는 목이 메었다. "네 뜻대로 되지 않겠다 싶으면 바로 날 불러라."

"잘될 거예요." 나는 장담했다. "부탁이 하나 있는데, 들어갈 때 제가 제이든과 대화를 좀 해야 한다고 스게일에게 전해줄래요?"

"꽉 붙잡아라."

땅이 맹렬히 돌진해왔다. 나는 테른이 빠르게 날개를 펼치고 하강 속도를 줄이는 동안 허벅지 끈을 잡고 버클을 풀었다. 테른이 착륙하자 반동 때문에 몸이 앞으로 내던져지려는 걸 막기 위해 빠르게 벨트를 잡아당기며 억지로 안장에 엉덩이를 붙였다.

"얼른 앤다나를 데리고 가요." 나는 비명을 지르려는 모든 근육을 무시하면서 재빨리 테른의 어깨로 향했다.

"불필요한 모험은 하지 말거라."

나는 앤다나의 위치 때문에 테른이 조금밖에 기울이지 못한 가파른 앞다리를 타고 미끄러져 내려갔다. 발이 쿵 소리를 내며 바닥을 때리자 잠시 비틀거렸지만 곧 균형을 잡았다. "저도 사랑해요." 나는 몸을 돌려 테른과 앤다나의 다리를 토닥인 다음 열심히 뛰어서 자리를 비켜섰다.

테른이 오른쪽으로 고개를 휙 돌렸다. 스게일이 인정사정없이 효율적으로 착륙했고, 제이든도 똑같이 효율적으로 뛰어내렸다. "비행단장이 간다."

그는 앞으로 단 몇 시간만 내 비행단장일 것이다. 이 위기에서 살아남는다면 말이다.

제이든은 테른이 이륙할 공간을 두고 멀찍이 돌아서 내 쪽으로 걸어왔다. 스게일이 테른 옆에서 이륙하고, 나머지 드래곤들도 뒤따랐다. 이제 우리뿐이네.

나는 고글을 머리 위로 올리고 재킷의 지퍼를 내렸다. 바스지아스의 7월은 말도 못하게 후덥지근했다. 이렇게 이른 시간에도.

"정말로 테른을 통해 스게일에게 나와 대화하고 싶다고 전해달라고 했어?" 첫 햇살이 산맥 끝을 자줏빛으로 물들이는 가운데 제이든이 물었다.

"그래." 나는 비행 중에 단검이 떨어지지 않았는지 칼집을 손으로 짚어보면서 다른 사람들보다 조금 앞서서 비행장 밖으로 걸어갔다. 우리는 건틀릿을 우회해서 라이더 분과로 곧장 돌아갈 수 있는 계단으로 향했다.

"네가 할 수 있다는 걸 잊지 마…." 그는 내 앞에서 나를 보고 뒤로 걸으며 머리 옆을 톡톡 두드렸다. 나는 그의 이마에 흘러내린 헝클어진 검은 머리카락을 걷어내지 않으려고 주먹을 꽉 쥐어야 했다. 얼마 전이었다면 나도 거리낌 없이 그에게 손댔을 것이다. 젠장, 아예 저 머리카락 사이에 손을 넣고 끌어당겨 키스를 했겠지.

하지만 그때는 그때고, 지금은 지금이다.

"그런 식으로 말하니까 조금…." 신들이시여, 이게 왜 이렇게 힘든 거죠? 지난 1년 동안 내가 제이든 때문에 희생한 모든 것이 지워져서, 우리를 다시 건틀릿 코스 시작점에 세워놓은 것만 같았다. 심지어 둘 중 누구라도 그 코스를 뛸 생각이 있는지 알 수조차 없었다. 나는 어깨를 으쓱였다. "너무 친밀한 느낌인데."

"그럼 우리가 친밀하지 않나?" 그가 눈썹을 치켜들었다. "난 우리가 뒤엉켜 있던 순간을 떠올릴 수 있…."

나는 후다닥 뛰어가서 손으로 그 입을 막았다.

"하지 마." 우리 사이의 폭발적인 화학반응을 무시하는 건, 제이든이 우리가 같이 있을 때의 기분을 상기시켜 주지 않아도 충분히 힘들었다. 육체적으로 우리의 관계는 완벽했다. 그걸 관계라고 해야 할지 모르겠지만, 아무튼 완벽 이상이었다. 지옥불처럼 뜨거웠고 중독성도 강했다. 제이든이 내 손바닥에 키스하자 온몸이 달아올랐다. 나는 바로 손을 내렸다. "지금 우리가 처형까지는 아니더라도 재판은 확실히 받을 곳으로 가는데 농담이나 하다니."

"진지하게 말하는데, 농담 아니야." 제이든은 계단에 다다르자 몸을 돌려서 먼저 내려가다가 어깨 너머로 나를 돌아보았다. "네가 날 무시하지 않아서 놀랐지만, 확실히 농담은 아니야."

"난 당신이 내게 정보를 숨겨서 화가 났어. 당신을 무시한다고 그 문제가 해결되진 않아."

"좋은 지적이야. 하고 싶었던 말은 뭐야?"

"아레티아에서부터 줄곧 생각하던 의문이 하나 있어."

"그랬는데 이제야 말한다고?" 그는 계단을 다 내려가더니 못 믿겠다는 눈으로 나를 보았다. "하긴 소통은 네 강점이 아니긴 하지? 걱정하지 마. 차단벽 세우는 거랑 그것도 같이 노력해보자."

"당신 입에서 그런 소리가 나오다니 아이러니하네." 우리가 분과로 가는 길을 오르기 시작할 때쯤에는 오른쪽에서 해가 꾸준히 떠오르면서 제이든의 등에 멘 두 자루 장검이 반짝였다. "당신들의 계획에 믿을 만한 서기가 한 명이라도 있어?"

"없어." 라이더 성채가 우리 앞에 나타나고, 산속을 관통하는 터널 위 능선 너머로 성채의 탑들이 슬쩍 보였다. "네가 서기들을 믿으면서 성장한 건 아는데…"

"더는 말하지 마." 나는 고개를 저었다. "데인을 방어할 수 있기 전까지는 안 돼."

"솔직히 계획이고 뭐고 그냥 그놈을 난간다리에서 던져버릴까 생각도 했지." 제이든은 진심이었고, 나도 그 마음을 비난할 수 없었다. 제이든은 애초부터 데인을 믿은 적이 없었고, 모의전투 중에 일어난 일을 생각하면 나도 99퍼센트는 데인을 믿을 수 없다는 게 확실해졌다. 다만 1퍼센트, 그래도 데인은 제일 친한 친구였다고 소리 지르는 나머지 1퍼센트가 문제였다.

그 1퍼센트 때문에 나는 데인이 정말로 애더빈에서 우리를 기다리는 게 뭔지 알았을까 의심이 들었다. "도움은 되겠지만, 그래서야 우리가 노리는 '우릴 믿으세요' 효과가 날 것 같진 않네."

"그래서, 넌 날 믿어?"

"복잡한 답을 듣고 싶어?"

"둘만 있을 시간이 한정되어 있다는 점을 감안하면 _그_게 더 좋겠는데." 그는 터널로 들어가는 높은 문 앞에 멈춰 섰다.

"내 목숨에 대해서는 믿어. 결국엔 당신 목숨이기도 하고." 나머지는 제이든이 나에게 얼마나 마음을 여는가에 달려 있지만, 지금은 우리 관계에 대해 대화할 때가 아니다.

고개를 끄덕이는 제이든의 눈에 실망감이 스쳤다고 맹세라도 할 수 있다. 그는 이어서 재빨리 따라오고 있는 여섯 명을 돌아보았다. "내가 에이토스가 누구에게도 손대지 못하게 하겠지만, 너도 협조해야 할지 몰라."

"먼저 내가 해결해볼게. 그 다음에는 당신 생각대로 해." 바스지아스의 종소리가 울리며 대화가 끝났다. 졸업식 소집까지 15분 남았다.

다른 사람들이 도착하자 제이든의 어깨가 펴지더니, 얼굴이 표정을 읽을 수 없는 가면처럼 변했다. "다들 앞으로 일어날 일을 알고 있겠지?"

이 사람은 비밀을 지킨 문제로 내게 용서를 빌던 남자가 아니고, 아레티아에서 내 신뢰를 다시 얻어내겠다고 맹세한 사람도 아니다. 지금 이 사람은 땀 한 방울 흘리지 않고도 내 침실에 있던 습격자를 모조리 죽여버리고, 그 후에도 잠을 설치는 일이 없었던 비행단장이다.

"우린 준비됐어." 개릭이 전투 전에 몸을 풀 듯이 고개를 돌리며 말했다.

"준비됐어." 메이슨이 콧잔등에 걸린 안경을 바로잡으며 고개를 끄덕였다.

하나씩 하나씩, 모두가 동의했다.

"해치우자." 나는 턱을 들어 올렸다.

제이든은 오랫동안 뚫어져라 나를 쳐다보더니, 고개를 끄덕였다.

터널 안으로 들어가자 속이 뒤틀렸다. 우리가 지나갈 때마다 마법 불빛이 깜박거렸다. 터널을 통과했을 때 반대쪽 문은 열려 있었고, 제이든이 내 옆에 붙었을 때 나는 반대하지 않았다. 모두가 아는 사실이 무엇인지에 따라 우리는 분과에 들어서자마자 체포당하거나 더 심한 경우에는 죽을 가능성도 넘쳤다.

내 안에 마력이 차올랐다. 불이 붙지는 않았지만 필요할 경우에는 바로 쓸 수 있게 피부 밑에서 진동했다. 그러나 바위투성이의 안마당에 들어서도록 나타나는 사람은 없었다. 이 공간에 라이더와 일반 생도들이 가득 차기까지 몇 분도 남지 않았다.

처음 마주친 라이더들은 건방지게 으스대면서 기숙사에서 안마당으로 걸어 나오고 있었는데, 제복에 제2비행단 휘장이 달렸다.

"드디어 도착하셨네? 너희 때문에 시합이 중단됐을 거라고 생각했겠지, 제 4비행단?" 짙은 초록색으로 머리를 물들인 라이더가 재수 없게 웃으며 말했다. "하지만 아니었거든! 너희가 나타나지 않아서 제2비행단이 다 먹었지!"

제이든은 지나치면서 그쪽을 쳐다보지도 않았다. 반대쪽에서는 개릭이 가운데 손가락을 들어 올렸다.

"무슨 일이 일어났는지 아무도 모른다는 뜻 같은데." 이모젠이 속삭였다.

"그렇다면 이 계획이 성공할 가능성이 있다는 거지." 아야가 대꾸하는데, 그 눈썹에 달린 피어싱이 햇빛을 받아 반짝였다.

"당연히 아무도 모르겠지." 제이든이 중얼거리면서 학예동 꼭대기를 올려다보았다. 뭘 보나 싶어 그 시선을 따라간 나는 제일 먼 망루 꼭대기에서 타오르는 불을 보고 심장이 조여들었다. 말렉에게 바칠 공물을 기다리는 불이었다. 모의전투에서 살아남지 못한 생도들의 소지품을 말이다. "우리보다 그놈들이 먼저 진실을 밝힐 리가 있나."

우리는 기숙사 입구에서 시선을 주고받은 후 계획에 따라 말없이 흩어졌다. 제이든은 내가 9개월간 집으로 삼았던 작은 복도까지 따라왔다. 하지만 내가 관심을 둔 곳은 내 방이 아니었다.

내가 주변에 사람이 없는지 이쪽저쪽을 확인하는 사이, 제이든은 리암의 방문을 열었다. 제이든의 손짓에 나는 그의 팔 아래로 미끄러져 들어갔다. 머리 위에서 마법 불빛이 켜졌다. 제이든이 문을 닫는 동안 나는 슬픔의 무게에 가슴이 뒤틀릴 것 같았다. 며칠 전만 해도 리암이 저 침대에서 잤는데. 저 책상에서 공부했는데. 저 협탁에서 반쯤 완성된 조각상을 깎았을 텐데.

"빨리 해야 해." 제이든이 나를 일깨웠다.

"그럴 거야." 나는 장담하면서 곧장 리암의 책상으로 향했다. 책과 펜밖에 없었다. 리암의 옷장, 서랍장, 그리고 침대 발치의 궤짝을 확인했는데도 여전히 빈손이었다.

"바이올렛." 문 앞에서 경계를 서던 제이든이 조용히 경고했다.

"알아." 나는 어깨 너머로 말했다. 테른과 스게일이 베일에 도착하자마자 모든 드래곤이 그들의 귀환을 알 것이고, 그러면 사령부도 알 터였다.

나는 무거운 매트리스 모서리를 들어 올리고 안도감에 한숨을 내쉬었다. 그리고 끈으로 묶어놓은 편지더미를 낚아챈 다음, 매트리스를 다시 제자리에 내려놓았다.

"찾았어." 난 울지 않을 거야. 아직 이걸 내 방에 숨겨야 하니까. 하지만 그 다음에 내 물건을 태우러 온다면 그때는 어쩌지?

"가자." 제이든이 문을 열고 내가 복도에 나가는 순간, 분과에서 나와 제일 친한 리애넌이 또 다른 우리 대대원 리독과 함께 방에서 걸어 나왔다.

아, 빌어먹을.

"바이!" 리는 입을 딱 벌리더니 빠르게 달려와 나를 끌어안았다. "왔구나!" 나는 잠시 동안이나마 긴장을 풀고 리의 강한 포옹에 몸을 맡겼다. 6일 만에 보는 게 아니라 백만 년 만에 보는 느낌이었다.

"나 여기 있어." 나는 한쪽 팔로 편지 뭉치를 안고 반대쪽 팔을 리애넌에게 두르면서 친구를 안심시켰다.

리는 내 어깨를 꽉 쥐었다가 밀어내면서 갈색 눈으로 내 얼굴을 샅샅이 살폈다. 그 태도를 보니 내가 해야 하는 거짓말이 완전히 개소리처럼 느껴졌다. "다들 하는 소리 듣고 네가 죽은 줄 알았어." 리의 시선이 내 머리 너머로 올라갔다. "둘 다 죽은 줄 알았지."

"네가 길을 잃었을 거란 소문도 있었어." 리독이 덧붙였다. "하지만 네가 누구와 같이 갔는지 감안하면 차라리 죽었다는 설이 말이 된다고 봤지. 우리 생각이 틀려서 다행이야."

"나중에 내가 설명할게. 당장은 부탁이 있어." 나는 목이 메어 속삭였다.

"바이올렛." 제이든의 목소리가 낮아졌다.

"리는 믿을 수 있어." 나는 제이든을 돌아보면서 장담했다. "리독도 마찬가지야."

제이든은 달갑지 않은 표정이었다. 우리가 정말 집에 오긴 했나 보다.

"뭘 해주면 돼?" 리는 걱정으로 이마를 찌푸리며 물었다.

나는 물러서서 편지 뭉치를 리애넌의 손에 밀어 넣었다. 리애넌의 가족도 유품을 태우는 관습에 따르지 않는 사람들이었다. 리애넌이라면 이해할 것이다. "나 대신 이걸 보관해줘. 숨겨줘. 아무도… 태우지 않게 해줘." 목소리가 갈라졌다.

리애넌이 편지를 내려다보더니, 눈을 크게 뜨고 어깨를 수그리면서 얼굴을 구겼다.

"그게 뭔데…." 리독이 말하다가 리애넌의 어깨 너머로 편지를 보고 입을 다물었다. "젠장."

"안 돼." 리애넌이 속삭였지만, 그 말이 내 부탁을 들어줄 수 없다는 뜻은 아니었다. "리암은 아니야. 안 돼." 천천히 올라온 리의 시선이 마주쳤다.

눈시울이 뜨거워졌지만, 나는 겨우 고개를 끄덕이며 헛기침을 했다. "소지품을 가지러 오더라도 이건 가져가지 못하게 하겠다고 약속해줘. 혹시 내가…." 나는 말을 잇지 못했다.

리애넌은 고개를 끄덕였다. "다친 건 아니지?" 그녀가 다시 나를 훑어보다가 비행 재킷에 남은 바느질 자국을 보고 눈을 깜박였다. 아레티아에서 베닌의 단검이 남긴 구멍을 수선한 흔적이었다.

나는 고개를 저었다. 딱히 거짓말도 아니었다. 굳이 말하자면, 지금 내 몸은 완벽한 상태니까.

"가야 해." 제이든이 말했다.

"졸업식에서 보자." 나는 물기 어린 미소를 짓고는 제이든 쪽으로 한 걸음을 내디뎠다. 내가 거리를 둘수록 친구들이 더 안전할 것이다.

"어떻게 하는 거야?" 나는 모퉁이를 돌아 북적이는 1학년 기숙사 복도로 들어서면서 제이든에게 속삭였다.

"뭘?" 그는 두 팔을 늘어뜨린 채로 계속 주위를 살폈고, 나와 떨어질까 봐 걱정이라도 하는 사람처럼 내 등허리에 손을 올렸다. 우리는 쏟아져 나가는 생도들 한가운데에 있었고, 다들 너무 바빠서 우리를 눈치 채지 못하는 와중에도 종종 다시 돌아보는 사람도 있었다. 낙인자들은 보는 족족 제이든을 향해 살짝 고갯짓을 하며 다른 사람들에게 이미 경고를 받았음을 알렸다.

"아끼는 사람에게 거짓말하는 거?"

우리의 시선이 맞부딪쳤다.

'최초의 여섯 라이더' 흉상을 하나 지나친 우리는 고학년 기숙사로 이어지는 널찍한 나선계단으로 내려가는 군중의 흐름을 따라갔다.

제이든의 턱에 힘이 들어갔다. "바이…."

나는 손을 들어 말을 끊었다. "욕하는 거 아니야. 어떻게 하는지 나도 알아야 해서 그래."

우리는 안마당 문으로 쏟아져 나가는 생도들에게서 떨어져 나왔다. 제이든은 성큼성큼 로톤다로 걸어가더니 문을 열며 들어가라고 재촉했다. 나는 제이든이 내 등에 올린 손으로부터 몸을 떼어냈다.

지날 신이 우리에게 미소 짓고 있었나 보다. 고맙게도 로톤다 안이 잠시 비어 있었던 덕분에 제이든은 나를 첫 번째 기둥 뒤쪽으로 잡아끌었다. 분과의 모든 부속 건물로 이어지는 이 공간에서 누가 지나가더라도 레드 드래곤 조각상이 우리를 가려줄 자리였다.

아니나 다를까, 순식간에 목소리와 발소리가 둥근 천장의 거대한 방 안을 채웠다. 그러나 아무도 기둥 뒤에 있는 우리를 보지는 못했다. 그래서 우리가 이곳에서 만나기로 한 거다. 제이든 옆으로 보니 우리 양옆의 기둥 뒤는 비어 있었다. 다른 모두가 로톤다 반대편에 있거나, 우리가 제일 먼저 도착했다는 뜻이다.

"분명히 말해두는데, 나는 아끼는 사람에게 거짓말하지 않아." 제이든이 나를 마주 보고 목소리를 깔았다. 그 강렬한 눈빛이 내 등을 대리석 기둥에 고정시키는 느낌이었다. 그가 몸을 기울이자 시야가 제이든으로 가득 찼다. "그리고 분명 너에게도 거짓말한 적 없어. 하지만 네가 선택적인 진실을 말하는 기술에 숙달되지 못한다면 우린 다 죽겠지. 네가 리애넌이나 리독을 믿는 건 알지만, 걔들에게 진실을 말할 순 없어. 우리만이 아니라 걔들을 위해서도 그래. 알면 위험해지니까. 넌 진실을 구획화할 수 있어야 해. 친구들에게 거짓말을 못하겠다면 거리를 둬. 알아들었어?"

몸이 굳었다. 물론 나도 알고는 있었지만 노골적으로 요점을 들으니 배에 칼을 맞는 기분이었다. "알았어."

"난 널 이런 위치에 밀어 넣고 싶지 않았어. 네 친구들과도 그렇고, 특히 에이토스 대령과도 그래. 그래서 너에게 말하지 않았던 거야."

"브레넌에 대해 안 지는 얼마나 오래됐는데?" 적절한 때가 아닐지도 모르지만, 지금밖에 기회가 없다는 생각이 들었다.

제이든은 천천히 숨을 내쉬었다. "브레넌이 죽었을 때부터 알았지."

입술이 저절로 벌어졌다. 레손 이후 줄곧 가슴을 누르고 있던 무거운 뭔가가 떨어졌다.

"왜?"

"질문을 회피하지 않네." 조금 놀란 건 인정해야겠다.

"너에게 몇 가지 답을 주겠다고 약속했잖아." 그는 몸을 내 쪽으로 기울였다. "하지만 그 답이 네 마음에 들 거란 약속은 못 해."

"난 언제나 진실이 더 좋아." 그런데 몇 가지 답이라고?

"지금은 그렇게 말하지." 그는 입술을 비틀어 쓴웃음을 지었다.

"난 언제나 그럴 거야." 뒤쪽에서 학생들이 집합 준비를 하느라 분주히 움직이는 발소리가 이곳에 우리만 있는 게 아님을 일깨워줬지만, 제이든에게 이 말만은 들려줘야 했다. "지난 몇 주가 당신에게 가르쳐주지 않았어? 난 진실로부터 도망치지 않아. 아무리 힘든 진실이라 해도, 어떤 대가를 치른다 해도."

"그래. 난 너를 잃는다는 대가를 치렀지." 나는 온몸을 굳혔고 제이든은 눈을 꼭 감았다. "젠장. 그런 말은 하지 말았어야 했는데." 그가 고개를 저으면서 눈을 다시 떴는데, 그 절망적인 눈빛을 보자 가슴이 조여들었다. "너에게 말하지 않은 탓인 건 알아. 이해해. 하지만 모든 사람의 목숨이 내가 거짓말을 잘하는 데 달려 있을 때는 거짓이 아니라 진실이 나를 구할 거라는 사실을 깨닫기가 쉽지 않아." 그는 한숨을 쉬며 어깨를 움직였다. "모든 걸 다시 할 수 있다면 달랐을 거야. 정말이야. 하지만 그럴 수는 없으니까. 이게 우리 상황이야."

"이게 우리 상황이지." 그래서 그게 어떤 상황인지는 나도 잘 모르겠다. 나는 무게 중심을 반대쪽 다리로 옮겨 실었다. "하지만 나에게 전부 다 말해주겠다던 말이 진심이었다면…."

제이든이 움찔하자 내 심장이 철렁했다.

"내가 제대로 차단할 수 있게 되면 다 말해주는 거 맞지?" 나는 제이든을 붙잡고 흔들어대고 싶은 마음을 참아야 했다. 쉽지 않았다. "당신 침실에서 그렇게 약속했잖아." 제이든이 나한테 또 이럴 순 없어. "내가 알고 싶은 것도, 알고 싶어 하지 않는 것도 다 알려준다며. 그렇게 말했잖아."

"나에 대한 건 전부 알려줄게."

이런 망할. 진짜로 이러네. 또!

나는 고개를 저었다. "약속은 그게 아니었어."

제이든이 내 쪽으로 한 걸음을 디뎠지만, 나는 감히 지금 나에게 손댈 수 있으면 대보라고 턱을 들어 올렸다. 그도 눈치 채고 더는 가까이 오지 않았다.

그는 머리카락을 쓸어 넘기면서 한숨을 내쉬었다. "나에 대해 알고 싶은 건 뭘 물어보더라도 대답할 거야. 젠장, 네가 물어봐주면 좋겠어. 그래서 모든 걸 말하지 못할 때라 해도 날 믿을 만큼 날 잘 알게 되면 좋겠어." 그는 처음 약속했을 때도 그런 말이 포함되어 있었다는 듯이 고개를 끄덕였지만, 우리 둘 다 그렇지 않다는 사실을 아주 잘 알고 있었다. "네가 사랑하게 된 건 평범한 라이더가 아니니까. 넌 혁명 지도자와 사랑에 빠졌어." 그는 내 귀에도 간신히 들릴 만큼 작게 속삭였다. "난 언제나 비밀을 갖고 있을 거야. 어느 정도는."

"농담이겠지." 나는 솟구치는 분노를 억누르지 않고 차라리 그 분노가 제이든의 말이 가져온 고통까지 태워버리기를 빌었다. 브레넌은 6년 동안 나에게 거짓말했다. 아주 잘 살아 있으면서도 오빠의 죽음에 슬퍼하게 내버려두었다. 제일 오래된 친구는 기억을 훔쳐보며 아마도 나를 죽을 자리에 보내기까지 했다. 어머니는 내 평생을 거짓 위에 쌓았다. 내가 받은 교육의 어느 부분이 진짜고 어느 부분이 조작인지조차 알 수 없어졌다. 그런데 제이든은 내가 그에게 완전한 정직을 요구하지 않을 거라고 생각한다고?

"농담 아니야." 그의 말투에는 사과하는 기색조차 없었다. "하지만 그래도 약속대로 네게 알려주긴 할 거야. 나에 대해서라면 얼마든지…."

"네가 원하는 것에 한해서겠지." 나는 고개를 저었다. "그걸로는 안 돼. 이번엔 안 돼. 전부 밝히지 않으면 다시는 널 믿을 수 없어. 이건 최종 통보야."

그는 충격이라도 받은 사람처럼 눈을 껌벅거렸다.

"전부 다 말해." 이성적인 여자라면 전쟁에 관한 진실은 물론이고 친오빠가 살아 있다는 사실까지 비밀로 한 남자에게 이렇게 요구하는 게 당연하지 않나. "오늘 이전까지 나에게 숨긴 건 용서할 수 있어. 사람들 목숨을 지키기 위해서 한 일이고, 아마 그중에 나도 포함되어 있었을 테니. 하지만 지금부터는 전적으로 내게 정직하지 않으면…." 신들이시여. 이 말을 꼭 해야 할까? 내가 정말로 이 저주받을 제이든 라이오슨에게 최후 통첩을 날려야 하나?

"않으면 뭐?" 그는 날카로운 눈빛으로 몸을 기울였다.

"그때는 내 감정을 죽이는 데 몰두해야겠지." 나는 내뱉듯이 말했다.

그는 잠시 놀라서 눈을 크게 떴다가, 다음 순간에는 입꼬리를 올리고 재수없게 웃었다. "행운을 빈다. 나도 다섯 달 동안 그러려고 해봤거든. 너는 잘 되는지 알려줘."

내가 할 말을 잃고 씩씩거리는 사이에 종소리가 점호의 시작을 알렸다.

"시간 됐어." 제이든이 말했다. "차단벽 올려. 오는 길에 연습한 대로 모든 사람을 차단해."

"당신도 차단하지 못하는데?"

"날 차단하는 건 다른 사람보다 어려울 거야." 그 재수 없는 미소에 어찌나 화가 나는지, 신경을 다른 데로 돌리기 위해 두 주먹을 꽉 움켜쥐었다.

"어이, 중요한 순간에 끼어들긴 싫은데 말이야." 보디가 내 왼쪽에서 꽤 큰 소리로 속삭였다. "방금이 마지막 종소리였어. 그러니까 이 악몽 같은 계획을 시작해야지."

제이든이 사촌 동생을 쏘아보았지만, 우리 둘 다 고개를 끄덕였다. 여덟 명이 모여 로톤다 중앙으로 걸어가는 동안, 그는 친구들에게 맡은 임무를 완수했냐고 굳이 묻지도 않았다.

안마당에서 사망자 명단을 읊는 소리가 들리자 위가 목구멍까지 뛰어오르는 기분이었다. "난 오늘 죽지 않을 거야." 나는 스스로에게 속삭였다.

"정말이지 이번에는 네 판단이 옳았으면 좋겠다." 모두가 열린 문을 마주하고 서자, 개릭이 제이든에게 말했다. "3년을 버티고 졸업식 날에 죽는 건 너무 재수가 없잖아."

"내 판단이 옳아." 제이든을 필두로 우리는 햇빛 속으로 따라 나갔다.

"개릭 태비스, 제이든 라이오슨." 사망자 명단을 읽는 피츠기븐스 대위의 목소리가 열 맞춰 선 생도들 위로 울려 퍼졌다.

"이거 참 어색한 순간이군요." 제이든이 외쳤다.

그리고 안마당에 있던 모두가 우리 쪽으로 고개를 돌렸다.

04

드래곤은 새끼들도, 새끼들의 발달에 관한 정보도 격렬히 지키는 탓에 '꿈 없는 잠'에 대해서는 네 가지 사실만 알려져 있다. 첫째, 꿈 없는 잠은 새끼들이 빠르게 성장하고 발달하는 아주 중요한 시간이다. 둘째, 그 기간은 종마다 다르다. 셋째, 이름처럼 이 기간에는 꿈꾸지 않는다. 그리고 넷째, 그들은 굶주린 상태로 깨어난다.

— 케이오리 대령,《휴대용 드래곤 도감》

모두 함께 안마당을 가로질러 연단으로 걸어가는 동안, 내 심장은 벌새의 날갯짓만큼 빠르게 뛰었다. 제이든은 우리보다 두 걸음 앞서 걸었다. 그는 두려움 없이 어깨를 쫙 펴고 고개는 높이 들었으며, 결의에 찬 모든 걸음과 긴장한 온몸으로 분노를 뿜어냈다.

나는 턱을 들어 올리고 앞에 있는 연단에 집중했다. 발 아래 자갈이 밟히는 소리가 내 왼쪽에 있는 생도들이 내뱉는 억눌린 탄성 소리를 덮었다. 나에게 제이든 같은 자신감은 없을지언정 그런 척할 수는 있었다.

"자네… 죽지 않았군." 라이더 분과에 배정된 서기, 피츠기븐스 대위가 은빛 눈썹 아래 눈을 크게 뜨고 우리를 보았다. 풍상에 닳은 얼굴이 제복과 같이 창백하게 변하더니 만지작거리던 사망자 명단이 바닥에 떨어졌다.

"보아하니 그렇네요." 제이든이 대꾸했다.

연단 위에 앉아 있던 팬첵 생도대장이 우리 쪽으로 몸을 돌리면서 입을 딱 벌린 모습이 우스꽝스럽기까지 했는데, 어머니와 에이토스 대령이 벌떡 일어나자 그 모습이 가려졌다.

피츠기븐스 대령에게 사망자 명단을 가져다주려고 앞으로 나서던 제시니아가 크림색 후드 아래로 갈색 눈을 크게 떴다. "네가 살아 있어서 기뻐." 제시니아는 명단을 줍기 전에 재빨리 수어로 말했다.

"나도 그래." 수어로 대답하면서도 속이 메스꺼웠다. 제시니아는 분과에서 가르치는 게 무엇인지 알까? 함께 몇 달, 몇 년을 공부했지만 이런 일은 짐작도 하지 못했다.

에이토스 대령은 우리가 다가갈수록 뺨이 점점 붉어졌는데, 눈으로는 재빨리 우리를 훑으면서 인원을 확인했다.

어머니는 잠시 나와 눈을 마주치더니 입꼬리를 비스듬히 올리면서 내가 감히… '뿌듯함'이라고 해도 될지 모를 표정을 지었다가, 재빨리 지난 1년 동안 흠잡을 데 없이 유지하던 능숙한 거리감을 되찾았다. 1초 만의 변화였다. 그것만으로도 내 판단이 옳았음을 알았다. 어머니의 눈에 분노는 없었다. 공포나 충격도 없었다. 그저 안도감뿐이었다.

어머니는 에이토스의 계획에 가담하지 않았다. 나는 그 사실을 온몸으로 확인했다.

"이해가 안 가는군." 피츠기븐스가 뒤에 서 있던 서기 두 명에게 말했다가, 팬책을 보며 말을 이었다. "죽지도 않았는데 왜 사망자 명단에 이름이 올라온 겁니까?"

"왜 이들이 사망자로 보고된 거지?" 어머니가 에이토스 대령에게 눈매를 좁히며 물었다.

그 순간 차가운 미풍이 불었다. 찌는 듯한 열기에서 잠시 숨을 돌리게 해주는 고마운 바람이었지만, 나는 그 바람의 진짜 의미를 알고 있다. 소른게일 장군이 화가 났다는 의미다. 흘긋 올려다본 하늘은 파랗기만 했다. 그래도 폭풍을 부르진 않았네. 아직은.

"6일 동안 실종 상태였습니다!" 에이토스는 말하면서 점점 목소리가 커졌다. "그래서 당연히 죽었다고 보고했습니다. 하지만 사망이 아니라 임무 포기와 탈영으로 보고했어야 했나 봅니다."

"탈영이라고 했습니까?" 제이든이 연단 계단을 오르자 에이토스는 두려움이 스치는 눈빛으로 한 걸음 물러섰다. "우리를 전투 한복판에 보내놓고서 탈영으로 보고하려고 했습니까?" 제이든은 소리 지르지 않고도 필요한 정보를 전달했다.

"이게 무슨 소리지?" 어머니는 제이든과 에이토스를 번갈아 바라보면서 물었다.

이제 시작이다.

"전혀 모르겠습니다." 에이토스가 이를 갈며 말했다.

"저는 대대를 이끌고 보호막을 넘어 애더빈으로 가서 제4비행단의 모의전투용 본부를 차리라는 지시를 받았고, 그렇게 했습니다. 드래곤들을 쉬게 하려고 보호막을 지나 제일 가까운 호수에 멈춰 섰다가 그리폰들의 공격을 받았습니다." 거짓말이 진실처럼 매끄럽게 흘러나오는 모습이 대단하면서… 열받기도 했다. 저렇게나 자연스럽다니.

어머니는 눈을 껌벅였고, 에이토스는 숱 많은 눈썹을 찡그렸다.

"기습이었습니다. 놈들은 무방비 상태의 데이와 퓨일을 덮쳤습니다." 제이든은 사령부가 아니라 생도 모두에게 말하는 것처럼 몸을 살짝 돌렸다. "둘 다 싸울 기회도 없이 죽었습니다."

가슴이 아파서 숨을 쉴 수가 없을 지경이었다. 생도들이 웅성거렸지만 나는 제이든에게만 집중했다.

"우리는 리암 메이리와 솔레일 텔러리를 잃었습니다." 제이든은 무거운 목소리로 말을 잇다가 어깨 너머로 나를 돌아보았다. "그리고 소른게일도 잃을 뻔했습니다."

순간 장군이 몸을 빠르게 돌리더니 나를 내려다보았다. 걱정과 두려움이 실린 눈빛이었다. 그때만큼은 지휘관이 아닌 것처럼, 그냥 내… 엄마인 것처럼 말이다. 나는 가슴의 통증이 점점 더해가는 가운데 고개를 끄덕였다.

"거짓말입니다!" 에이토스 대령이 비난했다. 그 확신에 찬 목소리를 듣자 어쩌면 우리가 이 자리에서 벗어나지 못할지도 모른다는 생각에 머리가 어지러웠다. 어머니를 설득할 기회도 얻기 전에 선 자리에서 죽을 수도 있다.

"*내가 능선 바로 뒤에 있다.*" 테른이 말했다.

"숨 쉬어." 개릭이 속삭였다. "그러다가 기절하겠다."

나는 숨을 들이마시며 심장박동을 안정시키는 데 집중했다.

"제가 대체 무엇 때문에 거짓말을 하겠습니까?" 제이든이 고개를 기울이더니 순수한 경멸이 담긴 눈빛으로 에이토스를 내려다보았다. "제 말을 못 믿으시겠다면 소른게일 장군께서는 딸이 진실을 말하는지 알아보실 수 있겠지요."

나의 등장 신호였다.

나는 계단을 올라 두꺼운 나무 연단 위, 제이든 왼쪽에 섰다. 비행 재킷에 아침 햇살이 떨어지면서 목덜미에 땀이 흘렀다.

"소른게일 생도?" 어머니는 팔짱을 끼고 기대감 어린 표정으로 나를 바라보았다.

나는 분과 전체의 관심이 쏠린 부담감에 헛기침을 했다. "사실입니다."

"거짓말이야!" 에이토스가 외쳤다. "그리폰 떼가 드래곤을 둘이나 쓰러뜨릴 리가 없어. 불가능해. 저 녀석들을 떼어놓고 따로 심문해야 합니다."

속이 철렁했다.

"그럴 필요는 없을 것 같군." 장군이 대꾸하자, 얼음처럼 차가운 바람이 거세게 불어오며 비행으로 흐트러진 내 머리카락을 뒤로 넘겼다. "그리고 나라면 소른게일이 거짓을 말한다는 소리는 함부로 하지 않겠어."

에이토스 대령이 굳었다.

"무슨 일이 일어났는지 말해라, 소른게일 생도." 어머니는 고개를 옆으로 기울여 나를 보았다. 어린 시절 내내, 브레넌과 미라와 내가 어떤 장난이라도 숨기려고 하면 어머니는 그런 눈빛으로 진실을 끌어내곤 했었다.

"*선택적 진실이야.*" 제이든이 상기시켰다. "*거짓말은 하지 마.*"

참 쉽게도 말한다.

"저희는 명령대로 애더빈까지 날아갔습니다." 나는 어머니의 눈을 똑바로 바라보며 말했다. "라이오슨의 말대로 저희는 드래곤들에게 물을 먹이고 잠시 내려서 다리를 펴기 위해 기지에서 20분쯤 떨어진 호숫가에 멈췄습니다. 저는 그리폰 두 마리가 라이더와 함께 나타나는 것밖에 못 봤습니다만, 모든 일이 너무 빨리 벌어졌습니다. 대체 무슨 일인지 이해하기도 전에…."

견뎌야 해. 나는 주머니 위를 손으로 쓸면서 리암이 죽기 전에 깎았던 작은 앤다나 조각을 매만졌다.

"순식간에 솔리엘의 드래곤이 살해당했고, 데이는 배가 갈렸습니다." 눈물이 고였지만, 나는 시야가 맑아질 때까지 눈을 깜박였다. 어머니는 오직 '강함'에만 반응하는 사람이다. 약한 모습을 보인다면 내 설명을 히스테리쯤으로 치부할 것이다. "보호막 너머에서 저희에겐 싸울 기회조차 없었습니다, 장군님."

"그 다음엔?" 어머니는 철저히 무감정하게 물었다.

"저는 죽어가는 리암을 안고 있었습니다." 나는 턱이 떨리는 것을 감추며 말했다. "데이가 죽고 나서는 리암에게 해줄 수 있는 일이 없었습니다." 이 계획을 성공시키기 위해 그 기억을, 그 감정을 다시 상자 속으로 밀어 넣느라 잠시 시간이 걸렸다. "그리고 리암의 시신이 차가워지기도 전에, 저는 독이 발린 칼에 찔렸습니다."

어머니는 눈동자가 확 커지더니 시선을 돌렸다.

나는 어머니에서 에이토스 대령에게로 시선을 돌렸다. "그래서 애더빈에서 도움을 구하려고 했는데 기지 전체가 버려져 있었고, 라이오슨 비행단장에게 근처 마을을 지키거나 아니면 엘투발로 빠르게 날아가는 것 중 선택하라는 편지만 남겨져 있었습니다."

"여기 그 편지입니다." 제이든은 주머니에서 모의전투 명령서를 꺼냈다. "옆 나라의 마을 하나가 파괴당한 것이 모의전투와 관련이 있는지는 모르겠지만, 저희는 그곳에 남아서 알아보지 않았습니다. 소른게일 생도가 죽어가고 있었고, 저는 남은 대대원들을 지키기로 했습니다." 그는 구겨진 편지를 내 어머니에게 건넸다. "장군님의 딸을 구하기로 했죠."

어머니는 명령서를 낚아채서 펼쳐보고는 몸을 굳혔다.

"절 고칠 수 있는 사람을 찾는 데만 며칠이 걸렸다는데, 저는 치료가 기억나진 않습니다." 나는 계속해서 말을 이었다. "그리고 제가 위험에서 벗어나자마자 함께 날아서 돌아왔습니다. 저희는 30분 전에 도착했습니다. 에임시르가 확인해줄 수 있을 겁니다."

"그러면 시신은?" 에이토스가 물었다.

이런 젠장. "저는….." 나는 사람들이 리암을 묻었다던 제이든의 말 외에는 아무것도 몰랐다.

"소른게일은 모릅니다." 제이든이 대답했다. "소른게일은 독 때문에 정신이 혼미했습니다. 애더빈에서 어떤 도움도 받을 수 없다는 사실을 안 이후, 제가 대대 절반을 데리고 도움을 찾으러 가고 나머지 절반은 호숫가로 돌아가 죽은 라이더와 드래곤을 태웠습니다. 증거가 필요하다면 호수에서 동쪽으로 100미터쯤 떨어진 공터에서, 아니면 저희 드래곤들에게 생긴 새로운 흉터로 확인할 수 있을 겁니다."

"그만하면 됐다." 어머니는 에임시르에게 확인하는지 잠시 말을 멈췄다가, 천천히 에이토스 대령을 돌아보았다. 에이토스 대령이 조금 더 키가 컸는데도 지금은 어머니보다 작아보였다. 연단 표면에 서리가 맺혔다. "이건 자네 필적이군. 고작 모의전투를 위해서 보호막 너머에 있는 귀중한 기지를 비웠다고?"

"며칠 만이었습니다." 그는 한 발 물러설 때를 잘 파악했다. "올해 모의전투는 제 재량대로 하라고 말씀하셨습니다."

"그리고 자네 재량에는 상식이 부족한 것 같군." 어머니가 쏘아붙였다. "들어야 할 말은 다 들었네. 사망자 명단을 바로잡고, 이 생도들을 대열에 세우게. 새로운 소위들이 비행단에 갈 수 있도록 졸업식을 시작하지. 자네는 30분 뒤에 내 집무실에서 보도록 하지, 에이토스 대령."

안도감에 무릎이 풀릴 뻔했다. 어머니가 내 말을 믿었다.

데인의 아버지는 차렷 자세를 취했다. "네, 장군님."

"1학년인데 전투에 휘말렸다가 칼에 찔리고 살아남았다고." 어머니가 나에게 말했다.

"그렇습니다."

어머니는 고개를 끄덕였고, 잠깐 입술을 끌어올려 만족스러운 미소와 비슷한 표정을 지었다. "넌 생각보다 더 나와 비슷한지도 모르겠구나."

어머니는 그 말을 끝으로 에이토스 대령과 우리만 남겨둔 채 내 옆을 지나 연단 아래로 내려갔다. 그러자 곧장 서리가 사라졌다. 뒤쪽에서 자갈길을 밟는 어머니의 발소리가 들리는 가운데 에이토스 대령이 제이든과 나를 돌아보았다.

내가 어머니와 비슷하다고? 조금도 바라지 않는 일이었다.

"이대로 빠져나가진 못할 거다." 에이토스는 목소리를 높이지 않고 잇새로 말했다.

"뭘 말입니까?" 제이든이 똑같이 조용히 대꾸했다.

"우리 둘 다 너희가 그리폰 때문에 임무에서 벗어난 게 아니란 사실을 알지." 에이토스 대령의 입에서 침이 튀었다.

"달리 무엇이 저희를 막고 드래곤 둘과 라이더들을 죽일 수 있겠습니까?" 나는 눈을 가늘게 뜨며 모든 분노를 발산했다. 그는 리암과 솔레일을 죽음으로 몰아넣었다. 망할 놈. "저 바깥에 다른 위협이 존재한다고 생각하신다면 분과 전체에 그 정보를 공유하고 싶으실 텐데요. 그래야 저희가 그 위협에 맞설 적절한 훈련을 받을 수 있지 않겠습니까?"

그가 나를 노려보았다. "참으로 실망스럽구나, 바이올렛."

"그만." 제이든이 조용히 명령했다. "당신은 도박을 했고, 졌어. 당신이 생각하는 진실을 폭로하려면… 흠, 진실을 폭로할 수밖에 없겠지?" 제이든의 입가에 잔인한 미소가 떠올랐다. "하지만 개인적으로는 멜그렌 장군에게 편지 한 통만 보내면 쉽게 증명할 수 있다고 생각하는데. 멜그렌 장군은 그리폰과 우리의 전투 결과를 봤을 테니까."

대령의 얼굴에서 힘이 빠지는 모습을 보자 만족감이 차올랐다.

반역의 인장 덕분에 멜그렌은 낙인자가 셋 이상 얽힌 사건을 확인할 수가 없다. 에이토스도 그 사실을 아는 모양이었다.

"그럼 이만 해산이겠죠?" 제이든이 물었다. "혹시 잊었는지 모르겠는데, 분과 전체가 우리를 열심히 지켜보고 있습니다. 그 일을 말해서 모두를 즐겁게 해주기를 바라신다면 또 몰라도…."

"대열에 합류해라." 대령은 악문 잇새로 내뱉듯이 말했다.

"기꺼이 그러겠습니다, 대령님." 제이든은 나를 먼저 내려보내고 뒤이어 계단을 내려왔다. "해결됐어." 그가 개릭에게 말했다. "전원 대열 안으로 돌려보내."

어깨 너머로 돌아보자 피츠기븐스가 사망자 명단을 수정하면서 혼란스러운 듯 고개를 젓고 있었다. 나는 이모젠과 제이든을 양옆에 두고 대대로 걸어갔다.

"돌아가는 길까지 호위해줄 필요는 없는데." 나는 지나치는 모든 생도가 빤히 쳐다보는 시선을 무시하며 속삭였다.

"너희 오빠한테 다른 에이토스는 내가 처리하겠다고 약속했거든."

"데인은 내가 처리할 수 있어." 지금 사타구니를 걷어차는 건 부적절하지 않겠지?

"네 방식은 작년에 시도해봤잖아. 이젠 내 방식대로 해보자."

이모젠이 우리 대화를 듣고 눈썹을 슥 올렸지만, 말은 하지 않았다.

"바이올렛!" 우리가 불꽃전대 2대대에 이르자 데인이 대열에서 벗어나 다가왔다. 데인의 얼굴에 강렬하게 드러나는 걱정과 안도감을 보자 두 손에서 마력이 움찔거렸다.

"여기에서 죽이면 안 돼." 제이든이 경고했다.

"살아 있었구나! 우린…." 데인이 손을 뻗자 나는 뒷걸음질했다.

"건드리기만 해봐. 신들에게 맹세코 네 두 손을 잘라내고 다음 대련 시합에서 다른 놈들이 널 조져놓게 만들 거야, 데인 에이토스." 내 말에 숨을 들이켜는 사람이 한둘이 아니었지만, 누가 듣거나 말거나 상관없었다.

"정말 *바이올런스* 그 자체로군." 제이든의 말투에는 웃음이 실렸지만, 얼굴은 전혀 감정을 드러내지 않았다.

"뭐?" 데인은 다가오다가 딱 멈춰 서서 눈썹을 이마선 끝까지 올렸다. "진심은 아니겠지, 바이."

"진심이야." 나는 두 손을 허벅지에 찬 칼집 옆에 두었다.

"말 그대로 받아들이는 게 좋을걸. 사실…." 제이든은 목소리를 작게 줄이지도 않았다. "그러지 않으면 내가 무척 기분이 나쁠 거야. 바이는 선택을 했고, 그건 네가 아니야. 절대로 네가 되진 않아. 내가 알아. 바이도 알고. 분과 전체가 알지."

아, 그냥 이 자리에서 날 죽이지 그래. 뺨이 달아올랐다. 모의전투 직전에 제이든의 비행 재킷을 입은 채로 걸린 건 그렇다 치는데, 모두에게 알리는 건 다른 문제였다. 심지어 이젠 우리가 사귀는지도 확실치 않은데 말이다!

이모젠이 히죽거리길래 옆구리를 팔꿈치로 찍으면 어떨지 잠시 생각했다.

당황한 데인이 이쪽저쪽을 보는데, 모두가 쳐다보자 얼굴이 어찌나 시뻘게지는지 턱수염 자국 아래로도 빨간 피부가 보일 정도였다. "뭐야, 날 죽이겠다고 협박하는 거냐, 라이오슨?" 데인이 응수하는데, 역겨워하는 표정이 자기 아버지와 너무 흡사해서 속이 뒤틀렸다.

"아니." 제이든은 고개를 저었다. "소른게일이 직접 죽일 능력이 넘치는데 내가 왜 그러겠어? 소른게일은 네가 건드리는 걸 싫어해. 분과 전체가 들었잖아. 그만하면 손을 가만히 두는 게 좋겠지." 그러더니 데인 쪽으로 몸을 기울이며 말했다. 그 속삭임은 나에게도 간신히 들렸다. "하지만 그걸로도 부족하다면, 바이올렛의 얼굴에 손을 뻗고 싶을 때마다 이 말을 기억하면 좋겠군."

"그게 뭔데?" 데인이 격분해서 물었다.

"애더빈." 뒤로 물러서는 제이든의 표정이 얼마나 위협적인지 내가 다 살이 떨릴 지경이었다.

팬첵 대령이 전원 차렷이라고 외치는 가운데 데인의 등뼈가 뻣뻣해졌다.

"대답은 안 하는 건가? 재밌군." 제이든이 데인의 얼굴을 살피면서 고개를 한쪽으로 기울였다. "대열로 돌아가라, 대대장. 내가 리암과 솔레일 때문에 차리고 있는 예의마저 잃기 전에."

데인은 얼굴이 창백해지더니, 그래도 양심은 있는지 시선을 돌리고는 대대 맨 앞자리로 돌아갔다. 제이든은 심장이 한 번 뛸 동안 나와 시선을 마주치더니 제4비행단 앞으로 걸어갔다.

데인의 자존심을 공격하면 이런 구경거리가 펼쳐질 줄 알았어야 했는데.

대대원들이 움직이며 이모젠과 내게 평소에 서는 자리를 내주었고, 뒤이어 친구들의 노골적인 시선이 쏟아졌다. 얼굴이 달아올랐다.

"그것 참… 재밌었어." 리애넌이 불그레해진 눈으로 옆에서 속삭였다.

"끝내줬어." 우리 앞줄에서 소여 옆에 선 나딘이 논평했다.

"삼각관계는 끝장나게 어색해질 수 있지. 안 그래?" 이모젠이 말했다.

나는 제이든의 말에 장단을 맞추는 이모젠을 어깨 너머로 노려보았지만, 그녀는 능글맞게 어깨만 으쓱였다.

"세상에, 보고 싶었어." 퀸이 이모젠에게 어깨를 부딪치자 짧게 자른 금발 사이에 파란색으로 염색한 머리카락이 위아래로 움직였다. "모의전투는 형편없었거든. 너희가 놓친 것도 별로 없어."

피츠기븐스 대위가 다시 연단에서 땀을 흘리며 우리가 중단시킨 사망자 명단을 읽어내려갔다.

"지금까지 열일곱 명이었어." 리애넌이 속삭였다. 모의전투 마지막 시험은 언제나 치명적으로 위험했다. 가장 강한 라이더만이 졸업까지 살아남게 하기 위해서였다…. 리암은 우리 학년에서 가장 강했는데, 그래도 살아남지 못했다.

"솔레일 텔러리, 리암 메이리." 대위가 외쳤다.

폐에 공기를 밀어 넣고, 따끔거리는 눈을 깜박이느라 나머지 이름은 흘려들을 수밖에 없었다. 마침내 대위가 명단을 다 읽고 마지막 인사를 건넸다.

이들의 영혼을 말렉에게 맡기노라.

아무도 울지 않았다.

팬첵 생도대장이 헛기침을 한 뒤 연설했다. 지난 1년간 줄어든 생도 수를 생각하면 마법으로 목소리를 증폭시킬 필요가 없건만, 욕망을 누를 수가 없는 모양이었다. "훈장 말고 라이더들에 대한 칭찬의 말 같은 것은 없다. 우리가 받을 수 있는 보상은 살아서 다음 근무 기지에 가고, 다음 계급으로 승진하는 것뿐이다. 우리의 전통과 기준에 맞춰 3학년을 끝마친 너희들은 이제 나바르 군대에서 소위로 임관하게 된다. 이름을 호명하면 나서서 명령서를 받아라. 아침이면 새로운 근무 기지로 출발해야 한다."

제1비행단부터 전대 순서로 3학년들이 호명되고, 각각 명령서를 받아들고 안마당을 떠났다.

"좀 감동이 없긴 하다." 리독이 옆에서 속삭이자, 두 줄 앞에 있던 데인이 어깨 너머로 노려보았다.

망할 놈.

"그냥 하는 말이야. 여기서 3년을 살아남는다면 평생분의 에일과 잊을 수 없을 만큼 끝내주는 파티 정도는 있어야 하는 거 아니냐고." 리독이 어깨를 으쓱였다.

"그건 오늘 밤에 있을 거야." 퀸이 말했다. "근데 지금 저기서… 명령서를 손으로 쓰고 있는 거야?"

"죽은 줄 알았던 3학년들 몫이야." 뒷줄에 서 있던 히튼이 말했다.

"우리의 새로운 비행단장은 누가 될까?" 뒤에서 나딘이 소곤거렸다.

"아우라 바인헤븐." 리애넌이 대답했다. "제2비행단이 모의전투에서 이기는 데 중요한 역할을 했거든. 하지만 에이토스도 라이오슨의 자리를 메꾸기에 많이 부족하진 않았지."

우리 대대에서는 히튼과 에머리의 이름이 불렸다.

나는 다른 사람들을 보면서 우리와 같이 시작했지만 끝내지 못한 1학년들을 떠올렸다. 바스지아스 발치에 끝없이 늘어선 묘비 사이에 묻혔거나 아니면 집으로 가서 묻혔을 1학년들. 어깨에 영영 세 번째 별을 달지 못할 2학년들도. 솔레일처럼 영광스러운 졸업을 앞두고 끝내 사라진 3학년들도. 이 학교는 그리폰 플라이어들이 말한 대로 죽음의 공장인지도 모르겠다.

"제이든 라이오슨." 생도대장의 외침에 심장이 펄쩍 뛰었다. 대열에 남아 있던 마지막 3학년인 제이든이 명령서를 받으러 걸어 나갔다.

그 모습을 보자 속이 메스꺼워서 휘청했다. 아침이면 제이든은 없을 것이다. 테른과 스게일의 반려 관계 때문에 며칠에 한 번씩은 볼 수 있다고 생각해도 호흡이 빨라지는 것을 막을 수가 없다. 제이든은 여기 없을 것이다. 대련장 매트 위에서 나를 시험하고 닦아세우지도 않을 것이고, 전투 브리핑 수업에도 없을 것이며, 비행할 때도 없을 것이다.

그가 자유를 얻는다는 사실에 기뻐해야 마땅하지만… 기쁘지가 않았다.

팬첵은 강연대 앞으로 돌아간 뒤 깔끔한 제복을 주름이라도 펴는 것처럼 쓸어내렸다.

"떠나기 전에 찾아갈게." 내 차단벽과 소용돌이치는 생각을 뚫고 제이든의 목소리가 울렸다. 그러나 이내 그가 안마당을 떠나 기숙사로 들어가면서 희미해졌다.

작별 인사는 할 수 있겠지. 아니면 작별 싸움이라든가. 뭐라도.

"새로운 소위들을 축하한다." 팬첵이 말했다. "나머지는 중앙보급소에 가서 제복을 반납하고, 새 제복을 받아가도록 한다. 그래, 그동안 얻은 패치는 간직해도 좋다. 이 순간부터 2학년은 3학년이 되고, 1학년은 2학년이 된다. 그에 따르는 특권도 모두 누리게 될 것이다. 새로운 지휘부는 오늘 저녁 공용 공간에 게시될 것이다. 이만 해산."

안마당에 환호성이 울려 퍼졌다. 나는 리독에게, 소여에게, 리애넌에게, 심지어는 나딘에게도 포옹을 받았다.

우리가 해냈다. 우리가 공식적으로 2학년이 되었다.

탈곡 이전과 이후를 합쳐서 1년 동안 우리 대대에 들어온 11명의 1학년 중 다섯 명만 살아남았다.

일단은.

05

버튼 바리쉬 소령은 심문 중에 포로 세 명을 연이어 죽였으니, 추후 통보가 있을 때까지 현역 비행단에서 물러나는 것이 좋겠습니다.

_ 사마라 기지에서 데그렌시 중령이 멜그렌 장군에게 보낸 편지

라이더들은 싸울 때만큼이나 격하게 파티를 한다.

참고로 우리는 아주 격렬하게 싸운다.

그날 저녁, 해가 지기 시작할 무렵의 강당 안은 그 어느 때보다 더 시끌벅적했다. 음식과 달콤한 와인, 차가운 에일, 그리고 증류주를 꽤 섞은 게 분명한 라벤더 레모네이드 병들로 가득한 테이블 주위로 생도들이 모여 있었다. 제2비행단의 경우엔 테이블 위에 올라가 있고.

연단 테이블만 비어 있었다. 이 순간만큼은 비행단장도, 전대장도, 대대장도 없었다. 오늘 밤만큼은, 바스지아스에서 보낸 시간을 알려주는 어깨의 별들 외에는 모두가 평등했다. 임관되어 작별 인사를 하러 돌아다니고 있는 소위들도 우리의 지휘 계통에는 들어가지 않았다.

레모네이드와 어깨에 달린 두 개의 은색 별 덕분에 머릿속이 기분 좋게 윙윙거렸다.

"샨타라?" 리애넌이 몸을 앞으로 기울여 내 옆으로 리독을 보며 눈썹을 치

켜올렸다. "2학년이 되어 얻는 온갖 특권 중에서 네가 기대하는 게 고작 그거라고? 샨타라는 소문에 불과해."

바스지아스에 물건을 공급하는 마을인 샨타라는 2학년부터 힐러 분과, 서기 분과, 보병 분과에 개방되었지만 우리에게는 아니었다. 라이더들이 싸우다 동네 술집을 태워버린 후부터 거의 10년째 출입 금지 상태였다.

"아니, 드디어 샨타라에서 금지령을 해제할지도 모른다는 소문을 들었어. 우린 1년 내내 이곳에서 똑같은 녀석들하고만 데이트했잖아." 리독이 컵을 빙 돌려서 강당 안을 가리키며 말했다. 대부분은 우리 뒤쪽에 있었다. "그러니까 매주 샨타라에 갈 수 있다는 가능성만으로도 내가 제일 기대하는 특권이 될 만하지."

나딘이 오늘 저녁에 자주색으로 염색한 머리카락을 술병에 빠지지 않게 그러모으면서 반짝이는 눈으로 씩 웃더니 테이블 너머로 몸을 내밀어 리독의 컵에 유리잔을 부딪쳤다. "옳소, 옳소. 솔직히 좀…." 그녀는 소여 너머로 우리 비행단의 다른 대대들을 보며 납작코에 주름을 잡았다. "여기는 이제 스스럼이 없잖아. 3학년쯤 되면 거의 근친 느낌일걸."

우리는 웃음을 터뜨렸지만 한 가지는 언급하지 않았다. 통계적으로 우리 학년의 3분의 1은 결코 3학년이 되지 못한다는 사실. 하지만 우리는 올해 모든 시험을 거치면서 가장 적은 생도를 잃은 '강철 대대'였으니 오늘 밤만은, 그리고 오늘부터 5일 동안만은 나도 부정적인 생각을 쉴 것이다. 5일 동안 우리 임무는 오직 1학년들의 도착을 준비하는 것뿐이다.

리애넌이 땋은 머리채를 코 밑에 대더니 팬첵처럼 이맛살을 찌푸리며 설교하는 흉내를 냈다. "샨타라는 오직 종교적인 이유로만 방문할 수 있다는 걸 알 텐데, 생도."

"어이, 나도 지날 신전에 들러서 행운의 신에게 존경심을 바칠 마음이 있어." 리독이 심장 쪽에 손을 댔다.

"다른 생도들이 마을에 있는 동안 행운이 있기를 기도하려는 건 아니겠지." 소여가 주근깨 있는 윗입술에서 에일 거품을 걷어내며 말했다.

"답변을 바꿀래." 리독이 말했다. "내가 기대하는 건 휴식 시간에 다른 분과 생도들과 친하게 지낼 수 있을 거라는 점이야."

"뭔 놈의 휴식 시간?" 나도 농담에 합류했다. 1학년 때에 비하면 조금은 여유 시간이 생기겠지만, 전보다 더 힘든 수업이 잔뜩 기다리고 있다.

"이제 우리에겐 주말이 있고, 난 가능한 시간은 모조리 뽑아 쓸 거야." 리독의 웃음에 장난기가 돌았다.

리애넌이 테이블에 팔꿈치를 짚고 몸을 기울이더니 나에게 윙크했다. "네가 라이오슨 소위와 보낼 수 있는 시간을 1초도 놓치지 않는 것처럼 말이지."

안 그래도 술 때문에 달아오른 뺨이 더 화끈거렸다. "난 그렇지…."

사방에서 야유가 터져나왔다.

"모의전투 직전에 네가 라이오슨의 비행 재킷을 입고 나타난 걸 거의 다 봤거든." 나딘이 능글대며 말했다. "게다가 오늘 아침에 그렇게까지 과시해놓고? 부정하지 마."

그래. 언제나 나에게 비밀을 둘 거라고 말한 후에 있었던 라이오슨의 과시 말이지.

"난 편지가 기대돼." 리애넌이 나를 구해주기 위해 화제를 바꾸는 사이, 이모젠과 퀸이 도착해서 나딘 옆에 앉았다. "가족과 대화를 나눈 게 까마득해."

우리는 몇 달 전에 몬세라트에서 리애넌의 가족을 만났던 일을 언급하지 않고 미소만 주고받았다.

"게다가 잡일도 없어!" 소여가 덧붙였다. "다시는 설거지할 일이 없을 거야."

나도 다시는 리암과 도서관 카트를 밀 일이 없다.

"동감이야." 나딘이 동조하면서 이모젠과 퀸 쪽으로 술병을 밀었다.

몇 달 전만 해도 나딘은 반역의 인장 때문에 이모젠의 존재 자체를 인정하지 않았다. 지금 모습을 보니 낙인 있는 소위들이 근무 기지에서 차별을 받지 않을 수도 있겠다는 희망이 생겼다. 하지만 몬세라트에서 비행단이 낙인자들을 어떻게 대하는지 목격하지 않았던가. 마치 부모가 아니라 낙인자들이 반역을 일으킨 장교라도 되는 것처럼 말이지.

하긴 지금 내가 아는 바를 생각하면, 다들 그들을 믿지 않는 게 옳기는 하다. 나를 믿지도 말아야 하고.

"2학년이 최고야." 퀸이 주석 잔에 에일을 부으며 말했다. "특권을 다 누리고도 책임은 3학년만큼 지지 않거든."

"역시 다른 분과와 교류할 수 있다는 게 최고지." 이모젠은 애써 웃으며 말하다가 얼굴을 찌푸리고는 찢어진 입술 상처에 손가락을 가져갔다.

"내 말이 그거라니까!" 리독이 허공에 주먹을 치켜들었다.

"그 입술 상처가 혹시…." 나딘이 이모젠에게 묻다 말고 말끝을 흐리자 테이블 전체가 조용해졌다. 나는 레모네이드로 시선을 내렸다. 알코올도 내 어깨에 무겁게 내려앉은 아픈 죄책감을 마비시키진 못했다. 제이든 말이 맞을지 모르겠다. 친구들에게 거짓말을 할 수 없다면 지금부터라도 거리를 둬야 그들이 덜 위험해질 것이다.

"그래." 이모젠이 대답하며 내 쪽을 흘긋 보았지만, 나는 시선을 마주치지 않았다.

"난 아직도 너희들이 전투를 경험했다는 게 믿기지 않아." 장난기가 사라진 리독이 말했다. "모의전투 말고. 모의전투에서 에이토스가 라이오슨 역할을 대신한 것만으로도 이미 무섭긴 했지만, 진짜로 실제 그리폰과 맞닥뜨리다니."

잔을 쥔 손에 힘이 들어갔다. 레손에서의 일이 내 모든 믿음을 바꿔놓았건만, 어떻게 이 자리에 앉아서 이전과 같은 사람인 척한단 말인가?

"어땠어?" 나딘이 조용히 물었다. "이렇게 물어봐도 괜찮다면 말이지."

아니, 전혀 괜찮지 않아.

"그리폰의 발톱이 날카로운 건 알았지만 드래곤을 쓰러뜨리다니…." 소여의 목소리가 흐려졌다.

테른의 등에서 나를 공격하던 베닌의 벌겋게 불거진 혈관, 데이가 죽어간다는 사실을 깨달았을 때의 리암의 표정을 떠올리자 피부 아래에서 마력이 지글거렸다.

"*궁금해하는 건 당연하다.*" 테른이 상기시켰다. "*그 아이들은 네 경험을 통해서 미리 전투에 대비하고 싶을 테니.*"

"*지들 일이나 신경 쓸 것이지.*" 앤다나가 자다가 일어난 것처럼 잠긴 목소리로 받아쳤다. "*모르는 게 나을 텐데.*"

"애들아, 아무래도 지금은…." 리앤넌이 입을 열었다.

"거지같았어." 이모젠이 술을 쭉 들이켜더니 잔을 테이블에 큰소리가 나게 내려놓았다. "진실을 알고 싶어? 라이오슨과 소른게일이 아니었다면 우리 다 죽었을 거야."

나는 이모젠에게 시선을 홱 옮겼다. 이모젠이 나에게 했던 말 중에서 가장 칭찬에 가까운 소리였다. 마주 보는 이모젠의 옅은 녹색 눈동자에는 연민의 감정 따위도, 방어적인 비판도 없었다. 순수한 존중만이 느껴졌다. 이모젠이 고개를 옆으로 기울이자 뺨 위로 분홍색 머리카락이 흘러내렸다. "애초에 그런 일이 일어나지 않았더라면 좋았겠지만, 그래도 앞으로 어떤 참상에 맞서야 하는지 제대로 알게 됐지."

목이 멨다.

"리암을 위해." 이모젠이 잔을 들어 올리며 말했다. 사망자 명단 발표 뒤에는 죽은 생도를 언급하지 않는다는 암묵적인 규칙을 무시하고 말이다.

"리암을 위해." 나도 잔을 들어 올렸다. 우리 테이블의 모두가 리암을 기리며 술을 마셨다. 그걸로 충분하진 않지만, 그 정도로 만족해야 했다.

"2학년 생활에 대해 충고 한마디 해도 될까?" 잠깐의 침묵을 깨고 퀸이 말했다. "1학년과 너무 가까워지지 마. 특히나 탈곡으로 알고 지낼 가치가 있는지 드러나기 전까지는." 퀸은 얼굴을 찡그렸다. "내 말을 믿는 게 좋을 거야."

흠, 술이 깨는 소리네.

제이든과 나를 연결하는 그림자가 강하게 일렁이더니 두 번째 차단벽처럼 내 마음을 휘감았다. 어깨 너머를 돌아보자 강당 저편에서 새로운 비행 재킷 주머니에 손을 넣고 벽에 기대어 선 제이든이 보였다. 개릭이 옆에서 뭐라고 말하고 있는데 제이든의 시선은 나에게 박혀 있었다.

"재미있어?" 그는 짜증날 정도로 쉽게 내 차단벽을 뚫는다.

피부에 오싹한 전율이 흘렀다. 알코올과 제이든이라니, 확실히 좋은 조합은 아니었다. 아니면 최고의 조합일까?

"그 예쁜 머릿속에 무슨 생각이 흘러가든 간에 나도 끼고 싶군." 이 거리에서도 제이든의 눈빛이 어두워지는 걸 알 수 있었다.

잠깐만. 새 비행 재킷이면 떠나려는 복장이잖아. 심장이 철렁하면서 들뜬 기분이 가라앉았다.

제이든이 문 쪽으로 고갯짓을 했다.

"금방 돌아올게." 나는 잔을 테이블에 놓고 살짝 비틀거리면서 일어났다. 레모네이드는 이제 끝이다.

"그렇지 않기를 빈다." 리독이 중얼거렸다. "안 그러면 내가 저 사람에게 품은 환상이 다 박살날 거야."

나는 어처구니없는 표정으로 리독을 째려본 후에 혼란스러운 안을 가로질러 제이든에게 걸어갔다.

"바이올렛." 그의 시선이 내 얼굴을 훑더니 뺨에 머물렀다.

제이든이 내 이름을 부르는 방식이 좋다. 그래, 알코올이 내 이성을 압도하고 있긴 하다. 그래도 다시 한번 더 듣고 싶다.

"라이오슨 소위님." 그의 옷깃에는 새로운 계급을 나타내는 은빛 선이 하나 있었다. 적진에 떨어질 때를 대비하여 정체를 드러내는 휘장은 없었다. 부대명도, 고유 능력을 나타내는 패치도 없었다. 목에 보이는 낙인만 아니면 평범한 소위로 보일 것이다.

"여어, 소른게일." 개릭이 말을 걸었지만, 나는 잠시도 제이든에게 시선을 뗄 수가 없었다. "오늘 잘했어."

"고마워, 개릭." 나는 대답하며 제이든에게 다가갔다. 오늘 제이든은 생각을 바꿔서 나에게 온전히 마음을 열 거야. 그래야만 해.

"너희 둘은 정말이지." 개릭이 고개를 저었다. "모두를 위해서라도 그 문제 좀 해결해. 비행장에서 보자." 그는 제이든의 어깨를 치고 밖으로 걸어 나갔다.

"당신…." 나는 한숨을 내쉬었다. 애초에 그에게 거짓말을 하는 데 성공한 적이 없기도 하지만, 흐릿한 머리가 이성적인 생각을 하는 데 도움이 되지 않았다. "장교 비행복이 잘 어울리네."

"생도용과 거의 똑같은데." 제이든의 입꼬리가 올라갔지만, 그걸 미소라고 할 수는 없었다.

"생도용 비행복도 잘 어울리긴 했어."

"너…." 그는 나를 보고 고개를 기울였다. "취했군?"

"기분 좋게 취한 정도지, 완전히 취하진 않았어." 전혀 말이 안 되지만 정확한 말이었다. "아직은. 하지만 밤은 한참 남았고, 혹시 들었는지 모르겠지만 앞으로 5일 동안 우린 1학년을 맞이할 준비를 하면서 파티하는 것 말고 할 일이 없거든."

"나도 남아서 네가 그 시간에 뭘 하는지 볼 수 있다면 좋겠군." 그는 나른하게 시선을 던지다가 갑자기 내 벗은 모습을 떠올린 것처럼 시선에 열기를 띠었다. 나도 같이 맥박이 빨라졌다. "좀 걸을까?"

나는 고개를 끄덕이고 그를 따라 공용 공간으로 들어갔다. 제이든은 벽 앞에 있던 배낭을 집어 들더니, 가방 뒤에 장검이 두 자루나 달려 있는데도 가볍게 어깨에 걸쳤다.

생도 한 무리가 공지 게시판 주위에 모여 있었다. 그렇게 지켜보고 있지 않으면 언제라도 새로운 지휘부 목록이 나타났다가 지워질 수도 있다는 듯이 집중하는 모습이었다.

뻔히 예상되듯이 그 중앙에는 데인이 있고.

"내일 아침에 떠나지 않고?" 나는 제이든에게 물으면서도 목소리를 키우지 않았다. 돌바닥으로 이뤄진 넓은 공간을 가로지르고 있었기 때문이다.

"학교에선 빨리 방을 비워주는 쪽을 좋아해. 새 단장들이 얼른 들어오고 싶어 하거든." 그는 게시판 주위에 모여든 인파를 흘긋 보았다. "그리고 네가 침대를 내어줄 것 같진 않으니…."

"그렇게 판단력을 잃을 만큼 취하진 않았어." 나는 로톤다로 향하는 문을 열고 있는 제이든에게 확언했다. "난 신뢰하지 못할 남자와 자지 않아. 그리고 당신이 모든 걸 밝히지 않는다면…." 나는 고개를 흔들었다가 균형을 잃을 뻔하고 바로 후회했다.

"네가 모든 걸 알지 않아도 된다는 걸 깨달으면 나도 신뢰를 얻을 수 있겠지. 너에게 필요한 건 원하는 답을 알아낼 질문을 던질 수 있는 배짱뿐이야. 침대 걱정은 마. 결국엔 그리로 돌아갈 테니까. 기대감을 갖는 것도 우리에게 좋지." 그가 미소를, 빌어먹게도 진짜 미소를 지었다. 덕분에 내 결정을 재고할 뻔했다.

"우리가 함께하지 못하는 건 네가 정직하지 않아서인데, 그걸 우리에게 좋다는 말로 받아쳐?" 나는 씩씩대면서 계단을 내려가 로톤다의 대리석 기둥두 개를 지나쳤다. "오만하기는."

"자신감은 오만함이 아니지. 난 지는 싸움은 걸지도 않아. 그리고 우리 둘다 경계선을 정할 권리는 있잖아. 이 관계의 규칙을 정할 수 있는 사람은 너하나가 아니야."

나는 우리의 문젯거리가 나라는 암시에 발끈했다.

"그래서 지금 나랑 싸우겠다고?" 제이든을 올려다보자 세상이 살짝 기울어졌다.

"너를 얻기 위해 싸울 거야. 그 둘은 다르지." 제이든의 표정이 굳더니, 시선이 왼쪽으로 날아갔다. 에이토스 대령과 소령 계급장을 단 라이더 한 명이다가오고 있었다.

"라이오슨. 소른게일." 대령의 입매가 비틀리며 빈정대는 미소를 지었다. "오늘 밤에 둘이 같이 있는 모습을 보니 아주 좋군. 벌써 남부 비행단으로 떠나나? 자네처럼 능력 있는 라이더를 얻다니 전방이 든든하겠군."

가슴이 조여들었다. 제이든이 대부분의 소위처럼 내륙 비행단으로 가지 않아? 전방으로 간다고?

"저야 누가 그리워하기도 전에 다시 돌아올 텐데요." 제이든이 두 손을 늘어뜨리며 대꾸했다. "하지만 듣자하니 소른게일 장군님이 화가 나서 대령님을 해안 기지로 발령냈다더군요."

대령의 얼굴이 붉으락푸르락해졌다. "나는 여기 없을지도 모르지만, 자네도 그리 자주 오진 못할 거야. 명령서에 따르면 2주에 한 번만이더군."

뭐? 속이 내려앉았다. 몸을 가누기 위해 모든 통제력을 동원해야 했다.

소령이 완벽하게 다림질한 제복 앞주머니에 손을 넣어 편지 두 장을 꺼냈다. 그 남자는 검은 머리카락도 완벽하게 빗질했고, 부츠도 완벽하게 반짝였으며, 미소는 완벽하게 잔인했다.

위협에 반응하여 내 안에 마력이 솟아올랐다.

"이런, 내 정신 좀 보게." 에이토스 대령이 말했다. "바이올렛, 이쪽은 너희의 새로운 수석 부생도대장인 바리쉬 소령이다. 나사를 죄러 왔달까. 최근에 여기서 허용하는 범위가 조금 느슨해졌던 것 같아서 말이다. 당연히 라이더 분과의 현재 부생도대장도 예전 그대로 작전 장교 역할을 수행할 테지만, 바리쉬의 새로운 직위는 팬첵 직속이지."

"소른게일 생도입니다." 나는 대령의 말을 바로잡았다. 새로운 부생도대장이라고? 끝내주는군.

"장군의 딸이로군." 바리쉬는 대놓고 평가하는 눈으로 나를 보며 내 손이 닿는 곳에 있는 모든 단검에 주목했다. "그것 참 흥미롭군. 자네는 너무 연약해서 분과에서 1년도 살아남지 못할 거라고 들었는데."

"제가 여기 있다는 것 자체가 그렇지 않다는 뜻이겠죠." 재수 없기도 하지.

제이든은 바리쉬와 손이 닿지 않게 조심하면서 편지 두 통을 받고는 내 이름이 적힌 쪽을 나에게 건넸다. 우리는 멜그렌의 인장 밀랍을 동시에 깨고 명령서를 펼쳤다.

> 바이올렛 소른게일 생도는 14일에 한 번, 단 이틀을 테른과 함께 스게일의 현재 근무 기지 또는 근무 위치로 날아갔다가 돌아오는 데 쓸 수 있다. 그 외의 결석은 모두 처벌 가능한 위반행위로 간주될 것이다.

나는 대령이 보고 싶어 하는 반응을 보이지 않으려 이를 악물고, 조심스럽게 명령서를 접어 바지 뒷주머니에 넣었다. 아마 제이든의 명령서도 똑같을 테니 번갈아 움직이면 7일에 한 번씩은 만날 수 있을 것이다. 테른과 스게일은 4일 이상 떨어져 지내지 못한다. 그런데 일주일이라고? 둘 다 끊임없이 고통받는 상태에 있게 될 것이다. 헤아릴 수 없는 고통에.

"*테른?*" 나는 내 드래곤에게 마음을 뻗었다.

테른은 내 뇌가 다 흔들릴 정도로 크게 포효했다.

"드래곤은 누구의 명령도 듣지 않습니다." 제이든은 편지를 주머니에 넣으며 차분하게 말했다.

"두고 보면 알겠지." 에이토스 대령은 고개를 끄덕이더니, 나에게 시선을 돌렸다. "그러고 보니 아까의 대화에 대해 걱정하다가 기억난 게 있지 뭔가."

"그게 뭡니까?" 확연히 참을성을 잃은 제이든이 물었다.

"비밀은 생각보다 영향력이 없다네. 비밀은 비밀을 품은 사람들과 같이 죽거든."

06

아무도 대놓고 말하지 않는 사실이 있다. 네 개 분과가 따르는 행동 수칙이 있기는 하지만 라이더의 제일 큰 책무는 코덱스를 따르는 것이며, 코덱스는 다른 분과들이 따르는 규칙을 뒤엎을 때가 많다. 다시 정의하자면 이렇다. 라이더는 자기들만의 규칙에 따른다.

__ 펜드라 소령, 《라이더 분과 지침》(무허가 판본)

내 속이 뒤집히는 건 레모네이드 탓이 아니다. 에이토스 대령이 넌지시 우리를 죽이겠다고 말한 게 확실하다.

"저희가 비밀을 품고 있지 않아서 다행이군요." 제이든이 받아쳤다.

대령의 표정이 내 평생 익숙하게 보았던 부드러운 미소로 변했는데, 소름 끼치는 변화였다. "네 전투 체험을 누구에게 이야기할 때는 조심하거라, 바이올렛. 네 어머니가 두 딸 중 하나라도 잃는 모습을 보긴 싫구나."

뭐가 어째? 손가락 끝에서 에너지가 타닥거렸다. 에이토스 대령은 잠시 나를 바라보더니 몸을 돌려 공용 공간으로 들어갔다. 바리쉬도 그 뒤를 따랐다.

"저놈이 방금 네 목숨을 가지고 협박했어." 제이든이 으르렁거리자 기둥 뒤에서 그림자가 일어났다.

"미라 언니 목숨까지." 메시지는 확실히 접수했다. 마력이 배출구를 찾으며 혈관을 뜨겁게 흘렀다. 분노라는 연료가 더해지며 빠르게 차오른 에너지가 압도적인 파도가 되어 나를 찢어발기려 했다.

"네가 여길 무너뜨리기 전에 밖으로 나가자." 제이든이 내 손을 잡아당기며 말했다.

나는 손을 내어주고, 번개를 붙들어두는 데만 집중하면서 안마당으로 걸어나갔다. 하지만 힘을 다스리려고 애쓸수록 더 뜨거워졌고, 나는 어두운 안마당에 들어서자마자 제이든의 손을 뿌리쳤다. 마력이 모든 신경을 뜨겁게 지지면서 내 몸을 빠져나갔다.

쾅! 번개가 밤하늘을 밝히며 120미터쯤 떨어진 안마당을 강타했다.

"젠장."

제이든은 날아오른 돌멩이들이 근처 생도들을 때리기 전에 그림자 방패를 펼쳐서 전부 붙잡았다. "술에 취해도 네 고유 능력은 약해지지 않나 보네." 그가 천천히 말했다. "여기는 다 돌이라서 다행이군."

"미안!" 나는 민망한 통제력 상실 앞에 얼굴을 찌푸리며 흩어지는 생도들에게 외쳤다. "날 보호할 필요는 없겠어. 나한테서 분과를 보호해야 할 판이야." 나는 심호흡을 하며 제이든을 돌아보았다. "남부 비행단이라고? 거길 고른 거야?" 비행단장은 스스로 근무 기지를 고를 수 있었다.

"사령부에서 손으로 명령서를 써줄 때쯤엔 선택지가 남아 있지 않았어. 난 사마라에 있게 될 거야. 오늘은 소지품을 정리해서 보냈고."

사마라는 남부 비행단에서도 가장 동쪽 기지로, 크로블라와 브레이빅 지방이 만나는 경계선에 있었다. 그리고 바스지아스에서 하루는 날아가야 하는 곳이었다. "둘이 같이 있을 시간이 몇 시간도 되지 않을 거야."

"그래. 스게일이 아주 열받았어."

"테른도 그래." 나는 혹시나 깨어 있을지 모를 앤다나에게 마음을 뻗었다.

"*지금 내가 테른 가까이에 있을 거라고 생각한다면 현실감각을 완전히 잃은 거야.*" 앤다나가 졸린 목소리로 대꾸했다. "*테른은 기분이 아주 안 좋아.*"

"*넌 자야지.*" 앤다나는 꿈 없는 잠을 자야 했다. 아직도 그게 무슨 의미인지 정확히는 모르겠다. 테른은 드래곤들의 양육 비밀에 대해 잘 알려주지도 않으면서, 이후 두 달 동안 자는 것이 앤다나의 성장 발달에 아주 중요하다고 했다. 나는 마음 한구석으로 그게 청소년 드래곤의 극심한 기분 변화를 피하는 영리한 방법이 아닐까 하는 의문이 들었다.

앤다나가 하품하며 대답했다. *"그래서 구경거리를 다 놓치라고?"*

"우리에게도 시간이 얼마 없을 거야…." 나는 제이든의 눈빛을 외면하면서 속삭였다. "알지? 정보를 전할 시간." 안마당은 파티가 끝난 뒤 두 시간이 지난 무도회장 같았다. 오직 주정뱅이와 어리석은 결정을 한 사람들로 가득했다. 함께할 시간도 없다면 어떻게 우리의 문제를 해결한단 말인가?

"정확히 그걸 노린 거지. 놈들은 우리를 최대한 오래, 최대한 자주 갈라놓을 거야. 우린 쓸 수 있는 시간을 최대한 활용해야 할 거야."

"오늘 밤은 당신이 그렇게 밉지 않아." 나는 속삭였다.

"알코올 때문에 그래. 걱정 마, 내일은 다시 날 경멸하게 될 테니까." 그는 손을 뻗었고, 나는 그가 내 뒤통수를 받쳐도 물러나지 않았다.

온몸에 온기가 퍼졌다. 제이든이 나에게 미치는 영향은 부인할 수 없다. 그래서 그만큼 화가 났다.

"내 말 잘 들어." 그는 목소리를 낮추고 부드럽게 나를 끌어당기면서 근처에서 처다보는 술 취한 생도들을 흘긋 보았다. *"동조하는 척해."*

나는 고개를 끄덕였다.

"난 7일 후에 돌아올 거야." 그는 지나가는 사람들이 듣게 말했다. *"스게일과 테른은 원거리에서 대화하지 못해. 감정은 느끼겠지만, 그게 다야. 우리가 보내는 편지는 사령부가 읽을 거란 사실을 기억해."* 그는 내게 몸을 더 기대서 작별 포옹을 하는 것처럼 보이게 만들었다. 그것도 거짓은 아니었다.

"7일이면 많은 일이 일어날 수 있어." 나는 제이든이 머릿속으로 말하는 바를 이해했다. "당신이 없는 동안 난 어떻게 하지?"

"중요한 건 아무것도 바뀌지 않을 거야." 그는 구경꾼들 보라는 듯 부드럽게 나를 안심시켰다. *"보디와 다른 녀석들이 하는 일에는 결코 얽히지 마."* 그는 예의 그 표정을 지었다. 스스로가 옳다고 확신할 때 나타나는 강철 같은 눈빛이었다.

"당신은 정말로 변하지 않을 거야. 그렇지?" 나는 가슴이 조여드는 기분으로 속삭였다.

"이건 우리만의 문제가 아니야. 모두가 널 지켜볼 거고, 혼자 잡힐 경우에는 멜그렌으로부터 네 행동을 감춰줄 반역의 인장도 없어. 네가 얽히면 우리가 애쓴 모든 게 위험에 빠져." 한 무리의 생도들이 로톤다 쪽으로 향했다.

그 말에는 반박하기 힘들었다. 특히나 내가 계획한 일을 하기 위해서는 내 마음대로 움직일 필요가 있었다.

"보고 싶을 거야." 제3비행단 소속 라이더 몇 명이 우리와 가까워지자 제이든의 손이 내 목덜미를 쥐었다 풀었다. "네가 온전히 믿어도 되는 건 레손에서 함께한 사람들뿐이야."

"매트 위에서 날 훈련시킬 필요가 없어졌으니 여가 시간이 얼마나 생길지 생각해봐." 나는 그의 안정적인 심장 고동을 느낄 수 있게 가슴에 두 손을 올렸다. 판단력 상실은 알코올 탓으로 돌려야겠다.

"혼자 여가 시간을 누리기보다는 네가 내 밑에 있는 게 훨씬 좋은데." 그의 팔이 내 허리를 안아 끌어당겼다. "다른 낙인자들도 믿지 마. 아직은 안 돼. 다들 널 죽이면 안 된다는 걸 알고 있지만, 네 어머니가 '그' 장군이다 보니 네가 다치는 모습을 보고 기뻐할 녀석도 있을 거야."

"거기로 돌아가는 거야?" 나는 미소 지으려 했지만 아랫입술이 떨렸다. 제이든이 떠난다는 사실에 상심한 건 아니다. 이게 다 레모네이드 때문이다.

"거길 떠난 적도 없지." 이제는 안마당에 있는 모두가 우리의 사생활을 존중하여 충분한 거리를 두고 있지만, 그래도 제이든은 목소리를 줄이지 않고 말했다. "살아 있도록 해. 7일 후면 돌아올 거야." 그는 내 목 옆으로 손을 미끄러뜨리더니, 엄지손가락으로 내 턱선을 어루만지면서 입술을 닿을 듯 말 듯 가까이 내렸다. "우린 오늘 서로를 살려둘 수 있었어. 이제 날 믿어?"

심장이 덜컹거렸다. 맙소사, 키스하고 싶다.

"목숨을 맡길 만큼은 믿지." 나는 속삭였다.

"그게 다야?" 그의 입술은 약속만 가득하고 전달은 하지 않으면서 내 입술 위를 맴돌았다.

"그게 다야." 신뢰는 획득해야 하는 것이건만, 그는 노력조차 하지 않았다.

"안타깝군." 그는 고개를 들면서 속삭였다. "하지만 말했듯이, 난 기대감도 좋아."

이성은 욕망의 안개 속에서 당황스러우리만큼 쉽게 무너진다. 빌어먹을, 내가 방금 뭘 하려 했던 거지?

"기대 같은 건 없어." 대놓고 노려봤지만 내 말에는 독기가 없었다. "우리는 이제 아무 관계도 아니야. 기억해? 그게 네 선택이야. 난 지금이라도 강당에 가서 아무나 내 침대로 데려갈 권리가 있어. 좀 더 평범한 사람으로 말이야." 허세였다. 아마도. 아니면 알코올 탓일지도. 그것도 아니라면 제이든에게 나와 같은 불확실한 기분을 느끼게 해주고 싶었는지도.

"그럴 권리가 있지만, 넌 그러지 않을 거야." 그는 천천히 미소 지었다.

"당신은 대체 불가능한 존재니까?" 칭찬으로 한 말은 아니다. 적어도 내 생각에는.

"넌 아직 날 사랑하니까." 그의 눈에 담긴 확신에 벌컥 성질이 났다.

"꺼져버려, 라이오슨."

"그럴 거야. 근데 네가 날 아주 꽉 붙잡고 있거든." 그는 달라붙어 있는 우리 몸을 내려다보았다.

"억!" 나는 그의 허리를 잡은 손을 놓고 뒤로 물러났다. "그만 가."

"7일 후에 보자, 바이올런스." 그는 비행장으로 통하는 터널 쪽으로 물러섰다. "내가 없는 동안 학교 다 태워버리지 마."

나는 보이지 않게 될 때까지 한참이나 제이든이 간 방향을 노려보았다. 그러고도 몇 분을 더 그 자리에 서서 내 감정을 어떻게든 갈무리할 때까지 천천히 호흡했다. 난 도대체 뭐가 잘못된 걸까? 어떻게 나에게 모든 진실을 털어놓지 않겠다는 남자를 아직도 원할 수 있지? 이 웃기지도 않는 말장난으로 사람을 놀리는 게 누군데? 내가 뭘 질문할지 알고 있다는 태도는 또 뭐고?

"그 사람은 돌아올 거야." 뒤쪽에서 편지를 쥐고 나타난 리가 말했다. 침울한 말투와 달리 눈은 흥분으로 반짝이고 있었다.

"그러거나 말거나." 퉁명스럽게 맞받아쳤지만 나는 온기가 절실한 사람처럼 내 몸을 끌어안고 있었다. "넌 왜 웃음을 누르고 있는데?"

"둘 사이에 무슨 일 있어?" 리는 편지를 주머니로 가져갔다.

"그 편지는 뭔데?" 마주 보며 물었다. "명령서야?" 명령서는 보통 한 가지밖에 의미하지 않는다. 나는 리의 어깨를 잡고 씩 웃었다. "그런 거야?"

리는 얼굴을 찡그렸다. "좋은 소식과 나쁜 소식이 있어."

"나쁜 소식 먼저." 이제부턴 그게 내 좌우명이다.

"에이토스가 우리의 새로운 비행단장이야."

자동으로 표정이 무너졌다. "예상했어야 했는데. 그럼 좋은 소식은?"

"부대대장이었던 시애나는 부전대장으로 올라갔어." 리의 미소는 어떤 마법 불빛보다 더 찬란했다. "그리고 네 눈앞에 우리의 새로운 대대장이 있어."

"좋았어!" 나는 기쁨에 사로잡혀 새된 소리를 지르며 리애넌을 끌어안았다. "축하해! 넌 멋진 대대장이 될 거야! 이미 그래!"

"우리 축하하는 거야?" 안마당 가장자리에서 소여가 큰 소리로 물었다.

"당연한 소릴 뭐 하러 해!" 리독이 소리를 지르더니, 머그에 담긴 에일을 찰랑거리면서 우리 쪽으로 돌진했다. "마티아스 대대장!"

"첫 명령은 뭡니까, 대대장?" 소여의 말에 나딘까지 급하게 달려왔다.

리는 우리를 살펴보다가 결정을 내렸다는 듯 고개를 끄덕였다. "살아라."

나는 웃었다. 그렇게 간단하다면 얼마나 좋을까.

07

바스지아스 아카이브에서 도서를 대출할 때는 반드시 기록해서 제출해야 한다. 이를 어긴 생도는 직무 유기로 보고될 뿐만 아니라 제대로 추적하지 못해서 문서를 분실한 경우에는 처벌을 받는다.

— 댁스턴 대령, 《서기 분과 정복 안내서》

"이 방은 한 번도 본 적이 없는데." 5일 후, 리독이 3층에 있는 원형극장처럼 생긴 U자형 강의실에서 내 옆에 털썩 앉으며 말했다. 오리엔테이션을 위해 생도들이 들어오고, 각 비행단의 전대와 대대별로 모여 앉았다. 우리는 우묵한 바닥 건너편에 앉은 제1비행단을 마주 보며 오른쪽 두 번째 줄에 앉았다.

바깥은 내일로 다가온 징병일에 맞춰 도착하는 민간인들 때문에 점점 시끄러워졌지만, 그래도 분과 안에서는 아직 진동으로만 느껴질 뿐이었다. 우리는 1학년을 맞이할 준비를 하면서 이번 주를 보냈다. 낮에는 난간다리 시험에서 맡을 역할을 배우고, 밤에는 지나치게 많은 술을 마셨다. 덕분에 이른 아침에 복도를 걸으면 아주 흥미진진했다.

"전에는 우리가 2학년이 아니었잖아." 다른 옆쪽 옆에 앉은 리애넌이 책상위에 소지품을 완벽하게 정리하면서 대꾸했다.

"좋은 지적이야." 리독이 고개를 끄덕였다.

"겨우 왔네!" 나딘이 부목을 대고 붕대를 감은 손으로 얼굴에 흘러내린 자주색 머리카락을 걷어내면서 리독 옆에 미끄러지듯 앉았다. "내가 어떻게 이 방에 와본 적이 없는 거지?"

리애넌은 고개만 절레절레 흔들었다.

"전에는 우리가 2학년이 아니었잖아." 내가 나딘에게 말했다.

"맞네. 말이 되네." 나딘은 가방에서 물건을 꺼내다가 발치에 떨어뜨렸다. "작년에는 이렇게 안쪽에서 수업한 적이 없는 것 같아."

"손은 어떻게 된 거야?" 리애넌이 물었다.

"창피한데…." 나딘이 부목을 들어 올렸다. "어젯밤에 계단에서 미끄러져서 삐었어. 걱정 마. 힐러들이 그러는데 내일 난간다리 시험 전에 놀론이 날 봐줄 시간이 날 수도 있대. 놀론은 모의전투 이후 녹초가 되게 일했어."

"그분이야말로 휴식이 필요해." 리애넌이 고개를 까딱거리면서 말했다.

"우리도 다른 분과처럼 휴가가 있으면 좋겠다." 리독이 펜으로 책상을 두드렸다. "5일, 아니 6일이라도 여길 벗어나면 좋겠다고."

"난 아직도 밖에 있었던 6일간의 휴가에서 회복하는 중인데." 나도 리독을 따라 농담을 시도했다.

리애넌의 표정이 침울해지고 나머지 대대원도 조용해졌다. 젠장, 그런 말을 하는 게 아닌데. 사실 나는 너무 지쳐 있었다. 매일같이 레손에 대한 악몽에 시달리느라 잠을 자려고 해도 소용이 없었다.

"언제든 이야기하고 싶으면 나한테 말해." 리의 친절한 미소를 볼 때마다 이런 친구에게 마음을 터놓지 않는 내가 너무 부끄러웠다.

이야기하고 싶냐고? 물론이다. 말할 수 있냐고? 에이토스 대령이 협박한 이후에는 불가능했다. 미라 언니로 모자라서 제일 친한 친구까지 이런 상황에 끌어들일 순 없다. 제이든 말이 옳을지도 모른다. 거짓말을 할 수 없다면 차라리 거리를 두는 편이 내 친구들에게는 더 안전할 것이다.

"안녕하신가, 2학년들." 키가 큰 라이더가 중앙으로 걸어가면서 우렁차게 말하자 강의실이 금세 조용해졌다. "나는 그레디 대위…." 멈칫하고는 금빛 피부보다 조금 짙은 색깔의 깔끔한 턱수염을 긁었다. "그레디 교수다. 올해 새로 왔고 교수라는 직함에 익숙해지는 중이다. 다시 스물한 살짜리들과 지내는 건 말할 것도 없지. 내가 이 분과에 있던 게 오래전이라서 말이지."

그는 교실 끝으로 몸을 돌리더니 그 자리에 놓인 육중한 나무 책상을 향해 손가락을 구부렸다. 책상은 시끄러운 소리를 내며 바닥을 끌려오다가 그레디 교수의 손짓에 멈췄다. 그는 다시 우리를 돌아보고 책상 가장자리에 몸을 기댔다. "좀 낫군. 첫해에 살아남은 걸 축하한다." 그는 우리들 하나하나를 찬찬히 살펴보았다. "이 방에는 89명의 생도가 있다. 서기에게 들으니 최초의 여섯 이후로 이 복도를 걷는 가장 적은 인원의 학년이라는군."

나는 제1비행단 앞에 남은 빈 좌석들을 흘긋 보았다. 작년에 계약하려는 드래곤 수가 역대 최소였다는 사실을 알고는 있지만, 실제 남은 라이더가 얼마나 적은지 보는 건… 심란한 일이었다.

"*계약하려는 드래곤이 적어지는 거요.*" 나는 테른에게 물었다. "*엠피리언이 베닌에 대해 알기 때문인가요?*"

"*그래.*" 테른의 목소리에서 분노의 한숨까지 들릴 것만 같았다.

"*하지만 우리에겐 더 많은 라이더가 필요해요. 줄어드는 게 아니라요.*"

"*엠피리언은 우리가 개입해야 하느냐 말아야 하느냐로 나뉘어 있다.*" 테른이 우르릉거렸다. "*비밀을 두는 건 인간만이 아니다.*"

하지만 앤다나와 테른은 이미 선택했다. 그 점은 확실하다.

"…하지만 2학년에는 2학년의 시련이 있다." 강의실로 관심을 돌리자 그레디 교수의 말이 이어졌다. "작년에는 너희를 선택한 드래곤을 타는 방법을 배웠지. 올해는 드래곤에서 떨어지면 어떻게 해야 할지 배우게 될 거다. 라이더 생존 수업에 들어온 것을 환영한다. 약자로 'RSC'라고도 하지."

"그건 또 뭐야?" 리독이 중얼거렸다.

"나도 몰라." 나는 노트에 'RSC'라고 적으며 속삭였다.

"그치만 넌 모르는 게 없잖아." 리독이 눈을 크게 떴다.

"그건 확실히 아니지." 요새는 그게 내 주제 의식 같다.

"그게 뭔지 모른다고?" 그레디 교수가 씩 웃었다. "잘됐군. 우리의 전술대로 돌아가고 있다는 뜻이다." 그가 다리를 꼬았다. "RSC가 기밀로 유지되는 이유가 있다. 그래야 너희의 진실한 반응을 얻을 수 있지."

"내 진실한 반응 같은 걸 원하는 사람은 없는데." 리독이 웅얼거렸다.

나는 웃음을 참으며 고개를 저었다.

"RSC는 너희가 적진에서 드래곤과 떨어졌을 때 살아남는 방법을 가르쳐줄 것이다. 2학년의 주요 수업으로, 두 번의 평가에 통과해야 한다. 한 번은 몇 주 후에… 그리고 다른 한 번은 학년 중간쯤에 있을 것이다."

"이미 계약한 라이더인데 통과하지 못하면 뭘 어쩌겠다는 거야?" 리애넌이 조용히 물었다.

우리 대대원 전원이 나를 쳐다보았다. "나도 모르겠어."

건너편에 앉은 제1비행단 소속의 캐롤라인 애쉬튼이 손을 들었다. 캐롤라인이 잭 발로우와 얼마나 친했는지 기억이 나면서 등골이 서늘해졌다. 발로우는 1학년 내내 나를 죽이는 데 몰두했다가, 거꾸로 내 손에 죽었다.

"질문 있나?" 그레디 교수가 물었다.

"학년 중간쯤이 정확히 언제입니까?" 캐롤라인이 물었다. "몇 주 후는요?"

"너희는 정확한 날짜를 알 수 없다." 교수는 눈썹을 올리며 대답했다.

캐롤라인이 씩씩거리며 좌석에 등을 기댔다.

"그런 표정을 지어도 내가 해줄 말은 없다. 어떤 교수도 알려주지 않을 것이다. 이유는 아주 간단하다. 우리는 너희가 놀라기를 바란다. 하지만 대비가 되어 있기를 바라기도 한다. 이 방에서 나는 너희에게 길 찾기, 생존 기술, 그리고 적에게 잡힐 경우 심문을 버티는 방법을 가르칠 것이다."

속이 뒤집히며 심박수가 두 배로 빨라졌다. 고문이다. 고문을 말하는 거야. 그리고 지금 나에겐 비밀 정보가 있다.

"그리고 너희는 그 과정 중 언제든 시험에 맞닥뜨리게 된다." 그레디 교수가 말을 이었다. "분과 내 어디에서든 잡혀가서 말이다."

"우릴 납치할 거라고?" 나딘이 공포에 질려 숨을 들이켰다.

"그런 것 같네." 소여가 작은 소리로 대답했다.

"여기는 늘 뭐가 있다니까." 리독이 덧붙였다.

"시험 중에는 다른 평가자들과 내가 피드백해줄 테니 정식 평가가 이뤄질 때쯤에는…." 그는 말을 조심스럽게 골랐다. "흠, 그때쯤 너희는 우리가 집어넣을 지옥을 견뎌낼 수 있을 것이다. 그 과정에서 살아남은 사람이 하는 말이니 믿어라. 심문 과정에서 무너지지만 않으면 괜찮을 거다."

리애넌이 손을 들자, 그레디 교수가 고개를 끄덕였다.

"무너지면요?" 리애넌이 물었다.

교수의 얼굴에서 웃음기가 싹 사라졌다. "무너지지 말아라."

나는 오리엔테이션이 끝나고도 한 시간이 지나도록 쿵쿵 뛰는 가슴으로 신경이 너덜너덜할 때마다 가라앉혀주던 단 한 곳으로 향했다. 아카이브.

문을 통과하면서 양피지와 잉크, 그리고 톡 쏘는 장정용 풀 냄새를 들이마시자 마음이 차분해지는 긴 한숨이 흘러나왔다. 거대한 방 안에 앤다나보다는 크지만 테른의 키에는 미치지 못하는 높은 책장들이 줄지어 있고, 책장마다 역사, 수학, 정치학을 다루는 수많은 책이 가득 꽂혀 있었다. 예전에는 이곳에 대륙의 모든 지식이 있다고 믿었다. 그리고 내 인생에서 가장 무서운 일은 평생 저 사다리를 오르내리는 것뿐이리라 생각한 적도 있었다.

그러나 지금 나는 갑자기 등장한 부생도대장 바리쉬라는 위험, 에이토스 대령의 협박, 언제라도 우리 모두를 죽일 수 있는 비밀 혁명, 거기다 임박한 RSC 고문 시간과 함께 살고 있다. 차라리 사다리가 그리울 지경이다.

5일을 지켜보고 오늘 아침이 되어서야 바깥에 붙는 서기 일정표에 드디어 제시니아의 이름이 나타났다. 그러니 이제 계획을 시작할 때다.

얽히지 말라고? 웃기지 마. 오빠와 제이든이 목숨을 걸고 있는데 아무것도 모르는 것처럼 가만히 있을 순 없다. 더구나 나는 아레티아와 포로미엘의 시민들을 보호할 해답이 여기 바스지아스에 있다고 확신한다. 혁명군에는 서기가 없을지 모르지만 내가 있다. 혁명군이 만든, 아니면 찾아낸 무기 없이도 이 전쟁에서 이길 기회가 조금이라도 있다면 내가 그 기회를 만들 것이다. 하다 못해 그럴 만한 가능성이라도 조사해야겠다.

문 근처에 놓인 긴 참나무 테이블을 지나서 안으로 들어갈 수 있는 건 서기뿐이었기에 나는 테이블 옆에 서서 친숙한 나뭇결을 어루만지면서 기다렸다. 서기 훈련에서 배운 게 하나 있다면 바로 인내심이었다.

맙소사, 여기가 정말 그립다. 내 미래라고 생각했던 인생이 그립다. 단순하고, 조용하고, 고결한 삶. 그러나 과거의 나, 스스로의 힘을 몰랐던 그 여자가 그립지는 않다. 단순히 하얀 종이에 뭔가를 쓰기만 해도 그게 복음이 된다는 듯이 책에서 읽은 내용이면 무엇이든 확고하게 믿던 그 여자는 그립지 않다.

크림색의 튜닉과 바지, 후드 차림의 작은 그림자가 다가왔다. 내 평생 처음으로 제시니아를 만나는 게 긴장된다.

"소른게일 생도." 제시니아는 내 앞까지 와서 후드를 젖히고 웃으며 수어로 말했다. 이제는 땋아내린 갈색 머리가 허리까지 왔다.

"닐워트 생도." 나도 친구를 보고 씩 웃으며 수어로 말했다. "이렇게 열정적인 인사는 우리끼리 있을 때나 해야 해." 서기들은 감정을 드러내는 것을 몹시 꺼린다. 서기가 하는 일은 해석이 아니라 기록이기 때문이다.

"우리뿐이야." 제시니아는 그렇게 말하고 나서 내 뒤를 보았다. "음, 나스야가 있긴 하네."

"나스야는 자." 내가 장담했다. "그 안쪽에서 뭐해?"

"몇 군데 장정을 고치고 있어. 거의 모두가 내일 새로 들어오는 생도들을 맞이할 준비하러 나가 있거든. 난 이렇게 조용한 날이 제일 좋아."

"그래, 기억나." 우리는 거의 모든 조용한 날을 이 테이블에서 보내며 시험 준비를 하거나 마컴을 돕거나… 내 아버지를 도왔다.

"소식 들었는데…." 제시니아의 얼굴이 어두워졌다. "유감이야. 그 친구는 언제나 나에게 친절했는데."

"고마워…. 나도 그 녀석이 정말 보고 싶어. 저기…." 다음에 하려는 말 때문에 진실에 더 가까이 다가서거나… 아니면 내가 죽을 수도 있다는 것을 알기에 주먹을 꽉 쥐고 잠시 말을 멈췄다.

"뭔데 그래?" 제시니아가 입술을 깨물면서 수어로 물었다.

제시니아는 학년 수석이다. 그러니 아마 명인의 길을 가려고 할 것이다. 서기가 얻을 수 있는 모든 칭호 중에서 가장 어렵고, 큐레이터가 되려면 꼭 가져야 하는 칭호. 제시니아는 다른 서기들보다 마컴과 시간을 많이 보낼 뿐만 아니라, 어떠한 경우에도 아카이브를 거의 떠나지 않을 것이라는 뜻이다.

제시니아를 신뢰할 수 없을지 모른다고 생각하니 속이 울렁거렸다. 어쩌면 혁명 세력에 서기가 하나도 없는 데는 이유가 있을지도 모르겠다.

"혹시 바스지아스 설립을 다룬 좀 오래된 책이 있을까? 왜 보호막을 칠 장소로 여기를 선택했느냐에 대한 내용이라거나?"

"보호막?" 제시니아가 천천히 손짓했다.

"역사학 수업에서 왜 바스지아스가 칼디르가 아니라 여기에 세워졌는가에 대한 논쟁을 준비하고 있거든." 자, 이렇게 내 최초의 거짓말이 나왔다. 이 말에는 선택적 진실이랄 것도 없다. 좋든 싫든 나는 이제 내 명분에 전념해야 한다. 이 전쟁에서 가능한 한 많은 사람을 구한다는 명분.

"물론이지." 제시니아가 미소 지었다. "여기에서 기다려."

"고마워."

10분 후, 그녀는 100년도 더 전에 쓰인 책 두 권을 건네줬다. 나는 다시 한번 고맙다는 인사를 하고 나서 아카이브를 나왔다. 아레티아를 지킬 해답은 아카이브 안에 있다. 그래야만 한다. 그저 보호막조차 우리를 구할 수 없게 되기 전에 찾아내야 한다.

08

첫해에 직접 난간다리를 건너는 것도 쉬운 일은 아니지만, 수많은
지원자들이 난간다리에서 목숨을 잃는 모습을 보면 조금씩 같이
죽는 기분이 들어. 그러니 가능하면 보지 마.

_ 브레넌의 일기, 84쪽

이쪽에 있으니 징병일도 조금 달라 보인다. 종소리가 아홉 시를 알렸다. 나는 군사학교 본관 망루탑의 요철 난간 너머로 몸을 내밀고 길게 늘어선 줄을 보았지만, 난간다리를 건너기 위해 긴 나선계단을 오르는 지원자들의 얼굴은 제대로 쳐다보지 않았다. 악몽에 나올 얼굴이 더 필요하진 않다.

"계단을 오르기 시작했어." 나는 펜과 명단을 갖추고 제자리에 선 리애넌에게 말했다.

"긴장한 기색이네." 나딘이 몇 층 아래에 늘어선 지원자들을 보려고 탑 가장자리로 무모하게 몸을 내밀면서 말했다.

우리 둘만 있는 건 아니었다. 데인과, 기억을 강탈해서 내 머릿속 모든 비밀을 끄집어낼 수 있는 데인의 두 손도 나와 네 걸음밖에 떨어져 있지 않았다.

나는 제이든이 가르쳐준 대로 차단벽을 단단히 세우면서 데인을 이 탑에서 밀어버리는 상상을 했다.

데인은 딱 한 번 나에게 말을 걸려고 시도했지만 나는 바로 거부했다. 그러자 데인이 지은 표정? 대체 무슨 권리로 그렇게… 상심한 표정을 짓는 거야?

"넌 긴장하지 않았어?" 리애넌이 나딘에게 물었다. "사실 난 여기 바이가 아니었으면 무사히 건너지 못했을 거야."

나는 어깨를 으쓱이고 성벽 위로 뛰어올라 리 왼쪽에 앉았다. "나는 약간의 마찰력을 더해줬을 뿐이야. 난간다리를 건널 용기와 균형감은 네가 갖고 있었고."

"우리가 난간다리를 건널 때처럼 비가 오진 않네." 나딘이 구름 한 점 없는 7월의 하늘을 올려다보더니 손등으로 이마에 맺힌 땀을 닦았다. "그때보다 많은 수가 건너면 좋겠다." 나딘이 내 쪽을 흘긋 보며 말을 이었다. "작년에 너희 어머니가 폭풍을 막아줄 수도 있었을 텐데. 네가 건너고 있다는 점을 생각하면 말이야."

"넌 확실히 우리 어머니를 모르네." 어머니가 나를 겁쟁이처럼 죽이려고 폭풍을 부르지야 않겠지만, 그렇다고 나를 구하려 폭풍을 멈출 리도 없다.

"올해 계약에 동의한 드래곤은 91마리뿐이야." 데인이 난간다리 입구 옆에 등을 기대며 말했다. 그는 작년에 제이든이 있던 위치에 있었고, 제이든과 똑같은 휘장을 어깨에 달았다. 비행단장을 뜻하는 휘장. 저 개자식은 리암과 솔레일을 죽여놓고 그 보상으로 승급했어. 말도 안 돼. "더 많은 지원자가 건넌다고 해서 더 많은 라이더가 생기는 건 아니란 뜻이지." 그는 내 쪽을 보았다가 얼른 시선을 피했다.

나딘이 망루 꼭대기에 있는 나무 문을 열고 계단을 내려다보았다. "반쯤 올라왔어."

"좋아." 데인이 벽을 밀치고 몸을 세웠다. "규칙을 기억해. 마티아스와 소른게일, 두 사람이 맡은 일은 난간다리를 건너기 전에 명단을 적는 것뿐이야. 개입하지 말고…"

"우리도 규칙은 알아." 나는 허벅지 옆으로 벽에 두 손을 짚으면서 아침부터 지금까지 딱 열 번째로 제이든이 오늘 언제 도착할지를 생각했다.

제이든이 오면 그가 2학년 기숙사 층에 배정받은 내 방의 책상 위에 두고 간 티렌더식 매듭 공예를 다룬 책 세 권에 대해 이야기할 수 있을지 모른다. 심지어 천 조각도 같이 있었는데, 나에게 취미는 필요 없었다.

하지만 그 책과 함께 제이든이 남기고 간 쪽지는? '내가 난간다리 위에서 한 말은 진심이었어. 너와 같이 있지 않을 때라 해도 나에겐 너뿐이야.' 거기엔 설명이 필요 없다. 그는 우리 관계를 위해 싸우고 있다.

"그래." 데인은 나를 빤히 보면서 끄집어내듯 말했다. "그리고 나딘은⋯."

"난 맡은 일이 없는데." 나딘은 어깨를 으쓱이고는 제복 소매를 잘라낸 자리에서 풀려난 올을 뜯었다. "난 그냥 심심했어."

데인은 리애넌을 보고 얼굴을 찌푸렸다. "대대원 기강 좀 잡아, 대대장."

재수 없긴.

"난간다리 시험 중에 망루에 라이더가 네 명 있으면 안 된다는 규정은 없어." 리애넌이 반박했다. "아침부터 초치지 마, 에이토스." 그리고 그녀는 완벽하게 번호가 매겨진 명단에서 시선을 들고 손가락을 하나 세웠다. "그리고 혹시라도 비행단장이라고 부르라고 할 생각이라면, 라이오슨은 모두가 머리를 숙이지 않아도 끝내주게 일을 잘했다는 사실을 상기시켜주지."

"라이오슨이야 모두가 겁냈으니까 그렇지." 나딘이 중얼거렸다. "흠, 바이올렛만 빼고 모두라고 해야겠다."

나는 웃지 않으려고 애쓰다가 데인이 할 말을 잃고 굳는 모습에 결국 웃음을 터트렸다.

"우리끼리니까 말인데." 리애넌이 말했다. "새로 온 부생도대장에 대해서는 아는 거 있어?"

"바리쉬? 자기가 졸업한 후에 우리 분과가 말랑해졌다고 생각하는 꽉 막힌 사람이라는 거 말고는 몰라." 데인이 대답했다. "우리 아버지와 친구고."

그렇겠지.

"그래, 여기가 참 꿈에 나올 만한 멋진 곳이지." 리애넌이 빈정거렸다.

레슨 이후에 나는 학교에서 우리를 무너지기 직전까지 몰아붙이는 데 목적이 있다는 사실을 깨달았다. 여기를 떠나 친구들을 죽음으로 몰아넣는 것보다는 차라리 여기에서 깨지는 게 나을지도 모르겠다.

"온다!" 나딘이 비켜서고, 첫 지원자들이 계단을 오르느라 가슴을 들썩이면서 도착했다.

"*다들 너무 어려보여요.*" 테른에게 말하면서 나는 벽에 기댄 자세를 바꾸고, 오늘 아침 왼쪽 무릎에 붕대를 더 주의 깊게 감을 걸 그랬다고 후회했다. 땀 때문에 벌써부터 띠가 느슨해졌고, 천이 미끄러져 내려가니 더 짜증이 났다.

"*너도 그랬다.*" 테른은 낮게 그르렁거리며 대답했다. 테른은 지난 이틀 동안 기분이 저조했는데, 탓할 수 없는 일이었다. 그는 원하는 대로 스케일에게 날아가고 싶은 마음과 그 행동 때문에 내가 벌을 받게 될 결과를 두고 갈등하고 있었다.

첫 번째 지원자의 시선이 나딘의 자주색 머리에서 내 틀어올린 머리카락으로 이동했다. 평소처럼 땋은 머리를 둥글게 감아올려서 은빛 머리가 잘 보일 터였다. "이름은?" 내가 물었다.

"조리 뷔엘." 그녀는 숨을 고르려고 애쓰면서 대답했다. 큰 키에 좋은 부츠를 신고 균형이 잘 잡힌 배낭을 진 것 같지만, 계단을 오르느라 지친 게 난간 다리에서 안 좋게 작용할 것이다.

"올라서라." 데인이 지시했다. "반대편에 도착하면 명단 작성자에게 이름을 말해."

그녀는 리애넌이 명단 맨 위에 이름을 적자 고개를 끄덕였다.

미라가 작년에 해준 충고가 머릿속에 우르르 지나갔지만, 나는 충고하면 안 되는 입장이었다. 이 지원자들이… 우리처럼 되기 위해 그들이 목숨을 거는 동안 옆에 서서 아무것도 하지 않는 것은 완전히 다른 종류의 시련이었다.

많은 지원자에게 우리는 마지막으로 보는 얼굴이 될 것이다.

"행운을 빈다." 내가 해도 되는 말은 그뿐이었다.

그녀가 난간다리를 건너기 시작하고, 다음 지원자가 올라섰다. 리애넌이 이름을 받아 적고, 데인은 조리가 3분의 1을 건너갈 때까지 기다린 다음 그 남자를 출발시켰다.

나는 작년 오늘에 느꼈던 공포와 불안이 떠올라 심장이 목까지 올라온 기분으로 처음 몇 명을 지켜봤다. 그러다가 어느 지원자가 4분의 1 지점에서 떨어지면서 협곡이 마지막 비명을 집어삼키자, 지원자들이 반대편까지 가는지 지켜보기를 그만뒀다. 내 심장이 감당할 수가 없었다.

2시간쯤 지나자, 나는 기억하려는 마음이 하나도 없는 상태로 이름을 묻고 있었다. 그래도 특별히 공격적인 지원자들은 주목했다. 황소같이 돌진해서 중간쯤에서 힘겹게 전진하고 있던 앙상한 빨간 머리 지원자를 주저 없이 던져버린 턱이 깊이 갈라진 놈이라거나…. 그 잔인한 모습을 보자 내 마음의 한 조각이 죽었다. 여기 온 지원자 모두가 자기 선택으로 왔다는 사실을 떠올리는 게 고역이었다. 입학시험에 통과해서 징병을 받아들인 다른 분과 지원자들과 달리, 라이더 분과는 모두 자원이었다.

"잭 발로우 주니어로군." 리애넌이 작은 소리로 평했다.

데인이 움찔하더니 내 쪽으로 시선을 던졌다.

나는 천천히 숨을 내쉬고는, 발로우가 나를 병동에 밀어 넣었던 일을 잊으려고 노력하면서 다음 지원자에게 몸을 돌렸다. 그날 매트 위에서 발로우가 두 손으로 내 몸에 마력을 밀어 넣어 뼈까지 뒤흔들었던 기억이 떠오르자 몸이 떨렸다.

"이름…." 나는 말하다 말고 놀라서 멍하니 내 앞에 선 지원자를 응시했다. 그는 데인보다는 크지만 제이든보다는 작았는데, 근육질의 몸에 강인한 턱이 두드러졌고, 옅은 갈색 머리카락이 마지막으로 봤을 때보다 짧기는 해도 그 이목구비와 그 눈은 어디서든 알아볼 수 있었다. "캠?"

이 녀석이 여기에서 뭘 하는 거지?

그는 놀라서 녹색 눈을 크게 떴다가 나를 알아보고 눈을 깜박였다. "아릭…

그레이캐슬이야."

아릭이 중간 이름인 건 알지만, 성이 뭐라고? "방금 지어낸 거야?" 나는 그에게 속삭였다. "끔찍한 이름인데."

"아릭. 그레이캐슬이야." 그는 턱에 힘주며 되풀이했다. 턱을 들어 올리는 오만한 태도가 그의 형들은 물론이고 특히 그의 아버지와 똑같았다. 서로의 부모 때문에 같은 방에 던져진 일이 수십 번 있어서 절대 모를 수가 없지만, 그렇지 않다 해도 그 놀랍도록 선명한 초록색 눈동자는 내 머리카락과 똑같은 효과를 발휘했다. 그의 아버지를 본 사람이라면, 아니면 그의 형들 중 누구라도 만나본 사람이라면 아무도 속지 못할 것이다.

데인 쪽을 흘긋 보니, 대놓고 캠… 아니, 아릭을 쳐다보고 있었다.

"정말 이럴 생각이야?" 데인이 묻는데, 그 걱정스러운 눈빛을 보자 잠시 내가 알던 데인이 엿보였다. 그러나 잠시뿐이었다. 내가 언제나 의지할 수 있었던 상냥한 데인은 그가 내 기억을 강탈해서 베닌과의 충돌에 밀어 넣은 날에 죽었다. "난간다리를 건너면 돌이킬 수 없어."

아릭이 고개를 끄덕였다.

"아릭 그레이캐슬." 내가 그 이름을 되풀이하자, 리애넌이 받아 적었다. 그리자 리도 뭔가가 있다는 걸 눈치 챈 표정이었다.

"너희 아버지는 아셔?" 데인이 낮은 소리로 아릭에게 물었다.

"아버지가 상관할 일은 아니지." 아릭은 그렇게 대꾸하며 어깨를 돌린 뒤 난간다리에 올라섰다. "난 스무 살이야."

"그래. 네가 뭘 하고 있는지 그분이 아시면 상황이 달라졌겠지." 데인은 두 손으로 머리를 헤집으며 쏘아붙였다. "우릴 다 죽일 거야."

"네가 말할 거야?" 아릭이 물었다.

데인은 고개를 젓더니 나를 쳐다보았다. 망할 놈의 비행단장은 자기인 주제에, 나한테 무슨 해답이라도 바라는 건가.

"좋아. 그러면 제발 못 본 척해줘." 그는 데인에게 말했다.

그러나 나에게는 아무 말도 하지 않았다.

"우린 제4비행단 불꽃전대 2대대야." 나는 아릭에게 말했다. 우리 대대라면 혹시 다른 사람들이 알아보더라도 비밀을 지켜달라고 설득할 수 있을지 모른다.

데인이 입을 벌렸다.

"오늘은 말고." 나는 고개를 저으며 말했다.

데인이 입을 딱 닫았다.

아릭이 배낭을 추스르더니 난간다리를 건너기 시작했고, 나는 차마 지켜볼 수가 없었다.

"누구였어?" 리애넌이 물었다.

"공식적으로는? 아릭 그레이캐슬이지." 나는 대답했다.

리애넌이 한쪽 눈썹을 올리는 모습을 보자 죄책감에 뱃속이 단단해졌다. 그래, 이미 우리 사이엔 비밀이 많지만 이 정도는 알려줄 수 있지. 방금 내가 우리 대대로 오라고 말해놨으니 리애넌이 알아야 마땅하기도 하고. "우리끼리는?" 내가 속삭이자 리애넌은 눈썹을 구부리며 내 쪽으로 몸을 기울였다. "타우리 왕의 셋째 아들이야."

"이런 젠장." 그녀는 어깨 너머로 난간다리를 돌아보았다.

"그러게 말이야. 분명히 쟤네 아버지는 쟤가 뭘 하고 있는지 모를 거야." 3년 전에 아릭의 형이 탈곡 도중에 죽고 나서 어떤 심정이었겠는가.

"이것 참 편안한 1년이 되겠어." 리애넌이 비아냥조로 말하더니, 한 호흡도 쉬지 않고 다음 사람에게 손짓했다. "이름?"

"슬론 메이리."

내 머리가 반사적으로 홱 돌아갔다. 심장이 목구멍까지 튀어오르는 기분이었다. 어깨 아래까지 내려와서 바람에 헝클어지긴 했어도 똑같은 금발이었고, 똑같은 하늘색 눈동자였다. 팔에도 똑같은 반역의 인장이 있었다. 바로 리암의 여동생이었다.

리애넌도 멍하니 쳐다보았다. 데인은 유령이라도 본 듯한 얼굴이었다.

"슬론 끝에는 'e'가 들어가." 슬론은 계단 쪽으로 움직이면서 초조하게 귀 뒤로 머리카락을 넘겼다. 돌풍이 불면 그 머리카락이 제대로 얼굴을 때릴 것이고, 그러면 난간다리 위에서 일시적으로 앞이 보이지 않을 것이다. 그렇게 둘 수는 없었다.

나는 리암에게 동생을 돌봐주겠다고 약속했다.

"멈춰." 성벽에서 뛰어내린 나는 제복 앞주머니에 늘 넣어두는 작은 가죽 끈을 꺼내 건넸다. "우선 머리부터 묶어. 땋는 게 최고야."

슬론이 흠칫했다.

"바이…." 데인이 입을 열었다.

나는 어깨 너머로 그를 노려보았다. 리암이 이 자리에서 직접 슬론을 지켜 주지 못하는 건 데인 탓이었다. 혈관에 분노가 들끓으며 피부가 달아올랐다. "감히 한마디라도 더 하면 이 망루 위에서 널 태워버릴 거야, 에이토스." 그러려고 한 건 아니지만 마력이 더는 참지 못하고 파지직거리며 내 손을 통과하더니 머리 위로 솟아올라 지평선까지 하늘에 수를 놓았다.

이크.

데인은 다시 주저앉더니 오늘은 싸우는 족족 진다며 중얼거렸다.

슬론은 천천히 내 손에서 가죽끈을 받더니 빠르고 단순하게 머리를 땋아서 끈으로 묶었는데, 그러면서 내내 나를 내려다봤다.

"팔을 옆으로 내밀고 균형을 잡아." 나는 슬론이 지금부터 감당할 위험 때문에 속이 울렁거리는 기분으로 말했다. "바람에 발밑이 흔들리지 않게." 미라 언니가 해줬던 말이고, 지금은 내가 해줄 수 있는 말이었다. "눈은 앞쪽 돌만 보고 아래는 보지 마. 배낭 때문에 휘청이면 배낭을 버려. 네 목숨보다는 배낭을 잃는 게 나아."

슬론은 내 머리카락을 보고 아래로 시선을 내려서 여름 제복 가슴팍에 수 놓은 패치 두 개를 확인했다. 하나는 작년 대대 대항전에서 딴 강철대대 패치,

다른 하나는 사방으로 뻗어나가는 번개 모양의 패치였다. "바이올렛 소른게 일이군."

나는 할 말을 잃고 고개를 끄덕였다. 오빠를 잃은 것에 대해 얼마나 안타깝게 생각하는지 제대로 표현할 말이 없었다. 떠오르는 어떤 말로도 부족했다.

슬론은 표정이 변하더니, 증오를 닮은 눈빛으로 몸을 기울이고 오직 나만 들을 수 있게 목소리를 낮췄다. "난 무슨 일이 있었는지 알아. 너 때문에 우리 오빠가 죽었어. 너를 위해 죽었지."

데이가 테른에게 달려들던 와이번을 들이받으면서 리암이 내 안장까지 날아왔던 기억이 스쳐 지나가자 얼굴에서 핏기가 싹 빠져나가는 것을 실제로 느낄 수 있었다. 리암이 어찌나 무거웠는지… 리암이 떨어지지 않게 잡으려다가 어깨가 빠질 뻔했던 일도.

"맞아." 부정할 수 없다. 나는 외면하지 않았다. "정말 미안해…."

"지옥에나 떨어져." 슬론이 속삭였다. "진심이야. 아무도 네 영혼을 말렉에게 맡기지 않으면 좋겠어. 말렉이 네 영혼을 거절했으면 좋겠어. 리암은 너 같은 거 열 명의 가치가 있었어. 네가 나에게, 그리고 우리 모두에게 희생시킨 것의 대가를 영원토록 치르길 바란다."

그래, 그 눈빛은 확실히 증오가 맞았다. 그 순간 내 심장은 몸을 버리고 슬론이 바라는 곳 어딘가에 내려앉았다.

"네 잘못이 아니었다." 테른이 말했다.

"내 잘못이었어요." 그리고 지금 내가 정신을 차리지 않으면 다시 한번 리암을 저버리는 꼴이 될 것이다. "얼마든지 날 미워해도 좋아." 나는 옆으로 물러서서 난간다리로 가는 길을 비위주며 슬론에게 말했다. "다만 부탁인데 나보다 먼저 리암을 보러 가지 않게 팔은 꼭 뻗고 걸어. 리암을 위해서 그렇게 해. 날 위해서가 아니라." 내가 꿈꾸던 온화하고 배려심 많은 선배 역할은 물 건너갔다.

슬론은 나에게서 시선을 떼어내고 난간다리로 올라섰다.

거센 바람이 불며 슬론의 몸이 기우뚱 흔들리자 내 심박수도 치솟았다.

"저 화난 메이리는 왜 그런 거야?" 리애넌이 물었다.

나는 고개를 저었다. 그저… 말할 수가 없었다.

곧 고집 센 여자애가 드디어 두 팔을 뻗고 걷기 시작했다. 나는 시선을 돌리지 않았다. 내 미래가 슬론의 미래에 묶여 있는 듯한 심정으로 모든 걸음을 지켜보았다. 반쯤 건너가서 비틀거릴 때는 숨이 얼어붙었고, 슬론이 반대편에 도착하는 걸 볼 때까지도 폐가 제대로 다 펴지지 않는 기분이었다.

"슬론이 해냈어." 나는 리암에게 속삭였다.

그리고 다음 이름을 받았다.

명단에 따르면 지원자 71명이 난간다리에서 떨어졌다. 우리 때보다 네 명이 많았다.

숫자를 정리하고 한 시간 후, 분과는 전형적인 비행단별 3열 종대로 안마당에 모였다. 명단 기록자가 이름을 하나하나 호명하며 1학년을 각 대대에 배속시켰다.

우리 대대가 거의 다 찼는데 아직도 슬론이 불릴 기미가 없었다. 진작 안마당에서도 찾아보았지만 보이지 않았다. 슬론은 나에게서 몸을 숨기고 있거나… 아니면 나에게 몸을 숨기고 있다. 논리적인 결론은 그것뿐이었다.

나딘, 리독, 그리고 나는 살아 있는 불안의 화신처럼 몸을 가만히 두지 못하는 여덟 명의 1학년 뒤에 서서 기다렸다. 앞줄의 아릭은 말도 안 되게 완벽한 자세로 서 있긴 했지만 계속 고개를 숙이고 있고, 그 옆의 빨간 머리 여자는 얼굴이 새파랬다.

1학년들이 내뿜는 두려움이 손에 만져질 것 같았다. 두 줄 앞에 선 다부진 남자의 목을 따라 흘러내리는 땀방울에도, 그 옆에 선 갈색 머리가 물어뜯다가 바닥에 뱉는 손톱 조각에도 공포가 가득했다. 심지어 그들의 땀구멍에서도 공포가 흘러나왔다.

"나만 그런 거야, 아니면 지금 완전 어색한 게 맞아?" 오른쪽에서 리독이 물었다.

"끝내주게 어색해." 나딘이 동의했다. "저 녀석들에게 괜찮을 거라고 말해 주고 싶기까지 해…."

"거짓말은 예의가 아니지." 이모젠이 뒤에서 말했다. 같이 서 있는 퀸은 지루해 죽겠다는 얼굴로 단검으로 금발 머리끝을 다듬고 있었다. "정 주지 마. 다들 탈곡 전까지는 드래곤 밥이야."

짙은 호박색 피부의 다부져 보이는 남자가 어깨 너머로 시선을 돌리다가 크게 뜬 눈으로 이모젠을 보았다. 이모젠이 노려보며 집게손가락으로 원을 그리며 고개를 돌리라는 뜻을 전하자 그는 순순히 따랐다.

"친절하게 굴어." 나는 이모젠에게 속삭였다.

"저 녀석들이 계속 있을지 모른다는 생각이 들면 친절해질 거야." 이모젠이 대꾸했다.

"거짓말은 예의가 아니라고 하지 않았어?" 리독이 씩 웃으며 맞받아치더니 고개를 절레절레 저었다. 제복 옷깃은 움직이는데 젤을 발라서 높이 세운 검은 머리는 한 점 흐트러짐이 없었다. 신기했다.

나는 눈을 껌벅이다가 리독에게 몸을 기울여 목 옆쪽을 보았다. "이게 무슨… 너 문신했어?"

리독이 미소 짓더니 옷깃을 젖혀서 목의 따뜻한 갈색 피부를 휘감고 옷깃 아래쪽에서 끝나는 소드테일 끄트머리를 보여줬다. "어깨에 있는 에오트롬의 인장으로 이어져. 끝내주지?"

"끝내주네." 나딘이 감탄하며 고개를 끄덕였다.

"완전." 나도 동의했다.

비시아 하웰린이 우리 대대로 배정받았다. 이상하게 귀에 익은 이름이다 싶더니, 하웰린이 나타나서 두 줄 앞에 서자 그 이유가 기억이 났다. 목덜미에서 이마선까지 얼굴 오른쪽을 따라 화상 흉터가 걸쳐 있었다. 되풀이 생도였다. 작년 탈곡 때 어떤 오렌지 대거테일을 화나게 하고도 가까스로 살아남긴 했다.

슬론은 제1비행단에 배정받았다.

"젠장." 다른 비행단에 있으면 어떻게 슬론을 돕지?

"나라면 잘됐다고 생각하겠어." 나딘이 조용히 말했다. "딱히 네게 호감 있어 보이진 않던걸."

데인이 연단 쪽으로 걸어가서 선임 비행단장인 아우라 바인헤븐과 대화를 나눴다. 아우라가 고개를 끄덕이자 팔 위쪽에 비끄러맨 단검들이 햇빛을 받아 반짝였다. 데인은 내 쪽을 흘긋 보더니 연단 가장자리에 선 명단 기록자에게 걸어갔고, 명단 기록자는 펜을 들어 올려 명단에 무언가를 휘갈겨 적었다.

"정정!" 명단 기록자가 외쳤다. "슬론 메이리는 제4비행단 불꽃전대 2대대로."

좋았어! 순수한 안도감에 어깨가 내려갔다.

데인은 바리쉬 부생도대장의 비난하는 듯한 시선을 무시하고 위치로 돌아갔는데, 아주 잠깐 동안 평정을 무너뜨리더니 나에게 해독할 수 없는 눈빛을 던졌다. 뭐야? 슬론이 무슨 화해의 선물 같은 거야?

명단 기록자는 계속해서 1학년들을 각 대대에 배정했다.

1~2분 후쯤 나타난 슬론이 입을 열자 내 짧은 안도감도 끝났다. "아니오. 거부합니다. 여기만 아니면 어느 대대든 좋습니다."

이건 너무 아픈데.

우리 대대 앞에 서 있던 리애넌이 움직이더니, 내가 리의 적이 아니라서 다행이다 싶은 매서운 눈빛으로 슬론을 보았다. "네가 뭘 원하는지 쥐뿔이나 신경 쓸 것 같나, 메이리?"

"메이리?" 소여가 1학년들 너머에서 뒤를 돌아보았다. 그의 어깨에 붙은 새로운 패치를 보자 미소가 나왔다. 소여가 리의 부대대장이라니. 환상적인 인선이었다.

"리암의 동생이야." 내가 말했다.

소여가 입을 딱 벌렸다.

"농담 아니고?" 리독이 슬론과 나를 번갈아 보았다.

"농담 아냐." 나는 대꾸했다. "아, 그리고 혹시 눈치 못 챘다면 알려주는데, 쟨 이미 날 미워해."

"저 여자하고 같은 대대엔 있을 수 없어!" 슬론이 순수한 증오의 불길을 담은 눈으로 나를 노려보았다. 뭐, 그래도 머리는 여전히 땋은 채였으니 그건 내 승리라고 치자. 나를 싫어할지라도 내 충고에는 귀 기울일지도 모른다. 최소한 살아남을 만큼은.

"대대장에 대한 무례한 태도 그만두고 대열 맞춰 서라, 슬론." 이모젠이 잇새로 말했다. "버릇없이 자란 귀족 애새끼처럼 굴지 말고."

"이모젠?" 슬론이 흠칫 놀랐다.

"열 맞춰 서." 리애넌이 명령했다. "이건 부탁이 아니다, 생도."

슬론의 얼굴이 창백해지더니, 나딘 앞줄로 들어가서 우리에게 남은 마지막 1학년 자리에 섰다.

리애넌이 나딘 옆을 지나쳐 다가오더니 나에게 몸을 가까이 기울이며 속삭였다. "쟨 널 죽이고 싶어 하는 게 분명해 보이는데. 내가 알아야 할 특별한 이유라도 있어? 쟤를 다른 대대와 교환할 수 있는지 알아봐야 할까?"

응, 나 때문에 쟤 오빠가 죽었거든. 리암은 날 지키겠다고 맹세했고, 그 약속을 지키려다가 드래곤과 함께 목숨을 잃었지. 하지만 우리 국경 너머에 베닌이 존재한다는 말을 할 수 없듯이 그 이야기도 할 수가 없다.

리에게 계속 거짓말을 해야 한다고 생각하니 뱃속이 꼬였다.

선택적 진실.

"리암의 죽음을 내 탓으로 돌리고 있거든." 나는 조용히 대답했다. "그냥 놔 둬. 우리 대대에 있는 동안에는 코덱스 때문에 날 죽일 수 없잖아."

"정말 그래도 되겠어?" 리애넌이 이마를 찌푸렸다.

"리암에게 동생을 돌봐주겠다고 약속했어. 남겨둬." 나는 고개를 끄덕이며 말했다.

"아릭에 슬론에, 미아들을 모으고 있는 꼴이잖아." 리애넌이 조용히 경고했다.

"우리도 한때는 미아였어." 내가 대답했다.

"일리 있는 말이야. 지금 우릴 봐. 살아서 모든 걸 누리고 있지." 리애넌은 입술을 구부려 살짝 미소를 짓고 앞쪽 자리로 돌아갔다.

안마당에 정오의 햇빛이 쏟아지는데, 문득 비행단장들이 팬첵 생도대장과 함께 기다리고 선 연단에서부터 우리가 있는 곳까지의 거리가 눈에 들어왔다. 크게 뜬 갈색 눈으로 생도 대열을 평가하는 팬첵의 머리카락이 오전의 바람을 받아 흔들렸다. 이것이 올해의 최대 정원이다. 우리는 순식간에 죽어나가기 시작할 것이다.

하지만 나는 아니다. 지난 1년 동안 내 몫 이상으로 말렉과 춤을 췄고, 매번 그에게 꺼지라고 했다. 어쩌면 슬론 말대로 말렉이 나를 원하지 않는지도 모른다.

"마음이 흔들렸구나." 테른의 말에 걱정이 묻어났다.

"괜찮아요." 우리는 다 그래야 하지 않던가? 괜찮다. 옆에 있는 누가 죽더라도, 훈련 중에나 전쟁 중에 누굴 죽이는 일이 있어도… 우린 괜찮다.

팬첵이 음산하지만 과장된 말투로 1학년과 새로 온 수석 부생도대장을 환영하면서 의식이 시작되었다. 다음 순서로는 선임 비행단장인 아우라가 국민을 지키는 라이더의 명예에 대해 놀랄 만큼 영감을 주는 연설을 하더니, 데인이 이어받았다. 제이든의 역할을 대신하려고 하는 게 분명했다.

하지만 데인은 제이든이 아니지.

날갯짓 소리와 1학년들이 숨을 들이켜는 소리가 가득해지고, 나는 드래곤 여섯 마리가 연단 뒤쪽 벽에 내려앉자 심호흡을 했다. 비행단장과 팬첵의 드래곤 외에 처음 보는 애꾸눈의 오렌지색 대거테일이 있었다.

꼬리를 씰룩거리면서 대열을 훑어보는 오렌지 대거테일이 성질 있어 보이기는 했지만, 어느 드래곤도 스게일처럼 위협적이거나 테른처럼 무시무시하지는 않았다. 나는 아래로 시선을 돌려 제복에 붙은 보푸라기를 집어냈다.

드래곤들의 발톱이 벽에 파고들며 돌이 무더기로 떨어지자 1학년들의 비명이 메아리쳤다. 육중한 돌덩이 하나가 연단 바로 옆에 떨어졌지만, 연단 위에 있는 라이더들은 꿈쩍도 하지 않았다. 이제야 나는 왜 작년에 데인이 이 모든 과정에 대해 그렇게 심드렁했는지 이해했다.

저 위에는 테른의 격노를 감수하고 나를 구워버릴 드래곤이 없다. 보기에 아름답냐고? 그야 당연하다. 두렵냐고? 물론이다. 맥박이 살짝 빨라지기는 했다. 그리고 아우라의 레드 클럽테일이 점심거리를 찾듯이 생도들을 보고 있기는 했다. 하지만 나는 그게 약한 생도를 골라내려는 짓이라는 걸 알고….

내 바로 앞에 선 빨간 머리가 구역질을 하면서 토사물이 자갈길에 흩어지더니, 멈추지 못하겠다는 듯이 아예 허리를 굽히고 위장을 싹 비우면서 아래의 부츠에도 튀었다.

아이고, 역겹기도 하지.

슬론이 비틀거리더니 뛸 것처럼 자세를 바꿨다.

아니, 그건 나쁜 생각이야.

"움직이지만 않으면 괜찮아, 메이리." 나는 말했다. "도망치면 널 구워버릴 거고."

슬론의 몸이 흠칫 굳었지만, 두 손은 주먹을 움켜쥐었다. 잘된 일이다. 지금은 겁먹는 것보다 열받는 게 낫다. 드래곤들은 분노를 존중한다. 겁쟁이는 없애버린다.

"구토가 전염되진 않길 빌어보자." 리독이 중얼거리면서 코를 찡그렸다.

"그래. 시연 때 저런다면 살아남지 못할 거야." 이모젠이 속삭였다.

이 1학년들은 테른이 날아서 지나가기만 해도 오줌을 쌀 것이다. 테른은 지금 벽에 올라앉은 드래곤들보다 두 배는 크니까.

"이번 쇼에 위협적인 존재감을 선보이는 건 내키지 않았어요?" 테른에게 물었다.

"난 재주 부리기에 동참하지 않는다." 테른의 조롱에 내가 미소 짓는 사이, 데인은 뭔가를 계속 지껄이고 있었다. 데인은 제이든의 카리스마를 흉내 내려고 필사적이었지만, 한심할 정도로 모자랐다.

"바리쉬 소령의 오렌지 드래곤에 대해 아는 거 있어요? 좀… 불안정해 보이는데요." 그리고 배고파 보였다.

"솔레스가 거기 있다고?" 테른의 목소리가 날카로워졌다.

"솔레스가 눈이 하나인 오렌지 대거테일 맞아요?"

"그래." 마음에 들어 하지 않는 눈치였다. "그놈에게서 눈을 떼지 말아라."

이상한 말이지만, 멀쩡한 한쪽 눈으로 생도들을 노려보는 오렌지 드래곤을 지켜보는 정도는 할 수 있었다.

"내년 7월까지는 너희의 3분의 1이 죽을 것이다. 라이더의 검은 옷을 입으려면 그럴 자격을 획득해야 한다!" 데인이 점점 목소리를 키우며 외쳤다. "매일, 매일, 획득해야 하지!"

캐스가 붉은 발톱을 돌에 파묻더니 데인의 머리 위로 몸을 내밀고, 소드테일 꼬리를 뱀처럼 휘저으면서 생도들 위로 뜨거운 입김을 내뿜었다. 덕분에 진짜로 속이 안 좋아졌다. 데인은 캐스의 치아 상태를 확인해야 할 것 같다. 어딘가에 뼈가 껴서 썩어가고 있는 게 분명하다.

안마당에 비명이 피어올랐다. 오른쪽… 그러니까 꼬리전대에 속한 1학년 한 명이 대열을 박차고 나오더니 생도들 사이를 질주해서 난간다리로 돌아가려고 했다.

안 돼, 안 돼, 안 돼.

"도망자가 나왔군." 리독이 중얼거렸다.

"젠장." 나는 심장이 내려앉는 기분으로 몸을 움츠렸다. 제3비행단에서도 두 명이 선례를 따르기로 결정했는지 팔을 격하게 흔들면서 꼬리전대 1대대에서 탈주를 시도했다. 이건 좋게 끝나지 않겠다.

"전염성이 있나봐." 그들이 옆으로 달려가자 퀸이 말했다.

"저런, 정말로 도망칠 수 있다고 생각하고 있어." 이모젠이 어깨를 늘어뜨리며 한숨을 내쉬었다.

도망자 세 명은 우리 비행단 중앙, 그것도 우리 전대 바로 뒤에서 부딪칠 뻔했다가 난간다리로 이어지는 벽의 터널로 향해 달려갔다.

"솔레스를 *지켜봐!*" 테른이 외쳤다.

나는 다시 시선을 앞으로 돌려, 솔레스가 한쪽 눈을 가늘게 뜨고 머리를 돌리면서 우르릉 소리를 내뱉는 모습을 보았다. 어깨 너머로 도망자들이 난간다리에 거의 다다른 것을 보자 가슴에 납이 들어차는 느낌이었다. 작년에 드래곤들은 도망자가 저렇게 멀리까지 가게 두지 않았다. 솔레스는 저들을 가지고 놀고 있었다. 이 각도면….

이런 망할.

솔레스가 목을 쭉 빼고 머리를 무섭도록 낮게 기울이더니, 혀를 말고 목구멍에서 불을….

"엎드려!" 나는 소리치며 슬론에게 달려들어 바닥에 넘어뜨렸다. 그 짧은 순간 머리 위로 화염이 지나갔다. 불이 어찌나 가까이 지나가는지 옷 밖으로 드러난 피부란 피부는 다 열기에 그을릴 정도였다. 슬론은 내가 최대한 몸을 감싸는 동안에 소리도 내지 않았다. 그러나 우리 뒤에서는 영혼을 찢는 비명이 울렸다. 잠시 눈을 뜨자 아릭이 끝없이 흐르는 불 아래에서 빨간 머리 생도 위로 납작 엎드린 모습이 보였다.

구부린 등을 용암이 핥고 지나가자 테른의 포효가 내 머릿속을 채웠다. 목 안에서는 비명이 터지려고 했지만, 이런 지옥불에서는 소리를 내기는커녕 숨도 쉴 수 없었다.

열기는 덮쳐들었을 때만큼이나 빠르게 소멸했고, 나는 소중한 산소를 폐속에 채우며 헉헉거리다가 겨우 자갈을 짚고 일어섰다. 몸을 돌려 여파를 마주하는 사이, 주위에서는 2학년과 3학년들이 일어서고 있었다. 내가 소리쳤을 때 바로 엎드린 우리 전대 뒤쪽은 살아남았다.

그러나 바로 행동하지 못한 사람들은 살아남지 못했다.

솔레스는 도망자들을 포함해 우리 대대의 1학년 한 명, 그리고 3대대의 최소 절반을 제거했다.

혼란이 터져 나왔다.

"*은빛 아이야!*" 테른이 외쳤다.

"*살아 있어요!*" 마주 소리쳤지만, 그는 아드레날린이 잠시 감춰준 내 고통을 느낄 수 있을 터였다. 이 냄새… 맙소사. 유황 냄새와 죽은 생도들의 타버린 살 냄새 때문에 담즙이 솟아올랐다.

"바이, 네 등이…." 나딘이 나에게 손을 뻗었다가 거두면서 속삭였다. "구워졌어."

"얼마나 나빠?" 제복 앞쪽을 잡아당기자 그대로 상의가 떨어졌다. 등 쪽은 깨끗하게 타버린 모양이었다. 그나마 안에 입은 갑옷은 제자리에 있었다.

리독은 납작하게 그을린 머리카락을 쓸었고, 나는 이리저리 시선을 옮기면서 모두를 확인했다. 뒤에 서 있던 퀸과 이모젠은 안전했고, 이미 3대대를 도우러 달려가고 있었다.

소여. 리애넌. 리독. 나딘. 우리는 빠르게 시선을 교환하면서 눈으로 같은 질문을 던지고 답했다. 우리는 모두 멀쩡했다.

나는 안도감에 어지러운 머리로 긴 한숨을 내쉬었다.

"네 갑옷… 갑옷은 태우지 못했네." 나딘이 말했다.

"다행이야." 미라의 드래곤 비늘에 감사할 뿐이다.

"다쳤어?" 나는 비틀거리면서 충격받은 얼굴로 3대대의 참상을 보고 있는 슬론에게 물었다. 아릭은 빨간 머리를 일으켜 세우고 있었다. "슬론! 다쳤냐고!"

"아니." 슬론은 고개를 젓는 게 아니라 그냥 격하게 떨고 있었다.

"다시 대오를 갖춰 서라!" 대혼란 속에서 팬첵의 목소리가 증폭되어 울렸다. "라이더는 불 앞에서 뒷걸음치지 않는다!"

개소리 하고 있네. 뒷걸음치지 않은 사람은 다 죽었거든.

데인의 크게 뜬 눈과 눈이 마주쳤다. 데인도 방금 일어난 일에 나만큼 놀랐거나 아니면 아주 뛰어난 배우일 것이다. 비행단장 전원이 그랬다. 다들 충격받은 얼굴이었다.

3대대 쪽을 돌아보자, 이모젠이 잿더미를 응시하는 모습이 보였다. 그녀는 내 시선을 느꼈다는 듯이 멍한 시선을 천천히 들어 올렸다.

"당장!" 팬첵이 명령했다.

이모젠이 비틀거리면서 걸어왔고 나는 마주 달려가서 그녀의 팔꿈치를 붙잡았다.

"이모젠?"

"키아란." 이모젠이 속삭였다. "키아란이 죽었어."

중력인지, 논리인지, 뭐가 됐든 나를 지탱하는 것이 흔들리는 느낌이었다. 설마 이게… 의도는 아니었겠지?

"이모젠…."

"말하지 마." 그녀는 주위를 보며 경고했다.

우리가 다시 대열에 서자, 바리쉬 소령이 연단 앞으로 나섰다. 방금 자기 드래곤이 대열에서 벗어나지 않은 라이더들을, 심지어 계약한 라이더들까지 죽였다는 사실에 전혀 동요하지 않은 얼굴이었다.

"바스지아스에서 가죽옷을 입을 자격을 획득해야 하는 건 1학년들만이 아니다!" 장담하는데 바리쉬는 나에게 직접 외치는 것이나 다름없었다. "비행단의 힘은 제일 약한 라이더를 기준으로 결정된다!" 격노가 내 감각을 압도했다. 타버릴 정도로 뜨거운 분노였고, 명백히 내 것이 아닌 감정이었다.

두 줄 앞에 있던 검푸른 머리카락의 여자가 서둘러 우리 대대에서 뛰쳐나갔다. 오른쪽에 있던 캐스가 가로막는데도 솔레스가 다시 몸을 앞으로 내밀고 입을 벌리자 나는 또다시 심장이 멈추는 기분이었다.

오, 신들이시여.

내가 직접 그 여자를 바닥에 쓰러뜨릴까 고민하는 사이에 뒤에서 내 심장 소리만큼이나 익숙한 날갯짓 소리가 들렸다. 그리고 분노가 내 모든 호흡을 집어삼키고 감정을 압도하더니 더 치명적인 감정으로 바뀌었다… 세상을 삼킬 것 같은 진노였다.

테른이 우리 뒤쪽 벽에 내려앉아 기숙사에 닿을 만큼 넓게 날개를 펼치자, 난간벽 옆으로 벽의 맨 윗줄이 날아갔다. 1학년들이 비명을 지르며 도망쳤다.

"*테른!*" 나는 적지 않은 안도감을 담아서 외쳤지만, 테른의 몸속을 질주하는 절대적인 분노는 수그러들 줄 몰랐다. 내 시선은 테른과 연단 뒤에 앉은 드래곤들 사이를 바쁘게 오갔다.

캐스를 포함하여 비행단장의 드래곤들은 모두 뒤로 물러섰지만, 솔레스만은 제자리를 지킨 채 테른이 가슴을 부풀리는데도 혀를 말았다.

"*네겐 내 것을 불태울 권리가 없다!*" 테른이 내 정신 통로를 모조리 집어삼키며, 솔레스에게 땅이 뒤흔들리는 포효를 쏟아냈다. 안마당에 있던 모두가 귀를 틀어막았고, 나는 목덜미에 뜨거운 바람을 맞으며 온몸을 덜덜 떨었다.

포효가 멈추자 비행단장의 드래곤들은 벽 옆으로 걸음을 옮겨 오렌지색 대거테일에게서 떨어졌지만, 솔레스는 하나뿐인 눈을 가늘게 떠서 금빛 선만 보이며 굳건히 버텼다.

"이런 젠장." 나딘이 속삭였다.

대략의 상황 요약이었다.

테른이 우리 대대 위 높은 곳에서 목을 쭉 빼더니 솔레스 쪽으로 이빨을 딱 부딪쳤다. 명백한 위협이었다.

나는 심장이 빠르게 뛰다 못해 윙윙 소리가 날 지경이었다.

솔레스가 짧고 귀에 거슬리는 으르렁 소리를 내더니 뱀처럼 머리를 흔들었다. 발톱으로는 벽 가장자리를 움켜쥐었다가 풀었다. 나는 그가 하늘로 날아올라 빠르게 날개를 치며 멀어지고 나서야 숨을 다시 쉴 수 있었다.

테른은 고개를 들어 그가 날아가는 뒷모습을 보다가 연단을 향해 유황냄새가 나는 입김을 내뿜어 바리쉬의 숱 많은 검은 머리를 흩어놓았다.

"메시지는 전달됐을 거예요." 나는 테른에게 말했다.

"솔레스도 너에게 다시 접근하면 내가 그놈의 인간을 통째로 집어삼켜서 심장이 뛰는 채로 내 속에서 썩게 내버려둘 것이며, 그 후에는 내가 자비롭게 남겨두었던 그놈의 한쪽 눈도 가져가리라는 것을 알 것이다."

"묘사가 아주… 구체적이네요." 나는 둘 사이의 과거사에 대해 묻지 않았다. 아직도 테른에게서 폭풍우 같은 분노의 물결이 밀려나오고 있었다.

"경고가 효과를 발휘하겠지. 당장은." 테른은 뒤로 몸을 움츠리고 반동을 이용해서 벽 위로 뛰어올랐다. 테른이 이륙하자 날갯짓 때문에 사방에서 자갈이 튀어올랐다.

팬첵이 강연대로 돌아왔지만, 숱이 줄어가는 머리를 쓸어 넘기고 가슴에 매단 훈장을 매만지는 손에 흔들림이 없다고는 할 수 없었다. "자, 그래서 어디까지 했더라?"

바리쉬는 나를 노려보았고, 그의 증오심이 선명하게 느껴졌다. 설령 이전까지 그가 내 적이 아니었다 해도, 이제는 확실한 적이었다.

09

그리고 드래곤 종족의 안녕을 위해 높은 지성과 합리적인 냉정함으로 유명한 웨인로이직 계보의 그린 드래곤들이 조상 대대로 내려오던 스틸릿지 산맥 깊숙한 곳의 부화지를 내놓았고, 최초의 여섯 라이더가 나바르의 보호막을 엮었으니, 그곳이 지금의 바스지아스 군사학교다.

— 서기 분과의 큐레이터 그라토 버넬, 《나바르 통일왕국, 생존에 관한 연구》

다음 날 아침, 나는 식은땀을 흘리며 깨어났다. 동쪽 창문으로는 새벽빛에 어슴푸레한 하늘이 비쳤고, 내 몸에는 악몽으로 인한 아드레날린이 넘쳤다. 제이든이 떠난 이후 매일 아침마다 그랬듯이 붕대로 무릎을 꽉 묶고 재빨리 옷을 입었다. 갑옷 위로 신축성 있는 대련용 여름 제복을 입고, 머리카락은 하나로 느슨하게 땋고서 방을 나섰다.

나선계단을 뛰어 내려가면서도 자는 동안 선명하게 찾아온 악몽을 떨쳐내지 못한 뇌 때문에 심장이 여전히 쿵쾅거렸다. 반복되는 악몽이었다. 나는 치밀어오르는 담즙을 삼켰다. 레손에서 베닌 하나가 달아났다. 악의 가득한 눈에서 붉은 핏줄이 거미줄처럼 번져 나오던 베닌. 그런 자들이 우리가 안락하게 쉬는 동안 얼마나 많이 국경으로 다가오고 있을까.

1층에서는 1학년들이 서둘러 배정받은 잡일을 하러 가느라 번잡스러웠는데, 고맙게도 안마당은 텅 비어 있었다. 공기 중에 습기가 가득했지만, 다가오는 폭풍 덕분에 어제보다는 한결 시원했다.

나는 부츠의 뒤꿈치를 잡아 허벅지 뒤로 잡아당기면서 스트레칭을 했다. 위니프레드의 연고를 엄청나게 처발랐는데도 어제 탄 등이 쓰라렸다. 그래도 어젯밤에 비하면 백배는 나아졌다.

"2학년이 되면 잡일 걱정 없이 더 잘 수 있다고 말해준 사람 없어?" 이모젠이 가벼운 발걸음으로 자갈을 밟으며 다가왔다.

"잘 수 있는 사람들에겐 아주 좋겠지." 나는 반대쪽 다리를 스트레칭했다. "선배는 왜?"

"너와 같이 하려고." 이모젠도 스트레칭을 시작하며 목을 돌렸다. "하지만 네가 왜 매일 아침 달리는 건지는 도통 모르겠어."

뱃속이 텅 비는 기분이었다. "내가 아침마다 달리는 건 어떻게 알았어? 제이든이 올해도 날 감시할 사람이 있어야 한다고 생각한다면…" 나는 말을 끝맺지 못하고 고개를 내저었다. 제이든은 어제 왔어야 했는데 나타나지 않았다. 그래서 테른은 있는 대로 짜증이 났고… 나는 걱정스러웠다.

"진정해. 제이든은 몰라. 내 방이 네 방 바로 위인데, 나도 별로 잠을 자지 못한다고 해둘까." 이모젠은 생도 한 무리가 걸어 나오는 로톤다 쪽으로 시선을 옮겼다.

데인. 소여. 리애넌. 보디. 대부분 제4비행단 지휘부였다.

리와 소여가 바로 알아보고 우리 쪽으로 걸어왔다.

"그래서, 우리가 왜 뛰는 거냐, 소른게일?" 이모젠이 스트레칭을 끝내면서 물었다.

"내가 대체로 달리기를 못하기 때문이지. 단거리는 잘하지만 조금만 길어지면… 해내지 못할 거야." 관절에 무리가 간다는 건 말할 필요도 없다.

이모젠은 크게 뜬 눈으로 나에게 시선을 맞췄다.

더 뒤쪽에 있던 보디까지 우리 쪽으로 오기 시작했다. 그 걸음걸이가 어찌나 제이든과 닮았는지 눈을 비비고 다시 봐야 할 정도였다.

"뭐하는 거야?" 옆구리에 노트를 낀 리애넌이 소여와 함께 다가와 물었다.

"나도 같은 질문을 하고 싶지만…." 나는 애써 미소 지었다. "아마 지휘부 회의겠지."

"맞아." 리애넌은 내 얼굴을 살피면서 걱정스레 이마를 찌푸렸다. "너 괜찮은 거야?"

"물론이지. 회의는 잘됐고?" 나름 평범한 대화를 해보려 했다. 악몽 때문에 아직도 머릿속에 레손에서 본 장면들이 재생되고 있다는 점을 감안하면 애처로운 시도였다.

"괜찮았어." 소여가 대답했다. "위에서 보디 듀란을 꼬리전대에서 불꽃전대로 이동시켰어."

"어제 3대대 대부분이 타버렸으니 재구성을 좀 해야 했지." 리애넌이 덧붙였다.

"맞네, 그래야겠네." 리애넌의 어깨 너머를 흘끗 보니 보디가 도착할 때까지 5초쯤 남은 것 같았다. 보디가 내 상태를 알면 제이든에게 말할 텐데, 지금은 정말이지 그런 대화를 하고 싶지 않았다. "저기, 난 가봐야겠어."

"어딜?" 리애넌이 물었다.

"달리기." 나는 사실대로 대답했다.

리애넌이 고개를 살짝 뒤로 젖히며 이마에 더 깊은 주름을 잡았다. "너 원래 달리기 안 하잖아."

"그러니 시작하기 좋은 때지." 나는 가볍게 받아쳤다.

리애넌은 이모젠과 나를 번갈아 보았다. "이모젠하고?"

"그러게." 이모젠이 대꾸했다. "우리 이젠 달리기 선수나 할까 봐."

마침 도착한 보디가 그 말을 듣고 눈썹을 치켜올렸다.

"둘이 같이?" 리애넌의 시선은 계속 이모젠과 나 사이를 튀어 다녔다. "이해가 안 가네."

'거짓말을 못하겠다면 거리를 둬.'

"이해하고 말 것도 없어. 그냥 달리는 거야." 미소가 어찌나 빡빡한지, 계속 웃으려다가는 얼굴 전체에 금이 갈 것 같았다.

보디가 눈을 가늘게 떴다.

"아침식사에 제때 도착하지 못하면 어쩌려고?"

"제때 돌아올 거야." 이모젠이 장담했다. "지금 시작하기만 하면." 그러면서 보디를 흘긋 보았다. "이건 내가 알아서 할게."

"보내줘." 보디가 말했다.

"하지만…." 리애넌이 나를 꿰뚫어볼 수 있다는 듯이 내 눈을 살피면서 입을 열었다. 이모젠이 작년부터 나를 훈련시키긴 했지만, 리는 우리가 친구 사이가 아니라는 걸 알고 있다.

"보내줘." 보디가 다시 말했다. 이번에는 권유가 아니라 전대장이 내리는 명령이었다.

"나중에 볼까?" 리가 물었다.

"나중에." 나는 스스로도 진심인지 알 수 없는 마음으로 그렇게만 말하고 안마당을 가로질러 터널을 향해 뛰었다. 자갈 바닥은 마찰력이 형편없어서 달리기가 더 힘들지만, 그래도 괜찮다. 나에겐 더 힘든 운동이 필요하다.

이모젠이 뛰어서 바로 나를 따라잡았다. "해내지 못할 거라는 건 무슨 소리야?"

"뭐?" 우리는 문 앞에 잠시 멈춰 섰다.

"네가 해내지 못할 거라며." 이모젠이 나보다 먼저 문고리를 잡더니, 열지 않고 계속 물었다. "왜 달리냐고 물었을 때 말이야. 그건 무슨 뜻이었어?"

잠시 동안 갈등했지만 이모젠도 레손에 있었다. 그리고 이모젠도 잠을 살지지 못했다.

"솔레일은 도망치지 못했어." 눈을 똑바로 보고 말하는데도 이모젠의 표정은 변하지 않았다. 신들에게 맹세코, 이모젠을 당황시킬 수 있는 건 없다. 부러운 일이다. "그 여자가 솔레일을 죽였을 때 말이야. 솔레일은 땅에 있었어.

그 여자가 채널링하던 방식은… 땅에서 모든 걸 고갈시켰지. 땅에 붙어 있는 모든 것을 말이야. 솔레일과 퓨일도 포함해서. 난 그 순간을 똑똑히 봤어. 그리고 밤마다 눈을 감으면 그 장면이 보여. 죽음의 그림자가 너무 빠르게 번져 나갔고, 난… 내가 도망칠 수 없다는 걸 알아. 테른에게서 너무 멀리 떨어져 있다면 말이야. 어지간한 거리에서는, 내 발이 너무 느려." 나는 침을 삼켜서 목에 맺힌 응어리를 내려보내려 했지만, 요새는 아예 목에 응어리가 들러붙은 것 같다.

"아직은 그렇지." 이모젠이 터널 문을 열면서 말했다. "우린 아직 충분히 빠르지 않아. 하지만 빨라질 거야. 가자."

"여기까지 올라오다니 진짜 기분 이상하다." 그날 늦게, 이번 학년의 첫 전투 브리핑 시간에 앉으면서 왼쪽에 있던 리독이 말했다. 우리는 방의 3분의 1 이상을 차지하는 1학년들을 내려다보고 있었다.

우리 뒤에 있는 3학년들은 이 거대한 계단식 강의실에서도 서 있어야 했다. 여기는 분과 내에서 강당을 제외하고 유일하게 모든 라이더 생도를 수용할 수 있게 만든 공간이었지만, 모두가 몇 층 높이의 대륙 지도 앞에 앉으려면 사망자 명단을 더 많이 읽어야 할 것이다.

덕분에 아레티아 브리핑실에 있는 브레넌의 지도가 떠올랐다. 브레넌은 베닌이 보호막에 덤빌 때까지 6개월밖에 남지 않았다고 생각하는데, 이 지도는 그런 위험에 대한 암시조차 없다.

"시야가 좀 낫긴 하네." 나딘이 리독 너머에서 말했다.

"확실히 지도 윗부분을 보기가 더 쉽긴 해." 내 오른쪽에 앉은 리애넌이 맞장구를 치면서 소지품을 꺼내 책상 앞에 정리했다. "오늘 아침엔 잘 달렸어?"

"'잘'이라고 할 수 있을진 모르겠지만 효율적인 달리기였어." 나는 정강이를 타고 올라오는 통증에 얼굴을 찌푸리면서 노트와 펜을 책상에 내려놓고, 차단벽을 강화했다. 차단벽을 늘 올리고 있는 건 생각보다 힘들었고, 테른은 그 틈을 놓치지 않고 차단벽이 약해질 때마다 일깨워주기를 즐겼다.

"깃펜과 잉크를 쓰는 저 1학년들을 봐." 리독이 몸을 앞으로 내밀어 강의실 아래쪽을 보면서 말했다.

"우리도 마법 펜을 쓸 만큼 마력이 없던 때가 있었어." 나딘이 쏘아붙였다. "잘난 척 그만해."

"우린 잘났는걸." 리독이 씩 웃었다.

나딘은 어처구니없다는 표정을 지었고, 나는 웃음을 누를 수가 없었다.

드베라 교수가 우리 왼쪽에서 계단식 좌석 사이로 난 좁은 돌계단을 걸어 내려갔다. 제일 좋아하는 장검을 등에 멘 채였다. 검은 머리는 지난번보다 약간 짧았고, 그윽한 마호가니빛 팔에는 새로 생긴 들쭉날쭉한 상처가 있었다.

"교수님이 지난주에 남부 비행단과 같이 있었다더라." 리애넌이 조용히 말했다.

뱃속이 굳어졌다. 드베라는 뭘 봤을까.

"첫 전투 브리핑 시간에 온 것을 환영한다." 드베라 교수가 선언했다. 나는 드베라 교수가 작년처럼 1학년에게 3학년이 일찍 복무하여 내륙 기지에 충원되거나 전방 비행단을 따라다니게 되더라도 놀라지 말라고 경고하는 똑같은 연설을 하는 동안 집중하지 않았다. 드베라 교수는 1학년을 훑어본 뒤 2학년으로 관심을 옮겼고, 나를 보고는 잠깐 동안 눈가에 주름을 잡으며 뿌듯한 미소를 비치더니 계속 위쪽으로 시선을 옮기면서 우리가 국경선에서 벌어지는 일들을 이해하는 것이 얼마나 필요한지 설명했다.

"이 수업은 너희가 라이더 교수만이 아니라 서기 교수에게 배우는 유일한 수업이기도 하다." 그녀는 계단 쪽으로 손을 올리면서 말을 맺었다.

마컴 대령이 크림색 로브 자락을 들고 강의실 아래쪽으로 내려갔다.

나는 그 배신자의 등에 단검을 날리고 싶은 충동과 싸웠다. 마컴은 다 알고 있다. 알 수밖에 없다. 모든 라이더가 배우는 그 빌어먹을 나바르 역사 교과서를 쓴 사람이다. 그리고 작년까지 나는 마컴이 서기 분과를 이으라고 직접 뽑은 스타 제자였다.

"너희는 다른 교수와 마찬가지로 마컴 대령님도 존경해야 한다." 드베라 교수가 말했다. "바스지아스에서 우리 역사만이 아니라 현재 일어나는 모든 사건들에 대해서도 가장 큰 혜안을 갖고 계신 권위자다. 모르는 사람이 있을지도 모르겠다만, 전선에서 오는 정보는 사실 바스지아스에서 받은 후에 칼디르에 계신 왕에게 전달된다. 그러니 여기 있는 너희가 가장 빠른 소식을 듣게 되는 거지."

나는 몇 단 아래의 우리 대대 1학년들 사이에서 슬론 옆에 앉은 아릭을 내려다보았다. 움찔하지도 않는 아릭의 모습은 칭찬할 만했다. 마컴이 제대로 강의실을 훑어보면 아릭의 정체를 눈치 챌 테지만, 지금처럼 고개만 숙이고 있으면 섞여들 가능성이 있었다. 적어도 그의 아버지가 칼디르에 있는 도금 침대에서 아들이 실종됐다는 소식을 듣기 전까지는 말이다.

"첫 번째 논의할 쟁점 사안." 마컴은 강의실 바닥에 다다르자 은빛 눈썹을 찌푸리며 말했다. "지난 일주일 동안 그리폰들의 국경 공격이 한 번도 아니고 두 번 있었다.

강의실 안이 웅성거렸다.

"첫 번째는…." 드베라 교수가 마법으로 지도 옆에서 깃발 표식을 끌어다가 포로미엘의 브레이빅 지방과 맞대고 있는 국경 쪽으로 옮겼다. "에스벤 산맥 높은 곳에 있는 시펜 마을 근처였다."

몬세라트에서 한 시간 비행거리였다.

강의실 안은 양피지에 펜과 깃펜이 사각거리는 소리만 울려 퍼졌다.

"우리가 말해줄 수 있는 내용은 이렇다." 마컴이 뒷짐을 지며 말했다. "그리폰 부대는 자정이 지나고 두 시간 후, 대부분의 마을 사람이 잠들어 있을 때 공격했다. 이유 없는 침공이었고, 시펜은 보호막 너머에 있는 마을이기 때문에 동부 비행단도 몇 시간 동안 공격을 감지하지 못했다."

나는 어깨를 늘어뜨리면서도 계속 받아 적었다. 지도를 보기 위해 잠시 손을 멈췄을 뿐이다. 그 마을은 2,400미터 높이에 있으니 그리폰에게는 불쾌할 만한 높은 고도였다. 뭘 찾고 있었던 걸까? 어젯밤에 바스지아스가 서쪽의 칼디르가 아니라 여기에 세워지게 된 이유인 600년 된 정치 문제를 읽지 말고 저 산맥에 무엇이 있는지에 대해 읽었어야 했나.

"문제의 그리폰 부대는 지역 기지 순찰대에 속한 드래곤 셋에게 패해서 달아났지만, 순찰대가 도착했을 때는 마을이 피해를 입은 후였다. 보급품을 빼앗기고 여러 채의 집이 불탔다. 마지막 그리폰은 마을 위에 있던 동굴 어딘가에서 발견되었지만, 그리폰도 그들의 라이더도 시야에 들자마자 불탔기 때문에 공격의 동기를 말해줄 수는 없었다."

포로들을 죽여버리면 베닌과 싸우고 있다고 밝히지 않아도 되겠지.

"그래도 싸지." 리독이 고개를 저으며 중얼거렸다. "민간인을 공격하다니."

하지만 정말 그랬을까? 마컴은 기물 파괴에 대해서만 말했지, 민간인 사상자는 이야기하지 않았다.

나는 어깨 너머로 가슴 앞에 팔짱을 낀 이모젠이 보디와 퀸과 함께 서 있는 자리를 돌아보았다. 이모젠도 나를 내려다보더니, 입매를 굳히고 마컴에게 주의를 돌렸다.

젠장. 나도 저 위에 서서 어떻게 생각하느냐고 묻고 싶다. 아니면 3년 동안 함께한 자기 대대와 구석에 서 있는 아야하고라도. 친한 사이는 아니더라도 아야는 진실을 알고 있을 것이다. 무엇보다도 제이든과 대화하고 싶다. 제이든이 나에게 주지 않으려는 답변을 듣고 싶다.

"두 번째 공격은…." 드베라 교수는 또 하나의 깃발을 남쪽으로 옮기면서 말을 이었다. 드베라 교수가 깃발을 꽂자 아침에 먹은 게 울렁거렸다. "애더빈 기지가 3일 전에 공격받았다."

숨을 훅 들이켜다가 나도 모르게 펜을 떨어뜨렸다. 펜이 책상을 때리는 소리가 조용한 방 안에 크게 울렸다.

"괜찮아?" 리애넌이 속삭였다.

"뭔가 할 말이 있나, 소른게일 생도?"

마컴은 고개를 기울이더니, 늘 그렇듯 생각을 읽을 수 없는 얼굴로 나를 보았다. 하지만 눈썹을 가볍게 들어 올리는 모습은 그가 나에게 정확한 답을 끌어내려고 유도할 때 자주 보이던 표정이었다.

마컴이 우리 국경선 너머에서 벌어지는 일에 대해 잘 아는 건 분명한데, 에이토스 대령이 나도 그 사실을 알고 있다고 밝혔을까?

"아닙니다, 교수님." 나는 책상 아래로 굴러가기 전에 펜을 잡으며 대답했다. "놀랐을 뿐입니다. 제가 서기 분과에 들어가려고 배운 내용대로라면 전초기지가 직접 공격받는 일은 드무니까요."

"그리고?" 마컴은 중앙에 놓인 책상에 등을 기대고서 손가락 하나로 주먹코 옆쪽을 톡톡 두드렸다.

"그리고 작년에도 몬세라트가 공격을 받았습니다. 그러니 우리의 적이 왜 이런 전술을 점점 더 많이 쓰는 걸까 궁금해졌습니다."

"흥미로운 생각이구나. 서기들이 생각해볼 만한 주제야." 기대어 있던 책상에서 몸을 일으키고 로브 뒤에서 손뼉을 치며 나에게 고갯짓을 하는 그의 얼굴에는 우호적인 미소만 떠올라 있었다.

"보통 질문은 1학년부터 시작한다." 드베라 교수가 마컴 대령에게 시선을 던지며 말했다. "너희에게 애더빈 공격에 대해 알려줄 수 있는 세부 사항을 마저 말하자면, 공격은 자정 직전에 벌어졌고, 그곳에 주둔하는 열두 마리 드래곤 중에서 아홉이 순찰 중이었다. 당시 적군 총원은 24명 남짓했고, 기지에 남아 있던 드래곤 셋이 보병의 도움을 받아서 패퇴시켰다. 그리고 그리폰 라이더 두 명이 기지 아래층까지 갔다가 잡혀서 죽었다."

"*차단벽.*" 테른이 으르릉거리자 나는 얼른 정신 차리고 차단벽을 올렸다.

"*차단벽이 내려간 줄도 몰랐어요.*"

"*지금쯤이면 옷처럼 느껴야지.*" 테른은 평소보다 딱딱하게 가르쳤다.

"*뭐라고요?*"

"옷 입는 걸 깜박하면 바람이 느껴질 것 아니냐."

알아들었습니다.

"거기, 너희가 갔던 데 아니야? 애더빈?" 리애넌이 조용히 물었다.

나는 그곳에서 죽은 플라이어 중에 우리와 함께 레손에서 싸운 사람이 없기를 빌며 고개를 끄덕였다.

질문은 1학년부터였다.

애더빈 공격에서 그리폰이 선택한 대형은 뭐였나요?

전형적인 V자 대형이었다.

두 공격이 연관되어 있습니까?

그렇게 믿을 이유는 전혀 없다.

질문이 이어지고 또 이어지는데, 문제의 핵심을 찌르는 질문은 하나도 없었다. 나는 아무래도 저 녀석들이 비판적인 생각을 하지 못하는 것 같다는 회의감이 드는 눈빛으로 아랫줄 생도들을 내려다보았다. 하지만 다시 생각해보면, 위 학년들도 작년에 우리를 그렇게 보았을지 모른다.

마침내 드베라 교수가 다른 학년에게도 질문 기회를 줬다.

리애넌이 얼른 손을 올렸고, 드베라 교수가 이름을 불렀다.

"혹시 적이 해당 기지가 모의전투 때문에 비었다는 사실을 알고 상황을 이용하려 했을 가능성도 있을까요?" 리애넌이 물었다.

그러게.

드베라 교수와 마컴 교수가 눈빛을 교환하더니, 마침내 드베라가 대답했다. "우리는 그렇게 생각한다."

"하지만 공격이 이렇게 지연됐다는 건 적의 정보가 시간적으로 뒤처신다는 뜻이겠죠?" 리애넌이 말을 이었다. "기지가 비어 있던 게 며칠이었죠?"

"정확히 5일이었다." 마컴이 대답했다. "그리고 이번 공격은 기지가 다시 채워지고 8일 후에 일어났지."

마컴의 시선이 내 쪽으로 미끄러졌다가 더 윗줄로 올라갔다.

"근처에 있던 포로미엘 무역기지인 레손은 몇 주 전에 내부 불안으로 무너졌고, 그 점이 우리 기지에 대한 통신선을 교란하는 데 도움이 됐을지 모른다고 생각한다."

포로미엘 내부 불안이라고?

마력이 순식간에 차오르면서 피부가 달아오른다.

드베라는 마컴을 곁눈질했다. "보통 우린 너희들에게 답을 알려주지 않는다만."

마컴이 껄껄 웃더니 고개를 살짝 숙였다. "미안하군요, 드베라 교수. 오늘은 내가 상태가 썩 좋지 않은가 봅니다. 지난 며칠 동안 잠을 얼마 못 자서요."

"누구에게나 일어나는 일이죠."

내가 손을 들자, 드베라가 질문하라는 신호를 보냈다. "그리폰 라이더들이 발견된 건 기지 어디에서였습니까?"

"무기고 근처였다."

젠장. 나는 고개를 끄덕였다. 무기 때문에 기지를 습격한 거다. 우리의 보호막이 거기까지 미치진 못할지라도, 베닌이 근처에 있다는 걸 사령부에서 알았다면 은닉해둔 단검들을 그리로 옮겼으리라는 데 내 목숨이라도 걸겠다. 브레넌은 그리폰 부대에 제대로 무기를 공급하지 못하고 있다. 그럼 그들은 당연히 무기를 훔치려고 싸우겠지. 우리가 무기를 더 많이 빼돌려야 한다.

"너희가 애더빈 기지에 주둔한 드래곤 부대를 지휘한다면 어떻게 했을까?" 드베라는 질문하고, 손을 든 캐롤라인 애쉬튼을 지목했다.

"힘을 과시하는 측면에서 이후 몇 주 동안 순찰을 두 배로 늘리고, 어쩌면 포로미엘 국경선 마을 몇 개를 파괴할 것도 고려해보겠습니다."

리애넌이 조용히 코웃음을 쳤다.

"저 녀석에게 미움받을 짓은 절대 하면 안 되겠네." 리독이 중얼거렸다.

"보복하자고?" 데인이 끼어들었다. "그건 우리 방식이 아니야. 코덱스의 교전 수칙을 읽어봐, 애쉬튼."

날 죽을 자리에 보낸 놈이 말은 잘한다.

"그 말이 맞다." 드베라가 맞장구쳤다. "우리는 치명적인 군사력으로 국경을 지키지만, 민간인에게까지 전쟁을 확대하지는 않는다." 군이 구하려고 하지도 않을 뿐이지. 하지만 드베라가 그걸 알까? 젠장. 여기에서 내가 믿을 수 있는 사람이 있긴 할까?

하지만… 보고서 전체가 틀렸을 수도 있다. 그리폰이 아니라 와이번과 베닌의 공격이었을지도 모른다. 그건 이 발표 전체가 잘 짜인 거짓말일 수도 있다는 의미다.

"한 명이 사망한 것을 제외하고, 애더빈 공격으로 라이더 몇 명이 부상당했습니까?" 내가 물었다.

"네 명이다." 드베라가 대답하면서 자기 팔을 가리켰다. "나를 포함해서지. 이건 활을 아주 잘 쏘던 라이더의 작품이야."

그리폰이 아니라는 가설은 폐기로군.

우리는 30분 동안 이번 사건들에 대해 더 이야기하고 나서 수업을 마쳤다. 나는 우리 대대를 인파 사이에 버려두고 보디를 찾아나섰다. 내가 따라잡았을 때 보디는 브리핑실 계단 근처에 있었다.

"소른게일?" 그는 사람이 몰려 있는 문을 빠져나간 뒤 나에게 물었다.

"나도 돕고 싶어." 나는 속삭였다. 오래된 역사책을 뒤적이는 것 말고도 뭔가 더 할 수 있을지 모른다.

"제발 그러지 좀 마." 그는 내 팔꿈치를 잡고 벽감 쪽으로 데려가서 무척이나 화난 표정으로 내려다보았다. "난 네가 최대한 엮이지 않게 하라는 직접적인 지시를 받았어."

"여기 있지도 않은 사람이 여전히 명령을 내리는 거야?" 나는 라이더 분과 대부분이 옆으로 지나가는 동안 어깨에 멘 가방끈을 추슬렀다.

"그런 이간질은 나한테 안 통해. 왜냐하면 사실이거든." 그는 어깨를 으쓱이더니 펜으로 깁스 안을 긁었다.

"난 선배가 그 집단에서 제일 이성적인 사람이라고 생각했는데." 나는 한숨을 내쉬었다. "저기, 내가 도울 수만 있다면 그… 보급품 수급 문제를 해결할 수 있을지 몰라." 암호로 말하려니 우스꽝스럽긴 했지만, 누가 들을지 몰랐다. "나한테 할 일을 줘."

"아, 내가 제일 이성적인 사람은 맞아." 그는 발꿈치 쪽으로 무게 중심을 옮기면서 씩 웃었다. "그리고 난 죽고 싶지 않거든. 2학년 끝까지 살아남고 차단벽을 강화해, 소른게일. 그게 네가 할 일이야."

"쟤가 장난에 끼워달라고 널 설득하는 중이야?" 이모젠이 옆에서 물었다.

"시도하는 중이지." 보디가 말했다. "시도만 하는 중." 그는 인파 사이로 걸어 들어갔다.

"내가 어떻게 아무 일도 없던 것처럼 수업에만 복귀할 수 있겠어." 나는 학예동 중앙 계단을 향해 걸어가는 생도들 속으로 걸어가며 말했다.

"아무 일 없던 것처럼 행동해야지." 이모젠은 리애넌과 함께 앞에서 기다리던 퀸에게 손을 흔들며 조용히 말했다. "그게 우리가 여기로 오면서 약속한 내용이잖아." 이모젠이 가방을 옮기면서 손목을 비틀자 반역의 인장이 드러났다. "그리고 좋든 싫든 이젠 너도 우리의 일원이야. 흠, 이 낙인이 없는 사람치고는 최대한 그렇다고 해두자."

나는 어깨에 멘 무거운 배낭을 당기며 고개를 끄덕였다. 실제로 낙인자들을 돕기에는 아는 게 너무 적고, 친구들에게 솔직하게 말하기에는 아는 게 너무 많았다.

"어이." 이모젠이 퀸에게 말했다. "점심?"

"당연하지." 퀸이 대답했다.

두 사람이 앞서 걸어가고 리애넌이 뒤로 와서 나와 보조를 맞췄다.

"퀸은 보통 자기 애인과 점심을 먹지 않아?" 리가 물었다.

"맞아. 그렇지만 그쪽은 졸업했으니까."

"맞다." 리는 한숨을 내쉬며 목소리를 낮췄다. "식사 전에 너랑 이야기하고 싶었는데 기회가 없었어. 아무래도 학교가 뭔가를 숨기고 있는 것 같아."

놀란 나머지 내 부츠에 발이 걸려 넘어질 뻔했지만, 나는 바보짓을 하기 전에 몸의 균형을 잡았다. "뭐라고?"

리애넌이 알 리가 없다. 그럴 수는 없다. 리암을 잃은 충격에서도 간신히 살아남았는데… 리애넌에게 무슨 일이 생기는 건 상상도 할 수 없다.

"힐러 분과에서 무슨 일이 벌어지고 있는 것 같아." 리애넌이 더 목소리를 낮췄다. "어제 집합시간이 불구덩이로 변하고 나서 1학년 한 명을 놀론에게 데려다줬는데, 그분 몰골이 말이 아니더라고. 간신히 서 있는 수준이었어. 내가 괜찮으시냐고 물어보러 갔더니, 새로 온 부생도대장이 놀론에게는 생도들과 이야기하는 것보다 중요한 일이 있다면서 병동 뒤쪽에 있는 작은 문으로 데려가더라고. 그 문은 이젠 위병이 지키고 있어. 뭔가를 숨기고 있나 봐."

나는 혼란과 안도감을 동시에 느끼면서 입을 몇 번이나 열었다가 닫았다. "복원 받으려고 전초기지에서 부상당한 라이더들을 데려왔겠지." 그래서 복원이 밀렸다면 왜 보디가 아직도 팔에 깁스를 하고 있는지 설명이 된다.

리애넌은 고개를 저었다. "언제부터 뼈 몇 개를 고쳤다고 복원 능력자가 엉망이 된대?"

"포로미엘에서 포로를 데려왔을지도 몰라." 리독이 우리 사이에 끼어들었다. "바리쉬가 계속 망가뜨리는 걸 놀론이 계속 고치는 거지. 3학년 한 명이 하는 말을 들었는데, 바리쉬는 고문으로 유명하대."

"그리고 넌 엿듣기로 유명하지." 리가 고개를 절레절레 내저었다.

나는 친구들과 점심을 먹으러 가는 대신 양해를 구하고, 공용 공간에 있는 작은 독서용 벽감으로 향했다. 《나바르 통일왕국, 생존에 관한 연구》를 마저 읽기 위해서였다.

안타깝게도 한 시간 동안 책에 파묻힌 결과, 평화를 정립하기 위해 인간과 드래곤이 치른 희생에 대해서나 영광스러운 통일에 대해 반복하는 내용 대부분을 이미 안다는 사실만 깨달았다. 종이에 벤 듯 따끔한 실망감이 찾아왔다.

첫 번째로 잡은 책에서 바로 보호막의 비밀이 나오지 않는 건 어쩌면 당연한 일이다. 그래도 쉽게 이뤄진다면 기분 좋게 놀랐을 텐데.

나는 제시니아에게 최초의 여섯 라이더를 다룬 책을 부탁해야겠다고 생각하면서 방으로 돌아와 격투용 옷으로 갈아입은 후, 체육관으로 가서 우리 대대와 만났다.

"난 평가일이 싫어." 나는 리와 나딘 사이에 자리를 잡으며 중얼거렸다.

"작년에 네 평가일이 어땠는지 생각하면 무리도 아니지." 리독이 소여 옆에 서면서 나를 놀렸다.

첫 시합은 1학년 두 명이었는데, 리가 그 대련을 지켜보면서도 몇 분에 한 번씩 나를 흘끔거린다는 사실을 모를 수가 없었다. 끝에 가서는 되풀이 생도인 비시아가 어제 아릭의 부츠에 토했던 새빨간 곱슬머리의 야수 같은 여자를 밟아 뭉갰고, 리는 더 찌푸린 얼굴로 나를 보고 있었다.

리 하나만이 아니었다. 슬론은 매트 왼쪽에서 몸의 중심을 계속 옮기면서 날 죽일 수 있다는 시선으로 노려보고 있었다.

"베일러 노리스와 미샤 레빈!" 에메테리오 교수가 슬론 옆에 서 있는 1학년들에게 외치더니, 두툼한 두 손에 든 서류철로 민머리를 기울였다.

젠장. 난 정말 그 이름들을 알고 싶지 않았다. 불안한 눈을 한 다부진 남자가 어제 내내 손톱을 씹어대던 갈색 머리와 마주 섰다.

"너 괜찮아?" 나는 리에게 물었다. 갈색 머리는 빠르게 근육질 상대방을 등 뒤로 넘기고 있었다. 인상적인 솜씨였다.

"그건 내가 너한테 물어야 하는 거 아냐?" 리는 거의 들리지 않는 소리로 대꾸했다. "나한테 화났어?"

"뭐?" 나는 갈색 머리 여자애가 덩치 큰 상대에게 본때를 보이는 모습에서 눈을 떼고 리를 보았다. "내가 너한테 왜 화가 나?"

"달리기도 그렇고, 우리와 점심을 먹지 않은 것도 그렇고, 네가 나를 피하는 느낌이 들거든. 우스꽝스러운 소리긴 한데, 내가 너 대신 소여를 부대대장으로 뽑아서 화가 난 걸까 하는 생각밖에 안 들었어. 그런 거라면 대화로….”

“잠깐만. 뭐라고? 아니야.” 나는 배를 잡고 웃으며 고개를 저었다. “전혀 아니야. 날 고르면 최악의 인선이지. 테른이 스게일을 만날 수 있게 2주에 한 번씩 사마라로 날아가야 하잖아.”

“그치?” 리는 안도감에 부드러워진 갈색 눈으로 고개를 끄덕였다. “나도 그렇게 생각했어.”

“소여는 훌륭한 선택이고, 나도 지휘부에 들어가고 싶은 마음이 전혀 없어.” 난 여기에서 절대 눈에 띄지 않으려고 노력 중일 뿐이다. “고민하게 해서 미안하지만 전혀 화나지 않았어.”

“그럼 나 피하는 거 아니지?” 리가 물었다.

“나라면 끝내주는 부대대장이 됐을 텐데.” 마침 나딘이 끼어들어서 내가 대답하지 않아도 되게 해줬다. “그래도 리독을 고르진 않은 게 어디야. 리독은 모든 걸 농담거리로 삼았을 거야.”

아무래도 리와 내가 생각만큼 조용히 대화하진 않았나 보다.

미샤는 베일러를 완파했고, 에메테리오는 다음 매트에 올라갈 두 사람을 호명했다. “슬론 메이리, 그리고….” 그는 명단을 읽었다. “아릭 그레이캐슬.”

“전 저쪽과 싸우고 싶은데요.” 슬론이 단검으로 나를 가리키며 말했다.

농담이겠지. 하지만 아니었다. 나는 한숨을 내쉬며 팔짱을 끼고 리암의 여동생에게 고개를 저었다.

“맙소사, 슬론.” 오른쪽에서 퀸과 함께 시합을 지켜보던 이모젠이 코웃음을 터뜨리며 말했다. “너 정말 첫날부터 죽고 싶나?”

“이모젠이 널 칭찬한 거야?” 리애넌이 속삭였다.

“이상하지만 그런 것 같네.”

“내가 쓰러뜨릴 수 있어.” 슬론은 손마디가 하얗게 질리도록 단검을 꽉 쥐면서 응수했다. “작년에 보낸 편지에서 쟤 관절이 바로 빠진다고 했잖아. 근데 뭐 어렵겠어?"

"이러기야?" 나는 이모젠에게 비난의 눈빛을 쏘았다.

"내가 설명할 수 있어." 이모젠이 가슴에 손을 얹었다. "알다시피 작년엔 내가 널 싫어했잖아? 네가 좀 서서히 스며드는 타입이랄까."

"멋져라. 아주 고마워." 나는 비꼬는 투로 받아쳤다.

"난 네가 소른게일에게 어떤 앙심을 품었든 아무 관심 없다, 메이리." 에메테리오가 올해는 벌써 지친다는 듯이 한숨을 내쉬었다. "하지만 난 누가 소른게일을 훈련시켰는지 알고, 1학년에게 풀어놓을 생각도 없다." 그는 이모젠을 보고 검은 눈썹 한쪽을 치켜올렸다. "나도 작년에는 실수를 했지." 그는 입꼬리를 내리고 슬론을 돌아보았다. "이제 단검을 거두고 그레이캐슬과 대련 위치에 서라."

슬론은 무기를 내려놓고 아릭과 마주 섰다. 아릭은 슬론보다 너끈하게 15센티미터가 더 컸고, 몇 년 동안 개인 교습을 받았다. 하지만 슬론은 리암의 동생이니까 혼자서도 잘 해낼 가능성이 있다.

"누가 소른게일이야?" 우리 뒤쪽에서 낮고 굵은 목소리가 물었다.

같이 서 있던 2학년 전원이 어깨 너머를 돌아보니 앙상한 지원자를 난간다리 밑으로 던져버렸던 황소 같은 1학년이 보였다. 두 손을 늘어뜨린 채 어슬렁어슬렁 걸어오는 그 녀석 어깨에는 제2비행단 패치가 붙어 있었다.

"오늘 인기가 좋네?" 나딘이 미소 지으며 소곤거리더니, 장난치듯 몸을 빙글 돌려서 그 1학년을 마주했다. "안녕. 내가 바이올렛 소른게일이야." 그러면서 나딘은 염색한 자주색 머리카락을 가리켰다. "보여? 내 머리카락 색깔과 딱 맞지. 혹시 전할 말이라도…."

찰나였다. 그 남자가 나딘의 머리통을 잡더니, 홱 돌려서 꺾어버렸다.

10

나는 충격에 멍해져서 그 1학년이 나딘의 몸을 땅에 내팽개치는 모습을 보고만 있었다. 나딘은 머리가 부자연스러운 각도로 꺾인 채, 소름끼치는 텅 소리를 내며 쓰러졌다.

나딘이 죽었다. 안 돼. 또 이럴 순 없어.

"나딘!" 리애넌이 달려가 그 옆에 무릎을 꿇으며 외쳤다.

"나딘이라고?" 문제의 1학년은 숱 많은 눈썹을 미간으로 모으면서 말했다.

"대체 무슨 짓을 하는 거냐!" 에메테리오가 외쳤다.

"아무도 끼어들지 마." 언제 손을 뻗었는지 기억도 나지 않는데 양손에 단검이 들려 있었다. 몸집 큰 1학년은 나딘의 시신에서 눈을 떼어 내 단검과 머리카락을 번갈아 보았다.

"내가 바이올렛 소른게일이다." 심장이 쿵쾅거리지만, 나 때문에 누군가를 죽게 둘 순 없었다. 나는 놈의 대답을 기다리지 않고 단검 두 자루를 날렸다. 하지만 그는 빠르게 두 팔로 방어 자세를 취했고, 단검은 그대로 팔에 꽂혔다.

빌어먹을.

"*바이올렛!*" 앤다나가 외쳤다.

"*잠이나 자!*" 나는 차단벽을 올려 모든 것을 막았다. 다 쫓아냈다. 제이든도 멀리 사라졌다. 리암도 나를 지키다가 죽었다.

이놈이 왜 나를 죽이려고 하는지는 중요하지 않다. 내가 살아남을 만큼 강하거나, 그렇지 않거나 뿐이다. 1학년은 성난 소리를 내며 팔뚝에 꽂힌 피 묻은 단검을 뽑아 던졌다. 단검은 쇳소리를 내며 바닥에 떨어졌다. 놈의 실수다. 나보다 30센티미터 넘게 클지는 몰라도 날 죽이고 싶다면 그 칼이 필요할 텐데 말이다. 하지만 몸집 차이는… 쉽게 극복하기 힘들 것이다. '큰 동작으로 몸을 노출시키는 짓은 그만해.' 제이든이 했던 말이 머릿속에 울렸다. 나는 장점인 빠른 속도를 유리하게 이용해야 했다.

내가 돌진하자 그는 내 머리를 향해 큼지막한 손을 휘둘렀지만, 나는 주먹이 닿기 전에 무릎을 꿇었다. 충격으로 무릎이 부서지는 듯했지만, 그 추진력을 이용해 옆으로 미끄러져 지나가면서 그의 무릎 옆 힘줄을 끊었다.

놈은 소리를 지르며 나무처럼 쓰러져서 바닥에 쿵 부딪쳤다.

"바이올렛!" 뒤쪽 어딘가에서 데인의 외침이 들렸다. 나는 비틀비틀 일어서서 거인에게 다시 몸을 돌렸다. 놈은 이미 고통도 느끼지 못한다는 듯이 몸을 뒤집어 누워 있었지만, 내가 해놓은 짓이 있으니 쉽게 일어서진 못할 것이다. 하지만 손만 뻗으면 바닥에 떨궈놓은 내 단검을 집어 던질 수는 있었다.

그리고 그는 내 생각대로 움직였다.

"젠장!" 그가 던진 내 단검을 옆으로 몸을 돌려 피한 순간, 놈은 멀쩡한 한쪽 다리로 발차기를 했다. 놈의 부츠가 내 허벅지 뒤를 때렸다.

그 타격에 발이 붕 떴고, 온몸의 무게를 엉덩이에 실으면서 뒤로 쓰러지는 바람에 천장밖에 볼 수 없었다. 머리가 바닥에 부딪치면서 잠시 통증에 앞이 보이지 않았다. 그래도 내 칼에 찔리지는 않았다. 칼 하나가 아직 내 손에 있는데, 앞이 흐릿해서 두 자루처럼 보였다.

1학년이 내 오른쪽 허벅지를 잡고 당겼다. 반짝이는 바닥에 가죽이 스치는 소리가 나면서 몸이 끌려갔다. 지금 저놈의 손에 단검을 박는다면 내 근육도 다치겠지. 그래서 대신 그놈의 팔을 향해 칼을 휘둘렀더니, 팔뚝에 칼날이 스치기만 했다. 심장이 목까지 튀어올랐다. 주위에서 내 이름을 외치지만, 아무도 끼어들 수 없다. 나는 2학년이고, 이 개자식은 우리 대대원이 아니다.

그는 내 다리를 단단히 붙잡고 자기 쪽으로 끌어당겼다. 바닥에 고여 있던 놈의 피가 내 목덜미와 머리카락을 적셨다.

지금 풀려나지 못하면 죽는다.

나는 충분히 가까워지자마자 왼쪽 다리를 들어 올려 놈의 턱을 걸어찼지만, 그래도 놈은 손을 놓지 않는다. 집요한 새끼. 다시 한번 걸어차자 으스러지는 소리가 나면서 놈의 코뼈가 부러졌다. 피가 튀었지만, 놈은 고개를 흔들어 피를 털어내더니 온몸으로 달려들어 엄청난 무게로 나를 바닥에 짓눌렀다.

젠장. 젠장. 젠장. 단검을 휘둘렀지만, 놈이 내 오른손을 붙잡아서 바닥에 손목을 짓눌렀다. 그러더니 반대쪽 손을 내 목에 감고 힘을 줬다.

"얼른 죽어버려." 분노하며 나에게 얼굴을 가까이 갖다 대는 놈의 목소리가 이명과 뒤섞였다. 놈의 손이 내 숨통을 조여서 공기가 들어오질 않았다.

"비밀은, 비밀을 품은 사람들과 같이 죽지." 놈은 코가 맞닿을 듯한 거리에서 속삭였다. 눈동자는 옅은 갈색이지만, 무슨 약이라도 먹은 것처럼 눈가가 불그레했다.

에이토스구나.

차단벽을 부수고 두려움이 밀려드는데, 그건 내 두려움이 아니다.

테른의 두려움에 초점을 맞출 순 없다. 그랬다간 충격과 죽음뿐이다.

그리고 난 이름도 모르는 어느 1학년에게 허무하게 깔려 죽지 않을 거다. 시야가 좁아지는 가운데 나는 왼손으로 옆구리의 단검 하나를 재빨리 뽑아서 거인의 등에 꽂았다. 제이든이 가르쳐준 각도대로였다. 놈의 신장을 노리고. 한 번, 두 번, 세 번. 셀 수도 없을 만큼 찔러대다 보니 내 목을 누르는 압력이 느슨해졌고, 결국 그놈은 내 위에서 축 늘어졌다. 엄청나게 무거웠다.

나는 폐가 숨을 들이마시려고 싸우는 가운데 마지막 남은 힘을 끌어모아 그놈을 밀어냈다. 엄청나게 무거웠지만, 겨우겨우 옆으로 밀치고 빠져나왔다. 공기가, 소중한 공기가 가슴 속을 채웠고 나는 헐떡이며 숨을 몰아쉬었다. 따끔거리는 목으로 숨을 들이마시며 천장 대들보를 쳐다보았다. 아프다. 온몸이 통증 그 자체다.

"바이올렛?" 내 옆에 쪼그리고 앉은 데인의 목소리가 흔들렸다. "괜찮아?"

'비밀은 비밀을 품은 사람들과 같이 죽는다.'

아니, 괜찮을 리가 있나. 네 아버지가 방금 나를 암살하려고 했는데.

나는 고통 너머의 익숙한 공간으로 스스로를 밀어 넣고, 몸을 돌려 손과 무릎을 바닥에 짚었다. 구역질이 강하게 밀려왔다. 나는 코로 숨을 들이마시고 입으로 내쉬면서 메스꺼움을 가라앉혔다.

"뭐라도 말을 해봐." 데인이 당황해서 속삭였다.

몸을 뒤로 물려서 무릎을 꿇고 앉은 다음, 목을 젖히고 얼굴을 찌푸리면서 호흡을 연이어 들이마셨다.

"바이…." 데인이 일어서서 손을 내밀었다. 그 친숙한 눈에 어린 걱정은….

어림없어. 나는 차단벽에 남은 에너지를 쏟아 넣었다.

"건드리지, 마." 나는 이를 갈면서 사포에 긁힌 듯한 목소리로 말하고는, 나를 보고 있는 수많은 눈을 의식하면서 천천히 일어섰다. 머리가 빙빙 돌았지만 단검 다섯 자루를 모두 회수했다. 모두가 내가 허리를 굽혀 죽은 1학년의 제복에 피 묻은 단검을 닦고 내 칼집에 넣는 모습을 지켜보았다.

마음속에 흘러들어오던 두려움이 안도감으로 바뀌었다.

"난 멀쩡해요." 테른과 앤다나에게 말했다.

"마티아스와 헨릭, 시신을 치워." 데인이 지시했다. 아마 데인이었을 것이다. 이명 때문에 30센티미터 이상 떨어진 소리는 먹먹하게 들렸다.

에메테리오가 앞에 나타나더니 물었다. "건드려도 되겠나?"

내가 데인에게 건드리지 말라는 말을 꽤 크게 했나 보다. 에메테리오는 내 얼굴을 잡고 살피더니 눈앞에서 빛을 가렸다가 손을 올렸다. 새로 밀려오는 구역질이 뱃속을 휘저었다.

"뇌진탕이군. 나머지 수업은 건너뛰겠나?" 그는 내 얼굴에서 손을 떼고는 휘청거리는 내 팔을 잡아 부축했다.

"아닙니다." 작년처럼 평가일에 불명예스럽게 나갈 마음은 없었다.

"제가 맡죠." 이모젠이 내 팔꿈치를 잡고 말했다.

에메테리오가 입을 오므리고 검은 눈을 가늘게 떴다.

"올해는 이 녀석을 죽이려 하지 않을 겁니다. 약속해요."

이모젠은 나를 옆으로 끌어당겨서 살짝 기대게만 했다.

이제야 살겠다.

"넌 방금 목을 졸렸다, 소른게일 생도." 에메테리오가 상기시켰다.

"처음도 아니죠." 대꾸하는데, 목구멍을 날카로운 칼날로 긁은 듯한 목소리가 새어 나왔다. "나을 겁니다. 남겠습니다."

에메테리오는 한숨을 내쉬었지만 결국 고개를 끄덕이고 매트 앞쪽으로 돌아가서 떨어뜨렸던 서류철을 집어들었다.

"에이토스가 보낸 거야." 나는 이모젠에게 속삭였다. "우리가 표적이 된 것 같아." 어제 제이든이 나타나지 않은 이유와 관련이 없었으면 좋겠다.

이모젠의 녹색 눈동자가 잠깐 커지나 싶더니, 리독이 반대쪽에 나타나서 나에게 어깨를 스쳤다.

"젠장, 소른게일." 리독이 한 팔을 내밀었지만, 나는 잡지 않았다.

"언제나 뭐가 있지. 안 그래?" 나는 애써 웃으려 했고, 내가 어느 쪽으로도 쓰러지지 않게 붙어선 두 사람과 함께 천천히 매트 가장자리로 걸어갔다.

"아마 네 어머니에게 보내는 전언이었을 거다." 에메테리오가 고개를 저으며 말했다. "네 언니가 다닐 때도 같은 일이 있었지."

피 묻은 매트를 돌아보는데 1학년들은 공포에 질린 눈으로 바라보는 반면,

리애넌과 데인과 소여는 보이지 않았다. 그렇지. 나딘과 그 이름 없는 1학년의 시신을 치워야 하니까.

나딘은 내 이름을 말해서 죽었다.

무거운 슬픔에 눈이 따끔거리고 무릎이 꺾일 것 같지만, 지금은 그런 감정을 느낄 수가 없다. 그런 감정을 내보낼 수 없다. 모두가 지켜보고 있을 때는 안 된다. 잔인하지만 이 감정을 상자 안에 가둬야 한다.

슬론과 아릭은 매트 한가운데에 서서 충격받은 얼굴로 나를 보고 있다. 슬론보다는 아릭이 훨씬 걱정스러워하는 얼굴이다.

"저 난장판을 치우고 싸울 거야, 어쩔 거야?" 나는 목덜미로 떨어지는 핏방울을 무시하며 물었다. 그놈의 피에 뒤덮인 채 여기에 서 있는 게 내 피에 뒤덮인 채 누워 있는 것보다는 낫다.

"그런데 넌 저 사람을 쓰러뜨리고 싶어 했단 말이지, 메이리." 매트 건너편에서 1학년 하나가 코웃음을 쳤다. 각진 눈썹 아래 갈색 눈이 깊이 파여 있고 사각턱이 넓었는데, 이름은 몰랐다. 망할 놈의 이름 따위 알고 싶지도 않다. 이미 슬론과 아릭만으로도 아는 이름이 너무 많다. 나딘의 이름도 알았지.

우리는 1학년들이 피를 닦아낸 매트 위에서 평가를 끝내는 동안 어깨를 나란히 하고 서 있었다. 나는 슬론의 격투 방식에서 잘못된 부분을 하나하나 목록으로 만드는 데 집중했다. 꽤⋯ 많았다. 솔직히 슬론은 라이더 훈련에 많은 시간을 쓰지 않았던 것 같다.

그럴 리가 없는데. 리암은 우리 학년 최고로 잘 싸웠고, 낙인자들은 모두 라이더 분과에 들어와야 한다는 사실을 알고 있다. 그러니 훈련을 했을 텐데.

"쟤가 리암 동생이 확실해?" 리독이 물었다.

"응." 이모젠이 길게 한숨을 내쉬며 대답했다. "하지만 확실히 싸울 줄 아는 사람들에게 맡겨지지 않은 게 드러나네."

아릭은 거의 힘도 들이지 않고 여섯 번이나 슬론을 넘어뜨렸다. 음, 이러면 일이 복잡해지는데. 이를테면 슬론을 계속 살려두는 일이라거나 말이다.

1시간 후, 나는 리가 지켜보는 가운데 물리학 수업을 끝까지 들었다. 내 피부에 말라붙은 1학년의 피를 의식하면서, 다른 생도들이 쳐다볼 때마다 고개를 높이 들고서 말이다. 일단 이명이 사그라지고 나니 한결 괜찮았지만, 수업이 끝난 뒤에도 심하게 메스꺼웠다.

나는 저녁식사를 거르고 방까지 부축해주겠다는 리의 제안도 거절하고 느리지만 확고한 걸음걸이로 기숙사 계단을 올랐다. 온몸의 뼈와 근육, 섬유 한 올 한 올마저 다 아팠다.

방문 손잡이에 손을 뻗기 직전에 느껴졌다. 마음에 휘감기는 친숙한 밤하늘빛 그림자. 나는 안도감에 휩싸여서 문을 열고, 책상과 침대 사이 벽에 기대어 선 제이든을 보았다. 그는 팔짱을 끼고 평소처럼 누굴 죽이기 직전 같은 표정으로 서 있었다.

"8일 만이야." 나는 얼굴을 찡그리면서 쉰 목소리로 말했다.

"알아." 그는 벽에서 몸을 떼고 몇 걸음 만에 방을 가로지르면서 대꾸했다. "그리고 테른이 스게일에게 보여준 기억을 보니, 지휘관에게 꺼지라고 하고 더 빨리 왔어야 했군." 그는 아까의 에메테리오와는 완전히 다른 느낌으로 내 얼굴을 감싸 쥐었고, 그 눈동자 속에 번득이는 분노는 상처를 살펴보는 부드러운 손길과 어울리지 않았다.

"피는 그놈 거야." 불덩이를 삼킨 것처럼 목이 아팠다.

"다행이군." 그는 시선을 내리면서 턱에 힘을 넣었다. 내 목에 생긴 멍자국을 보고 있겠지.

"난 그놈 이름이 뭔지도 몰라."

"알아." 그의 손이 떨어져 나가자마자 아쉬워졌다.

"에이토스 대령이 보낸 놈이야."

그는 무뚝뚝하게 고개를 끄덕였다. "내가 먼저 죽이지 못해서 안타깝군."

"그 1학년? 아니면 에이토스?"

"둘 다." 그는 내가 시도한 농담에 웃지도 않는다. "씻고 붕대를 감자."

"당신이 생도를 죽이고 다닐 순 없지. 이젠 장교잖아."

"어디 두고 봐."

"사마라는 어때?"

얼마 후, 나는 씻고 나서 침대 위에 다리를 접고 앉은 채로 제이든이 본관 식당에서 가져온 수프를 꾸역꾸역 넘기면서 물었다. 삼킬 때마다 목이 아팠지만, 그래도 제이든의 말이 옳았다. 끼니를 굶어서 더 약해질 여유 따윈 없었다.

"먼저 질문을 던지다니, 멋진데." 방구석에 놓인 안락의자를 차지하고 앉아서 가죽끈에 단검을 갈던 제이든이 입꼬리를 올리면서 등을 기댔다. 그는 내가 목욕하는 동안 비행용 가죽재킷을 벗었는데, 어쩐지 새 제복을 입으니 더 잘생겨 보였다. 이 제복에도 패치를 붙이지 않았다는 사실이 저절로 눈에 들어왔다. 하긴, 분과에 있을 때도 비행단장과 소속 비행단 휘장 말고는 아무것도 붙이지 않았지.

"오늘 밤은 그 질문 게임을 두고 싸울 기분이 아니야." 그를 노려보다가 제이든 옆에 있는 책장에서 제시니아가 빌려준 책 두 권이 눈에 띄었다. 하지만 제이든이 했던 모든 진실을 알려줄 수 없다는 말이 떠오르자, 지금 내가 하고 있는 연구에 대해 말하려던 생각이 싹 사라졌다.

"네가 알고 싶은 걸 물어줬으면 좋겠다고 바라는 건 게임이 아니지. 너와 내 관계? 그것도 게임이 아니고." 그는 가죽끈 위로 칼날을 계속 움직였다. "그리고 사마라는… 달라."

"그 한마디로는 답이 안 돼."

그는 시선을 올렸다. "나바르에서 가장 엄격한 전초기지에서 다시 한번 내 능력을 증명해야 해. 짜증나게."

나는 웃음을 흘렸다. 제이든이 짜증나는 입장이라니. "거기선 당신을 다르게 대해?"

"이것 때문인지 묻는 거야?" 그는 칼날 옆면으로 목의 낙인을 가리켰다.

"맞아."

그는 어깨를 으쓱였다. "낙인보다는 내 성이 문제 같은데. 나이 든 라이더들이 개릭에게는 좀 더 너그럽게 굴거든. 고마운 일이지."

나는 그릇 안에 숟가락을 내려놓았다. "유감이야."

"예상보다 나쁘지는 않아. 그리고 대부분은 내 고유 능력 때문에 멈칫거리지." 그는 가죽끈을 가방 안에 넣고 마지막 단검까지 칼집에 넣으며 일어섰다. "너도 알잖아. 언제나 사람들이 네 성으로 너를 판단하는 거."

"당신이 더 나쁜 경험을 한다고 봐야 할 것 같은데."

"국경선 안에서만 그래." 그는 책상 의자 등받이에 걸어 말리던 내 갑옷을 뒤집어 보더니, 걸어와서 침대 끝에 앉았다. 작년에 제이든이 쓰던 침대처럼 크진 않아도 우리 둘이 누울 자리는 충분했다. 내가 남으라고 한다면 말이다. 물론 그러진 않을 거지만. 이렇게 가까이 있으면서 손대지 않는 것만도 힘든데, 옆에서 자라고? 난 무조건 무너져버릴 거다.

"적절한 지적이야." 나는 그릇을 협탁에 내려놓고 빗을 집어 들었다. 복도에서 잠시 리애넌의 목소리가 들리다가 사라지면서 자연스레 시선이 문 쪽으로 향했다. 덕분에 생각이 났는데…. "떠나기 전에 내 방에 아무도 들어오지 못하게 보호막을 쳤지?"

그는 고개를 끄덕였다. "방음도 해뒀지." 그는 침대에 부츠가 닿지 않게 한쪽 무릎 위로 발목을 걸쳤다. "물론 일방향이야. 넌 바깥 소리를 들을 수 있지만, 바깥에서는 이 안에서 나는 소리를 못 듣지. 네가 사생활을 지키고 싶어 할 거라고 생각했어."

"누굴 데리고 들어올 수도 없는데?"

"네가 원하는 사람은 누구든 데려올 수 있어." 제이든이 반박했다.

"정말로?" 나는 젖은 머리에 빗질을 하면서 비아냥이 뚝뚝 떨어지는 목소리로 말했다. "리애넌이 내 방에 들어오려다가 복도 반대편에 떨어졌어."

제이든의 입꼬리가 올라가며 미소 비슷한 것을 비쳤다.

"다음번에는 네 손을 잡으라고 해. 너를 건드리고 있으면 들어올 수 있어."

"잠깐만." 나는 멈칫했다가 엉킨 머리끝을 마저 빗어 내렸다. "그러니까 당신과 나만 들어올 수 있게 한 게 아니라고?"

"네 방이잖아, 바이올렛." 그의 눈이 내 빗을 따라 움직였다. 그리고 그가 무릎 위에서 손가락을 구부리는 모습을 본 나는 침을 꿀꺽 삼켰다. "이 방의 보호막은 네가 원하면 누구든 들어올 수 있게 되어 있어." 그는 헛기침을 하더니 내가 빗질을 한 번 더 하자 자세를 고쳤다. "그렇지만 나는 언제나 들어올 수 있지."

'난 정말 네 머리카락이 좋아. 혹시 나를 무릎 꿇리고 싶거나 논쟁에서 이기고 싶다면, 머리를 풀기만 해. 바로 알아들을 테니까.'

그 기억을 떠올리자 숨이 턱 막혔다. 정말로 제이든이 그 말을 한 지 몇 달밖에 안 지났나? 까마득히 오래전 같으면서… 동시에 어제 일 같았다.

"나와 내 상대가 완벽하게 사생활을 누릴 수 있게 보호막을 쳤다고?" 나는 그를 보고 눈썹을 올렸다. "내가 그러고 싶어지면…."

"뭐든 하고 싶은 대로 해." 그의 시선에 담긴 열기 때문에 숨이 가빠졌다. "아무도 못 들을 거야. 옷장을 부수더라도."

그 말에 빗을 더듬거리다가 무릎에 떨어뜨렸지만, 나는 얼른 회복했다. 그럭저럭. "이 옷장은 꽤 튼튼해 보여. 작년 내 방에 있었던 것처럼 조잡해보이진 않네." 우리가 처음 서로의 몸에 손을 댔을 때 장작더미로 만들어버린 옷장 말이다.

"그건 시험해보라는 말인가?" 제이든이 옷장을 흘긋 보았다. "우리라면 가뿐하게 부술 수 있을걸. 네가 나으면 말이지만."

"여기에선 아무도 완전히 낫는 일이 없어."

"좋은 지적이야. 말만 해, 바이올렛." 제이든이 나를 바라보는 눈빛만으로도 체온이 몇 도는 올라갔다. "두 마디면 돼."

두 마디?

아, 내가 '널 원한다'라고 말할 줄 알고? 안 그래도 날 휘두르는데.

"할 수 있는 것과 하는 건 다르지." 나는 겨우 말했다. 제이든만 얽히면 내 의지력은 쓰레기나 다름없다. 한 번만 닿았다간 내가 받아 마땅한… 아니, 나에게 필요한 완전한 정보가 아니라 저놈이 충분하다고 생각하는 만큼만의 진실을 받아들이고 저 품에 안겨버리겠지. "그리고 우린 그러지 않을 거야."

"그렇다면, 이번 주는 어땠는지 말해봐." 그는 매끄럽게 화제를 바꿨다.

"난 다 지켜볼 수 없었어." 나는 인정했다. "난간다리에서 말이야. 시도는 했는데… 볼 수가 없었어."

"탑에 있었어?" 그는 이마를 찌푸렸다.

"응." 나는 아픈 무릎을 옆으로 밀어 넣고 자세를 바꿨다. "리암에게 슬론을 돕겠다고 약속했는데, 안마당에선 도울 수가 없잖아." 빈정대는 미소가 새어 나왔다. "그리고 슬론은 날 아주 증오해."

"널 증오하기는 불가능해." 그는 일어서서 벽에 기대놓은 배낭 쪽으로 걸어갔다. "내 말 믿어. 나도 시도해봤거든."

"이번엔 내 말을 믿어. 정말이야. 슬론은 오늘 평가일에 나에게 도전하고 싶어 했어." 나는 침대 머리에 몸을 기댔다. "걘 리암이 죽은 게 내 탓이라고 생각해. 틀린 것도 아니지…."

"리암이 죽은 건 네 잘못이 아니야." 제이든이 몸을 굳히고 내 말을 잘랐다. "내 잘못이지. 슬론이 누군가를 탓하고 싶다면 전부 나에게 돌릴 수 있어." 그는 몸을 돌려 책상 위에 배낭을 놓으면서 가슴을 두드렸다.

"당신 잘못이 아니었어." 우리가 이 문제로 옥신각신한 게 처음도 아니고, 아마 마지막도 아닐 것이다. 두 명이 지고 가도 충분할 만한 죄책감 탓이겠지.

"내 잘못이었어." 그는 배낭을 열고 안을 뒤졌다.

"제이든…."

"올해는 지원자가 몇 명이나 떨어졌지?" 그는 잘 접어놓은 종이를 하나 꺼내고 배낭을 닫았다.

"너무 많아." 지금도 그들의 비명 소리가 들리는 것 같다.

"언제나 너무 많지." 그가 다시 침대에 걸터앉았는데, 내 무릎이 그의 허벅지에 스칠 정도로 가까웠다. "그리고 후배들이 떨어지는 모습을 지켜보지 못했다 해도 괜찮아. 네가 여전히 너라는 뜻이니까."

"다른 사람으로 바뀌지 않고 말이야?" 그의 덤덤한 표정을 보자 뱃속이 꼬인다. 리암의 죽음은 우리 사이에 단단하게 놓인 벽이었다. "난 다른 사람이 된 기분이거든. 1학년들 이름을 알고 싶지도 않아. 걔들이 죽을 때 마음 아프기 싫어. 그럼 난 뭐가 되는 걸까?"

"2학년." 그는 건조하게 말했다. 작년에 참나무 밑에서 낙인자를 모두 구할 순 없다고, 스스로를 구하려는 이들만 구할 수 있다고 선언했을 때와 똑같은 말투였다.

가끔 나는 제이든이 얼마나 무자비한지 잊어버린다.

나를 대신해서 얼마나 무자비해질 수 있는지도.

"죽음은 전에도 봤어." 나는 대꾸했다. "사실상 작년 내내 죽음에 둘러싸여 있었지."

"그건 같지 않아. 우리의 친구들, 동료들이 건틀릿에서, 탈곡에서, 시합에서, 심지어 전투에서 죽는 건 다른 이야기야. 여기 들어온 모두는 그저 살아남기 위해 싸우고, 그건 바깥에서 일어나는 일에 대비하는 과정이야. 하지만 더 어린 지원자들일 때는⋯." 그는 고개를 저으며 몸을 앞으로 기울였다.

나는 제이든에게 손을 뻗지 않으려고 빗을 꽉 쥐었다.

"1학년 때는 우리 중 일부가 목숨을 잃지." 그는 내 젖은 머리카락을 귀 뒤로 넘기며 부드럽게 말했다. "2학년 때는 남은 우리가 인간성을 잃어. 전부 다 우리를 효율적인 무기로 바꾸는 과정의 일부야. 이 학교의 임무가 그거라는 걸 단 한순간도 잊지 마."

"우리가 죽음에 둔감해지게 만드는 거라고?"

그는 고개를 끄덕였다.

누군가가 문을 두드렸다. 나는 화들짝 놀랐지만 제이든은 놀라지 않는다는 사실에 주목할 수밖에 없었다. 그는 한숨을 내쉬더니 문으로 향했다.

"벌써?" 그는 문을 열더니, 바깥에서 내가 보이지 않게 가로막고 서서 물었다. 아니면 내가 바깥을 보지 못하게 막은 것일 수도 있고.

"벌써야." 보디의 목소리였다.

"잠시만." 제이든은 답을 기다리지 않고 문을 닫았다.

"나도 같이 가게 해줘." 나는 침대 옆으로 발을 내렸다.

"안 돼." 그는 아까 가방에서 꺼낸 종이를 손에 쥔 채로 내 앞에 쪼그려 앉아서 눈높이를 맞췄다. "놀론을 찾아갈 계획이 아니라면 잠을 자는 게 제일 빨리 낫는 길이야. 그리고 듣자 하니 요새 놀론에게 복원을 받기는 힘들다던데."

"잠을 자야 하는 건 당신도 마찬가지야." 나는 두려움이 목을 틀어막는 기분으로 항의했다. 우리에겐 몇 시간밖에 없고, 난 제이든을 보낼 준비가 안 됐다. "반나절을 날아왔잖아."

"아침이 되기 전에 해야 할 일이 많아."

"나도 돕게 해줘." 젠장, 이젠 내가 애걸하고 있네.

"아직은 안 돼." 그는 손을 뻗어 내 얼굴을 감싸려다가, 다시 생각한 듯 손을 떨궜다. "하지만 7일 후에 테른과 함께 떠날 때 무슨 일이 일어나는지 신중하게 살폈으면 좋겠어." 그는 내 손에 종이를 밀어 넣었다. "그때까지는… 여기."

"이게 뭐야?" 흘긋 내려다보았지만, 접어놓은 양피지일 뿐이었다.

"언젠가 나보고 그랬지. 네가 진짜 나를 알면 싫어할까 봐 내가 무서워하는 거라고."

"기억나."

"우린 함께 있을 때마다 훈련 아니면 싸우기만 하지. 강가를 걷는다거나 로맨스로 이어질 만한 뭔가를 함께할 시간은 없었지." 그는 내 손을 부드럽게 잡았지만, 무기를 잡느라 생긴 굳은살이 고스란히 느껴졌다. "하지만 네가 날 들여보낼 방법을 찾겠다고 했잖아. 지금은 이게 내가 가진 전부야."

시선을 돌려서 눈을 마주치자 심장이 뛰어올랐다.

"사마라에서 보자." 그는 일어서서 배낭과 문 옆에 기대놓았던 장검 두 자루를 챙겼다.

"거기 가서는 어떻게 찾아?" 나는 접힌 양피지를 꽉 움켜쥐었다. 나는 사마라에 가본 적이 없다. 엄마가 주문한 적 없는 기지였다.

그는 문 앞에서 몸을 돌려 나를 돌아보고 시선을 맞췄다. "남부 비행단, 3층, 오른쪽 두 번째 문이야. 보호막이 너를 들여보내줄 거야."

그의 병영 침실.

"어디 한번 맞혀볼까. 방음이 되고, 당신하고 나, 그리고 당신이 데려가는 사람만 들어갈 수 있지?" 제이든이 다른 누군가와 옷장을 부수는 소리가 새어 나가지 않게 보호막을 쳤다고 생각하면 뱃속에 든 수프가 차갑게 얼어붙을 것 같다.

우리가 사귀는 사이는 아닐지 몰라도, 질투란 원래 합리적인 감정이 아니니까.

"아니야, 바이올렛." 그는 장검 두 자루를 머리 위로 올렸다가 능숙한 동작으로 등에 멘 가방 칼집에 집어넣으면서 슬쩍 웃었다. "너하고 나만이야."

그는 내가 대답을 생각하기도 전에 나가버렸다.

나는 떨리는 손으로 종이를 펴들고는 미소 지었다.

제이든 라이오슨이 나에게 편지를 쓰다니.

11

개릭은 언제나 제일 친한 친구였어. 그 녀석 아버지가 내 아버지의
보좌관이었으니까, 어떻게 보면 개릭은 나의 데인인 셈이지. 믿을
수 있다는 점은 다르지만 말이야. 보디는 리암 다음으로 내게 동생
같은 존재였고, 지금도 그래. 늘 한 발짝 뒤에서 따라오는 동생이지.

— 제이든 라이오슨 소위가 바이올렛 소른게일 생도에게 보낸 편지

며칠 후 아침, 이모젠과 함께 달린 후 마무리 운동까지 마치고 아침식사가
나오기 30분 전에 안마당에 들어선 나는 미소를 지우지 못한 채로 두 손을 머
리 위에 얹고 옆구리가 배기는 느낌이 가라앉도록 걸었다.

제이든이 나에게 편지를 썼다. 어찌나 여러 번 읽었는지 외울 정도였다. 조
금이라도 위험한 내용은 없었다. 혁명군의 비밀이라거나 내 도움을 필요로
하는 어떤 단서도 없었다. 하지만 그런 글로 위험을 감수할 수야 없지. 아니
다, 사실은 이 편지가 더 좋았다. 제이든 본인에 관한 이야기였다. 반란 시기
에 아버지가 얼른 돌아와서 다 끝났다고 말해주길 빌며 라이오슨 저택 지붕
에 앉아 있곤 했다는 등의 속마음들.

"너 벌써 사흘째 주정뱅이처럼 히죽대고 있어." 이모젠이 고개를 숙여 옆
에 지나치는 연단 아래를 확인하며 불평했다. "어떻게 해 뜰 때 이렇게 행복
한 사람이 있지?"

이모젠을 탓할 순 없다. 나도 평가일 이후부터 신경이 곤두서 있었다. 보디

와 아야도 마찬가지였다.

"지난 며칠 동안은 악몽도 꾸지 않았고, 날 죽이려고 이 시간에 일어날 사람도 없어." 나는 두 손을 옆에 늘어뜨린 채로, 이번에는 휴식하기 전에 좀 더 멀리까지 걸었다.

"그래, 참 그게 이유기도 하겠다." 이모젠이 목을 돌렸다. "그냥 제이든을 다시 받아들이지 그래?"

"제이든은 날 신뢰하지 않아." 나는 어깨를 으쓱였다. "그리고 나도 제이든을 신뢰하지 않지. 복잡해." 하지만 빌어먹게도 매일 그의 모습을 보던 때가 그립긴 하다. 토요일이 얼른 좀 올 수 없을까. "게다가 두 사람에게 유례없는 화학작용이 있다고 해서 육체를 넘어서는 관계가 있어야 한다는 뜻은 아니고…."

"아, 그럼 물론이지." 이모젠은 고개를 내젓더니, 분홍색 머리카락 한 가닥을 귀 뒤로 넘겼다. "난 대화를 끝내려던 거였어. 시작하려는 게 아니고. 내가 매일 너와 달리기랑 중량 운동을 하긴 하지만, 성생활을 이야기할 친구라면 따로 있지 않나? 기억해? 기회 있을 때마다 적극적으로 그 친구들을 피하던데?"

그리로는 안 가.

"그럼 우린 친구 사이가 아니야?" 나는 물었다.

"우리는…." 이모젠의 얼굴이 구겨졌다. "서로를 살려두는 데 관심 있는 협력자지."

덕분에 웃음만 더 커졌다. "아, 이제 와서 나한테 물러지지 마."

이모젠은 눈을 가늘게 뜨더니 내 뒤로 외벽 쪽을 보았다. "던 여신의 이름으로, 대체 서기가 이 시간에 우리 분과에서 뭘 하는 거지?"

나는 숨으려는 것처럼 그늘진 벽감에서 기다리고 있는 제시니아를 보고 흠칫 놀랐다. "진정해. 내 친구야."

이모젠은 한껏 곁눈질을 하며 말했다. "2학년은 피해 다니면서 서기들과는 친구 먹는다고?"

"친구들에게 거짓말하기 싫어서 거리를 두는 것뿐이야. 제시니아는 예전부터… 아니, 선배한테 설명할 필요는 없지. 난 내 친구에게 뭐가 필요한지 알아볼 거야." 나는 걸음을 빨리했지만, 이모젠이 바로 따라붙었다.

"안녕." 나는 벽감에 다가가면서 제시니아에게 수어로 인사했다. 이 벽감은 터널을 통해 기숙사로 곧바로 이어진다. "별 일 없는 거지?"

"널 찾으러 왔는데…." 제시니아는 적수를 가늠하듯 쳐다보고 있는 이모젠에게 시선을 옮기면서 후드 아래로 이마를 찌푸렸다.

"난 괜찮아." 나는 수어를 하는 동시에 이모젠에게 말했다. "제시니아가 날 죽이려 하진 않을 거야."

이모젠은 고개를 기울여 제시니아가 들고 있는 크림색 가방으로 시선을 떨궜다.

"난 바이올렛을 죽이려 하지 않아." 제시니아가 갈색 눈을 크게 뜨며 손짓했다. "그럴 방법도 모르는걸."

"바이올렛은 서기 교육만 받았는데도 멀쩡하게 사람 죽이는 방법을 알던데." 이모젠이 손을 빠르게 움직여 대꾸했다.

제시니아가 눈을 껌벅였다.

나도 이모젠을 보고 눈썹을 치켜들었다.

"알았어." 이모젠은 수어로 말하면서 물러섰다. "하지만 쟤가 날카롭게 간 깃펜으로 덤벼도 내 책임은 아니다."

"내가 대신 사과할게." 이모젠이 등을 돌리고 나서야 수어로 사과했다.

"사람들이 널 죽이려고 해?" 제시니아가 눈썹을 찌푸렸다.

"목요일인데…." 나는 안마당을 등지고 있지 않으려고 벽감 안으로 늘어갔다. "널 보는 거야 언제나 기쁘지만 무슨 일이야?" 서기 생도들은 피츠기븐스 대위를 도울 때가 아니면 라이더 분과에 절대로 오지 않았다.

"두 가지." 우리가 벤치에 앉자 제시니아는 가방 안에서 책을 한 권을 꺼내 나에게 건넸다.《최초의 여섯이 준 선물》이라는 제목인데 몇백 년은 되어 보였다. "책을 반납하면서 최초의 라이더들에 대한 초창기 설명을 보고 싶다고 했잖아. 이게 아카이브에서 꺼낼 수 있는 책 중에서 내가 찾은 가장 초기 기록이야. 또 한 번 토론할 준비됐어?"

나는 그 책을 무릎에 올려놓고 신중하게 말을 골랐다. 내 본능은 제시니아를 믿을 수 있다고 말하지만, 데인 일을 겪고 나니 직감을 믿을 자신이 없어졌다. 그리고 어차피 사실을 알려주면 어떤 식으로든 그녀가 안전하지 않을 것이다. "그냥 공부하는 거야. 그리고 고마워. 직접 가지고 올 필요는 없었는데. 내가 찾으러 갔을 거야."

"내가 아카이브 당번을 맡을 때까지 기다리게 하고 싶지 않았어. 그리고 네가 매일 아침에 달리기를 한다고 했으니까…" 제시니아는 심호흡을 몇 번 했는데, 보통 그건 생각을 정리하고 있다는 뜻이었다. "그리고 인정하긴 싫지만, 도움이 필요해." 그녀는 손짓으로 말하고 나서 가방에서 낡은 책을 한 권 꺼내어 건넸다.

그 책을 받아들려니 닳고 닳은 모서리와 느슨한 책등에 주목할 수밖에 없었다.

"과제로 이 책을 번역하려고 하는데, 몇 문장에 애를 먹고 있어. 옛 루세라스어로 적혀 있는데, 내 기억에 그건 네가 읽을 수 있는 사라진 언어 중 하나였던 듯해서." 혹시나 다른 서기가 우리를 볼지도 모른다고 생각하는 듯이 어깨 너머로 마법 불빛이 밝혀진 터널을 돌아보는 제시니아의 뺨이 분홍빛으로 물들었다. "내가 도움을 청한 걸 누가 알면 곤란해질 거야. 원래 명인들은 남에게 물어보면 안 돼."

"난 비밀을 아주 잘 지켜." 어렸을 때 데인과 비밀 메시지를 주고받으려고 그 언어를 썼던 기억이 떠오르자 침울해졌다.

"고마워. 나도 다른 언어는 거의 다 알아." 말하는 제시니아의 손짓은 날카로웠고, 입매는 굳어 있었다.

"네가 나보다 훨씬 많이 알지." 우리는 미소를 주고받았다. 곧이어 나는 책

갈피가 끼워진 페이지를 펼치고 표어-음절 문자를 구성하는 소용돌이치는 잉크 자국을 보았다.

제시니아가 한 문장을 가리켰다. "여기에서 막혔어."

내가 제대로 읽었는지 확인하려고 얼른 앞 문단부터 읽어본 후에 제시니아가 찾는 문장을 수어로 전하고, 마지막 단어는 철자 하나하나를 읊었다. 천년 전, 나바르가 존재하기도 전에 살았던 어느 고대 왕의 이름이었다.

"고마워." 제시니아는 가지고 온 수첩에 그 문장을 적었다.

고대 왕이라니. 나는 책의 첫 페이지를 넘겨보고 어깨를 축 늘어뜨렸다. 25년 전 날짜가 적혀 있었다.

"원본을 손으로 베껴 옮긴 책이야." 제시니아가 수어로 설명했다. "우리 분과가 인쇄기를 받기 5년 전쯤이었지."

그렇겠지. 아카이브에는 통일 당시의 두루마리를 제외하면 400년 이상 묵은 책이 없으니 말이다. 1년 동안 이 언어를 쓰지 않았는데도 아직까지 이렇게 기억이 난다는 사실에 새삼 놀랐다. 몇 문장을 더 번역한 다음 제시니아가 표시해둔 마지막 문장을 끝으로 책을 돌려줄 때쯤에는 목덜미에 맺혔던 땀이 다 식었다. 서두르면 샤워를 하고 아침식사까지 할 짬이 있을 것이다.

"아카이브 공개 구역에 있는 사어 기록은 다 빼내고, 좀 더 쉽게 읽을 수 있게 번역하는 작업 중이야." 제시니아는 신이 나서 미소 지으며 손짓하고는 책과 수첩을 집어넣었다. "너도 한번 들러서 우리가 얼마나 해냈는지 봐야 해."

"라이더들은 테이블 너머로 들어갈 수 없잖아." 나는 규칙을 상기시켰다.

"너라면 내가 예외로 둘 수 있어." 제시니아가 씩 웃었다. "일요일이면 아카이브가 거의 항상 비거든. 특히 3학년들은 대부분 집에 가니까."

그때 비명이 들려와서 고개를 홱 돌렸다. 안마당 건너편에서 제3비행단의 2학년 한 명이 3학년 두 명에게 붙들려 학예동에서 끌려나오는데, 마컴 교수가 뒤따르고 있었다.

아마리 신의 이름으로, 이건 또 무슨 상황이야?

그 사람이 기숙사 건물로 끌려오자 제시니아가 창백해지며 벽감 그늘 속으로 더 깊이 몸을 숨겼다. 기숙사 지하 터널은 협곡을 건너서 바스지아스 본관으로 이어진다. 제시니아는 가쁜 숨을 내쉬며 손짓했다. "아무래도… 아무래도 내 탓인 것 같아."

"뭐?" 나는 고개를 돌려 제시니아를 마주 보았다.

"저 라이더가 어제 책을 한 권 요청했는데, 내가 그 내용을 기록했거든." 그녀는 당황한 눈으로 내게 몸을 기울였다. "대여 요청은 무조건 기록해야 해. 그게…."

"규정이지." 우리 둘이 동시에 수어로 말했다. 나는 고개를 끄덕였다. "넌 잘못한 게 없어. 무슨 책이었길래 그래?"

제시니아는 라이더가 끌려간 문 쪽을 흘긋 보았다. "가봐야겠어. 고마워."

나는 그 눈에 깃든 두려움을 보고서야 겨우 다시 묻고 싶은 마음을 눌렀다. 친구가 서둘러 사라지자 무릎에 놓인 책을 내려보면서 내 '조사 프로젝트'가 실제로 얼마나 위험한지를 새삼 깨달았다.

"기다려줘!" 그날 오후, 우리가 건틀릿 옆 계단에 도착했을 때 리애넌이 라이더들 사이를 뚫고 달려오며 외쳤다. 우리는 정체 상태로 계단 앞에 줄을 서서 비행장으로 갈 차례를 기다리고 있었다.

"우리 아직 여기야!" 나는 손을 흔들고 나서 정처 없이 시선을 옮기며 주변 사람들의 손과 무기를 주시했다. 같은 대대원들은 절대적으로 믿어도, 다른 사람은 아무도 믿지 않았다. 인파 속에서 타이밍을 잘 재어 공격한다면 나는 누구 손에 죽는지도 모르고 피를 흘리며 쓰러지게 될 것이다.

"이럴 리가 없는데." 소여가 RSC 수업 과제인 지도를 접으면서 중얼거렸다. "작은 고도선을 아무리 세어봐도 4번이 해결되지 않아."

"그건 북쪽이야." 나는 접혀 있는 큰 지도 아래쪽을 두드리며 말했다. "넌 4번 문제에 맞지 않는 부분을 보고 있어. 내 말 믿어. 어젯밤에 나도 리독에게

도와달라고 해야 했어."

"윽, 이건 보병이나 하는 헛짓거리야." 그는 지도를 주머니에 쑤셔 넣었다.

"내가 지상 항법의 신이라는 사실을 인정하고 다른 사람들처럼 도움을 요청하지 그래?" 리독이 소여를 놀리는 사이에 리가 우리를 따라잡았다. "겨우 왔네! 지휘부라면 시간을 지켜야 하는 거 아냐?"

"지휘부는 회의 중이었어." 리는 편지를 여러 통 꺼내면서 대꾸했다. "그리고 지휘부는 우편물을 받아 왔지!"

희망이 확 치솟으면서 잠시나마 주변에 대한 과잉 경계를 밀어냈다.

"리독." 리애넌은 편지를 하나씩 건네며 이름을 호명했다. "소여." 몸을 돌려 소여에게 다음 편지를 건넸다. "나." 한 통은 자기 뒷주머니에 넣고. "그리고 바이올렛."

그럴 리가 없어. 나는 스스로에게 상기시키면서 편지를 받아들었지만, 그럼에도 숨을 멈춘 채로 봉인되지 않은 편지 봉투를 열었다.

바이올렛,

편지를 너무 늦게 써서 미안해. 이제야 날짜가 이렇게 된 걸 깨달았지 뭐야.
네가 2학년이 됐구나!

내 어깨가 축 늘어졌다. 한심하게시리.

"누구야?" 리애넌이 물었다. "실망한 얼굴인데."

"미라 언니야." 나는 대답했다. "아니, 실망한 게 아니라…" 서 있던 줄이 앞으로 움직이자 나도 모르게 말끝이 흐려졌다.

"어떤 소위에게 온 편지인 줄 알았구나." 정확하게 추측한 리는 안타까움에 상냥해진 눈으로 말했다.

나는 어깨를 으쓱였지만, 목소리에 낙담이 드러나지 않기는 힘들었다. "난 현실을 알아."

"보고 싶은 거지?" 리는 계단 앞으로 좀 더 다가서면서 목소리를 깔았다.

나는 고개를 끄덕였다. "그러면 안 되는데, 보고 싶어."

"둘이 사귀는 거야?" 리가 속삭였다. "그야 둘이 잔다는 건 모두가 알지만 뭔가 이상해."

나는 앞을 보고 소여와 리독이 편지에 파묻혀 있는 것을 확인했다. 이건 리애넌에게 쉽게 알려줄 수 있는 진실이었다. "이젠 아니야."

"왜?" 리는 당혹감에 이마를 찌푸리며 물었다. "무슨 일이 있었는데?"

나는 입을 벌렸다가 닫았다. 어쩌면 진실은 그렇게 쉽지 않을지도 모르겠다. 대체 뭐라고 말한단 말인가? 맙소사, 언제 이 모든 게 이렇게 복잡해졌지?

"나한테는 말해도 돼. 알지?" 리애넌은 애써 미소 지었지만, 상처받은 마음을 감추는 표정이라 내가 완전 쓰레기같이 느껴졌다.

"알아." 다행히도 우리는 계단을 오르기 시작했다. 덕분에 생각할 틈이 생겼다.

계단 꼭대기까지 올라 협곡 안의 비행장으로 들어서자, 우리가 안마당에 설 때와 똑같은 대열로 정렬한 드래곤들을 보고 심장이 부풀었다. 그건 숨이 턱 막힐 정도로 아름답고 무시무시하면서 한편으로는 마음이 겸허해지는 변화무쌍한 힘의 전시장이었다.

"이 장면은 절대로 질리지 않을 거야. 그치?" 리애넌이 리독과 소여를 따라 대열을 가로지르며 미소 지었다.

"그러게." 리와 시선을 교환하는 찰나, 나는 불쑥 말해버렸다. "제이든이 나에게 정직하지 않았어." 제일 친한 친구에게 뭐라도 진실을 알려줘야 할 것만 같은 기분에 나지막이 말했다. "관계를 끝내야 했지."

리애넌이 눈을 크게 떴다. "제이든이 거짓말을 했어?"

"그건 아니야." 나는 미라의 편지를 꽉 움켜쥐었다. "온전한 진실을 이야기하지 않은 거야. 아직도 다 말하려고 하지 않고."

"다른 여자야?" 리가 눈썹을 치켜올렸다. "둘이 독점 관계였는데 그놈이 바람을 피웠다면, 내가 그림자를 휘두르는 그 개자식을 없애버리게 도와…."

"아냐, 아냐." 나는 웃음을 터뜨렸다. "그런 건 아니야." 우리는 제2비행단의 드래곤들 옆을 지나쳤다. "그게…." 또 이 말을 하게 되네. "그게… 좀 복잡해. 너하고 타라는 어때? 요새 타라가 별로 안 보이던데."

리는 한숨을 내쉬었다. "우리 둘 다 서로에게 낼 시간이 부족해. 짜증 나지만 내년이 되어 우리 둘 다 대대장이 아니게 되면 나아질지 모르겠다."

"내년에는 비행단장이 될지도 모르지." 그 생각을 하자 웃음이 새어 나왔다. 리는 멋진 비행단장이 될 것이다.

"그럴지도." 리의 발걸음이 가벼워졌다. "하지만 그동안은 서로 누구든 자유롭게 만나기로 했어. 너는 어때? 네가 싱글이라면? 제2비행단 몇 명이 모의 전투 이후에 전보다 더 화끈해졌던데 말이지." 리의 눈이 반짝였다. "아니면 우리 이번 주말에 몰래 샨타라에 가서 보병을 만나볼까?" 그녀가 손가락 하나를 들어 올렸다. "힐러도 괜찮을지 모르지만, 서기에 대해서는 선을 긋겠어. 난 로브에 매력을 못 느끼겠어. 네가 좋아한다 해도 비판할 마음은 없지만 말이야. 내 말은, 우린 2학년이고 이제 스트레스를 풀 선택지가 무수히 많다는 거야."

제이든을 씻어내기 위해서라면 누구라도 만날 필요가 있을지 모르겠지만, 내가 원하는 건 그게 아니다.

리는 비행장을 걷는 내내 풀어야 할 퍼즐처럼 내 얼굴을 관찰했다. "젠장, 너 그 남자에게 빠졌구나."

"난…." 한숨이 터져나왔다. "복잡해."

"그 말은 벌써 했어." 리는 표정으로 드러내지 않았지만, 내가 자세히 설명하지 않자 실망하는 걸 알 수 있었다. "미라 언니가 전선에서 뭐라고 해?"

"잘 모르겠네." 나는 재빨리 편지를 읽어보았다. "애더빈으로 발령이 났대. 음식이 우리 어머니 요리보다 조금 나은 수준이라는데." 덕분에 웃으면서 다음 장으로 넘겼지만, 문단을 통째로 삭제해놓은 두꺼운 검은 줄을 보자 웃음이 바로 사그라들었다. "이게 무슨…." 그 다음 장으로 넘기자 검은 줄이 또 있었다. 삭제된 건 언니가 내가 사마라에 갈 때 자기도 한 번 날아가고 싶다면서 편지를 맺기 전 문단이었다.

"무슨 일이야?" 제3비행단 드래곤들 옆을 지나다 말고 리애넌이 읽던 편지에서 눈을 들었다.

"삭제된 것 같아." 나는 리애넌도 검은 줄을 볼 수 있게 편지를 펄럭여 보이고, 다른 사람이 보진 않았는지 주위를 확인했다.

"누군가가 네 편지를 검열했다고?" 리애넌은 놀란 얼굴이었다. "누가 네 편지를 읽은 거야?"

"봉인도 안 되어 있었어." 나는 편지를 봉투에 다시 밀어 넣었다.

"누가 그랬을까?"

멜그렌. 바리쉬. 마컴. 누구든 에이토스에게 지시를 내리거나 반대로 지시를 받은 사람. 어머니. 선택지는 끝이 없었다. "잘 모르겠어." 이건 거짓말이 아니다. 나는 봉투를 비행 가죽 재킷 안주머니에 넣고 단추를 채우면서 몸을 움츠렸다. 지상은 이런 옷을 입기엔 죽도록 더웠지만, 몇 분 후에 하늘을 날면 한 겹 더 입은 게 고마워지겠지.

두 번째 줄에 서 있던 레드 드래곤이 제3비행단 소속의 생도가 너무 가까이 다가가자 경고로 뜨거운 입김을 내뿜었고, 우리 모두 걸음을 서둘렀다.

테른은 비행장에서 단연코 제일 큰 드래곤으로, 아주 지루한 표정으로 나를 기다리고 있었다. 비늘 위에 얹어놓은 금속 안장이 햇빛을 받아 반짝였다. 테른의 앞다리가 눈에 들어왔는데, 앤다나가 없다는 사실에 실망의 한숨을 참을 수가 없었다.

"어이, 테른이 베일에 나타난 또 하나의 블랙 드래곤에 대해 뭐라고 안 했어?" 발톱전대 옆을 지나서 테른이 있는 곳에 먼저 다다른 리독이 어깨 너머로 물었다. 리애넌과 소여가 나보다 직책이 높지만 테른은 전대 선봉에 서 있었다.

나는 내 발에 걸려 넘어질 뻔했다. "뭐라고?"

"나도 터무니없는 소리인 건 아는데, 아까 케이오리 옆을 걷다가 또 다른 블랙 드래곤이 발견됐다는 소리를 들었거든. 아주 신나서 껑충껑충 뛰더라."

테른? 드래곤 종족 수업 교수가 앤다나에 대해 알았다면 우린 망한 거다.

앤다나가 꿈 없는 잠을 자러 동굴에 들어가기 전에 본 드래곤은 몇 안 된다. 계속 숨기도록 해봐라. 어떻게 되는지 보자.

끝내주네.

"테른을 잘못 본 걸지도 몰라." 나는 리독에게 말했다. 거짓말은 아니었다. "아니면 더 나이든 원로라거나?"

"케이오리는 새로운 블랙이라고 생각하던데." 리독이 눈썹을 치켜올렸다. "케이오리한테 물어봐."

"허어." 나는 침을 삼켰다. "그래, 그럴 수도 있지." 여전히 거짓말은 아니었다.

우리 세 사람은 계속 걸어가서 각자의 드래곤에 올랐다.

테른은 나를 위해 왼쪽 어깨를 내렸다가 몸을 바로 세웠다.

왼쪽에. 테른의 경고와 함께 뒤쪽에서 누군가가 다가왔다. 나는 위협을 마주하려고 잽싸게 몸을 돌리면서 차단벽을 단단히 올렸다.

바리쉬 소령이 뒷짐을 지고 느긋하게 내 쪽으로 걸어왔는데, 이마에 땀 한 방울 맺히지 않은 걸 보니 사람이 아닌 것 같았다. "아, 소른게일 생도, 여기 있었군."

테른을 찾기 힘들 리도 없었을 텐데.

"바리쉬 소령님." 나는 단검을 쉽게 낚아챌 수 있게 허벅지 옆에 손을 늘어뜨린 채, 저놈의 고유 능력은 뭘까 고민했다. 바리쉬는 고유 능력을 나타내는 패치를 붙이지 않았다. 제이든처럼 오만해서 자기 능력이 이미 유명하다고 생각하거나, 아니면 기밀로 분류된 고유 능력의 소유자라는 뜻이다.

"그것 참 멋진 목걸이로군." 그는 내 목에 남은 푸르스름한 멍자국을 가리켰다.

"감사합니다. 비싼 목걸이였죠." 나는 턱을 들어 올렸다. "사람 목숨으로 값을 치렀으니까요."

"아, 그렇지. 자네가 1학년에게 죽을 뻔했다는 소식을 들은 기억이 나는군. 그 골칫거리가 시작한 일을 끝내지 못한 걸 보니 다행이군. 하지만 자네가 얼마나 연약한지에 대한 소문을 감안하면, 아마 간신히 살아남는 데도 익숙하겠지."

나는 공식적으로 이 남자를 혐오하지만, 그래도 비행장에서 그놈이 나를 공격하려고 했다간 테른에게 먹혀버릴 것을 알았다. 그는 왼쪽으로 몸을 기울이고 내 뒤를 보는 척했다. "자네는 드래곤 둘과 계약한 줄 알았는데?"

"그렇습니다." 등골을 타고 땀이 흘렀다.

"그런데 하나밖에 안 보이는군." 그는 테른을 올려다보았다. "자네의 작은 금빛 드래곤은 어디 있지? 내가 지겹도록 들었던 페더테일 말이야. 직접 보고 싶었는데."

테른이 목구멍에서부터 우르릉거리는 소리를 내더니 내 위로 고개를 내밀었다. 거대한 침방울이 바리쉬 앞에 뚝뚝 떨어졌다.

소령은 긴장했으면서도 완벽하게 여유 있는 척하며 물러섰다. "이 친구는 언제나 성질이 있었지."

"테른은 자기 영역을 유지하길 좋아하죠."

"테른도 자네가 영역을 유지하는 쪽을 좋아한다는 건 알겠어." 그는 말했다. "말해보게, 소른게일. 테른이 자네에게… 흠, 뭐라고 해야 하나, 동료 생도들보다 쉬운 방법을 제공한다는 점에 대해 자네는 어떻게 생각하나?"

"난간다리 시험이 끝난 후 소령님의 드래곤이 계약한 라이더들을 불필요하게 처형하던 일을 테른이 막은 것을 두고 제 생각을 물으시는 거라면, 아주 좋게 생각한다고 답해야겠군요. 성질 나쁜 드래곤이 예의를 지키게 만들려면 더 성질 나쁜 드래곤이 필요하다고 봅니다."

"내가 그놈을 산 채로 소화시키겠다고 위협했다는 사실을 일깨워줘라."

"그건 나한테 도움이 안 될 것 같은데요." 나는 대꾸했다.

"테른이 그 잘난 척하는 놈을 잡아먹는 모습을 보면 재밌겠는데." 앤다나가 잠에 취한 목소리로 말했다.

"잠이나 다시 자." 나는 일렀다. 테른이 앤다나는 앞으로 한 달은 더 자야 한다고 했다.

바리쉬는 잠시 나를 보고 눈을 가늘게 뜨더니 미소 지었다. 즐거운 감정이라곤 조금도 느껴지지 않는 미소였다. "자네의 작은 페더테일 말인데…"

"그 드래곤은 라이더를 태우지 못합니다." 거짓말은 아니다. 아레티아에서 깨어난 이후 날지 않았으니까. "저는 테른과 날지만 앤다나도 어렵지 않은 날에는 기동훈련을 같이 할 겁니다."

"흠, 다음 주에는 꼭 같이 날도록 하지. 이건 명령이라고 생각해라."

테른이 다시 으르렁거렸다.

"드래곤은 인간의 명령을 받지 않습니다." 마력이 피부 아래를 진동하면서 손가락이 울렸다.

"그야 물론이지." 바리쉬는 내가 재미있는 말이라도 했다는 듯 활짝 웃었다. "하지만 자네는 인간의 명령을 받지 않나?"

"주제넘은 인간 놈." 테른이 화를 냈다.

나는 이 이상 무슨 말을 했다가는 징계처분이라는 사실을 알고 턱을 치켜올렸다.

"역설적이지 않나?" 바리쉬가 한 걸음씩 물러나면서 물었다. "에이토스 대령에게 들으니 자네 아버지가 수백 년 동안 보이지 않던 페더테일 드래곤에 대한 책을 쓰고 있었다던데. 자네가 페더테일과 계약하게 되다니 말이야."

"우연이요." 나는 그의 말을 바로잡았다. "역설이 아니라 우연이라고 하신 거겠죠."

"그런가?" 그는 생각해보는 것 같더니, 뒷걸음질로 보디 옆을 지나쳤다.

속이 울렁거렸다. *"그런 거죠?"*

"난 네 아버지의 연구에 대해 아는 바가 없다." 테른이 단언했다.

하지만 앤다나는 조용해져 있었다.

"라이더들!" 보디가 내 옆으로 다가오는데, 케이오리 교수가 비행장에 쩌렁쩌렁하게 말했다. "오늘은 아주 특별한 이유로 3학년이 수업에 합류했다. 3학년들이 비행 중 착지하는 방법을 보여줄 거다." 그는 하늘을 가리켰다.

서쪽에서 캐스가 다가왔다. 레드 소드테일이 잠시 해를 가리더니 다음 순간 비행장으로 급강하했다.

"속도를 줄이지 않네." 나도 모르게 마음 한구석에서 데인이 떨어지기를 바랐다.

"줄일 거야." 보디가 장담했다. "많이 줄이진 않겠지만."

입이 쩍 벌어졌다. 캐스가 뚝 떨어져서 비행장과 수평으로 나는데, 데인이 캐스의 어깨 위에 쪼그리고 앉아서 팔을 벌리고 균형을 잡고 있었다. 다가오는 캐스의 날갯짓은 조금씩 느려졌고, 데인은 캐스가 날고 있는 동안에 다리를 타고 미끄러져서 발톱 위에 걸터앉았다. 그 모습을 보자 숨이 턱 막혔다.

이런. 망할.

"이건 너에게 권장하지 않겠다." 테른이 말했다.

"심장이 뛰는 사람이라면 누구든 안 하는 게 좋겠는데요." 나는 그렇게 응수했다.

캐스는 딱 속도가 줄어들 만큼만 살짝 날개를 펼쳤고, 데인은 교수들 옆을 지나치면서 아래로 뛰어내렸다. 그는 햇살에 탄 풀밭에 내려서 몇 미터를 달리며 캐스의 비행으로 인해 실린 가속도를 떨쳐낸 다음에야 멈춰 섰다. 3학년들이 환호성을 질렀지만, 내 옆에 선 보디는 조용했다.

"이래서 에이토스가 비행단장인 것이다." 케이오리 교수가 외쳤다. "완벽한 솜씨였다. 이건 우리가 지상 전투에 바로 투입돼야 할 때 가장 효율적인 착륙 방법이다. 올해가 끝날 때까지 너희들은 어떤 기지에서든 이런 식으로 내릴 수 있게 될 것이다. 신중을 기하면 안전하게 완수할 수 있다. 허나 자기만의 방식을 시도하다간 바닥에 내려서기도 전에 죽을 것이다."

그걸 말이라고 하나.

"적응이 필요하겠군." 테른이 선언했다.

"오늘은 좌석에서 어깨까지 움직이는 기본 동작을 연습한다." 케이오리가 지시했다.

"우리가 저걸 어떻게 적응해요?" 테른에게 물었다.

"우리가 적응해야 한다고는 안 했다." 그는 식식 소리를 냈다. "드래곤 관찰자가 요구를 바꾸거나 아니면 내가 이른 점심을 먹게 되겠지."

이 기동 훈련은 우리가 싸워야 할 전쟁에서는 완전히 무의미했다.

"케이오리는 바깥에 뭐가 있는지 몰라." 나는 보디에게 조용히 말했다.

"왜 그렇게 확신해?" 그는 내 쪽을 흘긋 보았다.

"안다면 우리에게 땅바닥에서 빨리 날아오르는 방법을 가르치겠지. 이렇게 내려서는 방법이 아니라."

"다음 수송은 아직 작업하는 중이라고 전해줘." 며칠이 지난 밤, 자정 직전에 달빛이 비치는 비행장을 함께 걸으며 보디가 말했다.

"무슨 수송인데?" 나는 어깨에 멘 가방을 바로잡으며 물었다.

"내가 무슨 말을 하는지는 제이든이 알 거야." 그는 턱에 남은 짙은 멍에 손가락이 스치자 얼굴을 찌푸리면서 말했다. "그리고 원재료라고도 말해줘. 놈들이 낮이고 밤이고 대장간을 지피고 있어서 우리가 뭘 해볼 수가…." 그는 움찔했다. "그냥, 원재료라고만 전해."

"내가 편지가 된 기분이 드는데." 나는 잠시 보디를 노려보았다. 울퉁불퉁한 바닥 때문에 더 길게 노려볼 수는 없었다. 12시간 비행을 앞두고 발목을 뺄 위험을 감수할 수야 없지.

"네가 제이든에게 정보를 전하는 가장 좋은 방법이야." 보디는 인정했다.

"실제로는 아무것도 모르면서 말이지."

"바로 그거야." 그는 고개를 끄덕였다. "네가 상시 에이토스에게 차단벽을 칠 수 있게 되기 전까지는 이 방식이 안전해. 제이든이 지난번에 왔을 때 널 계속 가르쳐야 했는데, 그때는…."

"내가 목이 졸렸지." 그래도 올해는 아직 한 번밖에 공격받지 않았다. 하지만 일주일 뒤면 격투 시합이 다시 시작된다.

"그래. 덕분에 제이든이 정신 나갔지."

"닥치는 대로 쓰러져 죽으면 제이든에게 불편하긴 하겠지." 나는 반쯤 흘려들으면서 중얼거렸다. 젠장. 일주일 후면 대련이 시작된다. 중독 방법을 다시 쓸 수 있게 슬슬 간부들이 작성하는 목록을 확인해야겠다.

"그런 게 아닌 줄 알잖아." 보디가 가르치는 투로 말하니 더 제이든이 생각났다. "난 제이든이 한 번도…."

"이러지 말자."

"진짜로 이렇게 신경 쓰는 걸 본 적이…."

"진심이야. 그만해."

"…없어. 캐트리오나를 포함해도."

나는 보니에게 시선을 홱 돌렸다. "캐트리오나가 누군데?"

그는 움찔하더니 입술을 길게 늘였다. "네가 사마라까지 가는 사이에 내가 한 말을 잊을 가능성이 얼마나 될까?"

"전혀 없지." 나는 돌멩이에 걸려 비틀거리다가 곧바로 균형을 잡았다. 사실은 내 감정에 걸렸는지도 모르지만, 물리적으로는 돌멩이였다. 캐트리오나가 누군지 궁금해하다가 길에서 혼자 걸려 넘어질 뻔하다니. 연상의 라이더일까? 아레티아 사람일까?

"그렇겠지." 그는 목덜미를 문지르며 한숨을 내쉬었다. "정말 가능성이 하나도 없을까? 두 사람이 드래곤들과 맺은 합의에 따르면 다음 주에는 제이든이 여기로 올 텐데, 그때 가서 엉덩이를 걷어차이고 싶진 않거든. 암살 시도도

한 번 더 막아냈는데 말이야."

나는 그의 팔을 잡고 걸음을 멈췄다. "암살 시도? 그것도 한 번 더라고?"

그는 한숨을 쉬었다. "그래. 누군가가 욕실에서 나한테 덤벼든 것만 이번 주에 두 번째야."

나는 심장이 쿵쾅거리는 가운데 눈을 크게 떴다. "괜찮아?"

그는 뻔뻔스럽게 웃었다. "난 벌거벗은 채로 제2비행단의 어느 개자식을 싹 발라내면서 명밖에 들지 않았어. 멀쩡해. 하지만 네가 같이 자는 내 우울한 사촌에게 그 말을 하지 않아야 할 이유로 돌아가면···."

"그거 알아?" 나는 다시 비행장 한가운데로 걸어가기 시작했다. 보디가 암살 시도에 대해 이야기하기 싫다면 우리에겐 달리 할 이야기가 없다. "난 내가 누구랑 자는지 안 자는지 이야기할 만큼 선배를 잘 알지 못하거든." 나는 어깨 너머로 말했다.

그는 두 손을 주머니에 찔러 넣고 발뒤꿈치로 무게 중심을 옮겼다. "일리 있는 지적이군."

"새겨 들을 지적이지." 테른의 실루엣이 잠시 달을 가리더니 우리 앞에 내려앉았다.

보디는 수줍은 웃음을 지었다. "네 드래곤이 마침 이 어색한 대화에서 우릴 구해주러 왔네."

"*출발하자.*" 테른은 딱딱거렸고, 나는 감정적으로 받아들이지 않으려고 했다. 그는 벌써 며칠째 짜증 나게 굴었지만 탓할 수 없었다. 테른의 감정이 내 감정을 압도할 때면 그가 느끼는 고통이 내 가슴을 찌르는 칼처럼 느껴졌다.

"테른이 서두르네." 보디에게 말했다. "여기까지 바래다줘서 고마워···."

"*인간들이다!*"

"이런, 젠장." 우리 뒤에서 마법 불빛이 켜지면서 모의전투를 위해 날아갔던 밤처럼 비행장이 환해지자 보디가 낮게 욕을 했다.

"소른게일 생도, 출발을 잠시 늦춰야겠다." 바리쉬가 비행장 저편에서 목소리를 증폭시켰다.

몸을 돌리자 라이더 두 명을 거느리고 걸어오는 모습이 보였다.

테른이 대답 대신 우르릉거렸다.

보디와 나는 눈빛을 교환했지만, 둘 다 세 사람이 다가오는 동안 조용히 있었다.

"*저놈들이 우릴 막으려고 하면 어쩌죠?*" 나는 테른에게 물었다.

"*내가 포식하는 날이 되겠지.*"

으엑.

"아침은 되어야 출발할 줄 알았다만." 바리쉬가 느끼한 미소를 지으며 말하는 사이, 다른 두 라이더가 우리 양옆에 섰다. 제복에 붙은 띠를 보니 중위였다. 미라와 같은 계급이고, 제이든보다 한 계급 위다.

"2주가 지났으니까요. 저는 휴가입니다."

"그렇지." 바리쉬는 나를 보고 눈을 껌벅이더니, 내 왼쪽에 선 여성 중위를 보았다. "노라, 가방을 수색하게."

"뭐라고요?" 당황한 사이에 그 중위가 한 걸음 다가섰다.

"자네 가방." 바리쉬가 다시 말했다. "코덱스 4조 1항에 따르면…."

"모든 생도의 소지품은 지휘 재량권에 따라 수색 대상이 된다." 내가 마저 읊었다.

"아, 코덱스를 아는군. 잘됐어. 가방 내놔."

나는 침을 삼키고는, 바리쉬에게서 시선을 떼지 않고 등에 진 가방을 벗어서 왼쪽으로 내밀었다. 중위가 내 손에서 배낭을 받았다.

"자네는 가봐도 좋다, 듀란 생도." 바리쉬가 말했다.

보디가 내게 가까이 붙자, 남성 중위도 한 걸음 다가서면서 마법 불빛이 그의 제복에 붙은 고유 능력 패치를 비췄다. 불 능력자였다. "저는 소른게일 생도의 전대장으로서 직속상관입니다. 그리고 코덱스 4조 2항에 따르면 생도의 징계는 간부단으로 올라가기 전에 직속상관에게 떨어집니다. 소른게일이… 뭔지는 몰라도 소령님이 찾으시는 물건을 소지하고 있을 가능성이 있는데 제가 자리를 뜬다면 제 의무를 등한시하는 셈입니다."

바리쉬가 눈을 가늘게 뜨는 사이 노라 중위는 내 가방 속 내용물을 바닥에 쏟았다.

깨끗한 옷으로 갈아입긴 글렀군.

테른이 내 뒤에서 고개를 낮추더니 살짝 옆으로 방향을 틀면서 목구멍 안쪽 깊이 그르렁거렸다. 이 각도라면 테른은 보디나 나를 건드리지 않고 두 사람을 구워버릴 수 있다. 그다음 필요하다면 한 명만 더 처리하면 되겠지. 분노가 오싹하게 등골을 타고 올라 나는 주먹을 움켜쥐었다. 그런다고 내 핏줄을 돌아다니는 마력의 폭발을 참는 데는 도움이 되지 않지만 말이다.

"그렇게까지 해야 했어?" 남성 중위가 물었다.

"수색이라고 하셨다." 노라는 대꾸하고 나서 바리쉬에게 말했다. "옷입니다." 그녀는 옷가지를 뒤적이면서도 테른 쪽을 흘긋 보고는 두 손을 떨었다. "2학년 물리학 교과서, 지상 항법 매뉴얼, 그리고 빗."

"교과서와 매뉴얼을 줘봐." 바리쉬가 노라에게 손을 내밀었다.

"오랜만에 복습하시게요?" 《최초의 여섯이 준 선물》을 방에 두고 온 게 갑자기 고마워졌다. 어차피 최초의 여섯이 최초의 라이더들은 아니라는 사실 외에는 그 책에서 배운 것도 없었다. 최초의 여섯은 그저 살아남은 최초의 라이더였을 뿐이었다.

바리쉬는 대꾸도 없이 페이지를 넘겨보는데, 여백에 휘갈겨 쓴 비밀이라도 찾는 눈치였다. 별다른 수확이 없자 그의 턱에 힘이 들어갔다.

"만족하셨습니까?" 나는 허벅지 칼집을 손가락으로 톡톡 두드렸다.

"여기는 됐다." 그는 책을 옷더미 위에 던졌다. "48시간 후에 보자, 소른게일 생도. 그리고 잊지 말아라. 네 페더테일이 이번에도 오지 않는다면 네가 없는 사이에 임무 태만에 대한 처벌을 어떻게 할지 고려해보겠다."

그 협박을 끝으로 3인조는 걸어가버렸고, 그들이 지나갈 때마다 마법 불빛도 하나씩 꺼지면서 바로 우리 위에 뜬 달빛을 제외하면 암흑이 돌아왔다.

"이런 일이 일어날 줄 알았던 거네." 나는 보디를 노려보고 나서 쪼그려 앉아 배낭에 다시 물건을 차곡차곡 집어넣었다. "그래서 바래다주겠다고 고집한 거였어."

"우리 모두의 목숨을 노리는 현실적인 시도에 더해서… 오늘은 이모젠과 아야도 3학년 브리핑을 받으러 나오다가 공격받았거든. 아무튼 그 일환으로 널 수색할 것 같긴 했는데, 확인해보고 싶었지." 그는 나를 도우려고 쪼그려 앉으면서 인정했다.

두 사람도 죽을 수 있었다. 심장이 버벅거렸다. 나는 재빨리 올해 내 모든 감정을 숨겨두기로 한 상자 안에 그 두려움을 접어 넣었다. 음, 모든 감정이라지만 하나는 뺐다. 분노.

"날 시험용으로 이용했어?" 나는 배낭을 홱 닫고 어깨에 걸었다. "나한테 말도 하지 않고? 어디 맞혀볼까, 제이든 생각이야?"

"실험이긴 했지." 그는 얼굴을 찌푸렸다. "넌 통제변수였어."

"그럼 망할 놈의 변수는 뭔데?"

종이 울리는 소리가 여기서는 희미하게 들렸다.

"테른을 확인해봐. 자정이야. 가야지." 보디가 말했다. "네가 여기 1분이라도 더 있으면 그만큼 테른이 스게일과 있을 시간이 줄어들잖아."

"동의한다."

"날 게임 말처럼 쓰는 거 그만해, 보디." 말이 점점 날카롭게 나온다. "두 사람이 내 도움을 원해? 그럼 도와달라고 해. 그리고 내 차단벽 가지고 헛소리는 하지 마. 그건 날 준비되지 않은 일에 밀어 넣을 변명이 못 돼."

보디는 겸연쩍은 표정이 되었다. "타당한 지적이야."

나는 고개를 끄덕인 다음, 테른이 어깨를 낮춰서 만들어준 경사로를 올랐다. 달빛과 이 높이까지 닿는 마법 불빛만으로도 안장을 찾기에는 충분했다. 나는 깜깜한 밤에도 테른의 등에 돋은 스파이크 사이를 걸을 수 있었다. 레손에서 증명하기도 했고.

안장 뒤에는 이미 내 배낭의 두 배만 한 가방 두 개가 묶여 있었다.

"놈들이 날 수색하지 않아 다행이다." 테른이 말했다.

"그러면 우리가…" 나는 눈을 두 번이나 껌벅였다.

"맞다." 테른은 내 의심을 확인해줬다. "이제 놈들이 마음을 바꿔서 내가 네 상관을 불태워버리는 사태가 일어나기 전에 안장에 자리 잡아라. 미리 대비시키지 않은 건 내가 비행단장에게 단단히 말할 테니 날 믿고."

내 배낭까지 묶는 데 잠깐의 시간을 들인 후, 나는 비행을 위해 자세를 잡고 가죽끈을 허벅지 위로 고정시켰다.

"가요." 나는 버클을 마저 채우고 나서 말했다.

테른은 보디를 피하기 위해 몇 걸음 물러섰다가 하늘로 훌쩍 날아올랐다. 날갯짓을 할 때마다 우리는 전선에… 그리고 제이든에게 가까워졌다.

12

스게일은 탈곡 때 내가 개릭을 괴롭히던 생도를 죽이는 모습을 지켜보고 있었어. 내 무자비함 때문에 나를 선택했다고 하는데, 내 생각엔 그저 우리 할아버지가 생각나서 그랬던 것 같아.

—— 제이든 라이오슨 소위가 바이올렛 소른게일 생도에게 보낸 편지

사마라 기지 주변의 풍경은 그곳을 운영하는 사령부만큼이나 가혹하다.

우리는 에스벤 산맥 높이, 포로미엘과의 동쪽 국경선에서 3킬로미터도 떨어지지 않은 곳에 있었다. 한여름인데도 아직 녹지 않은 눈이 산봉우리에 쌓여 있었다. 제일 가까운 마을까지는 비행으로 30분이 걸린다. 걸어서 갈 수 있는 거리에 무역기지는 하나도 없다. 여긴 사회와 완전히 고립된 곳이다.

"*조심해라.*" 내려앉은 들판에 대기한 테른이 뒤에서 말했다. "*여기는… 첫 부임지로는 가혹하다고 하더군.*"

그러니 제이든을 여기로 보냈겠지.

"난 괜찮을 거예요." 나는 장담했다. "*차단벽도 잘 올리고 있어요.*"

확실히 하기 위해 내 마력의 바탕인 마음속의 아카이브를 확인해보았는데, 아카이브 문으로 나와 결속된 이들의 빛이 조금밖에 새어 들지 않는 것을 보자 발걸음이 들떴다. 나는 확실히 발전하고 있었다.

나는 거대한 요새 입구로 향했다. 새파란 하늘을 검붉은 돌이 잘라낸 듯한 모양새였다. 형태는 애더빈과 몬세라트와 비슷한데 두 배는 너끈히 컸다. 여기에는 보병 2개 중대, 18마리의 드래곤과 그 라이더들이 주둔했다.

망루 높은 곳에서 뭔가가 흔들리기에 쳐다보았더니, 4층 높이의 우리 속에 보병이 한 명 앉아 있었다. 아침 8시가 조금 넘은 시각이었기에 그 남자가 밤새 거기서 보초를 섰을지 생각해봤다. 위병 두 명이 서 있는 창살문으로 이어지는 경사로를 올라가자 혈관 속의 진동이 점점 강해졌다. 아침 구보에 나서는 보병 소대 하나가 옆으로 지나갔다.

"보호막이다." 테른이 말했다.

"몬세라트에서는 이런 느낌이 아니었는데요." 나는 대꾸했다.

"여기가 더 강하기도 하고, 너도 고유 능력을 발현했으니 보호막에 더 민감하지." 테른의 말투가 여전히 딱딱했다. 어깨 너머로 돌아보자 소대 병사들이 테른 주위를 멀찍이 돌아서 들판 옆길로 가는 모습이 보였다.

"날 지킬 필요는 없어요." 나는 경사로 위에 도착해서 말했다. *"여긴 전초기지잖아요. 여기선 안전해요."*

"국경선 넘어서 1.5킬로미터만 가면 산맥 반대편에 그리폰 무리가 있다. 스게일이 방금 말해줬어. 네가 그 벽 안으로 들어가거나 비행단장과 함께 있을 때까지는 안전하지 않다."

나는 굳이 제이든이 이제는 비행단장이 아니라고 지적하지 않았다. 속이 철렁했다.

"우호적인 무리인가요?"

"우호적인 게 뭔지 정의해봐라."

멋져라. 우린 전선에 있는 게 아니다. 우리가 곧 진선이다.

위병들은 내 비행복을 보자 곧게 섰지만, 내가 지나가는 동안에도 말은 하지 않았다. *"능선 너머에 그리폰들이 있는 것처럼 행동하진 않는데요."*

"아주 흔한 일인 것 같군."

갈수록 좋네.

"자, 이제 벽 안에 안전하게 들어왔어요." 나는 요새 안으로 들어가며 테른에게 말했다. 여기가 바스지아스보다 시원하긴 한데, 이 고도에서 겨울을 경험하고 싶지는 않았다.

생각해보면 아레티아도 마찬가지다.

"내가 필요하면 불러라. 근처에 있을 테니." 잠시 후 날갯짓 소리가 허공을 채웠다.

내가 어디 테른을 부르나 봐라. 사실 앞으로 24시간 동안 테른을 완전히 차단할 수 있으면 성공이라고 생각했다. 테른이 스게일과 벌이는 밀회 동안 결속의 안 좋은 면을 경험해봤는데, 정말 다시는 사양이다.

나는 열 맞춰 선 보병 소대 몇 개를 지나쳤다. 몬세라트와 똑같이 오른쪽에 위치한 병동에도 주목했지만, 검은 옷은 나밖에 없었다. 라이더들은 어디에 있지? 날 때는 잠을 제대로 자지 못하기에 나는 하품을 누르며 막사 건물 입구를 찾았다. 어두운 복도를 걸어서 서기 사무실을 통과했고, 복도 끝에 있는 계단을 오르는데 달갑지 않은 익숙한 느낌에 피부가 근질거렸다.

괜찮아, 숨 쉬어.

이 기지는 버려져 있지 않다. 제일 높은 곳에서 발견되기를 기다리는 베닌과 와이번 떼도 없다. 그저 배치가 똑같을 뿐이다. 거의 모든 전초기지가 같은 도면대로 만들어지니까.

나는 3층 문을 열 때까지 아무와도 마주치지 않았다. 이상한 일이었다. 복도 한쪽에는 안뜰이 내다보이는 창문이 줄지어 있고, 반대쪽에는 같은 간격으로 나무 문이 있었다. 두 번째 문고리에 손을 내밀자 문은 끼익 소리를 내면서 저절로 열렸다. 나는 온몸을 빠르게 훑고 지나가며 오한을 남기는 찌릿한 에너지를 느끼면서 보호막을 통과해 제이든의 방에 들어섰다.

제이든의 빈 방에.

쳇. 나는 실망 가득한 한숨을 내쉬며 책상 근처에 가방을 내려놓았다.

쓸 만한 가구와 옆방으로 이어지는 듯한 문이 하나 있는 정도의 꾸밈없는 방이었지만, 여기저기에 그의 손길이 닿아 있었다. 창가의 책장 선반을 따라 쌓여 있는 책에서도, 바스지아스의 기숙사에서 보았던 무기 걸이에서도, 언제라도 다시 가지러 돌아오겠다는 듯이 문가에 놓아둔 두 자루 장검에서도 제이든이 느껴졌다.

그 방에서 부드러운 물건이라고는 무거운 검은색 암막 커튼과 침대에 덮인 도톰한 진회색 담요 정도였다. 그의 커다란 침대….

안 돼. 그 생각은 하지 마.

제이든이 없으면 난 뭘 해야 하지? 장검을 두고 간 걸 보니 비행하러 간 건 아니다. 그래서 나는 눈을 감고 감각을 열어서 제이든이 가까이 있을 때만 존재하는 마음속의 그림자를 찾았다. 그날 난간다리에서 찾았다면 분명 여기에서도 찾을 수 있을 것이다.

가까이 있기는 한데, 내가 가까이 있을 때면 으레 그랬듯이 마음을 뻗어오지 않는 걸 보면 차단벽을 잠궈둔 모양이었다. 마음속 연결선이 나를 아래쪽으로 당기는 것처럼 느껴졌다. 마치 실제로… 밑에 있는 것처럼 말이다.

나는 제이든의 방을 나와 그 당기는 느낌을 따라 아래로 내려갔다. 2층으로 통하는 아치형 입구를 지나치면서 막사 문이 더 이어지는 널찍한 석조 복도를 흘긋 보고는 1층 입구로 내려갔다. 그리고 마침내는 돌바닥에 난 계단에서 자연광이 닿지 않는 요새 지하층에 이르렀다. 요새 기단부를 따라 갈 수 있는 두 개의 길을 마법 불빛이 밝혔는데, 둘 다 불빛이 어둑했고 지하 감옥처럼 불길해 보였다. 축축한 흙냄새와 금속냄새가 공기에 배어 있었다.

오른쪽 복도 저편에서 흘러나온 고함과 환호 소리가 벽과 바닥에 메아리쳤다. 이끌려 따라 가보니 계단에서 20미터쯤 떨어진 곳에 보병 두 명이 보초를 서고 있었다. 이들은 내 제복을 흘긋 보더니 바로 비켜서서 기지 기단부를 파내어 만든 방으로 들어가게 해줬다.

그 방에 들어서자 소음이 다른 모든 감각을 압도했고, 나는 충격에 문 앞에서 발을 멈췄다. 대체 무슨 일이 벌어지는 거지?

검은 옷의 라이더 10여 명이 거주지라기보다는 창고에 더 어울리는 창문도 없는 사각형의 방 가장자리를 따라 서 있었다. 다들 두꺼운 나무 난간 위로 몸을 내밀고, 아래쪽 구덩이를 열심히 보고 있었다.

바로 앞에 보이는 빈자리로 들어가 섰다. 난간 왼쪽에는 희끗희끗한 턱수염을 기른 베테랑 라이더가 있고, 오른쪽에는 나보다 몇 살은 연상인 듯한 여자가 서 있었다. 그들의 시선을 따라 아래를 보자 심장이 멈추는 줄 알았다.

제이든이었다.

상의를 벗은 모습의 두 사람은 대련이라도 하는 것처럼 주먹을 얼굴 위로 들어 올리고 서로의 주위를 맴돌았다. 대련이라기엔 바닥에는 매트가 없고, 의심스러운 붉은 얼룩이 여기저기 튄 단단한 흙바닥뿐이었다. 오래된 얼룩도, 새로 생긴 얼룩도 있었다.

두 사람은 키가 거의 같았지만, 제이든의 상대는 개럭만큼이나 덩치가 크고 10킬로그램은 더 나가게 생겼으며 좀 더 근육이 두드러졌다.

그 라이더가 제이든의 얼굴을 향해 주먹을 날렸다. 내가 거친 난간을 꽉 붙잡고 숨을 멈춘 사이에 제이든은 쉽게 그 주먹을 피하고 상대의 갈비뼈에 펀치를 먹였다. 주위에서 라이더들이 환호하고, 구덩이 위에서 돈이 오가는 게 내 눈에 똑똑히 보였다.

이건 대련이 아니다. 진짜 싸움판이다.

그리고 제이든이 상대를 때린 모습을 보면? 그는 힘을 억제하고 있었다.

"왜 저 사람들이⋯." 나는 옆에 선 은색 줄의 중위에게 묻다가, 제이든이 몸을 숙이고 회전해서 다음 공격을 피하는 통에 말을 끝맺지 못했다. 상대의 공격을 피하고 잽싸게 다시 뒤로 뛰어 물러서는 제이든의 검은 눈에는 확실히 생기가 반짝였다.

맥박이 빨라졌다. 젠장. 그는 빠르다.

"싸움 말이야?" 여자가 내 질문을 대신 맺었다.

"네." 나는 상대 복부 깊숙이 펀치를 연이어 먹이는 제이든만 보았다.

"이번 주말에는 장교 휴가증이 한 장밖에 없거든." 중위는 그렇게 말하면서 나에게 조금 다가왔다. "재럿이 가졌는데, 라이오슨이 그걸 원해."

"그래서 그걸 두고 싸워요?" 나는 제이든에게서 시선을 떼고 옆에 선 라이더를 곁눈질했다. 짧은 갈색 머리에 새같이 날카로운 이목구비를 지녔으며 턱에 엄지만 한 흉터가 있었다.

"휴가를 가지며 자랑스러워하라. 디그렌시 중령의 규칙이지. 휴가를 원해? 싸워. 휴가증을 지키고 싶어? 그럼 지켜낼 만큼 실력이 좋아야지."

"휴가증을 두고 싸워야 한다고요? 그건 가혹하지 않나요?" 그리고 잘못됐다. 지나치게 끔찍하다. "비행단 사기에 해롭진 않아요?" 제이든은 스게일이 테른과 시간을 보낼 수 있게, 그래서 나와 시간을 보내기 위해 싸우고 있다.

"가혹하다고? 그다지." 중위는 코웃음을 쳤다. "칼도 안 쓰고, 고유 능력도 안 쓰잖아. 그냥 주먹다짐이야. 가혹한 걸 보고 싶다면 서로를 공격하는 것밖에 할 일이 없는 해안가 기지에 한번 가봐." 그녀는 제이든이 다음 펀치를 피하고 나서 재럿의 팔을 잡아 업어치기하자 몸을 내밀고 소리를 질렀다. "젠장. 난 정말로 재럿이 이것보다 빨리 녀석을 잡을 줄 알았어."

내 얼굴에 천천히 뿌듯한 웃음이 번졌다.

"절대 못 잡을걸요." 나는 재럿이 일어서기를 기다리는 제이든을 즐겁게 바라보며 고개를 저었다. "제이든이 갖고 놀고 있어요."

중위는 내 쪽으로 몸을 돌리더니 대놓고 평가하는 눈으로 나를 훑어보았지만, 나는 제이든이 신중하게 가늠한 타격을 차례차례 먹이는 모습을 보는 데 정신이 팔려서 중위가 나에 대해 무슨 생각을 하는지 신경 쓰지 않았다.

"네가 걔구나. 맞지?" 그녀는 내 머리카락에서 평가를 멈추고 물었다.

"걔 누구요?" 이제 나오는군.

"소른게일 중위의 동생."

소른게일 장군의 딸이 아니네. 테른 때문에 제이든과 엮인 생도도 아니고.

"우리 언니를 알아요?" 이제는 그 여자를 처다볼 수밖에 없었다.

"오른손 훅이 끝내주지." 그녀는 고개를 끄덕이면서 손가락 관절로 턱에 남은 흉터를 쓸었다.

"맞아요." 나는 미소 지으며 동의했다. 미라가 그 흉터를 남긴 모양이었다.

제이든이 재럿의 턱에 빽 소리 나게 제대로 한 방을 먹였다.

"라이오슨도 그런가 본데."

"맞아요."

"꽤나 자신 있는 것 같다." 그녀는 다시 싸움으로 관심을 돌렸다.

"네." 이런 면에서 제이든에 대한 내 자신감은… 거의 오만에 가깝다. 맙소사, 마법 불빛이 그의 가슴과 배, 얼굴 각도를 부각시켰다. 그리고 제이든이 몸을 돌리자 스케일의 인장 아래로 등에 빼곡한 107개의 흉터가 반짝였다.

나는 멍하니 그 모습을 보았다. 어쩔 수가 없었다. 그의 몸은 완벽하게 연마된 예술 작품이었다. 나는 그의 몸 구석구석을 알지만, 그래도 반쯤 벗은 그의 모습을 처음 보는 것처럼 넋 놓고 보고 있었다. 정말이지, 이런 모습에 흥분하면 안 되는데 잘 계산한 타격을 먹일 때마다 보이는 저 치명적인 우아함이란….

그래. 난 흥분했다.

위험할지라도 제이든의 모든 면에 끌린다는 사실을 부정하는 건 무의미하다. 육체만이 아니라 모든 것이 그렇다. 제이든의 가장 어두운 면도, 목표를 방해하는 모든 것을 말살하고도 남을 무자비한 면까지도 불길에 뛰어드는 나방처럼 나를 한없이 끌어당긴다.

심장이 북소리처럼 쿵쾅거리고 멍청하게도 가슴이 아파온다. 체육관에서 개릭과 대련하던 그의 모습을 지켜보던 시간이 그리웠다. 매트 위에서 몇 번이고 몇 번이고 나를 쓰러뜨리는 그의 무게를 느끼던 시간이 그리웠다. 일상 속에나 사람이 가득한 복도에서 눈이 마주치던 짧은 순간들이 그리웠고, 내가 온전히 그를 가졌던 더 중요한 시간들이 그리웠다.

지금 이 순간만큼은 내가 왜 그를 거부하는지조차 기억할 수가 없다.

내 왼쪽에 선 라이더가 큰 소리를 질렀고, 위를 올려다본 제이든의 시선이 나와 부딪쳤다. 그의 얼굴에 잠시 놀라움이 떠오르는가 싶더니 방심한 사이에 상대방이 휘두른 주먹이 제이든의 턱을 후려쳤다. 그 타격으로 제이든의 머리가 옆으로 홱 돌아가자 나는 숨을 들이켰다. 주위 라이더들이 환호하는 가운데 제이든이 비틀거리며 뒤로 물러섰다.

"그만 놀고 끝내." 나는 레손 이후 처음으로 우리 사이의 연결을 통해서 말했다.

"언제나 폭력적이라니까." 그는 엄지손가락으로 찢어진 아랫입술에서 난 피를 훔쳐내며 내 쪽으로 시선을 잠시 던졌다. 분명 재럿에게 돌아서기 전에 슬쩍 웃는 모습이 보였다.

재럿은 한 번, 두 번 주먹을 휘둘렀지만 매번 제이든을 때리지 못했다. 이어서 제이든이 두 번 빠르게 펀치를 때렸는데, 이전과는 달리 무게를 실었기 때문에 상대는 흙바닥에 손을 짚고 쓰러졌다. 제이든이 늘어뜨린 고개를 천천히 내젓자 입에서 핏방울이 떨어졌다.

"젠장." 내 옆에 선 라이더가 말했다.

"그러게요." 지금 히죽거리면 안 되려나? 아무래도 내 얼굴 근육을 통제할 수가 없는 것 같은데.

방 안의 라이더들이 조용해진 가운데, 제이든이 손을 내밀었다.

긴장된 순간, 재럿이 가슴팍을 들썩이더니 제이든을 올려다보고는 내민 손을 밀어냈다. 그는 바닥을 두 번 내리쳤고, 내 주위의 라이더 몇 명이 금화를 주고받으며 신음하는 사이에 대부분의 사람은 박수를 몇 번 쳤다. 재럿은 바닥에 피를 뱉더니 일어나서 제이든을 보고 존중을 담아 고개를 끄덕였다.

시합은 끝난 것 같다. 이걸 시합이라고 부를 수 있다면 말이지만.

라이더들이 내 옆을 지나쳐서 문으로 향했다.

제이든이 재럿에게 들리지 않게 뭐라고 말을 하더니, 구덩이 반대쪽의 돌 속에 파묻힌 금속 사다리를 써서 위로 올라왔다. 그는 난간에 걸쳐놓았던 셔츠를 챙겨서 내 쪽으로 걸어왔다. 나를 바라보는 눈에 담긴 열기만으로도 흥분해 있던 내 몸에 불이 붙는 것 같았다.

"라이오슨이 휴가증을 따낸 것 같군." 옆에 있던 중위가 말했다. "나는 코넬리아 사할리야."

"바이올렛 소른게일입니다." 인사 중에 무례한 줄은 알지만, 나는 모퉁이를 돌아서 왼쪽에서 다가오는 제이든에게서 눈을 뗄 수가 없다.

그는 마치 나를 시험해보듯이 아랫입술 옆에 생긴 작은 상처를 핥으며 셔츠를 입었다. 볼거리가 없어졌으니 피가 식어야 마땅하건만, 산봉우리에서 눈을 퍼 와서 쏟아붓는다 해도 이 열기를 식힐 수 없을 것이다. 수증기만 내뿜겠지.

맙소사, 나는 이 남자에 관해서는 정말 망가진 상태였다.

"잘했어, 라이오슨." 사할리 중위가 제이든에게 말했다. "소령님에게 48시간 동안 널 순찰 명단에서 빼라고 할게."

"24시간입니다." 그는 나를 보면서 정정했다. "전 24시간만 필요합니다. 나머지 24시간은 재럿이 쓸 수 있습니다."

나는 24시간 후면 갈 테니까.

"좋을 대로 해." 사할리 중위는 지나가는 재럿의 어깨를 위로하듯 두드리더니, 그를 따라 나갔다.

우리 둘만 남았다.

"일찍 왔군." 말은 그렇게 해도 제이든의 눈빛에 비난은 없었다.

나는 그를 만지고 싶어서 손이 근질거리는 것을 무시하려고 애쓰면서 한쪽 눈썹을 올렸다. "불평하는 거야?"

"아니." 그는 천천히 고개를 저었다. "그저 정오는 되어야 올 줄 알았을 뿐이야."

"다른 드래곤들에게 맞추지 않을 때의 테른은 굉장히 빠르더라고." 세상에, 왜 갑자기 숨쉬기가 이렇게 힘들지? 심장이 쿵쾅거리는 가운데 내 시선은 제멋대로 그의 입술로 향했다. 제이든은 나를 위해 사람을 죽인 적도 있는데, 왜 주말 휴가증을 받겠다고 싸우는 모습 정도로 내 자기 통제력이 모조리 떨어져나간 걸까?

"바이올렛." 제이든의 목소리가 낮아졌다. 우리 둘이 있을 때만, 그것도 보통은 벗고 있을 때만 쓰는 목소리였다.

"흐으으음?" 맙소사, 우리의 온몸이 맞닿아 있던 느낌이 그립다.

"그 예쁜 머리통 속에 무슨 생각이 돌아가고 있는지 말해줘." 그는 내게 다가와서 건드리지 않으면서 내 영역을 침범했다. 젠장. 제이든이 나를 만졌으면 좋겠다. 나쁜 생각이라 해도 그랬다. 정말, 정말 나쁜 생각이라 해도….

"그거 아파?" 나는 내 입가에 손가락을 올려 제이든의 입술이 찢어진 곳을 가리켰다.

그는 고개를 저었다. "이 정도 가지고 뭘. 싸움에 집중하려고 차단벽을 올려놓은 탓이지. 그러지 않았다면 널 느꼈을 텐데. 네 모습 좀 봐." 그는 엄지와 검지로 내 턱을 잡고 부드럽게 내 머리를 기울이더니 내 눈 속을 들여다보았다. "무슨 생각을 하는 거야? 네가 쳐다보는 모습으로 많은 걸 읽을 수 있긴 하지만, 소리 내어 들어야겠거든."

말문이 막힌다. 그에 대한 이 채워지지 않는 욕구에 굴복한다는 게 무슨 의미일까? 내가 사람이라는 의미겠지.

"널 당장 들쳐 업고 내 침실로 올라가서 이 대화를 계속하기 3초 전이거든." 그의 손이 내 턱을 따라 미끄러지며 엄지손가락으로 내 아랫입술을 어루만졌다.

"당신 방은 안 돼." 나는 고개를 저었다. "당신. 나. 침대. 그건 지금 좋은 생각이 아니야."

"자주 돌이키는데, 내 기억에 우리에게 침대가 꼭 필요하진 않잖아." 그의 반대쪽 손이 내 허리를 짚었다.

허벅지에 힘이 들어간다.

"바이올렛?"

이 남자에게 키스할 순 없어. 하지만 그런다고 세상이 끝날까? 처음도 아니잖아. 젠장. 난 굴복하고 말 거야.

"가정이지만, 내가 당신의 키스를 원하긴 하는데 키스만 원한다면…" 나는 입을 열었다.

말을 끝맺기도 전에 그의 입술이 내 입술에 닿았다.

그래. 바로 이게 필요했다. 나는 입술을 벌렸고, 그의 혀는 주저 없이 내 입안으로 미끄러져 들어왔다. 그의 신음 소리가 내 뼛속에 울리고, 나는 그의 목에 팔을 둘렀다.

맙소사, 집에 돌아온 듯한 맛이었다.

문이 닫히는 소리가 들리는가 싶더니 내 등이 지하실의 거친 벽에 눌리고 있었다. 제이든은 내 허벅지 아래로 두 손을 넣더니 내 몸을 들어 올려 같은 높이에 두고서 이게 유일한 기회라는 듯이 입안 구석구석을 능숙하게 탐색했다. 나에게 키스하는 것이 다음에 마실 숨보다 더 중요하다는 듯이. 아니, 내가 마주 키스하는 방식이 그랬는지도 모르겠다. 멈추지 않기만 한다면 누가 누구에게 키스하는지는 상관없었다.

나는 그의 등허리에 발목을 얽어 우리 몸을 같은 높이로 맞췄고, 그의 제복과 내 가죽옷을 뚫고 전해지는 열기에 숨이 막혔다. 버거우면서도 부족하다.

내가 원하는 모든 것을 애타게 맛만 보다니, 나쁜 생각이었다. 그래도 멈출수가 없다. 이 키스 외에는 아무것도 없다. 전쟁도 없고, 거짓말도 없고, 비밀도 없다. 오직 그의 입, 내 옆구리를 쓸어 올리는 그의 손, 내 안의 불덩이에 맞먹는 그의 욕망뿐이다. 여기가 내가 살고 싶은 곳이다. 제이든이 주는 느낌 말고는 아무것도 중요하지 않은 곳.

저주받을 불길에 뛰어드는 나방처럼. 마음속에 떠오른 한탄이 막을 새 없이 우리 사이의 정신 통로로 흘러 들어왔다. 그는 존재 자체로 나를 끌어당기는 중력이었다.

"기꺼이 네게 불타고 싶은데."

잠깐, 그런 뜻이 아니었….

그는 거친 돌에 긁히지 않게 내 뒤통수를 감싸고는 각도를 기울여 더 깊이 키스했다. 아무리 가져도 부족하다. 영원히 만족하지 못할 것이다.

키스를 할 때마다, 그의 혀가 한 번 움직일 때마다, 우리 사이를 잇는 에너지가 점점 뜨거워진다. 내 피부 위에서 춤을 추는 욕망의 불길은 지나간 자리에 오한을 남기고는 내 안으로 깊이 가라앉아, 위험하게 타들어간다. 그리고 제이든은 이 꺼지지 않는 욕망을 충족시킬 방법을 정확히 안다는 사실을 나에게 일깨워준다.

그에게는 같은 호흡에 중독시키면서 만족시키는, 나를 미치게 하는 능력이 있다. 나는 내 목을 따라 입술을 미끄러뜨리는 그의 머리카락에 손을 찔러 넣었고, 그 입이 내 비행 재킷 옷깃 바로 위의 민감한 지점을 찾아내자 맥박이 펄쩍 뛰었다. 그는 그 지점을 무자비하게 입으로 숭배했다.

"맙소사, 네 맛이 그리웠어." 머릿속의 목소리마저도 신음으로 들렸다. *"너를 내 품에 안은 느낌이."*

나는 두 손을 그의 얼굴에 올려 다시 내 입술로 당겼다. 나도 그에 대해 정확히 똑같은 말을 할 수 있었다. 그의 맛, 그의 키스, 그의 존재 자체가 얼마나 그리웠던가.

비행 재킷에 달린 단추가 하나라도 풀린다면, 모조리 풀리고 말 것이다.

그의 입이 몇 번이고 몇 번이고 내게 닿자 오랜만에 살아 있는 기분이 들었다. 그게 언제 이후냐 하면… 맙소사, 기억도 나지 않는다. 마지막으로 키스했을 때 이후겠지. 그의 손이 내 허리를 부드럽게 쥐었다가 쫙 펴자 손가락 끝이 바로 내 가슴 아래에 닿는다.

나는 재킷 단추에 손을 뻗었다. 그러나 제이든은 키스를 늦췄다. 다급하고 속속들이 깊은 키스에서 기분 좋게 느린 키스로 변했다. *"우린 멈춰야 해."*

"내가 멈추고 싶지 않다면?" 난 이 키스를 끝낼 준비가 되지 않았다. 우리

가 함께하지 않는 현실로 돌아갈 준비가 되지 않았다…. 설령 우리 사이를 막는 사람이 나라고 해도.

"멈춰야 해. 안 그러면 난 네가 가정한 키스만이라는 제약에서 벗어나고 말 거야." 그는 내 엉덩이로 손을 움직이더니, 입에서 힘을 빼고 아랫입술을 빨면서 마지막 여운을 즐겼다. *"젠장, 널 원해."*

"그럼 멈추지 마." 나는 진심임을 알 수 있도록 눈을 정면으로 마주쳤다. "섹스에만 한정할 수 있어. 작년에도 그랬잖아…. 그게 잘 되진 않았지만."

"바이올렛." 반은 애원, 반은 신음이다. 그의 눈 속에서 벌어지는 전쟁 때문에 가슴이 조여온다. "넌 내가 얼마나 네 바지를 벗겨내고 네가 내 이름을 외치다가 목이 쉴 때까지 하고 싶은지 짐작도 못 해. 네가 힘이 다 빠진 나머지 다시는 내 침대에서 나가지 못할 때까지 하고 싶고, 이 부근 나무가 모조리 번개에 맞아서 불타버릴 때까지 하고 싶어." 그의 손이 내 뒤통수에서 목덜미로 내려간다. "우리가 함께일 때 얼마나 좋은지 네가 기억할 때까지 하고 싶어."

"잊은 적도 없어." 흐느끼는 소리가 되어 나온다.

"육체만의 이야기가 아니야." 그가 몸을 기대고 부드럽게 키스한다.

달콤하다. 다정하다. 내가 느끼고 싶지 않은 모든 감정이 담겨 있다. 적어도 제이든에 한해서는 그렇다. 열기와 욕망이라면 대처할 수 있다. 하지만 나머지는? "제이든." 나는 천천히 고개를 저으며 속삭인다.

그는 잠시 동안 내 얼굴을 뜯어보다가 반쯤 미소 지으며 실망감을 감춘다.

"바로 그거야." 그는 부드럽게 나를 내려놓고, 내 무릎이 풀리자 허리를 잡아 지탱했다. "난 숨 쉬는 것보다 더 너를 원하지만, 섹스를 이용해서 네가 날 예전처럼 보게 만들 수는 없어. 몸을 이용하는 건 거부하겠어." 그는 내 손을 잡아 내 가슴팍에 눌렀다. "여기에 들어가고 싶으면 그럴 순 없어."

나는 눈을 크게 떴고, 불안한 마음에 뱃속이 뒤틀렸다.

"그럴 줄 알았어." 그는 한숨을 내쉬었지만, 입매를 굳힌 건 패배감 때문이 아니었다. 좌절감 때문이었다. "넌 여전히 나를 신뢰하지 않지. 그래도 괜찮

178

아. 난 전투 하나가 아니라 전쟁에서 이기려고 이러는 거야. 이런 말을 하다니 내가 정말 멍청하군. 근데 너에 관해서라면 내가 언제는 멍청하지 않았었나?"

"뭐라고?" 나는 발끈했다. 제이든의 기억이 잘못된 게 틀림없다. 그에 관해 멍청했던 건 내 쪽이니 말이다.

"여기에서 나가자." 그가 내 입을 흘긋 보았다. "네가 원하면 언제든 키스할 게. 네가 얽히면 내 자제력은 쓰레기나 다름없거든…."

"내가 원할 때면 언제든?" 나는 눈썹을 한껏 치켜올렸다. 지금 대체 무슨 일이 벌어지고 있는 거지?

"그래. 네가 원할 때면 언제든. 내가 원할 때마다 하려 한다면 아예 너랑 입술을 붙이고 살아야 할 거야." 그는 몇 걸음 물러섰다. 나는 바로 그의 손길이, 그의 따뜻한 피부 감촉이 그리워졌다. "하지만 이렇게 부탁할게, 바이올렛. 나는 너와 섹스하고 싶은 마음보다 너를 원하는 마음이 더 커. 난 그 두 마디 말을 다시 얻고 싶어."

나는 그를 응시하면서 입을 살짝 벌리고 말았다. 그는 나에게서 그를 원한 다는 말을 듣고 싶은 게 아니었다. 그를 사랑한다는 말을 듣고 싶은 거다.

"나에게도 새로운 영역이긴 해." 그는 머리카락을 쓸어 넘겼다. "솔직히 내가 제일 놀랐어."

"미안한데, 작년에 감정을 배제하기만 하면 원하는 만큼 섹스할 수 있다고 했던 사람은 그쪽 아니었어?" 나는 가슴 앞에 팔짱을 꼈다.

"그렇지? 난 정말 욕 나오게 멍청하다니까." 그는 위에 답이라도 있다는 듯이 천장의 거친 목재를 올려다보았다. "작년의 나라면 널 되찾기 위해 어떤 수단이든 이용했을 거야. 하지만 네가 의식을 잃고 있던 사흘 동안, 네 잠든 모습을 보면서 깨어나면 어떻게 행동할지 생각했거든." 다시 나에게 시선을 돌리는 그의 얼굴 구석구석에 결의가 새겨져 있었다. "이게 다르게 행동하는 내 모습이야."

아무래도 지난 한 달 동안 우리가 역할을 바꿨나 보다.

"이게 너에게 스스로를 증명하는 내 모습이야." 그는 물러서서 문을 당겨 열더니, 먼저 나가라고 손짓했다. 그리고 복도를 걷는 동안 내 등에 손을 얹었다. "아직 거기까지 가진 못했지만, 너도 언젠가 나를 다시 신뢰하게 될 거야."

"물론이지. 네가 나한테 비밀을 두지 않겠다고 동의하기만 하면 그럴 거야." 대체 이게 어떻게 내 잘못이 되는 거야?

그는 영혼에서 뜯어낸 것 같은 한숨을 내쉬었다. "이 관계가 작동하려면 비밀이 있어도 나를 신뢰해야 해."

나는 계단 난간을 붙잡고 한 번에 두 계단씩 올라갔다. "그런 일은 일어나지 않아."

"그렇게 될 거야." 그는 그렇게 말하더니, 1층에 다다르자 화제를 바꿨다. "배고파?"

"우선 씻기부터 하자." 나는 코를 찡그렸다. "보나마나 내 몸에선 8시간을 비행한 냄새가 날 거야."

"먼저 내 방에 가 있으면 먹을 걸 가져갈게." 그는 병영 개인실로 들어가면서 내 등에 올리고 있던 손을 떼더니 왼쪽을 가리키며 말했다. "저 문이 개인 욕실로 가는 문이야."

"갓 임관한 소위가 개인 욕실을 받았을 리가 없는데." 나는 더듬더듬 말했다. "미라 언니도 그런 건 없단 말이야."

"아무도 펜 라이오슨의 아들과 같은 공간을 쓰고 싶어 하지 않으면 놀랍도록 많은 걸 얻을 수 있거든." 그는 조용히 대답했다.

속이 내려앉았다. 뭐라고 할 말을 찾을 수가 없다.

"그렇게 슬픈 얼굴 하지 마. 개릭은 다른 라이더 네 명과 같이 써야 하거든. 가 봐." 그는 다시 그 문 쪽을 손짓했다. "금방 돌아올게."

한 시간 후, 나는 깨끗한 데다 배부른 상태로 그의 침대에 앉아서 젖은 머리를 빗질하고, 제이든은 책상 앞에 앉아서 쇠뇌처럼 보이지만 조금 작은 물건을 만지작거리고 있었다. 나는 침대에 앉아 있고, 제이든은 무기를 손질하는 게 정해진 일과가 되어간다는 안정감에 미소가 저절로 나왔다.

"그런데 테른은 수색하지 않았다고?" 그는 눈을 들지 않고 물었다.

"응. 내 물건만 땅바닥에 쏟았지." 나는 제이든의 협탁에 놓인, 검은 룬 문자가 새겨진 손바닥만 한 회색 돌을 잠시 보았다가 비행장에서 여기까지 붙어온 풀잎을 발견하고 털어냈다. "스게일은 수색했어?"

그는 고개를 저었다. "나만 뒤졌지. 개릭도. 그리고 반역의 인장이 찍힌 채로 바스지아스를 떠난 다른 신임 소위 전원도 마찬가지야."

"뭔가를 몰래 빼내고 있다는 걸 안다는 뜻이네." 나는 높은 침대 가장자리로 몸을 내밀어 가방 속으로 빗을 떨궜다. "숫돌 좀 던져줘."

"의심한다는 뜻이지." 그는 책상 오른쪽 제일 위 서랍에 손을 넣어 무거운 회색 숫돌을 꺼냈다. 그는 손가락이 스치지 않게 조심하면서 몸을 내밀어 숫돌을 건네주고는, 다시 자기 무기를 수리하는 작업으로 돌아갔다.

"고마워." 나는 숫돌을 쥐고, 허벅지 칼집에서 첫 번째 단검을 꺼내어 갈기 시작했다. 칼은 날이 서 있어야 쓸모가 있다. 하지만 아무리 손을 바쁘게 움직여도 다음 질문을 던지기가 쉬워지지는 않았다. 지금은 내가 제이든에게 비밀을 두는 사람이 되었다는 기분을 떨칠 수가 없었다.

나는 신중하게 말을 골랐다. "레손에 도착하기 전에 호숫가에서 베닌을 죽일 수 있는 유일한 물건이 보호막에 힘을 공급하는 물건이라고 했지."

"그랬지." 그는 활을 내버려두고 의자에 등을 기대며 한쪽 눈썹을 올렸다.

"그 단검은 보호막의 동력원이 되는 물질로 만든 거야. 브레넌이 말했던 합금." 나는 추측을 말했다.

제이든은 맨 아래 서랍을 뒤적거리더니 내가 대른의 등 위에서 베닌을 죽일 때 썼던 단검과 똑같은 칼을 꺼냈다. 그러고는 내게 손잡이를 내밀었다.

단검을 받아들자, 그 무게와 칼날에서 퍼져 나오는 힘의 진동에 바로 속이 울렁거렸다. 그 에너지 때문인지, 아니면 지난번에 그런 칼을 쥐었을 때의 기억 때문인지는 알 수 없었다. 어느 쪽이든 간에 나는 심호흡을 하고 지금은 테른의 등이 아니라는 사실을 스스로에게 일깨웠다. 지금은 나를 죽이려는 사람도, 제이든을 죽이려는 사람도 없다. 나는 제이든의 침실에 있다. 제이든이 직접 보호막을 친 침실.

안전하다. 이 대륙에 이보다 더 안전한 곳은 없을 거다.

칼날은 은빛으로 양쪽이 날카로웠고, 손잡이는 내가 레손에서 썼던 단검과 같이 광택 없이 새까맸다. 작년에 어머니의 책상에서 보았던 단검과도 같다. 나는 손잡이에 박힌 룬 문자가 장식된 흐릿한 회색 메달을 만졌다.

"그게 그 합금이야." 그는 내 옆에 앉았다. "손잡이에 박힌 금속. 특정한 몇 가지 물질을 녹여서 지금 보는 금속을 만들지. 그 자체에는 마력이 없지만… 마력을 담을 수는 있어. 보호막 자체는 바스지아스 근처에 있는 베일에서 발생하지만, 베일 너머까지 미치지 않아. 이 금속이…." 그는 메달을 톡톡 두드렸다. "마력을 담아서 보호막을 증폭하고 확장시키지. 이 물질이 많을수록 보호막도 더 강해져. 아래층에는 무기고 가득 이게 있어서 보호막을 증폭해. 자세한 정보는 기밀이지만, 전초기지를 전략적으로 위치시킨 이유도 그거야. 우리 국경선에 약한 지점이 생기지 않게 배치한 거지."

"하지만 이게 지속적으로 동력을 공급한다면 어떻게 보호막이 흔들릴 수 있지?" 나는 엄지손가락으로 합금을 쓸면서 내 마력을 일으켰다.

"그야 일정량의 마력밖에 담고 있지 않으니까. 사용하고 나면 다시 충전해야 해."

"잠깐만. 충전한다고?"

"그래. 마력을 정지 상태로 물체 안에 불어 넣는 과정이야. 라이더가 마력을 불어 넣어야 하는데, 그런 기술을 가진 사람이 많지는 않아." 그는 의미심장한 눈으로 나를 보았다. "그리고 더는 묻지 마. 오늘 밤에는 그 방법까지 이야기하진 않을 거야."

"이 합금이 언제나 단검에 박혀 있었어?"

그는 고개를 저었다. "아니. 반역 직전에 그러기 시작했지. 아마 멜그렌이

다가오는 전투가 어떻게 흘러갈지 봤는데, 이게 승리의 핵심이었을 거야. 스게일이 탈곡에서 나를 선택한 후에, 우린 한 번에 단검 몇 자루씩을 몰래 빼내어 우호적으로 접촉할 수 있었던 그리폰 부대에 공급하기 시작했어."

"아레티아는 그 금속을 녹일 대장간이 필요한 거구나."

"그래. 도가니에 불을 붙일 드래곤은 우리에게도 있지만, 드래곤의 불을 충분히 뜨겁게 강화해서 금속을 용해하려면 루미너리가 필요해." 그가 말했다.

나는 엄지 손톱만 한 메달을 노려보면서 고개를 끄덕였다. 어떻게 이렇게 작은 물건이 대륙 전체의 생존에 핵심으로 작용할 수 있을까? "그래서 그 합금을 단검에 박기만 하면 바로 베닌용 살해 무기가 되는 거야?"

그는 입술을 당겨 미소 지었다. "그보다는 조금 더 복잡하지."

"무엇이 먼저였을까?" 나는 단검을 살펴보면서 물었다. "보호막? 아니면 보호막을 증폭하는 능력? 아니면 그 둘이 뒤얽혀 있는 걸까?"

"그건 다 기밀이야." 그는 단검을 다시 받아서 책상 서랍에 넣었다. "이제 나바르의 보호막에 대해 걱정하는 대신 네 차단벽을 연습하는 게 어떨까?"

나는 하품을 했다. "피곤한데."

"에이토스는 신경도 쓰지 않을걸." 그는 쉽게 내 머릿속으로 들어왔다.

"알았어." 나는 몸을 뒤로 기울여 손바닥에 무게를 싣고, 재빨리 정신 차단벽을 쌓아올렸다. "어디 최대한 해봐."

그의 미소를 보자 괜히 도발했다 싶었다.

13

바스지아스의 모든 징계와 처벌에 관해 지휘 계통과 상의할 수는
있으나, 최종 결정권은 생도대장에게 있다.

_《드래곤 라이더 코덱스》 5조 7항

"보호막 치는 방법 같은 건 모르죠?" 다음 날 오후, 나는 눈부신 햇빛에 눈
을 가늘게 뜨고 테른에게 물었다. 남동쪽에서부터 바스지아스로 향하는 길목
이었다. 맞바람 때문에 비행이 몇 시간이나 더해지면서 엉덩이가 항의하다
못해 반란을 일으킬 지경이었다.

"네가 어떻게 생각하는지 모르겠다만, 난 600년이나 살지 않았다."

"혹시나 비밀스러운 드래곤 지식을 숨기고 있나 싶어서 물어봤어요."

"드래곤 지식이야 늘 비밀로 지키고 있다만, 보호막은 그중에 없다." 그는
어깨를 살짝 치켜올리더니 날갯짓을 늦췄다. "연습장으로 오라는 전언이다.
카와 바리쉬가 기다리고 있군."

고도에는 변화가 없었지만 속이 철렁 내려앉았다. "바리쉬가 앤다나를 기
동 훈련에 참가시키지 않으면 나에게 벌을 주겠다고 위협했어요. 그 경고를
더 진지하게 들었어야 했나 싶네요."

낮은 우르릉 소리가 테른의 온몸을 흔들었다. "너는 어떻게 하고 싶으냐?"

"선택지가 없는 것 같은데요." 불길한 예감이 목구멍을 조여왔다.

"선택지는 언제나 있지." 연습장으로 목적지를 바꾸려면 몸을 기울여야 하는데도 테른은 방향을 그대로 유지했다.

앤다나를 지키기 위해서라면 무슨 벌이든 감당할 수 있다. "가요."

한 시간 후, 나는 과연 내가 견디고 있는 건지, 감당하고 있는 건지 알 수가 없어졌다.

"다시." 카 교수가 돌풍이 불 때마다 성긴 흰머리를 날리면서 명령했다. 우리는 내 고유 능력을 훈련할 때 쓰는 산봉우리에 서 있었다.

그리고… 이게 경고에 불과하다니.

피로가 밀려오더라도 불평하지 않는 게 좋다는 정도는 이제 안다. 스물다섯 번째 번개를 쳤을 때쯤에 그런 실수를 했다가 카 교수가 수첩에 적고 있던 숫자만 더해졌다. 바리쉬 소령이 옆에서 감시하고 있었다.

"다시 해라, 소른게일 생도." 바리쉬가 인사를 건네듯이 웃으며 명령을 반복했다. 두 사람의 드래곤인 브루건과 솔레스는 산에서 추락하지 않을 정도로만 최대한 끝에 머물렀다. 번개를 열세 번째 쳤을 때쯤 테른이 그들의 목을 물기 직전까지 갔기 때문이다. 드래곤들이 종종걸음으로 도망치는 모습은 그때 처음 봤다. "가까운 미래를 구금실에서 보내고 싶지 않다면 다시 해."

테른은 가슴이 울리도록 낮게 으르렁거리면서 산꼭대기의 헐벗은 바위에 발톱을 파묻고 있었다. 하지만 할 수 있는 일은 그 정도가 다였다. 테른은 엠피리언에 얽매여 있고, 나는 분과 규칙을 따르거나 구금을 감수해야 한다. 그리고 바리쉬가 장악한 구금실에서 하룻밤을 갇혀 지내느니 번개를 천 번 때리는 쪽이 더 낫다.

내가 움직이지 않자 카가 바리쉬를 흘끗 보고는 나에게 간청하는 눈빛을 보냈다. 나는 한숨을 내쉬며 덜덜 떨리는 두 팔을 들어 올려 테른의 마력을 길어냈다. 그리고 나를 집어삼키려 위협하는 불구덩이에 미끄러져 떨어지지 않기 위해서 마음속에 지어놓은 아카이브에 단단히 발을 디뎠다. 마력은 빠르고 신속하게 다시 차올랐는데, 그 힘을 통제하려고 안간힘을 쓰자 얼굴에도 등골에도 땀이 흘러내렸다.

분노. 욕망. 두려움. 번개를 불러내는 건 언제나 가장 극단적인 감정이다. 지금 이 지글거리는 에너지를 부르고 풀어놓는 데 연료를 공급하는 감정은 분노다. 번개가 또 한 번 하늘을 가르고 근처 산봉우리를 때린다.

"32회." 카가 횟수를 기록한다.

그들은 내가 목표물을 제대로 맞히는지 신경도 쓰지 않는다. 바리쉬의 목적은 오로지 나를 마모시키는 것뿐이고, 내 목적은 앤다나를 깨우지 않도록 자기 통제력을 부스러기까지 긁어모으는 것뿐이다.

"다시." 바리쉬가 명령했다.

맙소사, 몸이 산 채로 구워지는 느낌이다. 나는 비행 재킷 단추를 풀어 열고, 안에서 끓어오르는 열을 조금이라도 내보내려 애썼다.

"*바이올렛?*" 앤다나가 잠에 취한 목소리로 물었다.

죄책감이 번개보다 더 세게 나를 후려쳤다. "*난 괜찮아.*" 나는 장담했다.

"*자다가 깨면 성장에 위험하다.*" 테른이 타일렀다. "*자거라.*"

"*무슨 일이야?*" 앤다나는 이제 걱정스러울 정도로 정신이 들었다.

"*내가 감당할 수 없는 일은 없어.*" 거짓말도 아니다. 그렇지?

"소른게일이 한 시간 동안 26회 이상 번개를 치는 모습을 본 적이 없습니다, 소령님. 계속 이렇게 밀어붙이면 과열되거나 소진될 위험이 있습니다." 카가 바리쉬에게 말했다.

"이 정도는 멀쩡하게 견딜 수 있어." 그는 잘 안다는 듯한 얼굴로 나를 보았다. 마치 레슨에서 내가 와이번에게 번개를 계속 내리치던 모습을 직접 봤다는 듯이 말이다. 통제력이라는 게 저런 모습이라면, 나에겐 그런 게 없다는 사실에 기뻐해야 할지도 모르겠다.

"그라운딩이 미끄러지거나 육체적으로 녹초가 되기만 해도 바로 타버릴 겁니다." 카가 불안하게 시선을 옮기며 경고했다. "명령 불복종에 대한 처벌은 타당하지만, 죽이는 건 전혀 다른 문제입니다."

"다시." 바리쉬는 나를 보고 눈썹을 올렸다. "네 금빛 드래곤이 날아와서 인사를 하지 않는 한 계속이다. 드래곤이 명령대로 나타나지 않았으니 말이야. 지금이라도 나타난다면 너에게 세 번만 더 시키겠다."

"이거 나 때문이야?"

뱃속이 내려앉는 느낌이다.

"드래곤이 인간을 잘못 선택했을 때 무슨 일이 일어나는지 보여주는 사례지." 테른이 맞받아쳤다. *"솔레스는 저 야만인에게 힘을 주지 말았어야 해."*

"난 그 드래곤을 실험이나 야만적인 일에 동원하려는 게 아니다." 마치 테른의 말을 들은 것처럼 바리쉬가 회유하려 했다. "그저 그 드래곤도 명령 체계를 벗어난 존재가 아니라는 점을 이해시키고 싶을 뿐이다."

"난 저 새끼가 정말 싫어요." 테른에게 말했다.

"네가 소모되는 걸 느낄 수 있어! 내가 갈게…." 앤다나가 깨어나려고 했다.

"그런 짓을 했다간 베일에 있는 모든 페더테일을 위험에 빠뜨리게 돼." 나는 가장 중요한 사실을 상기시켰다. *"바리쉬처럼 다른 존재의 고통을 즐기는 놈이 어린 드래곤과 계약하는 사태가 일어나면 좋겠어?"*

앤다나가 좌절감에 으르렁거렸다.

테른이 날개를 기울여 달아오른 내 피부 위로 서늘한 바람을 보내줬다.

"흠." 내 몸에서는 수증기가 피어오르는데, 바리쉬는 외투를 여몄다.

테른이 으르렁거렸다.

"인간은 드래곤에게 명령할 수 없습니다. 소령님도 포함해서요." 나는 말도 안 되게 무거운 팔을 들어 올리고 다시 한 번 마력을 끌어올렸다.

40회쯤에는 무릎이 풀려서 딱딱한 바위에 엎어졌다. 땅바닥이 확 다가오자 두 손을 뻗었는데, 바닥을 짚자마자 관절이 부분 탈구되는 아픔이 왼쪽 어깨를 관통했다. 속이 메스껍고 입에 침이 고였지만, 관절의 부담을 줄이기 위해 왼팔을 받쳐 안고 억지로 무릎을 세워 앉았다.

목을 쭉 뺀 테른이 바리쉬와 카를 향해 어찌나 크게 포효하는지 카의 손에 있던 수첩이 날아가 산 아래로 떨어졌다.

"*이제 끝이다!*" 테른이 소리쳤다.

"*저 사람들은, 못, 들어요.*" 나는 아픔 속에서 간신히 숨을 내쉬었다.

"*놈들의 드래곤은 들을 수 있지.*"

"이 생도가 죽는다면 소령님은 소른게일 장군만이 아니라 멜그렌 장군의 격노까지 부를 겁니다. 이 고유 능력은 장군들이 꿈꾸는 전쟁 무기예요." 카가 바리쉬와 나를 번갈아 보았다. "그것만으로도 주의할 이유가 부족하다면, 소른게일 생도가 죽으면 대륙에서 가장 강력한 드래곤 둘에 더해서 라이오슨 소위의 대체 불가능한 그림자 지배 능력까지 잃게 된다는 사실을 기억하십시오, 부생도대장."

"아, 그렇지. 그 성가신 결속 말이지." 바리쉬는 혀를 차더니 재미있는 실험에 불과하다는 듯한 눈으로 나를 관찰했다. "한 번만 더 하지. 어디까지나 네 드래곤은 아니더라도 너는 명령을 듣는다는 사실을 증명하기 위해서."

"*은빛 아이야…*"

"*할 수 있어요.*" 나는 비틀거리며 일어나 팔꿈치를 몸에 딱 붙이며 어깨가 버텨주기를 기도했다. 앤다나를 위해서, 그리고 베일에서 보호받는 새끼 드래곤들을 위해서, 해야 한다.

근육이 덜덜 떨리다 못해 쥐가 날 지경이었다. 어깨 관절에 단검이 박힌 것처럼 고통이 차올랐지만, 나는 손을 들어 올려 테른의 마력에 마음을 뻗었다. 그리고 다시 한번 마력을 넘실거리도록 끌어올렸다.

내가 힘을 행사하자, 번개가 번쩍였다.

그러나 가장 가까운 봉우리에 번개가 번득이는 순간에 팔에 경련이 일어났고, 근육이 부자연스럽게 뒤틀리고 뭉치면서 평소 같으면 바로 풀어내던 마력을 물리적으로 붙잡고 말았다.

망할! 마력을 풀어놓을 수가 없어!

"은빛 아이야!" 테른이 외쳤다.

내 안을 휘몰아치는 마력이 쭉 뻗어나가면서 앞에 보이던 능선의 한 부분을 쪼개놓았다. 바위들이 산사태마냥 무너져 내리는데, 아직도 번개는 눈부시게 빛나는 칼날처럼 계속 흐르며 지형을 마구 잘라냈다.

움직일 수가 없다. 손을 내릴 수도 없다. 손가락 하나 까딱할 수가 없다.

이러다가 내가 죽겠다. 테른, 스게일, 제이든. 모두가 죽겠지. 두려움과 아픔이 뭉치면서 감당할 수 없는 하나의 감정이 내 마음을 장악했다. 공포였다.

"정신적으로 잘라내!" 번개가 계속 내리치면서 테른이 큰 소리로 외쳤고, 멀리서 앤다나의 울음소리가 들렸다.

뼈에 불이 붙은 듯했다. 나는 목구멍에서부터 비명을 끌어내며 아카이브의 문을 닫았다. 드디어 번개가 멈추고, 비틀거리면서 물러서다가 테른의 앞발에 부딪치며 발톱 사이로 쓰러졌다. 호흡 한 번, 한 번이 고역이었다.

카가 침을 꿀꺽 삼켰다. "오늘은 여기까지다."

일어서려고 해도 일어설 수가 없다.

바리쉬는 내가 일으킨 파괴적인 상황을 살펴보고는 내 쪽으로 돌아섰다. "매력적이군. 버릇을 고치고 나면 둘 다 없어서는 안 될 전력이 되겠어." 그는 몸을 돌려 외투 자락을 바람에 날리면서 솔레스에게 걸어갔다. "이건 경고에 불과하다, 소른게일 생도."

배를 가격한 것과 다름없는 협박이었지만, 나는 열 때문에 아무 생각도 할 수가 없었다.

카가 다가오더니 내 이마에 손등을 대보고 잇새로 말했다. "절절 끓는군." 그는 테른을 흘긋 보았다. "자네 드래곤에게 곧바로 안마당으로 데려가 달라고 하게. 비행장에서부터 걸어가는 건 무리야. 음식을 먹고 차가운 물로 목욕을 해." 나를 쳐다보는 그의 눈빛에는 미심쩍게도 연민에 가까운 감정이 엿보였다. "그리고 우리가 드래곤에게 명령하지 못한다는 데는 나도 동의하네만, 앤다나를 설득해서 모습을 드러내게 할 수도 있지 않겠나. 자네는 희귀하고

189

강력한 고유 능력 그 자체야, 소른게일 생도. 자네의 훈련 시간을 또 이런 식으로 쓰는 건 비효율적인 일일세."

난 고유 능력이 아니야. 사람이지.

하지만 열이 오르고, 너무나도 피곤해서 말을 제대로 할 수가 없었다. 상관없다. 내가 말한들 카가 내 인격을 존중하진 않을 것이다. 그에게 우리는 마력의 총합일 뿐, 그 이상의 존재가 아니었다. 가슴이 들썩였지만, 산꼭대기의 차가운 공기도 혈관에서 지글거리는 열기를 가라앉히지는 못했다.

테른이 곧장 내 겨드랑이에 발톱을 하나씩 넣어 흐느적거리는 몸을 고정시키고는, 카를 산봉우리에 내버려둔 채로 이륙했다.

우리는 순식간에 허공에 떠 있다. 아니, 얼마나 시간이 흘렀는지도 모르겠다. 시간에는 아무 의미가 없다. 놓아버리라고, 몸이라는 감옥에서 영혼을 풀어주라고 손짓하는 통증뿐이었다.

"넌 놓아버리지 않을 거다." 테른은 어느 때보다도 빠르게 바스지아스를 향해 날아가면서 말했다. 바람이 후려치는 느낌이 말도 못하게 좋았지만, 용광로처럼 달아오른 폐나 녹아내리는 골수까지 식히지는 못했다.

아래로 산맥과 계곡이 흐릿하게 지나가더니 분과 벽이 보이는데, 테른은 안마당을 휙 지나쳐서 그 아래 계곡으로 곤두박질쳤다.

강이다. 물. 차갑고. 맑은. 물.

"조력자는 이미 불러놨다."

테른이 멈춰서 강 위를 체공하자 반동 때문에 뱃속이 요동쳤다.

"숨을 참아라."

나는 머리끝부터 발끝까지 물에 잠겼다. 여름의 끝 무렵에 산봉우리에서 녹아내린 차가운 물이 뼈를 부술 듯이 거세게 흐른다. 몸 안팎의 극심한 온도차 때문에 온몸이 깨지고 겹겹이 벗겨져버릴 것만 같다. 통증이라면 평생 동안 지겹도록 달고 살았지만, 이 고통은 내가 견딜 수 있는 수준을 넘었다.

테른의 발톱에 매달린 채로 나는 소리 없는 비명을 질렀다. 폐에서 공기가 쏟아져 나오면서 물이 내 몸의 열기를 몰아내고, 피부를 갈기갈기 찢는 아픔으로부터 나를 구했다.

테른이 내 머리를 물 위로 올렸고, 나는 헐떡이며 숨을 몰아쉬었다.

"거의 다 됐다." 그는 여전히 급류 속에 나를 넣은 채로 말했다.

물살이 무자비하게 몸을 때리면서 뼛속에 피어오른 불이 다 꺼질 때까지 체온을 낮춰준다.

"바이올렛!" 누군가가 물가에서 외쳤다.

맥박이 서서히 느려지면서 이가 딱딱 부딪쳤다.

"됐다." 테른이 이아코보스 강가 아래 길게 자란 풀밭에 내 몸을 내려놓았다. 지금까지 테른이 함께 강물 속에 있었다는 사실을 이제야 깨달았다.

나는 축 늘어져서 심장박동이 점점 느려지는 가운데 한 번이라도 더 호흡하려고 애썼다. 남은 에너지를 쥐어짜서 폐를 부풀리고 공기를 들이마셨다.

"바이올렛!" 이모젠이 오른쪽 어딘가에서 외치더니, 잠시 후에는 내 옆에 무릎을 꿇었다. "대체 무슨 일이야?"

"번개를, 너무, 많이, 쳤어." 거친 담요가 어깨에 내려앉았다. 코에서, 턱에서, 단추 풀린 비행 재킷 가장자리에서 물이 뚝뚝 떨어졌다. 그래도 재킷은 기적적으로 벗겨지지 않고 몸에 붙어 있었다. 몸이 덜덜 떨렸다. 열기가 뼈를 흔드는 한기로 바뀌었다. 그래도 이제는 정상적으로 숨을 쉴 수 있었다.

"이런 젠장." 보디가 반대쪽에 앉아서 내 어깨로 손을 뻗다가 물러났다.

"너 완전… 시뻘게." 이건 아아였다. 아마도.

"글레인 말로는 소진된 거라는데." 이모젠이 놀랍도록 부드러운 손으로 내 등을 받치며 말했다. "테른이 글레인을 불렀거든. 어떻게 해줄까, 바이올렛? 내가 아는 번개 능력자는 너밖에 없는데."

"피, 필요한 건." 이가 딱딱 부딪쳐서 말을 제대로 이을 수가 없었다. 나는 옆으로 몸을 비틀어서 다리를 말았다. "잠시만." 나는 앞에 솟아오른 익숙한 참나무를 올려다보면서 정신을 차리는 데 집중했다.

"퀴르는 바이올렛이 몸을 식혔으니 이제 음식을 먹어야 한대." 보디가 덧붙였다.

"그린 드래곤이 잘 알겠지." 아야가 확신을 담아서 말했다. "그럼 음식이네."

"어쩌다가 이렇게 된 거야?" 이모젠이 물었다. "카?"

나는 고개를 끄덕였다. "그리고 바리쉬."

눈앞에 보디의 따뜻한 갈색 얼굴이 나타났다.

"젠장." 그는 내 몸을 감싼 담요를 여몄다. "앤다나 때문인가?"

"맞아."

보디는 눈을 크게 떴다.

"장난해?" 이모젠의 목소리가 커졌다. "앤다나가 훈련에 나타나지 않은 벌을 주겠다고 네 고유 능력을 이용해?"

"그 개자식이." 아야가 격분해서 한 손으로 검은 머리카락을 쓸어 올리며 보디와 눈빛을 교환했다.

잠시 후, 나는 담요를 직접 붙잡을 힘을 되찾았다. 적어도 근육이 다시 움직이기는 했다. 굵은 나무를 올려다보려니 타는 듯한 갈망이 끓어올랐다. 저 나무에 단검 자국 두 개가 남아 있을 텐데. 제이든이 보고 싶었다.

논리적인 생각은 아니다. 제이든이 있어도 바리쉬를 막진 못할 것이다. 제이든의 보호가 필요한 것도 아니다. 제이든에게 안겨서 기숙사에 돌아가야 하는 것도 아니다. 그저… 내가 제이든을 원했다. 그 산에서 일어난 일을 이야기하고 싶은 사람은 오직 제이든뿐이었다.

"바이올렛을 기숙사로 데리고 가야겠는데." 이모젠이 말했다.

"내가 처리할게." 보디가 내 눈을 보며 약속했다. "다시는 네게 이런 일이 일어나지 않을 거야."

"*인간들에게 드래곤 문제는 내가 해결할 거라고 해라.*" 테른이 말했다.

"*어떻게…*"

"*너는 나를 믿는다.*" 그건 명령이었다.

"테른이 해결할 거래." 나는 몸을 앞으로 흔들어서 힘겹게 일어섰다. 보디가 부드럽게 내 어깨를 잡았고, 내가 얼굴을 찡그리자 같이 찌푸렸다. "난 준비됐어. 가자."

"걸을 수 있겠어?" 보디가 물었다.

나는 고개를 끄덕이면서 보디 옆으로 그 나무를 다시 보았다. "제이든이 보고 싶어." 나는 속삭였다.

"그래. 나도 그래."

아무도 나를 들쳐 업거나 하진 않았다. 그저 요새 기단부를 지나 기숙사까지 나선으로 이어지는 수백 개의 계단을 올라가는 동안 쭉 내 옆에 머물 뿐이었다. 침묵을 깨뜨리는 소리라고는 우리의 발소리뿐이었다. 모두가 같은 생각을 했지만 아무도 입 밖으로 꺼내지 않았다…. 다음 집합 때도 앤다나가 나타나지 않는다면, 바리쉬는 두 번째 처벌에서 나를 죽여버릴지도 모른다는 것을.

"비행 중 착지는 성공했어?" 금요일, 이모젠이 물었다.

슬론이 매트에 다시 내팽개쳐졌고, 아무도 뒤에서 다가오지 못하게 벽을 등진 채로 체육관 가장자리에 서 있던 우리는 얼굴을 찡그렸다. 벽을 이용할 수도 없는 슬론의 등은 내일이면 검고 푸른 멍투성이가 될 터였다.

리애넌은 우리 대대의 1학년 전원과 제2비행단 1학년 몇 명의 추가 대련을 주도했기에 이곳에 있었지만, 이모젠과 내가 빈 시간에 제복 차림으로 여기에 와 있는 이유는 단 하나, 슬론 때문이었다. 정확히는 슬론의 끔찍한 실력 때문이었다. 그동안 슬론이 나아졌기를 기대했건만, 전혀 아니었다.

"테른은 내가 안장에서 벗어나게 놔두질 않는걸." 나는 조용히 말했다. 어차피 내가 소진될 뻔한 이후로 테른이 내내 머릿속에 있는데도 말이다.

"들었다." 테른이 그르렁거렸다.

"그야 듣고 있으니까 들리죠." 이리저리 자세를 바꿔봐도 소용이 없자, 나는 벌겋게 익어서 당기는 피부의 압력을 덜어주려고 벽에서 한 걸음 떨어졌다. 타 죽을 뻔한 마력 소진을 겪고도 육체에는 햇볕에 탄 화상 정도의 흔적만 남았지만, 그것도 성가시기는 했다.

"네가 차단벽을 강화하면 내가 감시하지 않아도 될지 모르지."

"기동 훈련도 완수하지 않고, 앤다나를 수업에 데려오는 것도 거부하고?" 이모젠은 놀라는 척 숨을 몰아쉬었다. "이건 그냥 반란군이 되어가는 거 아냐?" 그녀의 시선이 내 얼굴에 꽂혔다가 목으로 내려갔다. "네 친구들은 여전히 네가 훈련 중에 통제력을 잃었다고 생각하고?"

나는 고개를 끄덕였다. "실제로 무슨 일이 일어났는지 알았다간 내 옆을 떠나지 않으려고 할 거야."

"그러면 네가 더 안전하겠지." 이모젠이 말했다.

"친구들은 아닐 거고." 이 문제는 이걸로 끝이었다.

"상대방에게서 눈을 떼지 마!" 리가 사이드라인에서 슬론을 향해 외치는 순간, 슬론은 정확히 그 말과 반대로 매트 가장자리에 접근하면서 시선을 아래로 내렸고, 상대방은 그 기회를 놓치지 않았다. 슬론은 턱에 금이 갈 정도의 펀치를 맞고 쭉 뻗어버렸다.

이모젠과 나, 둘 다 움찔했다.

"이건 진짜 시합이 아니라 대련이야! 적당히 해, 토마스!"

리가 제2비행단 소속 대대장에게 외쳤다.

"미안해, 리. 자제해라, 제이섹." 토마스라는 대대장이 1학년을 꾸짖었다.

"젠장." 이모젠이 고개를 내저으며 팔짱을 꼈다. "제이섹이 심각한 분노에 시달리고 있는 건 알았지만, 저렇게 세게 때리는 건 처음 봤어."

"제이섹? 내빌 제이섹과 같은?" 그는 제시니아와 내가 마컴에게 끌려가는 모습을 목격했던 제3비행단 소속의 2학년인데, 며칠 전 사망자 명단에 올랐다.

"저기 매트 위에 있는 녀석이 동생이야." 이모젠이 말했다.

"젠장." 이제는 그에게 안타까운 마음이 들었다. 슬론도 비슷한 처지기는 했지만 말이다. "내 생각엔 마컴이 죽인 것 같아." 나는 속삭였다.

"책을 제때 반납하지 않았다는 이유로?" 이모젠이 눈썹을 올렸다.

"찾으면 안 될 책을 찾던 것 같아. 그래, 터무니없는 소리로 들리는 건 알지만, 그것 말고는 방 안에서 맞아죽은 채로 발견된 걸 설명할 길이 없어."

"그래." 이모젠이 생각에 잠겼다. "그건 그 녀석이 우리 일원이어야만 말이 돼."

다른 생도들에게는 그것도 팬첵이 말하는 '유난히 폭력적인' 학년 시작에 걸맞은 사건으로 여겨질 뿐이었다. 우리 그룹에서 목숨을 노리는 암살 시도가 한 번에 그친 건 나밖에 없었다.

"서기들이 라이더의 죽음을 지시하고 다닌다면, 너도 그 로브 입은 꼬마 친구와 함께 있을 때 단단히 조심하는 게 좋겠다."

"제시니아는 위험한 사람이 아니야." 나는 반박했지만, 애초에 제이섹이 잡혀간 것도 제시니아의 보고 때문이었다는 사실을 떠올리자 더 하려던 말이 사그라들었다.

"그만 끝내자." 슬론이 다시 한번 매트에 쓰러지자 상대측 대대장이 제안했다.

"난 멀쩡해!" 슬론은 손등으로 입가의 피를 훔치며 비틀비틀 일어섰다.

"확실해?" 리의 말투에는 완전히 잘못된 결정이라는 의미가 담겨 있었고, 우리 모두의 생각도 같았다.

"당연하지." 슬론은 제이섹을 상대로 격투 자세를 취했다.

"저 녀석, 아주 맞고 싶어서 안달이 났군." 이보젠이 말했다. "흠씬 두들겨 맞고 싶어 하는 것 같은데."

"이해가 안 가." 아릭이 내 앞으로 이동했고, 나도 그 등을 피해서 매트를 보려고 움직였다. "난 낙인이 찍힌 사람은 모두 격투 훈련을 받는 줄 알았어."

"어디에 위탁되느냐에 달렸어." 이모젠도 나와 같이 앞쪽으로 움직였다.

"그리고 제이든이 승급하기 시작한 이후에는… 음, 애들을 맡은 몇몇 가문이 훈련을 중단했어. 1학년들에게 들은 바로는 그래. 슬론이 이번 주에 시합하지 않아서 다행이야."

제이섹이 다시 한번 슬론을 매트에 쓰러뜨리고는 목에 무릎을 갖다 대며 뜻을 분명히 했다. 이게 실제 시합이었다면 슬론은 큰 위험에 처했을 것이다.

"슬론의 첫 시합은 월요일인데 엉덩이나 맞고 끝나면 다행일 거야." 나는 단검을 하나 뽑아서 칼끝을 잡았다. 슬론은 나에게 말도 안 거는데, 내 기술이 어떻게든 도움이 될 수 있을까.

"월요일?" 이모젠이 천천히 나를 돌아보았다. "그런데 넌 그걸 어떻게 알아?"

젠장. 어차피 이모젠은 나를 죽일 수 있는 비밀을 거의 다 쥐고 있었다. "설명하자면 길지만… 우리 오빠가 쓴 일기장이 있어."

"슬론의 상대는 누구야?" 이모젠은 다시 매트 쪽으로 몸을 돌렸다.

"내가 가지고 있으면 안 될 책에 대해서는 묻지 않고?"

"됐어. 난 누구와 달리 다른 사람의 사적인 문제를 낱낱이 알 필요가 없거든."

나는 대놓고 던진 비난에 코웃음을 쳤다. "흠. 그야 뭐, 선배는 나랑 자지 않잖아."

"네가 내 취향이었으면 좋았을 걸 그랬지? 내가 또 침대에서 굉장하거든." 슬론이 얼굴부터 매트에 처박히자 이모젠은 콧소리를 냈다. "진지하게 묻는 거야. 상대는 누구야?"

"슬론이 이길 수 없는 사람." 제3비행단 소속으로 태어나면서부터 대련만 한 것처럼 움직이는 1학년이었다. 그게 누구인지 알려줄 사람을 찾는 데만 한 시간 가까이 걸렸지만.

"내가 도와주겠다고 했는데 받아들이질 않아." 이모젠이 조용히 말했다.

"대체 왜?" 나는 단검을 잡고 근육에 새겨진 기억만으로 홱 뒤집었다.

이모젠은 한숨을 내쉬었다. "짐작도 안 가. 하지만 저렇게 고집을 부리다간 죽을 거야."

나는 단검 손잡이를 꽉 움켜쥔 채로 리암의 동생이 제이섹에게 깔려 버둥거리다가 붉으락푸르락해진 얼굴로 천천히 체념한 숨을 내쉬는 모습을 지켜보았다. 약한 자는 비행단의 골칫거리가 되기 전에 강한 자가 솎아내게 놓아두는 것이 우리 분과의 암묵적인 규칙이다. 라이더로서 나는 그만 물러나야한다. 잘하든 못하든 슬론이 알아서 하게 돼야 한다. 하지만 리암의 친구로서 멀찌감치 물러나 슬론이 죽는 꼴을 볼 수는 없다. "월요일에 죽진 않을 거야."

"갑자기 멜그렌의 고유 능력이라도 생겼어?" 이모젠은 턱까지 내려오는 분홍색 머리카락을 귀 뒤로 넘기면서 응수했다.

"그만한다!" 리가 시합을 종료시키자 나는 안도의 한숨을 내쉬었다.

"그런 건 아니야." 나는 체육관 안을 재빨리 둘러보며 월요일에 슬론과 맞붙을 상대를 찾았다. "물리학 수업 이후에 몇 가지 할 일이 있긴 한데, 오늘 밤 체육관 훈련 시간에 보자." 내 근육은 모두 작년부터 이모젠이 헌신적으로 중량 기구에서 날 고문한 덕분에 얻은 것이다.

"그나저나 그 수업은 어떻게 되어가?" 이모젠의 빈정대는 미소를 보니, 리애넌의 도움 없이는 내가 물리학 시험에 통과하지 못할 것을 잘 아는 눈치였다. 나는 역사, 지리, 그 밖에 서기들과 겹치는 다른 모든 과목에서 모든 라이더보다 앞서지만 물리학만은 논외였다.

"어이, 바이…." 뒤에서 다가온 손 하나가 내 어깨에 얹힌 순간, 심장이 쿵쾅거리며 귓가에서 아프게 고동쳤다.

다시는 안 돼.

나는 근육이 기억하는 대로 순식간에 단검을 쥔 손아귀에서 힘을 풀면서 몸을 빙글 돌려 왼쪽 팔뚝을 가슴팍에 대고 습격자의 균형을 무너뜨린 다음, 벽으로 밀어붙이면서 문신한 목에 단검을 갖다 댔다.

"어이, 어이!" 리독이 눈이 튀어나올 듯한 얼굴로 두 손을 들어 올렸다. "바이올렛!"

내가 빠르게 눈을 깜박이는 사이 리독의 목젖이 아래위로 움직이면서 내 칼날을 긁었다. 리독이다. 암살자가 아니다. 그냥 리독이다.

쏟아지는 아드레날린에 손을 살짝 떨면서 칼을 내렸다. "미안."

"내 경정맥을 딸 뻔한 거?" 리독은 옆으로 비켜서고 나서야 손을 내렸다. "네가 빠른 줄은 알았지만, 와."

얼굴이 확 뜨거워지고 수치심에 할 말을 잃었다. 친구의 목을 그을 뻔하다니. 나는 어찌어찌 칼집을 찾아 단검을 넣었다.

"사람에게 몰래 다가서질 말아야지." 이모젠이 잔소리하는 차분한 말투가 왼손에 쥔 단검과 상충했다.

"미안해. 다신 안 그럴게." 리독은 걱정하는 눈빛으로 내 어깨 너머를 보았다. "난 그냥 물리학 수업에 가려는지 물어보려던 것뿐이야. 소여는 벌써 문 옆에 있어."

"무슨 일 있어?" 리가 가방을 어깨에 메면서 다가왔다.

"아무 일 없어." 이모젠이 대답했다. "그나저나 너 대대장 잘한다. 1학년들에게 대련 연습을 더 시켜주다니 좋은 생각이야."

"고마워…?" 리는 이모젠의 얼굴에 코가 하나 더 자라기라도 했다는 듯이 놀란 표정이었다.

"오늘 밤에 보자." 이모젠은 단검을 칼집에 넣더니, 작년을 생각하면 믿기지 않는 이해심이 담긴 눈빛으로 나를 보고 물러났다. "난 메이리에게 도와주겠다고 해봐야겠다. 한 번 더."

나는 고개를 끄덕였다.

"별일 없는 거 확실해?" 내가 떨리는 손으로 바닥에 놓아둔 가방을 집다가 떨어뜨릴 뻔하자 리가 재차 물었다. 망할 놈의 아드레날린.

"완전히." 나는 가짜 중의 가짜 미소를 지었다. "물리학 수업이나 가자. 신나는 물리학."

리가 리독과 시선을 교환했다.

"바이올렛은 아마 물리학 시험 때문에 초조한 걸 거야. 그리고 멍청한 내가 놀라게 한 것도 도움이 되진 않았지." 리독은 소여가 기다리는 문 쪽으로 걸어가면서 목을 문질렀다.

리애넌은 잠시 입을 딱 벌렸다. "바이올렛! 안고 하지 않았어? 아니면 아침에 다시 공부할 수 있었잖아. 네가 말하지 않으면 나도 도울 수가 없어."

정말 맞는 말이야.

"이것만 기억해. 어떤 비행 기동을 할 때든 세 가지 요소 중에 반드시 두 가지가 필요해." 리는 소여가 사과를 한 입 베어 물면서 체육관 문을 열어주는 가운데 읊었다. "속도, 힘, 또는⋯."

나는 복도를 걸으면서 학예동 1층을 훑어보았다. 누군가 숨어 있다가 우리에게 덤벼들 수도 있는 모든 벽감, 모든 강의실 문을 샅샅이 훑었다.

"바이올렛?"

앞쪽 계단을 보던 시선을 겨우 돌렸더니 리가 뭔가를 기대하는 눈으로 보고 있었다. 맞다. 나에게 물리학과 항공역학에 대해 알려주고 있었지.

"고도." 소여가 대답했다.

"맞아." 나는 계단에 접어들면서 고개를 끄덕였다. "고도."

"너 때문에 죽겠⋯." 리애넌이 입을 여는 순간이었다.

"지금이야!" 우리 뒤에서 누군가가 외쳤다.

미처 반응하기도 전에 머리에 자루가 씌워졌고, 나는 한 호흡만에 의식을 잃었다.

14

보병 생도와 라이더 생도 사이에는 극복해야 할, 어쩔 수 없는 불신
이 존재한다. 라이더들은 드래곤이 착륙했을 때 보병들이 꿋꿋이
버틸 용기가 없다고 믿고, 보병들은 드래곤이 호시탐탐 자신들을
잡아먹으려 노리고 있다고 믿는다.

_ 아펜드라 소령, 《라이더 분과 지침》(무허가 판본)

폐를 가득 채우는 매캐한 냄새에 퍼뜩 깨어난 나는 바로 주먹을 휘둘러 내
얼굴을 잡은 손을 쳐냈다. 소금 냄새가 났다.

"일어났네요." 남색 옷을 입은 여자가 물러나면서 말했는데, 상대가… 그
레디 교수?

나는 머리가 징징 울리는 가운데 일어나 앉아서 다리를 쭉 뻗고 바로 테른
에게 접촉했다. *"어떻게 된 거예요?"*

눈이 환한 빛에 적응하는 게 느리긴 했지만, 우리는 숲속에 있었다.

*"인간이 등에 앉아만 있으면 들을 필요가 없을 수업이지. RSC라는 것 말이
다."* 테른은 놀랍도록 좌절감 어린 목소리로 그르렁거렸다. 방금 약에 취해서
분과 밖으로 끌려나온 게 내가 아니라 테른이기라도 한 것 같았다.

리애넌, 소여, 리독은 내 오른쪽에 있었는데 하나같이 나 못지않게 혼란스
러운 얼굴이었다. 왼쪽에는 제2비행단 불꽃전대 2대대 소속의 2학년 네 명이
똑같이 당황해서 숲을 둘러봤다.

우리만 정신없는 게 아니라니, 좀 낫군.

"그래도 암살 시도는 아니네요." 그랬다면 우린 이미 죽은 목숨이었으리라. 특히나 지금처럼 몽롱한 상태라면.

"우리가 내일 스게일이 도착할 때까지 바스지아스에 돌아가지 못한다면, 글쎄다."

아, 젠장. *"이게 하루 넘게 계속될 리는 없어요."* 그렇겠지? *"혹시 그때까지 안 끝나면 테른 혼자서 돌아가요."*

맞은편에서는 우리와 마찬가지로 네 명씩 이뤄진 두 무리의 보병 생도가 숨죽여 대화를 나누고 있었다. 남색 제복으로 보병이라는 걸 알 수 있었는데, 다… 똑같다. 남자 넷은 군인식으로 머리를 바싹 깎았고, 여자들은 머리카락 한 올 흐트러지지 않게 단단히 틀어올렸다. 남색 제복도 똑같고, 부츠도 똑같고, 모든 게 똑같았다. 심장 근처에 달린 이름표만 다르고, 어깨에 분대장 표식을 단 생도가 한 명씩 있을 뿐이었다.

우리 넷은 모두 여름 제복을 입었지만, 각자에 맞게 변형했다. 내 가벼운 검은색 상의는 갑옷 옆구리에 꽂아놓은 단검을 바로 뽑을 수 있도록 앞쪽을 길게 잘라놓았다. 리애넌은 튜닉에 칼집을 직접 꿰매어 넣는 쪽을 선호했다. 소여는 소매를 짧게 자르고 무기를 팔뚝에 매달아 놓기를 좋아했고, 리독은 재단사에게 맡기지 않고 그냥 소매를 뜯어버렸다. 우리는 이름표도 달지 않았고, 제2비행단도 마찬가지였다.

"너는 알아서 살아남게 내버려두라고?"

숲 바닥은 여기저기가 질퍽질퍽한 진창이었고, 나뭇가지 사이로 흘러드는 오후 햇살의 각도를 보니 우리가 의식을 잃고 있었던 시간은 한 시간이나 기껏해야 두 시간 정도였다. 보이는 것이라곤 나무밖에 없었다.

"그게 이 실습의 핵심 같네요." 나는 눈을 깜박이면서 제대로 생각하려고 애썼다. *"약속해요. 내가 여기에 붙들려서 길을 찾지 못한다면 테른이라도 스게일을 보러 가는 거예요. 가능하다면요. 바스지아스에서 그렇게 멀진 않을*

거예요."

그레디 교수는 라이더들에게 물주머니를 하나씩 건넸다. "풍경을 갑자기 바꿔서 미안하구나. 수분을 섭취해라."

우리 모두 물주머니를 열어 마셨다. 차갑고 시원한 물이었지만… 안에 뭔가가 들어 있었다. 톡 쏘는 맛. 흙 맛. 그리고 뭔지 모르겠지만 쌉싸름한 꽃향기 같은 것. 나는 그 뒷맛에 거북한 기분으로 물주머니를 닫으며 그레디 교수가 물주머니를 잘 좀 관리해야겠다 생각했다.

"리, 괜찮아?" 나는 칼집을 점검하는 리에게 물었다.

"약간 멍하긴 하지만 괜찮아. 너는?"

나는 단검이 제자리에 있는지 확인하려고 옆구리를 쓸어내리며 고개를 끄덕였다. 가방도 아직 어깨에 메고 있었다.

"계단에서 우릴 납치한 건가?" 나는 관자놀이를 문지르고 있는 소여와 목의 문신을 긁고 있는 리독을 건너보았다.

"내 마지막 기억으로는 그래." 리가 주변을 관찰하며 맞장구쳤다.

"우리가 어디에 있는지 아는 사람?" 소여가 딱 봐도 우리보다 더 경계하고 있는 보병 생도들에게 물었다.

보병 생도들이 시선을 마주쳤지만, 아무도 대답은 하지 않았다. 아예 말을 하지 않았다.

"모른다는 걸로 알아들을게." 리독이 말끝을 늘였다.

"우리도 몰라." 제2비행단에서 대대장 표식이 있는 라이더가 손을 올려 인사했다.

"혹시 여기가 어디인지….." 테른에게 말하려고 했는데, 평소에는 맑고 투명했던 연결이 누군가가 담요라도 덮어씌운 것처럼 먹먹했다. 질문을 던지지는 않았지만 앤다나와의 연결도 마찬가지라는 사실을 깨달으면서 패닉이 몰려왔다. "테른과 연결이 안 돼."

리가 나를 홱 쳐다보더니 고개를 옆으로 기울였다. "젠장. 페이그도 마찬가지야. 마치 뭔가가…."

"연결을 가로막는 것 같아." 소여가 대신 말을 맺었다.

내가 물주머니를 옆에 내려놓자 다른 사람들도 이해하고 똑같이 행동했다. 전쟁의 여신 던의 이름으로, 우리가 뭘 마신 걸까?

"차단됐어." 어두운 금발을 어깨까지 땋아서 늘어뜨린 라이더 한 명이 속삭였다.

"숨 쉬어, 미라벨." 제2비행단 대대장이 부드럽게 지시하면서, 갈색 손으로 검은 곱슬머리를 헤집었다. 그렇게 말하면 상황이 나아질지 모른다는 듯이. "오래 그럴 수는 없어."

리독이 주먹을 움켜쥐었다. "이건 옳지 않아. 수업을 위해서든 뭐든 우릴 드래곤에게서 단절시킬 순 없어."

"토마스?" 리애넌이 내 옆으로 몸을 내밀고 물었다.

"안녕, 리." 제2비행단 대대장이 손을 흔들었다. "이쪽은 브리사야." 토마스가 진한 갈색 피부에 머리를 밀고 빠르게 주변을 관찰 중인 여자를 가리키자, 브리사가 짧게 목례했다. "여긴 미라벨." 창백한 뺨에 비행 고글 선이 남아 있고 어깨에는 화염 능력자 패치를 단 금발 라이더가 손을 흔들었다. "그리고 코헨이야." 내 바로 왼쪽에 있던 짧은 검은 머리에 따뜻한 적갈색 피부를 지닌 라이더가 손을 들어 인사했다.

"안녕." 리애넌이 고개를 끄덕였다. "이쪽은 소여, 리독, 바이올렛이야."

그레디 교수가 서류철에 뭔가를 표시하고 헛기침을 하자 사교적인 인사는 짧게 끝났다. "모두 깨어났으니 이제 시작하지. 첫 연합 지상 항법 실습에 온 것을 환영한다." 그는 서류철에서 접힌 지도 두 장을 꺼냈다. "지난 2주 동안 제군들은 지도 읽는 법을 배웠고, 오늘은 실습으로 그 기술을 이용해보기로 한다. 이게 전초기지에서 이뤄지는 실제 작전이라면, 부대는 지금 보는 것처럼 구성될 것이다."

그레디 교수가 보병 분과의 교수임이 분명한 여성에게서 멀어지자, 서기

한 명과 하늘색 옷을 입은 생도 두 명이 보였다. 로브가 아니라 크림색 바지에 크림색 후드 튜닉을 입긴 했지만 서기가 확실했다.

"라이더와 보병은 전투를 맡고, 서기 한 명은 기록하고, 힐러들이 있는 이유야 뻔히 알겠지." 그레디가 앞으로 나서라고 손짓하자 그 세 명이 보병들 끄트머리에 섰다.

대위 계급장을 단 보병 교수가 걸어와서 흠잡을 데 없는 자세로 그레디 교수 옆에 멈춰 섰다. "생도들, 일어서라."

보병 분대원들은 말 그대로 펄쩍 뛰다시피 일어나서 차렷 자세를 취했다. 나는 뒤로 살짝 물러나면서 갑자기 든 본능적인 생각에 깜짝 놀랐다. 보병 장교의 지시 따위는 듣지 않으니 꺼지라고 말할 뻔했기 때문이다. 어떤 라이더도 보병의 지시를 듣지 않았다.

그레디 교수가 우리 쪽을 흘긋 보고 고개를 끄덕였다. 우리도 일어섰지만, 쉬어 자세조차 취하지 않았다. 그냥 제각각 서 있었다.

보병 장교는 우리를 쳐다보고 어처구니없다는 표정을 지었다. "이건 올해 제군들이 정복할 가장 짧은 코스이니 서로를 알아두는 게 좋겠군. 제4비행단은 보병 4분대와 움직인다." 그녀가 둘러보자 바로 앞에 있던 생도 한 명이 손을 들어 올렸다. "그리고 제2비행단은 보병 2분대와 함께한다. 어디까지나 쉽게 기억하기 위해서다." 왼쪽에 있던 생도 하나가 손을 들었다. "제군들의 목표는 지도에 표시된 위치를 찾아서 확보하는 것이다. 그러고 나면 제군들은 구출될 것이다."

이렇게 쉬울 리가 없는데.

그레디 교수가 지도를 내밀자, 리애넌이 나서서 지도를 받은 뒤 토마스에게 하나를 건넸다. 보병 생도 하나가 앞으로 나서려다가 멈춰 섰다.

"지도는 두 장이다." 그레디 교수가 말했다. "팀은 둘이지만 협력하며 하나의 부대로 움직인다. 너희는 같이 움직이는 데 익숙하지 않다. 다른 병과와 행동할 거라는 경고도 받지 못했지. 하지만 나바르를 안전하게 지키려면 다른 병과들과 협동해야 한다. 군 생활을 하다 보면 공중이나 지상에서 믿을 수 있는 전우가 필요한데, 바스지아스에서 그런 유대관계를 구축하게 된다." 그는 우리를 죽 바라보며 말을 끝냈다. "내일 오후에 보자."

내일 오후?

속이 내려앉았다. 테른이 내 요청대로 혼자 떠나지 않는다면 스게일을 보지 못한다. 그리고 나는… 제이든과의 시간을 놓치게 되겠지. 다시 볼 때까지 일주일을 기다려야 한다. 그 실망감은 생각보다 더 괴로웠다.

"구출 지점을 찾아서 확보하면 된다고? 그게 임무라고?" 소여가 마치 지도에 물리기라도 할 것처럼 멀찍이 쳐다보며 물었다. 확실히 지상 항법은 소여의 분야가 아니었다.

"문제없지." 리독이 가슴을 부풀렸다.

"아, 그렇지." 그레디 교수가 끼어들었다. "우린 경기장을 공평하게 만들어야 한다. 보병은 1학년 때부터 지상 항법을 공부했기 때문에 당연히 너희들보다 나을 거다."

리독은 뻣뻣해지고, 보병 생도들은 히죽거렸다.

"그리고 알아차렸겠지만 너희 여덟 명은 현재…." 그레디 교수가 우리를 훑어보았다. "드래곤과 소통할 수 있는 능력이 없다."

"헛소리." 리독이 큰 소리로 대꾸했다.

보병 생도 한 명이 얼빠진 눈으로 리독을 쳐다보았다.

"사실이다." 그레디 교수가 말했다. "우리도 이런 일을 가볍게 하진 않고, 너희들의 드래곤도 너희만큼이나 이런 상황을 싫어한다. 너희는 드래곤과의 결속뿐만 아니라 고유 능력도 둔하게 만드는 특별한 약초 배합물을 마셨다. 잠시 좌절하겠지만, 사실 우리는 이 조합에 상당한 자부심을 갖고 있다. 그러니 혹시라도 부작용을 느끼면 알려주기 바란다."

"우리에게 가장 중요한 결속을 끊어놓은 것 말고 말입니까?" 리가 반발하며 말했다.

"그렇다."

마력을 일으키려 해보았지만 손끝만 따끔거렸다. 맙소사, 이건… 정말 취약해진 느낌이고, 욕이 튀어나올 것 같았다. 대체 어떤 약초 배합인지 생각하는 사이에 두 교수가 우리 사이로 걸어왔다.

그레디는 우리 쪽 끝까지 걸어오더니 몸을 돌려 되돌아갔다. "아, 그러고 보니 여기 나와 있는 게 두 그룹이라는 이야기는 했던가? 또 한 그룹은 숲 반대편에 있고, 너희들의 드래곤이 그쪽을 사냥하는 동안 그쪽 드래곤들은 너희를 사냥할 거다. 계약하지 않은 드래곤도 합세할 거다."

뭐가 어째? 속이 텅 비는 느낌이다.

보병 생도들의 얼굴이 창백해졌다. 그중 한 명은 비틀거렸다.

"보병들, 라이더들은 너희의 지상 항법 지식에 기대야 할 테지만, 너희는 드래곤과 조우할 경우 라이더 없이 살아남지 못할 것이다." 그레디는 우리 여덟 명을 차례차례 훑어보았다. "대부분이 살아서 벗어나도록 해라, 알겠나?" 그는 씩 웃더니 보병 분과 교수와 함께 숲속으로 걸어 들어갔다. 우리는 보급품도, 드래곤도 없이 망할 놈의 숲 한가운데에 남겨졌다.

우리는 보병 분대를 응시했다.

보병 분대는 우리를 응시했다.

힐러들은 우스꽝스러울 정도로 불편해하는 얼굴이고, 서기는 이미 수첩을 꺼내어 연필을 들고 있었다.

"흠, 모두에게 즐거운 시간이 되겠군." 리독이 중얼거렸다.

"교수님이 우리가 죽을 수도 있다고 암시한 건가요?" 두 명의 힐러 생도 중에 키가 작고 올리브빛 피부를 지닌 쪽이 순식간에 핼쑥해져서 물었다.

"드래곤을 열받게 하면 어떻게 되나 알아봐." 소여가 대꾸했다.

"넌 괜찮을 거야…." 나는 그 힐러의 이름표를 찾았다. "다이어."

나는 다이어에게 미소를 지어보인 뒤 서기에게 다가갔다. 짧은 속눈썹을 깜박이며 나를 올려다보는 키 작은 서기는 주근깨에 뒤덮인 크림빛 얼굴을 부드러운 붉은 머리카락이 감싸고 있었다. "에피? 서기도 RSC에 끌고 와?"

"안녕, 바이올렛. 난 우리 학년에서 현장 훈련 1등이고, 명인이 될 것도 아니거든." 에피가 말했다. "넌 너희 학년에서 제일 강력한 라이더지. 다이어와 캘빈도 분과 학년에서 최고야." 그녀가 어깨를 으쓱였다. "당연히 제일 강한 팀부터 구성한 거지."

리독이 씩 웃었다. "그러니까 우리가 이길 팀이라는 말이지?"

"비슷해." 서기는 미소를 눌렀다.

"그러면 확실히 지지 않도록 하자." 리애넌이 말하고는 지도로 관심을 돌렸다. "토마스, 네 생각은 어때?"

그는 브리사에게 지도를 넘기고 리의 지도를 같이 보았다.

두 시간 동안 우리는 보병들과 몇 번의 말다툼 후에 출발점에서 6.5킬로미터를 갔고, 9.5킬로미터를 더 가야 했다. 리애넌과 리독은 우리가 떨어졌던 지점과 구출 지점이 표시되어 있을 뿐 위치 정보는 없는 지도를 살펴보고 토마스와 경로를 의논했다. 그다음으로 우리에게 보여주고, 마지막으로 보병들에게 넘겨서 동의를 받은 후에 걷기 시작했다.

"우린 파칠리 숲에 있는 게 틀림없어." 캘빈이라는 재수 없는 생도가 몇 걸음 앞에서 리애넌과 언쟁을 벌였다. 15분에 한 번씩 자기가 보병 지휘관이라는 사실을 상기시키려 드는 놈이니 조금 있으면 또 그 소리를 할 게 분명했다. "그 지도는 내가 본 셰드릭 숲 지도와 전혀 비슷한 데가 없어. 우리가 가야할 곳의 반대 방향으로 왔을 수도 있다는 소리야. 이 지형지물은 하나도 맞지 않아."

"난 네가 잘못 생각했다고 봐." 리애넌은 목소리를 높이지 않고 반박했다.

"난 우리가 해든 숲에 있다고 생각해." 에피가 수첩을 꽉 쥐면서 말했다. 에피는 벌써 수첩을 세 장이나 채웠다. "말에 태워서 데려올 수 있을 만큼 가까운 숲은 해든 뿐이야. 너희 드래곤이 우리를 태워서 날아왔을 것 같진 않아."

"그리고 내일 테른이 스게일을 만나러 갈 수 있으면서도 나와 테른이 멀어져서 고통받지 않을 만큼 가까운 숲도 해든뿐이지." 내가 덧붙여 말했다.

"쟤네 분대장은 보병판 에이토스네." 오른쪽에서 리독이 중얼거렸다.

나는 고개를 끄덕이면서도 웃음을 참았는데, 리독 오른쪽에 있던 코헨은 고개를 뒤로 젖히면서 거리낌 없이 웃음을 터뜨렸다. 아무래도 데인의 명성이 다른 비행단에도 퍼졌나 보다.

"에이토스가 누군데?" 에피 왼쪽에 있던 조용한 보병 생도가 물었다. 그 몸매 좋은 갈색 머리는 몇 시간 동안 아무 말도 하지 않았지만, 눈은 끊임없이 움직이면서 주위 환경을 살폈다. 아마 브리사와 더불어 우리 그룹에서 가장 관찰력이 좋은 생도일 것이다. 브리사는 현재 토마스, 소여와 함께 양쪽 끝을 맡고 있었다.

"우리 비행단장 중 한 명이야." 나는 대답했다. "너희로 치면 보병대대장에 해당하지."

"아." 그녀는 리애넌과 재수 없는 생도가 앞에서 계속 언쟁하는 가운데 고개를 끄덕였다. "라이더들은 전대 단위로 기능하지?"

"맞아." 풍경은 달라지지 않았다. 숲은 대체로 평평했고, 가끔 쉽게 올라갈 만한 언덕이 나왔다. 하지만 날씨는? 젠장, 숨 막히게 더웠다. 나는 한 시간쯤 전부터 제복 상의를 벗어 허리에 묶고 갑옷 차림으로 걸었다. 에피가 어떻게 후드까지 쓰고 이 더위를 버티는지 놀라웠다. "우리는 비행대대, 비행전대, 비행단이지."

"드래곤과 마주치면 어떻게 해야 해?" 그녀가 물었다.

"우선 희생물을 고르지." 리독이 말했다. "그 다음엔 희생물을 바치고 도망치는 거야."

보병 생도가 눈을 크게 떴다.

"재수 없게 굴지 좀 마." 나는 팔꿈치로 리독의 팔을 찔렀다. "드래곤의 색깔에 따라 다르긴 한데, 일단 시선을 내리고 조용히 물러나는 게 가장 좋아. 보통은 드래곤이 오는 소리를 들을 수 있어."

"그러고 나면 잡아먹힐 준비를 하는 거지." 코헨이 덧붙였다.

"신들이시여." 갈색 머리가 속삭였다.

"넌 이제 내가 제일 좋아하는 올해의 동료다." 리독이 코헨의 어깨에 팔을 걸쳤다.

"너희 지도 좀 볼 수 있을까?" 대열 후미에서 브리사가 물었다.

"너희 지도가 있지 않아?" 캘빈이 대꾸했다.

리가 그쪽으로 고개를 홱 돌렸다. "지도 줘. 아니면 네 손에서 잘라낼거야."

캘빈은 리를 노려보았지만 브리사에게 전달할 수 있게 뒤쪽으로 지도를 넘겼다.

맙소사, 풀이 높이도 자랐네. 나무 그늘이 지지 않는 곳에서는 풀이 내 허리까지도 올라왔다. 나는 울퉁불퉁한 옹이를 밟았다가 발목을 삐끗했다. 다행히 넘어지기 전에 리독이 잡아줬고, 언덕을 오르는 내내 말없이 부축해줬다.

"고마워." 나는 조용히 말했다.

"무릎은 감쌌어?" 리독이 이마에 걱정스러운 주름을 잡으며 물었다.

나는 고개를 끄덕였다. "응, 하지만 발목은 감지 않았어. 하이킹을 할 거라곤 생각 못했으니까."

"감쌀 게 필요하면 나에게 천이 있어." 다이어가 뒤쪽에서 외쳤다.

"기억해둘게. 고마워." 나는 대답했다.

뒤쪽에서 어떤 남자가 물었다. "서기들은 다 이렇게 조용해?"

"내 일은 참여가 아니라 기록이야." 에피가 대답했다.

"참여하지 않아도 드래곤에게는 잡아먹힐걸." 남자가 대꾸했다.

나는 그 남자 생도에게서 눈을 떼지 않고 에피에게 장담했다. "난 절대로 서기가 드래곤에게 먹히게 두지 않을 거야."

대열 앞쪽에서 말다툼이 심해지면서 리애넌의 목소리가 커졌다. "그야 우리를 학교에서 끌어내서 단 네 시간 만에 그렇게 멀리 데려왔을 리가 없으니 그렇지."

"너희 드래곤이 그렇게 빨리 날 수 없어서?" 캘빈은 리보다 몇 센티미터는 작았는데 아무 문제없이 리를 노려보았다.

"드래곤들이 너희를 싣고 왔을 리가 없잖아, 이 멍청아." 리독이 대꾸했다.

에피는 콧소리를 냈고, 미라벨은 뒤쪽에서 보병 분대원들을 양옆에 두고 웃음을 터뜨렸다.

캘빈이 리독을 똑바로 쳐다보았다. "계급에 존중 좀 보이지?" 그는 두 개의 참나무 잎사귀 아래에 열린 삼각형이 수놓인 어깨 견장을 두드렸다.

"네 계급은 나한테 아무 의미 없거든."

"왜? 너희가 우리보다 그렇게나 위에 있어서?" 캘빈이 맞받아쳤다.

"뭐 꼭 따지자면 날고 있을 때 우린 모든 사람 위에 있지." 리독이 대꾸했다. "하지만 내가 너보다 낫냐고 묻는 거라면, 답은 당연히 그렇다야."

나는 한숨을 내쉬고, 캘빈이 옆구리에 찬 검을 뽑진 않을지 지켜보았다. 나쁜 무기는 아니지만, 모든 보병은 숏소드를 차고 있었다. 키나 전문 분야에 따른 차이도 없이 하나같이… 획일적이었다.

반면에 우리는 물리학 수업을 가던 복도에서 끌려왔기 때문에 대부분 중요한 무기가 없었다. 리독도 선호하는 활이 없고, 소여와 리애넌도 제일 좋아하는 장검이 없는 상태였다.

"일부러 화를 돋우는 짓 좀 그만해." 리애넌이 리독을 돌아보며 말했다. 우리는 또 다른 언덕을 터벅터벅 올라가기 시작했다. 이번 언덕에서는 아까보다 주위가 더 잘 보일지도 모른다. "우리에겐 깨끗한 물이 필요해. 물을 구하지 못하면 상황이 빠르게 악화될 거야."

리독이 씩 웃었다. "하지만 너무 재밌는걸!"

리애넌이 한쪽 눈썹을 올렸다.

"알았어." 리독은 두 손을 들어 올렸다. "저놈이 계속 과대망상을 유지하게 놔둘게."

"하, 그러니까 쟤 말은 듣고…"

"쟤는 내 상관이거든. 너는 아니고."

"그러니까 넌 라이더 지휘관만 존중한다는 거군." 캘빈이 계속 자극하며 말했다.

에피는 수첩에 뭔가를 맹렬하게 적었다.

"닥쳐, 캘빈." 내 뒤에 있던 생도가 상당한 분노를 담아서 말했다.

"내 존중을 원해? 직접 얻어내." 리독이 어깨를 으쓱였다. "60미터 위의 난간다리를 건너고, 건틀럿을 통과하고, 탈곡에서 살아남으면 우리가 동등한 위치에 서게 되겠지."

"뭐야, 우리 보병 분과는 험한 일을 겪지 않았다 이거야?" 뒤쪽에서 누군가가 이의를 제기했다.

"쟤 보여?" 소여가 말했는데, 나를 가리키는 손길이 느껴지는 것 같았다. "쟤는 대륙에서 제일 큰 드래곤 하나하고만 계약한 게 아니라 두 번째 드래곤까지 계약했어. 그리고 몇 달 전에는 그리폰과의 전투에 뛰어들었다가 살아 돌아왔지. 너희 분과에서도 그런 일을 겪나?"

주위에 있던 생도들이 조용해졌다. 에피마저도 수첩 위에 연필을 들어 올린 채로 나를 응시했다.

어색했다. 게다가 내용도 틀렸다. 어느 누구도 우리가 저 밖에서 맞서 싸울 진짜 상대를 알지 못한다. 그럼에도 침묵하고 있으려니 스스로를 보호하는 게 아니라 음모를 거들고 있다는 느낌이 점점 강해졌다.

"네가 소른게일이지?" 미라벨이 물었다. "사령관님의 딸?" 그녀는 얼굴을 찌푸렸다. "머리카락 때문에 알겠어."

"맞아." 부정해봐야 소용없는 일이다.

"너희 어머니는 무시무시해." 미라벨이 속삭였다.

에피는 우리를 번갈아 보더니 또다시 끄적거렸다.

나는 고개를 끄덕였다. "그 사람의 가장 두드러지는 특징이지."

"어이, 여러분?" 브리사가 뒤에서 목소리를 높였다. "왜 우리가 제자리를 도는 기분이 드는지 알아낸 것 같아."

"뭔데?" 리애넌이 어깨 너머로 물었다.

"캘빈이 맞았는데, 너도 맞았어. 그 작자들이 우리한테 다른 지도 두 장을 줬어." 브리사가 말하는 순간 맨 앞에서 언덕을 오르던 우리는… 그대로 얼어붙었다.

리애넌이 멈추라고 손을 드는데, 내 심장박동마저 멈춘 것 같았다.

언덕 반대편에 엎드려 기다리던 오렌지 클럽테일… 아니, 스콜피언테일이 목 안쪽에서부터 낮게 으르렁거렸다. 드래곤이 몸을 일으켜 하늘을 장악하고 꼬리를 획획 흔들자 우리도 그 동작에 따라 고개를 들었다.

베이드였다. 잭 발로우의 드래곤. 아니, 예전에 그랬던 드래곤.

"아마리 신이시여, 도와주소서." 캘빈이 공포에 질려서 속삭였다.

나는 맥박이 마구 빨라지고 두뇌가 공포와 싸우는 가운데 케이오리가 가르쳐준 대로 눈을 내리깔아 경의를 표했다.

"오렌지가 가장 예측불허야. 눈 깔아. 뛰지 말고." 나는 속삭였다. "뛰는 사람은 죽일 거야. 두려움을 드러내지 마." 젠장, 어느 분과가 더 우월한지, 우리가 있는 숲이 어디인지 언쟁할 게 아니라 이것부터 말했어야 했는데.

본능적으로 테른에게 마음을 뻗었다가 실패하자 가슴이 조여왔다. 다른 드래곤이 상대였다면 우리를 태워버렸다가는 우리 드래곤들의 분노를 살 위험을 무릅쓰진 않을 거라는 데 전재산을 걸겠지만, 보병 생도들은 다른 이야기였다. 게다가 내가 잭을 죽였다는 점을 감안하면? 장담할 수 있는 게 없다.

베이드에겐 잃을 것이 없었고, 풀밭을 깔아뭉개고 내 얼굴을 끈적하게 만드는 뜨거운 입김으로 보아 내가 누군지 정확히 기억하는 것 같았다.

"라이더들!" 리애넌이 외쳤다. "앞쪽을 맡아!" 리애넌도 나와 똑같이 생각하는 게 분명했다. "보병들은 힐러와 서기를 지켜!" 그녀는 시선을 올리지 않으려고 조심하면서 곁눈질로 나를 보았다. "바이올렛, 너는…."

나는 고개를 숙인 채 주변 시야로 움직임을 보면서 캘빈을 밀어내고 앞에 섰다. "난 숨지 않아."

"뭐하는 거야? 저게 널 잡아먹을 거야." 생도 하나가 잇새로 말했다.

어깨 너머를 돌아보니 오른쪽으로 몇 걸음 떨어진 곳에서 다이어가 입을 딱 벌리고 베이드를 똑바로 쳐다보고 있었다.

오렌지 드래곤이 또다시 으르렁거리자, 나는 뒤로 달려들어서 다이어의 의료 가방 끈을 잡아당겨 리독에게 밀었다. 리독은 다시 그를 안전한 곳으로 밀어내고 내 옆으로 이동했다.

"아니, 그러진 않을 거야." 소여가 보병들을 뒤에 두고 리독과 함께 앞으로 이동하면서 말했다. "그래서 우리가 앞쪽을 맡는 거다."

베이드가 머리를 빙글 돌리더니 입을 열고 혀를 말았다. 잽싸게 곁눈질로 훔쳐보니, 베이드의 흐릿한 금빛 눈이 가늘어지더니 목을 활처럼 구부리고 각도를 바꿨다. 전형적인 공격 자세로 고개를 낮추는 게 아니라….

나는 헉 하고 숨을 들이켰다. "리, 솔레스처럼 우리를 지나쳐서 쏠 거야."

리가 판단을 내리는 데는 1초도 걸리지 않았다.

"제2비행단." 리가 뒤쪽에 외쳤다. "그 자리에 멈춰서 보병을 가려!"

우리 뒤쪽의 움직임이 멈추고, 베이드가 발톱으로 땅을 움켜쥐더니 다시 고개를 돌리며 목표물을 골랐다.

"이건… 이건…." 캘빈이 더듬거렸다.

"눈 깔고 입 닥쳐." 리가 명령했다.

"맙소사, 다들 공포에 질린 냄새가 나." 오른쪽에서 리독이 속삭였다.

"베이드가 너한테 얼마나 화가 났을 것 같아?" 리의 왼쪽에서 소여가 나에게 물었다.

"이 친구가 자기 라이더 위에 산을 무너뜨렸잖아." 리독이 우리 모두 망했다는 듯이 한숨을 내쉬었고, 나도 동의할 수밖에 없었다.

베이드가 뒤쪽으로 서성이며 우리 높이로 머리를 낮추자 심장이 목구멍까지 뛰어오르는 기분이었다. 그건 우리를 태워버리기 딱 좋은 각도였다. 나는 고개를 들고 싶은 충동을 억누르고 내 앞의 풀에만 시선을 두었다.

베이드가 리애넌을 시작으로 소여까지 하나씩 냄새를 맡자 뜨거운 공기가 밀려왔다. 보병 생도들 몇 명이 억눌린 비명을 지르는 가운데 베이드는 축축한 콧김을 내뿜더니, 정확히 내 앞에서 다시 숨을 들이마셨다.

나는 질주하는 심장과 싸워야 했다. 작년이라면 죽음을 받아들였을지도 모른다. 하지만 올해는… 나는 대륙에서 가장 치명적인 드래곤 중 하나와 계약했다.

그래. 네가 날 미워할지는 몰라도, 난 테른의 라이더야.

그리고 내가 죽으면 테른도 죽을 가능성이 있기는 하지만, 어떤 드래곤도 그의 분노를 감수하려 들진 않을 것이다. 베이드는 살짝 물러섰다가 입을 벌리고 내 코앞까지 달려들어 딱 소리 나게 이빨을 닫으며 침을 퍼부었다.

이런, 젠장.

뒤쪽에서 누군가가 비명을 지르더니 도망치려고 했다.

"안 돼! 그웬!" 왼쪽에서 조용하던 생도가 뛰쳐나가며 풀밭을 달리자 캘빈이 외쳤다.

베이드가 그 움직임에 따라 고개를 돌렸고, 내 심장이 내려앉는 가운데 턱을 벌리더니 옆얼굴을 나에게 보인 채로 혀를 말았다….

"엎드려!" 리가 외치는 사이에 토마스가 그웬을 따라 달려가더니, 몇 걸음만에 따라잡아서 내가 다이어를 낚아챘을 때와 같은 방식으로 제복 뒤쪽을 잡고 캘빈에게 집어던졌다. 그웬은 캘빈의 발치에 나뒹굴고, 우리는 리의 명령대로 잽싸게 바닥에 엎드렸다.

베이드의 콧구멍이 커졌다. 내 가슴팍이 땅바닥에 닿는 동시에 열기가 사방을 채웠고, 나는 눈을 질끈 감았다. 그런다고 뒤쪽에서 들리는 비명을 막을 수는 없었다.

"통일 이전에는 에스벤 산맥 북부에 오렌지 드래곤들의 부화지가 있었다고 전해지는데, 예측할 수 없는 성질 때문에 이들은 산맥 안에서 새로운 계곡을 고르는 일이 많았다." 나는 화염이 날뛰는 동안 심장이 멈추지 않도록 진정시키려 애쓰면서 속삭였다.

테른이 마력을 채널링하기 시작한 후로는 이런 공포를 겪은 적이 없다. 내 고유 능력을 발현한 후로는 더더욱 그랬다.

화염이 멈추더니, 베이드가 딱 소리 나게 입을 다물고 다시 한번 그 거대한 머리를 흔든 뒤 몸을 깊이 웅크렸다가 날아올랐다. 나는 베이드의 독가시 가득한 꼬리가 내 앞에 다가오자 바로 시선을 떨궜다.

다음 순간 베이드는 사라졌다.

우리는 비틀비틀 일어섰고, 라이더들은 달려갔다…. 토마스가 서 있던 까맣게 탄 자리에 제일 먼저 도착한 건 브리사였다. 브리사는 아직 연기가 피어오르는 땅에 떨리는 손을 뻗었다. 나는 구역질이 나서 입에 침이 고였지만, 아침식사를 토하지 않고 참아냈다.

미라벨은 나만큼 운이 좋지 않아서 조금 떨어진 풀밭에 토하고 있었다.

"토마스…." 코헨이 브리사 옆에 무릎을 꿇었다.

리가 주먹을 꽉 쥔 채로 몸을 돌려 겁에 질린 보병들을 마주 보며 외쳤다. "제기랄! 바로 이래서 도망치지 말라는 거라고!"

15

2학년이 되면 지옥이라는 것 말고는 설명할 수 없는 수업이 하나 있어. 충고를 하나만 하자면, 다른 사람의 드래곤을 열받게 하지 마.

_ 브레넌의 일기, 96쪽

다음 날 해가 저물 때까지도 구출 지점에 도착하지 못했으니, 우리가 지상 항법 실습에 실패했다는 사실은 분명했다.

출발하기 전에 두 개의 지도가 일치하는지 확인하지도 않은 탓에 이제는 우리가 어디에 있는지 짐작도 못하고 있다. 발에는 물집이 잡혀 터진 지 오래고, 어젯밤 땅바닥에서 잔 덕분에 뼈가 시큰거렸다. 또다시 하룻밤을 이 야외에서 보내고 아침이면 목적 없이 헤매야 한다는 생각만 해도 좌절감에 비명을 지르고 싶어졌다.

지상 항법 같은 단순한 과제가 어떻게 이렇게까지 우릴 망칠 수 있지?

우리는 가던 길을 되짚어서 양쪽 지도 중에 어디에라도 속할 수 있는 개울 두 개를 건넜고, 성질 더러운 레드 대거테일과의 조우를 가까스로 피했다. 다행히도 그 레드 드래곤은 지치고 굶주린 생도들보다 근처에 있는 소가 더 맛있어 보인다고 생각했던 것 같다.

나는 망을 보던 리독과 교대하여 임시 야영지에서 살짝 비탈 아래에 있는 나무에 기대어 앉았다가 문득 새로 알게 된 이름이 많다는 생각을 했다. 바스지아스 보병은 라이더들과 같은 속도로 죽지 않기에 늘 생도 수가 천 명이 넘는 가장 큰 분과지만, 부대 배치를 받고 나면 어떻게 될까? 다가오는 전쟁이 지금까지와 달리 빠른 속도로 그들을 집어삼킬 것이다.

"저녁은 먹었어?" 리독이 일어서서 바지에서 풀을 털어내며 물었다.

"내 차례가 끝나면 먹을게." 나는 가방을 옆에 내려놓았다. 이틀 내내 교과서를 지고 걸었다. 모두가 그랬다. "보병들이 토끼를 잡았는데 곧 요리가 완성될 거야."

"그런 일은 그 녀석들이 우리보다 훨씬 잘하지." 리독은 머리를 헤집으며 마지못해 인정했다. "위에서 우리가 계속 헤매게 두진 않을 거야. 그치?"

"우리에게 먹인 약도 결국은 효과가 떨어질 거야." 고개를 돌렸더니 접시를 하나 든 다이어가 리애넌과 함께 걸어오고 있었다. "그리고 우리의 드래곤도 우리가 지도 두 장을 비교할 생각도 못 할 만큼 협동하지 못했다고 해서 여기서 썩게 놔두진 않을 거야. 아니, 어쩌면 내버려둘지도 모르겠다. 우리의 고집 때문에 토마스가 목숨을 잃었으니 그래도 할 말 없지."

"그건…" 리독은 다가온 두 사람에게 손을 흔들며 한숨을 내쉬었다. "어이, 리. 난 이 시험 자체가 좀 잔인하다는 얘길하고 있었어. 그렇지 않아? 고문 훈련은 나도 이해해. 지상 항법도 이해해. 포로가 되는 사태를 피하는 것도 당연하지. 심지어 어떤 벌레가 식용 가능한지 배워야 한다는 것도 그럴싸해. 하지만 적진에서 다른 드래곤들이 우릴 기다리고 있다가 죽일 건 아니잖아."

"가보면 놀랄걸." 너무 피곤한 나머지 그렇게 중얼거리고 말았다.

"뭐?" 리가 물었다.

"아니, 우린 저 바깥에 뭐가 있는지 제대로 모른다고. 안 그래?"

"불을 뿜는 그리폰은 아니었으면 좋겠다." 리독이 말했다.

"그래." 리애넌이 내 얼굴을 살폈고, 나는 잽싸게 어깨를 으쓱였다.

"안녕, 다이어." 나는 미소를 짜냈다.

"저녁식사 가져왔어." 다이어의 눈에 내가 받을 자격이 없는 존경심이 비쳤다.

"그러지 않아도 되는데."

"난 네게 목숨을 빚졌어, 소른게일 생도." 그는 나에게 구운 토끼 요리를 건넸다. "저녁식사를 갖다주는 정도야 별것도 아니지."

"고마워." 나는 접시를 무릎에 놓았다. "부탁이니 다음에는 고개를 숙이고 있어줘." 보병들이 우리보다 나은 게 또 하나 있다면, 그들은 언제라도 전선에 배치될 수 있다는 듯이 배낭에 휴대용 식기까지 갖춘 생존 장비 세트를 넣고 다닌다는 점이다. 확실히 우린 서로에게 배울 것이 있었다.

"뭐든 하라는 대로 할게. 날 마음대로 부려먹어. 너에게 평생의 빚을 졌어."

내가 그렇지 않다고 대꾸하기도 전에 리독이 그의 등을 두드렸다. "평생의 빚은 내가 야영지로 데리고 돌아갈게."

나는 고맙다고 고개를 끄덕였고, 두 사람은 비탈길을 올라 야영지로 돌아갔다. 다이어는 호감이 가는 녀석이지만, 신들도 저버린 이 숲속에서 길을 잃고 헤매는 이틀 내내 거치적거리기도 했다.

"넌 밖에 뭐가 있는지 알지." 리가 땋은 머리를 한쪽 어깨로 넘기고, 내 옆에 앉으며 말했다.

"뭐?" 나는 접시를 떨어뜨릴 뻔했다.

"넌 그리폰의 공격을 받아봤잖아." 리는 다리를 쭉 뻗고 회의적인 눈으로 나를 보았다. "그러니까 넌 실제로 바깥에 뭐가 있는지 알지…. 안 그래?"

"그렇지." 나는 급하게 고개를 끄덕이고는, 턱이 빠져라 나오는 하품을 손으로 가렸다. 몸이 한계에 다다랐지만, 앞으로 몇 시간은 더 버텨낼 수 있다.

리가 얼핏 얼굴을 찌푸렸다. "망은 내가 볼게. 넌 좀 자야 해."

"할 수 있어." 나는 항의했다.

"할 수는 있겠지만, 나는 우리 대대를 관리할 임무가 있고 너에겐 잠이 필요하거든. 명령이라고 생각해." 언쟁할 여지가 없는 말투였다. 이건 내 절친

이 아니라 대대장의 말이었다.

"명령대로 하지요." 나는 한 손으로 접시를 쥔 채 일어서서 가죽옷에 묻은 풀을 털어내고는, 리에게 경직된 미소를 던지고 야영지 쪽으로 몸을 돌렸다.

"바이."

뒤를 돌아보았다.

"너에게 무슨 일이 있는 거 알아." 조용히 말했지만, 리의 목소리엔 강철 같은 단단함이 깃들어 있었다. "네가 돌아온 후부터 앤다나는 보이질 않고, 갑자기 이모젠과 달리기를 시작하질 않나, 제이든과 너 사이에 분명 문제가 있는데도 털어놓지 않고, 모의전투에 대해서도 말하려고 하지 않지. 네가 우리에게서 멀어지고 있다는 걸 내가 모르는 줄 아나 본데, 알고 있어. 넌 요즘 우리와 식사도 거의 하지 않고, 샨타라에 몰래 갈 기회가 있을 때마다 네 방에 틀어박혀서 책만 읽어." 리는 풀밭을 손으로 쓸면서 고개를 저었다. "무슨 일인지 나에게 말해줄 준비가 안 됐다면, 그래도 괜찮다는 걸 알아줬으면 해…."

"그건…." 부정하려고 하자 뱃속이 꼬였다.

"그러지 마." 리는 꿋꿋한 시선으로 나를 보면서 조용히 내 말을 끊었다. "너와의 우정이 소중하니까 네가 말할 준비가 될 때까지 곁에 있을 거야. 하지만 제발, 그 우정을 위해서라도 거짓말로 날 모욕하지는 마."

리는 내가 대답할 말을 생각하기도 전에 시선을 돌렸다.

그날 밤은 잠을 이룰 수 없었지만, 덕분에 악몽도 없었다.

다음 날 아침, 말과 수레로 이뤄진 호송대가 도착했다. 우리의 참담한 실패에 대해 날카로운 지적을 준비해둔 교수들도 함께였다.

"너희는 해든 숲에 있었다만, 그 사실을 알아낼 만큼 협력하지 못했다. 우리가 서로에게 배울 게 아주 많아 보이는구나." 그레디 교수는 보병 분과 교수와 똑같이 라이더들에게 물주머니를 하나씩 건네며 미소 지었다. "너희가 최고의 생도들이었다는 점을 생각하면 실망했다는 사실을 부정할 수 없다만,

그래도 대다수가 살아남긴 했구나."

실망했다고? 토마스는 죽었어.

뚜껑을 열고 물을 꿀꺽꿀꺽 마시자 정체를 알 수 없는 달콤한 맛이 났다.

"다음번에는 보급품을 갖추도록 하겠다." 그는 약속했다. "너희가 이번 첫 실습을 어떻게 해내는지 알고 싶었는데, 이젠 알았으니 말이지."

첫 번째 실습이라. 멋지군. 이 짓을 또 해야 하다니.

드래곤과의 연결을 가로막고 있던 담요가 걷히면서 마력이 핏속으로 밀려들었다. 다시 내가 된 기분이었다.

"*테른.*"

"*네 뒤에 있다.*" 테른이 대답했다.

날갯짓 소리가 허공을 채우더니, 말들이 불안하게 껑충거리는 가운데 우리 드래곤들이 숲 가장자리에 내려앉았다. 착륙하는 기세에 땅이 흔들렸다.

"이런, 세상에." 캘빈이 다른 생도들과 함께 뒷걸음질을 치며 조용히 말했다.

"익숙해져야 할 거야." 리독이 보병 분대장의 어깨를 두드렸다. "졸업하고 자대 배치를 받으면 늘 함께하게 될 테니까."

"그래… 하지만 이렇게 가깝다고?" 캘빈이 속삭였다.

"아마 더 가까이 보게 될걸." 리독이 마주 속삭이고는 고개를 끄덕였다.

검은 옷을 입은 우리 일곱은 작별 인사를 하고 드래곤들에게 향했다.

"우리의 결속을 그렇게 쉽게 빼앗았다는 점이 신경 쓰이는 사람 또 없어? 고유 능력도 그렇고, 그래 놓고는 아무렇지도 않게 돌려주기까지…." 소여가 고개를 내저었다. 걸음걸이마저도 화난 티가 났다.

"부당한 침해도 아니라는 듯이 말이지?" 내가 말했다.

"바로 그거야." 소여가 동의했다. "그렇다는 건 언제든 그럴 수 있다는 뜻이 잖아."

"*그건 올해 새로 생긴 요소다.*" 테른이 가늘게 뜬 눈으로 그레디 교수를 보며 말했다. "*마음에 들지 않는 짓이야. 나는 네 말을 들을 수 있고 감지할 수도*

있었지만, 너는 대답하지 못했지."

"테른도 싫어해." 맙소사, 너무 피곤했다. 대체 왜 사령부는 우리를 약화시킬 방법을 개발하는 거지? 정말 약해진 느낌이었다. 내 가장 큰 힘과 지지의 원천인 테른과 앤다나에게서 단절되었을 뿐만 아니라 그동안 의지하게 된 마력마저 잃고 나약해진 느낌.

"이제 알겠지?" 리애넌이 말했다. "내 말을 안 믿은 거 아는데, 올해는 다 이상하다니까. 병동 문을 지키고, 우리 드래곤과의 결속을 약화시키는 약물을 개발하고, 또 너는 평가일에 암살당할 뻔했잖아."

"팬첵은 누군가 어머니에게 복수하려 한다고 생각해. 그리고 네 말을 안 믿는다곤 안 했어." 나는 선택적인 진실로 대꾸했다.

"너는 그냥 말을 안 하는 거지." 리가 나를 쏘아보았다.

내가 숨긴 비밀 때문에 우리의 우정이 갈가리 찢기고 말 것이다. 이미 올이 뜯어져 나가는 느낌이었다. 얼마나 인내심을 발휘할지는 몰라도 리는 문제가 있으면 해결해야 직성이 풀리는 성격인데, 나는 거대한 문젯거리였다.

내가 다가가자 테른이 어깨를 낮췄다.

"제발 스게일을 만났다고 해줄래요?" 나는 기어오를 힘을 짜내면서 묻고는, 간신히 등에 올라 안장에 자리를 잡았다.

"몇 시간은 봤다. 너에게서 그 이상 오래 멀어져 있을 순 없었어. 그것도 베이드가 떠난 다음에야 가능했고."

"둘은 이미 떠났겠죠?" 어째서 다시 마음이 부서지는 느낌이 드는 걸까? 제이든을 그리워하는 내가 비합리적이고 짜증나는 데다가 한심하기까지 하지만, 그래도 그 마음을 지울 수가 없다.

"일주일 후면 만날 거다."

그렇다면 왜 내 본능이 아니라고 외치는 걸까?

16

아버지는 내가 보병 분과에 들어가기를 바라셨어. 라이더는 잘난
척하는 불쾌한 놈들이라고 생각했지. 그리고 아버지를 변호하자
면… 우리가 정말 그렇긴 해.

_ 제이든 라이오슨 소위가 바이올렛 소른게일 생도에게 보낸 편지

아카이브에 가도 될 만한 시간에 돌아왔기에, 나는 바로 행동했다. 제이든
을 볼 수 없다면 조사에 시간을 쓰기라도 해야지. 아카이브로 내려갔을 때는
늦은 오후였고, 제시니아가 에피와 일하는 모습을 보자 미소가 떠올랐다.

내 발소리에 고개를 든 에피가 제시니아에게도 신호를 보냈다. 둘이 손을
흔들기에 마주 손을 흔들었다.

내가 입구 테이블 앞에 멈춰 서서 반납할 책을 내려놓는 사이, 두 사람이 빠
르게 뭔가를 의논하더니 에피가 아카이브 안쪽으로 들어갔다. 제시니아는 에
피가 지상 항법 실습 때 가지고 다녔던 수첩을 들고 걸어왔다.

"일요일에 여기에서 뭘 하는 거야?" 제시니아에게 수어로 물었다.

제시니아는 수첩을 흠이 난 참나무 테이블에 내려놓고 수어로 대답했다.
"에피가 사건 설명을 보고서로 기록하는 걸 돕고 있어. 에피는 잠깐 쉬러 갔
고. 뭐라고 기록했는지 보고 싶어?" 그녀는 수첩을 나에게 내밀었다.

"물론이지." 나는 고개를 끄덕이고 수첩을 받아서 에피의 깔끔한 손글씨를

훑어보았다. 놀라울 정도로 정확했고, 내가 빠뜨린 사소한 사실도 담겨 있었다. 이를테면 원래 분대에서 맡은 일이라는 이유로 힐러들의 조수 일을 하겠다고 나선 보병 생도 두 명의 이야기라거나. 나는 반환하려고 가져온 책 위에 수첩을 내려놓고 손짓했다. "놀라운데."

"기록이 정확하다는 말을 들으니 기뻐." 제시니아는 우리 둘만 있는지 확인하려는 듯이 어깨 너머를 흘긋 보았다. "하나의 해석이 아니라 진실을 잡아내는 부분이 까다로워. 이야기는 누가 하느냐에 따라 달라질 수 있거든."

제시니아가 진실을 알기만 한다면… 어떻게 이런 사람이 졸업해서 마컴 같은 사람이 되는 걸까?

"혹시… 제이섹이 어떤 책을 신청했길래 끌려가서 살해당했는지 물어봐도 될까?" 나는 더 고민하지 않고 물었다.

제시니아의 눈이 커졌다. "살해당했다고?"

나는 고개를 끄덕였다. "우리가 마컴이 데려가는 모습을 보고 며칠 후에."

제시니아의 얼굴이 로브 색처럼 창백해졌다. "그 사람은 존재하지도 않는 국경선 공격에 대한 설명을 찾고 있었어. 그런 기록은 없다고 했는데 세 번이나 찾아왔지. 자기 가족이 그 사건으로 죽었으니 그럴 리가 없다면서 말이야. 난 혹시 도움이 될까 싶어서 그 요청을 기록해서 지휘 계통에 올려 보냈는데…." 그녀는 고개를 젓고 눈물을 참으며 손을 떨궜다.

"네 잘못이 아니야." 그녀는 대답하지 않았다. 그리고 나도 작년에 마컴에게 끌려갈 수 있었다는 생각이 떠올랐다. 논리적인 설명은 하나뿐이었다. 나는 잽싸게 주위를 살펴 확인했다. "작년에, 내가 존재하지 않는 책을 요청했을 때는 기록하지 않은 거구나."

제시니아가 눈을 크게 떴다.

"그렇지?" 수어로 말하는데 손이 떨렸다. 젠장. 이건 안 좋은 생각이다. 내가 끌어들이면 제시니아도 위험해질 것이다. 하지만 제시니아는 내가 필요한 자료를 찾는 데 가장 도움이 될 사람이었고, 우리에겐 시간이 얼마 남지 않았다.

"그래."

"왜?" 나는 알아야 한다. 모든 것이 그녀의 대답에 달려 있다.

"처음에는 그 책을 찾지 못했다는 사실이 민망해서였어." 코가 찡긋거렸다. "그 다음에는 아마… 찾지 못해서였을 거야." 그녀는 어깨 너머로 빈 아카이브를 돌아보았다. "여기엔 나바르에 존재하는 모든 책의 사본이 있어야 하는데, 넌 우리에게 없는 책을 읽었다고 말했지."

나는 고개를 끄덕였다.

"그 다음엔 와이번을 찾아봤어." 와이번이라는 날개 달린 짐승을 가리키는 수어는 없었기에, 그녀는 철자를 하나하나 손짓으로 전달했다. "그런데 아무것도 없었어. 네가 읽었다는 민담 기록은 하나도 없었어."

"알아." 심장이 빨리 뛰었다. 우린 위험한 영역에 들어서고 있었다.

후드 아래로 제시니아가 눈썹을 찌푸렸다. "다른 평범한 라이더였다면 나도 네가 잘못 기억해서 제목을 틀리게 말했거나 주제를 잘못 알았다고 생각했을 거야. 하지만 너는… 너잖아."

나는 제시니아가 한마디도 잘못 보지 않도록 천천히 손짓했다. "제목은 틀리지 않았어. 난 내 책을 찾았거든."

그녀는 숨을 깊이 들이마셨다. "그렇다면 우리 아카이브가 불완전하다는 거네. 우리에겐 기록도 없는 책들이 존재한다는 거잖아."

"그래." 그리고 지금 우리는 반역을 이야기하고 있다. 제시니아에게 너무 많은 걸 말할 수는 없다. 그녀의 안전을 위해서만이 아니라 혹시… 내 판단이 틀렸을 경우를 생각해서라도.

"혹시나 민담이 더 많이 갖춰진 곳이 있나 다른 도서관에도 요청을 해봤지만, 답을 받고 나니 우리가 제일 포괄적으로 소장하고 있다는 것만 분명해졌어." 근심으로 제시니아의 이마에 주름이 잡혔다.

"그래." 맙소사, 그녀는 내가 설명할 필요 없이 상황을 이해하고 있다. "네가 뭘 하는지 아는 사람 있어?"

"국경 지역의 잊힌 민담들을 수집하고 싶은 개인적인 관심이라고 암시해 뒀어." 제시니아는 얼굴을 찌푸렸다. "그리고 3학년 때 졸업 과제로 새로운 민담 책을 만들까 생각한다고도 했지. 거짓말을 했어."

"거짓말이라면 난 최근에 많이 하고 있어." 나는 여전히 우리 둘만 있다는 사실을 확인하고 나서 말을 이었다. "내가 올해 요청한 책들은 기록했어?"

"아니."

위대한 던이시여. 규칙 위반으로 걸리면 제시니아는 명인의 길에 들어설 수 없을 뿐만 아니라 학교에서도 쫓겨날 것이다. 아니, 더 나쁠 수도 있다. 저 말이 사실이라면 이미 나를 위해 너무 많은 위험을 감수하고 있었다.

"넌 뭔가를 찾고 있지. 네가 논쟁 준비를 한다고 거짓말한 순간에 바로 알았어." 그녀는 내 눈을 탐색했다. "넌 형편없는 거짓말쟁이야, 바이올렛."

나는 소리 내어 웃었다. "그 문제는 노력 중이야."

"뭘 찾는지 말해줄 수 있어? 난 네 요청을 기록하지 않을 거야. 너도 나와 같은 생각을 하고 있다면…."

"그게 무슨 생각인데?"

"우리 아카이브가 불완전하다면, 몰라서이거나…." 그녀는 숨을 깊이 들이마셨다. "의도적이라는 생각."

"날 돕다가 네가 다칠 수도 있어." 속이 철렁 내려앉았다. "네가 죽을 수도 있어. 널 위험한 일에 끌어들이는 건 불공평해."

"내 일은 내가 알아서 할 수 있어." 그녀는 턱을 들어 올렸고, 다음 손동작은 날카로웠다. "뭐가 필요한지 말해봐."

제시니아를 더 위험하지 않게 만들려면 뭐라고 하면 좋을까. 우리의 정체가 노출되지 않는 선에서. 나는 제시니아가 데인이나 다른 기억 능력자를 차단할 능력이 있는지 전혀 알지 못한다. 그러니 전투나 베닌에 대해서는 말할 수 없다. 하지만 어차피 내가 필요로 하는 건 그게 아니다. "난 최초의 여섯이 보호막을 만든 방법에 대해서 최대한 광범위한 자료가 필요해."

225

"보호막?" 그녀는 눈을 크게 떴다.

"응." 이러면 혹시라도 제시니아가 심문을 받을 경우에 우리 군대의 방어를 강화할 방법을 연구하고 싶었다는 어설픈 변명이 가능할 것이다. "하지만 아무도 내가 그런 걸 묻는다거나, 그런 걸 연구한다는 사실을 알면 안 돼. 내 목숨만 달린 일이 아니거든. 자료가 오래된 것일수록 좋아."

제시니아가 시선을 돌리고 있는 이 순간이 내 인생에서 제일 긴 시간처럼 느껴진다. 제시니아에게는 멈춰 서서 생각할 권리와, 또 이 일이 우리 둘에게 얼마나 안 좋을 수 있는지 깨달을 권리가 있다. 이건 깜박해서 저지른 실수, 친구의 요청을 기억하지 못해서 생긴 일이라는 정도로 끝날 문제가 아니다. 이건 그녀의 분과를, 그녀가 평생 받아온 훈련을 배신하는 일이다.

제시니아의 눈이 나와 마주쳤다. "이번 주 안에 생각나는 첫 번째 책을 가지고 갈게. 한 번에 한 권 넘게 없어지는 건 감당 못 해. 토요일은 보통 내가 아카이브에서 일하는 날이고, 조용해. 그때 가지고 오면 다른 책을 줄게. 첫 번째 책에 네가 필요로 하는 내용이 없으면 말이야. 토요일에만 가능해." 그녀는 마지막 두 마디를 말하면서 눈썹을 올렸다.

"조용할 때 말이지." 나는 이해했다는 뜻으로 고개를 끄덕였다. 희망과 함께 이러다가 제시니아가 다칠 수도 있다는 두려움이 뒤섞여서 속이 뒤집혔다. 어깨 너머로 우리 쪽으로 걸어오는 에피가 보인다. "에피가 와." 나는 다른 서기가 보지 못하게 두 손을 낮게 두고 수어로 말했다. "고마워."

"대신에 내가 원하는 게 있어." 제시니아는 에피가 보지 못하게 등을 돌린 채로 잽싸게 손짓했다.

"말만 해."

"슬론에게 가망이 있다고 봐?" 월요일, 리는 나와 함께 첫 번째 시합에서 1학년들이 호명되는 모습을 보다가 물었다.

마치 내가 매트에 불려나가는 것처럼 속이 울렁거렸다. 젠장, 차라리 슬론이 아니라 내 이름이 불린다면 기분이 더 낫겠다.

"슬론이 이길 거야." 나는 정직하게 대답했다.

나는 아릭이 매트에 올라가는 모습을 보며 제이든이 내 침대 위에 두고 간, 벌써 네 번이나 읽은 최근 편지를 주머니에 넣었다. 주위를 둘러보다가 1대대와 같이 기다리고 있던 아야가 보여서 짧게 미소를 날렸고, 아야도 마주 미소 지었다. 내가 거의 소진 됐던 날 아야에게 도움을 받은 후로 우리는 기묘한 관계를 쌓았다. 친구는 아니라도, 우호적인 관계이기는 했다.

편지 내용에 따르면 제이든은 열 살 때부터 아야를 알고 지냈다. 아야의 어머니는 티렌더 정부에서 활발하게 활동했으며 라이더인데도 의원직에 앉았다. 드문 일이었다. 사실 대부분의 귀족은 제이든의 아버지처럼 보병 복무를 선택한다. 라이더는 가문의 권좌에 앉는 것이 권장되지 않기 때문이다. 보병 장교는 몇 년 만 복무하면 되지만 라이더는 평생 임관이기도 했고, 한 사람에게 너무 많은 힘이 있으면 어떤 왕이라도 두려워하기 마련이었다.

"이젠 제이든이 네게 한 거짓말을 용서했어?" 리는 내 주머니에 의미심장한 눈길을 던지더니, 팔짱을 끼고 매트 가장자리에서 서로를 밀어내는 한 쌍의 1학년을 노려보았다. "개수작 그만해!" 두 사람은 바로 멈춰 섰다.

"굉장한데." 나는 씩 웃었지만, 웃음은 곧바로 사라졌다. "일주일에 한 번밖에 보지 못하니까 제대로 대화하기가 힘들어."

"망할 1학년들." 리는 중얼거리고 나서 나를 흘긋 보았다. "그래도 이번 주말에는 시간을 좀 보낼 수 있겠지. 리독이 어제 놀론을 봤다고 얘기했나?"

"1학년 한 명을 병동에 데려가야 했다는 말만 하던데." 나는 되묻듯이 한쪽 눈썹을 올리며 말했다.

"트리스텐이었어." 리가 고개를 끄덕였다. "늘 눈 위로 머리카락이 늘어져 있는 녀석이야."

"이름이야 아무래도 좋아. 팔뚝 부러진 녀석." 나는 새로운 이름을 알고 싶지 않았다. 이미 슬론에게 책임이 있다고 느꼈고, 그 슬론은 현재 매트 건너편에서 초조하게 몸을 앞뒤로 흔들고 있다. 다른 1학년에게 또 애착을 갖는 건 경솔한 짓이다. "리독은 놀론을 저녁식사 시간이 지난 후에야 볼 수 있었는데, 병동에 다른 생도는 얼마 있지도 않았다고 했어."

"그리고 놀론이 병동 뒤쪽에서 바리쉬와 같이 쓰는 비밀스러운 방에서 나왔을 때는, 똑같이 초췌해 보이는 바람 능력자 한 명과 같이 있었지." 리독이 우리 사이로 끼어들면서 맞장구쳤다. "그러니까 놀론이 최상의 상태가 아닌 건 확실해. 한 달은 쉬어야겠더라."

아릭이 상대방의 턱에 머리가 뒤로 팩 젖혀질 정도의 펀치를 꽂았다.

"7점 주겠어." 리독이 가장자리에서 야유했다.

"10점 만점에? 8점은 너끈하지." 리애넌 반대편에 있던 소여가 반박했다. "폼이 완벽하잖아." 그러더니 그는 목소리를 낮추고 우리 넷만 들리게 덧붙여 말했다. "난 아직도 고문 가설을 지지해. 분명히 그 안에 그리폰 라이더나 뭐 그런 걸 잡아둔 거야."

"그 안에서 정말로 놀론이 사람들을 고문하고 있다고 생각해?" 리애넌이 목소리를 더 낮추며 물었다.

"난 전혀 모르겠어." 나는 아릭이 상대방의 목에 제이든이라 해도 경의를 표할 만한 빠른 팔꿈치 잽을 먹이자 눈을 깜박였다. "그런 일을 하는 거라면 심문실을 쓰지 않을까. 학교 지하에 있는 방 말이야."

"방금 건 9점이었어." 소여가 외쳤다.

"9점!" 리독도 동의하며 손가락을 펴서 들어 올렸다.

나는 낄낄거리다가, 아릭이 손바닥으로 상대방의 코를 부러뜨려서 시합을 끝내는 모습을 보고 숨을 들이켰다. 에메테리오가 승자를 선언했고, 상대방은 매트 바깥으로 나가서야 피가 흐르는 코에서 손을 떼는 예의를 보였다.

소여와 리독이 환호하며 점수를 외쳤다.

"이야, 저 녀석은 싸울 줄 아는데." 리는 아릭이 대대로 돌아오자 잘했다는 듯 천천히 고개를 끄덕였다.

"그야 뭐, 제일 뛰어난 선생들에게 배우면." 나는 그나마 리에게 아릭의 비밀을 털어놨다는 사실에 감사하며 속삭였다.

"아버지가 쟬 찾으러 오진 않았지?" 리가 내 쪽을 흘긋 보았다.

"그런 것 같아."

첫 번째 시합들이 끝나고, 교수들이 다음 시합을 호명했다.

"슬론 메이리와 다샤 파브렌." 에메테리오가 외쳤다.

"어이, 리." 나는 침을 삼켰다. 대대들이 이동하는데도 우리는 같은 매트를 유지했다. 작년에 강철대대 패치를 획득한 혜택이었다.

"흐음?"

"내가 슬론이 이길 거라고 한 말 기억해?"

"10분 전에 들은 말이야 당연히 기억하지." 리가 놀랐다. 1학년 대대원 몇 명이 매트로 걸어 나가는 슬론의 등을 두드리며, 희망컨대 격려의 말을 했다.

"맞아. 그게…." 젠장. 이걸 말하면 내 행동을 위에 보고할 의무가 있다고 느끼려나? 실제로 보고하지야 않겠지만, 그게 문제였다. 리는 내가 원한다면 아카이브 침입이라도 도와줄 친구다. '거짓말을 못하겠다면 거리를 둬.' 하지만 이건 그나마 내가 숨길 필요가 없는 문제다.

다샤가 슬론이 선 매트 위에 합류했다. 목덜미까지 반짝이는 검은 머리를 하나로 땋아 늘어뜨렸다. 몸집도 작고 아직 햇빛을 충분히 보지 못한 1학년답게 창백했지만, 슬론처럼 안색이 파르스름하지는 않았다.

다샤의 입술에 보이는 희미한 진홍빛만이 내가 오늘 아침에 다샤의 대대가 도착하기 전에 식사 자리에 놓아두었던 쟁반에서 당의를 입힌 페이스트리를 먹었다는 사실을 알려줬다. 이제 보니 같은 대대원 모두의 입술에 홍조가 떠올라 있었다.

뭐, 다샤가 어느 페이스트리를 먹을지는 알 수 없었으니까.

"마음 바꿔서 슬론이 질 거라고 말할 거면 아예 말을 마." 리애넌이 고개를 저었다. "이번 시합은 긴장된단 말이야."

"나도야." 이모젠이 내 오른쪽 빈자리에 서면서 말했다.

"같은 기분이 세 명이네." 퀸이 그 옆에서 말했다. "슬론은 그냥 1학년이 아니야."

"그렇지." 나는 데인조차도 다음 매트에서 이쪽을 보고 있다는 사실에 주목하며 동의했다. 작년에는 저런 녀석과 연애하고 싶다는 희망을 품었다니.

"리." 나는 목소리를 낮췄다. "슬론은 지지 않을 거야."

리가 눈을 가늘게 떴다. "뭘 어떻게 하려고?"

"모르면 보고해야 한다는 죄책감을 느낄 필요도 없지. 그냥 날 믿어." 나는 두 여자가 목례를 하고 격투 자세를 취하는 동안 최대한 태연하게 주머니에 손을 넣어 작은 약병 뚜껑을 열었다.

리는 내 눈을 들여다보고 고개를 끄덕인 뒤 시합을 돌아보았다.

1학년들은 매트 위에서 서로의 주위를 돌았고, 나는 주머니 안에서 조심스럽게 무색의 가루를 내 손금에 흘렸다. 그리고 주먹을 쥔 손을 빼서 옆에 늘어뜨렸다. 다샤가 첫 번째 공격에 성공해서 슬론의 뺨을 정통으로 때렸다.

슬론의 뺨이 찢어졌다.

"젠장." 이모젠이 중얼거렸다. "메이리, 손 좀 들어 올려!"

뒤쪽 매트에서 누군가가 비명을 지르는 바람에 어깨 너머를 돌아보았더니, 숨이 끊어진 어느 1학년 얼굴이 위를 향해 있었다. 젠장. 시합 중에 상대를 죽이는 건 환호받을 일이 절대 아니지만, 벌을 받을 일도 아니었다. 이 매트 위에서 비행단을 강하게 만들기 위해서라는 평계로 악감정을 해결한 사람이 한둘이 아니고.

갑자기 내 계획에 대한 죄책감이 많이 덜어졌다.

두 사람은 다시 원을 그리며 움직였고, 다샤가 높이 찬 발이 슬론이 방어하지 않던 쪽의 얼굴을 때렸다. 어찌나 셌는지 고개가 옆으로 홱 꺾이고, 몸도 따라 돌아가면서 슬론은 등부터 매트에 쓰러졌다.

"내 예상보다 더 빨랐는데." 리가 걱정스러운 목소리로 말했다.

"그러게." 다샤가 슬론을 따라 바닥으로 몸을 낮추는 동안 나는 주먹을 입가로 올리고 자세를 바꾸면서 걱정하는 표정을 지었다. 실제로 걱정스럽기도 했다. 두 사람이 나와 1미터도 떨어지지 않은 곳에 있었으니, 굳이 매트 주위를 돌 필요까지는 없었다. "쪼그려 앉아." 나는 이모젠에게만 들리게 속삭였다.

이모젠은 묻지도 않고 몸을 낮췄다. "정신 차려, 메이리!"

나도 따라서 몸을 낮췄는데, 다샤가 연이어 펀치를 내리꽂으면서 멍해진 슬론의 얼굴을 보니 패닉이 목을 타고 올라오려고 했다. 매트에 피가 튀었다.

그래, 그만하면 충분해.

나는 다샤가 숨을 내쉴 때를 기다렸다가 손바닥을 살짝 펼치며 기침을 했다. 세게. 다샤는 그 가루를 들이마시고도 한 대를 더 때렸다. 그다음에는 고개를 흔들더니 눈이 멍해졌다.

"일어나, 슬론!" 나는 슬론의 눈을 똑바로 보면서 외쳤다.

다샤가 엉덩방아를 찧고 눈을 빠르게 깜박이더니, 술기운이 올라온 사람처럼 고개를 흔들거렸다. 슬론은 옆으로 몸을 굴려 매트에 손바닥을 댔다.

"당장." 나는 슬론에게 명령했다.

슬론은 분노가 가득한 눈으로 다샤에게 덤벼들었다. 다샤가 주먹을 쥐었지만 주먹질은 빗나갔고, 슬론은 그 틈에 다샤의 배에 어깨를 들이받았다. 그 각도라면 숨이 턱 막혔을 것이다.

좋아. 앞으로 1분밖에 없다. 어쩌면 2분.

슬론이 다샤 뒤로 잽싸게 기어가더니, 다샤를 잡아당기며 내가 본 중에 가장 힘없는 헤드록을 걸었다. 하지만 뭐, 통하기는 했다.

"항복해!" 슬론이 요구했다.

힘과 집중력이 돌아오는지, 다샤가 날뛰었다.

"항복해!" 슬론은 소리를 질렀고, 나는 숨을 멈췄다.

신들이시여, 혹시 내가 잘못 판단했고 다샤가 다시 우위를 점한다면….

마침내 다샤가 손을 내려 매트를 두 번 두드렸다.

에메테리오가 시합 종료를 선언하자 나는 안도감에 어깨를 늘어뜨렸다.

"뭘 한 거야?" 이모젠이 나를 쳐다보지 않고 속삭였다.

"해야 할 일." 1학년들과 함께 우리 둘도 일어섰지만, 그들과 달리 우리는 일어서면서 비틀거리지 않았다.

"제이든처럼 말하네."

나는 곧바로 이모젠에게 시선을 돌렸다.

"진정해. 칭찬이야." 이모젠이 빙긋 웃었다. "리암이 말도 못하게 고마워하고 있을 거야."

나는 목이 메는 걸 꿀꺽 삼켰다.

"썩 나쁘지 않았어." 리애넌이 내 쪽을 곁눈질하며 말하고는 슬론이 다른 대대원과 같이 서는 모습을 지켜보았다. "좋지도 않았고."

"난 이 시합에 6점 주겠어." 리독이 논평했다. "지진 않았으니까 5점 이상은 줘야지."

다음 두 사람이 매트에 올라섰다.

오늘의 시합이 끝났다. 나는 이모젠에게 슬론 쪽으로 고갯짓을 하고 나서 그 방향으로 걸어가며 어깨 너머로 리애넌에게 말했다. "잠시만 시간 좀 줘."

이모젠이 가볍게 뛰어서 따라왔다.

"메이리." 나는 매트 모퉁이를 돌면서 손가락을 구부려 슬론을 불러냈다.

슬론은 턱을 치켜들긴 했지만, 부르는 대로 오기는 했다. 이건 체육관에 다 들리게 소리치고 싶은 논의가 아니었다.

"어이쿠." 이모젠이 다가오면서 슬론의 오른쪽 눈을 가리켰다. "부어서 감기겠는걸."

"난 이겼어. 안 그래?" 슬론의 목소리가 떨렸다.

"네가 이긴 건 내가 다샤를 처리해줬기 때문이야." 나는 작은 목소리로 말하면서 손바닥을 쫙 폈다. 손금에 반짝이는 가루의 흔적이 남아 있었다.

"아니야." 슬론은 고개를 저었다. "난 정정당당하게 이겼어."

"맙소사, 나도 정말 그랬으면 좋겠다." 나는 숨을 뿜어내며 말했다. "아디스 가루를 먼저 갈아놓은 릴리벨과 함께 먹으면 1분 정도 방향 감각에 혼란이 일어나. 양에 따라서는 2분일 수도 있고. 취했을 때와 증상이 비슷하지. 둘 중 하나만 쓰면 속이 조금 거북할 뿐이지만, 같이 쓰면?" 나는 눈썹을 들어 올렸다. "그게 널 살린 거야."

슬론이 입을 열었다가 닫았다. 두 번.

"빌어먹을." 생도들이 우리 옆을 지나쳐서 문으로 향하는 가운데, 이모젠이 발꿈치 쪽으로 무게 중심을 옮기며 히죽 웃었다. "작년에도 그렇게 해서 초반 시합에서 살아남은 거였어? 악랄하다, 소른게일. 뛰어나긴 한데 악랄해."

"네 오빠를 위해서 한 일이야." 슬론의 눈에 빛나는 증오가 말도 못하게 아팠지만, 나는 똑바로 바라보면서 말했다. "리암은 내게 제일 친한 친구 중 하나였고, 널 돌봐주겠다고 약속했어. 그래서 지금 이렇게 널 봐주고 있지."

"난 그런 거 필요…."

"잘못된 전술이야." 이모젠이 잔소리를 했다. "고맙다고 말하는 편이 더 어울리지."

"난 고맙지 않아." 슬론은 화를 내며 나를 보고 눈을 가늘게 떴다. "너만 아니었으면 오빠가 여기 있었을 거야."

"개소리하지 마!" 이모젠이 쏘아붙였다. "제이든이 명령했고…."

"네 말이 맞아." 나는 이모젠의 말을 끊었다. "그랬겠지. 나도 매일같이 리암이 그리워. 그리고 리암을 사랑하니까 네가 날 미워하는 건 괜찮아. 그렇게 해서 또 하루를 버틸 수 있다면 나를 어떻게 생각하든 상관없어, 슬론. 하지만 훈련은 해야 해. 넌 도움을 받아들여야 해."

"내가 오빠 곁으로 가는 게 말렉의 뜻이라면 그러라고 해. 리암에겐 도움이 필요 없었잖아." 슬론은 그렇게 쏘아붙였지만, 눈빛에 살짝 드러나는 두려움으로 지금 하는 말 대부분이 허풍이라는 걸 알 수 있었다. "오빠는 혼자 힘으로 해냈어."

"아니, 아니었어." 이모젠이 반박했다. "모의전투 때는 바이올렛이 리암의 목숨을 구해줬지. 리암이 데이의 등에서 떨어졌는데, 바이올렛과 테른이 쫓아가서 잡았거든."

슬론의 입술이 벌어졌다.

"이렇게 하자." 나는 슬론에게 한 걸음 다가섰다. "넌 죽지 않게 훈련을 받을 거야. 나하고 하는 건 아니야. 내가 네 성장에 참여할 필요는 없지. 하지만 이모젠이 허락한다면 매일이라도 이모젠을 만나서 훈련하는 거야. 나에게 네가 원하는 물건이 있으니까."

"그럴 리 없어." 슬론은 팔짱을 꼈지만, 빠르게 부어오르는 눈 때문에 그 동작은 제 효과를 발휘하지 못했다.

"나에게 리암이 너에게 쓴 편지 50통이 있어."

슬론의 눈이 커졌다.

"이런, 젠장." 이모젠이 고개를 획 돌렸다. "진짜야?"

"진짜야." 나는 슬론에게서 시선을 떼지 않았다. "그리고 네가 이모젠이 필요하다고 생각하는 훈련에 참여하면 한 주가 끝날 때마다 한 통씩 줄게."

"오빠 물건은, 다, 태웠어." 슬론이 더듬더듬 말했다. "원칙대로 말렉에게 바쳤다고!"

"말렉을 만나게 되면 내가 사과할게." 나는 장담했다. "오빠 편지를 받고 싶다면 훈련을 해."

슬론의 얼굴이 붉으락푸르락해졌다. "내가 오빠 편지를 못 보게 숨겨둔다고? 그게 아직 존재한다면 내 거야. 너 정말 대단하구나!"

"이 경우에는 리암도 동의할걸." 나는 어깨를 으쓱였다. "너에게 달렸어, 슬론. 나타나서 훈련하고, 살아남아서, 일주일에 한 통씩 편지를 받아. 아니면 하지 말든가." 나는 슬론이 생각해낼 비난을 기다리지 않고 몸을 돌려서 리애넌이 우리 대대 3학년들과 함께 기다리고 있는 곳으로 돌아갔다.

"너. 정말⋯." 이모젠이 나를 따라오면서 고개를 저었다. "이제 알겠다."

"뭘?" 내가 물었다.

"제이든이 왜 너한테 빠졌는지."

나는 코웃음을 쳤다.

"진심이야." 이모젠은 두 손을 들어 올렸다. "넌 끝내주게 영리해. 내 생각보다 영리해. 분명히 제이든은 너 때문에 끊임없이 골치 아프겠어." 이모젠의 얼굴에 미소가 번졌다. "아주 멋져."

나는 어처구니없다는 표정으로 이모젠을 보았다.

"그리고 넌 슬론이 내일 아침 잡일을 한 후에 나타나는 데 동의하게 만들었어." 이모젠은 말했다. "위험한 행보였지만, 성공했어."

이제 미소 짓는 사람은 나였다.

제시니아는 다음 날 나에게 《최초의 여섯에 대한 완전판 역사》를 가져왔는데, 300년 된 책일 뿐만 아니라 면지에 '기밀'이라고 찍혀 있었다. 나는 약속대로 《불모지 민담》을 건넸다.

그 후에는 가능한 시간마다 숨어서 그 책을 읽었다. 그레디 교수에게 자존심을 버릴 줄 모른다고 훈계받는 시간이나, 무의미하게만 느껴지는 전투 브리핑을 듣지 않는 시간에 말이다.

그러나 그 책은 최초의 여섯 라이더의 복잡한 대인관계를 집중적으로 파고들 뿐이었고, 심지어는 그들이 대전 중에 경험한 전투 이야기도 무척 빈약했다. 또한 전쟁의 적을 대러모어 장군으로만 호명하고, 우리의 동맹국은 섬 왕국들로만 이뤄져 있기도 했다. 썩 도움이 되지 않았다.

그다음에 제시니아가 준 《드래곤들의 희생》은 케이오리 교수의 전임자들 중 하나가 썼는데, 왜 보호막의 중심지로 바스지아스가 선택되었는지를 서술했다.

"그린 드래곤들, 특히 크루에이드훼인의 계보를 잇는 드래곤들은 마법과

특히 안정적으로 연결되는데, 어떤 사람들은 그것이 그들의 보다 합리적이고 방어적인 성격 때문이라고 믿기도 한다." 나는 그날 밤에 사마라로 향하기 위해 가방을 싸면서 그 대목을 되풀이했다.

아무것도 내 저녁시간을 망칠 수 없다. 아침에 제이든을 보려고 할 때는 절대 안 된다. 그러면서 방문을 열었다가 보디가 아니라 바리쉬가 심복 둘을 거느리고 선 모습을 본 나는 눈을 크게 떴고, 바리쉬가 들어오지 못하는 보호막을 쳐준 제이든에게 고마워해야겠다는 생각부터 들었다. 나는 재빨리 한 걸음 물러서서 그의 손이 닿지 않는 곳에 섰다.

"진정해라, 소른게일." 그는 일명 가벼운 처벌로 나를 죽일 뻔했다는 사실을 잊은 사람처럼 미소 지었다. "네 가방을 확인하고 테른에게 가는 길을 바래다주려고 들렀을 뿐이다."

나는 어깨에서 가방을 내리고 혹시라도 그놈이 보호막을 뚫고 들어오지 못하게 손이 닿지 않도록 조심하면서 내밀었다. 그러고는 괜히 찔려서 기밀 등급 책이 숨겨진 책장을 볼까 봐 바리쉬의 심복들이 바닥에 쏟은 내 물건에만 시선을 고정했다.

"깨끗합니다." 여자 쪽이 말했는데, 내 물건을 다시 넣어줄 만큼 친절했다.

"훌륭해." 바리쉬가 고개를 끄덕였다. "그렇다면 바로 호위해서 네 드래곤에게 데려다주지. 지난 몇 주 동안 빈발한 공격을 생각하면 아무리 조심해도 부족해." 그가 고개를 기울였다. "대부분의 공격이 모의전투 중에 사라졌던 생도들에게 집중된 것처럼 보이니 재미있지 않나?"

"저라면 습격을 재미있다고 하진 않을 것 같군요." 나는 대꾸했다. "그리고 호위는 필요 없습니다."

"말도 안 되는 소리." 그는 물러서서 복도 쪽을 가리켰다. "사령관 딸에게 무슨 일이라도 일어나면 곤란하지."

심장이 도저히 버틸 수 없는 리듬으로 질주한다.

"제안이 아니다." 바리쉬가 미소를 지웠다.

나는 단검이 제자리에 있는지 확인한 다음, 제이든의 보호막이 당기는 느낌을 받으면서 안전한 곳을 빠져나가 복도에 섰다. 이후 15분 동안 걸음마다 신중하고 또 조심하며, 팔이 닿는 거리 안으로는 절대 들어가지 않았다.

"너희 대대는 이번 주에 비행 기동 훈련이 없었지." 바리쉬는 비행장에 선 테른에게 다가가면서 말했다.

"*그놈이 손가락 하나라도 까딱하면 내가 먹어버리마.*" 테른이 약속하자 정상적으로 숨이 쉬어지기 시작했다.

"비행 중 착지 훈련 이후에 회복이 필요한 부상자들이 꽤 있었습니다."

"흐음." 테른을 가리키는 몸짓이, 마치 내 드래곤에게 타는 것을 자기가 허락한다는 듯한 태도였다. "그 일은 눈여겨봤다. 자네도 곧 알게 되겠지만 말이야. 다음 주면 그 작은 골드 드래곤을 만나게 되겠군."

앤다나.

"*앤다나는 꿈 없는 잠의 가장 깊은 단계에 안전하게 머물고 있다. 몇 주 후면 만날 수 있을 거다.*" 테른이 말했다.

"*지난주에도 그렇게 말했잖아요.*" 나는 얼른 테른의 등으로 올라가서 안장에 몸을 고정시키며 맥박을 가라앉혔다. "*예전이라면 세상에서 제일 안전한 곳이 드래곤 등이라는 생각은 절대 안 했을 거예요.*"

"*예전이라면 나도 널 애피타이저로 봤을지 모르지.*" 테른은 어깨를 말고 날아올랐다.

사마라에 도착하자 나는 왜 바리쉬가 우리가 비행 기동 훈련을 하지 않았다는 사실에 주목했다고 경고했는지 이해했다.

내가 왔지만, 제이든은 작전 본부에서 24시간 근무 중이었다.

그리고 나는 그곳에 들어갈 권한이 없다.

17

많은 역사가들은 통일 정신을 칭송하느라 최초의 보호막 아래 나
바르를 세우기까지 인간과 드래곤이 치른 희생을 무시하지만, 내
가 당시에 잃은 것들에 대해 이야기하지 않는다면 직무 태만일 것
이다. 모든 드래곤 종이 조상 대대로 이어받던 부화지는 물론이고,
국경 개방으로 대륙 전역에서 벌어진 이주에서 살아남지 못한 민
간인들, 그리고 다시 국경을 폐쇄했을 때 죽은 사람들의 희생 위에
나바르가 세워졌다.

— 딘드라 네빈 소령, 《드래곤들의 희생》

"보디가 우리 전대의 기동 훈련을 계속 옮길 순 없어. 이러다간 바리쉬뿐만
아니라 다른 교수도 알아차릴 거야." 수요일, 전투 브리핑실로 향하는 검은
옷의 물결 속에서 계단을 오르던 이모젠이 말했다.

"테른이 앤다나 문제를 엠피리언에 가지고 갈 테지만, 앤다나가 꿈 없는 잠
에서 깰 때까지는 아무것도 할 수 없어."

이모젠은 한숨을 내쉬었다. "제이든과는 어떻게 되어가?"

나는 마지막 계단에 걸려 넘어질 뻔했다. "지금 제이든과 내 관계에 대해
이야기하고 싶다고?"

"딱 강의실에 도착할 때까지만 시간 줄게." 이모젠은 신 음식이라도 먹은
사람처럼 얼굴을 찌푸렸다. "그러니까 이야기할 필요가 있다면… 지금이 기

회야. 계속 친구들을 밀어내는 건 실수지만."

흠, 그렇다면야.

"하나, 제이든은 나보고 친구들에게 거짓말을 못하겠으면 거리를 두라고
했어. 둘, 우리가 실패한 지상 항법 실습과 제이든의 근무표를 보면 앤다나를
내놓지 않는 벌로 사령부에서 우리를 갈라놓는 것 같아. 그리고 내 침대에 제
이든이 남겨 놓은 편지에서도 암호로 같은 말을 하고 있어." 그건 지금까지
받은 편지 중에서 제일 좋았는데, 반역 이전에 어떻게 살았는지를 이야기하
고 있어서였다. 만약 반역이 없었다면 지금의 제이든은 어떤 모습일지 궁금
해지기도 했다.

"그것 참… 이상하군." 이모젠은 복도를 경계하며 이마를 찌푸리고 말했다.

"그렇지." 나도 이모젠과 마찬가지로 보이는 손마다 주시했다. "지난 2주
간의 어긋난 타이밍은 우연이라기엔 너무 의도적이야."

"아, 그 부분은 이상할 것도 없이 완벽하게 이해가 가." 이모젠은 나를 곁눈
질했다. "나 같아도 권력을 쥐고 있었다면 너희 둘부터 갈라놨을 거야. 둘 다
혼자서도 고유 능력으로 무시무시한 일을 할 수 있지. 그런데 둘이 함께라면?
끝내주는 위협이지. 난 제이든이 너에게 편지를 쓰는 게 이상하다고 한 거야."

"왜? 난… 다정하다고 생각하는데."

"바로 그거야. 네 눈에는 제이든이 편지나 쓸 남자처럼 보여?" 이모젠은 고
개를 저었다. "제이든은 심지어 대화를 하는 남자도 아니라고."

"우린 제대로 소통하려고 노력하고 있어." 약간 방어적으로 말이 나왔다.

"결국 너는 제이든이 네게 사실을 감춘 죄를 용서할 거야. 안 그래?" 그녀
는 반드시 그래야 한다는 확신을 담은 눈빛을 던지더니 주머니에서 머리핀
두 개를 꺼냈다. "빨리 대답하는 게 좋겠다. 거의 다 왔어."

"선배는 마음을 터놓지 않는 사람을 사랑할 수 있어?" 난 이의를 제기했다.

"하나." 그녀는 대놓고 나를 흉내 냈다. "우린 내 애정 생활에 대해 이야기
하는 게 아니야. 그걸 위해서라면 실제 친구인 퀸이 있거든." 그녀는 빠르고

효율적인 움직임으로 제일 길게 늘어진 분홍색 머리에 핀을 꽂았다. "둘, 우린 언제나 정보를 숨겨. 어느 라이더와 데이트하더라도 같은 문제를 겪을걸."

"그건 같지가…." 좋아. 좋은 지적이긴 하다. 하지만 이모젠도 핵심을 놓치고 있다. "알겠어. 이렇게 생각해봐. 선배가 누구랑 사귀는데, 어느 날 그 남자 옷장에서 도끼가 튀어나와서…."

"옷장이라고? 정말이지 네가 리애넌하고 속내를 털어놓던 때로 돌아갔으면 좋겠다." 이모젠은 고개를 저었다.

"…선배를 죽일 뻔했다고 치자. 그러면 다시 사귀기 전에 혹시 또 튀어나올 도끼가 있진 않은지 옷장 안을 확인하려고 하지 않겠어?" 거의 강의실에 다다랐다.

"위험은 어디에나 있어." 그녀는 문 앞으로 가면서 보디와 잡담하던 아야에게 고개를 까딱였고, 나는 아야의 시커멓게 멍든 눈과 부러진 코를 보고 눈을 크게 떴다.

"그게 정상이라고?"

"넌 정상을 원하지 않았어. 그랬다면 에이토스하고 사귀었겠지." 이모젠이 몸서리쳤다. "하지만 넌 라이오슨을 원했어. 애초에 라이오슨이 도끼 몇 개쯤 숨기고 있다고 생각하지 않았다면 넌 엉뚱한 사람에게 화내고 있는 거야. 너야말로 스스로에게 거짓말한 셈이니까."

생도들이 전투 브리핑실의 넓은 문 안으로 빨려 들어가는 동안 나는 입만 뻐끔거렸다. 뜨거운 햇빛이 들어올 창문이 없는 복도는 끈적한 8월의 더위를 피할 수 있는 반가운 공간이었다.

"아, 시간 다 됐네." 이모젠이 대놓고 안심한 얼굴로 한숨을 내쉬었다.

"아주 도움이 됐어." 리와의 대화가 그리웠다.

"의미 있는 진짜 충고를 듣고 싶어?" 이모젠은 내 팔꿈치를 잡고 3학년들이 서 있는 계단 옆 공간으로 끌고 갔다. "좋아. 누구나 첫 번째 지상 항법 실습에 실패해. 우린 틀리는 걸 참지 못하는 독선적인 개자식들이거든. 교수는 그저 너희가 그 사실을 후회하길 원하는 거고, 확실히 그 처방은 먹히고 있지. 너에게 한 남자에 대해 걱정하는 것보다 더 큰 문제들이 있다는 건 말할 필요도 없겠지. 남은 RSC에서 어떻게 살아남을지, 또는 재미로 널 흠씬 두들겨 팰 심문 시간은 어떻게 이겨낼지, 아니면… 전쟁에 나가는 문제라거나 말이야. 그런데 네가 나보고 애정 문제를 이야기하고 싶냐고 물었다는 건, 너야말로 여전히 그 문제에 얽매여 있다는 걸 알고 있다는 뜻이고….”

나는 발끈했다. “그런 게 아니라….”

“내 말 아직 안 끝났어.” 제1비행단의 3학년 한 명이 지나치게 가까이 다가오자 이모젠이 그의 어깨를 밀었다. “라이오슨이 뭐라고 했던 간에 너까지 완벽하게 정직할 수 없는 상대를 멀리할 필요는 없어. 사실 그 방법은 네 모든 문제에 먹히지도 않아. 빌어먹게도 네 친구가 널 필요로 하는 것 같으니 어서 가봐.” 이모젠이 내 뒤에 있는 계단 쪽을 손짓했다. 몸을 돌리자 벽에 기대선 리의 모습이 보였다.

널찍한 계단을 지나가는 생도들에 대해서는 까맣게 잊은 채, 타라 옆에서 손에 쥔 양피지를 읽고 있는 리의 얼굴에 걱정이 가득했다. 나는 지나치게 열심인 1학년 여러 명을 피해 가면서 리에게 다가갔다.

“분명히 별것 아닐 거야.” 타라가 리의 어깨를 쓰다듬고 있었다. “브리핑 후에 마컴에게 보여줘. 나도 같이 갈게.” 타라는 나를 보더니 검은 머리를 귀 뒤로 넘기며 미소 지었다. “안녕, 바이올렛.”

“안녕, 타라.” 나는 제1비행단 자리로 가는 타라에게 손을 흔들었다. “별일 없는 거야, 리?” 리애넌도 나를 밀어낼 수 있겠지만, 묻기는 해야 했다.

“모르겠어.” 리는 나에게 양피시를 건넸다. “오늘 아침에 부모님이 보낸 편시에 이게 같이 왔거든. 마을에 퍼지고 있대.”

그 종이를 열어본 나는 잠시 눈을 휘둥그레 떴다가 표정을 가다듬었다. 서기들이 나바르의 모든 마을에 붙이는 공고문과 같은 크기였지만, 맨 위에 공식 발표문 번호는 없었다.

피난처를 찾는 낯선 사람들을 주의하라.

"이게 뭐야?" 조용히 물었다.

"그러게 말이야. 마저 읽어봐."

우리 왕국 국경선에 대한 전례 없는 침범이 일어나고 있는 지금, 국경 마을
의 여러분이 우리의 눈과 귀가 되어주기를 기대한다. 우리의 안전은 여러
분의 경계에 달려 있다. 낯선 이들을 받아주지 말라. 여러분의 친절이 죽음
으로 이어질 수 있다.

"여러분의 친절이 죽음으로 이어질 수 있다." 나는 생도들이 지나가는 가
운데 조용히 그 말을 되풀이했다. "그런데 무슨 국경 침범을 말하는 거야?"

"이게 뭐지?" 마컴 교수가 내 손에서 종이를 낚아채며 말했다.

"저희 마을에서 왔습니다." 리가 설명했다.

"그랬군." 그는 나를 흘긋 보더니 리애넌에게 시선을 돌렸다. "강의에 가져
와줘서 고맙구나." 그는 더 말하지 않고 계단을 내려갔다.

"미안해." 나는 리에게 말했다.

"네 잘못이 아냐." 리가 대답했다. "그리고 어차피 수업 끝나고 마컴에게 가
져가려고 했어. 누군가 이게 뭔지 설명해줄 사람이 있다면 마컴일 테니까."

"물론이지." 나는 애써 미소 지었다. "자리에 앉자."

우리는 리독과 소여 옆에 앉아서 수업 자료를 꺼냈다.

"부모님은 어떠셔?" 나는 자연스럽게 화제를 전환하려고 물었다.

"잘 지내시지." 리는 부드럽게 미소 지었다. "보병 중대 하나가 몬세라트에
추가된 이후로 가게가 아주 미어터진대."

나는 눈을 깜박였다. 그럼 전초기지의 수용 인원을 넘어설 텐데.

"좋은 아침이다." 리애넌이 받은 종이를 치켜든 마컴 교수의 목소리가 쩌렁

쩌렁하게 울려 퍼졌다. "오늘 우리는 눈에 덜 띄는 전투들에 대해 이야기하겠다. 생도 한 명이 이런 공고를 받았다." 마컴이 큰 소리로 공고 내용을 읽자 경고였던 내용이 열렬한 호소로 바뀌었다.

드베라 교수는 팔짱을 끼고 서서 마컴 교수가 마저 읽을 때까지 눈을 내리깔고 있었다.

"이건 지역 공지다." 마컴이 설명했다. "그래서 공고문 번호가 없지. 우리는 가장 전략적인 전초기지들 근처의 산악 마을에서 국경을 넘으려는 시도를 놀랍도록 많이 목격했다. 왜 그게 위험할까?"

펜을 쥔 손에 힘이 들어갔다. 포로미엘 민간인들이 새로운 공격에서 달아나고 있는 건가? 속이 울렁거렸다. 보호막이 있다면 정말 많은 사람들을 지킬 수 있을 텐데, 나는 아레티아에서 바스지아스로 돌아왔을 때보다 조금도 답에 가까워지지 못했다. 내가 읽은 모든 책에서 영광스러운 성취를 이야기했지만, 어떻게 성취했는지는 말하지 않았다. 그 답이 아카이브에 있다면 잘 숨겨져 있다는 뜻이다.

"우리는 그 사람들의 의도를 알 수 없기 때문입니다." 1학년 한 명이 대답했다. "그래서 우리가 국경을 막아두는 거죠."

마컴이 고개를 끄덕였다.

하지만 우리가 언제 국경을 닫았지? 통일이 되자마자? 아니면 책에서 역사를 지워버린 통일 후 400년쯤에? 좌절감만큼 마력이 차올라 자리에서 몸을 뒤척여야 했다. 질문에는 답이 따라와야 한다. 내 삶은 언제나 그렇게 돌아갔다. 지금까지는 어떤 질문이든 아카이브에서 몇 시간을 보내고 나면 답을 찾을 수 있었는데, 이제는 그곳에서 어떤 답을 찾는다 해도 믿을 수 있다는 확신이 없다. 도무지 말이 되지 않는다. 손가락 끝이 징징 울리고 열이 올랐다.

"*은빛 아이야.*" 테른의 목소리에 경고가 실렸다.

"*알아요.*" 나는 심호흡을 하고, 불편한 감정 전부를 넣는 작고 깔끔한 상자 안에 지금 기분을 밀어 넣으려 애쓰면서 차단벽을 단단히 둘렀다.

"이건 새로운 전술일 수도 있습니다." 우리 뒤쪽에서 3학년 한 명이 외쳤다. "거짓 위장으로 우리 전초기지에 잠입하려는 거죠."

"정확하다." 마컴이 고개를 끄덕였다.

드베라가 자세를 바꾸더니 우리를 올려다보았다. 드베라는 알까? 신들이시여, 드베라는 몰랐으면 좋겠습니다. 내 생각대로 좋은 사람이면 좋겠다. 케이오리는? 에메티리오는? 교수들 중에서 신뢰할 만한 사람이 있을까?

"더 심란한 것은 이 흑색선전이다. 포로미엘 사령부에서 조작한 발표에서는 맹공으로 도시들이 파괴당했다고 한다." 마컴은 나머지 내용을 말해줄지 갈등하는 것처럼 말을 멈췄지만, 나는 그것이 극적인 효과를 노리는 행동임을 알았다. "그들은 드래곤의 공격이었다고 주장한다."

망할 거짓말쟁이 같으니라고. 뺨이 후끈 달아올랐고, 마컴이 내 쪽을 보자 나는 얼른 시선을 피했다. 모여든 에너지가 배출구를 찾으면서 피부를 밀어대자 징징거리는 소리가 커졌다.

내 주위 생도들에게서 언짢은 술렁임이 일었다.

"드래곤이 도시를 망가뜨리다니 말도 안 되는 소리야." 리애넌이 고개를 저으며 중얼거렸다.

드래곤은 그러지 않지만, 와이번은 그럴 수 있고… 그러고 있다.

마컴은 한숨을 내쉬었다. "이 공고문이 우리에게 연민이 없다는 의미는 아니다. 사실 우리는 수백 년 만에 처음으로 그 도시들을 정찰하는 기밀 임무를 승인했다. 물론 지금은 정찰이 완료됐지."

내 펜이 삐걱거리고 마력이 피부에 물결치면서 팔뚝에서 털이 일어났다.

"괜찮아?" 리애넌이 물었다.

"멀쩡해."

"확실해?" 리애넌은 대놓고 내 손을 보았다.

그리고 펜에서 연기가 올랐다. 나는 펜을 떨구고 두 손을 마구 비볐다. 그러면 온몸에 들끓는 에너지를 가라앉히는 데 도움이라도 될 것처럼 말이다.

"해당 임무를 맡은 드래곤 부대는 포로미엘의 도시들이 온전하다고 보고했으니, 우리도 너희와 똑같은 결론에 도달했지. 이건 우리의 연민을 이용하는 새로운 전술이라고 말이다." 어쩌나 확신을 담아서 말하는지 그 연기에 박수를 칠 뻔했다. "드베라 교수?"

드베라가 목청을 가다듬었다. "흠, 나도 오늘 아침에 보고서를 읽었다. 파괴에 대한 이야기는 없었다."

누구의 보고서? 서기들은 믿을 수 없다.

"여기까지다." 마컴이 고개를 저었다. "이제 이 흑색선전의 효과와 민간인의 전쟁 지원 역할에 대해 토론하겠다. 거짓말은 강력한 도구다."

당신이 제일 잘 알겠지.

나는 겨우 지도에 불을 내지 않고 강의 시간을 버텨낸 후, 서둘러 가방을 싸서 생도들을 밀치며 그 방을 빠져나갔다. 가방이 등뼈를 때리지 않도록 무거운 가방끈을 바싹 당겨 잡고서 복도에서부터 계단까지 달려 내려갔다. 고통스러운 열기가 단단히 똬리를 틀면서 번개를 때릴 준비를 했고, 간신히 안마당에 뛰어든 후에야 비틀거리면서 두 손을 들어 올려 번개를 풀어놓았다.

마력이 내 안을 관통하며 번개가 외벽 근처를 때렸다. 날아오른 자갈이 벽만 때릴 정도로 멀리 떨어진 곳이었다. 마음 가장자리에서 테른이 맴도는 느낌이 났지만, 잔소리가 날아오진 않았다.

"바이올렛?" 리애넌이 앞에 나타났다. 가슴이 들썩이는 모습을 보니 나를 따라 뛰어온 게 분명했다.

"괜찮아." 나는 거짓말했다. 세상에, 거짓말이 너무나 쉬워지고 있었다. 리애넌이 나에게 부탁한 단 한 가지가 거짓말은 하지 말라는 거였는데도.

"딱 봐도 그렇네." 리는 몸짓으로 안마당을 가리켰다.

"가봐야겠다." 나는 한 걸음, 또 한 걸음, 리에게서 멀어졌다. 목에 우리 분과만큼이나 큰 응어리가 맺히고 있었다. "RSC 수업에는 늦을 거야. 필기 좀 해줄래?"

"확실히 네가 늦어야 마땅한 수업이니까 말이지." 리애넌이 빈정거렸다. "심문 기술을 배우는 것보다 중요한 게 있다는 거야?"

나는 고개를 젓고는, 또 거짓말을 하기 전에 몸을 빙글 돌려서 달려갔다.

기숙사 안으로 들어간다. 계단을 내려간다. 터널을 통과한다. 다리를 건넌다. 힐러 분과에 들어선다. 달리기를 멈추지 않다가 아카이브에 거의 다 와서야 몸이 느려진다. 그러나 생각은 느려지지 않는다.

위병은 내가 커다란 원형 문을 통과해서 아카이브로 들어가는 것을 막지 않는다. 종이와 풀… 아빠. 그 향기가 밀려들자 심장박동이 느려지면서 목구멍을 막은 응어리가 풀린다. 200명이 넘는 서기들이 테이블에서 나를 쳐다보고 있다는 사실을 알아차리기 전까지는. 그 모습을 보자 심장이 다시 빨리 뛴다. 아마리의 이름으로, 내가 대체 뭘 하고 있는 거지?

"*상식적인 통제력을 잃고서 네가 통제력을 찾을 수 있다고 생각하는 곳으로 후퇴한 것 같구나.*" 테른이 그르렁거렸다.

합당한 지적이었다. 테른에게 그렇게 말하진 않겠지만.

"*방금 말했다.*"

크림색 로브를 입은 키 큰 사람이 의자에서 몸을 돌리고 나를 위아래로 쳐다보았다. "아카이브는 이 시간에 라이더에게 개방되지 않습니다."

"알아요." 나는 고개를 끄덕였다. 그런데도 여기 있지.

"뭘 도와드릴까요?" 교수는 다른 곳으로 가라는 뜻이 담긴 투로 말했다.

"전 그저…" 뭐라고 하지? 가지고 있으면 안 되는 책을 반납하러 왔다고 해?

세 줄 뒤에 앉아 있던 서기 한 명이 일어나더니 못 믿겠다는 눈으로 나를 보고는 손을 들어 올려 교수에게 뭔가를 말했다. 제시니아였다. 교수가 고개를 끄덕이자 제시니아는 황당한 표정으로 눈을 크게 뜨며 다가왔다.

"미안해." 나는 수어로 사과했다.

제시니아는 테이블 앞까지 와서 내 오른쪽으로 방향을 돌렸고, 나는 서가가 서기들의 시선에서 우리를 가려준다는 사실을 알고 그 뒤를 따라갔다.

"뭐하는 거야?" 제시니아가 손짓했다. "지금 여기 있으면 안 돼."

"알아. 어쩌다 보니 오게 됐어." 나는 마치 계획한 만남이라는 듯이 가방을 내려서 책을 찾아 제시니아에게 건넸다.

제시니아는 나를 보고 그 책을 보더니 한숨을 내쉬었다. 그다음 몇 걸음 물러서서 몸을 움츠리며 아무리 봐도 원래 자리가 아닌 서가에 그 책을 밀어 넣었다. "너 혼란스러워 보여."

"미안해." 나는 또 사과했다. "네가 곤란해질까?"

"당연히 아니지. 교수에게는 네가 인내심 없는 오만한 라이더라서 내가 도와주는 게 우리 공부에 방해가 덜 될 거라고 했어. 사실이지만." 제시니아가 서가 끝을 흘긋 보았다. "토요일까지 기다릴 수 없었어?"

나는 고개를 끄덕이려다가 가로저었다. "더 빨리 읽어야 해."

내 표정을 살피는 그녀의 미간에 주름이 졌다. "너에게 뭘 찾느냐고 물었지. 하지만 네가 그걸 찾지 못하면 무슨 일이 일어나는지 물었어야 했나 봐."

"사람들이 죽을 거야." 수어로 한마디, 한마디 할 때마다 뱃속이 가라앉았다. "할 수 있는 말은 그게 다야."

그녀는 잠시 그 말을 곱씹었다. "나에게는 말하기 겁나더라도 너희 대대원에게는 말했겠지?"

"아니." 나는 멈칫하고 말을 골랐다. "나 때문에 또 누가 죽게 할 순 없어. 이미 널 너무 위험하게 만들었어."

"넌 나에게 선택권을 줬어. 너희 대대원도 그럴 자격이 있다고 생각하지 않아?" 내가 대답하지 않자 제시니아는 실망한 눈으로 나를 보았다. "오늘 밤에 다른 책을 갖다 줄게. 8시에 다리에서 만나." 그녀는 내게 가까이 다가섰다. "바이올렛, 토요일이어야 해. 이러다간 우리가 걸릴 거야."

나는 고개를 끄덕였다. "고마워."

18

우리가 처음에 가능하다고 생각했던 것보다 보호막을 훨씬 확장하여, 나로서는 과연 유지될 수 있을지 의문이었던 한계치까지 밀어붙이고 나서야 나바르 국경선을 확정했다. 안타깝게도 모든 시민이 보호받을 수 없다는 것은 알고 있었다.

_ 바스지아스 군사학교 서기 분과 1대 큐레이터 세가 올슨,
《최초 여섯의 여정, 직접 전해 듣다》

— 바스지아스 군사학교 서기 분과 12대 큐레이터 매들린 칼로스, 공용어 번역

— 바스지아스 군사학교 서기 분과 27대 큐레이터 피니스 카트랜드 대령,
학문적인 이용을 위한 번역과 편집

"일찍 왔네!" 토요일 아침, 제이든이 문을 열자 엉겁결에 그 말이 튀어나왔다. 나는 바닥에 앉아서 가지고 있는 모든 역사책과 제시니아가 빌려준 두 권까지 쌓아놓은 상태였다.

젠장, 제시니아를 만날 때까지 한 시간도 안 남았는데.

제이든은 눈을 껌벅이더니 등 뒤로 문을 닫았다. "나도 반가워."

"안녕." 나는 목소리를 누그러뜨리고 대답했다. 제이든의 눈 밑 그늘을 보자 기쁜 마음도 가라앉았다. "미안해. 정오까지는 오지 못할 거라고 생각했어. 보내줄지도 알 수 없었고… 엄청나게 지쳐 보이네." 그는 움직임마저 느렸다. 큰 차이는 아니라도 나는 알 수 있었다.

"모든 남자가 듣고 싶어 하는 말이군." 그는 장검을 문 옆에 내려놓고 바로 옆에 배낭을 떨궜다. 마치 자기 방처럼 자연스러웠다. 나도 사마라에 있는 제이든의 방을 내 방처럼 느끼기는 했다. 우리 둘 다 따로 지낼 곳을 달라고 요청한 적은 없었다.

내가 제이든을 온전히 신뢰하지 못하긴 하지만, 그에게서 멀어지는 것도 견딜 수 없나 보다.

"당신이 아름답지 않다는 말은 아니야. 잠이 필요해 보인다는 거지." 나는 빈 침대 쪽을 고갯짓으로 가리켰다. "좀 자야겠어."

그의 입꼬리가 천천히 올라가자 그대로 심장이 멈출 것 같았다. "내가 아름답다고?"

"몰랐던 것처럼 반응하네." 나는 눈을 굴려 보이고는 시선을 피해서 《최초 여섯의 여정, 직접 전해 듣다》를 마저 넘겼다. "그리고 12시간 동안 비행한 사람 같은 냄새가 난다고도 생각해." 딱히 그렇지는 않았지만, 안 그래도 거대한 자아를 방금 내가 부풀려줬으니 이렇게 말하면 억제가 될지 몰랐다.

"맙소사, 정말 보고 싶었어." 그는 소리 내어 웃더니 비행 재킷을 벗었다. 짧은 소매의 여름 제복과 단단한 팔이 드러났다.

나는 몇 시간 동안 모든 근심, 걱정을 잊고 이 남자를 이 바닥에 눕히고 싶은 충동 속에서 숨을 고르며 내 앞에 펼쳐진 책에 집중하려고 노력했다.

"내가 욕실을 이용하면 누군가 보고할 것 같아?" 그는 이미 가방 속을 뒤지고 있었다.

"목욕은 고사하고 여기에서 당신이 누군가를 냉혹하게 살인해도 아무도 보고하지 않을 것 같은데."

"사실 학교에 방문한 장교들이 생도 구역에서 자면 안 돼. 우린 몇 가지 규칙을 어기고 있어."

"전에는 그런 거 신경 안 썼잖아." 여기에서 자겠다는 제이든의 생각은 넘기고, 그가 웃통을 벗은 모습을 본 나는 책에서 눈을 뗀 것을 후회했다. 신들이시여, 저 남자가 뭐라도 더 벗으면 절 도와주세요.

"지금도 신경 쓰이는 건 아니야." 그는 가방에서 새 옷을 안고 일어섰다. "그저 내 행동 때문에 네가 벌 받는 걸 보고 싶지 않을 뿐이지. 놈들이 오늘은 널 기동 훈련에 보낼 방법을 찾았거나 아니면 널 가둬버렸을 줄 알았어."

"나도야." 깨달음이 온몸으로 번져가면서 그와 눈을 마주쳤다. "분명히 다음 주면 당신을 어두운 지하실에 가둘 테니 이번 만남을 즐겨야겠네."

"너와 나는 '즐긴다'는 말을 서로 다르게 해석하지." 그는 바닥에 흩어진 책들을 가리켰다.

"그렇지도 않아." 나는 재빨리 페이지를 훑어보고 다음 페이지로 넘어갔다. "저 침대에서 둘이 뒤엉켜서 하루를 보내는 게 즐거울 거라고 생각은 하는데, 당신이 선을 그었으니까 난 지루하고 무성적인 책들과 같이 있는 거지."

"신호만 주면 순식간에 네 옷을 벗겨낼게." 제이든이 어찌나 열기 어린 눈으로 나를 보는지, 시선을 들었다가 숨이 막혀서 한 번 더 쳐다보고 말았다.

"난 당신을 원해." 매일, 하루 종일.

"*내가 들어야 하는 말은 그게 아니잖아.*" 그가 머릿속으로 미끄러져 들어오는 감각이 마치 애무 같았다. "*그리고 차단벽은 왜 안 올리고 있어?*"

"흠, 당신이 모든 진실을 털어놓지 않고 들을 수 있는 말은 이게 다야." 나는 겨우 그에서 시선을 떼어냈다. "그리고 이 안엔 우리뿐이잖아."

"흐으으음." 그는 나에게 해독할 수 없는 눈빛을 던졌다. "바로 돌아올게."

"사실은 냄새 나지 않아." 잠시라도 그를 시야 밖으로 내보내기 싫어서 속삭였다.

"조금만 더 가까이 오면 그 말을 취소하게 될걸." 그는 나갔고, 나는 복도 저편에서 제이든이 벌거벗을 거라는 생각 말고 앞에 있는 책에 집중하려고 최선을 다했다.

그에게 내 감정을 솔직하게 말하면 그를 가질 수 있다. 적어도 그의 몸은 말이다. 하지만 예전에도 그것만 가지지 않았던가? 그의 솔직함을 갈망하면서 정작 나는 솔직하게 털어놓고 고통에서 벗어나지 못하다니 모순이다. 그런 점에서 우리는 비슷한지도 모르겠다. 둘 다 상대가 기꺼이 내놓으려는 것 이상을 바란다는 점.

몇 분 후, 제이든이 돌아오자마자 방 안이 작아진 느낌이 들었다. 공기가 부족한 게 아니라 내 빨라진 심장박동 때문인지도 모르지만.

"빠른데?" 그 사이 20페이지 정도밖에 읽지 못했지만, 나는 굳이 반납해야 하는 책 두 권을 숨기지 않았다. 제이든은 내 책과 빌린 책을 잘 알지 못할 것이다. 조금이라도 내가 숨겨야 하는 게 적을수록 좋다.

"암시할 말이 많지만, 참겠어." 그는 물건을 가방에 던져 넣더니 안락의자에 주저앉아서 쫙 벌린 무릎 위에 팔을 얹고 몸을 앞으로 내밀었다. 그러고는 바닥에서 책 한 권을 집어 들었다. "이 책은 다 어디서 온 거야? 작년엔 이렇게 많지 않았잖아."

"대부분은 본관에서 쓰던 내 방에서 가져왔지." 나는 페이지를 마저 훑고는 한숨을 내쉬었다. 그 책은 대부분 서기의 시선으로 대전을 이야기한 데다 심하게 편집되었고, 보호막을 확장하는 능력을 발견했다는 내용이 모호하게 딱 한 페이지 있을 뿐이었다. "난간다리를 건너기 전에 상자에 싸두면서 어머니가 창고에 보내버릴 거라고 생각했는데, 알고 보니 미라 언니나 내가 생각한 것보다 감상적이시더라고. 내가 두고 온 곳에 그대로 있었어." 놀라운 일이었다. 예전 내 방은 아무것도 건드리지 않은 상태였다. 내가 언제든 돌아오리라 생각한 것처럼 말이다. "정말이야. 당신은 좀 자야 해."

내가 약속을 어기면 제시니아가 화낼 것이다.

"댁스턴 대령, 《서기 분과 정복 안내서》." 그가 책능을 읽었다.

"그 책은 내가 처음 읽었을 때 생각한 것만큼 쓸모 있지 않았어." 나는 농담을 던졌다.

"그렇겠지." 그는 그 책을 내려놓더니, 내가 읽던 책을 보고 고개를 기울였다. "《최초 여섯의 여정, 직접 전해 듣다》."

"응." 심장이 쿵 뛰고, 테른이 급강하할 때처럼 속이 붕 뜨는 느낌이 들었다. 저 책들은 숨겼어야 하는 건데.

"아니면 알리고 싶었던 거겠지." 테른이 끼어들었다.

"가서… 하던 일이나 해요."

"수업 과제야?" 제이든은 내가 대답하지 않자 눈매를 좁혔다.

"연구용이야." 어떤 이유에서인지는 알 수 없지만, 나는 그에게 노골적으로 거짓말을 할 수 없었다.

"최초의 여섯에 대해 기억나는 게 별로…." 잠시 후에 그의 턱에 힘이 들어가더니, 나에게로 시선이 홱 날아왔다. "나에게 뭔가 숨기고 있구나."

젠장. 제이든이 알았다. 아니면 추측했거나. 뭐든 빨랐다.

"바이올렛?" 사실상 으르렁거리는 소리였다. 알아챈 게 확실하다. "왜 최초의 여섯에 대해 연구하고 있지?"

"아레티아 때문에." 나는 책을 덮었다. 어차피 도움되는 내용도 없었다.

제이든이 심호흡을 하자 의자 아래에서 뻗어 나온 그림자가 검은 안개처럼 그의 발밑으로 밀려들었다.

"당신 때문이지, 사실은." 조용한 인정이었다.

그는 숨을 쉬고 있는지 알 수 없을 정도로 고요했다.

"브레넌이 우리에게 보호석이 있다고 말했군." 그는 짧게 통제된 말만 했다. 그림자가 손처럼 움직이면서 내가 쥐고 있는 책만 빼고 주위에 흩어진 책을 모아서 쌓았다. "브레넌을 죽여버리겠어."

"왜? 당신보다 오빠가 먼저 사실대로 말해줘서?" 나는 책을 덮었다. "진정해. 오빠가 당신 일기장을 준 것도 아니잖아."

"난 일기를 쓰지 않아. 하지만 차라리 일기장을 주는 쪽이 나았을 거야." 그는 날카롭게 쏘아붙였다. "나바르에서 최고 기밀인 방어 정보를 캐고 다니다간 죽을 수 있어."

"민간인들이 우리 국경으로 달아나고 있고, 나바르에선 아무도 진실을 모르고, 아레티아는 자체 방어를 해야 해. 베닌이 결국 티렌더에 도착하면 당신들이 받아들이려고 하는, 그 사람들을 보호해야 한다고." 나는 오래된 책을 가슴에 끌어안았다. "피난민을 받아들일 거지, 그렇지?"

"당연하지."

"좋아." 적어도 내가 엉뚱한 믿음을 갖지는 않았다. 나는 어깨 너머로 책상 위에 놓인 시계를 보았다. 20분 뒤에는 책을 반납해야 한다.

"하지만 티렌더를 지키는 건 무기일 거야."

"내 생각은 좀 달라. 그리고 난 최초의 여섯이 보호막을 어떻게 쳤는지 알아낼 때까지 계속 조사할 거야. 아레티아에서도 같은 과정을 반복할 수 있도록." 나는 제이든을 보고 턱을 치켜들었다.

"아무도 보호막을 어떻게 쳤는지는 몰라. 유지하는 방법만 알지." 그가 의자에서 일어나서 걸어오자 그림자가 따라왔다. 그의 기분을 알려주는 지표랄까. "그건 잃어버린 마법이고, 너도 그게 고의로 사라졌을 거라는 사실은 부정할 수 없을 텐데."

"누군가는 알아." 나는 그의 움직임을 눈으로 뒤쫓으며 반박했다. "혹시 실패할 때에 대비해서 어딘가에 기록을 남겨놓지 않았을 리가 없어. 우리를 구할 수 있는 유일한 방법을 파괴할 리가 없어. 숨겨두긴 했겠지만, 파괴하진 않았을 거야."

"서기에게 네가 뭘 찾는지 알리지 않으면서 그 기록을 어떻게 찾아내려고?" 그는 목 뒤로 두 손을 얽은 채 내 침대 가장자리를 돌면서 작년이었다면 내가 달아났을 법한 눈빛으로 나를 노려보았다.

나는 딱 소리가 날 정도로 세게 입을 다물었다.

그는 눈을 감고 심호흡을 한 번 하고, 또 한 번 했다. "네가 갓난애처럼 끌어안고 있는 그 책. 네 책이 아니지?"

"현재는 내 손에 있지."

"바이올렛." 제이든이 인내심을 발휘하기 위해 머릿속에서 10까지 세는 것을 들을 수 있을 지경이었다.

"알았어. 아카이브에서 빌렸어. 정말로 내가 도우려고 했다는 이유로 고함을 치는 거야?"

"누가 알아?" 그 질문은 차라리 고함을 치면 좋겠다고 생각하고 싶어질 정도로 조용히 던져졌다. 그는 언제나 이렇게 차분할 때 제일 치명적이었다.

"친구."

그가 눈을 떴다. "우리가 아카이브에서 수작을 부리지 않는 데는 이유가 있어. 적의 심장이야." 그는 나와 시선을 마주쳤다. "거기엔 친구가 없어."

"나에겐 있어." 나는 천천히 일어섰다. "그리고 지금 나가지 않으면 책을 돌려주기로 한 약속에 늦어. 그러니까 당신은 좀 자고 있지 그래? 나는…."

"나도 같이 가겠어."

"말도 안 돼." 나는 책을 가방에 집어 넣었다. "내 친구가 엄청 겁먹을 거야. 걔한테는 당신에 대해서나, 아레티아에 대해서나, 우리 국경선 밖에서 벌어지는 일에 대해서나, 아무것도 말하지 않았으니까 진정해."

이상하게도 그는 마음을 놓지 않았다. "네가 기밀 정보를 연구하고 있다는 걸 알잖아. 네가 위험한 일에 뛰어들었다는 걸 아는데 내가 마음이 놓이겠어?"

"당신은 매일 위험하게 지내잖아." 나도 화가 나서 열이 올랐다.

누군가가 문을 두드리자, 제이든이 한숨을 내쉬며 벌컥 열어젖혔다.

"어!" 리애넌이 뒷걸음질하다가 리독과 부딪칠 뻔했다. "오늘 오신 줄 몰랐네요, 라이오슨 소위님." 리가 나를 슬쩍 보았다. "바이, 혹시 우리와 같이 샨타라에 가겠냐고 물어보러 왔는데…."

"바이는 바빠." 제이든이 내 손을 잡고 대답했다.

"재수 없게 굴지 좀 마." 그리고 나는 손을 당겨서 뺐다.

"워우." 리독이 눈썹을 치켜드는 가운데 나는 제이든에게 몸을 돌렸다.

"난 정확히 당신이 하라는 대로 했어. 내 친구들에겐 모든 걸 숨겼다고." 나는 그의 영혼 깊은 곳까지 노려보았다. "그러니까 재수 없게 굴지 마."

254

"정확히 내가 하라는 대로 했다고?" 그는 몸을 숙여 입김이 닿을 곳까지 얼굴을 들이밀었다. "네 연구를 비밀로 하면서?"

나는 입을 딱 벌렸다. "정말로 여기에서 나하고 비밀을 비교하겠다는 거야?"

"그건 같지 않아." 제이든이 얼굴을 찡그렸다.

"똑같거든!" 나는 손가락으로 그의 가슴을 찌를까 봐 가방끈을 더 꽉 움켜쥐었다. 감히 이렇게 나오다니. "난 당신을 위해 보호막을 연구하고 있어."

"내가 왜 이렇게 화가 났다고 생각해?" 그의 눈빛, 자세, 말투에 깃든 긴장감은 나와 맞먹었다.

"당신도 비밀을 모르는 입장이 되는 건 싫으니까 그렇겠지."

"대체 뭐가 어떻게 되어가는 거야?" 복도에서 소여가 물었다.

"그게… 어…." 리독이 이마를 긁었다. "둘이 싸우는 것 같은데."

"그건… 나한테 이걸 비밀로 한 지 얼마나 됐어?" 제이든이 물었다.

"둘이 심지어… 말도 안 하면서 말이야." 리애넌이 중얼거렸다.

"난 아무것도 숨기지 않았어. 그저 선택적인 진실만 말했을 뿐이야."

제이든은 한 대 맞은 사람처럼 물러섰다.

"미안해, 얘들아." 나는 곧바로 친구들에게 돌아섰다. "너희와 샨타라에 가고 싶은 마음은 간절한데, 해야 할 일이 있어. 다음 주말에 갈까?"

"다음 주에 넌 사마라에 있을 거야." 제이든이 가슴팍에 팔짱을 꼈다.

어떻게 누군가를 사랑하면서 동시에 치가 떨리게 싫을 수가 있을까?

리애넌이 우리를 번갈아 보다가 나에게 관심을 돌리고 조용히 말했다. "그럼 다음다음 주말에 가자."

나는 고개를 끄덕였다.

리가 이마를 찌푸리며 무언의 질문을 던졌다.

"난 괜찮아. 정말이야. 다들 즐겁게 놀고 와." 나는 애써 미소 지었다. "나중에 시체를 묻을 때 도움이 필요하면 말할게."

리독이 기침을 터뜨렸고, 소여가 그 등을 두들겼다.

"당신을 두고 하는 말 같은데." 리가 제이든을 보고 눈썹을 올리며 말했다.

"그럴 테지."

"가자." 소여가 앞장서서 복도를 걸었다.

리애넌이 어깨 너머로 말했다. "내 고유 능력으로 당신처럼 큰 물건을 움직여본 적은 없지만, 내가 충분히 화가 나면 흙을 건드리지 않고도 땅속에 처박을 수 있을 것 같거든." 그녀는 제이든을 쏘아보고 복도 저편으로 걸어갔다.

제이든은 한숨을 쉬며 문을 닫았다. "의리 있는 친구들을 뒀군."

"맞아." 나도 같은 의견이었다. "쟤들한테 비밀을 말해줘야 할 때가 오면 당신이 그렇게 말했다는 것만 기억해."

그는 끙 하는 소리로만 답했다.

"난 이제 가봐야…."

"네가 나에게 숨겼다는 점 때문에 화가 나긴 했지." 그는 내 말을 끊었다. "하지만 네가 날 위해서 목숨을 걸었다는 사실에는 말도 못하게 격분했어. 그건 내가 감당할 수 있는 일이 아니야."

"그렇게 위험하지 않아. 그 친구는 믿을 수 있어." 내가 문고리에 손을 뻗자 그가 옆으로 비켜섰다. 그는 화가 나 입매를 당기고 있었지만, 내가 멈칫한 건 그의 눈빛에 스친 두려움 때문이었다. 나도 제이든이 사마라에서 조금이라도 더 안전하다는 걸 알 방법이 있다면 알고 싶어 했을 것이다. 아무리 재수 없는 놈이라도 말이다. "알았어. 내 친구에게 겁을 주지 않겠다고 약속하면 같이 가도 돼."

"그쪽 감정은 내가 통제할 수 없지." 그는 코웃음을 쳤다.

그 말에 나는 한쪽 눈썹을 올렸다.

"그저 만나보고 싶을 뿐이야." 그는 두 손을 들며 말했다.

"그러면 믿을 만한지 알 수 있어? 보기만 해도? 아무리 당신이라도 그렇게 강력하진 않아." 나는 문을 열고 복도로 나갔다. "가자."

"*알 수 있어. 난 놀라울 정도로 사람을 잘 판단하거든.*" 그는 뒤따라 나오면서 문을 닫았다.

"당신은 정말 끝없이 오만하구나." 우리는 걷다가 오른쪽으로 꺾어서 중앙 복도에 들어섰다. *"그리고 따라오라고 허락했다고 해서 당신에게 화가 나지 않은 건 아니야."*

"마찬가지야." 그는 생도 한 무리를 지나치면서 내 등에 손을 얹었다.

"당신이 여기 있을 이유를 알리려고 날 만질 필요는 없어. 다들 알아…."

"어떻게 알고 있는데? 우리가 사귀지 않는다는 건 네가 아주 분명하게 했잖아."

뭐야, 지금 상처받은 목소리로 말한 거야? 나는 노여움이 쉽게 누그러드는 게 싫다. 화내면서 사는 게 차라리 더 쉽다.

우리는 중앙 계단으로 내려가다가 생도들이 빠져나가는 지상 층을 지나쳐 지하로 향했다. 여기는 터널로 이뤄진 미궁이지만, 나는 길을 잘 알고 있다.

"당신이라면 도울 수 있을 때 아무것도 안하고 여기 가만히 앉아 있겠어? 나보고 다르게 행동하라고 하는 건… 모욕적이야." 나는 터널 속에 우리만 있게 되자 속삭였다. *"나도 아카이브에서 알아서 잘할 정도의 머리는 있어."*

"네가 똑똑하지 않다고 말한 적은 없는데. 네 계획이 훌륭하지 않다고 말한 적도 없고. 난 네가 위험한 짓을 하고 있다고 말한 거고, 나에게 숨기지 말라고 부탁하고 있을 뿐이야." 우리는 마법 불빛이 깜박거리는 가운데 라이더 분과와 본관 사이의 계곡을 가로지르는 지붕 다리로 향했다. *"바리쉬가 널 그 저주받을 소진 직전까지 밀어 넣었는데, 그것도 나한테 말하지 않았잖아."* 그는 이를 갈았다. *"전투 브리핑 시간이 끝난 바로 뒤에 안마당 한가운데에서 힘을 행사한 것도."*

"어떻게 알았어?" 내가 쓴 편지에는 바리쉬 이야기가 없다.

"보디가 나한테 말하지 않을 줄 알았어?" 제이든의 그림자가 흘러나와서 문을 열고, 우리는 다리를 건넜다. 나는 제이든이 아무렇지도 않게 힘을 쓰는 모습에 영영 익숙해질 것 같지가 않았다.

"말하지 않았으면 좋겠다 싶었지." 나는 솔직히 인정했다.

"그런 거지 같은 일은 나에게 말해야지, 바이올렛."

"그러면 뭘 어쩌게? 바리쉬를 죽이게? 그놈은 부생도대장이야."

"생각은 해봤지." 그는 같은 방식으로 그림자를 써서 다음 문을 열었다.

"보디는 우리 대대가 기동 훈련을 피할 수밖에 없는 이유를 기적적으로 찾아냈어." 나는 병동을 지나쳐서 본관 캠퍼스로 접어들면서 말했다.

"그게 얼마나 오래 가겠어? 상황을 나한테 알려주면 해결책을 찾아낼 가능성도 두 배가 될 거고…." 제이든이 고개를 홱 돌리더니 내 허리를 잡고 복도 중간에 멈춰 섰다.

"차단벽 올려."

"놀론이잖아." 그렇게 말은 했지만, 차단벽을 내려놓은 것이 켕겼기에 올리기는 했다. 나는 제이든이 약속한 대로 차단벽이 습관이 되는 순간이 오기를 바랐지만, 지금까지는 차단벽을 계속 올리느라 전력을 다해야 했다.

"놀론?" 나는 살이 확 빠진 복원 능력자를 보고 입을 벌렸다. 검은 제복이 헐렁하게 늘어졌고, 나를 보고 미소 지으려 하는데도 눈빛에 늘 보던 광채가 없었다.

"바이올렛. 만나서 반갑구나." 그는 제이든을 보더니, 보호하듯이 내 허리를 감은 그의 팔에 시선을 내렸다. "자네가 물러선 게 내가 지난 6년 동안 복원을 맡던 젊은 여성을 해칠 거라고 생각해서인가, 라이오슨? 아니면 둘 중 하나라도 휴가를 내면 모든 시간을 함께 보낸다는 걸 아무도 모른다고 생각하는 건가? 장담하는데 나는 절대로 바이올렛을 위험에 빠뜨리지 않을 거고, 모두가 그 사실을 안다네."

나는 제이든의 팔에서 빠져나왔다. "복도 한가운데 서서 뭐하시는 거예요? 쓰러지기 직전 모습인데요."

"오늘은 아주 칭찬을 아끼지 않는군."

제이든이 이렇게 쉽게 미끄러져 들어올 수 있다면 차단벽을 더 잘 세울 필요가 있긴 했다.

"누굴 기다리고 있단다." 놀론은 며칠은 자란 것 같은 턱수염을 긁었다. "휴식을 좀 가지면 좋을 것 같긴 하구나. 영혼을 복원하기란 힘든 일이지. 벌써 몇 달 동안 매달렸어." 놀론이 비딱하게 미소 지었는데, 나는 그게 농담인지 아닌지 알 수가 없었다. "올해는 아직까지 잘 지냈나 보지? 널 복원할 일이 없었던 걸 보면."

"괜찮아요. 몇 주 전에 어깨가 부분 탈구되긴 했는데…." 놀론이 친구들이 가정한 것만큼 바리쉬와 가까울지는 잘 모르겠다. 그래도 ㄱ 생각을 하자 멈칫하면서 소진에 대해서는 말하지 않게 됐다. "그리고 무릎을 계속 감싸는 것도 아주 능숙해졌죠. 아직 부러진 뼈도 없고요."

"잘됐군." 놀론이 고개를 끄덕이는데 우리 뒤쪽에서 문이 열렸다. "잘됐어."

"저 왔어요!" 캐롤라인 애쉬튼이 달려오더니 우리 왼쪽으로 지나쳐 갔다. "늦어서 죄송해요!"

"시간을 잘 지켜주면 고맙겠구나." 놀론이 잔소리를 하고 나서 내 쪽을 보았다. "우리 둘 다를 위해서라도 건강하게 있어주렴, 바이올렛."

"그럴게요." 나는 약속했다.

캐롤라인이 내 쪽을 슬쩍 노려보더니, 두 사람은 병동 안으로 사라졌다. 그 뒤로 문이 조용히 닫혔다.

"다친 것 같진 않은데." 우리는 다시 아카이브를 향해 걷기 시작했다.

"그래. 다치지 않았어." 제이든이 동의했다. "분명 제1비행단의 다른 생도를 보러 왔겠지. 놀론이야말로 소진 직전 같던데. 평소보다 부상자가 많았나?"

"내가 알기로는 그렇지도 않아. 리독은 위에서 놀론을 심문에 이용한다고 생각해." 얼굴이 찌푸려졌다. "하지만 진심으로 하는 말인지는 잘 모르겠어. 리독의 경우는 판단하기 힘들어."

"흐음." 그는 바스지아스의 가장 낮은 곳으로 경사진 터널을 내려가면서 그 말밖에 하지 않았다. 깊이 들어갈수록 공기가 서늘해졌고, 슬픔이 가슴에 일으키는 아픔도 날카로워졌다.

"무슨 생각해? 얼굴이 침울해졌는데." 제이든은 본관으로 올라가는 계단 옆을 지나치며 조용히 물었다.

"아무것도."

"나한테는 단답으로 대답하지 않길 바라면서 네가 똑같이 하면 안 되지."

일리 있는 지적이었다.

"우리 아버지는 여길 사랑했어. 어머니가 여기로 배치됐을 때도 열광하셨지. 아카이브를 온전히 이용할 수 있다는 뜻이니까." 나는 그 기억에 미소 지었다. "그전까지 배치됐던 전초기지에서 기록하고 도서관을 관리하는 일도 사랑하지 않은 건 아니지만, 서기에게 이곳은 경력의 정점이거든. 서기들의 신전인 셈이지." 마지막 모퉁이를 돌자 거대한 금고 같은 문이 눈에 들어왔다. 원형의 아카이브 문은 너비가 3미터였고 서기 한 명이 지켰는데, 지금은 앉은 채로 자고 있었다.

"방비를 잘하는 신전이군." 제이든이 혐오스럽다는 눈으로 잠든 서기를 보았다.

"얌전하게 굴겠다고 약속해줘." 나는 진심을 알리기 위해 그의 팔꿈치를 잡았다. "갠 오래된 친구야."

"에이토스도 그랬지."

그 말에 나는 눈매를 좁혔다.

"그쪽이 진정한 친구라면 걱정할 것도 없어."

"이봐, 걔가 날 고발할 거였으면 내가 작년에 《불모지 민담》을 요청했을 때 했을 거야." 나는 아카이브 안으로 들어가면서 말했다.

"뭘 어쨌다고?" 그는 턱에 힘을 넣었다가 테이블 앞으로 가면서 심호흡을 했다. 지날 신에게 고맙게도 아카이브는 비어 있었다. 제시니아가 토요일을 고른 이유다.

"몬세라트에서 미라 언니에게 책을 받기 전에 아카이브에 있는지 요청했어. 당시에는 아무 생각 없었지. 하지만 아무도 내 앞에 나타나지 않았어. 아무도 날 끌고 가서 내 머릿속을 털지 않았다고. 우린 친구니까!"

제이든은 조용해졌고, 제시니아는 다가오다가 우리를 번갈아 보면서 눈을 크게 떴다. 제시니아의 걸음이 느려졌다.

"나랑 같이 왔어." 나는 미소를 보이며 수어로 말했다. "겁주지 좀 마."

"난 그저 서 있을 뿐이야."

"그것만으로도 위협적이야."

"찾던 건 찾았어?" 제시니아가 초조하게 입술을 깨물면서 손짓했다. 제이든에게 신경이 쓰이는 것을 알 수 있었다.

"아니." 내가 가방을 넘겨주자 제시니아는 그대로 어깨에 멨다. "전부 다 너무 최근이고…. 또 모호해."

제시니아가 생각에 잠겨서 입술을 오므렸다.

"일반적인 보호막의 역사에 대한 책들로 바꿔야 할까?" 내가 제안했다.

"잠시만 시간을 줘. 나에게 한 가지 생각이 있어."

"우리를 도와줘서 고마워." 제이든이 수어로 말했다.

제시니아는 고개를 끄덕이더니, 줄지어 선 서가 안으로 사라졌다.

"수어를 할 줄 아네." 내가 속삭였다.

"넌 티렌더어를 하잖아." 그가 대꾸했다. "수어는 티렌더어보다 훨씬 보편적이지."

우리는 어색한 침묵 속에 서 있었다. 우리의 언쟁은 아직도 곪아가고 있었다. 적어도 내 쪽은 그랬다. 나는 제이든의 기분을 도통 알 수가 없고, 그게 우리의 문제점 중 하나였다. 제이든은 '우리'라는 한마디로 나에게 자신을 연결시켰다. 제시니아가 고발한다면 제이든도 끌려가겠지.

"이 두 권을 한 번 봐." 제시니아가 돌아오더니 가방을 넘기면서 손짓했다. "네 책도 넣었어. 읽어보게 해줘서 고마워."

"그 책에 대해 어떻게 생각해?" 나는 제이든이 지켜보고 있다는 사실을 불안하게 의식하면서 물었다.

제시니아가 다음에 할 말로 제이든이 어떻게 판단할지가 결정될 것이다.

"좋은 이야기들이 담긴 훌륭한 민담이었어." 제시니아는 고개를 옆으로 기울였다. "분명히 한정판 인쇄본이기는 하지만, 아카이브에 한 권도 제출하지 않을 만큼 소규모 한정판은 아니야." 나에게 던지는 눈빛에 기대감이 가득했다. "아카이브에서 빼놓기에는 좀⋯ 이상한 주제라고 생각하지 않아?"

나는 침을 꿀꺽 삼켰다. "그러게."

옆에 선 제이든이 긴장했다.

"말했다시피⋯." 제시니아가 말을 이었다. "흥미로워. 다음다음 주 토요일에 볼까?"

나는 고개를 끄덕였고, 우리는 다시 한번 고맙다고 한 다음에 앉아서 코를 골기 시작한 나스야 옆을 지나쳐서 나왔다.

터널을 반쯤 통과하고 나서야 제이든이 말문을 열었다.

"그 가방에 든 다른 책이 뭔지 말해." 제이든 쪽도 곪아 들어가고 있었나 보다.

"《불모지 민담》이야." 거짓말할 이유가 없었다.

"그걸 걔한테 줬다고? 왜?" 제이든은 내 쪽으로 고개를 기울이면서 내 팔꿈치를 가만히 잡고 터널 한가운데에 멈춰 섰다. 눈빛에 두려움이 비쳤다.

"빌려줬지. 제시니아가 빌려달라고 부탁했으니까."

"그 책을 갖고 널 고발할 수도 있었어." 그의 눈에 분노가 끓어올랐다.

"그리고 제시니아가 내 요청을 기록하지 않았다고 보고하면, 제시니아도 마컴의 처분에 맡겨지겠지." 나는 가방끈을 조금 더 꽉 쥐었다. *"신뢰는 양쪽 모두에게 의미가 있어야 해."*

"양쪽 모두라지만, 내가 최선을 다해서 마음을 열려고 하는 동안에도 너는 나에게 마음을 닫고 있어."

나에게 사랑한다는 말도 안 하는 사람이 무슨 소리야. 날 사랑하긴 한다면 말이지만. 젠장, 이 남자하고만 있으면 내가 먼저 행동해야 하는 상황이 지긋지긋하다. 그리고 오늘은 내가 그런 거절에 마음을 열 날이 아니다.

"그래. 당신의 비밀을 지킬 수 있는 한은 그러겠지. 이 모든 게…." 나는 우리 둘을 번갈아 가리켰다. "당신이 날 믿지 않아서라는 생각은 안 해봤어?" 나는 한 걸음 물러섰다. "넌 완벽하고 맹목적인 믿음도 주지 않으면서 나한테는 그걸 기대해? 신뢰는 쌍방향이야."

"내가 널 믿지 않는 쪽이라고?" 제이든이 몸을 빙글 돌려서 터널을 오르자 그림자가 발목을 휘감고 따라갔다. "나중에 보자. 보디를 만나야겠어."

보나마나 혁명군 일을 하러 가는 거겠지. 나를 뒤에 남겨놓고서. 또!

"할 말이 그것뿐이야?" 나는 좌절감에 근육을 경직시키면서 외쳤다.

"지금 내가 하고 싶은 말을 다하면 좋을 게 없어, 바이올렛." 그는 어깨 너머로 말했다. "그러니까 난 나중에 후회할 말을 뱉어서 더 깊은 구덩이를 파는 대신에 거리를 두고 생산적인 일을 하러 가겠어. 이건 생산적이지 않으니까."

우리가 언제 싸울지는 그가 혼자 결정할 수 있는 게 아니라는 말이 혀끝까지 나왔지만, 제이든은 개인적인 시간을 달라고 했고 나도 성숙하게 그 정도쯤은 해줄 수 있었다.

아침에 깨어났을 때, 내 침대 반쪽은 흐트러져 있지도 않았고 그의 물건은 사라져 있었다. 제이든은 다시 최전선으로 향했다. 우리 둘 다 언제든 죽을 수 있기에, 마지막일지도 모르는 대화에서 분노에 찬 말만 던졌다는 생각이 들어 계속 가슴이 답답했다.

19

드래곤은 인간의 변덕에 응하지 않는다.

___ 케이오리 대령, 《드래곤 도감》

이틀 뒤 비행 기동 훈련 시간, 대대원과 함께 제1비행단, 제2비행단의 드래곤 옆을 걸으려니 심장이 변덕스럽게 뛴다.

케이오리 교수는 제4비행단 앞에 서서 초조하게 계속 자세를 바꾸고 있고, 그 옆에 선 바리쉬 소령은 소름이 끼칠 정도로 집중해서 나를 보고 있다. 앤다나를 내놓지 않은 벌로 몇 번이나 번개를 치게 할까 계산하는 듯하다.

그리고 그 뒤에 웅크린 솔레스가 하나 남은 금빛 눈을 가늘게 뜨고 나를 보는 모습을 보면, 내일까지 기다리지도 않을 것 같다. 바리쉬 입장에서는 앤다나가 여기 없다는 사실이 잘 보일 게 분명하고, 그 사실에 기뻐하는 것 같으니 말이다.

나는 오늘 아침에 카 교수와 한 시간에 27번이나 번개를 치고 나서 체온이 치솟았고, 카는 실망하는 것 같았다. 나도 실망했다. 목표를 하나도 맞히지 못했기 때문이다. 어쨌든 아침 훈련으로 팔이 말도 못하게 무거웠다. 바리쉬가 오늘 또 나를 산 위로 끌고 가면, 무사히 내려올 수 있을까.

"저 오렌지 드래곤은 뭔가 이상해." 제3비행단 옆을 지날 때쯤 리애넌이 비행 고글 끈을 조정하면서 말했다.

"앞뒤 없이 제3비행단을 태워버린 것 같은 면이?" 리독이 비행 재킷 단추를 채우면서 물었다.

"그리고 바리쉬는 정말… 자제력이 높아 보여." 소여가 가슴 앞으로 팔 스트레칭을 했다. "좀 딱딱해 보인달까."

나와 달리 소여는 바리쉬의 표면밖에 보지 못했다. 나는 코로 숨을 들이마시고 입으로 내뱉으며 아침식사를 토해낼 것 같은 메스꺼움과 싸웠다.

"확실히 희한한 한 쌍이야." 리가 맞장구칠 때 우리는 발톱전대 드래곤들 앞에 이르렀다. 오늘 비행장에는 3학년이 없어서 2학년의 드래곤들이 넓게 설 공간이 충분했다. 그러나 테른이 쇼의 스타처럼 맨 앞에 서지 못하는 건 있을 수 없는 일이다. 여기에서도 다른 드래곤들 위로 솟아난 테른의 머리를 볼 수 있었는데, 짜증스러운 한숨 소리가 들리는 것 같았다.

바리쉬가 입매를 비틀어 나를 보고 반짝이는 미소를 지었다. 그 눈빛을 보자 아카이브 문을 느슨하게 만들고 마력을 흘려 넣어 싸울 준비를 할 수밖에 없었다.

"그리고 왜 널 저렇게 처다보는 거야?" 소여가 내 옆으로 이동해서 바리쉬의 시선을 가로막으며 물었다. "언제나 널 보고 웃는 얼굴이…." 그는 고개를 저었다. "딱 집어서 표현을 못하겠네."

"너는 모르는 뭔가를 안다는 듯한 얼굴이지." 리가 1대대의 레드 클럽테일 옆을 빙 돌아 지나치며 대꾸했다. "너희 엄마하고 과거사라도 있는 걸까? 악감정이라거나?"

"나도 몰라." 친구들은 이 상황을 반도 모른다. 내가 말하지 않았으니 어떻게 알겠는가? "하지만 앤다나에게 집착하고 있긴 해." 그건 나름 진실이었다.

"앤다나는 괜찮아?" 소여가 물었다. "한동안 못 봤는데."

"많이 쉬고 있어." 테른이 가까워지자 나는 정체된 늦여름 더위 속에서 가

265

죽옷을 갖춰 입고 대열에 서는 비참한 상황을 준비하며 하나씩 단추를 채우기 시작했다. "앤다나도 간단한 기동이야 같이할 수 있지만, 지금 우리가 하는 훈련? 편대 비행과 시간 맞춘 방향 전환? 이런 훈련에 앤다나를 밀어 넣는 건 의미 없는 일이야." 선택적 진실이었다.

"말 되네." 소여가 팔꿈치로 나를 찔렀다. "위에서 보자!"

"너 좀 불안해 보여." 다른 친구들이 듣지 못할 만큼 멀어지자 리가 말했다. "별일 없는 거지?"

"난 괜찮아." 나는 짧게 웃어 보이고, 바리쉬가 곧 선사할 고통 말고 다른 생각을 하려고 노력했다. *"앤다나가 여기 없다는 사실에 바리쉬가 오싹할 정도로 기뻐하네요."*

"그건 내가 해결하겠다."

"그래. 물론 그렇겠지." 리는 입술을 움직여 슬픈 미소 비슷한 것을 짓고는 몸을 돌려, 테른의 반대쪽에서 기다리는 페이그에게 다가갔다.

"젠장." 나는 콧잔등을 문지르며 중얼거렸다. 지금은 내가 무슨 말을 해도 잘못된 말이다. *"언젠가 리애넌이 사실을 알고 나면 이 모든 걸 숨긴 저를 절대로 용서하지 않을 거예요."*

"용서할 거다." 테른이 머리를 살짝 내리면서 말했지만, 내가 왼쪽 앞발에 다다랐는데도 어깨를 내리지는 않았다. *"인간의 기억력이란 각다귀와 같지. 원한을 잊지 않는 건 드래곤이야."*

"그런 말을 한 건 잊어버릴게요." 나는 마주 놀렸다.

"긴장해라." 나는 테른이 고개를 돌린 순간 단검을 뽑으며 몸을 돌렸다.

"설마하니 교수를 공격할 생각은 아니겠지, 소른게일?" 바리쉬는 웃는 가면을 쓴 채로 내 단검을 흘긋 보았다. "심지어 부생도대장을 말이야."

테른이 목구멍이 낮게 울리더니, 딱 송곳니 끝만 보일 만큼 입술을 말아 올렸다.

"올해 저는 제 뒤로 몰래 다가올 만큼 멍청한 사람이라면 누구든 공격해서요." 나는 어깨를 펴고 턱을 들어 올렸다.

"흐음." 그는 옆으로 몸을 기울이고 테른의 앞다리 너머를 보았다. "오늘도 작은 페더테일은 없는 건가?"

"보시다시피요." 두려움이 등골을 타고 흘렀다.

"이런 안타까운 일이." 그는 한숨을 내쉬더니, 나에게서 등을 돌리고 부츠로 마른 풀을 버적버적 밟으며 솔레스에게 걸어갔다. "오늘 소른게일 생도는 기동 훈련이 없다."

속이 울렁거렸다. "뭐라고 하셨습니까?"

테른이 옆으로 이동하더니, 앞다리를 움직여서 나를 가슴팍 비늘 아래에 세웠다.

"아직은 아니야." 바리쉬가 어깨 너머로 말하더니, 테른의 자세를 알아차리고 잠깐 눈썹을 찌푸렸다. "훈련은 나중에 한다. 이전의 경고를 듣지 않은 모양이니, 네 드래곤이 기동 훈련에 나타나지 않은 데 대해 너에게 임무 태만 죄를 묻겠다. 드래곤에 올라 카 교수와 함께하는 훈련 장소로 날아가서 벌을 받도록."

"*그런 일은 없을 거다.*" 테른이 머리를 완전히 내리며 방어 자세로 몸을 웅크렸다.

"무슨 일입니까?" 리가 다가와서 바리쉬와 나를 번갈아보며 물었다.

"마티아스 대대장, 소른게일 생도가 먼저 받은 처벌로는 명령에 복종하는 법을 배우지 못한 모양이니 다시 벌을 받아야 마땅하다." 바리쉬는 고개를 기울이며 눈을 깜박였다. "그리고 부생도대장으로서 나는 네게 설명할 필요가 없다. 같이 벌받고 싶지 않으면 기동 훈련을 시작해라."

"*처벌은 없을 것이다!*" 테른이 포효했다. 솔레스를 포함하여 비행장에 있는 모든 드래곤이 고개를 홱 움직이는 것을 보니 다들 의미를 전달받은 게 분명했다. "*드래곤을 소환하는 것은 네 권한 밖의 일이다.*"

단 1초 만에 라이더들 사이에도 생각이 전해졌고, 바리쉬의 얼굴이 경직했다. "네 드래곤은 내 지휘하에 있지 않을지 몰라도, 소른게일 너는 내 지휘하에 있다. 그러니 죽기 직전까지 소진되는 경험을 더 하고 싶지 않다면 드래곤에 올라서…"

"가장 작은 드래곤이라 해도 가장 힘 있는 인간의 명령에 응하지 않는데, 하물며 너는 그런 존재가 아니지." 테른이 이를 딱 부딪치는 소리가 계곡에 울려 퍼졌다.

페이그가 고개를 뒤로 빼고는 금빛 눈을 크게 떴다.

"앤다나는 네 명령에 응하지 않는다." 테른이 머리와 가슴을 내 머리카락에 닿을 정도로 낮게 내리고 앞으로 걸어가자 바리쉬가 물러섰다. "나는 네 명령에 응하지 않는다."

아, 젠장. 순식간에 아주 악화될 수 있는 상황이었다.

"하지만 너는…." 바리쉬가 나를 가리키며 소리쳤다. "내 명령에 응한다!"

"그런가?" 테른이 앞으로 달려들더니, 귀를 찢는 포효와 함께 바리쉬를 지나쳐 솔레스에게 돌진했다. 철퇴에 뾰족한 스파이크들이 무섭게 박힌 듯한 테른의 모닝스타 꼬리가 내 머리 위 공기를 때렸다. 솔레스는 가장 취약한 부위인 목을 보호하려고 땅을 향해 고개를 내렸지만, 테른이 더 빠르고, 더 크고, 훨씬 더 강했다. 테른은 벌써 도착해서 거대한 턱 사이에 솔레스의 목을 물고 있었다.

테른의 커다란 송곳니가 솔레스의 비늘 사이를 뚫고 목으로 파고들자 나는 숨을 들이켰고, 케이오리는 전장에서 벗어나려고 뛰었다. 솔레스의 오렌지색 목 비늘 아래로 선혈이 개울을 이루며 뚝뚝 떨어지고, 바리쉬는 몸을 돌렸다가 뻣뻣하게 굳었다.

"테른…." 테른이 솔레스를 죽이면 엠피리언이 어떻게 할까?

"바스지아스의 부생도대장이 될 수 있는 건 라이더뿐이다." 테른이 경고하자, 솔레스가 반은 포효이고 반은 비명인 소리를 내질렀다. "드래곤이 없으면 넌 라이더가 아니지."

신들이시여. 심장이 요동치며 전력으로 질주했다.

"알겠어!" 바리쉬는 주먹을 움켜쥐고 외쳤다. "소른게일은 드래곤의 참석을 거부한 대가를 치르지 않아도 된다."

"*그 정도로는 부족해.*" 내가 공포에 질려서 입을 딱 벌리고 쳐다보는 사이에 테른의 이빨이 솔레스의 비늘 끝에 다다랐다. "*이건 네 탓이다.*"

솔레스가 반쯤 포효하자 드러난 목을 따라 피가 더 빨리 떨어져 내렸고, 꼬리를 휘둘렀지만 몸집이 테른의 반밖에 되지 않은 덕분에 닿지도 않았다.

"알았다고!" 바리쉬가 비틀거리며 앞으로 걸어가는데, 잠시나마 나는 그를 동정했다. "알겠습니다." 그는 두 손을 들어 올리며 말했다. "인간에게는 드래곤을 소환할 권한이 없습니다."

리애넌이 내 어깨에 팔이 스칠 정도로 다가와서 옆으로 시선을 돌리는데, 페이그가 고개를 내렸다. 에오트롬과 슬리시그도 마찬가지였다. 맙소사, 내 눈에 보이는 모든 드래곤이 같은 자세를 취했다.

"*사과해라.*" 테른이 낮고 날카로운 목소리로 요구했다.

"죄송합니다!" 바리쉬의 목소리가 갈라졌다.

"*앤다나가 계약할 가치가 있다고 선택한 라이더에게 사과해.*"

침을 삼키려고 했지만, 입안이 바싹 말라 있었다.

"방금 테른이…." 리애넌이 소곤거렸다.

"그런 것 같아." 나는 고개를 끄덕였다. "난 그놈의 사과 같은 거 필요 없어요, 테른. 정말이에요. 오늘 죽지 않는 것만으로도 행복해요."

"*나에게는 필요하다, 은빛 아이야.*" 테른의 목소리가 머릿속에 울렸다. "*나는 꿈 없는 잠을 자고 있는 앤다나를 대변한다.*"

바리쉬가 몸을 돌려 증오와 공포가 가득한 눈으로 나를 보았다. "내가… 사과하겠다. 내게는 어떤 드래곤도 소환할 권리가 없다."

"*무릎을 꿇어라.*"

리애넌이 헉 하고 숨을 들이켰고, 바리쉬는 무릎을 꿇었다.

"진심으로 사과한다. 너와 네 드래곤에게, 아니 네 드래곤 둘 모두에게."

"받아들일게요." 나는 미친 듯이 테른을 쳐다보았다. "받아들인다고요!" 혹시 머릿속으로 말하면 제대로 듣지 못할까 봐 소리쳤다.

테른이 턱을 벌리자 쩍 하는 소리가 나면서 송곳니가 솔레스의 목에서 빠져나왔고, 그는 목을 보호하려는 시도조차 없이 오만한 걸음걸이로 물러났다. 테른이 머리 위 하늘을 가리면서 리애넌과 나에게 그늘이 드리웠다.

바리쉬가 내 목 안에서도 느껴질 정도로 쓰디쓴 증오가 담긴 눈으로 노려보았고, 그 뒤의 솔레스는 내 쪽으로, 어쩌면 테른에게 포효를 내지르며 날아올랐다. 풀밭에는 피웅덩이가 남았다. 바리쉬는 솔레스가 비행장을 떠난 후에야 일어섰는데, 마지막으로 죽일 듯한 눈빛을 던지고 비행장 끝으로 걸어갔다. 건틀릿 계단을 내려가는 그의 마음을 말하지 않아도 선명하게 알 것 같았다.

"문제 해결이다." 테른은 솔레스의 비행 경로를 지켜보다 고개를 돌렸고, 비행장에 있던 나머지 드래곤도 다시 고개를 들었다.

하지만 뱃속에 뭉친 두려움 탓에 내 심장박동은 가라앉지도, 느려지지도 않았다. 바리쉬가 이전에도 내 적이긴 했지만, 이 일로 솔레스까지 숙적이 되었다는 느낌이 들었다.

"테른이 솔레스를 죽일 뻔했으니 바리쉬가 네 휴가를 취소할 줄 알았어." 사흘이 지난 밤, 리애넌은 나와 함께 비행장으로 걸어가면서 말했다.

"나도야." 종소리가 자정 15분 전을 울리는 가운데 나는 인정했다. "분명히 솔레스가 회복하면 바로 보복하겠지. 더 나쁠 수도 있고."

"벌써 며칠이나 지났는데…." 리가 나를 흘긋 보았는데, 1미터도 떨어져 있지 않았지만 넘어설 수 없는 거리감이 느껴졌다. "정말로 너에게서 진실을 끌어내려면 우리가 배우고 있는 심문 전술이라도 써야 하는 거야? 공감 접근법이 낫겠어, 아니면 직접 부딪치는 게 낫겠어?"

"뭐에 대해서?" 나는 그녀의 어깨를 쿡 찔렀다.

리는 좌절감에 고개를 저었다. "네가 이미 한 차례 처벌을 받았다던 바리쉬의 말에 대해서?"

"아, 그거." 나는 숨을 깊이 들이마시고 발걸음에 집중하며 건틀릿으로 다가갔다. "몇 주 전에 앤다나가 기동 훈련에 나타나지 않는 걸로 화가 난 바리쉬가 내 고유 능력 훈련을 처벌로 이용했어."

"뭐라고?" 리가 목소리를 높였다. "왜 우리한테 말하지 않았어?"

"너희가 표적이 되는 건 바라지 않으니까." 그게 가장 단순한 진실이었다.

"너는 표적이었던 거고?" 못 믿겠다는 목소리였다.

"그놈은 자기 뜻대로 되지 않는 걸 싫어해." 나는 건틀릿 옆 계단에 다가가면서 찌푸린 얼굴로 어깨에 멘 가방을 추슬렀다. 벌써부터 아픈 기분이었다. 어제 격투 시합 중에 무릎이 부분 탈구됐기 때문이다. 그래도 이기기는 했다. "정말이지 여기까지 같이 걷지 않아도 돼. 늦은 시간이잖아." 나는 리가 바리쉬에 대해 더 파고들기 전에 화제를 바꿨다.

"난 상관없어. 이러지 않으면 널 통 못 보는 것 같아서 그래."

맙소사, 너무나도 죄책감이 느껴졌다. 그리고 좌절스러웠다. 그리고⋯ 외로웠다. 친구들이 그리웠다.

"미안해." 내가 할 수 있는 말은 그게 다였다. "1학년들이 건틀릿을 훈련할 때가 됐다니 믿기지가 않네." 나는 1학년이 시연에 참여하기 위해 정복해야 하는 다섯 단계의 장애물 오르막을 올려다보았다.

"저기서 죽을 때가 됐다는 게 더 맞겠지." 리는 씹어뱉듯이 말했다.

"그것도 그렇고." 걸음마다 무릎이 항의하고 계단을 오를 때마다 다리가 풀리려고 했지만, 다행히 붕대는 잘 버텨줬다. 나는 계단 양쪽 옆으로 이어진 거친 바위에 손을 스치며 절뚝절뚝 올라갔다.

"무의미하기 짝이 없어." 리애넌이 고개를 저었다. "약한 자를 솎아내는 건지 운 나쁜 자를 솎아내는 건지."

"그렇지 않아." 정말 인정하고 싶지는 않았지만, 건틀릿에는 나름의 목적이 있었다.

"진심이야?" 리애넌이 계단 꼭대기에 도착해서 나를 기다렸다.

"진심이야." 나도 정상에 도착한 뒤 비행장으로 내려갔다. "건틀릿 덕분에 난 모든 걸 다르게 보게 됐어. 난 너나 다른 사람들과 같은 방식으로 올라갈 수 없었기에 다른 방법을 찾아야 했지. 건틀릿은 내가 다른 길을 찾을 수 있고, 그래도 살아남을 수 있다는 걸 가르쳐줬어." 테른의 등 위에서 베닌과 싸우던 순간이 떠올랐고, 나는 그때 그 단검을 아직도 쥐고 있는 것처럼 빈손을 말아 쥐었다.

"그래도 저기서 죽은 목숨들만 한 가치는 없다고 생각해. 여기에서 일어난 일 대부분이 그렇고."

"그렇지 않아." 나는 조용히 반박했다.

"어떻게 네가 그런 말을 할 수가 있어?" 리애넌은 멈춰 서서 나를 돌아봤다. "넌 오렐리가 떨어졌을 때 바로 앞에 있었어. 혹시라도 오렐리가 탈곡까지 살아남았다면 비행단의 골칫거리가 됐을 거라고 생각하기라도 하는 거야? 오렐리는 뛰어났어!"

나는 별이 가득한 하늘을 올려다보고 숨을 깊이 들이마신 후에 리를 마주했다. "아니, 나도 오렐리가 경탄할 만한 라이더가 됐을 거라고 생각해. 확실히 나보다 나았겠지. 하지만 또한 나는…." 말을 뱉을 수가 없다. 떨어지기 직전에 크게 벌어지던 오렐리의 눈을 본 기억에 붙들려서 목구멍에 말이 걸렸다.

"한 번이라도 그냥 네가 속에 있는 말을 해버렸으면 좋겠어. 이젠 무슨 생각을 하는지 하나도 모르겠어."

"아니, 알고 싶지 않을걸." 레손에서 돌아온 이후에 가장 솔직하게 하는 말이었다.

"진심이야, 바이올렛! 여기엔 우리 둘뿐이야. 말을 하라고!"

"너에게 말하라고?" 정말 그렇게 간단할까? 그 말을 되풀이하다 보니 우리를 둘러싼 좌절감에 눌려 내 안의 뭔가가 부러지는 느낌이 났다. "좋아. 그래, 오렐리가 떨어진 건 끔찍한 일이었어. 오렐리가 죽은 것도. 하지만 난 그 자리에서 오렐리가 떨어져 죽는 모습을 지켜보고, 거기서 엉덩이를 움직이지 않으면 다음에 죽을 사람이 나라는 걸 안 덕분에 더 나은 라이더가 됐다고 생각해."

"그런… 끔찍한 소리를." 리애넌은 입을 벌리더니, 처음 보는 사람마냥 쳐다보았다.

"저 밖에서 우리를 기다리는 모든 게 끔찍해." 나는 팔을 휘둘렀다. "저 멍청한 건틀릿은 그냥 물리적으로 오르기만 하면 되는 장애물이 아니야. 저건 우리가 극복할 수 없는 공포를 극복하라고 만든 거야. 친구들이 죽는 모습을 보고 나서도 올라가는 게 핵심이라고. 난간다리, 건틀릿, 시연… 여기 있을 때는 그게 과해 보이지만, 여길 떠나고 우리가 겪을 일에 대비한 거야. 그리고 네가…." 나는 고개를 흔들었다. "넌 저 바깥이 어떤지 몰라, 리. 넌 이해 못해."

"당연히 모르지." 리는 말하면서 점점 몸을 굳혔다. "네가 말을 안 하잖아! 이모젠과 달리기를 하거나, 틀어박혀서 책을 읽거나, 토요일은 모두 라이오슨과 보내. 그건 괜찮아. 나도 네가 받을 수 있는 도움은 다 받았으면 좋겠어. 하지만 나한테 아무 말도 안하면서 어떻게 내가 뭘 알기를 기대하는 거야? 잊었나 본데, 리암은 내 친구이기도 했어!"

"넌 거기 없었잖아!" 내가 공들여 만든 상자에서 분노가 빠져나왔고, 마력이 나를 뒤흔들며 혈관을 데웠다. "넌 리암을 안고서, 그 몸에는 아무것도 잘못된 데가 없는데, 옆에서 데이가 내장이 찢겼다는 이유만으로 죽어간다는 걸 알면서… 그 눈에서 빛이 사라지는 걸 보지 않았잖아. 그 전까지 내가 했던 일은 하나도 의미가 없었어! 내가, 내가 얼마나 꽉 붙잡고 있었는데!" 주먹이 쥐어지며 손톱이 손바닥을 파고들었다. "리암이 너무 무거워서 어깨가 빠질 뻔했는데, 그래도 잡았단 말이야! 그런데 소용이 없었어!" 분노가 내 목을 태우고 내 몸을 통째로 집어삼켰다. "넌 저 밖에 뭐가 있는지 못 봤어. 무엇 때문에 내가 아침마다 달리는지를!"

"바이." 리애넌이 자세를 늘어뜨리며 속삭였다.

"그리고 리암의 표정?" 내 품에 안고 있던 리암의 얼굴을 떠올리자 목소리가 갈라지고 눈시울이 뜨거워졌다. "넌 자려고 할 때마다 그 얼굴을 보지 않지. 넌 슬론을 돌봐달라고 부탁하던 그 목소리도 듣지 않지. 넌 데이의 비명도 듣지 않을 테고…."

슬픔, 고통, 끝나지 않는 죄책감과 싸우다가 늘 그렇듯이 굴복한 나는 두 손으로 머리를 움켜잡고 고개를 돌렸다. 조금만 통제한다면 상자 속에 다시 감정을 쑤셔 넣고 그 대신 공허함이라는 축복을 얻을 수 있다는 걸 알지만… 말이 멈추지 않고 쏟아져 나왔다. 입이 뇌와 따로 놀고 감정이 모든 걸 지배하는 것 같았다.

"그리고 오렐리가 떨어지는 모습을, 프라이어가 불타는 모습을, 심지어 저주받을 잭 발로우가 내가 무너뜨린 산에 깔리는 모습을 지켜본 게 아무리 끔찍하다 해도, 아무리 나를 냉담하게 만들었다 해도… 그 경험 덕분에 내가 리암의 시신을 내려놓고 싸울 수 있었어. 내가 슬픔에 주저앉았다면 아무도 여기 있지 못했을 거야. 이모젠도, 보디도, 제이든도, 개릭도, 우리 모두가 죽었을 거야. 위에서 우리에게 친구들이 죽는 모습을 보여주려고 하는 데는 이유가 있어, 리." 나는 한 손가락으로 가슴을 두드렸다. "우리는 무기이고, 여기는 우리를 날카롭게 갈아 날을 세우는 숫돌이야." 온몸에서 에너지가 사그라들며 열기가 가라앉았다.

리애넌의 황폐한 얼굴을 보자 뱃속이 텅 비는 기분이었다. 그나마 테른이 다가오며 점점 커지는 날갯짓 소리가 심장박동을 진정시키는 데 도움이 됐다.

"미안해." 나는 속삭였다. "그리고 난 네가 그게 어떤 건지 몰라서 기뻐." 눈을 빠르게 깜박이자 앞이 맑아졌다. "너에게 그런 기억이 없다는 게 매일매일 고마워. 너와 소여와 리독이 거기 없었다는 게 고마워. 친구가 아니라 적이라 해도 그런 날을 겪게 하고 싶진 않아. 내가 최근에 조용했다면, 그래서 그래.

네가 나의 가장 소중한 친구라서." 하지만 친구는 서로에게 진실을 말한다. 진실을 말하면 리가 위험해지겠지만, 말하지 않으면 우리가 그랬듯 리도 무방비한 상태로 남을 것이다. 젠장. "그리고 네 말이 맞아. 너에게 말했어야 했어. 너도 리암을 잃었지. 너에게도 알 권리가…."

"*안 된다.*" 테른의 목소리가 머릿속을 가르고 들어오더니, 돌풍이 등을 때리면서 테른이 내 뒤에 착륙했다. "*솔레스의 라이더다.*"

"좋은 저녁이군, 소른게일 생도." 바리쉬 소령이 바로 왼쪽에서 몇 미터 떨어진 바위 옆을 돌아 나오자 머리 위에 마법 불빛이 켜졌다. 호위들과 기다리고 있었던 것이다. "마티아스 생도, 내가 중요한 논의를 방해한 것 같군?"

그의 호위병들이 따라왔다. 신들이시여. 하마터면 내가….

"*하지만 넌 말하지 않았다.*" 테른이 말했다.

"소령님?" 리애넌은 부생도대장과 나를 번갈아보며 눈을 크게 떴다.

"절차는 알겠지, 생도." 그는 다가와서 땅바닥을 가리켰다. "아니면 이젠 아예 내 지휘를 받지 않는다고 주장할 건가?"

테른이 머리를 낮추고 낮게 으르렁거렸다.

불안감에 목이 멘 나는 리애넌을 바리쉬의 관심 밖으로 내보내려고 비켜섰다. 분개해봤자 도움이 되지 않을 게 뻔하기에 나는 가방을 열고 내용물을 바닥에 쏟았다. 그런 다음에 가방을 흔들어서 비어 있음을 보여줬다. "만족하십니까?"

"아직은 아니지만, 언젠가는 만족하겠지." 그의 미소를 보자 속이 울렁거렸다. "난 인내심이 좋거든."

따라온 라이더가 수색을 마치고 텅 빈 가방까지 들여다본 후에 돌려줬다.

"휴가를 즐겨라. 할 수 있는 동안에." 바리쉬가 여전히 미소가 고정된 얼굴로 고개를 끄덕였고, 세 사람은 비행장을 떠났다.

"재수 없는 것들." 내가 쭈그려 앉자 리도 앉아서 가방을 다시 싸게 도왔다. "고마워."

"보통 이래?"

"응." 우리는 가방을 다 싸고 나서 일어났다. "오늘 밤에도 저놈들이 테른을 수색하지 않은 걸 기뻐해야 하나요?"

"그렇다."

"하지만… 왜지?" 리애넌은 당혹감에 이마를 찌푸렸다. "뭐가 어떻게 돌아가는 거야? 저건 앤다나 때문일 리가 없잖아."

"저 사람들은 언제까지라도 제이든을 믿지 않을 거야." 그럴 만도 하지. 나는 가방을 다시 지고 가방끈에 팔을 넣었다. "너한테 폭발한 건 정말 미안해. 변명할 여지가 없어."

"그러지 마." 리애넌이 서글픈 반쪽 미소를 보였다. "네가 말없이 괜찮은 척하는 것보다 나한테 소리 지르는 게 나아."

적어도 이것만은 사실대로 말할 수 있었다.

"사실은 괜찮지 않아."

20

아버지가 돌아가신 뒤로 사랑받는 느낌이 어떤 건지 잊어버렸어.
그 후에는 분과에 들어가서 모두가 원하는 대로 괴물이 됐고, 그 사
실을 후회하진 않아. 하지만 그러다가 네가 나에게 그 말을 하면서
기억하게 되었지…. 그리고 너까지 잃을 뻔했고, 나는 약속한 대로
너에게 더 나은 사람이 되기 위해 안간힘을 다하고 있지만, 넌 알아
야 해. 그 괴물은 여전하고, 네게서 그 말을 다시 얻어내기 위해 내
모든 무자비함을 이용하라고 소리 지르고 있다는 사실을.

_ 제이든 라이오슨 소위가 바이올렛 소른게일 생도에게 보낸 편지

땅바닥이 맹렬히 다가오는 가운데, 테른이 날개를 펼치고 하강 속도를 늦
추며 사마라 들판에 내려앉았다. "우린 *다른* 방법을 찾아낼 거다." 테른이 주
장했다. "설령 네가 내 어깨로 이동해서 성공적으로 미끄러져 내려간다고 해
도…." 그는 몸서리를 쳤다.

우리는 내가 비행 중 착지를 시도할지 말지를 두고 두 시간 가까이 언쟁을
벌인 참이었다. 테른의 생각에는 절대 안 될 일이었고 말이다.

"*줄업 요건을 바꿀 순 없어요.*" 나는 안장 끈을 풀다가 너무 오래 휴식 없이
날아왔다는 사실을 알려주는 엉덩이 통증에 얼굴을 찌푸렸다.

"*시도해본 적도 없다.*" 테른은 잔소리를 하더니 고개를 홱 젖혀서 숲 쪽을
보고 흥분해서 머리를 기울였다.

나는 스게일이 가까이 있다는 사실을 알고 씩 웃었다.

"우리가 네 몸의 모든 뼈를 부러뜨리지 않으면서 졸업 요건에 맞출 해결책을 찾아낼 거라는 데 동의하자꾸나." 그는 재빨리 제안했다.

"동의해요." 테른과의 논쟁은 테른에게 중요한 일이 있을 때만 하자고 기억해둬야겠다. 나는 안장 뒤로 기어가서 가방들을 풀다가 서두르느라 발을 헛디딜 뻔했다.

"네가 내 등에서 떨어져서 그 인내심 없는 목을 부러뜨리기라도 하면 우리 모두 죽는 거다."

"인내심 없는 게 내 쪽이란 말이죠?" 나는 작은 가방을 등에 멘 다음, 무거운 가방 두 개를 어깨 양쪽에 걸었다. "누군가가 여기까지 올라와서 가방을 묶게 허용했다니 믿을 수가 없네요. 테른의 자제력에 감명받았어요."

"당연히 전대장은 내가 안장을 얹기 전에 가방을 묶어두었다."

"아아, 그런데 난 테른이 발전했다고 생각했다니." 테른의 등을 이동할 때쯤에는 무릎이 욱신거렸지만, 차단벽을 내려 마음속에서 그림자 같은 연결을 느끼자 통증이 잊혀졌다.

그를 차단하는 건 본능에 위배되는 일이지만, 나는 애써 차단벽을 올렸다. 지난주에 남겨둔 문제를 생각하면 그에게 뭘 기대해야 할지 알 수가 없었지만, 제이든이라면 아무리 화가 났다 하더라도 내가 차단벽을 제대로 올리고 있기를 기대할 게 확실하다. 나는 가방을 챙겨 테른의 다리를 미끄러져 내려갔고, 바닥을 때릴 때의 둔탁한 충격은 멀쩡한 반대쪽 무릎으로 받아냈다.

"가서 스게일을 찾아요." 나는 짓밟힌 풀밭을 가로질러 요새로 가면서 테른을 재촉했다.

"늘 그랬듯이 네가 들어갈 때까지 기다리겠다."

"시간 낭비라니까요." 테른의 기대감이 내 혈관에서도 웅웅 울릴 정도였지만, 나는 그 감각을 차단하지 않았다. 적어도 둘 중 하나는 행복하면 됐지. 그 다음에 일어날 일은? 그건 내 목숨이 달린 셈 치고 차단할 거다.

"그럼 더 빨리 걷거라."

나는 웃으면서 터덜터덜 걸어갔다. 맙소사, 이 가방들 진짜 무겁네. 게다가 이상하게… 에너지가 진동한다. 마력을 충전해놓은 모양이다.

석조 경사로 꼭대기에 도착하자 아치형의 입구에서 보병 1개 중대가 달려 나왔다. 제기랄, 정면으로 내 쪽을 향하고 있었다.

"라이더다!" 지휘관이 외쳤다.

내가 옆으로 비켜서기도 전에 보병 중대 대열의 가운데가 갈라지더니 내 양옆으로 바람이 느껴질 정도로 가깝게 지나갔다. 마치 세차게 흐르는 개울물 한가운데에 있는 바위가 된 듯한 기분이었다. 나는 충돌을 피하기 위해 꼼짝 않고 서 있었다. 다 지나갈 때까지 숨도 쉬지 않았다.

드디어 마지막 한 명이 지나가자, 나는 숨을 내쉬고 성곽 안으로 들어갔다. 힐러 한 무리가 앞을 지나가자마자 안마당에서 내 쪽으로 성큼성큼 걸어오는 제이든이 보였다. 무슨 생각을 하는지 해석할 수 없는 얼굴이었다. 심장이 덜컹거리다가 쿵쿵 뛰었지만 초연하게 앞으로 움직였다. 어떻게 그럴 수 있는지 모르겠지만, 그 남자에게 올라타고 싶으면서 동시에 정강이를 걷어차고 싶었다.

제이든 뒤쪽으로 라이더가 한 무리가 있는데, 검은색 얼룩으로밖에 보이지 않았다. 제이든에게서 눈을 뗄 수 없어서 그 너머를 볼 수가 없었다. 우리의 관계는 복잡한 만큼이나 단순하다. 그는 지평선이고, 그 지평선 너머에는 아무것도 존재하지 않는다.

"어쩔 수 없이 너에게 부탁할 일이 있어. 미안해." 그는 다가오면서 재빨리 말했다. 언제나처럼 내 차단벽을 가벼운 레이스 천처럼 쉽게 가르고 말이다.

"또 무슨 일인데?" 나는 주위 모두가 제이든 앞에서 비켜서는 것을 알아차리고 멈칫했다.

"오늘 밤 나와 이야기할 시간을 원하는지 아닌지 결정할 시간이 2초쯤 있어." 그는 열 걸음도 떨어지지 않은 곳에 있었다.

"내가 뭘 들고 있는지 생각하면, 당신이 나와 둘이서 있고 싶어 할지 잘 모르겠는데." 나는 발끈했다. 지난주에 그런 식으로 떠나 놓고서 처음 하는 말이 이거야?

"선택해."

"그래. 물론 따로 이야기하고 싶어."

"그럼 키스해달라고 해. 보여주기용이긴 하지만." 이제 우리 사이에는 거리가 얼마 남지 않았고, 그는 속도를 늦추지 않았다.

"뭐?"

"지금이야, 바이올렛. 아니면 오늘 밤에 넌 다른 사람 방에서 자게 될 거야." 그의 눈빛은 즉각적인 대답을 요구했다. 그래. 몇 달 전에 내가 키스해달라고 할 때만 키스하겠다고 했지. 제이든이 도착하더니 한 손을 내 목덜미에 올리고 반대쪽 손은 내 허리를 잡아서 몸을 밀착시켰다.

모든 감각이 휘청거렸다.

"키스해줘." 어디까지나 보여주기용이야.

"보고 싶었어." 그는 말을 끝내자마자 내게 입을 맞췄다.

"날 두고 그렇게 가버려놓고." 나는 그의 부드러운 아랫입술을 깨물면서 비난했다.

"싸움은 나중에." 그의 손이 내 얼굴로 움직이더니, 엄지손가락으로 턱을 눌렀다. "이제 진심처럼 나에게 키스해줘."

"착하게 부탁했으니 해줄게." 나는 입을 열자마자 그에게 키스하지 않고 보낸 시간들을 후회했다.

우리의 혀가 얽히고, 그의 팔이 강하게 내 허리를 잡아당기며 키스에 열중하자 나는 흐느낄 수밖에 없었다. 그래. 접촉 한 번만으로 주위의 모든 세상이 존재하기를 멈췄다. 이것이 전부였다. 우리가 키스를 조절하기 위해 애쓰는 동안 내 혈관에 넘치는 마력과 내 안에서 불붙고 싶어 하는 욕구에 비교하면, 우리 주위에서 고동치는 에너지는 아무것도 아니었다.

제이든이 이겼다. 그에게 더 가까이 다가가고 싶다는 생각 외에 모든 생각을 집어삼켰다. 어깨에서 미끄러진 가방들이 쿵 소리를 내면서 땅바닥을 때렸고, 나는 두 팔을 그의 목에 휘감으며 몸을 휘었다. 그의 항복에 내 목숨이 달린 것처럼 집요하게 키스하면서 고개를 기울였다. 그는 애쓰지 않고도 바로 우리 사이의 완벽한 각도를 찾아서 더 깊이 키스를 받아들이며, 내가 대적할 수 없는 능숙함으로 영혼을 조각조각 훔쳐갔다.

왜 싸우고 싶었는지도 기억나지 않는다.

그동안 왜 제이든과의 키스라는 폭탄 같은 즐거움을 참았을까? 이래야 마땅하다. 그의 입술, 그의 혀, 오직 제이든만이 채워줄 수 있는 내 안의 들끓는 욕망 말고는 아무것도 중요하지 않아지는 순간. 그의 부드러운 머리카락에 손을 넣는데, 심장이 질주하고 몸은 붕 뜨는 것 같았다.

무게가 없는 듯한 기분. 그는 내게 오직 감각의 파도만 타고 날 수 있을 것처럼 느끼게 한다. 맙소사, 난 정말이지 그를 원해. 바로 이렇게. 그저 우리만 있었으면.

바이올렛. 그의 입술이 온전히 나를 점령한 가운데 흘러나온 신음이 머릿속을 채웠다.

"빌어먹을, 작작 좀 하지." 익숙한 목소리가 내 작은 낙원을 침범해 들어오고, 그제야 기억이 났다. 이건 보여주기용이었지. 그런데도 나는 제이든에게 온 정신을 빼앗겼다. 안마당 한가운데서. 대체 누구 앞에서 그랬는지도 모르겠고. 몸이 붕 뜬 느낌은? 그건 내가 그의 힘센 팔에 안겨 가슴에 몸을 붙인 채로 공중에 떠 있는 상태였기 때문이었다.

"이만하면 충분한 쇼가 됐어?" 나는 천천히 물러나면서 느릿느릿 이로 그의 아랫입술을 훑고 나서 놓아줬다.

"쇼는 집어치워." 그의 눈빛은 나를 불태울 것 같던 열기와 똑같았다. 나 혼자 자제력을 잃은 게 아니라는 뜻이다. 나는 그 얼굴을 안다. 제이든도 나만큼이나 흥분했다.

그가 내게 다시 키스했다. 길들여지지 않은 욕구로 세련된 기교를 잃어버린 그의 키스에 나는 또다시 녹아내렸다.

"내 동생 내려놔, 라이오슨. 요점은 알았어."

저 익숙한 목소리는….

나는 입술을 떼고 고개를 오른쪽으로 확 돌렸다. "미라?"

미라 언니는 팔짱을 끼고서 손가락으로 팔을 톡톡 두드리고 있었는데, 소름끼칠 정도로 어머니와 닮은 엄격한 표정은 순식간에 풀어지고 입술이 미소를 그렸다. "보니까 좋네, 바이."

"여기서 뭐해?" 내가 웃자 제이든이 나를 내려놓았다. 나는 버려진 가방을 넘어서 언니를 끌어안았다.

"어제부로 여기에 배치 받았어." 언니는 언제나처럼 나를 꽉 끌어안았다가 쭉 밀어내고 습관처럼 심각한 상처가 없는지 살폈다.

"난 멀쩡해." 나는 장담했다.

"확실해?" 언니는 두 손을 내 머리 옆으로 가져가더니, 까치발을 들고 내 정수리를 내려다보았다. "저 녀석과 얽힌 걸 보면 머리에 심각한 타격을 입은 게 틀림없는데."

나는 눈을 깜빡였다. 저런 말에 대체 뭐라고 대답해야 하지?

"어울려줘. 안 그러면 오늘 밤에 내 방이 아니라 미라 방에서 자게 될 거야." 제이든이 머릿속으로 말했다. *"보통 강경한 게 아니었어."*

"그래. 그게…." 젠장. 언니에게 정말이지 필요 이상으로 거짓말을 하고 싶진 않다.

"네 가방은 내 방으로 가져갈게." 제이든이 내 등에 지고 있던 배낭을 내려주더니, 땅에 떨군 가방 두 개까지 집어 들었다.

"고마워." 나는 거의 습관적으로 대답했다.

그는 몸을 기울여 내 이마에 살짝 입 맞췄다. "난 오늘 근무가 있어."

"이런." 나는 실망감에 속이 내려앉는 기분으로 속삭였다. 그러면 우리가 이야기할 시간이 없을 텐데. 아마 그게 목적이겠지만 말이다. *"말하지 않으면 싸울 수도 없으려나?"*

"나중에 시간이 있을 거야." 그는 약속했다. *"언니와 재미있게 지내. 밤에 보자."* 그는 비행 때문에 흐트러진 내 머리카락을 귀 뒤로 넘겨주면서 손등으로 살짝 뺨을 쓸었다.

"알았어." 이게 보여주기가 아니었다면 이미 난 녹아내렸을 것이다. 그리고 잠깐 눈이 마주쳤을 때 그의 눈에 비친 열기? 산 위의 서늘한 공기 속에서도 잠시 몸이 따뜻해졌다.

"아무것도 불태우지 못하게 하세요." 그는 어깨 너머로 미라에게 말하고는 남서쪽 계단 근처의 복도를 향해 걸어갔다.

나는 코웃음을 쳤지만, 그러면서도 제이든의 뒷모습을 계속 보았다. *"차단벽 올려."*

"당신을 차단하는 데는 도움도 안 되는데."

"말했잖아. 내가 제일 힘든 축이라고." 그가 대꾸했다. *"어쨌든 계속 올리고 있어. 네가 걱정해야 할 상대는 내가 아니야."*

"저 녀석이… 너 대신 가방을 들고 가네." 미라가 천천히 말하더니 내 옆으로 와서 제이든의 멀어지는 등과 나를 번갈아 보았다.

"응." 나는 고개를 끄덕였다. 하지만 정말 그럴까? 가슴 통증이 심해졌다. 어쩌면 제이든은 그 가방 두 개를 접선 지점에 가져가면서 내 신경을 돌리려고 미라 옆에 둔 건지도 모른다. 내가 그를 믿을 수 없고 그가 나를 믿을 수 없다는 게… 우리가 교착 상태라는 게 싫었다.

"이런 망할." 미라가 중얼거렸다.

"왜?" 나는 제이든이 건물 안으로 사라지자 한숨을 내쉬었다.

"너 쟤랑 잠만 자는 게 아니구나? 저놈한테 빠진 거야." 언니는 정신 나간 사람 보듯이 나를 쳐다보았다.

미라에게 시선을 돌렸다. 그래야 한다는 건 알지만 언니에게 거짓말할 수가 없다. 이 문제에 대해서는 그렇다. "그렇지도 않아."

"누굴 속이려고 들어? 저놈은 그야말로 널 통째로 삼켰는데. 지금 저놈을 바라보는 너의 크고 부드러운 눈에 줄줄 흐르는 감정은…." 언니는 지독한 악취라도 맡은 것처럼 코를 찡그리며 내 얼굴을 가렸다. "그 눈빛을 뭐라고 해야 하지? 갈망? 열병?"

나는 눈을 굴렸다.

"사랑?" 언니는 독을 내뱉듯이 힘겹게 그 말을 했고, 순간 내 표정 어딘가가 마음을 드러냈나 보다. 언니의 얼굴에 떠올라 있던 역겨움이 충격으로 변했다. "아, 안 돼. 너 진짜 저놈과 사랑에 빠졌구나, 그렇지?"

"내 얼굴만 보고 그런 걸 알 순 없어." 나는 등을 꼿꼿하게 세우고 맞받아쳤다.

"욱, 어디다 단검이나 던지러 가자."

브레넌 오빠가 살아 있어. 브레넌이 살아 있어. 브레넌이, 살아, 있다고.

전초기지 북쪽 1층에 있는 작은 대련장의 뒤쪽, 줄지은 과녁판에 칼을 던지면서 내 머릿속에는 오직 그 생각밖에 없었다. 지난번 제이든이 싸우던 요새 남쪽의 구덩이에서 먼 함성이 들렸다.

리애넌에게 비밀을 지키는 건 혐오스러운 일이었지만, 미라에게 브레넌이 살아 있다는 사실을 전하지 않는 건 대륙 최악의 인간이 되는 기분이었다.

"난 네가 누구와 자든 비난하지 않을 거지만…." 미라가 입을 열었다.

"그럼 하지 마." 나는 두 개 남은 단검 중 하나를 뒤집어서 끝을 잡고 과녁의 목을 맞췄다.

"규정은 제쳐두고. 그래, 지금 네가 하고 있는 건 장교와의 성관계지만 그렇다 치고…." 미라는 쳐다보지도 않고 다음 단검을 던져서 과녁 한복판을 맞췄다. "상황이 나쁘게 돌아가기라도 하면, 너희는 군 경력 내내 붙어 있어야 할 거야."

"그러면서도 비판은 안 한다 이거지?" 나는 마지막 단검을 던져서 언니의 과녁판 목을 맞혔다.

"좋아. 어쩌면 하고 있을지 모르지." 미라는 어깨를 으쓱였고, 나와 함께 과녁판으로 걸어갔다. "하지만 넌 내 하나뿐인 형제잖아. 걱정할 권리가 있어."

하지만 사실은 나 혼자가 아니다. 미라와 브레넌은 어릴 때부터 떼어놓을 수 없는 사이였다. 브레넌이 건강하게 살아 있다는 사실을 우리 중 하나가 알아야 한다면 내가 아니라 언니. "나에 대해서 걱정할 필요 없어." 나는 과녁판에서 단검을 하나하나 뽑아서 허벅지와 옆구리 칼집에 넣었다.

"넌 2학년이야. 당연히 걱정되지." 언니도 단검을 회수하고는 뒤쪽 매트에서 대련 중인 라이더 두 명을 어깨 너머로 보았다. "RSC는 어떻게 되어가?" 미라는 목소리를 낮추고 물었다.

"첫 실습에서 라이더 한 명을 잃었어. 지도 두 장 알지?"

"그래. 헷갈리게 하지." 언니는 입술을 가로로 길게 늘며 물었다. "하지만 내 말은 그게 아니야."

"심문에 대해 걱정하는 거구나." 나는 열한 번째 단검을 옆구리에 꽂으면서 추측했다.

"그놈들은 단순히 네가 견딜 수 있는지 보려고 흠씬 두들겨 팰 거야." 미라는 과녁판에 꽂힌 내 단검을 뽑았다. "그리고 넌 뼈가 잘 부러지지…."

"고통은 감당할 수 있어." 나는 언니를 돌아보았다. "난 고통 속에서 살아. 아예 집을 짓고 경제를 일구는 수준이지. 무슨 짓이든 견딜 수 있어."

"RSC는 모의전투 다음으로 2학년이 많이 죽는 시간이야." 미라는 조용히 인정했다. "한 번에 한두 대대만 실습에 끌고 나가니까 사망자 명단이 늘어난다는 걸 알아차리기 힘들지. 하지만 사실이야. 네가 무너지지 않는다면 고문하다가 돌발적으로 죽일 수 있고, 네가 무너진다면 그것 때문에 죽일 거야." 미라가 내 단검을 내려다보며 걱정스러운 표정을 지었다.

"며칠 엉망진창이 되긴 하겠지만 괜찮을 거야. 여기까지 해냈잖아." 뼈가 부러지는 정도야 나에겐 일상이다.

"언제부터 티렌더 단검을 썼어?" 언니가 내 단검을 들어 올려 새까만 손잡이며 칼자루 끝에 새겨진 룬 문자를 살펴보았다. "이런 룬 문자는 본 지… 한참 됐는데."

"제이든이 줬어."

"줬다고?" 언니가 단검을 돌려줬다.

"작년에 대련하다가 따냈지." 내가 그 단검을 옆구리 칼집에 넣자 언니는 회의적인 표정으로 한쪽 눈썹을 올렸다. "그러니까 맞아, 나한테 준 거지."

"허." 언니는 고개를 한쪽으로 기울여 나를 뜯어보며, 언제나처럼 내가 보여주고 싶지 않은 부분까지 알아챘다. "주문 제작 같은데."

"맞아. 일반적인 길이의 단검보다 내 손에서 쳐내기가 어렵고 덜 무거워."

언니는 단검을 던지는 위치로 돌아가는 내내 내게서 시선을 떼지 않았다.

"왜?" 뺨이 달아올랐다. "제이든은 날 계속 살려두는 데 관심이 많아. 언니가 제이든을 싫어하는 건 알아. 믿지 않는 것도 알고…."

"그놈은 라이오슨이야. 너도 그놈을 믿으면 안 돼."

"안 믿어." 나는 속삭이듯이 고백해놓고 시선을 돌렸다.

"하지만 사랑하긴 하지." 언니는 좌절스러운 한숨을 내쉬고 단검을 하나 던졌다. "그 관계는… 대체 뭔지도 모르겠지만, 일단 '유해하다'라는 말부터 떠오르는데."

"그게 우리지." 나는 웅얼거리며 화제를 바꿨다. "그런데 왜 언니를 여기에 배치한 거야?" 나는 과녁판의 윗부분을 목표로 하고 단검을 던졌다. "사마라는 보호막 안에 있고, 언니는 걸어 다니는 방벽이잖아. 언니의 고유 능력을 낭비하는 것 같은데." 그래. 언니는 차단막 그 자체다.

왜 진작 언니에게 보호막에 대해 물어볼 생각을 안 했을까? 답은 책 속에 없을지도 모른다. 미라에게 있을지도 모른다. 미라의 고유 능력은 보호막을 확장하는 능력, 늘어날 수 없는 지점까지 보호막을 끌고 가는 능력이다.

미라는 대련 중인 두 사람을 흘끔 돌아보았다. "이곳에 대한 공격을 걱정하는 것 같아. 이 기지는 보호막을 위한 가장 큰 마력 공급 지점 중 하나니까. 여기가 함락되면 국경선의 상당 부분이 취약해지지."

"도미노처럼 세워져 있어서 그런가?" 나는 단검을 하나 더 던지고는, 쑤시는 무릎을 충분히 조심하지 않은 탓에 얼굴을 찌푸렸다.

"그렇진 않아. 보호막에 대해서 뭘 알아?" 미라는 쳐다보지도 않고 단검을 던져서 과녁을 정확히 맞혔다.

"엄청 으스대네." 나는 투덜거렸다. "언니가 잘 못하는 것도 있긴 해?"

"독은 잘 모르지." 미라는 대꾸하면서 과녁에 단검을 하나 더 던졌다. "너나 브레넌 같은 소질이 없었어. 아니면 내가 아빠의 수업을 들을 만큼 가만히 오래 앉아 있지 못하는 성격이었는지도 모르겠다. 이제 네가 보호막에 대해 뭘 아는지 말해봐." 언니는 나를 곁눈질했다. "보호막 엮기는 3학년에 가야 배우고 그 이상은 기밀이야."

"난 책을 읽잖아." 나는 어깨를 으쓱이면서 지날 신에게 제발 태연해 보이기를 빌었다. "보호막은 베일에 있는 보호석에서 비롯하는데 그건 베일에 부화지가 있기 때문이고, 우리 국경선 전초기지들을 따라 이뤄지는 마력 공급으로 증폭시켜서 보호막이 미치는 거리를 연장하고 강력한 방어를 유지한다는 걸 알지." 이는 상식적인 정보거나 책에서 찾을 수 있는 내용이었다.

언니는 단검을 하나 더 던졌다. "보호막은 여기 바깥 땅에 엮여 있어." 뒤에서는 두 사람이 대련을 계속하고, 언니는 조용히 말했다. "우산을 떠올려봐. 보호석은 우산대고, 보호막은 나바르 위에 돔 형태로 펼쳐져 있는 거지." 손짓으로 돔 모양을 만들면서. "하지만 우산살이 우산대에서 제일 튼튼해야 하는 것과 마찬가지로, 보호막이 땅에 닿을 때쯤이면 너무 약해져서 증폭 없이는 할 수 있는 게 많이 없어."

"그 증폭은 합금으로 하고 말이지." 나는 속삭였다. 심장이 쿵쾅거리기 시작했다.

"드래곤들도 있지." 미라는 고개를 끄덕이다가 미간에 주름을 잡았다. "합금에 대해 어떻게 알아? 지금은 그것도 가르치나? 아니면 아빠가…."

"그 우산살을 당기는 건 전초기지에 저장해둔 합금이야." 나는 근육이 기억하는 대로 단검을 돌리면서 말을 이었다. "어떤 경우에는 보호막을 정상적인 범위의 두 배까지 확장하지. 맞아?"

"맞아."

"그런데 그건 뭘로 만드는 거야?"

"그건 확실히 네 권한을 넘어서는 정보야." 미라가 조소했다.

"알았어." 언니가 말해주지 않을 거라는 사실이 조금은 아프다. "하지만 새로운 보호막은 어떻게 엮는데? 애더빈 같은 곳을 지키고 싶다면?" 뒤집고, 뒤집고, 뒤집고. 나는 계속 단검을 돌리면서 언니가 무심코 그 모습을 습관으로 여기기를 빌었다.

"엮지 않아." 언니는 고개를 저었다. "우리는 연장선을 잇는 거야. 길게 편 태피스트리를 잇는 것과 비슷해. 이미 존재하는 것에 실을 덧붙일 뿐이지. 그리고 애더빈까지 보호막을 연장할 순 없어. 시도는 해봤지. 하지만 누가 너한테 그런 말을…."

"언니의 고유 능력도 그렇게 작동하는 거야?" 나는 단검 돌리기를 멈췄다. "언니는 보호막이나 다름없잖아."

"꼭 그렇진 않아. 나는 보호막을 나와 같이 당기는 셈이지. 혼자서 보호막을 발현할 수 있을 때도 있지만, 그러려면 전초기지 가까이 있어야 해. 나는 그냥 다른 실이라고 봐야 더 비슷할걸. 무슨 일 있었어?" 미라가 던진 단검이 정중앙을 맞췄다.

"보호석이 어떻게 작동하는지 알아?" 나는 목소리를 더 작게 내서 물었다.

"아니." 언니의 눈빛이 확 타올랐다. "호기심 많은 사람이 듣기 전에 계속 던져."

나는 충실하게 단검을 또 하나 던졌다.

"그건 내 계급으로 알 정보가 아니야. 너는 물론이고." 언니의 다음 단검은 첫 번째로 던진 칼 바로 옆에 꽂혔다. "왜 묻는 건데?"

"그냥 궁금해서."

"그러지 마. 그 정보가 기밀인 데는 이유가 있어." 미라가 손목을 털면서 단검을 또 하나 과녁에 꽂았다. "그걸 아는 사람은 알아야 하는 사람들뿐이야. 다른 기밀 정보와 마찬가지지."

"그래." 나는 애써 미소 지으며 다음 단검은 필요 이상으로 세게 던졌다. 화제를 바꿀 때였다. 언니가 알 수도 있고 모를 수도 있지만, 어쨌든 나에게 말하지 않을 것은 확실했다. "기밀 하니까 말인데, 언니도 포로미엘의 도시들이 입은 피해를 확인하는 임무에 나갔어?" 그 말에 언니가 눈을 크게 뜨고 보자 두 손을 들어 올렸다. "전투 브리핑 시간에 들었어. 이젠 비밀이 아니야."

"난 안 갔어." 언니가 대답했다. "하지만 테인과 함께 순찰을 도는 동안 그쪽으로 날아가는 드래곤 무리를 보긴 했어."

속이 뒤틀렸다. "그 임무에 나간 사람은 알아?"

"아니." 또 단검 하나가 과녁을 맞혔다. "하지만 보고서는 읽었지. 그것도 너희한테 보여줬어?"

나는 고개를 저었다. "그래서 언니는 그 보고를 믿어?" 그 말은 내가 애쓰는 것만큼 가볍게 나오지 않았다.

"당연하지." 언니는 내가 줄 수 없는 대답을 찾아서 내 눈을 살폈다. "내가 안 믿을 이유가 있나? 너는 안 믿을 이유가 있고?" 언니의 두 손이 빠르게 바깥으로 밀어내는 동작을 취하자, 대련 중인 두 사람이 내는 소리가 사라졌다. 몬세라트에서 썼던 것과 같은 방음벽이었다. 간단한 마법이지만, 여전히 내가 숙달하지 못한 마법이기도 했다. "대체 네가 왜 이러는지 말해. 당장."

어둠의 세력과의 싸움에 내던져졌고, 제일 친한 친구 하나를 잃었어. 그리고 내 드래곤의 등 위에서 베닌과 싸웠고, 사실은 죽지 않은 우리 오빠에게 복원을 받았어.

"아무것도 아니야."

내 대답에 언니가 '그 눈빛'을 던졌다. 어릴 때 언니의 그 눈빛만 받으면 나는 모든 걸 털어놓곤 했다. 마음이 흔들렸다. 대륙을 통틀어서 내가 말할 수 있는 사람을 하나만 꼽으라면 미라 언니다.

"난 그냥, 포로미엘에 정찰 임무를 나간 사람을 언니가 하나도 모르는 게 이상하다는 생각이 들어. 언니는 모르는 사람이 없잖아. 그리고 언니가 본 게 정찰을 나가는 드래곤 무리였다는 건 어떻게 알아?" 나는 물었다.

"그야 국경 너머 남쪽 멀리에 드래곤이 열 마리 넘게 있었으니까. 그게 드래곤이 아니면 달리 무엇일 수 있겠어, 바이올렛?" 언니가 의심스러운 눈으로 나를 보았다.

이거다. 이게 언니에게 사실대로 말할 기회다. 언니가 이 싸움에서 올바른 편에 설 수 있게, 우리 오빠를 볼 수 있게 해줄 기회다. 와이번. 미라가 본 건 와이번이다. 하지만 그 말을 하면 내 목숨만 위험해지는 게 아니다. 심장이 내려앉았지만… 말해야 한다.

제이든은 절대로 이해하지 못할 것이다. 그에겐 형제가 없으니까.

"모르겠어." 나는 속삭였다. "혹시 와이번이라면?"

그래. 말해버렸다. 어느 정도는.

미라는 눈을 깜박이다가 고개를 젖혔다. "다시 말해볼래?"

"언니가 와이번을 봤다면? 와이번이 포로미엘 도시들을 파괴한다면? 우리 둘 다 드래곤들이 그러지 않는다는 건 알잖아?" 내 손은 마지막 단검 손잡이를 꽉 쥐고 있었다. "저 바깥에서 우리가 모르는 전쟁이 벌어지고 있다면?"

미라의 어깨가 축 처지더니 눈에 연민이 가득해졌다. "그 민담 좀 그만 읽어야겠다, 바이. 그리폰 공격 이후에 충분히 쉬긴 했어? 잠을 못 잔 것처럼 들리는데." 다른 무엇도 언니의 걱정 어린 목소리처럼 나를 허물어뜨리진 못했을 것이다. "전투를 처음 목격하는 건 1학년이 아니라도 힘든 일이지만, 잠을 충분히 자고 안정적이고 한결같은 모습을 유지하지 못한다면…. 라이더들은 굳건해야 해, 바이올렛. 내 말 무슨 뜻인지 알겠니?"

물론 내 말을 안 믿겠지. 나 같아도 안 믿을 것이다. 하지만 미라는 세상에서 유일하게 절대적으로 나를 사랑하는 사람이다. 브레넌은 자기가 죽었다고 믿게 내버려두었고, 가능했다면 아직까지도 그랬을 것이다. 어머니는 쭉 나를 골칫거리로만 보았다. 제이든은? 거기까지는 가지도 못하겠다.

"아니야." 나는 천천히 고개를 저었다. "아니, 잘 못 자고 있어." 좋은 핑계거리고, 나는 그 변명을 받아들였다. 가슴이 무거워졌다.

언니는 한숨을 쉬었다. 그 눈에 깃든 안도감을 보자 정작 내 무거운 마음이 조금은 나아졌다. "그걸로 설명이 되네. 내가 도움이 될 만한 아주 좋은 차를 몇 가지 추천해줄 수 있어. 가자. 이 단검들 챙기고 넌 자러 가는 걸로 해. 넌 오래 비행했고, 난 어차피 몇 시간 후면 근무가 있어." 언니는 앞장서서 과녁판으로 향했고, 우리는 다시 한번 단검을 회수했다.

"언니도 제이든과 같은 근무야?" 나는 과녁판에서 단검을 하나씩 뽑으면서 뭐라도 말하려고 물었다.

"아니, 그 녀석은 작전 본부에 있는데, 거긴…."

"내 권한 밖이지. 알아."

"난 순찰 비행을 해야 해." 미라는 한 팔로 내 어깨를 감싸안았다. "걱정하지 마. 다음에 네가 오면 같이 시간을 보낼 수 있을 거야. 2주마다 한 번씩 오는 거지?"

"맞아."

제이든이 셔츠를 벗은 차림으로 침내에 미끄러져 들어왔을 때는 하늘이 캄캄했다. 졸다가 깨다를 반복하며 자려고 애쓰던 나는 그 움직임에 완전히 정신을 차렸다. 창문을 통해 들어오는 달빛만으로도 내게 몸을 돌린 그의 아름답고 날카로운 얼굴선을 알아볼 수 있었다. 우리는 서로를 향해 옆으로 누워 있었다. 달빛만으로 격투장에서 미처 보지 못했던 심장 위의 은빛 흉터를 알아보기에 충분했다. 레손에서 부상을 입었던 걸까?

"깼구나." 그는 팔꿈치를 짚고 몸을 일으켜 손에 머리를 괴었다.

"이젠 잠을 잘 못 자." 나는 잠옷을 입고 자는 모습을 보여준 적이 없다는 듯이 얇은 여름 담요를 어깨 위까지 끌어올렸다. "그리고 오늘 밤에는 싸울 기운이 없어."

"그럼 싸우지 말자."

"그렇게 간단하면 참 좋겠네." 비아냥조차 지친 느낌이었다.

"우리가 그러기로 결정하면 간단하지." 내 얼굴 위에 떨어진 시선이 점점 부드러워졌다.

"몇 시야?"

"자정 조금 지났어. 빨리 대화하고 싶었는데 사건이 하나 있어서…."

"미라?" 두려움이 잠을 찌르고 들어와서 몸을 확 일으켰다.

"미라는 괜찮아. 다 괜찮아. 그저 민간인 몇 명이 국경을 넘으려고 했는데 보병들이… 좋아하지 않았어."

"좋아하지 않았다고?"

"민간인들을 죽였어." 제이든은 조용히 인정했다. "여기선 늘 일어나는 일이야. 바스지아스에서 브리핑을 안 해줄 뿐이지. 다시 누워." 온화한 제안이었다. "미라는 아주 멀쩡해."

우리가 민간인들을 죽인다고? 그 정보는 곧장 상자 안으로 들어갔다.

"오늘 언니에게 말해버릴 뻔했어." 이 안에서는 아무도 우리의 말을 듣지 못하는 줄 알면서도 나는 머리가 베개에 닿자 조용하게 고백했다. "정말 화가 나긴 하지만 당신이 날 신뢰하지 않는 것도 당연해. 언니에게 털어놓을 뻔했거든. 눈치 채길 바라면서 넌지시 단서까지 줬어." 쓴웃음이 흘러나왔다. "언니가 알았으면 좋겠어. 브레넌을 봤으면 좋겠고. 우리 편이 됐으면 좋겠어. 난 그저…." 목이 메려고 했다.

제이든이 손을 뻗어 내 뺨을 감쌌다. 방금 남은 평생 나를 차단할 만한 이유를 쳤는데도 그의 눈빛엔 어떤 비난도 비판도 보이지 않았다. 제이든의 침묵, 그 눈에 보이는 조용한 수용 때문에 나는 계속 말을 이었다.

"그냥… 마음이 무거워." 나는 인정했다. "이젠 진짜 나를 아는 사람이 아무도 없어. 제일 친한 친구라고 생각했던 녀석은 우리를 죽일 뻔했어. 난 리애넌에게도, 언니에게도… 당신에게도 계속 비밀을 지키고 있어. 온 세상에 내가 완전히 솔직할 수 있는 상대가 아무도 없어."

"난 네가 날 신뢰하기 힘들게 만들었지." 그는 엄지손가락으로 내 뺨을 어루만지며 말했다. "아직도 그러고 있고. 하지만 너와 난 쉬운 사람들이 아니야. 우리가 함께 만드는 관계는 폭풍을 견뎌낼 만큼 강해야 해. 아니면 전쟁에 버텨낼 만큼…. 그런 관계는 쉽게 얻을 수 없는 거야."

'우리가 함께 만드는 관계.' 그 말에 내 무분별한 심장이 꽉 조여들었다.

"당신에게 내가 보호막에 대해 찾고 있다는 말을 했어야 했어." 나는 그의 따뜻한 팔에 손을 댔다. "당신이 하지 말라고 할 줄 알았지만, 그래도 난 했을 거야. 당신에게 말하지 않은 제일 큰 이유는…." 차마 말할 수도 없었다.

"나도 너에게 전부를 말하지 않기 때문이지." 그의 엄지손가락이 다시 내 뺨을 어루만졌다. "일부러 우리 사이에 그 비밀을 둔 거야. 내가 비밀을 전부 털어놓지 않을 테니까 너도 비밀을 만든 거야."

나는 고개를 끄덕였다.

"넌 비밀을 만들어도 돼. 그게 요점이야. 네 비밀이 내가 지난 몇 년 동안 해온 모든 일이나… 네 목숨을 위험에 빠뜨리진 않았으면 좋겠지만 말이야. 그래, 난 아직도 그 서기가 마땅치 않지만, 오늘 밤은 싸우지 말자. 난 그저 중요한 것들을 알고 싶을 뿐이야. 나도 네가 결정을 내리는 데 변화를 줄 수 있는 정보는 숨기지 않을 테니까 너도 그렇게 해줘." 그의 엄지손가락은 마음을 달래주는 나른한 패턴으로 움직였다.

나는 우리가 비밀을 두는 것 자체가 싫었지만, 그는 이미 그 점에는 변화가 없으리라는 사실을 분명하게 밝혔다. 그러니 이젠 다른 전술을 시험해볼 때인지도 모르겠다. "그 무기들은 얼마나 오래 가지고 있을 거야?"

그의 입꼬리가 당겨 올라갔다. "앞으로 몇 주 동안은 그리폰 부대를 만나지 않을 거야."

이런 젠장. 통했다. "대담했네."

"했지." 그가 미소 짓자 가슴이 아파왔다. "바리쉬와는 어떻게 됐어?"

"테른이 솔레스의 목을 뜯어낼 뻔했어. 덕분에 앤다나가 기동 훈련에 갈 일은 없어졌지만, 아마 장래에 나에게는 더 큰 문제가 되겠지." 내 얼굴에 작게 미소가 번졌다. 지금 우리를 봐. 싸우지 않고 대화하고 있어.

"우리가 상황을 계속 지켜볼게. 바리쉬가 한 번만 더 널 소진 상태로 밀어넣으면 내가 그놈을 죽여버릴까 봐 살짝 걱정이 되는군." 제이든의 목소리에는 농담기가 없었고, 나도 진심임을 알았다.

"졸업식 이후에 나에게 남기고 간 매듭 책은 뭐야?" 나는 당혹스럽다는 듯이 고개를 살짝 저으면서 화제를 바꿨다. "그리고 천 조각들은? 내가 갑자기 공예에 취미를 붙일 것 같아?"

"그냥 네가 손을 바쁘게 움직이는 걸 좋아할지도 모른다고 생각했어." 그는 한쪽 어깨를 으쓱였지만, 눈빛에 스친 엉큼한 빛을 보니 뭔가가 더 있었다.

"그래서 나른 생도들이 접근하지 못하게?"

"네가 티렌더 문화의 한 측면을 탐색하고 싶어 할지 모른다고 생각했을 뿐이야. 난 그 책에 나오는 모든 매듭을 다 할 수 있거든." 그의 얼굴에 미소가 스쳤다. "네가 날 따라잡을 수 있나 보는 것도 재미있겠지."

"천 매듭으로?" 최근에 스케일 등에서 떨어지기라도 했나?

"문화야, 바이올런스." 그의 손이 내 목 뒤로 미끄러져 들어오더니 눈빛이 진지해졌다. "레손에 대한 악몽을 꿔? 그래서 잘 수 없는 건가?"

나는 고개를 끄덕였다. "꿈에서 우리가 질 수도 있었던 온갖 시나리오를 다 봐. 때로는 죽는 사람이 이모젠일 때도 있고, 개릭일 때도… 당신일 때도 있어." 그런 꿈을 꾸고 나면 그 후에는 도저히 잠을 이룰 수 없었다. 놈들의 스승이 나에게서 제이든을 빼앗아가는 꿈.

"이리 와." 그는 내 허리를 안아 자기 쪽으로 잡아당겼다.

당기는 대로 몸을 뒤집자 그의 가슴에 내 등이 닿았다. 맙소사, 우리가 같이 내 방을 부순 밤 이후에 이렇게 안기기는 처음이었다. 드러난 피부 구석구석에 온기가 스며들면서 뼈에 스민 한기를 몰아냈다. 마음의 아픔은 커졌다.

"뭔가 진짜를 말해줘." 작년에 그랬듯이 탄원처럼 말이 흘러나왔다.

그는 한숨을 내쉬고 내 뒤에서 몸을 말았다. "난 진정한 네가 누구인지 알아, 바이올렛. 네가 나에게 비밀을 둘 때조차도 너를 알아." 그는 다짐했다.

그리고 나는 다가오는 RSC의 심문 시간이 문제가 될 정도로 그에 대해 많이 알았다.

"난 아직 당신을 차단할 만큼 강하지 못해." 그의 팔이 내 허리를 감고 있는 지금은 그러고 싶은지도 잘 알 수가 없었다.

"난 네 숙련도를 가늠하기에 좋은 척도가 아니야." 그가 내 드러난 어깨에 대고 말하자, 전율이 몸을 훑고 내려갔다. "네가 날 완벽하게 차단할 수 있는 날은 내가 죽은 이후일 거야. 우리 둘 다 죽었겠지. 나도 널 완벽하게 차단할 수 없어. 그래서 내가 차단벽을 올리고 있는데도 네가 지하에 있는 날 찾아낸 거야. 뚫고 들어올 수는 없었을지 몰라도, 내가 거기 있다는 건 알아차렸지. 테른과 앤다나의 감정을 약화시킬 수 있지만 그 둘과의 연결을 영영 닫아버릴 수 없는 것과 마찬가지야."

숨이 가빠졌다. "그럼 내가 데인을 차단할 만큼 강할 수도 있다는 뜻이야?"

"그래. 내내 차단벽을 올리고 있기만 하면."

"그 합금은 뭘로 만든 거야?" 나는 데인을 차단할 수 있다는 사실에 의기양양해져서 물었다.

"텔라듐과 몇 가지 다른 광물, 그리고 드래곤 알 껍질을 융합해서."

나는 그 답변을 포함해 그가 나에게 말해준 사실 양쪽에 놀라서 눈을 깜박였다. "드래곤 알 껍질?" 그건… 이상했다.

"금속인 데다가 드래곤이 알을 까고 나온 후에도 오랫동안 마력을 담고 있거든." 그는 입술로 내 목덜미를 스치면서 숨을 들이마셨다가 한숨을 내쉬었다. "이제 내가 고결한 마음가짐이고 뭐고 다 잊어버리기 전에 자."

"내가 아주 재미있고, 아주 고결하지 않은 마음가짐을 일깨워줄 수 있는데." 내가 몸을 기대자, 그는 나에게 다리를 얽고 단단히 고정시켰다.

"나에게 그 두 마디를 말하고 싶어?"

나는 몸을 굳혔다.

"그럴 줄 알았어. 자라, 바이올렛." 나를 감싼 팔에 힘이 들어갔다. "넌 날 사랑해." 그는 속삭였다.

"자꾸 상기시키지 마. 오늘 밤은 싸우지 말자고 합의했잖아." 나는 그에게 더 바싹 달라붙었다. 그의 온기가 나를 각성 상태와 망각 상태 사이에 존재하는 달콤한 중간 지대로 이끌었다.

"네가 아니라 나에게 상기시키는 걸지도 모르지."

21

'첫해'에 일어난 이주는 나바르 통일이 이뤄낸 최고의 성취 중 하나
다. 전쟁의 삶을 떠나서 평화로운 삶으로 들어오고, 대륙 모든 지역
의 사람들과 언어와 문화를 섞어서 오직 서로의 안전만을 목적으
로 화합하는 통일된 사회를 만들다니, 이 얼마나 인간의 정신을 칭
송할 만한 일인가.

— 루이스 마컴 대령, 《나바르, 편집되지 않은 역사》

아무래도 비행 중 착지가 내 죽음의 원인이 될지도 모르겠다.

목요일 아침은 어깨를 움직이지 못하게 끈으로 옆구리에 단단히 감싼 삼각
붕대에 팔을 걸고 시작했다. 어제의 기동 훈련 탓이었다. 테른이 옳았다. 그의
어깨까지는 갈 수 있지만 착지의 충격은 내 몸이 받아내질 못했다. 이번에는
우리 둘의 의견이 일치했다. 졸업하기 전까지 조정해야 한다.

"오늘은 좀 어때?" 2층에서 제3비행단과 같이 듣는 역사 강의실로 걸어가
면서 리애넌이 물었다.

"테른은 날 내려났는데 난 계속 날아가는 기분이지." 나는 대답했다. "처음
뻔 것도 아니야. 힐러들이 삼각붕대를 4주는 걸고 있어야 할 거래. 난 2주 정
도라고 봐. 아마도." 그보다 더 길게 걸렸다간 탈곡 이후 첫 시합 목록에 내가
올라갈 것이다.

"놀론에게 부탁할 수도…." 리독이 말하다가 내 표정을 보고 멈췄다. "뭔

데? 바리쉬가 복원도 못 하게 막은 건 아니겠지."

"내가 아는 한 아니야." 나는 자리를 찾으면서 대꾸했다. "놀론의 대기 명단에 이름을 올리긴 했는데, 팔이 자연스럽게 나을 때쯤 되어야 시간이 날 거라는 말을 들었어."

리가 '내가 말했잖아' 하는 듯한 표정으로 보았지만, 나는 짧게 고개만 내 젓고 말았다. 여기는 리의 음모론을 탐구할 만한 곳이 아니었다. 갈수록 그 음모론에 진실이 담겨 있을지 모른다는 기분이 들긴 했지만 말이다. 한 달이나 대기 명단이 차 있는 복원 능력자라는 건 들어본 적 없는 이야기였다.

목요일은 내가 일주일 중에 두 번째로 좋아하는 날이었다. 기동 훈련도 없고, RSC도 없고, 물리학도 없다. 무거운 교과서와 오늘 읽어야 할 책에 대한 필기를 꺼냈는데, 나에게는 재검토에 가까웠다. 이 수업에 나오는 모든 내용은 이미 아버지나 마컴 교수와 함께 공부한 내용이었다. 지금은 진실이라고 믿기 힘든 내용들이기도 했다.

나는 제이든이 남기고 간 밝은 파란색 천 조각을 몇 개 꺼내서 무릎에 올려 놓았다. 이미 그 책에 나온 매듭 두 개는 완성했고, 토요일에 제이든이 올 때까지는 두 개를 더 짤 생각이었다. 나에게 도전하다니 우스운 짓이지만, 그렇다고 질 마음이 없다. 아무리 붕대를 걸고 있다 해도 멈추지 않을 거다.

"누가 가르치러 올까 모르겠네." 뒷줄에 있던 소여가 의자 등을 넘어서 내 왼쪽의 리독 옆에 앉았다. "사령부 대부분이 비행장으로 달려가는 걸 방금 내가 봤거든."

심장이 멈추는 기분이었다. "뭐?" 주요 공격만이 바스지아스 사령부를 비우게 할 수 있다. 앉은 자리에서 몸을 돌려 뒤쪽 창문을 보았지만, 안마당 풍경은 아무 도움도 되지 않았다.

"뛰어가고 있었어." 소여가 손가락 두개로 뛰는 동작을 흉내 냈다. "내가 아는 건 그게 다야."

"좋은 아침이다." 굳은 미소를 지으며 들어온 드베라 교수가 테이블과 의자 세 줄을 지나 강의실 앞으로 향했다. "오늘은 내가 레비니 교수 대신이다. 동부 비행단에 대한 공격 때문에 호출되었거든." 드베라는 어수선한 책상을 빠르게 살펴보더니, 맨 위에 놓인 책을 집어 들었다. "그 건에 대해서는 내일 전투 브리핑 시간에 듣게 되겠지만, 현재까지 사망자는 한 명뿐이다." 그녀는 말하면서 책에서 고개를 들었다. "메이슨 샌본이다. 최근 졸업생이니 아는 사람도 있겠지."

메이슨이라니. 아, 신들이시여. 안 돼. 콧잔등에 걸친 안경을 밀어 올리며 미소 짓던 얼굴이 스쳐 지나갔다. 우연일 수도 있다. 한 사람의 죽음을 은폐하려고 공격을 이용하는 건 논리적인 방법이 아니다…. 그렇지?

공격 도중에 암살했다면 또 모르지. 나는 속으로 중얼거렸다. 우리는 친구 사이도 아니었다. 나는 그를 잘 알지도 못했다. 하지만 레손으로 날아갔던 우리 열 명 중에서 지금까지 살아 있는 사람은 여섯 명뿐이다.

"뭐라고?" 리가 내 쪽으로 몸을 기울였다. "바이올렛?"

나는 재빨리 눈을 깜박이고 무릎에 놓아둔 천을 움켜잡았다. "아무것도 아니야."

리는 눈썹을 내려뜨리면서도 자리에 기대어 앉았다.

"레비니 교수는 328년에 있었던 두 번째 시그니슨 급습에 대해 토론을 시켰던 것 같군." 드베라가 목덜미를 문질렀다. "하지만 솔직히 나는 그게 어떻게 실용적으로 적용될지 모르겠다."

"우리들과 생각이 같으시네." 리독이 펜으로 교과서를 두드리며 말하자 주변에서 웃음소리가 일어났다.

"하지만 그 말만 해두고." 드베라는 갈색 팔에 남은 희미해져가는 흉터를 어루만지며 말을 이었다. "나흘간 막무가내로 분노를 표출한 결과로 시그니슨은 포로미엘 왕국에 흡수되었고, 지난 300년간 그 상태로 남았다는 사실은 다들 알아야 한다. 역사와 현재 사건들은 하나로 묶여 있다. 역사가 현재에 영향을 주기 때문이지." 그녀는 벽에 걸린, 브리핑실 지도의 5분의 1 정도 크기지도를 올려다보았다. "포로미엘의 지역들과 우리 지역 간의 차이를 말해볼 수 있는 사람?"

강의실은 조용했다.

"이건 중요하다, 생도들." 드베라 교수는 레비니 교수의 책상 앞으로 이동해서 몸을 기댔다. 아무도 대답하지 않자 그녀는 한쪽 눈썹을 들어 올렸다.

"포로미엘을 구성하는 지역들은 개별적인 문화 정체성을 유지합니다." 내가 대답했다. "시그니슨 출신은 스스로를 포로미엘인이라기보다 시그니슨인으로 여길 겁니다. 최초의 보호막 아래 통일되어 공용어를 선택하고, 여섯 지방의 문화를 혼합하여 화합 왕국을 이룬 우리 지방들과는 대조적이죠." 나는 마컴의 책을 거의 그대로 읊었다.

"티렌더만 빼고." 왼쪽에서 누군가가 말했다. 제3비행단이었다. "거기선 '통일됐다'라는 전언을 제대로 못 받았잖아?"

속이 가라앉았다. 재수 없는 놈.

"아니다." 드베라는 그 남자를 가리켰다. "그게 바로 우리가 하지 말아야 할 행동이다. 그런 말이 나바르 통일을 위협하지. 자, 소른게일이 좋은 지적을 했다. 너희들 일부가 놓치고 있는 것 같은데, 나바르가 공용어를 선택했다면 누구의 공용어지?" 그녀는 질문하며 꼬리전대의 누군가를 호명했다.

"칼디르, 디콘셔, 엘숨 지방이었습니다." 지목된 생도가 대답했다.

"정확하다." 드베라는 전투 브리핑 시간에서처럼 우리를 훑어보았다. 답을 생각하지만 말고, 질문도 스스로 생각하기를 기대하는 눈빛이었다. "그건 무슨 의미지?"

"루세라스, 모레인, 티렌더 지방은 원래 언어를 잃었다는 뜻입니다." 소여가 자리에서 들썩이며 대답했다. 그는 루세라스 출신이었다. 매섭도록 추운 북서쪽 해안선 지방이다. "엄밀히 말하면 통일의 대의를 위해 기꺼이 포기한 셈이지만, 여기저기에 녹아든 단어 몇 개를 제외하면 죽은 언어가 됐죠."

"정확하다. 언제나 대가가 따르지." 드베라는 또박또박 말했다. "그럴 가치가 없다는 말은 아니지만, 우리가 보호막의 보호 아래 살기 위해 치른 희생을 잊었기에 반란이 일어나는 것이다. 또 다른 희생에 무엇이 있었는지 말해보도록." 그녀는 팔짱을 끼고 기다렸다. "자자, 그러지 말고. 반역을 저지르라는 게 아니다. 2학년 라이더들의 역사 수업에서 역사적 사실을 물어보는 것뿐이다. 통일로 또 무엇이 희생되었지?"

"여행이요." 발톱전대의 누군가가 대답했다. "우리는 여기에서 안전하지만, 국경 바깥에서는 환영받지 못합니다." 아무도 우리 국경 안으로 들어올 수 없기도 하지.

"좋은 지적이다." 드베라는 고개를 끄덕였다. "나바르가 대륙에서 가장 큰 왕국일지는 몰라도 유일한 왕국은 아니다. 우린 이제 섬 왕국으로도 여행하지 않지. 또?"

"우리 문화의 중요한 부분들을 잃었습니다." 두 줄 앞에서 팔에 반역의 인장이 찍힌 여성 라이더가 대답했다. 꼬리전대 같았다. "언어만이 아닙니다. 노래, 축제, 도서관… 티렌더의 모든 것이 변해야 했습니다. 우리가 간직한 독특한 문화는 룬 문자뿐인데, 그것까지 버리기에는 우리 건축물에 너무 많이 들어 있었죠."

내 단검에 들어간 룬, 아레티아 신전 기둥에 들어간 룬, 지금 내가 무릎에서 짜고 있는 룬처럼 말이다.

"그래." 드베라는 그 말에 공감하는 듯하면서도 퉁명스럽게 들리도록 말했다. "나는 역사가가 아니라 전술가다. 하지만 지식이라는 측면에서 우리가 잃은 것의 깊이는 헤아릴 수 없을 정도지."

"책은 다 공용어로 번역이 됐습니다." 제3비행난의 누군가가 반박했다. "축제는 여전히 열리고 노래도 여전히 불리고요."

"그렇다면 번역 과정에서 잃어버린 건 뭘까?" 내 앞에 앉은 티렌더 여자애가 물었다. "넌 알아?"

"물론 나야 모르지." 그 남자는 입술을 올려 비웃음을 지었다. "서기 몇 명

빼고는 아무도 안 쓰는 죽은 언어잖아."

나는 공책으로 시선을 내렸다.

"티렌더어로 적히지 않았다고 해도 아카이브에 들어가면 번역된 티렌더 책을 뭐든 읽을 수 있잖아." 내 성질을 건드린 건 그 남자의 오만하고 무례한 말투였다.

"아니, 사실은 그럴 수 없어." 나는 짜던 천을 무릎에 떨궜다. "우선 아무도 아카이브에 그냥 들어가서 읽고 싶은 책을 읽을 수는 없어. 신청해야 하고, 어떤 서기든 그 신청을 거부할 수 있지. 둘째로, 서기 중에서 티렌더어를 하는 사람은 일부고, 따라서 모든 책을 번역하는 데 수백 년이 걸렸으며, 그러고 나서도 내가 아는 한 아카이브에는 400년 이상 묵은 역사책이 없어. 전부 다 첫 책이 아니라 6판, 7판, 8판이야. 논리적으로 저 말이 맞아." 나는 몇 줄 앞에 앉은 여자 쪽을 가리켰다. "번역 과정에서 잃어버리는 것들이 있어."

그 남자가 반박하려 했다.

"트레보어 생도, 내가 너라면 소른게일 생도가 이 방에 있는 어느 누구보다도 아카이브에서 많은 시간을 보냈다는 사실을 고려해서 무엇이 영리한 대답일지 신중하게 생각하겠다." 드베라가 한쪽 눈썹을 올렸다.

제3비행단의 생도는 내 쪽을 쏘아보더니 의자에 등을 기댔다.

"우린 민담을 잃었어요." 리애넌이 말했다.

온몸의 근육이 경직했다.

드베라가 고개를 옆으로 기울였다. "계속 말해봐라."

"전 시그니슨 근처 국경 마을 출신입니다." 리애넌이 말했다. "저희가 아는 민담은 대부분 국경 너머에서 왔는데, 아마 '첫해의 이주'가 낳은 결과겠죠. 제가 아는 한 그중에 글로 쓰인 민담은 없습니다. 구전으로만 살아남았죠." 리는 내 쪽을 흘긋 보았다. "작년에 바이올렛과 제가 그 문제에 대해 이야기한 적이 있습니다. 칼디르나 루세라스나 다른 지방에서 자란 사람들은 같은 민담을 듣고 자라지 않았어요. 그 사람들은 저희가 아는 이야기를 모르고, 우리도 세대를 거듭할수록 잃게 될 겁니다." 리가 이쪽저쪽을 보았다. "어디에서 자랐느냐에 따라 다들 비슷한 사연이 있을 겁니다. 소여는 리독이 모르는 이야기들을 알겠죠. 리독은 바이올렛이 모르는 이야기들을 알고요."

"그건 불가능해." 리독이 맞받아쳤다. "바이올렛은 모르는 게 없어."

소여가 웃음을 터뜨렸고 나는 어처구니없다는 표정만 지었다.

"훌륭한 지적이다." 드베라는 만족스러운 미소를 지으며 고개를 끄덕였다. "그리고 '첫해의 이주'가 우리에게 준 것은 뭐지?"

"더 통일된 문화요." 꼬리전대의 여자가 대답했다. "우리의 지방들뿐만이 아니라 대륙 전체에서 그렇습니다. 그리고 지금의 포로미엘에 살고 있던 사람들에게도 이주를 선택한다면 안전한 보호막 안에서 살 기회를 줬죠."

1년. 나바르는 고작 1년을 주고 국경을 닫았다.

그러나 가족을 움직일 수 없었다면, 위험한 여행을 무릅쓸 수가 없었다면… 전쟁이나 그 여파에서는 아무것도 친절하지 않았다.

"정확하다." 드베라가 말했다. "그러므로 너희가 그리폰 부대와 만날 때는 먼 친척과 마주치게 될 가능성이 얼마든지 있다. 우리가 군에 입대하기 전에 스스로에게 물어야 하는 질문은 이것이다. 나바르 시민들을 안전하게 지키기 위해서라면 우리가 그것들을 희생할 가치가 있나?"

"있습니다." 사방에서 대답이 나왔고, 어떤 라이더들은 유난히 크게 말하기도 했다.

하지만 나는 조용히 있었다. 나는 대가를 치른 것이 나바르만이 아니라는 사실을 알기 때문이다. 희생한 것은 우리 보호막 바깥의 모두였다.

그날 오후, 격투 수업 교수들이 제일 먼저 매트에 오를 이름을 호명하는 동안 체육관은 기대감에 웅성거렸다. 앞으로 몇 달 동안은 시합이 없을 것이다. 1학년들은 다음 주부터 건틀릿을 걱정해야 하고, 그다음에는 시연과 탈곡이 있을 것이다. 그리고 2학년들은 고문을 견디는 방법을 배우기 위해 대대 단위로 한 번에 며칠씩 없어지기 시작할 것이다.

신나는 시간이 되겠지.

꼬리전대의 한 대대가 우리 매트로 불려왔다.

"정말이지 오늘은 매트에 불려 올라갔으면 좋겠어." 리독이 제자리에서 가볍게 뛰었다. "누군가의 엉덩이를 걷어차고 싶은 기분이야."

"나는 사양이야." 나는 갑옷 위로 삼각붕대 끈을 조였다. 그리고 매트 건너편에서 이모젠이 슬론과 이야기하는 모습에 눈썹을 들어 올리며 고개를 끄덕였다.

이모젠은 빙긋 웃으며 마주 고개를 끄덕였다. 오늘 슬론이 상대를 쓰러뜨릴 준비가 됐다는 무언의 대답이었다. 리애넌과 소여도 체육관 여기저기에서 이름이 호명되는 동안 1학년들을 확인하고 있었다. 아릭을 슬쩍 보았지만, 늘 그렇듯이 아릭은 완벽하게 집중한 상태로 매트만 노려보면서 모든 것에 신경을 끄고 있었다.

"동부 비행단 공격이 얼마나 심각한 것 같아? 사령부 절반이 종일 호출된 걸 보면 뭔가 엄청난 일이 벌어졌을 텐데." 리독이 중얼거렸다.

메이슨을 죽일 정도로 큰 공격이겠지.

"추측해봤자 소문에 연료만 넣을 뿐이야." 데인이 내 왼쪽 빈자리에 들어오며 말했다.

젠장. 몇 주 동안은 데인과 접촉을 피할 수 있었는데. 나는 리독에게 가까이 붙으면서 차단벽을 단단히 세웠다.

"보호막이라도 무너진 것처럼 교수들 대부분이 뛰쳐나갔다는 사실에 신경이 쓰이지 않으면 그게 더 이상하지 않나?" 리독이 물었다.

"보호막은 무너지지 않았어." 데인은 리독에게 눈길도 주지 않고 팔짱을 꼈다. "그랬다면 너도 알았을걸."

"우리가 그걸 느낄 수 있다고 생각해?" 리독이 물었다.

"그랬다면 우리도 불려나갔을 거고, 드래곤들이 우리에게 말해줬을 거야."

내가 말했다.

"너희 엄마한테 물어볼 순 없어?" 리독이 고개를 기울였다.

"내가 일주일 동안 없었다는 것도 모르고, 첫 임무에서 살아남았다는 사실을 알아차리자마자 대열에 서라고 했던 여자 말이야? 그래, 기꺼이 모든 정보를 알려주겠지." 나는 리독을 보고 비꼬듯이 엄지를 치켜세웠다.

처음 두 명이 매트에 불려나갔고, 나는 그 1학년의 이름을 모른다는 사실이 끔찍하면서도 고마웠다.

"드디어 나하고 말할 마음이 생겼어?" 데인이 물었다.

"아니." 나는 그를 쳐다보지도 않으려고 했고, 그 점을 확실히 하기 위해 리독을 사이에 두는 위치로 옮겨갔다.

"그러지 말고, 바이올렛." 그는 리독 뒤로 걸어오더니 퀸과 나 사이를 비집고 들어왔다. "언젠가는 대화를 해야지. 우린 네가 다섯 살 때부터 친구였어."

"우린 이제 친구 사이가 아니고, 너를 봐도 네 가슴에 단검을 박고 싶어지지 않으면 그때나 대화할 준비가 되겠어." 나는 기억을 훔쳐가는 개자식을 찌르고 싶은 충동에 따라 행동하기 전에 그 자리를 떴다.

"나한테서 계속 도망 다닐 순 없어!"

나는 가운데 손가락을 들어 보이고 매트 모퉁이를 돌아 리애넌 옆에 섰다.

"뭐였어?" 우리 대대 1학년이 신장 부근을 얻어맞자 얼굴을 찡그린 리애넌이 물었다.

"평소처럼 데인이 재수 없게 굴었지 뭐." 때로는 가장 단순한 대답이 가장 좋은 대답이다.

우리의 1학년은 꼬리전대 생도의 입에 정통으로 발차기를 먹였고, 곧바로 피가 뿌려졌다.

"이해가 안 가." 리애넌은 당혹스러운 표정으로 나를 보더니, 데인이 듣지 못하게 몸을 기울이고 속삭였다. "졸업식 때 일은 에이토스와 라이오슨의 힘겨루기라고 생각했는데, 넌 이제 에이토스와 말도 안 하잖아. 제일 친한 친구였는데. 그야 작년에 둘이 멀어지긴 했지만 이젠 아예 말도 안 한다고?"

"과거 일이야." 나는 매트를 돌아서 에메테리오 교수에게 걸어가는 데인을 눈으로 좇았다. "과거에나 제일 친한 친구였지." 15년 동안 데인보다 가까운 사람은 없었다. 데인이 내 전부가 될 거라고 의심치 않았다.

"이봐. 그래야 한다면 나도 도의상 에이토스를 미워할 거야. 그건 문제도 아니야. 하지만 내가 아는데, 너는 널 해친 사람이 아니면 그런 식으로 잘라내지 않는단 말이지. 그러니까 친구로서 말해봐. 저놈이 널 해쳤어?" 리가 조용히 물었다. "아니면 이것도 우리가 대화하면 안 되는 주제야?"

목이 콱 막혔다. "데인이 나에게서 뭔가를 훔쳐갔어."

"정말이야?" 리애넌의 시선이 나를 꿰뚫을 듯했다. "그렇다면 코덱스 위반으로 보고해. 그런 놈이 우리 비행단장이면 안 되지."

지난번 비행단장이 뭘 훔치고 있었는지 안다면 뭐라고 할까.

"그보다는 사정이 복잡해." 지나치게 알려주지 않으면서 어디까지 말할 수 있을까?

우리 대대 1학년은 재빨리 되살아나서 서브미션 기술로 상대방의 다리를 잡았다. 그 후에는 빠른 항복이 이어졌다. 우리 모두 박수를 쳤다. 지금까지 성적을 보면 올해도 우리가 최우수 대대가 될 것 같다. 특히나 아릭이 승승장구하고 있었다.

에메테리오가 데인을 보더니 목청을 가다듬었다. 나는 슬론의 이름이 불리기를 기다리며 심호흡을 했다. "정말 그러겠나?" 에메테리오가 물었다.

"비행단장으로서 제가 가진 권리입니다." 데인이 무장해제하고, 칼집을 풀어서 매트 가장자리에 떨어뜨렸다.

이건 또 무슨?

"그걸 부정하지는 않는다." 에메테리오는 두꺼운 손으로 민머리를 문질렀다. "다음 시합은 데인 에이토스 대 바이올렛 소른게일이다."

속이 철렁했다. 내 차단벽이 흐트러지기라도 하면 아레티아의 모든 사람과 바스지아스의 모든 낙인자를 파멸시킬 수 있다. 나를 쳐다보는 이모젠의 눈은 그냥 커진 정도가 아니라 접시만 했다. 그녀는 매트에서 물러나더니 재빨리 사라졌다. 어딜 가는 거지? 작년처럼 제이든을 개입시킬 수도 없는데. 나는 혼자다.

"말도 안 돼." 리애넌이 고개를 저었다. "바이올렛은 부상당했습니다."

나 혼자만은 아닐지도 모르겠다.

"언제부터 그런 게 문제가 됐어?" 다른 대대장이 맞받아쳤다.

숨 쉬어. 숨 쉬어야 해.

"이건 허튼짓이야." 나는 데인의 눈을 똑바로 보면서 말했고, 데인은 그저 가슴 앞에 팔짱을 낄 뿐이었다. 빠져나갈 방법은 없다. 그는 비행단장이다. 작년에 제이든이 그랬듯이 원할 때면 누구하고도 시합을 할 수 있다. 작년에 제이든이 나를 매트에 쓰러뜨렸을 때가 훨씬 덜 위험했다는 사실이 아이러니였다. 그때는 내 목숨만 가지고 도박했지만, 이번에는 내가 아끼는 사람들이 죽을 수도 있다.

차단벽을 계속 올리고 있거라. 테른의 불안감이 흘러들어오며 목덜미의 털이 곤두섰다.

데인은 비무장 상태로 매트에 올라섰다. 그동안 그의 대련을 지켜봤고, 제이든만큼은 아니더라도 데인 역시 무기가 없어도 치명적이었다. 게다가 지금 나는 한쪽 팔을 쓰지 못했다.

"이러면 안 되지!" 보디가 달려와서 내 옆에 미끄러지듯 멈추며 외쳤다. 이모젠이 바로 뒤에 있었다. 아, 달려가서 최대한 제이든에 가까운 사람을 찾은 거군. 말이 된다. "소른게일은 한쪽 팔을 움직이지 못하는 상태야, 에이토스."

"넌 전대장이야." 데인이 보디를 보고 눈을 가늘게 떴다. "그리고 이제 소른게일의 비행단장은 네 사촌이 아니야. 나지."

보디의 목에 근육이 불거졌다. "제이든이 저 새끼를 죽여버릴 거야." 그는 속삭였다.

"그래. 음. 제이든은 여기 없어. 괜찮아." 나는 첫 번째 단검에 손을 뻗으면서 거짓말했다. "누가 날 훈련시켰는지만 기억해." 맨손 격투에 대해서만 하는 말이 아니었고, 표정을 보니 보디도 알아들었다.

"단검을 갖고 있는 쪽이 기분이 낫다면 가지고 있어라, 소른게일 생도." 데인은 매트 중앙에 서면서 말했다. 나는 눈썹을 확 치켜올렸다.

"소른게일의 단검술은 여기에서도 널 죽일 수 있을 만큼 뛰어나다는 걸 알 텐데." 보디가 일깨웠다.

"그러지 않을 거야." 데인은 나를 보고 고개를 기울였다. "난 소른게일의 제일 오래된 친구거든. 기억하나?"

"퍽이나 친구 같은 행동이다." 리애넌이 맞받아쳤다.

나는 기운을 돋우기 위해 심호흡을 하면서 제이든이 가르쳐준 대로 차단벽을 단단히 쌓고 매트로 걸어 나갔다. 자유로운 한 손에는 단검을 쥐었다. 데인을 죽이느냐, 제이든을 구하느냐라면 선택의 여지는 없다. 에메테리오가 시작 신호를 올리고, 데인과 나는 서로를 보며 원을 그렸다.

"내 얼굴에 손이라도 뻗으면 잘라버리겠어." 내가 경고했다.

"동의할게." 그는 대꾸하자마자 몸통을 노리고 달려들었다.

그의 움직임을 알기에 첫 시도는 몸을 돌려 쉽게 피하고 그의 손이 닿지 않는 곳으로 물러났다. 데인은 빨랐다. 아버지 때문에만 비행단장이 된 건 아니었다. 그는 언제나 매트 위에서 뛰어났다.

"올해는 더 빨라졌구나." 그는 다시 주위를 돌면서 내가 자랑스럽다는 듯이 미소 지었다.

"작년에 제이든이 몇 가지 가르쳐줬거든."

그는 얼굴을 찡그리더니 내 몸통을 향해 주먹을 날렸다. 나는 단검을 뒤집어서 날을 팔뚝에 수직으로 세운 채 몸을 숙여 그의 잽을 피한 다음, 위쪽으로 주먹을 날려서 그를 베지 않고 턱 아래만 때렸다.

"그렇지!" 리독이 환호하는 소리가 들렸지만, 나는 데인에게서 눈을 떼지 않았다.

데인은 눈을 깜박이더니 턱을 돌렸다. "젠장." 이번 공격은 더 빨랐다. 양쪽 팔의 균형이 맞지 않는 상태로 그의 주먹을 피하기는 점점 어려워졌다. 잘 버 티다가 결국에는 그가 기습적으로 나를 붙들고 내 발을 쓸어 찼다.

등이 매트를 때리고 어깨에 날카로운 통증이 폭발했다. 눈앞에 별이 떠다 니면서 비명이 나올 정도였다. 하지만 곧바로 데인이 팔뚝으로 내 쇄골을 눌 렀을 때는, 칼날이 데인의 목에 닿아 있었다.

차단벽. 차단벽을 올리고 있어야 해.

"난 그저 대화를 하고 싶을 뿐이야." 그는 얼굴을 바싹 갖다 대고 속삭였다. 데인의 손이 이토록 가까이 있다는 사실이 불러일으키는 얼음 같은 공포에 비하면 통증은 아무것도 아니었다.

"그리고 난 제발 나 좀 내버려뒀으면 좋겠어." 나는 단검을 정확히 데인이 느낄 수 있는 곳에 붙이고 있었다. "괜한 협박이 아니야, 데인. 내 기억을 하나 라도 훔쳐갈 생각을 한다면 이 매트에 피를 흘리게 될 거야."

"라이오슨이 애더빈에 대해 말한 게 그런 뜻이었구나?" 데인의 말투는 눈 빛만큼이나 부드러웠다. 내가 언제나 믿고 의지할 수 있었던 그 친숙한 눈. 대 체 어쩌다가 우리가 이렇게 됐을까? 15년 동안 내가 아는 누구보다 가까웠던 우정이, 내가 손목만 움직이면 그를 죽일 수 있는 상황까지 오다니.

"그게 무슨 뜻인지는 네가 잘 알잖아." 나는 목소리를 높이지 않고 대꾸했다.

데인의 미간에 주름이 잡혔다. "널 만졌을 때 내가 본 걸 아버지에게 말했 을 뿐…."

"네가 내 기억을 훔쳤을 때겠지." 나는 말을 바로잡았다.

"하지만 기억의 한 장면이 스쳤을 뿐이야. 라이오슨이 자기 사촌과 함께 애 더빈에 갔다고 말하는 장면." 그는 내 눈을 들여다보았다. "2학년은 그런 비행 휴가를 받을 수 없으니까 아버지에게 말했지. 네가 거기에 가는 길에 공 격받았다는 건 알지만, 나는 전혀 몰랐어…."

"내가 그리울 거라고 했잖아." 그 말이 잇새로 새어 나왔다. "그러면서 날 죽을 자리로 보냈고, 리암과 솔레일을 죽게 만들었어. 무엇이 우리를 기다리는지 알았던 거잖아?"

"아니야." 그는 고개를 저었다. "내가 그리울 거라고 했던 건 네가 그놈을 선택했기 때문이었어. 내가 그놈에 대해 몇 가지 안다고, 너는 모르지만 그놈에겐 널 미워할 이유가 있다고 했는데도 넌 여전히 그놈을 택했지. 그 비행장에서 난 우리에게 있었던 모든 가능성에 작별 인사를 고한 거였어. 그리폰들이 매복해서 기다리고 있을 줄은 정말 몰랐어."

"내가 그 말을 믿을 줄 안다면 날 잘못 판단한 거야. 그리고 제이든이 날 미워할 만한 이유를 모조리 아는데, 하나도 중요하지 않아."

"그 등에 있는 흉터에 대해서도 알아?" 데인이 도발하자 정말로 목을 그어서 떼어놓을까 하는 생각이 들었다.

"제이든이 책임진 낙인자들을 의미하는 107개의 흉터 말이야? 알아. 그보다는 더 나은…."

"누가 그 흉터를 새겼는지도 알아?"

나는 눈을 깜박였다. 빌어먹게도 데인도 그 순간 스친 의혹을 보았다.

"항복해!" 소여가 매트 가장자리에서 외쳤다.

"지금은 내 손이 좀 바빠." 나는 데인에게서 시선을 떼지 않고 대답했다.

"바이올렛…." 데인이 입을 열었다.

"네가 내 제일 오래된 친구고 제일 친한 친구였을지는 몰라도, 그 관계는 네가 내 사생활을 침해하고, 기억을 훔치고, 리암과 솔레일을 죽게 만든 날에 완전히 죽었어. 난 절대로 그 일을 용서하지 않을 거야." 나는 칼날이 그의 목 위쪽, 수염 자국이 있는 피부를 긁을 만큼만 힘을 줬다.

데인의 눈에 비탄과 비슷한 감정이 타올랐다.

"네 어머니가 한 일이야." 그는 속삭이고 나서 천천히 일어났다. 처음에는 무릎으로 섰다가, 내 쇄골에서 팔뚝을 치우며 완전히 일어섰다. "소른게일의 승리입니다." 그가 매트 밖으로 걸어가면서 말했다. "제가 항복하죠."

그럴 리 없어. 어머니가 제이든의 등을 107번이나 그었을 리 없어. 데인이 날 괴롭히려고 한 말일 거야. 나는 그 자리에 누워서 몇 번이나 숨을 몰아쉬며 미친 듯이 뛰는 맥박을 가라앉혔다. 그런 다음에 단검을 칼집에 꽂고 몸을 굴려 어색하게 일어섰다.

에메테리오가 다음 시합을 호명했고, 나는 매트 밖으로 걸어가서 아무 일 없었다는 듯이 리애넌과 보디 사이에 섰다.

"바이올렛?" 나는 보디의 눈에 담긴 질문을 읽고 고개를 저었다.

"날 건드리지 않았어." 내 머릿속에 있는 모든 비밀은 안전했다.

보디는 고개를 끄덕이더니 매트 옆을 떠났고, 아릭은 매트 위에서 꼬리전대의 상대와 마주했다. 아릭의 승승장구를 끝낼 가능성이 있어 보이는 남자였다.

"같이 좀 걷자." 리애넌이 턱에 힘을 넣은 채로 말했다. "지금."

"나한테 직책을 휘두르는 거야?"

"그래야 해?" 리애넌은 가슴 앞에 팔짱을 꼈다.

"아니. 물론 아니지." 나는 한숨을 내쉬고는 리를 따라 체육관 가장자리로 걸어갔다.

"방금, 에이토스가 훔친 것 때문에 그랬던 거야?" 리애넌이 물었다. "뭔지는 몰라도 널 쓰러뜨리려고 건 시합이 아니던데."

"그래." 나는 목을 돌리면서 대답했다. 아드레날린의 후유증이 몸을 휩쓸면서 속이 메스꺼워졌다.

리애넌은 내 대답을 기다리다가 말이 더 나오지 않자 한숨을 내쉬었다. "너하루 종일 상태가 이상했잖아. 그 공격 때문이야?"

"그래." 리애넌의 어깨 너머로 우리를 지켜보는 이모젠이 보였다. 이모젠도 메이슨이 죽은 걸 알까?

"정말로 내가 너한테서 억지로 대답을 캐내야겠어?" 리가 팔을 늘어뜨렸다. "아마리 신에게 맹세코, 네가 한 번만 더 그렇게 대답하면…."

나는 아무 말도 하지 않았다.

"네가 역사 시간에 한 말을 들었거든. 암살에 대해 중얼거렸지."

젠장. "그래. 그랬던 것 같네."

리는 내 눈동자를 하나씩 들여다보며 나를 관찰했다.

"너와 같이 애더빈에 갔던 사람 중에 죽은 사람이 메이슨 말고 또 누가 있지?"

리애넌과 시선이 마주치자 심장이 쿵쿵 뛰기 시작했다. "키아란. 제3비행단 소속이었어." 이건 누구라도 쉽게 대답해줄 수 있는 말이었다.

"그리고 넌 평가일에 공격을 받았지. 이모젠도 난간다리 시험 이후 두 번이나 공격받았어. 보디와 아야도 마찬가지야." 리가 눈을 가늘게 떴다. "데인에겐 기밀 고유 능력이 있지." 그녀가 속삭였다. "데인이 뭘 훔쳤어, 바이올렛?"

맙소사, 리는 모든 것을 짜 맞추고 있었다. 그리고 리에겐 내가 줄 수 있는 최대한의 진실을 들을 자격이 있었다. 나는 천천히 말했다. "기억이야."

리의 눈동자가 확 커졌다. "데인이 기억을 읽을 수 있구나."

나는 고개를 끄덕였다. "아무도 알면 안 돼."

"난 비밀을 지킬 수 있어, 바이올렛." 리의 얼굴에 상처받은 표정이 스쳤고, 우리의 우정이 또 한 올 풀리는 것을 느낄 수 있었다. 마치 내가 직접 그 실을 잡아당긴 것 같았다.

뒤쪽에서 환호성이 일었지만, 우리 둘 다 쳐다보지도 않았다.

"알아." 속삭인다고 하기에도 무척 작은 소리였다. "그리고 난 널 절대적으로 믿지만, 내 것도 아닌 비밀을 말할 순 없어." 두려움이 내 속을 할퀴었다. 리애넌은 알아낼 것이다. 시간문제일 뿐. 그리고 나면 리애넌의 목숨도 나만큼이나 위험해질 것이다.

"데인이 네 기억을 훔쳤어." 리는 반복해서 말했다. "그리고 넌 지금 모의전투에 함께했던 라이더들이 제거당하고 있다고 생각해."

"그만해." 나는 애원했다. "우리 둘 모두를 위해서…." 나는 고개를 저었다.

"그만해."

리가 이마를 찌푸렸다. "봐선 안 될 뭔가를 본 거구나. 그렇지?" 리는 고개를 옆으로 기울였다가 먼 곳을 보았다.

나는 숨을 멈췄다. 그 표정을 안다. 리애넌이 생각하는 표정.

"그게 데인이 훔친 기억이야?"

"아니야." 나는 숨을 들이켰다. 다행히도 이번에는 빗맞췄다. 오른쪽으로 주의가 쏠려 시선을 돌려보니 아릭이 왼쪽 손목을 잡고 우리 쪽으로 걸어오고 있었다. "젠장. 쟤 다친 것 같은데."

"데이를 죽인 건 뭐였어?" 리애넌이 불쑥 물었다.

갑자기 대련장 안의 산소가 희박해졌다. 대륙 전체에 산소가 부족해진 듯했다. 그래도 나는 어찌어찌 폐에 공기를 밀어 넣으면서 리애넌을 마주했다. "그건 이미 알잖아."

"너에게 직접 듣진 못했지." 리가 조용히 대꾸하더니, 미간에 주름을 잡으면서 갈색 눈을 가늘게 떴다. "넌 리암을 안고 있었고, 그러다가 싸워야 했어. 네가 한 말은 그게 다였어. 데이를 죽인 건 뭐였어?" 속삭이는 말이 뼛속까지 파고들었다. "다른 드래곤이었어? 바깥에서 그런 일이 일어나는 거야?"

"아니야." 나는 확실하게 고개를 저은 후에 아릭을 돌아보았다. "드디어 진 거야?"

그는 코웃음을 쳤다. "당연히 이겼지. 하지만 손목이 부러졌어. 대대장에게 말해야 한다던데." 그가 리애넌을 향해 말했다.

"내가 병동으로 데려갈게." 곧장 내가 말했다.

"바이올렛…" 리애넌은 우리의 대화가 아직 끝나지 않았다는 투로 말했지만, 대화는 여기에서 끝이었다. 그래야만 했다.

"그만." 나는 아릭에게 등을 돌리고 목소리를 낮췄다. "그리고 다시는 그 질문을 던지지 마. 제발 부탁이니 내가 거짓말을 하게 만들지 말아줘."

리애넌이 고개를 젖히더니, 말문을 잃은 표정으로 나를 보았다.

"가자." 나는 아릭에게 말하고서 문으로 걸어갔다. 방금 리와 있었던 일은 이미 차고 넘치는 상자 안에 재빨리 밀어 넣었다.

아릭이 긴 다리로 성큼성큼 빠르게 따라왔다. 우리가 들어갔을 때 학예동 1층 복도는 비어 있었고, 부츠 소리가 창문에 부딪쳐 울려 퍼졌다.

"그래서 너희 아버지는 네가 어디 있다고 생각하시는 거야?" 나는 로톤다로 방향을 틀면서 물었다. 리애넌에게 방금 말해버린 것들과 말하지 않은 것들 말고 다른 생각을 하고 싶었다.

"스무 살 생일 기념 여행 중이라고 생각하시지." 아릭은 각진 턱선과 연갈색 목덜미를 손으로 문지르면서 혐오스럽다는 듯이 윗입술을 말아 올렸다. "왕국 전역에서 술 마시며 여자들과 논다고 믿고 있을걸."

"지금 우리가 여기에서 하는 일보다는 훨씬 재미있겠는걸." 나는 성한 팔로 문을 밀어 열었다.

"이게 어디가 재미없어?" 그는 먼저 들어가서 부러지지 않은 손으로 다음 문을 열며 말했다. "우리 둘이 합치면 멀쩡한 팔 한 쌍이 갖춰지네."

나는 피식 웃으면서 기숙사 복도로 들어섰다. "언제나 참 매력적이라니까. 캠…." 나는 움찔했다. "아니, 아릭. 미안해. 힘든 하루였어." 하루 빨리 제이든에게 털어놓고 싶은 마음뿐이건만, 그는 이틀은 더 있어야 올 것이다.

우리는 계단을 내려갔다. 아릭은 제이든과 키가 엇비슷했지만 보폭은 짧았기에 나도 쉽게 따라잡을 수 있었다.

"리애넌이 눈치 챈 거지?" 터널에 도착하자 그가 말했다.

나는 목덜미 털이 쭈뼛 서는 느낌으로 아릭을 올려다보았다. "뭘 눈치 챘다는 거야?"

"그 사람들은 생각만큼 모든 걸 잘 숨기지 못했어." 아릭은 턱에 힘을 넣었다. "뭘 찾아야 하는지 알면 알아내기 쉬워. 내 경우에는 경호병들이 가지고 다니기 시작한 단검 때문에 알아차렸지." 그는 나를 흘긋 보았다. "작은 금속 원반이 박힌 단검 말이야."

심장이 어찌나 요란하게 뛰는지 귀에서도 들릴 정도였다.

단검. 금속 원반.

"그 경호병들은 따돌리기도 참 힘들었지." 그는 얼굴을 찌푸리며 말했다. "그 녀석들은 절대적으로 필요하지 않으면 아버지에게 날 놓쳤다는 말을 하지 않을 거야. 그저 탈곡 이후까지만 그랬으면 좋겠어. 그 후에는 아버지도 어쩌지 못하지. 드래곤은 왕의 명령도 듣지 않으니까."

"이런 세상에." 나는 가슴이 무너지는 기분으로 아릭의 성한 팔을 잡고 터널 앞에서 걸음을 멈췄다. "너 아는구나, 그렇지?"

그는 한쪽 눈썹을 치켜들었다. 마법 불빛이 왕실 특유의 초록색 눈동자를 비췄다. "그렇지 않고서야 내가 왜 여기 왔겠어?"

22

2학년이 되면, 네가 친구와 가족에게 가진 신뢰도 소속 대대에 품
게 될 충성심과는 비교도 되지 않는다는 걸 깨닫게 될 거야.

___ 브레넌의 일기, 91쪽

더 빨리. 더 빨리 달려야 한다. 햇볕에 탄 들판 너머, 테른이 등을 돌리고 기다리는 곳까지 죽음의 파도에게 쫓기며 공포에 목이 막힌다. 바람이 주위에서 포효하며 모든 소리를 앗아가고, 내 심장 소리마저 들리지 않는다. 테른은 죽음이 다가온다는 사실조차 모르는 채로 죽을 것이다.

그의 날개 끝 쪽에 금빛이 반짝인다. 신들이시여. 안 돼, 앤다나다. 앤다나가 여기 있어. 여기 있으면 안 되는데.

파도가 발꿈치를 때리자 땅이 말라붙은 잿빛 황무지로 바뀌었다.

"도망칠 곳은 없다, 라이더." 후드를 쓴 인물이 불쑥 앞에 나타나서 한쪽 팔을 든다. 나는 꼼짝도 하지 못한 채 보이지 않는 힘에 잡혀 허공으로 들린다. 그자가 시간을 멈추기라도 한 듯이 죽음의 파도가 멈추고 바람이 잦아든다.

그자가 반대 손으로 지팡이를 들어 올리더니, 울퉁불퉁한 손가락으로 긴 로브에 달린 두꺼운 갈색 후드를 젖히고 깔끔하게 빗어 넘긴 성긴 머리카락 아래 하얀 두피를 드러내 보인다. 으스스한 얼굴의 광대뼈 아래 움푹 파인 뺨

316

에는 그림자가 드리웠고, 입술은 땅바닥처럼 건조하게 갈라졌다. 하지만 내 입술이 비명을 지르려고 몸부림치는 건 눈가에서부터 시작해 관자놀이와 뺨까지 거미줄처럼 뻗어나간 그의 붉은 핏줄 때문이다. 베닌이다.

"정말 실망스럽군." 그는 내가 테른의 등 위에서 죽인 베닌의 스승이 아니라 나의 스승이라도 되는 것처럼 잔소리를 한다. "그 모든 마력을 가지고도 실패한 전술만 쓰며 도망치기만 하다니, 뭘 기대하는 거냐?" 그가 고개를 한쪽으로 기울였다. "달아나려고?"

공포에 사로잡혀 갈비뼈가 폐를 조이는 듯했다. 나는 목 안으로 알아들을 수 없는 소리를 낼 뿐, 테른과 앤다나에게 경고할 수가 없다.

"나에게서 달아날 순 없다, 라이더." 그는 내 뺨 위를 쓸 듯이 손가락을 움직이되 건드리지는 않으면서 속삭인다. "나와 싸우다가 죽거나, 아니면 나와 손을 잡고 시간을 초월하여 살게 될 뿐. 절대로 나에게서 달아나진 못한다. 너 같은 힘을 가진 사람을 수백 년이나 기다렸다."

"꺼져." 겨우 속삭이는 소리지만, 그래도 온힘을 담은 진심이다.

"그럼 죽어야겠군." 그는 너무나… 실망한 얼굴로 손을 내린다.

나는 바람이 울부짖는 가운데 땅으로 떨어진다. 고통의 파도가 피부와 뼈를 덮치고, 비명이 온몸을 찢는다. 그렇게 내 에너지의 정수가 빠져 나간다….

나는 퍼뜩 깨어났다. 심장이 쿵쾅거리고, 피부는 식은땀에 젖어 있으며, 내 손가락은 단검의 검은색 손잡이를 쥐고 있었다.

꿈일 뿐이야. 꿈일 뿐이야. 꿈일 뿐이라고.

"어디로 가는 건지 말해줄 거야?" 토요일, 나는 기숙사 방에서 나를 데리고 계단을 내려가는 제이든에게 물었다.

"바스지아스의 대장간에 갈 거야." 그는 빈 안마당에 들어서면서 말했다. 드디어 바깥과 실내의 온도가 일치하는 계절이 되었다. 가을이 왔다.

그가 무기를 훔치는 곳을 보여준다는 사실을 깨닫자 가슴이 조였다. 그 의미 때문이었다. 드디어 나를 끼워주는 것이다.

"날 믿어줘서 고마워." 말로는 다 표현할 수 없는 기분이었다.

"별말씀을." 그는 나를 내려다보더니 표정을 바꿨다. "이젠 내가 신뢰를 조금 되찾을 수 있을까?"

나는 눈을 피하면서 고개를 끄덕였다. 감동적인 순간이라는 이유만으로 제이든이 원하는 말을 불쑥 해버릴 것 같아서였다. 대신 내 비밀을 공유할 수는 있겠지. "최초의 여섯이 보호막을 세우기만 한 게 아니라, 최초의 보호석을 직접 새겼다는 구절을 찾았어."

"그건 우리도 알고 있었어."

"부분적으로만 알았지." 우리는 비행장으로 이어지는 터널로 내려가다가 우리 대대 1학년 한 명과 마주쳐서 고개로 인사했다. 채닝이었나? 챕먼? 채런? 뭔가 그 비슷한 이름이었는데. 몇 주 후면 알게 되겠지. 탈곡이 지나면. "그 책에서는 첫 번째 보호석이라는 표현을 썼어. 이곳에서 보호석을 새겼다면, 그 사람들이 아레티아에 있는 보호석도 새겼을 가능성이 높아. 난 올바른 방향으로 가고 있어."

"잘됐군." 그가 터널 문을 열고, 내가 먼저 안으로 들어갔다.

"찾아야 하는 게 뭔지는 아는데, 그게 어디 있는지는 잘 모르겠어."

"그게 뭔데?" 그는 계단 쪽으로 다가가면서 물었다.

마침내 대장간에 가서 혁명군이 그토록 간절히 필요로 하는 루미너리를 보게 된다는 생각에 가슴이 뛰었다.

"여섯 명 중 누군가의 진술이 필요해. 아버지가 하나는 본 적 있다고 했어. 문제는 그 내용이 번역이 되면서 쓸모없게 편집이 되었느냐는 거지." 계단에 접어들던 우리는 갑작스러운 존재의 출현에 걸음을 멈췄다.

바리쉬 소령이 우리 앞을 막고 있었다. "아, 만나서 반갑군, 라이오슨 소위." 바리쉬의 미소는 언제나처럼 유들유들했다. 두려움이 심장을 쥐어짰다. 제이든은 20번은 처형당하고도 남을 만큼의 밀수품을 가지고 있었다.

"저도 반갑다고 할 수 있다면 좋겠군요." 제이든이 대꾸했다.

"찾았네!" 바리쉬가 계단 위를 향해 외쳤다. "자네는 캠퍼스 본관으로 가야 하지 않나, 라이오슨? 방문 장교용 숙소는 거기 있을 텐데." 그의 시선이 내 쪽으로 움직였다. 뒤로 물러서지 않으려 의지력을 총동원해야 했다.

"여기 있었군, 소른게일 생도." 그레디 교수가 계단을 내려와서 미소를 지었는데, 그의 팔은 등 뒤로 두 손이 묶인 리독의 팔과 얽혀 있었다. 리독이 나에게 경고하는 눈빛을 던지자 두려움이 가슴을 더욱 무겁게 내리눌렀다.

안 돼. 하필 오늘이라니. 우린 잡혀가고 있다.

"알고 보니 넌 기습하기가 상당히 어렵더군." 그레디 교수가 감탄하는 투로 말했다. "아무도 방에 들어갈 수가 없고 말이야." 그는 제이든을 흘긋 보더니, 턱 아래 소용돌이치는 반역의 인장에 초점을 옮겼다. "그 점은 자네 덕분이겠군. 2학년은 보호막을 치지 못하니 말이야. 그 덕에 소른게일을 심문 훈련에 잡아가기가 어려워졌지."

"사과드리진 않겠습니다." 제이든은 그레디 교수 위쪽에서 내 휴가 기간마다 가방을 검사하는 바리쉬의 라이더들이 모퉁이를 돌아 나타나자 눈썹을 내려뜨렸다. 한 명은 리애넌을, 다른 한명은 소여를 데려오고 있었다. 둘 다 등 뒤로 손이 묶여 있었다.

다음 심문 대상이 우리 대대인 모양이다…. 그리고 나는 지금 막 이 부근의 숨겨진 비밀을 목도하려던 참이었다. 메스꺼움을 가라앉히려 노력하며 애써 숨을 쉬었다.

"소른게일은 휴가 중입니다." 제이든은 나를 옆으로 밀어 자기 등 뒤에 감쌌다. "그리고 부상에서 회복하는 중입니다."

계단 가장자리에서 그림자가 달려오더니 허리 높이의 벽을 형성했다. "저 놈은 이 기회로 널 죽일 거야. 테른이 저놈과 솔레스에게 망신을 준 벌로."

"그건 모르는 일이야."

"저놈의 의도는 뻔해. 내 말을 믿어."

"아니지. 자네가 휴가 중이고." 바리쉬는 즐겁게 눈을 빛내며 말했다. "소른 게일 생도는 훈련을 받으러 가는 중이야." 그는 손가락으로 그림자 벽을 톡톡 두드리며 얼굴을 찌푸렸다. "흠, 매력적이군. 자네를 탐내는 사람이 그리 많은 것도 당연하지. 둘을 합치면 정말 대단하겠어."

"탈곡에서 날 지킬 수 없었듯이 여기에서도 당신은 날 지킬 수 없어." 나는 제이든에게 말하면서 옆으로 걸어 나왔다. "사실인 거 알잖아."

"탈곡 때는 네가 내 사람이 아니었어." 제이든이 맞받아쳤다.

"지금도 난 당신 것이 아니야." 나는 사실을 일깨웠다. "난 괜찮을 거야." 그리고 큰 소리로 말했다. "장벽 내려."

"귀여운 여자친구 말 듣게나." 바리쉬가 말했다. "자네가 직접 명령에 불복했다고 보고하거나, 더 나쁜 경우에는 소른게일의 다음 휴가가 취소될 텐데 그건 싫군. 여기에서 자네가 할 수 있는 일은 없어."

아, 젠장. 제이든은 저렇게 다루면 안 된다. 명령해봤자 제이든을 더 세게 밀어붙일 뿐이다. 그리고 테른과 스게일을 2주 동안 떼어놓는 건 그 둘이 참아낼 수 없는 일이다.

"나는 소령님 지휘하에 있지 않고 명령을 따를 의무도 없으며, 내가 할 수 있는 일은 언제나 있습니다. 소른게일은 고문을 감당할 상태가 아니고, 소른 게일을 변호할 비행단장이 지금 이곳에 없다면 내가 변호하겠습니다."

"스게일!" 나는 웬만해서는 접촉하지 않는 경로를 향해 마음을 뻗었다. "제이든이 물러서지 않으면 저놈들이 다음 주 휴가를 취소할 거예요."

"얼마나 다쳤지?" 그레디가 걱정스러운 얼굴로 물었다.

"지난주에 어깨가 탈구됐습니다." 내가 대답했다.

"내가 그 녀석을 선택한 건 물러설 줄 모르기 때문이다." 스게일이 나에게 일깨웠다.

"지금은 도움이 안 되는 얘기네요. 제이든이 지금 뭘 짊어지고 있는지 제가 일깨워드려야 해요?"

"좋다. 하지만 오직 이 대화를 끝내기 위해서야."

"소른게일의 비행단장은 다른 일로 바쁘다." 바리쉬가 제이든에게 말했다. "얼마든지 논쟁을 계속해도 좋다. 자네 말대로야. 자네는 내 지휘하에 있지 않지. 하지만 소른게일의 드래곤에게도 상기시켰다시피, 소른게일은 내 지휘하에 있어. 아니면 징계 시간에 대해 듣지 못했나? 단지 소위에게 교훈을 주기 위해 그 짓을 또 시키고 싶진 않군. 하지만 자네도 언제든 함께할 수 있네."

제이든이 미소 지었지만, 그건 내 마음을 따뜻하게 데우는 미소가 아니었다. 내 몸의 모든 세포를 얼리는 미소, 그가 내 비행단장이었을 때 연단 위에서 처음 보았던 잔인하고 위협적인 미소였다. "바리쉬 소령님, 우리는 언젠가 대화를 하게 될 겁니다." 그는 그림자 장벽을 떨구고 나를 보며 한쪽 눈썹을 들었다. *"스게일에게 말했어?"*

"당신이 그 고집 때문에 모든 걸 망치지 않게 내가 구했으니 사과하진 않겠어." 나는 성한 손을 내밀었고, 그레디가 그 손과 삼각봉대에서 삐져나온 손을 함께 묶었다. 자비롭게도 다친 어깨를 배려해 등 뒤로 비틀지는 않았지만 젠장, 밧줄이 팽팽했다. *"책상에 아카이브에 돌려줘야 할 책이 한 권 있어."*

제이든의 금빛 반점이 박힌 오닉스 눈동자 깊이 분노가 타올랐다. *"그건 내가 알아서 할게."*

"다음 주에 봐." 나는 속삭였다. *"304쪽에 내가 다음에 읽고 싶은 책에 대한 언급이 있다고 전해줘."*

"다음 주에." 그는 고개를 끄덕이더니, 바리쉬가 다른 대대원들과 함께 지나가자 주먹을 움켜쥐었다. *"바이올런스, 연약한 건 몸뿐이라는 사실을 기억해. 너는 꺾을 수 없는 사람이야."*

"꺾이지 않아." 나는 그 말을 되풀이하면서 그레디 교수에게 끌려갔다.

23

라이더 분과의 닫힌 문 뒤에서 젊은 생도들을 어엿한 라이더로 바꿔놓기 위해 무슨 일이 벌어지는지 알면 아무리 강한 사람이라 해도 속이 뒤집힐 것이다. 비위가 약한 사람들은 캐보지 않는 것이 좋다.

_ 아펜드라 소령, 《라이더 분과 지침》(무허가 판본)

'열쇠는 내 책상 서랍 안에서 찾을 수 있다.'

비밀 문구치고는 우스울 정도로 창의성이 없었지만, 아무튼 내가 훈련 시설에 들어간 후 조용히 전달받은 문구는 그랬다. 입구가 분과 기초벽 아래에 어찌나 잘 감춰져 있던지, 여기에 오래 산 나도 본 적이 없을 정도였다. 목적에 맞게 놀랍도록 접근성이 좋기도 했다.

숨겨진 동굴의 대기실은 고문실치고는 그리 나쁘지 않았다. 사무실을 겸해도 될 것 같았다. 커다란 나무 책상이 방 한가운데를 차지했고, 책상 한쪽에는 등받이 높은 의자 하나가, 반대쪽에는 두 개가 놓였다. 우리가 도착하자마자 무장을 해제한 덕분에 책상 위에는 무기가 수북했다.

하지만 그 너머에 있는 두 개의 방을 보니 아침을 먹지 말걸 그랬다. 강철을 덧댄 문에는 쇠창살 창문이 하나씩 있고, 강철 걸쇠가 걸려 있었다.

"너희는 지켜야 할 기밀 정보를 받았다." 그레디 교수는 우리를 오른쪽 방으로 데려가면서 말했다. 돔 형태의 방 중앙에는 흠집 투성이의 나무 테이블 하나와 의자 여섯 개가 있고, 자갈벽을 따라 매트리스 없는 나무 침대 다섯 개가 놓여 있으며 문이 하나 더 있었다. 나는 그 문이 화장실로 이어지기를 간절히 빌었다. 그렇지 않다면 앞으로 며칠 동안 꽤나 어색해질 것이다. "앉아라." 그는 테이블 쪽을 몸짓으로 가리켰다.

우리는 명령에 따랐다. 리애넌과 나는 소여와 리독을 마주 보고 앉았다. 손을 쓰지 않고 의자에 앉으려니 나무다리가 돌을 긁는 소리가 났다.

"지금 우리는 일명 '교실 설정'에 들어와 있다. 그게 무슨 의미인지 기억하나?" 그레디 교수가 소여 뒤로 손을 뻗어 밧줄을 풀었다.

"저희가 심화 시나리오에 들어온 건 아니라는 뜻입니다." 리애넌이 대답했다. "지금은 저희가 질문할 수 있는 시나리오죠."

"정확하다." 그레디 교수는 리독에게 이동해서 똑같이 손을 풀어줬다. "이 훈련의 진짜 목적은 너희에게 어떻게 포로 상황에서 살아남는지 가르치는 것이다." 그는 우리에게 단언했다. "앞으로 며칠은 오직 교육을 위한 시간이다." 그는 다음으로 내게 손을 뻗더니, 놀라울 정도로 부드럽게 밧줄을 풀었다. "평가 기간이지."

"실제 상황에서 어떤 버튼을 누를지 알기 위해서 말이죠." 리독이 손목을 비비며 말했다.

"정확하다." 그레디 교수가 미소 지었다. "이 시간이 재미있을까? 절대 아니다. 우리가 너희에게 자비를 베풀까? 역시 아니다." 그는 리애넌에게 이동하며 말했다. "그리고 바리쉬 부생도대장이 너희 대대에 특별히 관심이 있는 듯하더군. 보나마나 소른게일 생도 때문이겠지. 그래서 유감스럽게도 우리 모두가 이 훈련을 어떻게 처리하는지 평가받을 것 같다."

라이더 두 명이 음식과 주석 잔이 담긴 쟁반을 테이블 위에 내려놓았다. 우리 네 명이 먹고도 남을 비스킷과 딸기잼 같은 것이 있었다.

"먹고 마셔라." 그레디 교수는 쟁반을 가리키며 말했다. "시나리오에 진입하면 그럴 기회가 없을 거다. 또한…" 그는 얼핏 웃었다. "혹시라도 탈출에 성공한다면 패치를 부여받는다. 지난 10년간 해낸 대대가 없지만 말이다."

"그 패치는 우리 거나 다름없어요." 리독이 대꾸했다.

"자신감이라." 그레디 교수는 리독을 향해 고개를 끄덕였다. "2학년다운 자신감도 좋지." 그는 문으로 걸어간 뒤 몸을 돌렸다. "시작하면 시나리오를 알려주겠다. 그때까지는 전원이 비밀을 공유해야 한다. 너희 넷 외에는 아무도 알 수 없는 비밀을 공유해라. 짐작했겠지만, 우리는 이미 부여한 비밀 문구에 더해서 너희들의 비밀도 끌어내려 할 것이다. 지금까지 수업에서 배운 대응 기제들을 기억한다면 순식간에 끝날 거다. 졸업한 라이더들은 모두 지금 너희의 자리에 앉아 있었고, 앞으로 너희가 경험할 일을 버텨냈다. 스스로에게 믿음을 가져라. 너희를 괴롭히려는 게 아니라 너희를 위해서 하는 일이다." 그는 마지막으로 안심하라는 듯한 부드러운 미소를 짓고서 문을 닫았다.

리애넌이 즉시 문으로 가서 쇠창살과 단단히 닫혀 있는 창구를 조사했다. "방음이 되는 것 같진 않지만, 목소리를 작게 내면 약간의 사생활은 누릴 수 있을 거야." 리는 손잡이를 시험해보았다. "문은 확실히 잠겼네."

소여가 네 개의 접시에 음식을 나눴다.

"정말… 문명적이네." 나는 소여가 접시 하나를 내 앞으로 밀자 말했다.

리애넌이 다른 문을 확인했다. "그리고 이건 화장실이야. 신들이시여, 감사합니다."

"실제 시험 때는 그것도 빼앗으려나." 리독이 하나뿐인 나이프로 비스킷에 잼을 바르며 말했다.

"젠장, 안 그랬으면 좋겠다." 소여가 리독에게 나이프를 건네받았다. "혹시 누가 또 오나?" 그는 고갯짓으로 끝에 놓인 침대를 가리켰다.

"통계적으로는 이 시점에 2학년은 대대마다 다섯 명이 생존해." 나는 쟁반에 놓인 머그에 손을 뻗으며 말했다. "우린 나딘을 잃었지."

침묵이 1초, 2초, 흘렀다.

"이젠 아무도 잃지 않을 거야. 우리 넷은 졸업까지 해낼 거야." 리애넌도 머그를 잡더니 냄새를 맡고 내려놓았다. "사과주스 냄새가 나는데. 좋아. 우리에게 시간이 얼마 있을지 모르니까, 어디 해보자. 비밀을 하나 골라서 공유하는 거야." 나이프와 잼이 리애넌에게 돌아갔다. "나부터 시작할게. 작년에 몬세라트에 갔을 때 바이올렛과 나는 우리 가족을 보려고 몰래 빠져나갔어."

"뭘 어쨌다고?" 소여가 눈썹을 치켜올렸다.

리독이 먹던 비스킷을 삼켰다. "끝내준다. 바이올렛. 네가 규칙을 깰 줄 아는지 몰랐어."

"아, 바이올렛은 비밀투성이지. 안 그래?" 리애넌이 내 쪽을 보면서 나이프를 건넸다.

"이러기야?" 나는 잼을 조금 공격적으로 덜었다.

"워우." 리독이 우리를 번갈아 보았다. "지금 뭔가 갈등이 느껴지는데?"

"아니야." 리와 나는 동시에 대답하고 서로를 보았다. 둘 다 어깨가 축 처졌는데, 리가 한숨을 내쉬며 시선을 돌렸다. 선이 그어진 것 같았다. 우리가 겪고 있는 일은 우리 둘만 아는 것이다. "우린 괜찮아." 리가 말했다.

어쩐지 그 말 때문에 기분이 조금 나아졌지만, 많이는 아니었다.

나는 혹시나 나중에 겪을 일 때문에 토하게 될까 봐 비스킷을 꼭꼭 씹어먹었다. 내가 공유해도 아무도 살해당하지 않을 비밀을 생각해내야 한다.

"난 부모님에게 1학년을 되풀이해야 한다는 말을 하지 않았어." 소여는 접시만 노려보면서 말했다. "부모님은 내가 올해 처음 편지를 보낸 것도 의아해하지 않았지. 라이더 분과는 2년 동안 편지를 쓸 수 없나 보다 생각하셨고, 난 그렇게 믿게 내버려뒀어. 나 때문에 부끄러워지는 건 바라지 않았거든."

"부끄러울 것 없어." 내가 머그에 손을 뻗으며 조용히 말했다. "그리고 그분들은 네가 살아 있다는 사실에 기뻐하실 거야. 그렇지 않은 생도가 얼마나 많은데."

"같은 생각이야." 리독이 고개를 끄덕였다. "난 뱀이 무서워."

"형편없는 비밀이다." 소여가 반박하면서 입꼬리를 올렸다.

"뱀으로 날 놀라게 해보면 그게 얼마나 형편없는 일인지 알게 될 거야. 게다가 너희가 몰랐으니까 자격은 있지." 리독이 어깨를 으쓱였다. "우리 분과에선 약점이 없어야 하잖아. 안 그래? 그게 내 약점이야. 난 뱀을 볼 때마다 어린애처럼 비명을 지른다고."

모두가 내 쪽을 보았다. 올 게 왔다. "난 제이든 라이오슨을 사랑해." 미라에 이어 친구들까지, 제이든이 아닌 사람에게만 그 말을 할 수 있는 것 같다.

"이런 말을 하긴 싫은데, 바이올렛. 그건 비밀이 아니야." 리독이 고개를 저으며 말했다.

"비밀 맞거든." 나는 머그를 꼭 쥐고 반박했다.

"아니야." 소여가 끼어들었다. "정말로 비밀이 아니야."

"그런지 좀 됐어." 리가 덧붙이면서 몇 주 만에 처음으로 나에게 진짜 미소를 보였다. "지금보다 더 잘 숨겨야겠다, 너."

그들은 내 중심이고, 내 등뼈이며, 내 안전한 장소여야 했다. 그래서 같은 대대원은 서로를 죽이는 게 금지되어 있는 거다. 베닌. 와이번. 단검. 보호막. 앤다나. 브레넌. 아레티아. 나에겐 헤아릴 수도 없을 만큼 많은 비밀이 있고, 그중에 안전한 것은 없다. 친구들이 모르는 게 축복이다.

"리애넌과 같은 걸로 하면 안 돼?" 내가 물었다.

"안 돼." 모두가 대답했다.

하나만. 친구들이 다가오는 일에 대비할 수 있게 내가 해줄 수 있는 말이 하나쯤은 있을 것이다. "우리 보병들이 국경에서 포로미엘 민간인들을 죽이고 있어."

"뭐?" 소여가 몸을 확 기울이는데, 얼굴에서 핏기가 빠져나가면서 주근깨가 두드러졌다.

"그럴 리가 없어." 리독이 반박했다.

리애넌은 말없이 나를 쳐다보기만 했다.

"내가 사마라에 갔을 때 벌어진 일이야." 나는 한 명, 한 명의 눈을 들여다보았다. "전투 브리핑 시간에 업데이트를 해주지 않더라도 일은 벌어지고 있어. 이만하면 충분히 괜찮은 비밀일까?"

모두가 고개를 끄덕였고, 나는 리애넌이 나를 관찰하는 것을 눈치 채고 시선을 돌렸다.

"좋아." 나는 머그를 들며 말했다. 숨을 들이마시고, 머그를 기울여 마시려는데…. "멈춰! 마시지 마." 독이 든 잔처럼 머그를 내려놓았다.

"뭔데 그래?" 리독이 바로 테이블에 머그를 내려놓으며 물었다.

"지상 항법 훈련 전에 줬던 물과 비슷한 냄새가 나." 내가 속삭였다.

리와 소여도 잔을 내려놓았다.

"우리를 드래곤과 단절시키려 하는군." 소여가 말했다.

"아니면 우리의 고유 능력을 둔하게 하려는 거겠지." 리애넌이 덧붙여 말했다. "마신 사람 있어?"

우리는 고개를 저었다.

"좋아. 저들에겐 말하지 마. 단절된 척해." 리는 재빨리 일어섰고, 우리도 따라 일어서서 머그 안의 내용물을 화장실에 버렸다. "우린 물 없이도 3일은 살아남을 수 있고, 내일이면 여기에서 나갈 거야. 아무리 목이 마르다 해도 죽진 않을 거야. 물러서지 말자."

이제야 왜 비스킷을 줬는지 이해가 갔다. 모래를 먹은 것처럼 입안이 깔깔했다.

"물러서지 말자." 소여가 맞장구를 치고, 우리는 테이블로 다시 앉았다.

"내일은 무슨 내일이야. 오늘 밤에 탈출하자." 리독이 속삭였다. "네가 이동시킬 수 있는 열쇠가 있을 거야. 그렇지?" 그는 리를 보았다.

"벽을 통과시키는 건 못해." 리가 고개를 저었다. "거의 도달하긴 했는데 아직은 못해."

"아니면 너 혹시 금속 경첩을 구부릴 수 있어?" 소여에게 하는 질문이었다. "흠, 난 공기 중의 습기를 모아서 자물쇠에 얼음을 꽂을 수 있어." 리독은 나를 돌아보았다.

"이 상황에서 난 아무 쓸모가 없어." 나는 의자에 등을 기댔다.

그때 문이 열리고 그레디 교수가 들어왔다.

"드래곤과 연결되지 않아요." 리가 턱을 들며 말했다. "또 우릴 속였군요."

"첫 번째 교훈이다." 그는 손가락을 하나 들어 올렸다. "우린 언제나 시나리오 상태라는 것."

10분 후, 우리는 두 번째 방에 무엇이 있는지 알게 됐다. 그들은 리독, 리애넌, 소여에게 바위벽에 기대 앉으라고 명령한 후에 쇠사슬을 채웠다. 거의 서로에게 닿을 듯이 가까웠지만, 손목이 수갑에 매달려 있다 보니 손이 닿지는 않았다. 세 사람 양쪽으로 최소 여섯 개의 쇠사슬이 더 있었고, 허공에 뜬 마법 불빛이 돌에 말라붙은 핏자국을 아주 잘 보여줬다.

"의자는 제 것인가요?" 나는 원통형의 방 한가운데에 수갑과 족쇄가 달린 얼룩진 나무 의자를 눈여겨보며 그레디 교수에게 물었다. 심장이 가슴을 뚫고 이 방에서마저 뛰쳐나갈 것처럼 쿵쾅거렸다. 의자 아래에는 배수구가 있었는데, 그게 무엇을 위해서 존재하는지 생각하고 싶지 않았다.

"맞다." 그는 손짓했고, 나는 달아나고 싶은 본능을 무시하며 의자에 앉았다. 그레디가 탈구된 어깨는 내버려둔 채로 오른팔에 수갑을 채우고, 두 다리에 족쇄를 채우자 숨이 막히려고 했다. "나는 이대로 너희를 두고 나간다."

"뭐라고요?" 리독이 손목에 찬 수갑을 잡아당겼지만 꿈쩍도 하지 않았다.

"나는 시험 전에 보고서를 읽고 너희에게 충고를 해줄 거다." 그레디가 말했다. "하지만 우리가 심문하면 생도들과 교수들 사이에 신뢰가 조성되지 않는다는 사실을 오래전에 배웠거든." 그는 우리를 차례차례 보았다. "배운 내용을 기억해라. 심문자들은 너희 사이를 갈라놓고, 서로를 적대하게 만들려고 할 거다. 아니면 입을 여는 것이 자비로운 행동이라고 생각하게 만들 것이다. 읽고 배운 전술들을 이용해라. 서로에게 의지해라. 나는 입구 바로 바깥에 있을 거다. 너희가 나에게 도달한다면 패치를 받게 된다. 행운을 빌겠다." 그는 우리를 두들겨 패기 좋게 포장한 사람이 자신은 아니라는 듯이 미소를 짓고 나갔다.

"지금이 혹시 내가 그 과제를 읽지 않았다는 사실을 인정하기 좋은 때일까?" 우리만 남자 리독이 물었다.

"아니!" 리애넌이 리독을 노려보았다.

"바이올렛, 너 괜찮아?" 소여가 물었다.

"나 혼자만 의자에 앉아 있으니까 너희보다 한 수 위 같은데." 등 뒤에서 문이 열리자 내 농담은 맥없이 잊혔다.

본 적 없는 라이더 두 명이 들어왔다. 한 명은 남자, 한 명은 여자였다. 남자쪽이 우리를 보고 미소 지었다. "흠, 안녕들 하신가. 너희는 심문을 위해 선택된 포로들이다." 그는 소여의 손이 닿을 듯 가까운 벽에 기대며 말했다. 평균 키에, 평균적인 외모에, 머리카락마저도 평범했다. 바스지아스 복도에서나 전초기지에서나 열 번을 지나쳤더라도 알아보지 못했을 것이다. 여자도 마찬가지였다. 마치 이 일에는 기억에 남지 않는 특징이 필요한 것 같았다.

여자는 약점을 찾는 독수리처럼 내 주위를 맴돌았다. 나는 하나도 보여주지 않겠다고 마음먹고 턱을 들어 올렸다.

"너희들은 우리에게 필요한 정보를 하나씩 가지고 있다." 남자가 말했다. "지금 포기하면 끝난다. 아주 쉽지."

"내 지도는 매트리스 밑에 있어." 리독이 말했다.

나는 입을 쩍 벌렸다.

"아, 바로 거짓말로 시작해서 진실을 찾기 어렵게 하는 전술이군." 남자가 씩 웃었다. "잘했다. 하지만 안타깝게도, 내 고유 능력은 노라 중위와 비슷해서 너희들의 신체 기능과 관련이 있다. 쉽게 말해서 너희가 거짓말을 하면 알 수 있다는 뜻이고, 넌 거짓말을 하고 있군."

여자가 손등으로 내 뺨을 후려갈겼다. 고개가 홱 꺾일 정도로 강한 타격이었다. 나는 빠르게 눈을 깜박이면서 혀로 이를 쓸었다. 피는 나지 않았다.

"은빛 아이야!"

"지금은 안 돼요." 나는 테른이 고통을 겪지 않도록 차단벽을 올렸다.

"바이올렛!" 리독이 쇠사슬을 잡아당기며 외쳤다.

"난 괜찮아." 나는 리독에게, 아니 모두에게 말했다. 언제나처럼 통증을 구획화해서 밀어 넣고 애써 미소 지었다. "봤지? 멀쩡하다고."

리애넌은 잽싸게 두려움을 감췄지만, 소여는 우리를 억류한 자들에 대한 혐오감을 숨기지 않았다.

"네가 제일 약하군. 그러니 네가 제일 처음이다." 여자가 낮은 목소리에서 경멸을 뚝뚝 떨어뜨리며 말했다. "우리는 너희에 대한 파일을 읽었다." 그녀는 내 앞에 쪼그리고 앉더니 내 머리카락을 보았다가, 분명히 손자국이 남았을 화끈거리는 뺨을 보았다가, 마침내 팔걸이 붕대를 보았다. "어떻게 너처럼 약한 녀석이 첫해를 살아남았지?"

"너희 셋이 지탱했겠지. 안 그래?" 남자가 우리 대대원들을 보며 말했다. "1학년에게 그런 짐이 지워지다니 너무 불공평한걸."

"우리에게 불리하게 이용할 수 있는 말은 하나도 하지 마." 리애넌이 지시했다.

여자가 웃음을 터뜨렸다. "우리가 모르는 게 있을 줄 알고?" 그녀는 천천히 일어섰다. "너희가 지키는 비밀을 말해라."

"꺼져." 타격에 대비하자, 과연 바로 그녀의 손이 얼굴로 날아왔다. 이번에는 피 맛이 났지만, 이가 흔들리진 않았다. 나는 통증 주변에 정신적인 벽을 쌓고, 그대로 상자 안으로 사라지는 모습을 상상했다. 차단벽을 세울 때와 비슷한 방식이었다.

"장군의 딸치고는 입이 험하네." 여자가 비웃었다.

"내가 누구한테 배웠겠어?"

여자는 잠시 진짜 미소를 지었다가 얼른 가면을 썼다. "이건 어때? 누구든 비밀을 털어놓으면 이 녀석의 귀엽고 예쁜 얼굴을 박살내지 않겠다."

"우릴 무너뜨리려면 더 많은 게 필요할걸." 리애넌이 대꾸했다.

"전적으로 동의해. 지켜보지 마." 나는 대대원들에게 말하고 타격에 대비했다.

여자가 반대편 더 높은 곳을 때리면서 내 뺨이 터졌다. 적어도 느낌은 그랬다. 밀려오는 통증에 속이 메스꺼웠다가 가라앉으면서 둔하게 쑤시는 느낌이 남았다. 오른쪽 시야가 흐릿해지더니 뺨에서 뭔가가 흘렀다.

"이 녀석이 열쇠가 아닐 수도 있어." 여자는 나에게서 물러나 친구들 쪽으로 향했다. "너희가 저 약한 녀석을 지고 가는 데 이미 질렸을 수도 있지." 그녀는 리독의 머리를 들어 올렸다. "아니면 저 녀석도 직접 당하는 데만 강할 수도 있겠군." 그녀는 주먹을 쥐고 리독의 얼굴을 때렸다. 벽에 피와 침이 튀었다.

격분이 통증을 압도했고, 몸을 앞으로 기울이려고 했지만 팔과 다리만 고정된 게 아니라 의자 자체가 바닥에 붙박여 있었다.

여자가 어깨 너머로 나를 보았다. "너에겐 이걸 멈출 힘이 있다." 그녀는 다시 리독을 때렸다. 나는 눈을 감았고, 다음 펀치가 날아간 후 리독이 내는 소리를 듣자 귀도 닫고 싶었다. 그리고 다음. 또 다음. 다시 눈을 떴을 때는, 정확히는 한쪽 눈만 떴을 때는 모두가 한대씩 맞은 후였다.

"잠시 상황을 받아들이게 해둘까." 남자가 제안했다.

"몇 시간 후면 말랑해지겠지." 여자가 동의하고 밖으로 나갔다. 문은 닫았지만, 창구는 열어둔 채였다.

"흠, 이거 진짜 거지같네." 소여가 바닥에 피를 뱉었다.

"바이올렛, 네 눈…." 리애넌이 조용히 말했다.

"부어서 안 떠지는 것뿐이야. 눈알이 빠지진 않았어." 나는 성한 어깨를 으쓱였다.

"이게 시작이면 다음은 뭐지?" 리독이 물었다. 뺨이 크게 찢어진 상태였다.

"우리가 서로 미워하게 만들려고 할 거야." 리애넌이 대답했다. "우린 무너지지 않아. 동의하지?"

"동의." 우리가 말했다.

최악은 통증도, 부어오른 눈도 아니었다. 언제 그들이 돌아와서 더 심한 폭력을 가할지 모르는 채로 몇 시간을 기다리는 게 최악이었다. 예상했던 대로 그 후에 더 심한 폭력이 찾아와서 다양한 부위에 멍을 남겼다.

소여는 마지막 타격으로 뇌진탕이 온 게 확실했다.

창문이 없으니 얼마나 오래 버텨야 하는지 알 길이 없었다. 지금이 몇 시인지 모르니….

"*몇 시야?*" 나는 소통이 가능할 만큼만 차단벽을 올리고 제이든을 향해 마음을 뻗었다.

"*자정이 다 됐어.*" 제이든이 대답했다. "*너….*"

"*그 질문은 하지 마. 여기에서 무슨 일이 벌어지는지 알잖아.*"

"*그래. 알지.*"

"자정이 다 됐어." 나는 친구들에게 조용히 말했다. "밤새도록 버텨야 해."

"테른이 종소리를 듣고 있어?" 소여가 피를 조금이라도 닦아내려고 수갑 찬 팔에 얼굴을 돌리며 물었다.

"그건 아닌데…."

문이 열리더니 남자가 주석 잔을 들고 들어왔다. "목마른 사람?" 그는 내 시야를 막고 서서 잔을 소여 앞에 내려놓았다. "여기 두마. 비밀을 말해주지 않아도 돼. 그냥 개인적인 비밀 하나만 말해도 된다. 그건 무너진 걸로 치지도 않아. 아무 의미 없는 개인사일 뿐이야."

"꺼져."

"저런." 남자는 고개를 기울였다. "아직 충분히 목이 마르지 않은가 보군. 걱정 말아라. 곧 그렇게 될 테니까." 그는 리애넌, 리독, 나를 차례로 돌았다. 우리의 대답은 같았다.

"아주 돈독한 집단이군. 안 그런가?" 한껏 즐거워하며 들어오는 바리쉬를 보자 등골을 타고 오한이 흘렀다.

"그렇습니다." 남자가 말했다.

바리쉬는 엄지손가락으로 턱을 쓸었다. "보통 지금쯤이면 누군가는 개인적인 사연을 털어놓지 않나?"

"맞습니다."

자부심이 피어올랐다.

바리쉬는 몸을 굽히더니 리독의 가슴에 달린 초록색 강철대대 패치를 툭 건드렸다. "그래서 작년에 이 패치를 받아냈겠지." 그는 몸을 세우고 한숨을 내쉬었다. "너무 오래 걸리는군."

"저희는 표준 심문 규정을 이용하고 있습니다." 들어오던 여자가 말했다.

"그렇다면 내가 여기 있어서 다행이군." 그의 쾌활한 모습이 여자의 주먹보다 더 무서웠다. "심문은 내 전문 분야거든. 그리고 나에겐 마침 기록적인 시간 안에 이 녀석들을 깨뜨릴 방법이 있지." 그는 복도 쪽을 보고 손가락을 구부렸다. "들어오게. 수줍어 말고."

리애넌의 눈동자가 확 커지더니 문을 보고 나를 홱 돌아보았다. 그 눈에 깃든 공포가 배를 때리는 펀치 같았다.

"다들 에이토스 비행단장은 알 테지?"

24

몇 년에 한 번씩 예상을 뒤엎는 대대가 하나 나온다. 그들은 모든 훈련을 제패하고, 모든 패치를 따내며, 모든 시합에 이긴다. 그러다가… 설명할 수 없는 이유로 흔들리고 무너진다. 사람들은 그것을 소진 효과라고 부른다. 너무 빠르고 밝게 타는 바람에 보조를 맞추지 못하는 것이다. 정말 슬픈 일이지만, 그들이 서로 반목하는 모습을 보는 것은 조금 재미있기도 하다.

— 아펜드라 소령, 《라이더 분과 지침》(무허가 판본)

내 친구들을 훑어본 데인이 내 쪽으로 몸을 돌리자, 심장이 돌바닥에 부딪치는 기분이었다. 그는 내 멍들고 부어오른 얼굴을 찬찬히 보면서 눈을 크게 떴다. "바이올렛."

"*데인이 여기 있어.*" 나는 공포심에 얼어붙으면서 제이든에게 마음을 뻗었다. 이럴 수는 없었다. 데인이 얼마나 아는지는 몰라도, 나만큼 알지 못할 것은 확실했다.

"*내가 갈게.*" 제이든의 긴장한 목소리만으로도 이게 얼마나 깊은 수렁에 빠질 상황인지 알 만했다.

"*당신은 아무것도 할 수 없어.*" 나는 차단벽을 다시 강화했다. 테른에게 힘을 끌어오면서까지 마음속 아카이브 주위에 두 겹으로 벽돌을 쌓았다.

"이해가 안 가는데." 소여가 말했다. "왜 우리 비행단장이 여기 있지?"

"라이오슨 말대로 비행단장답게 생도를 변호하러 왔겠지." 리독이 희망에 찬 목소리로 대답했다. "그렇지 않아?"

"아니야." 나는 데인과 데인의 손만 주시하면서 대답했다.

"규정에 따르면 심문 평가를 시작하기 전에 라이더들은 건강한 상태여야 합니다." 데인이 내게서 시선을 떼고 바리쉬를 보면서 날카롭게 말했다. "소른게일 생도는 확실히 건강한 상태가 아닌데요."

나는 놀라서 눈을 깜박였다.

"하여간 규칙 신봉자라니까." 바리쉬가 혀를 찼다. "규정에서는 건강한 상태인 쪽이 좋다고 했지, 꼭 그래야 한다고 하진 않는다. 라이더가 포로가 됐을 때는 부상당한 상태라는 쪽이 더 현실적이지 않나."

"제가 여기서 뭘 하는 겁니까?" 데인이 물었다.

"한 가지 가설을 시험하는 중이지." 바리쉬가 미소 지었다. "하지만 손님이 도착하기를 기다리는 동안에 자네가 저 친구에게 연습을 해봐도 좋겠군." 그는 나를 가리켰다.

손님이라고? 공포가 분노로 변했다. *오지 마. 바리쉬는 당신이 올지 보고 싶어 해. 아무래도 정신 연결을 차단하는 약물을 시험해보는 건가 봐.*

"*그놈이 네 기억을 본다면 모든 게 위험해져.*"

"*그리고 당신이 그림자를 휘두르면서 여기까지 오면 바리쉬도 나에게 숨기는 게 있다는 걸 확실히 알게 될 테고, 그러면 진짜 심문으로 바뀌겠지. 당신에게 주어진 선택지는 날 충분히 잘 훈련시켰다고 믿는 것뿐이야.*" 구출이라니 듣기에는 멋지지만, 실제로는 우리 모두를 망하게 할 것이다.

"*바이올렛⋯.*" 그의 애원에 나도 무너질 뻔했다.

나는 마지막 벽돌을 끼워 넣어 제이든을 차단했다.

"저보고 지금⋯." 데인이 눈썹을 들어 올렸다.

"그래. 소른게일에게 고유 능력을 써라. 물론 비밀 문구를 끌어내기 위해서만이지."

335

"제 고유 능력은 기밀입니다."

"그리고 소른게일은 이미 그게 뭔지 알지." 바리쉬는 대수롭지 않은 일이라는 듯이 고개를 저었다. "그렇지 않나? 그래서 너에게 그렇게 화가 난 거야. 친구에게 일어난 일을 네 탓으로 돌리면서 말이야." 그는 앞으로 걸어왔다. "관찰만으로도 놀랍도록 많은 걸 알 수 있지."

데인은 고개를 저었다. "저는 하지 않겠습니다."

"그렇다면 최근 사건들을 넘어서서 능력을 확장하기 위해 누구에게 연습하겠나? 이 부근에 놀론이 복원할 민간인은 다 떨어져 가고 있어. 그리고 저 녀석이 나머지 대대원에게 너의 작은 비밀을 말하지 않았을 거라 생각한다면 지나치게 높은 평가야."

이런 망할! 카가 내 스승이라면, 바리쉬는 데인의 스승이었다. 부생도대장의 고유 능력은 대체 뭐지?

데인이 몸을 굳히고 내 눈을 들여다보았다. 부정하지 않겠다. 부정할 수 없다. 나는 거짓말을 형편없이 못한다. 거짓말 탐지 능력자와 비슷한 사람이 방안에 있으니 입을 꾹 다무는 편이 낫다.

"네 고유 능력은 이걸 위해 존재한다. 네가 첫 번째 방어선이다, 에이토스. 저 여자는 포로미엘 첩자일 수도, 그리폰 라이더일 수도 있다. 너는 저 여자의 기억에서 비밀을 뽑아내는 것만으로 왕국 전체를 구할 수 있다." 바리쉬는 연구용 동물이라도 보듯이 나를 보았다. "넌 낙인자 둘이 살해당한 그날에 실제로 일어난 일을 볼 수 있다." 그는 고개를 옆으로 기울였다. "그리폰에게 죽었다고 했던가, 소른게일 생도? 진실이 기다리고 있고, 오직 너만이 그 진실을 볼 수 있다, 에이토스 비행단장."

숨을 들이쉬고, 내쉬고. 나는 심장박동을 안정시키고 데인의 시선을 받아내는 데 집중했다.

"이런 망할." 리독이 중얼거렸다. "에이토스가 뭘 할 수 있다고?"

나는 데인에게만 집중했다. 어떻게 사람이 저렇게 친숙하면서 동시에 저렇

336

게 낯설 수 있을까? 그는 함께 나무를 타던 소년, 뭔가 잘못될 때마다 제일 먼저 달려가던 친구와 같은 사람이었다. 하지만 또한 솔레일과 리암이 죽은 이유이기도 했다.

"저 여자가 그놈 안에서 뭘 보는지도 알 수 있겠지." 바리쉬는 데인에게 다가서면서 속삭였다. "왜 너 말고 그놈을 선택했는지 말이다. 알고 싶지 않나? 그 모든 해답이 바로 저기에 있다. 어디에 손을 뻗을지만 알면 된다." 그놈이 욕 나오게 설득력 있다는 것 하나는 인정해야겠다.

데인의 눈 안에서 벌어지는 전쟁을 보자 목이 조였고, 그가 두 손을 내 얼굴에 뻗자 나는 의자가 허용하는 최대치로 몸을 뒤로 물리려 했다.

"아니야." 나는 겨우 그 말을 뱉었다.

"아니야." 그는 천천히 내 말을 되풀이하더니 손을 내리고 시선을 뗐다. "저는 사전에 부상을 입은 생도의 심문 평가에 참여하지 않겠습니다." 그는 어깨 너머로 바리쉬에게 말했다.

그리고 걸어 나갔다.

나는 숨을 들이마셨다. 쌕쌕거리는 소리와 함께 공기가 꽉 조인 목을 지나 폐로 들어갔다. 리애넌이 나와 눈을 마주치더니 안도하며 천천히 눈을 감았다.

"흠, 그것 참 실망스러운 결말이군." 바리쉬가 얼굴을 찌푸리는 모습은 처음 보았다. "망할 놈의 규칙 신봉자 같으니라고. 늘 하던 방식으로 돌아가야겠군." 그는 내가 대비하기도 전에 탈구된 내 어깨를 세게 때렸다.

통증이 모든 감각을 압도했다.

그 다음에는 암흑뿐이었다.

깨어나자마자 놀론의 얼굴이 보였다. 내가 나무 침대 위로 튕기듯 일어나자 그가 옆으로 물러섰다.

"이제 일어났구나." 그는 침대 옆 의자에 앉으면서 말했다.

"몇 시예요?" 방 안을 둘러보자 바로 각자의 침대에 일어나 앉은 리애넌,

소여, 리독이 보였다. 내가 정신을 잃기 전보다 더 다친 것 같진 않았다.

바리쉬가 내 어깨를 때려서 탈구시키기 전에 말이다.

조심스럽게 관절을 돌려본 뒤 놀론을 보았다. 복원을 받은 게 확실했다. 둔통만 남았고, 양쪽 눈으로 볼 수 있었다.

놀론이 고개를 끄덕였다.

"아침이야." 리가 걱정스럽게 이마를 찌푸리며 대답했다. "아마도."

제이든에게 마음을 뻗어보았지만, 그쪽 경로는 다시 불투명해졌다. 떠났다는 뜻이다.

"부생도대장이 널 치료하라고 날 불렀다." 놀론은 목소리를 낮추더니 몸을 앞으로 기울였다. "그래야 네가 무너질 때까지 몇 번이고 박살낼 수 있으니까. 나보고 너희들의 심문 시간 내내 대기실에 있으라고 명령하더구나. 심문은 내일까지 연장했고."

텅 빈 뱃속에 두려움이 똬리를 틀었다.

"그게 정상인가요?" 소여가 내 쪽으로 몸을 기울이면서 물었다.

"아니." 놀론은 내 눈을 보면서 대답했다. "그자는 네가 아는 뭔가를 원한다, 바이올렛." 그는 내 손을 잡고 가볍게 힘을 줬다. "그렇게 지킬 가치가 있는 거냐?"

나는 고개를 끄덕였다.

"네 대대원이 고문당하는 모습을 지켜볼 가치도 있고?"

나는 얼굴을 찌푸렸지만, 다시 고개를 끄덕였다.

"내가 다른 문제에 너무 오래 파묻혀 있었나 보다." 그는 한숨을 내쉬며 일어섰다. "문까지 바래다주겠니?"

나는 침대 아래로 다리를 내리고 시키는 대로 문까지 따라갔다. 리애넌이 뒤따라왔다. "너희는 나갈 방법을 찾는 게 좋겠다." 그는 나에게 속삭이고 나서 열린 창구로 말했다. "일단은 끝났소."

문이 열리고, 놀론이 빠져나갔다. "내가 닫으리다." 그는 누군지 모를 상대에게 말하더니, 창문으로 나와 눈을 마주치면서 문을 닫았다. 자물쇠가 자동으로 찰칵 하며 닫혔지만… 창문은 아니었다.

리애넌이 나를 끌어내려서 우리는 바닥에 웅크렸다.

"내 다른 환자 생각을 하고 있었소." 놀론이 가볍게 말했다.

"그쪽이 왜요?" 바리쉬가 대꾸했다.

"그 녀석이 다시 병동에서 밤을 보냈소. 소른게일은 복원 때문에 한 시간 정도는 더 자야 할 거요. 나와 같이 돌아가서 소령의 특별한 기술이 쓸모가 있는지 한 번 보는 게 어떻겠소? 내가 못 보고 넘어갔을 수도 있으니."

리애넌과 나는 똑같이 당혹스러운 표정을 주고받았다.

"그 시간들이 실패라고 생각합니까?" 바리쉬가 물었다.

"그 녀석을 위해서 내가 할 수 있는 일은 다했다고 생각하오." 놀론이 대답했다. "소른게일이 자는 동안 여기 앉아서 시간을 낭비하고 싶지도 않고…."

"알았습니다. 가죠." 바리쉬가 대답했다. "빨리 다녀와야 할 겁니다. 다른 사람들이 아침식사를 가져오고 있으니."

"그렇다면 얼른 해치우지요."

잠시 후에 대기실 문이 열렸다가 닫혔다.

리애넌과 나는 천천히 일어서서 창문 밖을 내다보았다.

"우리만 남은 것 같아." 리가 속삭였다.

"같은 생각이야."

"여길 빠져나가야 해." 리애넌이 친구들에게 말했다. "솔직히 바리쉬가 바이올렛을 죽이려고 할지도 모른다는 생각이 들어."

뱃속이 뒤집혔다. 아, 딘이시여. 리애넌이 정말로 그렇게 말했다.

"진심이야?" 소여가 눈이 툭 튀어나올 정도로 놀라서 말했지만, 리독은 조용히 리애넌과 나를 번갈아 보기만 했다.

"이미 날 소진 직전까지 밀어붙인 적이 있어." 조용히 인정했다.

서로 눈빛이 오가더니 둘도 일어섰다.

"좋아. 내가 뻔한 질문을 할게." 리독은 소여와 같이 문 쪽으로 오면서 말했다. "대체 너는 알고 우리는 모르는 게 뭐야?"

나는 세 사람을 번갈아 보았다. "내가 그걸 말하면… 정말이지, 나도 그럴까 고민은 해봤지만, 그걸 말하면 의자에 묶이는 사람은 너희가 될 거야. 난 그런 일이 일어나게 하고 싶지 않아."

"우리가 어떤 위험을 감수할지 말지는 우리가 결정하게 해야 하지 않을까." 소여는 이미 손가락을 뚝뚝 꺾고 어깨를 돌리면서 문을 보고 있었다.

"단순 마법은 저 자물쇠에 통하지 않아." 리독이 문 쪽으로 손을 뻗으며 중얼거렸다.

"타당한 지적이야, 소여. 하지만 이건…." 나는 고개를 저었다. "이건 나만의 문제가 아니야."

"지금은 네 문제야." 리애넌이 말했다. "널 구하는 문제지. 나머지는 나중에 생각해도 돼. 소여, 네 힘을 행사해."

"이미 하고 있어."

우리는 물러섰고, 소여는 경첩을 향해 차례차례 두 손을 들어 올렸다. 손가락이 떨리더니, 경첩에서 연기가 오르다가 녹아내렸다. 뜨거운 금속이 문 가장자리를 따라 떨어졌다.

"우리를 이 안에 두고 용접해버리기 전에 빨리 해." 리독이 잔소리했다.

"넌 아무것도 녹이고 있지 않잖아." 소여가 이마에 땀이 송글송글 맺힌 채로 꿇어앉아 마지막 경첩을 녹이며 대꾸했다.

안도감에 무릎이 풀릴 지경이었다. 우린 해낼 것이다!

문이 기울어졌고, 리애넌과 나는 두 사람을 향해 뛰어가서 문을 떠받쳤다. 나무가 손바닥을 때리면서 통증이 막 복원한 어깨를 꿰뚫었다. 우리가 세상에서 제일 무거운 문을 잡고 있는 것 같았다.

"움직여!" 리애넌이 외쳤다.

문 아래에서 빠져나온 소여와 리독이 우리를 도와서 문을 바닥으로 조심스럽게 내렸다.

"라이더를 그만둘까도 고려해봐야겠어." 다함께 문 밖으로 나서면서 리독이 농담을 던졌다. "우린 끝내주는 도둑들이 될 거야."

"드래곤까지 갖춘 도둑이지." 소여가 맞장구쳤다.

"아무도 못 막겠는데." 리독이 씩 웃었다.

우리는 책상 앞에 잠깐 멈춰서 무기를 회수했다. 단검을 모조리 칼집에 넣고 나니 조금은 덜 겁에 질리고 덜 취약해진 기분이 들었다.

"준비됐어?" 리애넌이 숏소드를 쥐고 물었다.

무력해진 기분이 싫은 게 나 혼자는 아닌가 보다.

우리는 고개를 끄덕이고 정문으로 향했다. 희망은 잠시뿐이었다.

"같은 종류의 자물쇠야. 단순 마법은 통하지 않아."

소여가 화를 내며 이미 두 손을 내뻗고 있었다.

"나는…." 열기가 내 옆구리를 찔렀다. 문에 쳐진 보호막을 통과할 때와 같은 느낌이었다. 나는 아래를 내려다보고 눈을 크게 떴다. 문고리에 제일 가까운 단검이 뜨겁게 달아올라서… 얼얼한 느낌이었다. 나는 칼집에서 단검을 뽑고, 장식 손잡이를 엄지손가락으로 쓸며 문고리에 갖다 댔다.

철컥 하는 금속성이 울리고, 모두가 자물쇠를 보았다.

"이게 뭐야?" 소여가 양쪽 눈썹을 올렸다.

"나도 몰라. 이건… 불가능한데." 단검은 자물쇠를 열지 않는다. 하지만 열기와 얼얼한 감각이 사라졌다.

"멍하니 그만 쳐다보고 누가 문 좀 열어봐!" 리가 지시했다.

손을 뺀 나는 걸쇠가 내려갈 때까지 숨을 참고 있었다. 문고리를 당기자 문이 열렸다. "맙소사." 우연이다. 우연이어야 한다. 마법은 그런 식으로 물건에 담기지 않는다.

"야단법석은 나중에 떨고, 일단은 탈출해." 리가 말했다. "가!"

"맞아." 나는 단검을 칼집에 넣고 문을 확 열었다.

25

만약 우리가 적의 영토를 침공한다면, 물론 그러지 않겠지만 혹시 나 그런 상황이 온다면 나는 졸라를 첫 목표로 삼겠다. 클리프스베인 아카데미를 무너뜨리면 한 방에 몇 년치 그리폰 라이더를 없앨수 있다.

— 라이론 팬첵 중위, 《전술학, 개인적인 회고록》

동굴 바깥의 아침 공기 속으로 뛰쳐나가자 떠오르는 햇살이 얼굴을 때렸다. 우리는 두 손을 올려 눈을 가린 채 절벽에서 참나무 숲까지 이어지는 무릎 높이의 풀밭으로 달려갔다.

"그 단검은 어디에서 얻은 거야?" 리애넌이 숲 절반쯤 가서 물었다.

"제이든." 거짓말을 할 생각도 들지 않았다. "제이든이 날 위해서 주문 제작을 했는데…"

"이런, 이거 예기치 못한 즐거움이군." 그레디 교수가 우리 뒤에서 말했다.

우리는 몸을 획 돌렸고, 나는 단검 두 개를 뽑아들었다. 그 방에 다시 들어가느니 말렉을 만나고 말겠다. 하지만… 최종 시험 때 가긴 해야겠지.

"그 문제는 나중에 생각해라." 테른이 명령했다.

"전 괜찮아요. 물어봐줘서 고맙네요."

"너야 당연히 괜찮지. 내가 선택을 잘했거든."

바위 벼랑에 난 문에서 1미터쯤 떨어진 곳에 의자를 두고 앉아 있던 그레디 교수가 씩 웃더니 머그를 내려놓고 일어섰다.

리애넌이 오른손으로 공격 자세를 취하며 검을 들어 올린 채로 성큼성큼 다가가서 왼손을 내밀었다. "이제 그 패치 주시죠."

그 이후 며칠 동안 데인은 내 눈을 보지 않았고, 나도 굳이 말을 걸지 않았다. 뭐라 말하겠는가? '그 상황에서 유일하게 온당한 일을 해서 내 사생활을 침해하지 않아준 건 고마워'라고 해야 할까?

"난 그냥 네가 주말마다 사마라로 날아가거나 라이오슨과 방에 처박혀 지내는 게 너한테 좋지 않다는 말이야." 리독은 전투 브리핑 시간을 위해 학예동 계단을 오르는 인파 속에서 말했다.

"그러지 않으면, 그럼…." 나는 리독을 흘긋 보고 얼굴을 찌푸렸다. 리독의 뺨은 아직도 검고 푸른 멍투성이였다.

놀론 덕분에 나는 아무 상처도 없었다. 공평함과는 거리가 멀었다. 우리는 심문에 들어가 있는 사이에 건틀릿 연습으로 1학년인 트리스텐을 잃었고, 그의 이름을 사망자로 호명하는 집합 시간도 놓쳤다. 그것도 공평하진 않았다.

"평범한 2학년답게 한 번씩 스트레스도 좀 풀고 해." 반대쪽에서 소여가 대신 대답했다. 심문 시간 이후에 친구들은 나를 거의 혼자 두지 않았다.

"난 괜찮아." 나는 둘에게 말했다. "반려 드래곤 둘이 서로 다른 학년과 계약하면 이렇게 되는 것뿐이야."

지금부터 24시간 후면 나는 안장에 앉아서 제이든에게 가고 있을 것이다.

"그래서 보통 그런 짓을 안 하는 거지." 리독이 중얼거렸다.

"1대대에서 잃은 사람이 있어." 우리가 2층에 도착하는데 리애넌이 뒤따라오면서 말했다. "한 시간 전쯤에 심문실에서 나왔는데, 내일 사망자 명단에 소렐의 이름이 오를 거야."

심장이 내려앉았다. 심문 평가가 벌써 2학년 두 명의 목숨을 앗아갔다.

"활 쏘는 기술이 끝내주던 그 여자애?" 소여가 입을 벌리고 쳐다보는 가운데, 리애넌이 서둘러 우리 사이로 비집고 들어왔다.

"맞아." 리는 조용히 대답했다.

서기 생도 한 명이 지나갔지만, 후드를 올리고 있으니 누군지 알 수 없었다. 이상한 일이었다. 보통 서기는 사망자 명단을 읊을 때 아니면 마컴에게 추가 인력이 필요할 때만 라이더 분과에 들어왔는데.

"소렐이 무너진 거야?" 리독이 물었다. "아니면 놈들이 무너뜨린 거야?"

"나는 몰…." 리애넌이 말을 뚝 끊었고, 우리도 입을 다물었다. 제1비행단 소속의 두 개 대대가 벽에서 우리 쪽으로 다가왔기 때문이다. "무슨 일이야?"

전원이 2학년이었다. 나는 두 손을 단검 가까이 늘어뜨렸다.

"너희는 탈출한 거지?" 캐롤라인 애쉬턴이 목소리를 낮추고 물었다. "그 새로운 패치에 대해 다들 그렇게 말하고 있어." 그녀는 자기 어깨 쪽을 두드렸다. 우리는 검은색 열쇠가 들어간 둥근 은색 패치를 붙이고 있었다.

"이건 기밀 패치야." 소여가 말했다.

"우린 그저 너희가 어떻게 한 건지 알고 싶을 뿐이야." 캐롤라인은 사람들이 브리핑실로 들어가려고 우리 옆을 밀치고 지나가자 목소리를 낮췄다. "소문에는 너희가 나온 이후에 하루를 꼬박 들여서 심문실을 고쳤다던데."

캐롤라인이 심문실을 방 하나짜리처럼 말하는 것을 보니 누가 진짜로 발설한 정보는 아니었다.

"우린 너희가 이미 들은 충고와 같은 말밖에 할 수 없어. 무너지지 마." 리애넌이 말했다.

"일치단결해." 나는 덧붙여 말했다. 캐롤라인이 눈을 가늘게 뜨고 보거나 말거나 그 시선을 똑바로 받았다.

"너희들, 전투 브리핑에 들어가야 하지 않나?" 우리 뒤로 다가온 보디의 눈빛 한 번에 다른 대대들이 서둘러 문으로 향했다.

"테른이 어젯밤에 스게일이 엄청 화난 걸 느꼈다던데." 나는 걸으면서 어깨 너머로 보디에게 말했다. "내가 알아야 하는 게 있어?"

"내가 알기로는 특별히 없는데." 우리는 브리핑실의 넓은 문을 통과하면서 갈라졌다.

계단을 내려가기 시작했는데 뭔가 이상했다. 평소에는 적당히 수런거리는 정도였던 브리핑실에서 큰 소리로 중얼거리고, 때로는 외쳐대는 소리가 가득했다. 생도들이 좌석마다 놓인 인쇄물을 집어 드는 모습도 보였다.

"무슨 일이야?" 리독이 물었다.

"잘 모르겠어." 나는 우리 줄에 앉은 생도들을 우회해서 자리로 가면서 대답했다.

나는 의자에 놓인 반쪽짜리 양피지를 집어 들어 뒤집었고, 친구들도 똑같이 행동했다. 표제를 읽자마자 무릎이 풀리려고 했다.

졸랴, 드래곤 화염에 함락되다

브레이빅 지방에서 세 번째로 큰 도시가 파란 화염의 드래곤과 그 라이더들 손에 함락됐다. 도시 병력과 그리폰 부대들은 용맹하게 싸웠지만, 이틀 간의 전투는 포로미엘의 패배로 끝났다. 대피하지 않은 사람은 모두 죽었다. 추정하기로 1만 명이 목숨을 잃었으며, 그중에는 브레이빅의 그리폰 군을 지휘하는 페넬라 장군도 포함된다. 더 이상의 인명 손실을 막기 위해 방책으로 도시로 통하는 모든 교역로를 폐쇄했다.

이틀 전이었다.

손이 떨렸다. 나는 몸을 비틀어 브리핑실 뒤쪽을 보고 3학년 사이에서 보디와 이모젠을 찾았다.

"이런 세상에." 옆에서 리애넌이 속삭였다.

보디와 이모젠은 당황한 눈빛을 주고받더니 나와 시선을 마주쳤다. 대체 우리는 어떻게 해야 하지? 긴장해서 고개를 흔드는 모습을 보니 보디도 모르는 일인 것 같았다. 주목을 덜 끄는 게 좋아 보였기에 나는 몸을 돌려 지도를 보며 의자에 앉았다.

"이거 진짜야?" 소여가 양피지를 살피면서 물었다.

"진짜처럼… 보이지?" 리독이 목덜미를 긁으면서 앉았다. "우리가 공식 성명서와 흑색선전을 분간할 수 있나 알아보려는 시험 같은 게 아닐까?"

"그건 아닐 거야." 리애넌이 나를 보며 천천히 말했다.

하지만 내 눈은 막 전단지를 건네받은 드베라 교수에게 고정되어 있었다. 제발 내가 생각하는 대로의 사람이길.

드베라가 눈을 크게 떴지만, 그 모습은 아주 잠깐이었다. 그녀는 바로 몸을 돌려 지도를 보고 고개를 뒤로 젖혔다. 목숨 걸고 말하는데, 분명히 지금 나와 같은 곳을 보고 있을 것이다. 에스벤 산맥 발치, 스톤워터 강을 따라 졸랴가 있는 곳에 표시된 작은 원. 아니, 졸랴가 있었던 곳이라고 해야 하나. 우리 국경선에서 4시간만 날아가면 되는 곳이었다.

"바이올렛?" 리애넌이 목소리를 높였다. 이름을 여러 번 부른 것 같았다.

"오늘 아침은 왜 이리 소란인가?" 마컴이 계단을 내려오면서 브리핑실 전체에 대고 외쳤다. 누군가가 그에게 전단지를 건넸다.

"어떻게 생각해?" 리애넌이 물었다.

나는 리애넌의 찌푸린 이마에서 전단지로 시선을 옮겼다. 아까부터 울리는 요란한 이명을 가라앉히려고 애쓰면서 양피지를 재빨리 살펴보았다. "양피지는 우리 것 같지만, 국경 바깥에서 만든 양피지를 직접 본 적은 없어. 조판은 이제까지 본 모든 인쇄기와 같은 표준 제품이야. 인장은 없어. 나바르 인장도, 포로미엘 인장도." 엄지손가락으로 표제의 굵은 글씨를 문지르자 잉크가 묻어났다. "찍은 지 24시간도 안 됐어. 잉크가 마르지 않았잖아."

"그러면, 진짜야?" 소여가 아까의 질문을 되풀이했다.

"누군가가 국경에서부터 이 전단지를 가지고 올 가능성은 거의 없어." 나는 소여에게 대답했다. "그러니까 포로미엘에서 인쇄한 거냐고 묻는다면…."

나는 고개를 홱 들고 마컴을 살폈다. 마컴은 붉어진 얼굴로 통로에서 캐롤라인 애쉬튼에게 무언가 말을 건넸다. 캐롤라인이 펄쩍 뛰어 일어나더니 계단을 달려 올라가서 문 너머로 사라졌다.

"이건 여기에서 찍은 거야." 나는 두려움에 뱃속이 뒤틀리는 기분으로 속삭였다. 누가 한 짓인지는 몰라도 흔적을 남겼다면 죽은 목숨이었다.

"그러면 진짜는 아닌 거네." 소여가 눈썹을 들어 올렸다. 주름이 잡히면서 이마의 주근깨가 사라졌다.

"널리 퍼뜨리기 위해 여기에서 인쇄했다고 해서 내용이 진짜가 아니라는 의미는 아니지." 나는 설명했다. "그렇다고 진짜라는 의미도 아니고."

"우리가 이런 짓을 할 리 없어." 소여가 반박했다. "우리가 드래곤을 보내서 민간인이 있는 도시를 전멸시킬 리가 없다고."

"주목!" 마컴이 발소리 요란하게 계단을 내려가면서 외쳤다.

소란은 가라앉지 않았다.

"누군가가 소식을 퍼뜨리려고 한다면, 딱 이런 전단지를 인쇄기에 보내서 서기들의 승인을 받을 거야." 나는 시간이 많지 않다는 걸 알고 재빨리 말했다. "일단 승인을 받고 나면 조판해서 인쇄하기까지 몇 시간이 걸려. 서기가 여러 명 달려들지 않는 한은 그래. 하지만 이건 공식 문서가 아니야. 인장이 없어. 그러니까 이건 가짜이거나, 너무 많은 공력이 소비되긴 하지만 이 수업만을 위해서 찍었거나, 그것도 아니면 진짜이면서… 승인받지 않은 전단이야." 내가 진실을 몰랐다면 딱 그렇게 말했을 테고, 솔직히 말하면 나도 이 전단지가 진실인지 알 수가 없었다.

"라이더들!" 드베라가 우리를 돌아보고 외쳤다. "조용히!"

방 안이 조용해졌다.

교실 앞에 도착한 마컴이 평온한 가면을 쓰고 드베라 옆에 서 있었다. 내가 잘 몰랐다면 이 혼란을 즐기고 있다고까지 생각했을 테지만, 나는 마컴이 엄지와 집게손가락을 비비는 모습을 잘 알았다.

이제부터 무슨 말을 하든 간에 이건 마컴이 계획한 일이 아니었다.

"보아하니…" 마컴은 손바닥을 위쪽으로 해서 우리를 가리켰다. "오늘의 수업을 할 준비가 안 된 것 같군. 흑색선전에 대한 논의를 하려고 했네만, 지금 보니 자네들의 능력을 과대평가했어. 이런 간단한 인쇄물도 판단하지 못하고 히스테리를 일으키다니." 무감정한 단조로운 목소리로 전해지는 모욕.

갑자기 다시 열다섯 살로 돌아가서 이 사람이 평가하는 지성과 자제력으로 내 가치가 정해질 것만 같았다.

"젠장." 리독이 의자에 푹 내려앉았다. "이건… 무자비한데."

"마컴이잖아." 나는 조용히 말했다. "라이더들만 잔인할 것 같아? 칼이 아니라 언어로도 사람의 내장을 발라낼 수 있어. 마컴은 그 분야의 전문가지."

"혹시라도 우리가 실제로 이런 짓을 했는데 누군가가 정보를 유출했을 가능성은 얼마나 돼?" 리애넌이 내 쪽을 보고 말했다. "넌 우리보다 마컴을 잘 알잖아. 다음엔 어떻게 할까?"

"우선, 난 우리가 국경 너머의 민간인들을 노린다고 생각하지 않아." 그건 사실이었다. 단지 그들을 도우려고도 하지 않을 뿐이다. "하지만 마컴이 이 전단지를 찍은 게 아니라면 신빙성을 떨어뜨리고, 방향을 바꾸고, 우리의 주의를 다른 곳으로 돌릴 기야."

"지금 우리에게는 더 급하게 논의할 사항이 두 가지 더 있다." 마컴은 여전히 침착하게 말했다. "그러니 흑색선전 전단지는 모두 왼쪽으로 전달하여 모으도록. 그 내용은 자네들이 이성적으로 굴 수 있는 날에 논의하도록 하지."

다들 서둘러 지시에 따르느라 방 안에 잔물결이 일었다. 나는 전단지를 내놓기 싫었지만, 그것때문에 주목을 끌 가치는 없었다. 드베라는 빠르고 정확하게 쥐고 있던 전단지를 접어서 주머니에 넣었다.

"솔직히 말해서…" 마컴은 고개를 저었다. "자네들은 보자마자 이 전단지가 흑색선전이라는 사실을 알 수 있어야 했다."

신빙성 떨어뜨리기. 인정하는데, 마컴은 그 방면에서도 솜씨가 좋았다. 종이더미가 왼쪽 끝에 도달하고, 생도들이 그 종이들을 다시 앞으로 전달하면서 점점 늘어나다가 바닥에 도착했다.

"나바르 역사상 우리가 오직 블루 드래곤으로만 이뤄진 부대를 보낸 적이 언제 있었나?" 그는 우리를 어린아이들처럼 보았다. 모자란 것들이라는 듯한 눈이었다.

영리해. 마컴은 정말 욕 나오게 영리했다. 전단지가 손에 없으니 방 안에 있는 모든 생도가 같은 의문을 품게 될 것이다. '파란 화염 드래곤'에서 파랗다는 게 '화염'을 말한다는 사실을 아는 라이더들만 빼면 모두가 그렇겠지.

"하지만 말했다시피…." 마컴은 손바닥을 짝 부딪치고 한숨을 내쉬었다. "이 수업은 자네들이 준비가 되면 다시 하기로 하지. 당장 우리가 해야 할 첫 번째 일부터 들어가자면, 축하를 해야겠다."

방향 바꾸기 완료. 그렇지, 이제 주의를 다른 곳으로 돌리겠지.

"나도 이런 날이 올 줄 몰랐다. 그러니 자네들은 우리가 놀론 대령의 몇 달간의 힘든 작업을 비밀에 부친 걸 용서하기 바란다. 놀론 대령이 우리 역사상 그 어떤 복원 능력자도 해내지 못한 위대한 성취를 이뤄내는 데 성공하지 못한다면 다들 실망할까 걱정했기 때문이지."

우리를 실망시키고 싶지 않았다고? 나는 어처구니없는 표정을 짓지 않으려 참아냈다.

마컴은 문 쪽으로 손을 들어 올리며 미소 지었다. "이 생도는 몇 달 전에 산에 깔려 으스러졌지만, 놀론 대령이 뼈를 하나하나 복원시켜서 분과로 돌려보내는 데 성공했다."

산에 깔려 으스러져? 설마 그럴 리가. 속이 텅 비는 느낌이었고, 귓가에 북소리가 울리는 통에 방 안의 소음이 묻혔다.

"말도 안 되는 개소리야." 리독의 목소리가 패닉을 뚫고 들렸다.

"*테른?*" 나는 차마 볼 수가 없었다.

"*지금 확인하고 있다.*" 딱딱한 테른의 목소리를 듣자 레손이 생각났다.

"자네들의 동료 라이더인 잭 발로우가 돌아온 것을 함께 환영하자!" 마컴이 박수를 쳤다. 브리핑실 전체가 합세했고, 두 사람이 계단을 내려오자 제1비행단이 제일 시끄럽게 환호했다.

숨을 마시고 내쉬어. 애써 숨을 쉬는 사이에 리애넌은 내 손을 꽉 잡았다.

"그놈이야." 리애넌이 말했다. "정말로 그놈이야."

"네가 저놈 엉덩이에 절벽을 통째로 떨어뜨렸잖아." 소여가 천천히 박수를 쳤지만, 어디까지나 보여주기용이었다. "대체 어떻게 복원할 게 남아 있었지?"

나는 겨우 용기를 짜내 시선을 옮겼다. 그 덩치. 그 금발. 그 옆얼굴. 작년 시합 중에 나를 죽일 뻔했던 바로 그 손…. 내가 모의전투 중에 처음으로 고유 능력을 터뜨려서 죽어버리기 전에 본 그 모습 그대로였다.

그는 캐롤라인 애쉬튼의 인도에 따라 몇 줄 아래에서 방향을 틀어 2학년들을 지나쳐서 자기 대대로 돌아갔다. 이제야 전부 이해가 갔다. 비밀도, 애쉬튼이 병동에 찾아가던 일도, 놀론이 녹초가 된 모습도.

잭은 빈자리에 도착해서 몸을 빙글 돌리더니, 박수갈채 속에서 천천히 주위를 돌아보며 고개를 끄덕였다. 겸손하기까지 한 표정이었다. 마치 전혀 받을 자격이 없는 두 번째 기회를 받은 사람 같은 표정. 그러더니 몸을 돌려서 위쪽을 보고 나를 찾았다.

얼음장 같은 파란 눈이 마주치고, 내가 품고 있던 실낱같은 의혹마저 죽어버렸다. 잭이었다. 쿵쾅거리는 심장이 목까지 뛰어오르는 기분이었다.

"저 녀석이 교훈을 얻었을지도?" 리애넌의 목소리엔 공허한 희망이 가득했다.

"아니." 리독이 두 손을 무릎에 내리며 말했다. "저놈은 확실히 널 죽이려고 들 거야. 다시 한 번."

26

복원 능력자는 힐러와 다르다. 힐러들은 크릭톤의 *규율*에 매여 있고, 언제든 필요한 사람을 도울 것이며 결코 누구도 해치지 않겠다고 맹세한다. 복원 능력자는 라이더이며, 그들은 오직 코덱스만 지키기로 맹세한다. 그들은 사람을 치료만 하는 게 아니라 해칠 수도 있다.

— 프레데릭 소령, 《힐러를 위한 현대 안내서》

"그런 말은 도움이 안 되거든!" 모두가 망할 놈의 잭 발로우를 멍하니 쳐다보는 가운데 리애넌이 잇새로 말했다.

우리는 침묵에 빠졌다. 잭이 입술을 살짝 구부리고 부드럽기까지 한 미소를 짓더니, 나를 향해 고개를 끄덕인 뒤 바로 자리에 앉았기 때문이다.

"방금 대체 뭐였어?" 리독이 물었다.

"전혀 모르겠는데." 난간다리 이후로 잭이 순수한 적의가 아닌 감정을 담아서 나를 보는 것 자체가 처음이었다.

"*그놈이 맞다.*" 테른이 으르렁거렸다. "*베이드가 그동안 숨기고 있었군.*"

"*저도 봐서 알아요.*" 어떻게 베일에서 드래곤이 비밀을 가질 수 있느냐고 묻고 싶었지만, 앤다나에 대해서도 알려지지 않기는 마찬가지였다.

"*그놈을 항상 주의하도록 해라.*" 테른이 경고했다.

리애넌은 내 손을 꽉 쥔 채 앉은 자세를 바꿨다. "몇 달 동안 죽어 있어서 사람이 변했을지도 몰라."

"그럴지도." 소여는 잭의 뒤통수를 뚫어져라 보면서 눈을 가늘게 떴다. "하지만 난 저놈을 한 번 더 죽이는 게 낫겠다 싶다."

"나도 그 계획에 찬성이야." 리독이 동조했다.

"그보다는 저놈을 주시해보자." 나는 힘겹게 목소리를 냈다. 박수갈채가 드디어 가라앉으면서 나도 생각을 정리할 틈이 생겼다.

잭이 살아 있다. 하지만 잭은 내가 작년에 맞닥뜨린 최악의 적은 아니었다. 난 베닌을 하나도 아니고 둘이나 쓰러뜨렸다. 제이든과 함께 와이번 무리를 통째로 박살내기도 했다. 잭은 변했을지도 모르고, 변하지 않았을지도 모른다. 어쨌든 내 고유 능력과 격투 기술은 발전했고, 잭은 병동에 숨어서 훈련하진 않았을 것이다.

리독과 소여, 리애넌은 내가 금방이라도 꼬리가 자라고 화염을 내뿜기 시작할지 모른다는 눈으로 쳐다보고 있었다. "난 괜찮아." 친구들에게 말했다. "정말이야. 그만 좀 쳐다봐." 나에겐 괜찮지 않다는 선택지가 없다.

친구들은 다양한 단계로 의심의 눈빛을 보내더니 앞으로 고개를 돌렸다.

"이제 두 번째 안건이다." 마컴이 헛기침하며 드베라 쪽을 보았다.

"어제 저녁, 가장 큰 전초기지 중 하나에 전례 없는 공격이 있었다." 드베라가 어깨를 펴고 강의실 안을 훑어보면서 말했다.

"또?" 리애넌이 중얼거렸다. "대체 밖에서 무슨 일이 벌어지고 있는 거야?" 리는 내 손을 놓고 필기를 시작했다. 생도 사이에 웅성임이 일었다.

집중. 집중해야 한다.

"그리고 이건 어림짐작이 아니다, 생도들. 흑색선전도 아니고, 게임도 아니다." 드베라는 마지막 말을 할 때 마컴을 슬쩍 보았다. "이 공격은 근접성 면에서만 전례 없는 것이 아니다. 지금까지 전초기지가 이렇게 직접 공격받은 적은 없기도 하지만 이번 공격에는 그리폰 부대가 셋이나 관여했다." 그녀는 뾰족한 턱을 치켜들었다.

나는 억지로 머리를 돌려 지도를 보았다. 내가 처음 한 추측은 시그니슨 국경선 근처의 펠럼이었지만, 브레이빅 국경 근처의 켈다비도 가능했다. 켈다비는 지난주에 거의 함락될 뻔했다. 플라이어들이 우리의 약점을 알아챘는지도 모른다.

"놈들은 해가 진 직후에 사마라를 공격했다. 대부분의 드래곤이 순찰을 하러 나가 있을 때였지."

숨이 얼어붙고 심장이 덜컹거렸다. 잭 발로우가 내 밑에 앉아 있거나 말거나, 포로미엘 소식이 적힌 전단지가 날아다니거나 말거나, 무슨 상관일까. 드베라가 이제 하려는 말에 비하면 하나도 중요하지 않았다.

그들은 살아 있을 것이다. 살아 있어야 한다. 미라 언니가 없는 세상은 상상할 수가 없다…. 그리고 제이든은? 내 심장은 그럴 가능성조차 이해하지 못한다.

맙소사. 스게일의 분노. 나는 차단벽을 완전히 내리고 연결끈을 찾아 헤맸다. 이렇게 멀리서는 어차피 느낄 수도 없는 줄 알면서도 그랬다.

테른? 마음을 뻗었지만, 불안이 혈관에 넘쳐흐르며 모든 논리적인 생각을 압도했다. 내 감정이 아니지만 내 감정이나 다름없었다. 심장이 쿵쾅거리며 갈비뼈가 폐를 조였다.

"기지는 순찰 임무가 없던 라이더 세 명이 성공적으로 방어해냈다. 그들의 승리는 놀라울 뿐이다. 공격으로 사망한 라이더는 한 명도 없지만…." 드베라의 시선이 내 쪽으로 돌아왔다. "심각한 부상자가 한 명 발생했다."

아니야. 거부하는 마음이 날카롭고 빠르게 튀어나왔다.

격분과 공포가 혈관에 넘실거렸다.

드베라는 손을 들어서 목 왼쪽을 긁고는 시선을 돌렸다. "어떤 질문을 해보겠나?"

목 왼쪽. 제이든의 낙인이 바로 그 위치에 있다.

미라는 멀쩡하지만, 제이든은…. 난 도저히 여기에 있을 수 없다. 그곳에 있어야만 하니 여기엔 있을 수가 없다. 그곳에 있는 나 외에 다른 현실은 없다. 여기는 아무 의미도 없다. 여기는 존재하지 않는다.

"가야 해." 바닥에 내려놓았던 가방 끈을 잡아 어깨에 건다.

"기지가 돌파당했습니까?" 내 앞에서 누군가가 묻는다.

"바이?" 리가 손을 뻗지만, 나는 이미 일어나서 계단으로 향하고 있다.

"소른게일 생도!" 마컴이 외친다.

나는 그에게 대답할 겨를도 없이 계단을 오른다. 나를 마구 밀어 올리는 무시할 수 없는 충동 외에는 아무것도 존재하지 않는다. 내 몸조차 내 것이 아니다. 나는 여기에 없다.

"소른게일 생도!" 브리핑실을 나서는데 마컴이 외친다. "자네는 휴가를 받지 않았어!"

"*안마당으로 와라.*" 테른이 으르렁거린다.

우리는 같은 마음이다. 내가 비행장까지 걸어가도록 기다릴 수가 없다. 둘이 필요로 하는 것이 같으니 이 통제할 수 없는 충동이 내 것이든, 테른의 것이든 상관없다.

"바이올렛!" 누군가가 뒤에서 소리친다. 부츠 소리가 복도에 울려 퍼진다.

잭 발로우가 살아 있었지. 나는 허벅지 칼집에서 단검을 홱 뽑아서 위협을 향해 몸을 돌린다.

"워어!" 보디가 한 손을 올린다. 반대쪽 손으로는 자기 배낭을 잡고 있다. "날아가다가 얼어죽으면 곤란하잖아." 그는 배낭에서 자신의 비행 재킷을 꺼내 나에게 건넨다.

"고마워." 재킷을 받아드는 움직임도 내 것 같지가 않다. 보디 말이 맞다. 나는 재킷도 없이 테른에게 올라타려고 했다. 그나마 고글은 가방 안에 있었다. "난 여기에 있을 수 없어. 설명은 못해. 난 여기에 있을 수 없어."

"테른이구나." 그는 고개를 끄덕였다. "가."

나는 떠났다.

27

라이더라면 3학년쯤엔 차단벽을 완벽하고 철저하게 통제할 수 있어야 한다. 그렇지 않으면 극도로 스트레스를 받는 순간에 드래곤의 감정에 영향을 받을 뿐만 아니라 완전히 지배당할 수도 있다.

― 케이오리 대령, 《드래곤 도감》

자정 직전, 사마라에 내려앉을 때 나는 초조감에 시달리며 엉망이 된 상태였다. 바스지아스에서 나를 기다릴 처벌은 안중에도 없었다. 그럴 여유가 없었다. 바리쉬가 내리고 싶어 하는 벌은 어떻게든 감당할 것이다.

8시간 동안 날면서 내 감정과 테른의 감정을 분리하려고 애썼지만 그럴 수가 없었다. 테른은 확실히 원초적인 상태로 돌아가 있었다.

당장이라도 제이든을 봐야 한다는, 내 모든 논리적인 생각을 집어삼킬 듯한 뱃속의 공허감은 분명히 테른 때문일 것이다. 심장이 쿵쾅대는 건 제이든을 걱정해서가 아니라 멀쩡한 스게일을 봐야 한다는 테른의 절박한 마음 때문일 것이다. 제이든이 죽음의 문턱에 있다면 소통 가능한 거리에 들자마자 스게일이 말해줬을 것이다. 그나마 내 두뇌에서 기능을 하고 있는 부분이 그렇게 말하고 있다.

이건 다 테른이다. 하지만 아니라면? 제이든의 부상은 얼마나 심각한 것일까?

스게일이 태른에게 제이든이 살아 있다고 말했을 수도 있고, 얼마나 부상이 심한지는 내 눈으로 볼 수 있을 테지만, 그래도 나는 위병들이 쇠창살을 올리기를 초조하게 기다린다. 어제의 공격을 생각하면 보안을 강화한 게 타당하기 그지없지만, 그래도 창살문이 움직이는 것을 기다리면서 피가 마른다.

논리적으로는 아직도 태른이 내 감정을 압도하고 있다는 사실을 알지만, 그렇다고 내가 감정을 통제할 수 있는 건 아니다.

나는 쇠창살문이 아래로 숙이고 들어갈 정도로 올라가자마자 얼른 들어갔다. 이번만은 몸집이 작은 게 도움이 됐다. 나는 문이 4분의 1도 열리기 전에 기지 안에 들어섰다. 안은 체계적인 혼돈 상태였다. 안마당에는 내 몸집의 반만한 돌부터 두 배는 될 법한 돌까지 흩어져 있고, 위쪽을 흘끗 보기만 해도 그게 어디에서 떨어졌는지 알 수 있었다. 북쪽 벽에도 그을린 자국이 있었다. 플라이어들이 돌파했던 게 분명했다.

힐러들은 요새 남쪽 끝에 만든 부상자 분류소에서 일하고 있는데, 그 주변은 부상당한 보병으로 가득했다. 하지만 파란 제복 사이에 검은 제복은 하나도 보이지 않았다. 크림색 옷도 없었다.

"바이올렛?" 북서쪽 계단에서 나온 미라가 외쳤다. 작전실로 이어지는 계단이었다. 미라는 절뚝거리지도 않고 팔걸이 붕대를 하지도 않았으며 핏자국도 없었다. 멀쩡했다. 드베라가 말한 대로 부상자는 한 명뿐이었고, 그건 미라가 아니었다.

"그 사람 어디 있어?" 나는 걸음을 멈추지 않은 채 비행 고글을 올려서 가방에 밀어 넣었다.

"여기서 뭘 하는 거야?" 미라는 내 어깨를 잡고 늘 그렇듯 점검하는 눈으로 살펴보았다. "토요일에 오기로 되어 있었잖아."

"언니는 다치지 않았어?"

"그래." 미라는 고개를 끄덕였다. "난 여기 없었어. 순찰 중이었지."

"다행이다. 그럼 그 사람 어디 있는지 말해줘." 그를 찾아 마구잡이로 돌아보려니 말투가 날카로워졌다. 젠장, 테른이 모든 것을 압도하는 바람에 제이든을 감지할 수조차 없었다.

"너 허가 없이 온 거지? 맙소사, 돌아가면 완전 망했다." 미라는 한숨을 내쉬었다. 이건 인정해야겠는데, 미라 언니는 이길 수 없는 싸움은 아예 하지 않는다. "그 녀석은 대련장에 있어. 내가 듣기로는 우리가 아직 기지를 차지하고 있는 게 네 남자 덕이라더라."

그는 내 남자가 아니다. 실제로는 아니다.

"고마워." 나는 더 말하지 않고 돌아서서 대련장으로 향했다. 나는 언니를 사랑하고 언니가 멀쩡하다는 사실이 너무나도 고맙지만, 그 모든 건 제이든을 봐야만 한다고 내 영혼을 할퀴어대는 절박한 마음 아래 묻혀버렸다.

요새 안은 복구하느라 바빴지만, 대련장으로 가는 복도는 텅 비어 있었다. 왜 회복해야 할 사람을 체육관에 데려다놓은 거지? 자기 방으로 가는 계단도 오를 수 없는 상태인가? 그런 생각을 하자 마음속의 구멍이 더 깊어졌다. 대체 얼마나 심하게 다친 거지?

체육관에 들어섰을 때는 마법 불빛이 세 개의 커다란 창문 밖에서 사그라드는 저녁 햇살을 벌충하고도 남았다. 하지만 그 안에 긴급 병동 같은 건 없었다. 잠깐만. 뭐야? 나는 눈을 깜박였다.

제이든은 근육이 두드러지는 짧은 소매의 대련복을 입고 매트 위에서 무거운 장검 두 자루로 금속 소리를 내면서 개릭과 맞붙고 있었다.

"오늘은 느린데." 제이든이 무자비하게 전진하면서 잔소리를 했다. 그는 언제나처럼 치명적인 기술과 완벽한 집중을 자랑하며 움직였다. 심각한 부상을 입었을 가능성은 조금도 없었다. 안도감이 몰아닥치면서 바스지아스를 떠난 이후 처음으로 숨이 제대로 쉬어졌지만, 그 마음은 바로 사그라들었다.

손을. 그에게 손을 대야 했다.

"내가, 어떻게, 할 수, 있는, 문제는, 아니거든!" 개릭이 제이든의 전진을 힘겹게 막으면서 반박했다.

"더 빨리 움직여." 제이든은 모든 공격을 능숙하게 피하면서 차근차근 타격을 먹였다. 장검이 움직이는 모습을 볼 때마다 제이든이 다쳤다고 생각하며 느낀 걱정과 절망적인 공포가 분노로 변했다.

제이든은 다치지도 않았건만, 이렇게 감정이 날뛰게 놔두다니 내가 바보였다. 그에 대한 사랑이 상식을 압도하게 내버려두다니. 확실히 그건 테른이 아니라 나였다. 하지만 내가 숨도 쉴 수 없게 몰아치는 난폭한 감정은? 그건 100퍼센트 검은색 모닝스타테일의 작품이었고, 나는 풀려날 수도, 차단벽을 올려서 나를 지킬 수도 없었다.

나는 제이든이 볼 수 있는 곳으로 가서 발가락으로 매트 가장자리를 찼다. 제이든이 내 쪽을 흘긋 보더니 눈을 크게 떴다가, 바로 팔꿈치로 개릭의 얼굴을 쳐서 넘어뜨렸다.

아프겠다.

개릭은 장검을 놓치고 매트에 대자로 뻗었다. "젠장!"

"대련은 끝이야." 제이든은 돌아보지도 않고 말했다. 그는 이미 어슬렁거리는 듯한 걸음으로 우리 사이의 거리를 좁혔다.

"난 차단벽을 올리고 있었는데, 여기에서 뭘 하는 거야?" 그는 내 안의 혼돈을 느낄 수 있다는 듯 눈을 크게 떴다. "바이올런스, 괜찮아?"

"내가 여기에서 뭘 하냐고?" 나는 드베라가 암시했던 상처를 찾아 제이든을 샅샅이 훑어보면서 씹어뱉듯이 말했다. 드베라의 동작을 잘못 읽은 건가? 내가 정말로 아무 이유 없이 여기까지 날아온 건가? 손이 떨리기 시작했다. "나도 전혀 모르겠어!"

"이건 너답지 않아." 그의 시선이 나를 훑었다.

"나도 알거든!" 나는 제이든이 살아 있을 뿐만 아니라 다치지 않은 듯 보이는 사실이 고마워서 울고 싶은 마음과 동시에 애초에 그가 위험에 빠질 수밖에 없었다는 사실 때문에 이 체육관 전체를… 아니, 이 요새를 부숴버리고 싶은 마음 사이에서 고함쳤다. "테른을 내보낼 수가 없어!"

"기다려." 제이든이 내 어깨에 메고 있던 가방을 밀어내 체육관 바닥으로 떨구더니, 나를 안아 들었다.

나는 그의 목에 얼굴을 묻으며 숨을 깊이 들이마셨다. 민트와 가죽과 내 남자 같은 향기가 났다. 맙소사, 내가 제이든의 냄새를 맡고 있는 거야?

제이든은 그대로 나를 안고 체육관 샤워실로 들어갔다. 반짝이는 돌 벽이 언뜻 보였고, 높은 판유리 창문이 살짝 열려 있었다. 세 줄로 늘어선 수도꼭지 사이 중앙에 널찍한 돌로 만든 벤치가 놓인 모습이 바스지아스와 별반 다르지 않았다. 제이든이 손을 튕기자 문이 쾅 닫혔고, 그는 벽에 붙은 레버를 눌렀다. 머리 위로 수도꼭지에서 물이 쏟아지며 우리를 흠뻑 적셨다.

얼음장 같았다. 나는 충격적인 차가움에 숨을 헉 들이키며 몸을 긴장시켰고, 그 순간만은 차가움밖에 느낄 수 없었다.

"차단벽 올려." 제이든이 명령했다. "당장, 바이올렛!"

나는 마음속 빙하를 할퀴면서 차단벽에 벽돌을 밀어 넣었다. 테른의 감정이 둔해지면서 그나마 통제력 비슷한 것이 생겼다. "망할. 추워." 나는 이를 딱딱 부딪치면서 말했다.

"당연하지." 제이든이 다른 레버를 움직이자 물이 따뜻해졌다. "대체 무슨 일이 생겼기에 학교에서 일찍 휴가를 준 거야?" 물이 쏟아지는 가운데 나를 내려놓는 제이든의 미간에 걱정스러운 주름이 잡혔다.

정신은 차렸지만, 여전히 테른의 강렬한 감정이 차단벽 앞에서 맥박 치는 것을 느낄 수 있었다.

"휴가를 준 게 아니야…."

"휴가를 받은 게 아니라고?" 제이든의 목소리가 나를 제외하고 세상 누구라도 겁에 질릴 만큼 위험한 색깔을 띠며 낮아졌다. "바리쉬가 널 죽이려 하는 줄 알면서…." 그는 내 어깨를 보고 말을 뚝 끊었다. "대체 누구 재킷을 입고 있는 거야?"

"이러기야?" 나는 기꺼운 마음으로 온기가 몸에 스미도록 두 팔을 내밀었다. "3학년 표식에 제4비행단 회장이 달렸고, 전대장 표시까지 있잖아. 대체 누구 재킷을 입고 있다고 생각해?"

그는 물이 줄줄 흘러내리는 얼굴로 턱에 힘을 넣었다.

"보디 재킷이잖아, 이 텃세 심한 개자식이!"

그 대답도 도움이 되지 않는 것 같았다.

"진짜 이러기야?" 나는 그 망할 재킷의 단추를 풀고 소매를 잡아당겼지만, 젖은 가죽이 달라붙다 보니 벗는 데 시간이 걸렸다. "드베라가 당신이 부상당했다는 암시를 주자마자 전투 브리핑실에서 뛰쳐나왔어. 그래, 허가도 받지 않고 떠났지. 그런 다음엔 당신이 다쳤다면 스케일도 다쳤을 수 있다는 생각에 완전히 이성이 나간 테른과 목이 부러질 것 같은 속도로 8시간을 날았어. 그런데 네 사촌이 내가 비행 재킷을 가지러 가지도 못할 만큼 정신 나간 상태라는 걸 알았다는 이유로, 소유욕과 질투를 드러내면서 누구 재킷이냐는 개소리나 하겠다고?" 나는 그 터무니없는 놈을 죽어라 노려보면서 재킷을 바닥에 팽개쳤다. "당장 꺼져!"

그는 슬그머니 입꼬리를 올렸다. "내 걱정을 했어?"

"이젠 아니야. 아니라고." 눈앞이 벌게졌다. 어떻게 이걸 재미있어 할 수가 있지?

"하지만 걱정했잖아." 그의 얼굴에 천천히 미소가 번지더니 눈빛이 환해졌다. "네가 날 걱정했어." 그가 나에게 손을 뻗었다.

"이게 재밌어?" 뒤로 물러났지만 물에 젖은 벽이 등에 닿았다.

"아니." 그는 미소를 흐리며 고개를 옆으로 기울였다. "내가 말렉의 문 앞에 있지 않아서 화가 난 것 같네. 내가 병동에서 죽도록 피 흘리고 있는 쪽이 더 좋았을까?"

"아니!" 물론 저놈은 이해 못하겠지. 제이든의 목숨이 내 목숨에 달려 있을지는 몰라도, 그는 나와 감정이 달랐다. 그는 나를 원했고, 심지어 나에게 빠졌다고 말하기도 했지만… 한 번도 나를 사랑한다고 말한 적은 없다. "네가 다치지 않아서 화난 게 아니야. 다치길 바란 적도 없어. 난 이토록 무분별하고 너한테 열중한 나머지 감정을 통제 못해서 그냥 달려와버린 나에게 화가 나는 거야…." 사랑에 미친 바보처럼! "그런데 너는, 너는 언제나 침착하고 차분하고 평온하잖아. 너라면 정보를 전부 알 때까지 기다렸을 테고, 분명히 스게일의 감정에 압도당하지도…."

제이든이 오른팔의 젖은 소매를 걷어올렸다. 어깨 위부터 이두박근 중간쯤까지 이어지는 찌글찌글한 붉은 선이 드러나자 하려던 말이 사그라들었다. 맨 위는 3센티미터쯤 되는 두께였고, 아래쪽은 그 세 배로 넓었다. 복원을 받은 흔적이었다. 흉터가 저 정도라면 거의 팔을 잃을 뻔한 게 분명했다.

"정말로 부상을 당했구나." 나는 모든 분노가 빠져나가는 가운데 속삭였다. 가슴이 조였다. 끔찍하게 아팠을 것이다. "당신… 괜찮아?" 방금 대련 상대를 박살내는 모습을 봤으면서도 그 질문부터 나왔다.

"멀쩡해. 동부 비행단에서 복원 능력자가 도착하기 전에 서기의 보고서가 출발했나 봐." 제이든이 소매를 내리자 흉터가 사라졌다. "그리고 넌 잘못 생각했어. 네가 다쳤다는 소식을 들었다면 나 역시 모든 정보를 기다리지도, 증거를 기다리지도 않았을 거야." 이번에 그가 손을 뻗었을 때는 나도 피하지 않았다. 그의 팔이 내 허리를 감고, 그의 손이 내 등을 받친 채 물이 떨어지는 곳에서 벗어나게 이끌었다. 제이든이 몸을 기대오자, 우리 사이를 가르는 몇 센티미터의 거리가 축복이자 저주로 느껴졌다. "난 언제나 침착하지도 차분하지도 않고, 네 문제에서는 절대로 평온하지 않아."

그의 말 때문에, 우리 사이에 항상 존재하는 긴장감 때문에, 한 번의 접촉만으로도 온몸에 퍼지는 자각 때문에 심장이 뛰었다. 몸이 달아오르는 건 따뜻한 물 때문만이 아니었다.

"바로 지금도 내가 해야 할 일을 하고 있지 않지." 그는 퉁명스럽게 말했다.

"그게 뭔데?"

"널 매트로 끌고 가서 열 번도 넘는 대련으로 열이 오르고 몸이 쑤시는 땀

투성이 몰골로 만드는 것." 그는 턱에 힘을 주었다. "내가 분명히 다시는 나와
의 대화 같은 사소한 일에 목숨 걸지 말라고 경고했는데, 또 저질렀잖아."

"대련만 빼면 다 마음에 드는걸." 젠장. 말이 불쑥 튀어나왔다. "그리고 나
에게 벌을 주는 건 당신 몫이 아니야. 난 이제 당신 지휘하에 있지 않아."

"아, 알아. 네가 내 지휘하에 있었을 때가 훨씬 편했는데 말이지. 나보고 모
든 걸 다 밝히라고 했지? 이런 것도 알려줄까?" 그의 시선이 내 입술로 향했
다. "나도 너와 똑같이 했을 거야. 너에 한해서는 나도 무분별하니까."

날카로우면서도 달콤한 아픔이 가슴을 조였다. 신들이시여. 그 말을 믿고
싶다. 하지만 그 이상을 원한다. 나도 제이든이 요구하는 것처럼 사랑한다는
말을 듣고 싶다. 내가 혀로 아랫입술을 쓸자 제이든의 눈동자가 커졌고, 방 안
에는 수증기가 찼다.

"넌 나를 걱정했어." 처음 그 말을 했을 때는 재미있어 하는 것 같았다. 두
번째로 말했을 때는 기뻐하는 것 같았고. 하지만 이번에는 마치 뜻밖의 일이
라는 듯한 말투였다.

"당연히 걱정했지."

그는 우리의 몸이 맞닿기 전에 언제든 거절할 수 있다는 듯이 나를 천천히
끌어당겼다. 제이든의 열기가 차가워진 내 몸을 적셨고, 여기까지 날아오는
동안 느낀 타는 듯한 걱정과 그 후에 느낀 뜨거운 분노가 완전히 다른… 그리
고 훨씬 더 위험한 열기로 변했다.

젠장, 그를 원한다. 그의 몸 구석구석을 만지고, 그의 심장박동을 느끼며 정
말로 멀쩡하다는 사실을 확인하고 싶다. 인간에게 가능한 모든 방식으로 가
깝게 와닿기를 바란다.

"그리고 넌 비행복을 가지러 갈 틈도 없이 이리로 날아왔어." 그는 고통스
러울 정도로 아주 천천히 머리를 내렸다. 나는 고개를 끄덕였다.

"네가 아직 날 사랑하기 때문이지." 그는 내 입술에 속삭이며 키스했다. 내
가 그 말을 부정할 때까지 기다리지 않아 다행이었다. 아니라고 말할 힘이 없

었다. 그가 내 아랫입술을 부드럽게 잘근거리다가 혀로 쓸면서 가지고 노는 데는 당해낼 수가 없었다. 그저 좋고, 옳고, 모든 것을… 가진 느낌이었다.

아레티아 이후로 제이든이 내 부탁을 기다리지 않는 건 처음이었다. 그의 악명 높은 자제력이 무너진 것도 처음이었다. 내가 거부할 수 있다는 가능성을 두고 도박하기도 처음, 단지 하고 싶어서 나에게 키스한 것도 처음이었다. 바로 이게 필요했다. 그가 나를 간절히 원하는 모습이.

내가 입술을 열어 초대한 건 그를 위해서만이 아니라, 그가 고백하는 듯이 행동하고 있기 때문이었다. 그의 마음을 캐내거나 요청할 필요도 없었다. 그는 나를 끌어안으며 신음했고, 키스는 정확히 제이든이 표현한 대로 무분별했다. 내 혀를 살짝 건드렸다가 요구하고 애무하는 그의 혀가 주는 느낌이란 부싯깃 상자에 던지는 불씨 같았고, 나는 불이 붙었다.

욕구, 욕망, 욕정, 뭐라고 부르든 간에 모든 감각이 등줄기를 타고 내려가면서 허벅지 사이가 뻐근해졌다. 더 가까이 붙고 싶어서 발꿈치를 들고 팔로 그의 목을 휘감았지만, 여전히 충분히 가깝지가 않았다.

그의 손이 내 제복 단추를 풀었고, 쉽게 벗겨낼 수 있게 마지못해 손을 풀었다. 제복이 왼쪽 어딘가에 털썩 떨어졌다. 나는 맨몸이 닿기를 간절히 원하며 그의 셔츠를 잡아당겼고, 그는 기대에 부응하여 목 위로 당겨 벗으며 끝없이 펼쳐진 따뜻하고 젖은 피부를 드러냈다.

나는 그의 심장 바로 위에 있는 흉터에 입을 맞춘 뒤 두 손으로 그의 옆구리를 쓸고 단단한 배 근육을 덧그렸다. 이 세상에 제이든과 비교할 만한 존재는 없다. 수년간의 대련과 비행으로 단련된 그 몸은 완벽 그 자체다.

"바이올렛." 그는 내 고개를 젖혀 더 깊게 키스하더니, 느리고 부드럽게 리듬을 바꾸며 애를 태웠다.

두 손으로 그의 등을 어루만지는 사이에 그는 젖어서 헐렁해진 내 머리끈에 손가락을 넣어 잡아당기더니 내 목을 뒤로 젖히고 입술을 댔다. 그는 내 민감한 지점을 정확하게 알았고, 그 지식을 남김없이 써먹으면서 목의 옆선을 핥았다. 무릎이 풀리고, 그의 피부에 닿아 있던 손가락이 곱아들었다.

"제이든." 나는 그의 엉덩이로 손을 미끄러뜨리며 흐느꼈다. 내 것. 이 남자는 내 거야. 적어도 지금은 그래. 앞으로 몇 분만이라 하더라도.

그가 귀의 민감한 피부를 무는 바람에 전율이 등골을 타고 내려가더니, 다음 순간에는 다시 입이 겹쳐지면서 내 이성이 날아가고 순수한 욕구만 남았다. 맹렬하고 관능적인 키스에 나도 더 대담하게 굴 수밖에 없었다. 나는 우리의 몸 사이로 손을 내리고 한숨을 내쉬었다.

그는 단단해져 있었다. 손에 힘을 주자 허리띠가 팽팽해질 정도였다.

"젠장." 그는 내게서 입을 떼어내며 으르렁거렸다. 바지 위로 손을 움직이자 그의 숨소리가 나만큼이나 거칠어졌다.

"네가 계속 그러면…." 그는 눈을 꽉 감고 고개를 젖혔다.

"내가 실제로 당신을 잡을 수 있겠지?" 속이 조여들었다.

그는 나를 똑바로 보았고, 나는 그 심연 같은 눈 속에 보이는 갈등 때문에 멈칫했다.

"내가 이걸 두고 분투하게 만들지 마. 다시는 안 돼." 따뜻한 그의 품에서 물러서자 온몸의 신경이 그러지 말라고 비명을 질렀다. "당신은 늘 머뭇거리거나 안 된다고 말할 새로운 방법을 생각해내는데 나만 언제나 싸울 순 없어, 제이든. 날 원하거나, 원하지 않거나 하나만 해."

"방금 확인했잖아, 바이올렛. 내가 얼마나 널 원하는지 확실히 느꼈을 텐데." 그가 젖은 머리를 쓸어넘겼다. "맙소사, 널 얻고자 싸우고 있는 사람은 나야!" 그는 우리를 번갈아 가리켰다. "말했지. 널 되찾기 위해 몸을 무기로 삼지 않겠다고."

"내가 말할 준비가 안 된 말을 하라는 그 귀여운 규칙이야말로 몸을 무기로 삼는 거지." 그리고 제이든 때문에 미쳐버릴 듯한 욕망에 어찌나 날이 섰는지 항복하고 싶을 지경이었다.

"내가 그걸 무기로 쓴다고?" 그는 고개를 저었다. "섹스와 감정을 분리할 수 없다고 말한 건 너야. 기억해?"

나는 입을 벌렸다가 닫았다. 그 말대로였다. 내가 그렇게 말했지. 젠장. "이젠 나도 방법을 배우고 있나 보지."

"네가 그러지 않았으면 좋겠다면?" 그는 다시 한 걸음 다가오며 내 목을 감쌌다. "난 네가, 감정을 포함해서 모든 면에서 네 모습 그대로였으면 좋겠어. 난 내가 빠져든 여자를 원해. 네게서 손을 떼야 할 때마다, 네 옆에 그저 누워 있는 밤마다 죽을 것 같아. 네 안에서 정신을 놓았을 때 네가 얼마나 뜨겁고, 얼마나 젖어 있었고, 얼마나 욕 나오게 완벽했는지 기억하는 건 내게 축복이자 저주야."

그의 말을 듣자 애무를 받는 것처럼 피부가 달아올랐다.

"잠이 들면 꿈에서 네가 절정에 이르기 직전에 내던 소리를 듣고, 그 후에 만족감에 흐릿해진 네 눈동자에서 호박색보다 파란색이 두드러지던 모습을 봐. 네가 왕국 저 멀리에 있을 때조차도 아침마다 너에게, 오직 너에게만 굶주린 채로 깨어나. 이건 널 거부하는 것도 아니고, 널 조종하려는 것도 아니야. 이게 너를 얻으려고 분투하는 나야." 그는 내 엉덩이에 손을 대고, 바지와 갑옷 사이에 드러난 피부를 엄지손가락으로 쓸었다.

"나를 얻고 싶어?" 나는 머리에 손을 올려서 핀을 하나씩 풀어 바닥에 떨어뜨렸다. "그렇다면 내 감정을 모르는 위험을 감수해봐. 내 마음을 되찾고 싶어? 이번엔 당신 심장부터 내밀어봐."

"지금 내 감정을 말해도 네 몸만 원하는 게 아니라는 말을 절대 믿지 않을 거야." 그의 이마에 골이 파였다.

"바로 그게 내가 하고 싶은 말이야." 마지막 핀이 떨어졌다. "선택해, 제이든. 내가 저 문으로 걸어 나가게 둘 수도 있고, 아니면 이번에는 당신이 내가 기꺼이 주는 것만 받는 사람이 될 수도 있어." 나는 머리카락을 흔들어 풀고는 젖은 머리에 손가락을 넣어 땋은 곳을 풀어냈다.

"나를 무릎 꿇리려는 거야? 아니면 말싸움에서 이기려는 거야?" 그는 열기

어린 시선으로 내 눈을 보면서 엉덩이를 잡은 손에 힘을 넣었다.

"맞아." 나는 대답하면서 등 뒤로 갑옷을 고정시킨 끈에 손을 뻗었다. "난 방금까지 어떤 상태인 당신을 보게 될지 몰라 겁에 질린 채로 8시간을 보냈고, 지금도 기분대로 당신을 원하는 게 아니라고 말하는 거야. 당신이 필요해. 그걸 듣고 싶어 하던 말 대신으로 생각해." 나는 젖은 끈을 당겨 풀었다. "당신이 받을 수 있는 건 그게 다야. 받아들이거나, 떠나."

제이든의 갈등이 손에 잡힐 듯했고, 우리 사이의 긴장감은 드래곤 비늘도 뚫을 정도로 날카로웠다. 그리고 잠시 동안 나는 제이든이 이 교착 상태를 유지하고 나가버릴 정도로 고집스러울지도 모른다고 생각했다.

하지만 다행히도 그가 무너지면서 내게 입술을 붙였고, 말다툼을 벌이는 동안 멈춰 있던 불길이 더 뜨겁게 되살아났다. 그는 내가 모든 질문의 대답인 것처럼 키스했다. 우리의 과거와 미래 전부가 이 순간에 달린 것처럼. 어쩌면 그럴지도 몰랐다.

내가 그의 바지 단추를 푸는 동안 그의 손은 내 등의 끈을 마저 풀었다. 시합에서 이긴 나는 바지 속으로 손을 넣었다. 그가 내는 목쉰 신음은 나에게 주는 보상 같았다.

"손을 놔야 널 벗길 수 있지." 그가 내 아랫입술을 깨물면서 강조하듯이 말했다.

그래, 제발. 손을 놓자 그는 내 갑옷을 당겨서 머리 위로 벗겨냈다. 갑옷이 바닥을 때리자마자 그의 입이 내 가슴을 감쌌다. 나는 그의 머리카락에 손가락을 넣어 붙잡았다. "너무 좋아."

그는 한 팔로 내 등을 감싸고 반대쪽 팔을 무릎 아래에 넣어서 몸을 들어 올리더니, 매끄러운 한 번의 움직임으로 따뜻하게 달궈진 벤치에 나를 눕혔다. "지금 여기에서 이러고 싶은 거 확실해?" 그는 내 위로 올라와서 물보라가 내 가슴에 닿지 않게 가리면서 물었다. 눈은 반쯤 내리깔고, 머리카락은 나 때문에 헝클어져 있었다. "5분만 주면 편안하게 내 침대에 눕힐 수 있는데."

제이든이 아름다워서 보기만 해도 심장이 아플 정도였다.

"지금." 나는 그의 넓은 어깨를 어루만지고, 턱에서 팔뚝까지 이어지는 낙인을 쓸었다.

"지금." 그는 동의했다. 그 다음의 키스는 능숙하다고도, 다듬어졌다고도 표현할 수 없었다. 나와 맞먹는 절박감이 더해진 욕망 그 자체였고, 그래서 더 뜨거웠다. 이게 나에게 필요한 거였다. 그의 단단한 몸과 돌 사이에 눌려, 내가 그에게 느끼는 갈급함과 똑같이 갈급한 욕망에 삼켜지는 것.

그의 손이 내 허리 곡선을 따라 내려가다가 허리띠를 훑으면서 바지 단추를 하나씩 풀었다. 손가락을 넣어 어루만지는 손길엔 망설임이라곤 없었다. 나는 눈앞이 하얘지는 쾌감에 등을 휘면서 숨을 들이켰다.

"내 기억보다 더 뜨거워." 그는 깃털처럼 가볍게 아래를 어루만지는 감각으로 나를 압도하면서 입으로는 목선을 따라 내려갔다. "젠장, 부드럽고 뜨겁고 미끄러워." 그리웠던 거칠고 쉰 목소리였다.

그의 입이 내 가슴을 숭배했다. 정확히 내 안에 쾌감이 단단히 똬리를 틀 만큼의 자극이었다. 물론 그는 내가 뭘 좋아하는지 알고 있다. 이건 우리의 첫 관계가 아니다. 마지막도 아닐 것이다. 그의 손길이 내가 원하는 쾌감을 유예시키자 내 안에 마력이 부풀어 올랐다.

"제이든." 나는 그의 어깨 위에 손톱을 박으며, 그래도 새로 생긴 흉터는 건드리지 않으려 조심하면서 애원했다. 그의 손가락이 움직이고 혀가 지나갈 때마다 온몸에 번개가 치는 것 같았고, 모든 신경에 전기가 통하는 것 같았다. 나는 팽팽하게 당겨졌으면서도 충분히 팽팽하지는 않은, 극도로 민감한 활시위가 되었다.

"네가 뭘 원하는지 알아." 그의 손가락이 내 안으로 미끄러져 들어왔다. "그리고 네게 뭐가 필요한지도 알아." 더 깊이. 더 가까이. 더.

"그럼 그걸 줘." 나는 엉덩이를 들썩이며 요구했다.

"널 만지고 싶어서 얼마나 기다렸는지 몰라."

나는 뚝뚝 끊어지는 숨을 헐떡이며 신음했고, 제이든이 더 빠르게 압력을 넣자 피부가 달아오르며 열기가 따끔거렸다.

"맙소사, 네 모습을 봐. 내가 원하는 건 너뿐이야. 오직 너. 오직 이것. 오직 우리." 그의 목소리가 마음에 감겨들자 보이는 것도, 들리는 것도, 느껴지고 생각하는 것도, 오직 제이든밖에 없어졌다. 그가 내 전부고, 그에게도 내가 전부인 것처럼 시선이 마주쳤다.

"내겐 당신이 필요해." 어쩌면 필요하다는 건 정확한 말이 아닐지 모르지만, 제이든이 내 존재에 얼마나 필수적인지를 표현할 다른 말이 없었다. 나는 엄지손가락을 허리띠 안에 걸고 밀어냈다. 당장 바지를 벗어야 했다.

"마찬가지야." 우리는 미친 듯이 손과 입을 움직이면서 힘겹게 젖은 옷을 마저 벗었다. 이놈의 부츠를 저주할 이유가 새로 생겼지만, 제이든은 재빨리 손을 놀려서 나를 맨몸으로 만들었다.

나는 그의 팔에 생긴 새로운 흉터 위로 살짝 입술을 움직이면서 그를 잃을 뻔했다는 사실을 자각했고, 제이든은 팔뚝으로 자기 무게를 버티면서 내 위로 올라왔다. 내 허벅지 사이에 자리를 잡으면서 나를 살피는 눈빛이 어찌나 강렬하던지, 기대감에 몸이 떨릴 정도였다.

나는 우리 사이에 손을 뻗어서 내 안으로 인도했다. 더 기다리게 하면 죽어버릴 지경이었다.

"나에게 더 네가 필요해, 바이올렛." 그는 내 얼굴을 감싸 쥐고 엉덩이를 움직이며, 민감한 부분을 천천히 밀고 들어왔다. "네가 아무리 절실하다고 해도… 나에게 네가 더 필요해." 그가 한 번에 내 안을 가득 채웠다. 너무 깊어서 눈이 저절로 감길 정도였다. 나는 터무니없는 쾌감에 신음했다. 확신한다. 세상에 이런 건 없다.

"정말, 욕 나오게, 좋아." 그는 내 생각에 신음으로 답하더니 움직이기 시작했다. 물러났다가 다시, 또 다시 부딪쳐오며 연이은 키스로 내 더듬거리는 호흡을 훔쳤다. 나는 등을 떠받친 벤치를 버팀목 삼아서 허리를 휘었다. 과할 만

큼 좋았지만, 그러면서도 충분치가 않았다.

그가 들어올 때마다 나는 탐욕스럽게 더 원했다. 제이든이 내 위에서, 내 안에서 움직이며 온전히 모든 관심을 나에게 집중시켰다. *"더 세게. 더 깊이."* 숨이 가빠져서 말할 수가 없다. *"날 부서지기 쉬운 사람으로 대하지 마."*

"난 네가 얼마나 감당할 수 있는지 정확히 알아." 그는 내 허벅지로 두 손을 넣어 안아들고 일어서더니, 몸을 빙글 돌려서 벤치 가장자리에 앉았다.

내가 그의 몸에 깊숙이 내려앉으면서 낸 비명이 욕실 안에 울려 퍼졌다. 그는 더욱 달콤하고도 깊은 각도로 나를 찔러 올리면서 숨을 못 쉬게 만들었다. *"맙소사, 사방에 당신이 느껴져."*

"우리가 지난번에 멈췄을 때 그대로야." 그의 두 손이 내 엉덩이를 잡았다. *"네가 나를 타고 있었지."*

나는 그의 목에 팔을 휘감고 입술을 맞대며 미소 지었다. 이번에는 아무도 저 문을 뚫고 우리를 방해하러 오지 않을 것이다. 이 안에는 벤치를 때리는 물소리와 몇 번이고 몇 번이고 몸이 겹쳐지는 소리, 심장이 뛰는 소리, 길고 질척한 키스 사이사이에 몰아쉬는 숨소리밖에 들리지 않았다.

현실은 감각으로 좁혀든다. 그의 가슴이 내 가슴에 부딪치는 격렬한 느낌, 내 입을 숭배하는 입의 감각, 내 모든 빈자리를 채우는 감각. 압력이 팽팽하게 쌓인다. 다디단 쾌감이 진동하며 마력이 솟구쳐서 나를 순수하고 황홀한 에너지로 바꿔놓는다. 나는 번개 그 자체, 내려치기를 기대하며 파직거리는 번개가 된다.

"더." 제이든이 으르렁거렸다. "전부를 원해, 바이올렛."

"네 거야." 그의 얼굴을 감싸며 키스하자 수염자국이 손바닥을 긁었다. 번개가 내 안을 흐르며 위험한 지점까지 치솟았다.

쾌감이 탁 터지더니, 창밖에 잠시 빛이 번쩍이다가 흘러나간 그림자에 삼켜졌다. 아무것도 부서지지 않았다. 불이 붙지도 않았다. 그는 내 몸이 어떻게 반응하는지 알고, 정확히 얼마만큼 밀어붙이면 한계점인지 알며, 내가 폭발하면 덮어준다.

　사랑해. 그를 사랑해. 난 그를 사랑해. 그에게 그 말을, 그 말에 따라오는 힘을 내어줄 준비는 되지 않았지만 나 혼자서는 되뇌일 수 있다. 나만의 코덱스처럼, 내가 확신하는 유일한 진실처럼 거듭 읊조릴 수 있다.

　그의 몸이 단단해지더니, 한 팔로 나를 감싸안고 움직일 때마다 내 어깨를 당기면서 점점 더 세게 밀어 올렸다. 나선을 그리며 쌓이던 압력이 한계에 도달했고, 나는 애써 그 감각을 붙들어두려고 싸웠다. 아직은 아니야. 더 원해.

　"놓아줘." 그는 각도를 바꾸고 내 아래를 문지르며 쳐올렸다.

　"끝나지 않았으면 좋겠어." 내 목소리에서 패닉을 느낄 수 있었다. 이런 기분은 지금밖에 느끼지 못할 것이고, 그가 내 것인 순간도 지금뿐일 거라는 날카로운 공포. 하지만 엉덩이를 움직일 때마다 파도가 점점 다가왔고, 절정의 순간에 가까워오며 근육이 경직됐다.

　"바이올렛." 그는 내 어깨에 있던 손을 목덜미로 옮겨 길게 늘어진 머리카락을 쥐더니, 내 영혼까지 꿰뚫어볼 수 있다는 듯이 눈을 들여다보았다. "난 이걸 포기할 수 없어. 널 포기하지 않아. 이제 놓아줘."

　허벅지가 경련했고, 제이든의 움직임에 나는 소리를 지르며 파열했다. 번개가 번득이고, 마력이 천둥소리와 함께 내 안을 관통하면서 파도가 몰려오고 또 몰려왔다. 나는 제이든을 꼭 붙든 채 그 파도를 타는 수밖에 없었다. 환희가 흘러넘쳤다. 힘이 다 빠져서 그에게 다시 내려앉을 때까지.

　"완벽해." 그의 자제력이 순식간에 사라졌다. 그는 내 목에 대고 으르렁거리면서 거칠게 움직여 거리낌 없이 나를 집어삼켰고, 나는 이거야말로 다른 무엇보다 더 갈망하던 것임을 깨달았다. 어쩌면 그의 비밀보다도, 제이든이 통제력을 잃는 순간을 원했다.

　나는 제이든이 흐트러지는 유일한 상대가 되고 싶었다.

　그의 어깨에 매달린 채로 그가 쳐올릴 때마다 마주 밀었다. 그리고 마침내 그가 내 밑에서 몸서리를 치며 내지르는 고함 소리를 음미했다. 그의 그림자가 온 방 안에 날아가면서 바위가 갈라지고 송수관에서 물이 터졌다.

나는 질주하는 심장으로 씩 웃었다.

"망할." 그는 나와 이마를 맞댄 채 가슴을 들썩이면서 숨을 고르려고 했다. "꼭 널 감당할 수 있다고 생각하면 완전히 이성을 잃게 되는군."

"난 그 부분이 제일 좋더라."

"왜 그게 놀랍지 않지?" 그는 나와 입술을 스치더니, 내 몸을 감싸안고 흘러내리지 않게 떠받쳤다. "정말이지 너 때문에 죽겠다니까."

"이젠 어떻게 하지?" 미처 멈추지두 못하고 질문이 새어 나왔다. 어쨌든 이걸 얻기 위해 분투한 사람은 나였다. 정확히 이게 뭔지는 몰라도.

"선택지가 있어." 그는 내 볼을 어루만지며 눈을 들여다보았다. "첫째, 여기 남아서 한 번 더 한다. 둘째, 씻고 옷을 입은 다음에 내 방으로 살금살금 올라가서 한 번 더 한다. 아니면 셋째…" 그가 잠시 멈칫했다. "씻고 물 능력자를 하나 찾아서 옷을 말리고, 너에게 내 비행 재킷을 입힌 다음, 단검을 배달할 랑데부 지점까지 날아간…."

나는 제이든이 말을 끝내기도 전에 벌떡 일어나서 옷을 집으러 달려갔다. 당연히 같이 가야지.

"그건 1번과 2번은 싫다는 뜻이겠지?" 그는 실망스럽다는 한숨을 내쉬며 말했다.

28

그리폰 라이더들이 고유 능력을 발휘하지 못한다고 해서 힘이 없는 것은 아니다. 오히려 누군가는 그들이 단순 마법, 특히 정신 계열 마법을 치명적인 무기 수준으로 갈고 닦았다고 주장할 것이다. 그들을 과소평가하는 것은 실수다.

_ 개리온 사보이 소령, 《포로미엘의 그리폰, 전투 연구》

사귀는 것으로 알려진 두 라이더가 반려 드래곤들과 계약까지 했을 때 좋은 점이 있다면, 한밤중에 비행하더라도 도망친다고 생각하는 사람이 없다는 것이다. 대륙을 통틀어 테른의 등만큼 아름다운 별을 볼 수 있는 곳은 없다.

"난 아직도 찬성하지 않는다." 테른이 자정이 조금 넘은 시간에 보호막을 넘어가면서 잔소리를 했다.

"그래도 우린 날고 있네요." 나는 테른이 날갯짓을 할 때마다 뼛속까지 스며드는 위화감을 떨쳐내며 반박했다. 경험상 내 감각이 적응할 만큼 보호막에서 멀어지면 괜찮아질 터였다.

"그야 레슨 이후로 네 문제는 네가 직접 결정하게 두겠다고 맹세했기 때문이지, 네 생각에 찬성해서는 아니다." 그는 왼쪽으로 몸을 기울여 지형을 훑으며 봉우리 능선을 따라갔다. 오늘은 보름달이니 눈에 띄지 않게 날아야 했다. "이런 위험을 감수하는 건 불필요하다."

"제이든과 스게일은 늘 그런 위험을 감수하잖아요." 테른이 급강하하자 나는 바람과 싸우기를 그만두고 몸을 기울이며 바람 속에 대고 웃음을 지었다.

"그림자 능력자 놈은 내 알 바 아니다."

"스케일은 그렇지도 않죠." 안장끈이 허벅지 깊숙이 파고들면서, 내가 맨 몸으로는 좌석에 앉아 있지 못한다는 사실을 계속 상기시켰다.

"스케일은 그리폰같이 보잘 것 없는 것들에게 쓰러질 일 없다." 그는 코웃음을 쳤다. "그 그림자 능력자 놈을 잃는다면 스케일이 감정적으로 불편해지긴 하겠지. 그건 사실이야."

나는 그의 허세에 코웃음 쳤다. "감정적으로 불편해요? 나도 테른에게 그런 존재예요?" 그렇다면 내가 죽을 때 테른도 죽을까 봐 걱정할 필요도 없고, 스케일과 제이든까지 죽을까 봐 걱정할 일도 없겠지.

"지금 너는 아주 성가신 존재지."

바람이 내 웃음소리를 낚아챘고, 숲이 깔린 계곡 같은 곳에 접근하면서 나는 마음을 가다듬었다. 포로미엘 마을에서 나오는 빛이 제일 가까운 능선 가장자리를 비췄는데, 마을 이름까지는 알 수 없었다.

테른이 날개를 펼치자 중력이 우리를 따라잡으며 나는 안장 속에 더 깊숙이 파묻혔다. 다음 순간 테른은 내 온몸의 뼈를 뒤흔들면서 어두운 호숫가에 내려앉았다. 그러고는 내가 방향을 잡기도 전에 몸을 돌려서 호수에 등을 돌리고 풀밭을 마주했다. 나는 헉 소리를 내며 폼멜을 잡아야 했다.

"갑작스러웠네요." 아직 끈에 묶인 채라 다행이었다.

"다음번엔 네가 날 태우고 날든가." 그는 스케일이 제이든을 태운 채 옆에 착륙하는 동안에도 고개를 이쪽저쪽으로 돌리고 있었다.

"테른은 아직도 내가 따라온 것에 화나 있어." 나는 버클에 손을 뻗으면서 제이든에게 말했다.

"넌 에이토스를 감당할 만큼 강해졌어." 제이든은 이미 스케일의 어깨로 움직이고 있었다. 드래곤에서 내리자 그의 장검에 달빛이 비쳤다.

"난 에이토스보다 소위가 만나는 자들이 더 걱정된다." 테른이 으르렁거렸

373

다. "그리고 넌 내릴 생각도 하지 말아라, 은빛 아이야."

"뭐라고요?" 나는 가죽 끈을 첫 번째 고리 밖으로 빼내고 있었다.

"그 끈을 풀면 이륙할 거다." 테른은 뱀처럼 으스스하게 고개를 돌려 어깨 너머로 노려보았다.

나는 입을 딱 벌렸다. "진심은 아니겠죠." 잇새로 속삭였다.

"시험해보거라." 테른의 금빛 눈이 가늘어졌다. "난 배달하는 자리에 오겠다는 것만 동의했다. 졸라에서 와이번이 쉽게 날아올 수 있는 이곳에서 네 목숨을 위험에 빠뜨리는 데는 동의하지 않았지. 땅에 내려선 라이더들에게 무슨 일이 일어났는지 기억하거든."

"과보호하는 고집불통처럼 굴고 있는데요." 그 지적에 일리가 없는 건 아니었다. 악몽을 꾸는 건 나 혼자가 아닌지도 모른다.

"나는 내가 한 말을 지킨다." 그는 내 말을 무시하고 고개를 앞으로 돌렸다.

"걱정 마. 그 위에서도 오가는 대화를 들을 수 있을 거야." 테른과 스게일 바로 앞에 선 제이든의 목소리가 들려왔다.

"드래곤에게 이런 대우를 받지 않는 사람은 그렇게 말할 수 있지." 나는 투덜거렸다.

"난 랑데부 자체를 거부할 수도 있었다. 이게 타협한 거다." 테른이 씩씩거렸다. "놈들이 다가오는군."

마주 쏘아붙이기 직전이었지만, 그리폰의 날개 소리가 들리니 입을 다물어야 했다. 드래곤의 날갯짓보다는 좀 더 조용하고, 덜 또렷했다. 북소리라기보다 강한 바람 소리 같다.

그리폰 일곱 마리, 그러니까 온전한 부대 하나가 공터에 내려앉더니 앞으로 걸어와서 무시무시한 머리통을 이리저리 돌리며 테른과 스게일을 보았다. 그리폰들은 제이든보다 머리 하나쯤이 컸고, 달빛 아래라서 색깔까지는 잘 알아볼 수 없었지만 면도날처럼 날카로운 부리는 여기에서도 잘 보였다.

"제발 아는 사람들이라고 말해줘." 나는 심장이 쿵쾅거리는 가운데 제이든에게 말했다. 피부 아래에서 마력이 솟아오르며 주위 공기에 파직거렸다.

"*아는 사람들이야. 너도 곧 알아볼걸.*" 그는 동네 술집에서 친구라도 만난다는 듯이 대꾸했다.

테른이 고개를 낮췄는데, 그들에 대한 위협이면서 동시에 나에게 베푸는 친절이었다. 그 자세면 나도 다가오는 사람들을 볼 수 있었다. 반은 독수리, 반은 사자인 그리폰들은 6미터쯤 떨어진 곳에 멈춰 섰고, 플라이어 세 명이 내렸다. 나머지는 신호만 떨어지면 바로 날아갈 태세로 남아 있었다.

12월의 얼음장처럼 얇은 신뢰 관계다. 한 걸음만 잘못 디디면 와장창 부서지겠어.

세 사람이 무릎까지 자란 풀밭을 걸어서 제이든에게 다가오자, 중앙에 있는 플라이어를 알아볼 수 있었다. 호숫가에서 마주친, 레손에서 함께 싸우기도 했던 그 여자였다. 얼굴은 좀 더 핼쑥해졌고 목선을 따라 내려가다가 제복 안으로 사라지는 새로운 흉터가 생기긴 했지만, 확실히 그 여자였다.

하지만 그 왼쪽에 선 남자는 전과 다른 사람이었다. 전에 본 남자가 다부졌던 데 비해서 이 사람은 키가 더 작고 좀 더 말랐다. 그리고 제이든 너머로 나를 올려다보았다가 얼른 시선을 돌리는 그 날카로운 눈썹 아래에는 적대감이 없었다.

호숫가에서 같이 있던 남자는 공격으로 죽은 걸까 생각할 수밖에 없었다.

"라이오슨." 여자가 제이든에게서 3미터쯤 앞에 멈춰 서며 외쳤다.

"시레나." 제이든은 가방 두 개를 들어 올렸다가 앞쪽 바닥에 내려놓았다. 뜻은 분명했다. 그걸 받고 싶으면 테른과 스게일에게 더 다가오라는 것이다.

시레나는 한숨을 내쉬더니 다른 둘에게 앞으로 가라고 손짓했다.

오른쪽에서 걸어온 좀 더 젊은 여자는 다른 사람보다 살짝 연한 갈색 옷을 입고 있었다. 내 나이쯤으로 보였는데, 친척 관계라는 것을 알 수 있을 만큼 시레나와 이목구비가 비슷했다. 사촌이거나 어쩌면 자매일 수도 있겠다. 둘 다 곧은 코와 도톰한 입술, 유연한 몸, 그리고 하얀 피부에 도드라지는 윤기

나는 검은 머리였는데, 어린 쪽은 간단하게 땋아서 어깨 위로 묶었다. 시레나보다 눈이 조금 더 크고, 광대뼈도 조금 더 높았다. 왕의 궁정이나 칼디르의 극장 무대로 이어질 법한 종류의 아름다움이었다.

가슴이 답답해졌다. 그 여자는 제이든을 단순히 바라보는 게 아니었다. 그 눈에는 놓칠 수 없는 갈망이 깃들어 있었다. 마치 사막을 힘겹게 걷고 있는데 앞에 오아시스를 발견한 듯한 눈빛이었다.

그러니까… 내가 제이든을 볼 때와 비슷했다.

"유감스러웠던 사마라 공격에서 살아남은 모습을 보니 반갑군." 시레나는 제이든 앞에 다다라서 말했다.

"대체 그건 뭐였는지 설명해보겠어?" 제이든의 말투는 그다지 우호적이지 않았다. "너희 그리폰 하나가 날 해치울 뻔했거든. 근처 동부 비행단에 복원 능력자가 없었다면 팔 하나를 잃었을 거야. 혹시 너희 중 하나일까 봐 망설였기 때문이지." 그는 다른 여자를 흘긋 보았다. "난 우리가 같은 편이라고 생각했지만, 이런 일이 또 일어나면 망설이지 않을 거야."

안장 안에서 몸을 앞으로 내밀었지만, 그래봐야 큰 차이는 없었다. 이 위에 앉아서 제이든의 표정을 짐작만 해야 하다니 고문이었다. 손가락 끝에 에너지가 타닥거렸지만, 나는 마음을 다잡고 이 배달이 계획대로 흘러가지 않을 경우에 대비했다.

"내가 모든 그리폰 부대를 통제할 순 없어, 라이오슨." 시레나가 대답했다. "그리고 다른 지휘 체계 안에서 명령을 따라야 하는 부대들을 비난할 수도 없지. 우리에겐 네가 공급하는 것보다 많은 무기가 필요해. 저 기지 안에는 플라이어 100명을 무장시킬 수 있는 단검이 있고…"

"그건 우리 보호막에 동력을 공급해." 그는 옆구리에 늘어뜨리고 있던 손을 부르쥐었다.

"우리 보호막이라고? 언제부터 나바르인과 공감했어? 그리고 너희에겐 보호막이라도 있잖아, 제이든." 오른쪽에 서 있던 여자가 반박했다.

"지금은 그래." 제이든은 그 여자 쪽을 아주 잠깐 보았다가 시레나를 다시 마주 보았다.

저 말투. 제이든의 이름을 부르는 태도… 확실히 서로 아는 사이다.

"그런 공격은 멈춰야 해, 시레나." 제이든이 말을 이었다. "지휘 계통이 같거나 말거나, 플라이어들이 전초기지에서 단검을 훔치고 있다거나 플라이어들의 도둑질 때문에 나바르의 보호막이 약화됐다는 소식이 들리면 너희에게 보내는 모든 무기 공급을 끊을 거다."

나는 그의 협박에 숨을 훅 들이켰다.

"그건 우리에게 사형 선고야." 시레나가 어깨를 폈다.

"당신들이 베닌과 바스지아스의 부화지 사이에 있는 유일한 보호막을 무너뜨린다면, 그건 우리 모두에 대한 사형 선고야." 내가 말했다. "거긴 우리가 무기를 만드는 유일한 대장간이고, 그 땅에 있는 원초적인 마력만으로도 베닌을 1세기는 먹여 살릴 수 있어. 그렇게 되면 놈들을 막을 수가 없을걸."

모두가 내 쪽으로 고개를 홱 들었다.

"*관심은 왜 끄는 거냐.*" 테른이 플라이어들에게 으르렁거리자 다들 바로 시선을 돌렸다.

"*여기 조용히 앉아 있겠다고는 안 했는데요.*"

"라이오슨과 얼굴을 떼어낸 모습을 보게 되니 반갑네, 소른게일." 시레나가 테른에게서 시선을 돌리며 말했다. 재치있군. "너를 그 거대한 드래곤의 등에 태워둔 걸 보면 아직도 라이오슨이 우리를 완전히 믿진 않는 것 같지만 말이야."

제이든은 조용히 있었다.

"레손에서 무사히 살아남은 모습을 보니 반가워." 나는 미소 지으며 대꾸했다. 어차피 그 여자는 못 보겠지만.

하지만 어린 여자 쪽은 나를 보았다. 올려다보는 눈에 깃든 감정은 사람 심란하게 만드는 충격과… 젠장, 지금은 적의를 품고 눈을 가늘게 뜬 것 같은데.

"내 이름으로는 거기서 친구를 사귀지 못하겠네." 제이든에게 말했다.

"무시해."

"네가 휘두르는 그 굉장한 번개 덕분에 살아남았지." 시레나가 말했다.

그때 테른이 고개를 오른쪽으로 돌리고 이를 드러내면서 다시 목구멍으로 우르릉거렸다.

시레나가 어린 여자 쪽을 흘긋 보더니 창백해졌다. "드래곤을 똑바로 보면 안 된다는 정도는 알잖아, 캣!"

캣이라. 나를 평가하는 눈빛에 딱 맞는 이름이었다.

"난 드래곤을 보고 있었던 게 아니야." 캣은 겨우 알아들을 정도의 목소리로 대답했다. 그래도 시선을 돌려 제이든을 노려보기는 했다. "빼어난 미모이긴 하네. 그건 인정하겠어."

뭐가 어째?

"그러지 마." 제이든은 얼음장처럼 차분한 목소리로 대꾸하고는 시레나에게 다시 말했다. "소른게일 말이 맞아. 너희가 우리 보호막을 무너뜨리면 놈들이 드래곤 부화지에서 마력을 빨아들이는 걸 막을 방법이 없어져. 그러면 놈들을 물리치기는커녕 싸움도 불가능해지겠지."

"그래서 우리 쪽 민간인들을 구할 수 있는 그 무기의 보호 아래에서, 우리는 죽게 내버려두겠다는 건가?" 남자 쪽이 무슨 기상예보라도 요청하는 사람처럼 물었다.

"그래." 제이든은 어깨를 으쓱였다.

나는 눈썹을 이마까지 치켜올렸다.

"이건 전쟁이다." 제이든이 말을 이었다. "전쟁에선 사람들이 죽지. 그러니까, 우리 쪽 사람보다 너희 쪽 사람이 죽게 놔두겠냐고 묻는다면 당연히 내 대답은 그렇다야. 모두를 구할 수 있다고 생각하는 건 어리석어. 우린 모두를 구할 수 없어."

나는 날카로운 숨을 들이켰다. 나와 둘만 있을 때의 그 남자는 나머지 세상이 아는 남자와 다르다는 사실이 새삼스럽게 다가왔다. 제이든이 그런 감상을 표현하는 말을 처음 들은 것도 아니었다. 그는 바스지아스에서 스스로 노력하려고 하지 않는 낙인자들에 대해서도 똑같이 말했다.

"여전히 재수 없는 건 알겠어." 캣이 팔짱을 꼈다.

"우리도 베닌에게 라이더들을 잃었다." 제이든이 반박했다. "우린 너희와 같이 싸우고 있어. 하지만 우리 혁명의 안전을 희생하거나 너희 민간인들을 위해 우리 민간인을 희생시킬 마음은 없어. 그래서 재수 없다면 그러라지. 난 바스지아스에서 너희에게 무기를 가져다주고, 우리 대장간을 완성하기 위해 내 목숨과 내가 아끼는 사람들의 목숨도 걸고 있어. 결국엔 베닌과 나바르가 우리에게 올 테니까, 그때를 대비해 무기를 계속 공급하기 위해서지."

"대장간을 완성해?" 캣은 다시 한번 내 쪽을 노려보았다. "테카루스 자작이라면 그 말에 강하게 이의를 제기할걸. 루미너리를 얻을 기회가 한 번도 아니고 두 번이나 있었는데, 두 번 다 자작의 요구를 들어주지 않았잖아."

"어림없는 소리." 제이든이 씹어뱉듯이 말했다.

"우리 왕국 전체가 이 괴물들의 먹잇감으로 떨어지는 꼴을 지켜보겠다는 이유가 뭐?" 캣이 제이든을 보고 고개를 기울였다. "사랑에 눈이 멀어서라고? 웃기지 마. 당신이 그럴 리가 없잖아."

"캣!" 시레나가 날카롭게 말했다.

속이 울렁거렸다. *저 여자가 무슨 소릴 하는 거야?* 터무니없지만… 나를 두고 하는 말 같았다. 대체 내가 포로미엘의 자작과 무슨 상관이 있어서?

"*중요한 말은 아니야.*" 제이든의 말투는 전혀 위안이 되지 않았다.

테른이 씩씩거렸다.

"*이 문제는 나중에 얘기할 거야.*" 나는 제이든에게 경고하며 끝없는 의논 목록에 문제를 하나 더했다.

"너는 소른게일에 대해 아무것도 몰라." 제이든은 캣에게 고개를 한 번 젓고는 시레나를 돌아보았다. "대장간은 우리의 최우선 순위야. 루미너리를 확보하는 대로 가동하면 너희에게 제대로 무기를 공급할 수 있을 거야. 나머지 재료는 있어. 그것까지만 알면 돼, 시레나. 네가 말한 대로 난 너희를 신뢰하지 않거든. 지금은 이 가방 안에 스물세 자루의 단검이 있어." 그는 발치의 가방을 가리켰다.

"스물셋?" 시레나가 한쪽 눈썹을 들어 올리며 물었다.

"한 자루는 나에게 필요해서." 내용에도, 말투에도 미안해하는 기색이라곤 없었다. "가져가거나 놔두고 떠나거나 선택해. 어떻게 하든 간에 다음 수송품은 개릭이 약속한 장소에서 전달할 거야." 그는 그들을 마주 본 채 뒷걸음질했다. *"그 장소는 애드빈 근처야. 시레나의 나머지 부대원들 앞에서 말하지 않을 뿐이지, 너에게 감추려는 건 아니야."*

"정직하게 알려줘서 고마워." 놀랍고도 신선했다.

"놈들이 너희 국경에 도달할 때까지 1년쯤 남았을 거야." 시레나가 말했다.

브레넌은 그보다 적은 시간을 예상한다는 점을 떠올리자 속이 뒤틀렸다. 바스지아스에 돌아가자마자 보호막에 대해 더 열심히 조사해야겠다.

"놈들과 너희 사이에는 우리뿐이야. 너도 그건 알지? 아니면 여전히 작년처럼 '심문을 당할지도 모르니 우리에게 너무 많이 말하지 마' 어쩌고 하는 헛소리에 고개를 파묻고 있나?"

"우리도 안다." 제이든이 대답했다. "준비하고 있을 거야."

시레나가 고개를 끄덕였다. "전초기지에 대한 공격은 줄여보도록 최선을 다하겠지만, 너희가 공개적으로 우리에게 무기를 공급한다고 하기 전까지는 우리 군대에 허깨비를 믿으라고 하는 셈이야. 그들은 나만큼 널 믿지 않아."

"그 사람들을 어떻게 막을지는 네가 알아서 할 일이지. 내가 한 말은 진심이야." 그는 고개를 기울였다. "우리 보호막을 노린다면 난 너희가 죽는 모습을 손 놓고 지켜볼 거야."

우린 저들을 보호막 아래 넣어야 한다. 그게 가장 논리적인 길이다.

스게일이 수증기를 확 내뿜자 남자 플라이어가 화들짝 놀라더니, 가방 두

개를 집어 들고 몸을 돌렸다. 그는 시레나에게 가방 하나를 넘기고 나머지 부대에게 돌아갔다.

"고마워." 시레나는 제이든에게 말하고 나서 나를 올려다보았다. "네 드래곤은 아직도 내 평생 본 최고로 무서운 존재라고 전해줘, 소른게일."

"그럴게. 하지만 자아도취가 너무 심해질걸." 나는 제이든이 스게일의 앞다리를 달려 올라가는 모습을 보며 안장에 등을 기대고 대답했다. "살아서 만나, 시레나. 당신이 좋아지고 있거든."

그녀는 능글맞게 웃어 보이며 돌아섰다. "가자, 캐트리오나."

캐트리오나. 줄여서 캣.

속이 텅 빈 기분은 테른이 갑자기 밤하늘로 날아올랐다는 사실과 아무 관계도 없었다. 보디가 몇 주 전에 한 말과는 관계가 있었다.

'난 제이든이 누구에게 이렇게 신경 쓰는 걸 본 적이 없어. 캐트리오나를 포함해도.'

맙소사. 그 여자가 제이든을 쳐다보던 눈빛은 단순한 갈망이 아니었다. 그건 추억을 보는 눈빛이었다.

29

허가 없이 자리를 비운 생도는 발각 시 지휘 계통에 의해 군사재판
에 세워질 것이다. 발견 즉시 처형당하지 않았을 경우에 해당된다.

_ 바스지아스 군사학교 행동수칙, 4조 1항

바람이 열이 오른 볼을 식혀주고, 테른이 강력한 날갯짓으로 국경을 향해 날아가는 동안 나는 고글을 썼다. *"작년처럼 느닷없이 비약하지 않기 위해서 물어보는데, 그 여자랑 사귀었던 거지?"* 머릿속의 목소리가 실제 내 기분보다 훨씬 침착하기를 빌면서 제이든에게 물었다.

"어떻게 그걸… 아니, 신경 쓰지 마. 그건 중요하지 않지. 맞아." 그는 극도로 조심해서 말을 고르는 듯이 천천히 말했다. *"널 만나기 전에 끝난 사이야."*

그의 말대로 상관없어야 했다. 나도 이전에 만난 사람들이 있다. 과거의 관계에 대해 논의할 필요는 없었다. 물론 예전 내 남자친구들은 그렇게 생긴 그리폰 플라이어가 아니었지만… 그렇다 해도, 내가 이렇게 비논리적이고 추한 감정을 느낄 만한 이유가….

젠장, 이게 뭐지. 질투? 불안? 초조?

"셋 다로구나." 테른이 심하게 짜증스러운 반응을 보였다. *"그 여자를 선택한 드래곤은 하나도 없다는 사실을 일깨워줘야겠다. 너는 드래곤 둘의 선택*

을 받았고 말이야. 마음을 가다듬어라."

믿을 만한 기준이긴 하지만, 지금 내 기분과는 별 관계가 없었다.

"하지만 어느 시점엔 제이든이 그 여자를 선택했던 거예요." 나는 테른이 산 앞면에 바싹 붙어서 위로 올라가자 오른쪽으로 몸을 기울였다.

"어느 시점엔 너도 귀리죽이 맛있다고 생각했지. 이가 나고 세상에 다른 음식들이 기다리고 있다는 걸 알기 전까지는 말이다. 이제 그 따위 생각은 집어치워라. 그런다고 네가 더 강해질 것도 아닌데."

말은 쉽지요.

나는 남은 비행시간 동안 침묵에 잠겼고, 나바르 보호막 안으로 들어가고 나서는 조금 편하게 숨을 쉴 수 있었다. 그러다가 죄책감이 돌덩이처럼 내려앉았다. 우리는 방벽 안에 안전하게 있는데, 방금 우리가 무장시킨 그리폰 부대는 똑같은 확신을 갖고 잠들지 못할 것이다.

우리는 들판에 내려앉았고, 나는 버클을 풀고 테른의 앞다리를 미끄러져 내려갔다.

"아침에 출발할 준비를 해라." 테른이 지시했다. "빨리 돌아가면 네가 갑자기 떠난 처벌을 누그러뜨릴 수 있을지도 모른다."

아무도 드래곤을 처벌하진 않으니 말이다.

"별로 그럴 것 같진 않지만 시도는 해볼 수 있겠죠." 비행 고글을 올리는 사이에 테른은 스게일과 함께 리듬에 맞춰 꼬리를 흔들면서 걸어갔다. 별 건 아니지만 그 모습을 보니 웃음이 나왔다.

제이든이 다가오더니, 내 허리에 팔을 감고 단단한 가슴팍에 당겨 안은 다음에야 엄지와 검지로 내 턱을 올려서 시선을 맞췄다. 미간에 주름이 잡혀 있었다. "남은 몇 시간을 캣에 대해 말하면서 보내야 하나?"

"아니." 나는 그의 목을 감싸안았다. "당신이 내 예전 애인들에 대해 대화하고 싶은 게 아니라면야, 됐어."

그는 내 입으로 관심을 옮겼다. "그보다는 아까 말한 2번 선택지를 고르고 싶은데. 내 침실로 올라가서 시간을 현명하게 쓰는 계획 말이야."

"훌륭한 계획이네." 그의 제안만 듣고도 몸이 달아올랐다. "하지만 우린 테카루스 자작에 대해 이야기해야 할 거야."

"젠장." 그는 시선을 돌렸다. "차라리 우리의 예전 애인들에 대해 말하는 게 낫겠어." 그는 다시 나에게 시선을 옮겼다. "그런데 전 애인이 누구야? 내가 아는 사람인가?"

"테카루스." 나는 한쪽 눈썹을 올렸다. "당신이 비밀을 지키고 싶어 하는 건 알지만, 어떤 비밀이라도 내 결정에 영향을 미칠 수 있는 정보라면 알려주겠다고 했지. 아무래도 지금 벌어지는 일은 나와 관계가 있는 것 같거든." 나는 손가락으로 그의 목에 찍힌 낙인을 훑었다. 그저 그를 만질 수밖에 없어서였다. "그러니까 물어볼게. 테카루스가 대장간을 완성할 수 있는 단 하나의 장치인 루미너리의 대가로 뭘 원하길래 주지 않으려고 하는 건데?"

그는 내 허리를 감은 손에 힘을 주어 더 가까이 끌어당겼다. "무기와 개인 군대 말고?" 그는 멈칫했다가, 갈등이 가득한 눈으로 한숨을 내쉬었다. "넌 백 년 만에 처음 나타난 번개 능력자야. 자작은 네가 능력을 쓰는 모습을 볼 수 있다면 루미너리를 아레티아로 가져가게 해주겠다고 맹세했어."

나는 눈을 깜박였다. "꽤 쉬운 조건 같은데."

"그렇지 않아. 첫 번째 협상이 결렬된 건 그 작자가 루미너리를 넘겨주는 게 아니라 쓰기만 하게 해주려고 해서야. 그러니까 코딘에 드래곤을 주둔시켜야 한다는 뜻이지. 그리고 두 번째에는, 난 그놈이 너를 보기만 하는 데서 멈출 거라고 믿지 않아. 자작은 귀한 것들을 수집하고 상대의 뜻에 상관없이 곁에 두기로 유명해." 그의 엄지손가락이 내 아랫입술을 쓸자 전율이 흘렀다. "난 그런 위험을 감수하지 않을 거야. 너를 두고는 안 돼."

"그건 내가 알아서 할 일 같은데." 나는 부드럽게 대답했다. 그에게는 루미너리가 필요하고, 내가 보호막을 올릴 수 있다면 우리에게 충분한 시간을 벌어줄 것이다.

"아레티아에서 말했지. 너 없이 사느니 이 전쟁에서 지고 말겠다고." 그는 손가락으로 내 턱 선을 쓸다가 손을 내렸다.

"당신이 그렇게 말했을 때는 진심이라고 생각하지 않았어." 가슴이 아파서 터질 것 같았다. 나는 무분별한 심장이 뛰는 모든 순간에 이 남자를 사랑했다. 제이든이 온갖 비밀을 숨기지 않고 나에게 마음을 열기만 하면 이 심장이 그의 것이 되련만.

"어느 시점엔 날 다시 믿어야 해." 그는 입매에 힘을 줬다. *"네가 코딘으로 가는 건 논의 대상도 아니야. 브레넌이 이미 다른 조건으로 협상하고 있어."*

"하지만 난 바로 여기에 있어. 당신이 모든 일에서 날 지킬 수는…." 나는 제이든이 내 어깨에 달린 깊은 칼집에 무거운 것을 넣자 시선을 돌렸다. 내가 그의 비행 재킷을 입고 있기 때문에 존재하는 칼집이었다. "그건 뭐야?" 이미 알고는 있었다. 칼자루에 달린 합금이 달빛을 받아 반짝이다가 내 팔에 묻혀 사라졌다.

"무슨 일이 있어도 네가 스스로를 지킬 수 있다는 걸 알아야겠어. 악몽을 꾸는 건 너만이 아니야."

"제이든." 그의 얼굴을 감싸고 손바닥을 문지르며 속삭였다. "난 번개 능력자야. 베닌을 상대로 무방비할 일은 없어."

"물론 그 단검은 숨겨야 할 거야." 제이든의 목소리가 퉁명스러워졌다. "어디든 너에게 제일 편한 곳에 더 깊은 칼집을 만들어."

나는 고개를 끄덕였다. 당장은 누가 알아차릴 가능성이 거의 없었다. 칼집이 바깥쪽을 향하고 있거나, 처음부터 어딜 볼지 알아야만 눈에 띌 것이다.

"또 우리가 논의할 문제가 있나?" 그가 물었다.

나는 콧잔등을 찡그리고 입매를 비틀었다. "전투 브리핑 시간에 졸랴의 전투 소식이 새어 나왔고, 마컴이 그걸 흑색선전인 척 넘겼다는 것 말고?"

제이든이 나를 빤히 보았다.

"아니면 놀론이 잭 발로우의 목숨을 구하기 위해 몇 달이나 보냈다는 사실?" 나는 그의 품에서 빠져나와 몸을 돌렸고, 우리는 외벽을 따라 횃불이 타고 있는 전초기지를 향해 걷기 시작했다. "참, 바리쉬가 심문 도중에 내 어깨를 탈구시켰어. 데인이 나한테 고유 능력을 쓰지 않겠다고 거부한 후였지."

제이든이 멈춰 섰다.

"걱정하지 마." 나는 그를 잡아끌며 어깨 너머로 말했다. "우린 탈출했어. 그 사람들이 우리와 드래곤 사이의 결속을 둔화시키고 고유 능력도 약화시키는 새로운 약을 쓰려고 했는데, 내가 지상 항법 실습 때 맡은 냄새를 기억해서 피했거든."

"고유 능력을 차단하는 약이라고?" 그의 목소리가 커졌다.

"괜찮아. 그 물약을 손에 넣을 수만 있다면 해독제도 만들 수 있을 거야." 나는 그를 흘긋 보았다. "아니면 브레넌이 할 수 있겠지."

그가 시선을 마주쳤다. "우리의 의사소통 문제에 대해 노력하자던 건 어떻게 된 거야?"

"당신이 질문을 던지면 정보를 줄게." 나는 비꼬는 미소를 지었다. "데인이 나한테 시합을 걸었다는 얘기는 했던가?" 데인이 어머니에 대해 말했던 그 웃기는 소리에 대해서는 절대로 묻지 않을 것이다. 데인은 내 머릿속을 차지할 자격이 없다. "아, 그러고 보니 아릭에 대해서도 말해야 할지 모르겠네."

제이든이 한숨을 내쉬었다. "2번 선택지는 물 건너갔군."

다음 날 오후에 바스지아스 비행장에 착륙할 때는 이상하게도 희망이 가득한 기분이었다. 어쩌면 제이든과 내가 몸만 나누는 게 아니라 정말로 솔직하게 서로를 믿는다는 느낌이 들어서일지 모르겠다. 나에게 모든 정보를 주지는 않는다 해도 말이다.

그리고 그 몸은 정말이지 최고의 특전이지. 기동 훈련을 마치고 착륙하려는 제1비행단 3학년들을 피해 비행장 가장자리에서 테른의 등을 내려오는 내 몸의 기분 좋은 욱신거림은 비행 때문만이 아니었다.

젠장, 내리기 전에 단검을 배낭에 넣었어야 했는데. 사방에 드래곤과 라이 더들 투성이었다.

"이렇게 드래곤이 많으니 바리쉬와 에이토스도 네가 도착했다는 사실을 바로 알았을 거다." 테른이 경고했다.

"전 처벌에 정면으로 맞설 거예요." 나는 테른의 턱에 보이는 윤기 없는 비 늘을 긁어주며 대답했다. "테른은 수분을 섭취해야겠어요. 비행으로 건조해 졌네요."

"우리가 갑자기 떠난 건 네가 아니라 내 잘못이었다. 네가 내 대신 벌 받는 길 참고 보진 않겠어."

"다정하게 굴지 말아요. 불안하니까." 나는 그의 비늘을 다시 한번 다독이 고 나서 가방을 어깨 높이 끌어올렸다. "벌써 몇 주나 지났잖아요. 앤다나가 곧 깨어날까요?" 앤다나가 보고 싶었다.

"알 길이 없다." 그는 재빨리 대답했다. 너무 빠른 대답이었다.

나는 의심으로 미간을 찌푸렸다. "혹시 나한테 말 안 하는 거 있어요?"

"청소년은 자기 몸에 필요한 시간만큼 잔다. 앤다나의 몸은 대부분의 드래 곤보다 잠을 많이 요구하는 모양이야."

그리고 지난 몇 주 전까지는 내가 심란해할 때마다 깨어났지. 젠장. "제가 걱정해야 해요?"

"걱정한다고 달라지는 건 없다. 앤다나는 원로들이 지키는 가운데 안전하 게 자고 있어."

흐음. "혹시 제가 처벌 때문에 죽거나 불편해질 것 같으면 말할게요."

"네가 말하지 않아도 알 거다. 난 내내 너와 함께 있을 테니까." 그는 투덜 거렸다. "스물한 살짜리 인간의 서툰 모습을 강제로 목격해야 하는 신세지."

"덜 서툴어지도록 노력하겠습니다."

"그럴 수 있다면야 진작에 그랬겠지." 그는 내가 건틀릿 옆의 계단으로 향 할 때까지 기다리다가 날아올랐다. 테른의 날개가 일으키는 돌풍이 등을 때렸다.

계단을 내려가려니 왼쪽에 시선이 절로 갔다. 우리 대대는 2학년들이 심문실에 가 있는 동안에 트리스텐을 앗아간 그 치명적인 장애물 코스를 연습하고 있었다. 놀랄 일도 아니지만 아릭과 비시아는 이미 꼭대기까지 갔고, 다른 1학년들은 힘겨워하고 있었다. 아직 누구 이름을 더 기억하진 않았지만, 지금까지 우리 대대에서 잃은 사람은 둘뿐이다.

슬론은 아랫입술을 깨문 채로 검푸른 머리의 여자 하나가 네 번째 오르막에서 회전하는 통나무를 더듬더듬 지나는 모습을 지켜보고 있었는데… 그 여자가 떨어졌다. 심장이 철렁했지만, 그 여자는 절벽에 수직으로 늘어진 밧줄을 붙잡는 데 성공했다.

"저 장애물은 단숨에 달려가야 돼." 나는 슬론 옆을 지나가면서 말했다. "머뭇거리다간 떨어질 거야."

"네 도움이 필요하단 소리는 안 했어." 슬론이 낮은 목소리로 대꾸했다.

"너희 오빠는 작년에 건틀릿 패치를 따냈어. 아무도 네가 그만큼 할 거라고 기대하진 않지만, 죽진 않도록 해봐. 알겠어?" 나는 멈추지도 않고 어깨 너머로 말했다. 슬론이 내 도움을 받아들일 리도 없고, 내가 그 애를 구할 수도 없다. 해내거나, 해내지 못하거나 둘 중 하나뿐이다.

젠장. 다른 사람도 아니고 제이든이 된 기분이네.

"너 때문에 사령부에서 화가 났다, 소른게일." 내가 다가가자 에메테리오가 말했다. 막 머리카락을 밀고 기름을 바른 머리에 햇빛이 반짝였다.

"어쩔 수 없었어요." 나는 그 옆에 멈춰 서서 조용히 말했다.

그는 나를 곁눈질했다. "난 생도를 아끼지 않는다. 여기에서 그러는 건 어리석은 일이지."

"그렇겠죠."

"하지만 나에게 아끼는 생도가 있다면…." 그는 검지를 들어 올려 나를 가리켰다. "있다는 건 아니지만, 만약 있다면 그 생도에게 전설적인 전투 드래곤과의 강력한 결속을 강조하라고 말할 것이다. 혹시라도 정신 차단벽을 강화했더라면 허락도 받지 않고 뛰쳐나가는 것 같은 성급한 결정은 피할 수 있었다는 발언 같은 건 하지 않는 게 좋겠다고 제안하마." 그는 검은 눈썹을 치켜올리며 나를 보았다. "하지만 그러면서도 또 다른 아끼는 학생이, 나에게 그런 게 있다면 말이지만, 다시는 이런 일이 없도록 그 학생에게 차단벽을 강화하는 방법을 가르치면 좋겠다." 에메테리오의 시선이 소위를 뜻하는 은색 줄이 하나 들어간 내 재킷을 보았다.

"알아들었습니다." 나는 미소 짓고 말했다. "신경 써주셔서 고맙습니다, 에메테리오 교수님."

"내가 그렇다고는 안 했다." 그는 건틀릿으로 관심을 돌렸다. 마침 슬론이 네 번째 오르막을 넘은 후였다.

"네. 물론이죠." 나는 씩 웃고 나서 분과로 통하는 바위 길을 걸었다. 그 다음에는 다가오는 처벌에 대한 두려움과 싸워야 했다. 바리쉬가 죽이려고 한다면 맞서 싸우겠어. 날 고문하고 싶어 한다면 받아낼 거야. 아니면 바로 팬첵에게 찾아가는 게 좋을까?

건틀릿 차례를 기다리며 지나가는 다른 대대로 길이 붐볐고, 나는 단검을 배낭에 넣는 문제에 대해 고민하기를 그만뒀다. 이 속도면 아무도 손잡이에 합금이 박힌 단검을 알아보는 일 없이 방에 도착할 것 같았다.

2학년 층에 도착했을 때는 어떤 식으로 자수할지 십여 개의 시나리오를 검토한 후였다. 중앙 복도에서 내 쪽으로 걸어오던 케이오리 교수가 집중하느라 이마를 찌푸리고 읽던 책에서 고개를 들었다. 나는 그에게 손을 흔들고 나서 우리 대대 침실이 있는 작은 복도에 접어 들었다.

그리고 딱 멈춰 섰다. 그들을 보자 심장이 2초쯤 멈춘 것 같다.

"저기 오는군." 바리쉬의 느끼한 목소리를 듣자 목덜미 털이 쭈뼛 섰다. 바리쉬는 심복 둘과 함께 벽에서 몸을 떼고 내 쪽으로 다가왔다. "기다리고 있었다, 소른게일."

"비행의 때를 씻고 나서 바로 출두하려고 했습니다." 거의 다 됐는데. 조금만 빨랐어도 안전하게 내 방에 들어갈 뻔했는데.

"아, 그러니까 허가 없이 결석했다는 사실을 알고는 있군." 바리쉬는 전혀 안심이 되지 않는 미소를 지으며 말했다. 3인조는 복도 양옆으로 내 방과 리애넌의 방을 지나치며 다가왔다. 내 왼쪽에는 소여의 방이, 오른쪽에는 리독의 방이 있었다.

"물론입니다." 나는 고개를 끄덕였다.

리애넌의 방문이 소리 없이 열리더니, 내 친구가 고개를 살짝 내밀고 눈을 크게 떴다. 내가 아주 살짝 고개를 저어서 경고하자, 리는 고개를 끄덕이고 안으로 들어가서 문을 살그머니 닫았다. 다행이다. 리애넌이 대대장으로 나서서 변호했다가 내 처벌에 얽히는 사태는 바라지 않는다.

"가방." 바리쉬가 명령했다.

망할. 다행히 단검을 거기 넣진 않았네. 실수 덕분에 살았을지도.

노라가 손을 내밀었고, 나는 어깨에서 가방을 내려 건넸다.

"본인 제복을 입기도 귀찮았나?" 바리쉬는 내가 입고 있는 재킷의 옷깃에 박힌 제이든의 계급장을 보았다. "임관한 장교인 척하는 건 코덱스 위반이라는 사실을 알고 있겠지?"

노라가 내 가방을 돌바닥에 쏟으면서 역사책 장정이 쪼개졌다. 윽. "보십시오, 여기에도 한 벌 더 있습니다." 노라는 보디의 재킷을 바리쉬에게 건넸다.

"제복을 수집하나 보지?" 바리쉬는 내 쪽을 보지도 않고 재킷을 받아들었다. 다른 두 라이더와 마찬가지로 그의 관심도 가방 쪽에 있었다.

놈은 제이든의 재킷도 빼앗아갈 것이다. 확실하다. 공포로 숨을 쉴 수 없을 지경이었다. 나는 리가 살짝 남겨놓은 가느다란 문틈으로 눈을 마주쳤다. 리가 소리 없이 고개를 옆으로 기울였고, 나는 내 어깨에 들어 있는 단검 쪽을 흘끗 보았다가 리를 향해 눈썹을 올렸다.

"책 몇 권, 비행 고글, 그리고 재킷뿐입니다." 노라가 말했다.

"본인 것이 아닌 재킷이지." 바리쉬가 정정했다. "지금 입은 재킷과 마찬가지로 말이야."

리애년의 문에서 살짝 소리가 났지만, 그녀는 세 사람이 시선을 돌리기 전에 문을 닫는 데 성공했다.

제기랄, 나 혼자다. 바리쉬가 단검의 정체를 안다면 나는 범죄에 연루되고도 남을 테고, 바리쉬가 모른다 해도 마컴은 알 게 분명하다. 거기서 끝나는 게 문제가 아니라, 제이든까지 휘말릴 것이다. 사령부는 제이든이 배신했다고 여기고 낙인자를 모두 죽일 것이다.

"입고 있는 재킷을 확인해라." 바리쉬가 지시했다. "이건 규정에 맞지 않으니 말이야."

"미안하지만…." 케이오리 교수가 내 뒤에 나타나서 말했다. "방금 소령이… 보좌관들인지, 아니면 뭐라고 부르는지 모르겠지만, 아무튼 저 친구들에게 생도의 옷을 벗기라고 명령하는 소리를 내가 들은 거요?"

"재킷입니다. 소른게일은 7조 3항 위반입니다. 생도가 장교인 척하는 것은…." 바리쉬가 입을 열었다.

"사실은 2항입니다." 내가 말을 끊으며 팔짱을 꼈다. 어깨에 생각보다 힘이 많이 들어갔지만, 다시 시선을 내려서 놈들의 주목을 끌 만큼 어리석지는 않았다. "그리고 원래 그 조항은 남의 비행 재킷을 입은 게 아니라 장교를 사칭하는 것이 처벌받을 죄라고 되어 있습니다. 보시다시피 저는 누구의 이름표도 달고 있지 않고, 다른 사람이라고 주장하고 있지도 않습니다."

"맞는 말이군요, 부생도대장." 케이오리가 옆구리에 책을 꼈다. "그리고 우리가 언제부터 생도들의 가방을 뒤졌소?"

"제가 부생도대장직을 인계받으면서부터죠." 바리쉬는 고개를 들고 몸을 똑바로 세웠다. "이건 당신이 상관할 일이 아닙니다, 케이오리 대령님."

"그래도 난 여기 있겠소." 케이오리가 대꾸했다. "권력은 언제나 견지해야 하지. 그렇게 생각하지 않소, 바리쉬 소령?"

"제가 이 생도에게 권력을 남용하고 있다는 겁니까, 케이오리 대령님?" 바리쉬가 우리 쪽으로 걸음을 옮겼고, 그 앞에 내 가방이 있었다.

"아, 천만에." 케이오리는 고개를 저었다. "소령이 전반적으로 권력을 남용한다고 생각하지."

무표정을 유지하기 위해 온몸의 근육을 동원해야 했다.

바리쉬는 케이오리를 보고 눈을 가늘게 떴다가 나를 돌아보았다. "난 그 비행 재킷을 받아야겠다." 그가 손을 내밀었다.

나는 손가락이 떨리지 않기를 빌면서 단추를 풀고 재킷을 건넸고, 바리쉬는 모든 주머니를 뒤졌다. 테른에게 경고할 필요도 없었다. 이미 마음속에서 테른의 조용한 존재감을 느낄 수 있었다.

"흠." 케이오리가 내 쪽으로 몸을 숙이고 고개를 기울이며 제복을 훑어보았다. "이름표에는 확실히 소른게일이라고 써 있고, 소속 대대 패치 두 개도 보이는군. 내가 보기엔 누굴 사칭하는 것 같지 않소."

"소른게일은…." 바리쉬는 재킷을 탈탈 털면서 붉으락푸르락한 얼굴로 말했다. "허가 없이 학교를 떠난 죄로 군사재판을 받아야 하고…."

"아." 케이오리가 고개를 끄덕였다. "이제 알겠소. 오늘 오후에 팬첵과 이야기하지 않았나 보군. 내가 이미 드래곤을 가지고 소른게일을 벌할 수는 없다는 전문가 의견을 제출했소. 소른게일의 매우 강력하고 반려와 맺어져 있는 드래곤 말이오. 팬첵도 동의했소. 소른게일은 무혐의 처분이오."

"뭐요?" 바리쉬는 제이든의 재킷을 보디의 재킷 위에 떨궜고, 그의 심복 둘이 몸을 일으켰다.

"생각해봐요." 케이오리는 어린아이를 어르듯이 말했다. "2학년이 드래곤의 압도적인 감정을 차단하길 기대하긴 어렵지. 장교인 우리도 힘들어하는 판에, 심지어 테른처럼 강한 드래곤이라니."

"대령님은 힘드신가 봅니다." 바리쉬는 평소의 번드르르하고 무심한 태도를 잃고 말을 잘랐다. "드래곤의 변덕에 휘둘리지 않는 사람도 있습니다. 오히려 우리가 드래곤에게 영향을 미치지요."

"흠, 그거 찬찬히 생각해볼 만한 이론이로군." 케이오리는 말을 멈추고, 돌아오지 않을 게 뻔한 대답을 기다리는 척하다가 말했다. "이상하군. 그렇다면 솔레스가 난간다리 시험 이후에 계약한 라이더들이 있는 대대에 화염을 뿜었을 때도 소령이 영향을 미쳤다는 건가?"

바리쉬가 우리를 번갈아 보았다. "여기까지 하지."

3인조는 바닥에 어질러놓은 내 물건들 옆을 돌아서 케이오리 교수를 밀치고 지나갔다.

"적을 만들고 있구나, 소른게일." 케이오리는 그들이 떠날 때까지 기다렸다가 조용히 말했다.

"이 경우에는 제가 만든 건지 잘 모르겠어요, 교수님." 나는 솔직하게 대답하고, 주저앉아서 물건을 가방에 밀어 넣었다. "처음부터 저런 상태로 찾아왔는걸요."

"흐음." 그는 일어서는 나를 보았다. "어쨌든 조심하거라." 내게 신중한 눈길을 던지더니, 복도 저편으로 사라졌다.

두 손으로 재킷을 더듬어보니 어깨에 '빈' 칼집이 만져졌다.

신들이시여.

"이리 썩 들어와!" 리애넌이 잇새로 말하며 나를 끌고 방으로 들어가서 문을 쾅 닫았다.

리독과 소여가 창가 자리에서 일어나더니 물리학 책을 덮고, 서로 눈짓을 교환한 뒤에 다가왔다.

"너희가 이런 난장판에 휩쓸리지 않길 바랐…" 나는 리가 단검 끝을 잡고 들어 올리자 더 말하지 못했다. "이런 맙소사!" 입이 딱 벌어졌다가, 경이에 찬 미소로 입꼬리가 올라갔다. "방금 벽 너머로 가져온 거구나! 아직은 못하는 줄 알았어!"

"못해!" 리가 반박했다. "아니, 지금까진 못했다고 해야겠지. 네 눈빛을 보니 이 물건이 뭔지는 몰라도 걸리면 네가 죽을 수도 있겠구나 생각하기 전까지는 말이야."

"굉장해!" 나는 리독과 소여를 보았다. "리 진짜 대단하지?"

"고유 능력 얘긴 됐어!" 긴장감으로 리애넌의 목소리가 올라갔다. "이게 뭔데? 왜 그 작자들이 발견하면 안 되는 거였는데?"

"아, 그렇지." 내가 한 걸음 다가서자 리애넌이 단검을 건넸다. 마음속에 다양한 단계의 진실을 담은 수많은 선택지가 스쳐 지나갔다. 하지만 이젠 리에게, 친구들에게 거짓말하는 게 지긋지긋했다. 특히나 공격이 심해지고 있고, 친구들에게 해만 될 상황에서는 더 이상 무리였다. "그 단검은…."

신들이시여. 제이든이 이 일을 용서해주면 좋겠는데.

리는 나의 제일 친한 친구고, 방금 나뿐만이 아니라 이 학교에 다니는 모든 낙인자의 목숨을 구했다. 그녀는 나에게 더 나은 대접을 받을 자격이 있다. 진실을 들을 자격이 있다. 셋 다 그렇다.

"바이올렛?" 리가 간청하는 목소리로 말했다.

나는 목구멍의 응어리를 꿀꺽 삼키고 리의 눈을 마주 보았다. "그건 베닌을 죽이기 위한 무기야."

30

침입을 차단하기 위해 라이더 분과에는 라이더 외에 지정된 서기
만 들어갈 수 있다. 보병은 물론이고 힐러라 해도 초대받지 않고 들
어간다면 빠른 죽음을 맞이해야 할 것이다.

＿ 바스지아스 군사학교 행동수칙, 2조 3항

나는 친구들에게 털어놓았다.

우리 대대를 떠나서 제이든과 함께 모의전투 훈련을 하러 가기로 했던 순
간부터, 단검에 찔리고, 테른의 등에서 떨어진 순간까지 전부 다. 하지만 어디
에서 어떻게 깨어났는지 말할 때가 되자 말문이 막혔다. 말할 수가 없었다.

친구들을 믿지 않아서가 아니라 그건 내 비밀이 아니기 때문이다. 그리고
그 부분을 말해버리면 제이든과… 브레넌을 배신하는 셈이 될 것이다. 아레
티아에 있는 모든 사람을 위험에 몰아넣을 것이다.

그래서 레손 이후에 일어난 일에 대해서는 일부를 빼놓고 다 말했다. 앤다
나, 암살 시도, 단검들, 우호적인 그리폰들에게 무기를 공급하는 일, 제시니아
가 보호막을 다루는 기밀 등급 책을 몰래 빼돌려준다는 것, 심지어 나바르는
베닌을 유인하는 방법을 알지도 모른다는 가설까지…. 친구들이 나를 멍하니
쳐다보는 가운데 말이 쏟아져 나왔다. 다들 충격에서 불신까지 다양한 표정
을 짓고 있었다.

"내가 옳았네. 데이는 그리폰에게 죽은 게 아니었어." 리는 침대에 걸터앉아서 초점이 흐려진 눈으로 벽을 보며 내가 말한 내용을 소화했다.

"데이는 그리폰에게 죽은 게 아니었어." 나는 그 옆에 앉으면서 천천히 고개를 저었다.

"그리고 넌 라이오슨이 너 대신 거짓말을 하게 했고." 소여는 가슴 앞에 팔짱을 꼈다.

나는 고개를 끄덕였다. 친구들이 나를 비난하고, 고함을 치고, 방 밖으로 걷어차서 내쫓고, 우리의 우정을 끝내버리길 기다리려니 뱃속에 구멍이 뻥 뚫린 기분이었다.

"드래곤들이 아는 건 확실해?" 리독이 고개를 기울이더니, 에오트롬과 대화하는 것처럼 천천히 눈이 커졌다. "드래곤들이 아는 거 맞구나."

"페이그도 알아." 리가 침대 가장자리를 잡았다. "페이그는 내가 안다는 사실에 놀랐어. 네가 안다는 사실에도."

"테른은 엠피리언이 둘로 갈라졌다고 해. 드래곤들 일부는 행동하고 싶어 하고, 일부는 그렇지 않대. 엠피리언이 공식적인 입장을 취하지 않으니 어떤 드래곤도 사실을 말해서 자기 라이더를 위험에 빠뜨리려고 하지 않는 거야. 이미 안다면 또 몰라도."

"그리고 보호막 너머에선 사람들이 죽고 있단 말이지. 그 모든 흑색선전이 진짜라고." 리독이 창문과 문 사이를 서성였다.

"그래." 나는 고개를 끄덕였다.

"이렇게 큰 거짓말을 계속할 순 없어." 리독이 최근에 짧게 깎은 머리를 문지르며 반박했다. "그건 불가능해."

"그렇지도 않아." 소여가 리애넌의 책상에 몸을 기댔다. "난 루세라스에 살았잖아. 해안가에 사는 우리가 아는 소식이라곤 서기들이 공식 발표로 내보내는 내용뿐이야. 마컴이 어떤 소식은 발행하고 어떤 소식은 발행하지 않을지 선택하는 것만큼이나 쉽지. 우린 심지어 섬 왕국들의 무역선도 받아들이지 않아."

리독이 고개를 내저었다. "좋아. 그렇다면 웨번인가 뭔가 하는 건?"

"와이번?" 리애넌이 대신 말했다.

"그래. 네가 드래곤만큼 큰 괴물들을 다 죽였다면, 그 시체는 어디 있는데? 전장 전체를 숨길 순 없어. 그리고 레손만큼 애더빈에 가까우면 누군가가 봤을 거야. 먼 곳을 보는 능력을 가진 라이더가 리암 하나도 아니고."

"태워버린 거야." 리애넌이 생각에 잠겨서 먼 곳을 보며 조용히 말했다. "전투 브리핑 시간에 들은 순찰 보고서에 따르면, 레손 무역기지는 몇 킬로미터에 걸쳐 새까맣게 타 있었고 앞으로 분기마다 무역을 하려면 새로운 곳을 찾아야 한다고 했어."

"시간이 얼마나 있지?" 리독이 걸음을 멈췄다. "그것들이 국경선에 닥칠 때까지?"

"1년이라는 사람도 있고, 그보다 짧은 시간이라는 사람도 있어. 훨씬 짧다고 해." 나는 리를 돌아보았다. "너희 가족을 설득해서 떠나게 해야 해. 국경에서 멀수록 좋아."

리가 눈썹을 올렸다. "나보고 가족에게 이유도 말해주지 않으면서 평생 일군 가게를 버리고, 동생과 동생 가족까지 함께 떠나라고 하라고?"

"시도는 해봐야지." 나는 속삭였다. "말하지 못한 건 정말 미안해." 죄책감이 나를 통째로 삼켜버릴 것 같았다. "사실은 아직도 전부 다 알려준 건 아니야. 내가 말할 수 없는 것들이 있어. 적어도 너희 모두가 데인을 차단할 수 있기 전까지는 못 해. 내가 지난 몇 달 동안 계속 너희에게 거짓말을 했으니 이것도 개소리로 들릴 거 알아. 그리고 너희에겐 얼마든지 나에게 화를 내거나 미워하거나 뭐든… 그럴 권리가 있어. 당연히." 자기 비하의 웃음이 새어 나왔다. "내가 제이든에게 그렇게 열받은 것도 그것 때문이었거든." 마지막 말은 속삭임이 되어 나왔다.

"그만해." 리는 깊은 숨을 들이마시며 몸서리를 치더니 나와 시선을 맞췄다. "너에게 열받지 않았어."

나는 할 말을 잃고 물러섰다.

"난 조금 열받긴 했어." 리독이 중얼거렸다.

"난 충격받았지만 화나진 않았어." 소여가 리독을 노려보며 말했다.

"난 네게 화나지 않았어, 바이." 리애넌이 나를 똑바로 보면서 다시 말했다. "그저 네가 나에게 말할 수 없다고 느꼈다는 게 정말 슬플 뿐이야. 진작 나를 믿어주지 않았다는 사실에 실망했거나 조금 좌절했을지는 모르지. 하지만 이게 네게 얼마나 무거운 짐이었을지 짐작도 안 가."

"하지만 넌 열받아야 해." 눈시울이 뜨거웠고 돌덩이가 목을 틀어막는 것 같았다. 나는 세 사람을 차례차례 보았다. "다들 열받아야 마땅해."

리애넌이 눈썹을 치켜들었다. "그러면 나한테 말하지 않았다는 이유로 널 갈기갈기 찢어놔야만 직성이 풀린다 이거야? 그건 불공평한데."

숨 쉬어. 숨 쉬어야 해. 하지만 목구멍을 막은 돌덩이가 이젠 산더미처럼 커졌다. "넌 내게 과분한 친구야." 내가 완전히 속였는데도 보여준 반응은, 제이든을 맹렬히 비난했던 내 반응과 달라도 너무 달랐다. "너희 모두 그래."

리가 나를 잡아당겨 끌어안고는 내 어깨에 턱을 올렸다. "설령 이 모든 걸 알게 되어서 내가 표적이 된다 해도, 난간다리에서 넌 알지도 못하는 나에게 부츠 한 짝을 빌려주는 위험을 무릅썼잖아. 이젠 제일 친한 친구이기까지 한데, 어떻게 내가 이런 위험을 함께 지지 않겠어."

나는 친구들이 사실을 안다는 사실에 턱없이 마음이 놓이고, 동시에 내가 한 일로 모두가 위험에 노출됐다는 섬뜩한 두려움을 느끼면서 리를 꽉 끌어안았다.

"우린 도망치지 않아." 소여가 우리 쪽으로 다가오더니 내 어깨를 잡고 살짝 힘을 줬다.

리독도 천천히 걸어오더니 내 등에 손을 얹었다. "우리 넷이 똘똘 뭉치는 거야. 그래야 해. 무슨 일이 있어도 넷이 같이 졸업하는 거야."

"졸업할 바스지아스가 남아 있다면 말이지." 소여가 말했다.

"질문이 하나 있어." 리애넌이 몸을 떼어내고, 리독과 소여도 손을 내렸다. "몇 달밖에 시간이 없다면 뭘 어떻게 해야 하지?" 그 눈에는 두려움이라곤 없었다. 강철 같은 투지뿐이었다. "모두에게 말해야 하지 않아? 그놈들이 국경에 나타나서 사람들의 생명을 빨아들이게 둘 순 없어."

리애넌이 바로 문제를 해결하자는 태도로 뛰어드는 모습이라니. 레손에서 바스지아스로 돌아온 이후 처음으로 외롭지 않았다. 제이든에게는 거리를 두는 방식이 통했을지 몰라도, 나에겐 친구들이 필요했다.

"그럴 순 없어. 싸울 준비를 다 갖추기 전까지는 안 돼. 우리가 진실을 퍼뜨릴 기회도 얻기 전에 놈들이 우리를 죽일 거야. 티렌더 반란 때처럼."

"라이오슨과 낙인자들은 대륙의 운명을 지고 뛰어다니는데 우리는 손가락만 빨고 있을 순 없어." 소여가 콧잔등을 문질렀다.

"그 말이 맞아." 리애넌이 고개를 끄덕였다. "네가 두 번째 보호막을 설치하는 게 사람들을 구할 방법이라고 생각한다면, 그렇게 하자. 무기 밀수는 낙인자들에게 맡겨놓고 네 조사 연구를 돕는 데 집중하자."

"좋은 계획이야." 리독이 합금 손잡이 단검을 집어 들고 찬찬히 살펴보며 맞장구쳤다.

"너희들, 진심으로 보호막에 대한 기밀 서적 수십 권을 읽는 데 시간을 보내겠다는 거야?" 나는 눈썹을 올리고 세 사람을 보았다.

"그래서 아카이브에서 시간을 보낼 수 있다면 좋지." 소여가 열렬히 고개를 끄덕였다.

"그 이유는 우리 모두 알지." 리독이 씩 웃더니 소여의 등을 두드렸다.

가슴 속에 희망의 불씨가 피어났다. 우리가 힘을 합치면 네 배는 빠르게 읽을 수 있고, 네 배의 책을 확인할 수 있을 것이다.

"최초의 여섯이 첫 보호막을 어떻게 만들었는지 다룬 기록이 어딘가에 분명히 있을 거야. 제시니아가 찾고는 있지만, 기밀 서적 전부에 접근할 순 없어. 그리고 내가 읽은 책은 전부 번역 과정에서 편집이나 삭제를 거쳤어. 최초의 서기들이 쓴 설명도 그래. 우리의 역사를 바꾸면서 그 지식을 숨긴 것 같은데, 대충 400년 전쯤이었을 거야."

"그러면 400년보다 오래된 책을 찾는 거네." 리애넌은 생각에 잠겨서 손가락으로 무릎을 톡톡 두드렸다. "번역이나 수정을 거치지 않은 책."

"바로 그거야. 그리고 제시니아가 이미 보호막 엮기에 관해 접근할 수 있는 제일 오래된 책을 보여줬는데, 거기엔 창조가 아니라 확장에 대한 내용만 있어." 나는 어깨를 늘어뜨리고 한숨을 내쉬었다. "우리에게 정말 필요한 건 1차 자료야. 그런데 최초의 여섯이 바스지아스를 설립한 후에 둘러앉아서 책을 썼을 것 같진 않아. 바빴겠지."

"일기를 못 쓸 정도로 바쁘진 않았지." 리독은 단검 칼자루를 손바닥 한가운데에 놓고 균형을 잡으려 하고 있었다. 모두가 리독을 쳐다보았고, 나는 심장이 멎을 것 같았다.

"뭐라고?" 리애넌이 물었다.

"그 사람들 일기 썼잖아." 리독은 단검을 세워두려고 이리저리 움직이면서 어깨를 으쓱였다. "적어도 두 명은 썼어. 워어⋯." 그는 우리의 시선을 알아차리고 잽싸게 칼자루를 잡았다. "잠깐만! 내가 정말로 네가 모르는 걸 아는 거야?" 리독이 씩 웃었다. "이거 진짜지?"

"리독⋯." 리애넌이 나라면 받고 싶지 않을 시선을 보내며 경고했다.

"미안." 그는 단검을 책상에 내려놓고 그 옆에 앉았다. "리라와 워릭의 일기장이 여기 있어. 적어도 너희 엄마 집무실에 있던 기밀 장부에 의하면 그래."

"집무실?" 나는 입을 딱 벌렸다.

"일기장 말고, 장부가 거기 있었다고." 그는 어깨를 으쓱였다. "대대 대항전 때 훔칠 게 없나 찾는 동안에 장부를 대충 넘겨봤거든. 일기장은 지하 금고에 있다고 써 있었는데, 네가 아카이브는 저녁에 닫는다고 했던 데다가 지도를 훔치자고 해서⋯."

"지하 금고 같은 건 없어." 나는 고개를 저었다.

"네가 모르는 거겠지." 리독이 반박했다.

나는 눈을 깜박였다. "우리에게 그런 책이 있다면 제시니아가 알았을 거야. 지하 금고도 마찬가지고." 아버지가 나에게 말해줬을… 아닌가?

리독이 코웃음 쳤다. "그래. 서기들이 나바르 역사상 가장 큰 비밀을 지금까지 안전하게 지킨 게 아무려면 2학년들에게 접근을 허용해서겠어?"

"좋은 지적인데." 소여가 말했다.

정말 그랬다. "제시니아에게 찾아보라고 할게." 처음부터 친구들에게 밀했다면 이 정보를 더 빨리 알았을 거라는 생각이 들었다. "하지만 내가 그런 금고의 존재를 몰랐다면 특급 기밀이라는 뜻이야. 거기서 일기장을 꺼내려다간 우리가 죽을 수도 있어."

리독이 눈을 굴렸다. "잘됐네. 언제 이 학교생활이 다시 위험해지나 궁금했던 참인데."

제시니아는 지하 금고를 전혀 몰랐기에, 그녀가 찾아보는 사이에 우리들은 보호막 엮기와 최초의 여섯에 대해 제시니아가 찾아줄 수 있는 모든 책을 탐독했다. 네 사람이 하니 조사가 훨씬 빨라졌다. 그리고 인정해야겠는데, 공부하는 동안 방 안에 친구들이 다시 보인다는 게 좋았다.

하지만 답을 찾지는 못했다. 그리고 앤다나는 수상쩍게도 계속 잠들어 있었다. 테른이 걱정하지 말라고 상냥하게 말하니 오히려 더 걱정이 됐다.

제이든에게 우리의 발견에 대해, 또는 발견하지 못한 것에 대해 말할 기회는 없었다. 다음 토요일에는 우리 대대가 제1비행단 대대와 함께 보병들과의 지상 항법 실습에 다시 끌려갔고, 나는 이틀 동안 바스지아스 근처의 가파른 산악 지형을 헤매면서 이상하게 모두에게 친절하게 구는 잭 발로우를 죽도록 피해 다녔다.

"마치 말렉을 직접 만나보고는 멀쩡한 인간으로 돌아오기로 결심한 것 같아." 리애넌은 매트 위에서 1학년들을 가르치는 잭의 모습을 보며 논평했다. "그래도 난 저놈을 안 믿어."

"나도야." 교수들도 이제는 잭을 좋아하는 것 같았다.

그 다음 주에도 앤다나는 여전히 자고 있었고, 소여는 보호석이 하나 이상 만들어졌다는 사실을 확인해주는 300년 묵은 구절을 찾아냈다.

토요일이 다시 돌아왔을 때는 제이든이 작전실 근무였을 뿐만 아니라 미라도 거의 순찰 중이었다. 그다음 주말에는 우리 대대가 보급품도 없이 가을의 파칠리 숲에 떨어져서 알아서 빠져나와야 했다.

하고 싶은 말은 알아들었어. 테른과 스게일이 만나는 건 허락하지만, 제이든과 나는 규칙을 지켜야만 서로를 볼 수 있다 이거지. 바리쉬는 우리가 너무 많은 규칙을 어겼다고 판단했고.

그 다음 주말, 나는 셰드릭 숲에서 제3비행단을 상대로 벌이는 술래잡기식 회피 작전에 참여하지 않아서 우리 대대에 0점을 주느냐, 아니면 제이든을 보러 사마라로 날아가느냐를 선택해야 했다.

작년에 미라 언니가 내가 테른과 계약한 것을 알고 예측했던 시나리오대로였다. 학업과 우리 대대냐, 아니면 제이든과 스게일이냐 중에서 선택을 강요당하는 상황. 내가 어떻게든 선택을 내리기 전에 테른이 먼저 결정했다.

우리는 학교에 남았지만, 다음 날 탈곡 시간에 테른은 말도 못하게 비참한 기분이었고 그걸 탓할 수도 없었다. 반려의 결속을 맺지 않은 나도 제이든과 5분만 이야기할 수 있다면 내 팔을 물어뜯을 수 있을 지경이었다. 제이든에게 꼭 이야기해야 하는 내용은 편지에 쓸 수 없었다.

"우리 탈곡 때보다 더 초조해 보인다." 리애넌이 내 옆으로 와서 말했다. 우리 대대는 제4비행단 1학년들이 새로 계약한 드래곤들과 함께 대기하는 장소 맞은편의 산비탈에 자리를 잡고 있었다.

"아직 슬론을 못 봤는데, 난 곧 당직 서러 가봐야 해." 나는 산통을 일으키는 어미처럼 초조하게 몸을 앞뒤로 흔들었다. 여신께서 그애와 같이 있어주시기만 한다면 제가 꼭 시간 내서 신전에 갈게요. 나는 전쟁의 여신인 던에게 약속했다.

"슬론은 해낼 거야." 이모젠이 긴장해서 팔짱을 낀 모습을 보니 말만큼 확신하지 못한다는 걸 알 수 있었다. 이모젠은 우리의 야간 운동량을 추가한 데다가, 최근에는 나에게 꽤나 퉁명스러웠다. 내가 친구들에게 고백했음을 털어놓은 다음, 이모젠도 퀸에게 말하라고 압박했기 때문이다.

퀸은 리애넌과 비슷하게 우아하고 결연하게 사실을 받아들였다.

이 상황을 알리면 제이든이 폭발하겠지. 하지만 그건 토요일에 오면 해결하자. 위에서 우리가 서로를 보게 해준다면 말이다.

"불꽃전대는 전원 다 강해 보이네. 보디가 뿌듯하겠어." 퀸이 희망 어린 미소를 지으며 말했다.

"비시아는 브라운 대거테일과 계약했어." 리가 비행장 저편에서 자기 드래곤 앞에 서 있는 비시아를 고갯짓으로 가리켰다. "애벌린, 링크스, 베일러도 해냈어. 하지만 아릭이나 미샤는 안 보여." 리는 나를 흘긋 보았다. "맨날 손톱을 씹는 애가 미샤야."

"아, 그렇구나." 죄책감에 침을 꿀꺽 삼켰지만, 목에 맺힌 응어리는 내려가지 않았다. 나는 1학년에 대해 알게 되는 일을 피했지만, 리는 그런 사치를 누리지 못했다.

날갯짓 소리가 다시 울려 퍼졌다. 블루 클럽테일 하나가 다가오는데, 사파이어색 비늘이 마침 석양이 번져가는 하늘과 대조를 이뤘다. 아름다웠다.

"우리야 언제나 아름다운 종족이었지." 테른이 끼어들었다.

"앤다르는요?" 매일 묻는 질문이었고, 오늘은 벌써 두 번째였다.

"아직 잔다."

"이게 자연스러운 일일 리가 없어요." 나는 비탈에 선 자세를 바꿨다.

"예상보다… 길기는 하구나."

"그 말을 계속 하네요. 엠피리언이 모였군요." 나는 화제를 바꾸면서 어깨 너머로 드래곤이 뒤덮고 있는 산 쪽을 보았다. 테른은 능선 위쪽 높은 곳에 있었는데, 그보다 위에 있는 드래곤들이 아마 원로이지 않나 싶었다. "혹시 오늘 밤에 뭔가 의논할 계획이라도 있어요?" 엠피리언의 협조가 없으면 우린 꼼짝할 수가 없다.

"그렇다 해도 너에게 말할 순 없다."

"알았어요." 나는 한숨을 내쉬며 블루 드래곤이 연단 앞에 착륙하는 모습을 지켜보았다. 그 위에서 어머니를 포함한 사령부가 지켜보고 있었다.

"이야." 리애넌은 아릭이 몇 년이나 드래곤을 탔던 사람처럼, 제이든과 리암이 생각날 정도로 쉽게 블루 클럽테일에게서 내려서는 모습을 보고 중얼거렸다. 나는 아릭이 내내 고개를 숙인 채 드래곤의 이름을 기록하고, 어머니에게 들키는 일 없이 돌아오자 미소 지었다.

"저기 왔다." 리애넌이 비행장 끝을 가리켰다.

딸기 같은 빨간색을 띤 중간 크기의 레드 드래곤이 날아 들어와서 대거테일을 휘두르며 비행장 가운데에 착륙했다.

"레드 대거테일이라." 나는 슬론이 어깨를 붙잡고 서툴게 드래곤에서 내리자 쏟아지는 안도감을 느끼며 속삭였다. "자기 오빠랑 똑같네."

슬론이 비시아를 꽉 끌어안는 모습에 또 웃음이 나왔다. 슬론에게 친구가 있어서 기뻤고, 우리만큼 친밀한 시간을 누리기를 빌었다.

"쟤가 널 미워하는 건 극복하기가 힘들어." 리애넌이 한숨을 내쉬었다. "그래도 살아남으니 기쁘다."

"슬론이 날 좋아할 필요는 없어." 나는 어깨를 으쓱였다. "그냥 살아주기만 하면 돼."

"마티아스 대대장?" 전령을 나타내는 회색 휘장이 달린 검은색 띠를 두른 제3비행단 소속 라이더가 다가왔다.

"여기." 리가 손짓해서 부르고는 양피지 하나를 받아들었다. "고마워." 전령이 가고 나서 봉인을 뜯고 편지를 연 리는 나를 보더니 목소리를 낮췄다. 리독도 가까이 몸을 기울였다. "제시니아가 15분 후에 아카이브 문 옆에서 만나 자는데. 우리가 요청했던 책을 갖고 있다고." 리는 흥분해서 눈을 크게 뜨며 우리끼리 정한 암호문을 천천히 읽었다.

"금고를 찾은 거야." 나는 숨을 훅 들이키며 쿵쿵 뛰는 심장으로 씩 웃었다. "하지만 난 오늘 당직이고 탈곡은 거의 끝났어. 너에게도 대대장 업무가 있 잖아."

"당직은 내가 대신 설게." 리독이 조용히 말했다.

"그래서 바리쉬에게 이번 주말에도 제이든을 못 만나게 할 핑계거리를 주 라고? 그럴 순 없어." 나는 고개를 저었다.

"그럼 내가 제시니아를 만날게." 리독이 손을 내밀자 리가 편지를 넘겼다. "여기는 소여가 우리 대신 있을 수 있어."

모두가 동의했고, 리독과 나는 새로 계약한 드래곤들의 비행 경로를 피해 서 분과로 향했다.

"우리가 당직을 서는 탑이 어디지?" 리독은 안마당에 들어서면서 물었다. "기숙사인가?"

"학예동이야." 나는 끝없는 불이 타오르는 망루탑을 가리켰다.

"아, 저 불구덩이. 탈곡이 끝나면 저 위는 바쁜 밤이 되겠네." 리독이 내 어 깨를 쿡 찔렀다. "내가 제시니아를 만나고 나서 바로 올라갈게. 그 다음에는 네 당직이 끝나고 나서 탈곡 축하연에 합류하자." 그는 고개를 기울였다. "아 니면 나라도 축하해야겠어. 안타깝게도 너는 지금 라이오슨하고만 축하하기 로 한 것 같으니까."

"가서 우리 문제가 다 해결됐는지나 알아봐." 나는 웃음을 터뜨리고는, 헤 어져서 학예동 문을 밀어 열었다. 꼭대기층으로 이어지는 넓은 나선계단을 오르니 건물 안이 으스스하게 조용했다. 생각해보니 여기서 지내는 동안 학 예동 안에 혼자 있기는 처음이었다. 언제나 누군가가 주위에 있었다. 한 층 올 라갈 때마다 심장박동이 빨라졌지만, 그래도 작년에 오렐리를 위해 탑을 오를 때처럼 숨이 가빠지는 일은 없었다.

꼭대기가 평평한 망루 문을 열자 중앙에 놓인 철통에서 솟구치는 화염의 열기가 몸을 감쌌다.

"바이올렛?" 아야가 미소 지으며 철통 반대편의 두꺼운 돌벽에서 폴짝 뛰어내렸다. "내 다음 당직이 너인 줄은 몰랐네."

"선배가 내 앞 당직인 줄 나도 몰랐어. 어떻게 지냈어?" 나는 통 주위를 돌면서, 내일이면 얼마나 많은 생도들이 말렉에게 개인 물품을 바칠지 생각하지 않으려 했다.

"잘⋯." 나는 아야가 내 뒤를 보고 눈을 크게 뜨는 모습에 바로 허벅지에서 단검을 뽑으며 아야 옆으로 붙었다.

보병의 파란 제복을 입은 군인 네 명이 뛰쳐나오더니, 숏소드를 휘두르면서 우리와 대치했다. 위장이 바닥까지 내려앉아서 박살나는 느낌이었다. 아무리 봐도 그들은 길을 잃은 모양새가 아니었다.

"보병은 라이더 분과에 출입 금지야!" 아야가 손도끼를 뒤집어서 자루를 쥐며 날카롭게 말했다.

"우리야 속달 허가를 받고 왔지." 오른쪽에 있던 한 명이 이를 드러냈다.

"우리가 전해야 할 메시지의 대가도 잘 받았고 말이야." 왼쪽에 선 제일 큰 남자가 불길하게 말하더니, 철통 반대편에서 산개하여 양쪽으로 두 명씩 우리에게 다가왔다.

암살자 네 명과 우리 둘이라. 그들에겐 출구가 있고, 우리는 불길과 벽과 4층에 달하는 허공 사이에 갇혔다. 좋지 않아. 놈들도 그걸 알고 있다. 특히 중앙에 가까이 선 놈이 천천히 짓는 미소를 보면 확실했다. 놈이 칼을 들어 올리자 칼날에 불빛이 비쳤다.

망할 놈들. 내가 작년을, 그리고 지난 몇 달을 살아남은 게 학예동 꼭대기에서 죽기 위해서는 아니야.

"*다 죽여버려라.*" 테른이 명령했다.

"왼쪽으로 가." 아야가 중얼거렸다.

나는 고개를 끄덕이고 단검을 하나 더 뽑았다. "어디 맞혀볼까." 놈들은 천천히 조직적으로 우리에게 접근했고, 아야와 나는 몸을 돌려 등을 맞대고 섰다. "비밀을 품은 자들과 같이 죽는다?"

왼쪽 한 명이 놀라서 눈을 깜박였다.

"너희 생각만큼 독창적인 문구는 아니거든." 나는 빠르게 단검 두 자루를 던져 그놈의 목과 심장을 맞혔다. 내 쪽의 첫 번째 암살자가 통나무처럼 쓰러지면서 돌바닥을 들이받아 단검을 더 깊이 몸에 찔러 넣는 사이, 아야는 내 뒤에서 소리를 지르며 그쪽 두 명에게 돌진했다.

뒤에서 칼 부딪는 소리가 들리고, 단검 두 자루를 더 뽑는 사이에 높이 치솟은 불 때문에 두 번째 암살자를 시야에서 놓쳤다. 젠장. 젠장. 젠장. 어디에….

불길이 얼굴 쪽으로 날아왔고, 나는 왼쪽으로 몸을 날리면서 아슬아슬하게 철통을 피했다. 철통은 그대로 자갈돌 바닥을 미끄러져 벽에 부딪치면서 죽은 사람도 깨울 만큼 요란한 소리를 냈다. 넘어지면서 어깨로 충격을 받아낸 나는 찌푸린 얼굴로 힘겹게 무릎을 세워 일어나면서 내가 죽인 군인의 커다란 뜬 눈을 무시해야 했다.

"내가 간다!" 테른이 외쳤다.

아야가 비명을 질렀고, 나는 군인 하나가 아야의 가슴에 꽂은 칼을 비틀어 빼내는 순간에 어깨 너머를 돌아보는 실수를 저질렀다.

피. 피가 너무 많았다. 아야가 옆구리를 부여잡는데 피가 가죽옷 위로 흘러내렸고, 나는 공포에 질린 채로 아야가 무릎을 꿇는 모습을 지켜보았다.

"아야!" 비틀비틀 일어나면서 외쳤지만, 철통이 우리 사이에서 타고 있으니 갈 수가 없었다. 단검 모서리를 잡고 앞으로 달려든 나는 아야가 죽이지 못한 암살자의 가슴에 단검 두 자루를 날려서 맞췄다.

그리고 나서 몸을 돌려 마지막 암살자를 마주했을 때는 다시 뽑은 단검 두 자루를 던질 시간이 없었다. 그는 아야의 죽음을 이용해서 거리를 좁혀왔다.

그놈이 도저히 뿌리칠 수 없는 힘으로 내 허리를 붙잡고 탑 가장자리로 빠르게 세 걸음을 전진하자 숨이 턱 막혔다.

안 돼! 단검으로 놈의 양쪽 팔을 그었는데도 그놈의 손아귀는 단단했다. 놈은 내가 배를 세게 걷어차자 식식거렸고, 한 번 더 걷어차자 그제야 나를 놓아주었다. 그 반동에 뒤쪽으로 날려간 나는 단검으로 성벽의 요철을 긁으며 탑 가장자리로 미끄러졌다. 발을 마구 걷어차는데 아래가 허공이었다.

빨랐다. 일이 너무 빠르게 벌어져서 본능적인 반응 외에는 불가능했다. 단검을 놓은 나는 벽의 요철에 양손을 쫙 펼쳤다. 손톱을 세워 지탱하려 했지만 몸이 아래로 미끄러졌다. 피부가 돌을 긁으면서 떨어지는 속도를 늦췄지만, 발길질하던 부츠 끝이 탑 가장자리를 때리고는… 미끄러졌다.

그 충격으로 떨어지는 각도가 살짝 바뀌었다. 순식간에 돌이 얼굴로 다가오더니 탑 가장자리에 배를 부딪치며 숨이 빠져나갔다. 나는 중력에 끌려 내려가면서 손톱을 세워 가장자리의 돌을 잡고 석조물에 있는 틈을 찾아 발을 버티려고 애썼다.

이럴 순 없어. 하지만 그런 일이 벌어지고 있었다.

"개인적인 원한은 없어." 보병이 1미터 두께의 벽 위에 올라서면서 말했다.

숨을 들이켰다가 처음으로 제대로 들숨이 들어오자 기침을 하고 말았다. 발을 버틸 곳이 있어야 해. 있을 거야. 이렇게 죽을 순 없어.

발치에 길쭉하게 튀어나온 돌턱이 느껴졌지만, 내 무게를 지탱할 정도로 튼튼하지는 않았다.

"그냥 돈 때문이야." 보병은 무릎을 꿇고 손을 뻗으면서 속삭였다.

신들이시여. 저놈이 지금….

"안 돼!" 혈관에 마력이 넘실거렸지만 이렇게 가까운 거리에서는 번개로 할 수 있는 일이 없었다.

"돈 때문이라고." 그놈은 같은 말을 반복하면서 돌에서 내 손을 떼어내 들어올렸다.

제이든. 스게일. 테른. 우리 모두가 죽을 거야.

보병이 손을 놓았다.

나는 목구멍이 찢어지도록 날카로운 비명을 지르면서 미끄러졌다. 중력에 끌려가며 팔뚝이 돌에 긁혔다. 망루 위쪽이 멀어졌지만, 간신히 벽에 작게 솟아오른 부분을 손가락으로 붙잡았고… 버텼다.

발을 계속해서 움직이는데 심장이 목구멍으로 튀어오르는 것 같았다.

그러나 발을 디딜 곳이 없다. 손바닥도 아니고 손가락으로 대롱대롱 매달려 있으려니 어깨가 울부짖기 시작했다.

"그냥 놔버려." 보병이 몸을 앞으로 기울이며 부추겼다. "금방 끝날…." 갑자기 놈이 눈을 부릅뜨더니 목을 움켜쥐었다. 그리고 그놈의 턱 아래로 단검 끝이 튀어나왔다.

누군가가 놈의 경추를 가르고 단검을 찔러 넣은 것이다.

31

라이더는 주로 드래곤 화염에 죽는다고 생각하지. 사실은 말이야,
일반적으로 라이더를 죽이는 건 중력이야.

_ 브레넌의 일기, 47쪽

보병의 몸이 뒤로 당겨졌다가 다시 앞으로, 내 머리 위를 지나 어둠 속으로
날아가는 사이에도 나는 조금 더 미끄러졌다.

아야구나. 아야일 거야. 부상이 생각보다 심각하지 않···.

머리 위에 금발과 차가운 파란 눈이 나타나자 암살자의 몸뚱이처럼 내 심
장도 곤두박질쳤다. 잭 발로우였다.

"소른게일?" 그는 몸을 확 내밀더니 단단한 손으로 내 양쪽 손목을 잡았다.

"*정말 미안해요.*" 테른에게 말하면서 내 마지막이 될 추락의 순간에 대비
했다.

"내가 잡았어!" 잭이 내 손목을 잡고 외치더니, 몸을 뒤로 물리면서 나를 탑
가장자리로 끌어올렸다. 내 갈비뼈가 돌에 닿자, 그는 한 손을 놓더니 내 가죽
옷을 잡고 당겨서 가장자리 안쪽으로 쭉 끌어올렸다.

나는 시간을 낭비하지 않고 안전한 곳까지 허둥지둥 움직였다. 내가 탑 안
에 내려서자마자 잭은 몇 걸음을 물러섰다. 그는 힘을 쓴 탓에 빠르게 가슴팍

이 오르내리는 모습으로 왼쪽에 쓰러진 시체와 오른쪽에서 타오르는 불을 피해서 나와 거리를 두고 섰다.

"네가 날 구한 거야?" 나는 잽싸게 뒷걸음질하면서 두 손을 옆으로 늘어뜨려 단검 가까이 두었다.

"너인 줄은 몰랐지." 그는 탑 벽까지 물러서서 몸을 기대고 숨을 고르며 인정했다. "하지만 그래, 맞아."

"내가 떨어지게 둘 수도 있었는데 끌어올렸어." 말하면서도 믿어지지가 않았다.

"저리로 올라가서 다시 하고 싶어?" 그는 벽 쪽을 가리키며 말했다.

"아니!"

머리 위에 날갯짓 소리가 들리고, 우리 둘 다 고개를 들자 테른이 날아오는 모습이 보였다. 내가 그대로 떨어졌다면 테른은 늦었을 것이고, 우리 둘 다 그 사실을 알았다. 내 몸을 휘도는 안도감은 나만의 감정이 아니었다. 테른의 안도감이기도 했다.

"이봐." 잭은 고개를 젓더니 아야의 시체 너머로 나를 보았다. "난 제1비행단의 기숙사 당직이었는데 비명을 듣고 달려왔어. 그리고… 흠… 라이더가 보병 손에 죽을 수야 없잖아."

"난 널 죽였어. 너에겐 날 탑 아래로 던져버릴 권리가 있어." 나는 한 번에 하나씩 손을 뒤로 뻗어서 단검 두 자루를 회수하고는 천천히 칼집에 넣으며 몸을 긴장시켰다.

"그랬지." 그는 짧은 금발을 손으로 쓸었다. "흠. 그 죽음은 나에게 두 번째 기회 비슷한 거였어. 말렉을 마주하게 되면 스스로가 어떤 사람인지 알게 되지. 그래서 나는 지금 너에게도 두 번째 기회를 줬다고 생각해. 이제 우리 사이의 빚은 청산된 거야." 그는 한 번 고개를 끄덕이더니 탑 바깥으로 나갔다.

나는 탑 가장자리를 따라 움직이다가 내가 죽인 첫 번째 암살자의 시신을 뒤집어서 단검을 회수하고, 그놈의 제복에 닦은 다음에 허벅지 칼집에 꽂았다. 철통 안에서는 불이 천천히 타고 있었다. 나는 단단한 돌벽에 몸을 기댔다가 등으로 울퉁불퉁한 벽면을 긁으면서 미끄러지듯 주저앉았다.

아야의 부츠 끝을 멍하니 응시하다가 고개를 뒤로 젖혀 벽에 기댔다. 이 각도에서는 그것밖에 보이지 않았다. 숨을 쉬면서 아드레날린이 가라앉고 충격이 가시기를, 아픈 두 손의 떨림이 멎기를, 기다렸다.

아야가 죽었다. 이제 레손으로 날아갔던 우리 중 절반만 남았다.

에이토스는 우리가 다 죽을 때까지 멈추지 않을 거야. 우리를 하나씩 찍어낼 거야. 나는 무릎을 끌어안았다. 다음은 누굴 노릴까? 개릭? 이모젠? 제이든? 보디? 이렇게 계속 버틸 순 없어.

"이런 젠장." 리독의 목소리가 들리고 나서 모습이 보였다. "어떻게 된 거야?" 그는 내 옆에 무릎을 꿇고 평가하는 눈으로 훑어보았다. "다쳤어? 찔렸어?" 그의 시선이 옆으로 미끄러졌다. "화상은?"

"아니야." 나는 고개를 저었다. "하지만 아야가 죽었어. 에이토스가 보낸 암살자야."

"제기랄."

내 입에서 히스테릭한 웃음소리가 흘러 나왔다. "잭 발로우가 내 목숨을 구했어."

"농담이지?" 리독이 일어서서 내 얼굴을 감싸더니, 눈동자를 보며 뇌진탕 징후를 확인했다.

"아니야. 이걸로 우리 사이의 빚을 청산했대. 산수를 잘못한 것 같지만 말이야. 내 계산법에 따르면 잭에게 두 번 빚졌거든. 처음에 내 손으로 그놈에게서 뺏은 목숨, 방금 그놈이 나한테 준 목숨."

"내가 같이 왔어야 했는데." 리독이 손을 뗐다.

"아니야." 고개를 젓자 눈앞이 빙글빙글 돌았다. "놈들이 너까지 죽일 수도 있었어." 몸서리가 쳐졌다.

"뭐가 필요해?"

"그냥, 지나갈 때까지 같이 기다려줘."

우리 사이에 침묵이 이어졌다.

"제시니아를 보고 왔어." 리독이 조용히 말했다. "좋은 소식은 제시니아가 금고 위치를 알았다는 거야. 보호막이 있긴 한데, 그걸 뚫고 들어갈 방법도 알아. 하지만 나쁜 소식은 거길 들어가려면 타우리 왕의 혈통이 필요하다는 거야. 그 책은 여느 지하 금고에 있는 게 아니야. 왕실 금고에 있어." 리독이 패배감에 어깨를 늘어뜨렸다. "미안해, 바이올렛."

나는 아야의 부츠를 다시 보았다. 지금 아야를 위해 할 수 있는 일은 없어도, 아야가 싸우던 대의는 지킬 수 있다. "그렇다면 우리가 우연히도 아버지를 미워하는 왕자에게 접근할 수 있어서 잘됐네."

32

신들이시여, 우리를 2학년의 야망으로부터 구하소서. 2학년은 1년을 살아남았으니 모든 것을 경험했다고 생각하지만, 사실은 죽기 딱 좋을 만큼만 알 뿐이다.

— 아펜드라 소령, 《라이더 분과 지침》(무허가 판본)

그 주의 토요일, 제이든은 내 영혼에 구멍이 뚫릴 듯한 눈으로 나를 내려다보며 턱 근육을 한 번, 두 번 움직였다. 그래도 내 침대 밑에서 그림자가 기어 나오진 않으니 그렇게까지 화난 건 아니겠지? 그렇지?

"무슨 말이라도 해봐." 나는 그의 시선을 받아내다가 책상 모서리가 허벅지 뒤쪽을 파고들자 무게 중심을 옮겼다.

제이든이 숨을 깊이 들이마시며 어깨를 치켜올렸다. 그래도 둘 중에 한 명은 산소를 실컷 마시고 있네. 내 가슴은 폐에서 산소를 다 짜낼 것만 같았다.

"리애넌은 내 목숨을 구했어. 바리쉬가 당신 재킷을 빼앗았을 때 리가 그 단검을 회수하지 않았다면 난 이 자리에 앉아 있지도 못했을 거야." 애원하듯 말이 나왔다. "결국엔 친구들도 알아야 했어. 리가 단검을 봤거든. 뭔가 벌어지고 있다는 것도 알고 있었어."

제이든이 아름다운 두 눈을 감았고, 나는 그가 속으로 열까지 세는 소리를 들을 수 있을 것만 같았다.

414

좋아. 어쩌면 20까지.

"뭐라고 좀 해봐. 제발." 나는 속삭였다.

"말을 조심스럽게 고르는 중이야." 그는 대꾸하고 나서 다시 한번 신중하게 심호흡했다.

"그건 고마워." 변명을 하려고 입을 열었지만 사실은 더 할 말이 없었다. 나는 제이든이 생각을 정리하는 동안 앉아서 똑딱이는 시계 소리와 창문을 두드리는 빗소리에만 귀를 기울였다.

"정확히 누가 알지?" 마침내 제이든이 천천히 눈을 뜨고 물었다.

"리애넌, 소여, 리독, 그리고 퀸."

"퀸까지?" 제이든의 눈동자가 커졌다.

나는 손가락 하나를 들어 올렸다. "그건 이모젠이 한 거야."

"미치겠네." 그는 한 손으로 얼굴을 쓸어내렸다.

"모든 걸 다 알지는 못해."

그는 전혀 안심하지 못했다는 얼굴로 흉터 있는 눈썹을 들어 올렸다.

"아레티아나 브레넌이나 루미너리에 대해서는 몰라." 나는 고개를 옆으로 기울였다. "루미너리는 내가 일주일만 여길 벗어나서 코딘으로 날아갈 수 있다면 문제가 아니게 되겠지. 코딘까지 얼마나 걸리지? 이틀 비행인가?" 크로블란 지방 남부 해안에 있는 도시가 그렇게까지 멀진 않겠지.

"그만해." 그는 내 엉덩이 양쪽으로 책상에 손을 짚고, 몸을 기울여 얼굴을 바싹 붙였다. "그 이야기까진 하지 말자. 당장은 아니야. 오늘 밤에 아카이브에 침입하겠다는 이 터무니없는 생각만으로도 진땀이 나거든. 네가 적진으로 날아갔다가 사로잡혀 죽을지 모른다는 걱정까지 더하지 않아도 충분해."

"생각이 아니라 계획이야." 나는 그의 뺨을 감싸 쥐었다. "그리고 내 눈엔 당신이 땀을 흘리는 것 같진 않은데."

제이든은 짐승같이 으르렁대는 소리를 내면서 손을 떼고 한 걸음 물러섰다. "넌 내가 무슨 생각을 하는지 전혀 몰라."

"맞는 말이야. 몰라. 그러니 말해줘." 나는 책상 가장자리를 잡고서 제이든이 평소처럼 나를 밀어낼지 기다렸다. 그는 아직 내가 키스할 기회도 잡지 못한 아랫입술을 엄지손가락으로 쓸더니 책장에 쌓인 책들을 보았다. "내가 올 때까지 실행하지 않고 기다려준 건 고맙지만, 네 계획에는 구멍이 몇 개 있어."

"어떤 구멍?"

"우선 너는 핵심 참가자의 동의를 확보하지 못했고…." 그는 손가락을 하나 들어 올렸다.

"그거야…."

"아니, 아니, 지금은 내가 말할 차례야. 내가 무슨 생각을 하는지 물었잖아?" 그가 비행단장 시절의 눈빛을, 예전에는 죽도록 무서웠던 빈틈없고 면밀히 계산된 눈빛을 던지자 나는 입을 딱 다물었다. 그가 두 번째 손가락을 폈다. "아카이브에는 서기가 제시니아 하나가 아닐 테고, 그러므로 들킬 가능성이 높아." 세 번째 손가락. "그 책을 훔치는 걸로 끝이 아니라, 누가 알아차리지 못하게 그 전에 돌려놔야 해. 설마 밤새 거기에서 읽을 생각은 아니겠지?"

"내일의 골칫거리까지 미리 고민하진 않았지." 나는 인정했다.

"그리고 정말로 우리가 한 시간 안에 들어갔다가 나올 수 있다고 생각해? 그러지 못하면 우린 죽은 목숨이야."

"그 일기장을 보려면 다른 선택지가 없어."

그는 깊은 한숨을 내쉬더니, 성큼 다가와서 엄지와 검지로 내 턱을 잡고 부드럽게 얼굴을 기울였다. "보호석 문제의 해답이 그 책에 있다는 건 얼마나 확신하는데?"

"우린 지난 한 달 동안 보호막 엮기와 수리를 다루는 기밀 등급 서적의 절반을 읽었고, 우리가 못 읽은 책은 제시니아가 읽었어. 하나같이 존재하는 보호막에 보호막을 엮는 방법, 아니면 수리하는 방법만 다뤘어. 최초의 여섯이 최초의 보호막을 어떻게 설치했는지 배우려면 그 두 권의 일기장이 가능성이 제일 높아. 아니, 그게 유일한 가능성이지."

"들키면 놈들이 우릴 죽일 거야. 알지?"

'우리'라니. 나는 그의 가슴에 손을 올렸다. "아레티아의 보호막을 올리지 못하면 어차피 우린 죽은 목숨이야. 브레넌의 예상이 옳다면 시간이 몇 달밖에 없는데, 브레넌은 대체로 옳거든. 진실이 새어 나오고 있어. 시간문제일 뿐이야."

제이든의 시선이 내 입에 닿자 맥박이 빨라졌다.

"네가 이게 유일한 방법이라고 확신한다면 나도 끼겠어. 이런 일을 혼자 하게 놔둘 순 없지."

나는 바로 미소 짓고 말았다. "반대하지 않는 거야? 아니면 다른 방법이 있다고도 하지 않고?"

"내가? 너하고 책 문제로 맞선다고?" 그는 내 뺨에 손을 올리면서 고개를 절레절레 내저었다. "난 이길 수 있는 싸움만 하는 사람이야." 그는 얼굴을 조금씩 내리다가 아슬아슬한 위치에서 멈췄다. "이젠 네가 말할 차례야."

그는 속삭이기만 해도 입술이 닿을 정도로 가까운 위치에 멈춰 서서 기다렸다. 그가 가까이 있다는 것, 그의 손이 닿아 있다는 것만으로도 피가 끓었다. 기대감에 피부가 달아올랐다. 그는 내 달아오른 뺨을 엄지손가락으로 쓸면서도, 내가 간절히 원하는 움직임은 취하지 않았다.

제이든이 내 쪽에서 키스할 기회뿐만이 아니라, 사마라에서 보낸 밤을 예외로 치부할 기회도 주고 있다는 사실을 깨닫자 숨이 가빠졌다.

하지만 그건 예외가 아니었다.

나는 몸을 기울여 그와 입술을 스친 다음, 처음 하는 것처럼 부드럽게 키스했다. 뜨겁고 열성적인 키스가 아니었지만, 몇 초 뒤면 그렇게 될 터였다. 이건 전혀 다른 키스였다. 죽도록 겁이 나지만, 자기 보호라는 이름으로도 도저히 물러설 수 없었다.

나는 그를 선택했다. 우리를 선택했다. 이걸 판단 실수라거나, 아드레날린 폭발의 결과라거나, 욕망 때문이라고 할 수 없다. 나는 그를 사랑한다. 제이든이 뭘 했든, 왜 했든, 상관없이 여전히 사랑한다. 그리고 나는 그가 나를 좋아한다는 걸 안다.

사랑은 아닐지도 모른다. 어쩌면 제이든은 그 온갖 일을 겪으면서 사랑이라는 감정을 느낄 수 없게 됐는지도 모른다.

그래도 나는 그에게 의미 있는 존재다.

그는 시간은 얼마든지 있다는 듯이, 이것 말고 더 중요한 일은 없다는 듯이 길고 느리게 키스했다. 모든 감각을 강렬하게 깨우는 듯한 키스였고, 제이든이 겨우 머리를 들었을 때는 둘 다 숨을 몰아쉬고 있었다.

"그만 멈춰야겠다. 안 그랬다간 오늘 밤에 이 방에서 나가지 못할 거야." 내가 고개를 끄덕여 동의하자 그는 손등 쪽 손가락으로 내 뺨을 쓸고 물러섰다.

나는 머리를 맑게 하려고 고개를 흔들었고, 그는 문 쪽으로 움직였다.

"내가 아직 걔한테 도와달라고 부탁하지 않은 데는 이유가 있어."

"그래. 그럴 것 같았어." 제이든은 손잡이를 쥐고 멈칫하더니, 어깨 너머로 돌아보았다. "난 함께할 거야. 이 계획에 동참하겠어. 하지만 그 녀석이 싫다고 한다면 너도 그 결정은 받아들여야 해."

속이 울렁거렸다. 말하면 우리의 정체가 노출될 것이고….

"싫다고 하지 않을 거야." 나는 확신했다.

제이든은 턱을 한 번 내리더니 문을 당겨 열었다.

리독과 소여가 비틀거리다가 보호막을 들이받고는 복도 바닥에 떨어졌다.

나는 웃음을 참느라 손으로 얼굴을 가렸다.

"문을 닫으면 방음이 된다, 머저리들아." 제이든이 나지막하게 말했다. "그리고 대체 저놈은 벌써부터 여기에서 뭘 하는 거지?"

"본인도 여기에 왜 온 건지 몰라." 보디가 말했다. "내가 방금 비행 수업에서 나오라고 했거든."

내가 책상에서 폴짝 뛰어내려서 문으로 향하는 사이에 일어난 리독과 소여가 갈라지자 복도 저편에 서 있는 보디, 리애넌, 이모젠, 퀸이 보였다.

아릭은 그 사람들 사이에서 가슴 앞에 팔짱을 끼고 벽에 기대어 있었다. "네놈이 조만간 날 찾을 거라 생각은 했지." 그는 제이든을 보고 눈을 가늘게 뜨며 말했다. 그 눈에는 오직 적의만 빛나고 있었다.

두 사람의 사이가 좋지 않을 줄은 예상했어야 했다. 제이든의 아버지는 전쟁을 시작했고, 아릭의 아버지는 그 전쟁을 끝낸 사람이었다.

나는 한 명씩 내 방 보호막 안으로 넣었지만, 혹시 누군가가 빨리 나가야 할 때에 대비해서 문은 열어놓았다. 나는 안에 들어와서도 문 바로 옆에 서 있는 아릭을 돌아보았다. "네 도움이 필요해. 지금이라면 싫다고 하고 비로 나갈 수 있지만, 내가 이유를 설명한 다음에 거절한다면…." 나는 해야 할 말이 내키지 않아서 떨리는 숨을 들이마셨다.

"우리가 이유를 설명한 후에 거절한다면 걸어 나갈 수 없겠지." 제이든이 내가 하지 못하는 말을 마저 했다.

"내가 네놈을 위해서 손가락 하나라도 까딱할 것 같아?" 아릭이 장검에 손을 뻗었다.

"워, 워!" 보디가 장검을 잡고 두 사람 사이에 끼어들었다. "다들 진정해."

"넌 밖에서 무슨 일이 벌어지는지 알고, 여기에도 이유가 있어서 왔지. 안 그래?" 나는 제이든 앞에 서서 아릭에게 말했다. "우리가 그 문제에 대해 조치를 취하도록 도와줘."

"넌 저놈이 알렉에게 무슨 짓을 했는지 몰라!" 아릭이 격분했다.

"네 형은 비겁한 데다 살인을 일삼는 멍청이였다." 제이든이 내 허리띠에 손가락을 넣어 뒤로 잡아당기더니 자기 뒤로 살짝 밀고는 아릭을 복도로 밀어냈다. "그리고 난 그놈을 죽인 게 미안하지 않아."

아, 젠장. 이건 예상 못했는데.

세 시간 후, 우리는 각자 맡은 역할만이 아니라 전원의 역할을 숙지할 때까지 계획을 점검한 상태였다. 그러는 동안 보디가 두 번이나 아릭과 제이든 사이에 끼어들어야 했지만, 우리는 마침내 아카이브로 향할 수 있었다. 알고 보니 아버지의 물건을 훔쳐야 한다는 말이 아릭을 참여시키는 열쇠였다. 지금으로부터 한 시간 후면 우리는 일기장을 찾았거나, 아니면 죽어 있을 것이다. 금고형의 거대한 문이 닫힌 아카이브는 방문객들에게 친절하지 않다.

"정말 괜찮겠어?" 나는 둘씩 짝을 지어 병동에서 아카이브로 향하는 복도를 내려가며 아릭에게 조용히 물었다. 우리 여덟 명은 금색 사각형을 수놓은 2학년의 서기 로브를 걸치고 있었다. 이 계획 전체가 아릭에게 달렸다.

"물론이야. 내가 제이든 라이오슨보다 증오하는 인간이 하나 있다면 우리 아버지야. 그냥 네 애인이 나한테 가까이 오지만 못하게 해." 그는 똑바로 앞을 노려보았다.

"제이든이 알아서 거리를 둘 거야." 나는 약속하면서 어깨 너머로 다른 사람들을 지나 바로 뒤에 따라오는 제이든 쪽을 돌아보았다. 그는 끝까지 변장용 로브를 걸치지 않겠다고 거부했다. 하긴 내가 그림자 능력자라도 검은색 외에는 입지 않을 것 같긴 하다.

"난 어디든 네가 있는 곳에 있을 거야." 제이든이 반박하는 가운데 시간을 알리는 종이 여섯 번 울렸다. "명심해라. 목표는 능력 과시가 아니라 비밀 유지다. 이건 대대 대항전이 아니야." 그가 낮은 목소리로 말했다.

우리는 나머지 분과로 올라가는 계단을 오른쪽에 두고 지나쳐서 구금실까지 간 다음, 마지막 모퉁이를 돌았다. 아카이브 문이 보였고, 다행히도 나스야는 정확히 내가 예상한 대로의 상태였다. 맡은 자리에서 자고 있었다.

보디가 리독과 함께 잽싸게 움직여서 나스야 뒤로 미끄러져 들어가더니 망을 보기 위해 문 뒤에 숨었다.

첫 번째 장애물은 완료.

제시니아는 놀랍게도 문까지 우리를 맞이하러 나왔다. "안 돼." 그녀는 우리를 훑어보더니 입매를 굳히며 수어로 말했다. "네 명만 들어와. 더 들어왔다간 너무 의심스러워 보일 거야." 그녀의 시선이 제이든에게 향했다. "특히 당신은 안 돼."

젠장. 여기 모두는 충성심이 아니라 고유 능력 때문에 선택한 건데.

"아무도 날 보지 못할 거다." 제이든은 목소리를 낮게 깔고 말하면서 동시에 수어로도 장담했다. "아릭. 바이올렛. 이모젠."

제시니아의 시선이 아릭에게 날아가더니, 바로 정체를 눈치 챘다. 얼굴에서 핏기가 빠져나가며 나에게 홱 시선을 돌리는 모습으로 알 수 있었다.

"그렇게 딱 봐도 알겠어?" 나는 다른 사람들이 소리 없이 말다툼을 벌이는 사이에 수어로 물었다.

"뭘 찾아야 할지 알면 그렇지." 제시니아가 대꾸했다. "눈이 똑같아."

"유전의 놀라움이지." 아릭이 수어로 말했다.

"난 물건을 회수할 수 있어." 리애넌이 제이든에게 작은 소리로 항의했다.

"그리고 난 우리가 눈에 띌 경우에 단기 기억을 지울 수 있지." 이모젠이 대꾸했다. "기밀 고유 능력 기억하지? 마티아스 네 능력이 대단하긴 하지만, 난 이곳의 마지막 방어선이야." 이모젠은 잠든 나스야에게 가서 머리를 가볍게 건드렸다. "만약에 대비해서."

"우린 가까이 있을게." 퀸이 물러서면서 소여와 리애넌에게 따라오라고 손짓했다. "우리가 필요할 때에 대비해서 말이야."

리애넌은 갈등하는 얼굴로 제이든과 나를 번갈아 보았다. "혹시 일이 잘못되면…"

"그러면 넌 방으로 돌아가서 아무 일도 없던 척하는 거야." 나는 진지하다는 사실을 알리기 위해 리와 눈을 맞췄다. "무슨 일이 있어도 그래야 해. 계획대로 해."

리는 어깨를 늘어뜨리고 고개를 끄덕이더니, 마지막으로 좌절감이 담긴 눈빛을 던지고 나서 다른 사람들과 함께 육중한 문 뒤로 들어갔다.

"조용히 걸어." 제시니아가 일깨웠고, 차례차례 아카이브로 들어가려니 가슴이 쿵쾅거렸다. "빠르게 움직여야 해. 아카이브는 정확히 한 시간 후에 닫히는데, 문이 닫힐 때 이 안에 있다간….”

나는 구역질이 나려는 것을 삼켰다. “알아. 죽겠지.” 아카이브는 극단적인 해충 방지막을 썼다.

“길만 안내해줘. 나머지는 우리가 할 테니.” 제이든이 말했다. 그는 우리가 문지방을 넘자마자 사라져서 흐릿한 조명을 받는 벽 그림자에 달라붙었다. 자세히 보면 모호하게 그의 윤곽을 알아볼 수는 있지만, 제이든이 어둠에 얼마나 잘 녹아드는지 놀라울 정도였다.

아니면 나머지 공간이 너무 밝은 탓인지도 모르겠다. 마법 불빛이 끝없이 늘어선 책장과 동굴 같은 돔 안쪽까지 이어지는 빈 테이블들을 밝혔다. 비어 있는 건 좋은 일이고, 토요일 밤이니 그래야 마땅했지만, 그 책더미 안이나 아카이브 안쪽의 더 깊은 곳에 있는 작업실들에 누가 있을지 알 방법이 없었다.

나는 제시니아를 따라 참나무 테이블 옆을 걸으면서 망설임의 순간을 억지로 넘겼다. 부츠에 닿는 대리석 바닥은 친숙하면서도 완전히 낯설었다. 이곳에서 많은 시간을 보내긴 했지만, 이렇게 깊숙이 들어와본 적은 없었다.

아릭은 지나치는 모든 통로를 살폈고, 나는 제시니아에게서 눈을 떼지 않고 내 모든 태도와 자세와 보폭을 제시니아와 똑같이 맞추려고 했다. 평소에는 평화롭게만 여겨졌던 고요함이 지금 상황에서는 불안하기만 했다.

신들이시여. 잘못될 수 있는 길이 너무 많다. 조금밖에 먹지 않은 저녁식사마저 다시 올라오려고 했다.

앞장선 제시니아는 왼쪽으로 방향을 틀어서 끝에서 두 번째 테이블 열을 가로지르며 작업실들이 있는 방향으로 우리를 이끌었다. 장정용 풀 냄새가 강해졌고, 우리가 향하는 바로 그 복도에서 나와서 우리 쪽으로 걸어오는 서기를 보자 심장이 덜컹거렸다.

어깨에 붙은 금빛 사각형 한 개를 보니 1학년이었지만, 서기 분과 교육생이 라이더 분과의 두 배이긴 해도 우리가 정말 서기 생도가 맞다면 얼굴을 알아볼 법한 숫자이기는 했다.

"닐워트 생도?" 그는 말하면서 당혹한 듯 우리 쪽을 보고 손짓했다. 나는 고개를 숙여서 최대한 얼굴을 감췄고, 아릭도 똑같이 하는 모습이 보였다.

"새뮤얼슨 생도." 제시니아는 몸을 살짝 틀어서 나에게 손을 보여주며 대답했다.

젠장. 이러다간 그 보호막 근처에도 가기 전에 들키겠다.

"*내가 해결할게.*" 제이든의 목소리가 불안을 조금은 덜어줬지만, 전부는 아니었다.

그렇지만 제이든이 여기 있다. 그는 우리가 바로 오늘 밤을 고른 이유였다. 테이블 아래에서 그림자가 스멀스멀 움직여서 새뮤얼슨의 발치로 몰려들었고, 옆에 있던 아릭이 몸을 굳혔다.

"오늘 밤은 닐워트 생도와 나스야 생도만 근무하는 줄 알았는데요?" 새뮤얼슨이 물었다.

"그런데 새뮤얼슨 생도도 여기 있군요." 제시니아가 대답했다.

그 1학년 뒤로 검은 촉수가 피어올랐다.

"*기다려.*" 어지간하면 서기를 죽이지 않는 게 좋다.

"*지금 인내심을 발휘하는 중이야.*" 제이든이 대답했다.

"제 장정 과제를 깜박하고 컬리의 방에 두고 와서요." 새뮤얼슨은 어깨에 멘 크림색 가방끈을 의미심장하게 눈짓했다.

"잘 잊어버려서는 서기가 되기 힘들어요." 제시니아가 수어로 말하자, 나는 웃음을 누르며 눈썹만 올렸다. "1학년, 우리 2학년들에겐 해야 할 일이 있어요. 모두가 공부하기 위해 주말을 쉬어야 하는 건 아니죠."

1학년은 민망해하며 얼굴을 붉히더니 통로 안으로 사라졌다.

그림자가 제자리로 돌아갔고, 우리는 무리 지어 걸어갔다.

"라이오슨이 걜 죽일지도 모른다고 생각했어." 1학년이 듣지 못할 거리까지 가고 나자 아릭이 속삭였다.

"그랬어도 난 놀라지 않았을 거야." 이모젠이 대꾸했다. "그쪽이 더 효율적이었을 수도 있고."

우리가 고개를 홱 돌려 쳐다보자 이모젠은 어깨만 으쓱였다.

제시니아는 우리를 이끌고 도서관 본관을 벗어나서 환한 조명의 복도를 걸어갔다. 복도 양쪽으로 창문이 나 있고, 강의실이 몇 개 있었다. 아카이브 안으로 깊숙이 들어갈수록 옷깃이 꽉 조이는 느낌이었다. 제이든은 몇 걸음 만에 우리를 따라잡더니 조용히 내 옆을 걸었다.

"그렇게 검은색 투성이면 누군가의 눈에 띌 거야." 내가 조용히 잔소리하는 사이에 제시니아가 오른쪽으로 방향을 틀었다. 여기는 망할 놈의 미로였고, 어디나 똑같이 보였다.

"여기엔 아무도 없잖아." 제이든은 옆구리에 느슨하게 손을 늘어뜨렸고, 등에 짊어진 두 자루의 장검 중에서 좀 더 짧은 쪽을 뽑기 좋게 바꿔 멨다. 근접 전투를 선호한다는 의미였다. "적어도 이 구역엔 없어."

"그림자가 그걸 알려주나?" 아릭이 빈정거렸다.

"우린 서로 말하지 않기로 했던 것 같은데." 제이든이 응수했다.

제시니아는 왼쪽 세 번째 문을 열었고, 우리는 그 뒤를 따라 강의실 같은 어두운 방으로 들어갔다. 복도에 창문이 줄지어 있는 것도 당연했다. 벽은 두 면이 돌로 만들어졌고, 뒤에는 책이 꽂혀 있었다. 공간은 책상 하나를 마주 보고 긴 테이블과 벤치들이 줄지어 차 있을 뿐 황량했다.

"여기서부터는 나도 듣기만 했어." 제시니아는 걱정으로 입술을 오므리며 수어로 말했다. "더는 가본 적이 없어. 혹시 내가 하나라도 틀렸다면…."

"우리가 알아서 할 수 있어." 내가 장담했다.

제시니아는 고개를 끄덕이더니 방 안쪽 구석으로 걸어갔다. 긴 책장이 있는 곳이었다.

"이모젠." 제이든이 문 쪽을 고갯짓하며 지시했다.

이모젠은 로브 아래에서 단검을 하나 꺼내고 망보는 자세를 잡았다. 제시니아는 책장 안쪽에서 책을 몇 권 치우고는 금속 레버를 찾아냈다.

금속 레버를 아래로 당기자 방 모서리가 다른 돌벽에서 분리됐다. 그리고 분리된 부분이 놀라울 정도로 조용하게 90도를 돌더니 가파른 나선계단 입구를 드러냈다.

자세히 보면 아래에 파인 금속 회전궤도의 희미한 선을 볼 수 있었다.

"놀라워." 나는 속삭였다. 여기에 이런 작은 비밀이 얼마나 많이 숨겨져 있을까. "왜?" 나는 빤히 쳐다보는 제이든에게 작은 소리로 물었다.

"네가 이런 모습이었을 수도 있겠구나 싶어서."

"그런데?" 비밀 입구가 회전을 멈추고 달칵 멈춰 섰다.

"넌 검은 옷이 더 잘 어울려." 속삭이는 제이든의 입술이 내 귓바퀴를 스치자 이런 상황인데도 전율이 흘렀다.

"난 여기까지밖에 안내할 수 없어." 제시니아가 수어로 말했다. "내가 더 오래 자리를 비우면 누군가가 알아챌지 몰라. 다른 사람들에게 듣기로는, 평범한 아카이브 보호막은 여기에서 끝나. 그러니까 제 시간에 돌아올 수 없다면 차라리 밤새 그 밑에 있는 게 안전할 거야."

"고마워." 나는 대답했다. "책을 돌려놓을 수 있게 되면 바로 접촉할게."

"행운을 빌게." 제시니아는 격려하는 듯한 미소를 짓고 떠났다.

제이든이 계단을 들여다보고 말했다. "발밑 조심해. 바닥에서 빛이 약간 올라오기는 하는데, 나머지 조명은 켜지지 않게 해야 할 거야."

"45분 남았어." 이모젠이 말했다. 그보다 더 오래 있다가는 군사재판에 직행하거나… 죽겠지.

마음이 가볍군.

"그렇다면 빨리 움직이는 게 좋겠시." 제이든이 내 손을 깍지 끼고 계단을 내려가기 시작했다.

33

밤이 와서 문이 밀폐된 이후에 아카이브에 남게 된다면, 그게 처음이자 마지막 경험이 될 것이다. 우리의 문서를 보존하기 위해 깔아 둔 복잡한 마법들은 생명과 양립할 수 없다.

_ 댁스턴 대령, 《서기 분과 정복 안내서》

우리 때문에 마법 불빛이 켜지는 사태를 막기 위해 그림자를 천장까지 덮었고, 나는 한 손으로 벽을 짚으면서 천천히 계단을 내려갔다. 매 걸음이 어둠 속의 도박이었지만, 기적적으로 아무도 넘어지지 않았다.

계단 바닥에서 희미한 파란 빛이 피어났다.

"마법 불빛인가?"

"이 복도 끝에 위병 두 명이 있어." 제이든이 내 손을 놓으며 대답했다. "내가 해결하는 동안 여기에서 기다려."

나는 손을 올려 다른 두 사람에게 멈추라고 신호했다. 계단 바닥은 복도처럼 보이는 공간으로 이어졌지만, 제이든은 어느 방향으로 갈지 묻지도 않았다. 그는 두 손을 들어 올리고 빠르게 오른쪽으로 이동했다. 이어서 뭔가 쓰러지는 소리가 났다.

"됐어." 그가 큰 소리로 말했다.

10미터 정도 길이의 복도는 돌바닥 위에 서 있는 조각 기둥이 천장을 떠받친 터널에 가까웠다. 흙냄새와 금속 냄새가 났고 습기로 축축했다. 한쪽 끝에서는 열린 아치길 너머로 빛이 새어 나왔다. 어깨 너머로 본 반대쪽은 어둠만 가득했다.

"문도 없어?" 이모젠은 서둘러 복도를 걸으면서 물었다.

"저렇게 보호막이 강하면 문이 필요 없지." 제이든이 말했다.

"나도 느낄 수 있어." 가까이 갈수록 날카롭고 강력한 마력의 진동이 강해졌다. 목덜미 털이 일어섰고, 그것을 무시무시한 위협이라고 느낀 듯 내 마력도 호응하여 일어났다.

"이 둘은 몇 분이면 깨어날 거야. 별로 세게 때리지 않았거든." 제이든은 이모젠과 보병 제복을 입은 위병 둘을 옆으로 질질 끌어서 길을 비우며 말했다.

"저 보호막은 진짜 불편하네." 이모젠이 어깨를 돌렸다.

"진동은 있지만 그렇게 나쁘진 않은데." 아릭이 대꾸했다. 우리는 보호막이 쳐진 아치 통로의 정교한 조각 세공 너머로 작은 원형 도서관의 서가를 바라보았다.

"그럼 잘 통과할 수 있겠네." 이모젠이 말했다. "그리고 서두르는 게 좋겠어."

"일기장 두 권을 찾는 거야." 나는 세 번이나 말했으면서도 초조하게 다시 상기시켰다.

"저 안에 책이 못해도 500권은 있을 텐데." 아릭은 서가를 훑어보더니 한숨을 내쉬었다.

"네가 찾아야 할 건…."

"바이올렛!" 아릭이 내 손을 잡아끌면서 성큼성큼 아치를 통과하자 제이든이 소리를 질렀다. 아릭의 손에 이끌린 내가 엉겁결에 보호막을 통과하여 도서관으로 들어가자 강력한 마법이 나를 쓸고 지나가면서 피부 구석구석이 따끔거리고, 300미터 위에서 자유낙하하는 느낌에 뱃속이 뒤틀렸다.

아릭이 손을 놓자 나는 그대로 무릎을 꿇고 앞으로 넘어지면서 두 손으로 몸을 지탱했다. 메스꺼움이 모든 감각을 압도했다. 토하고 싶은 충동을 누르려니 입에 침이 고이고 머리가 띵했다.

"대체 왜 그런 거야!" 제이든이 보호막 반대쪽에서 날카롭게 말했다. *"다치지 않았다고 말해줘."*

"구역질이 나기는 하는데, 죽진 않았어."

아릭은 제이든을 무시하고 내 앞에 쪼그려 앉았다. "괜찮아, 바이올렛?"

나는 코로 숨을 들이쉬고 입으로 내쉬었다. "보호막이 날 통과시킬 줄 알았다고 말해줘." 나는 최악의 불쾌감이 지나가는 동안 애써 말했다. "저게 확실히 내키지 않아했거든."

"우리 아버지는 과시할 가치가 있는 물건에만 보호막을 치거든." 아릭은 손을 내밀면서 설명했다. "그러니까 네가 벽처럼 보호막을 들이받지는 않을 거라고 생각하고 해봤지. 그리고 나 혼자서는 40분 동안 이 책들을 훑어볼 수가 없어. 뭘 찾아야 하는지 아는 사람은 너야."

쓰러지면서 부딪친 무릎이 쑤시긴 했지만, 나는 그의 손을 무시하고 일어섰다. 한 바퀴를 돌면서 도서관을 살폈다. 둥근 벽을 따라서 유리문이 달린 육중한 책장이 여섯 개 있었고, 중앙에 놓인 받침대형 수납장에는 왕의 인장을 수놓은 벨벳 테이블보를 씌워놓았다. 머리 위에서는 마법 불빛이 부드러운 광채를 발하며, 아릭의 머리에서 1.5미터쯤 위에 있는 장식적인 천장에 새겨진 온갖 곡선과 매듭 같은 선들을 비췄다.

축축한 흙냄새는 사라졌고, 이 방 안은 아치 통로 너머의 터널보다 상당히 서늘했다. 위쪽을 샅샅이 살펴보았지만, 환기용 창문이라거나 눈에 띄는 변형은 전혀 보이지 않았다. 보호막만 쳐놓은 게 아니라, 방 안에 마법이 돌고 있었다.

"이제 나도 끌어 넣어." 제이든이 요구했다.

"싫어." 아릭은 제이든을 쳐다보지도 않고 대꾸했다. "내가 이 탐험에서 얻을 수 있는 특전이라곤 네가 바이올렛에게 갈 수 없다는 게 얼마나 고통스러운 일인지 아는 것뿐이거든."

428

"제이든을 자극하는 짓은 그만하고 일이나 해, 아릭. 넌 왼쪽부터 시작하고, 손으로 쓴 게 아니면 다 무시해."

아치 통로 너머를 보니 제이든이 살의가 가득한 모습으로 서 있었다. 손은 늘어뜨렸는데 주위에 그림자가 일어나서 등에 진 장검 못지않게 날카로운 칼날을 만들고 있었다. 하지만 아릭이 걱정스러워진 건 제이든의 눈에 떠오른 차갑고 계산적인 분노 때문이었다. 그래서 내가 제이든을 안으로 넣어달라고 고집하지 않은 것이다.

"난 괜찮아." 나는 장담했다.

"저놈을 죽여버리겠어."

"그러면 왕자 둘을 죽인 사람이 되겠네."

"워릭과 리라, 맞지?" 이미 서가에서 책을 빼내고 있던 아릭이 물었다.

"맞아." 나는 대답했다.

"알릭은 죽어도 쌌어. 그놈은 깡패였던 데다가, 탈곡에서 개릭을 쫓은 잘못으로 목숨을 빼앗겼지. 다만 그걸 아릭에게 말해준 게 누군지 궁금하군. 저 녀석 아버지가 알았다면 난 아직까지 머리통을 간직하기 힘들었을 텐데."

"음, 아릭은 죽어도 싸지 않아." 나는 서가 오른쪽을 건너뛰고 수납장을 살폈다. 나에게 왕국 전체의 가치가 있는 600년 묵은 책이 있다면 노출이 제일 적은 곳에 저장할 것이다. 첫 번째 서랍을 열어보니 책이 두 권 있었다. 《날개 달린 생물들에 대한 연구》는 50년쯤 된 것 같았고, 《섬 전쟁사》는 그보다 더 오래된 책 같았다.

"이건 전부 다 일기야." 아릭이 말했다. "통합 이후에 있었던 모든 총사령관의 일기장이 다 있는 것 같아."

"계속 찾아." 나는 다음 서랍, 또 다음 서랍을 확인하면서 수납장의 4분의 3을 열었다. 그 모든 책을 펼쳐서 내용물을 탐독하지 않는 것도 자제력 훈련이었다. 여기에는 초기 전쟁에 대한 책들, 각 지방의 역사에 대한 책들, 신화 책들, 심지어는 광산 채굴에 대해 내가 본 어떤 책보다 오래된 책도 있었다.

페이지를 넘겨보고 싶어서 손가락이 근질거렸지만, 양피지를 손상시켜선 안될 일이었다.

"이 선반 전체가 라이더 사령관의 일기장인가?" 아릭이 후드를 젖히고 어깨 너머로 나를 보았다.

"예전에는 직위를 나눴어." 나는 중앙 수납장 마지막 부분으로 이동했다. "힐러, 보병, 심지어 서기들도 육군 사령관이 될 수 있었지. 200년 전쯤에 두 번째 크로블란 봉기가 일어나기 전까지는 그랬어. 그 후에는 라이더 사령관이 나바르 전군 총사령관이 됐지."

"라이더가 왕으로 지명된 예는 없는 거지?" 이모젠이 아치 통로 너머에서 물었다.

"꼭 그렇지도 않아…." 나는 맨 위 서랍을 열면서 말했다.

"혹시 그게 내 계승 서열에 대한 질문이라면, 아니야." 아릭이 어깨 너머로 이모젠을 보고 말했다. "왕이 되는 건 홀든의 운명이지, 나는 아니야."

"홀든은 알아?" 나는 맨 위 서랍의 책 제목들을 읽으면서 물었다. "바깥에서 벌어지는 일에 대해서?"

"알아." 아릭이 조용히 대답했다.

"그런데?" 나는 아릭을 보았다.

눈이 잠시 마주치고는, 아릭이 책을 하나 꽂고 다음으로 넘어갔다. "나는 여기 있잖아?"

이해했다. 홀든은 돕지 않겠군. "그건 우리의 공통점 같네."

"난 아직도 네가 저 녀석의 비밀을 몇 달 동안 지켜줬다는 게 믿기지 않아." 이모젠이 말했다.

"선배들의 비밀도 지켰잖아." 나는 다음 서랍을 열면서 상기시켰다. 이 구역은 다 역사 기록을 담은 것 같았다.

"내가 더 오래 안 사인데, 바이올렛이 너희들의 비밀을 지켜줬다는 사실도 놀랍진 않아." 아릭은 내 쪽을 보고 다음 책장으로 넘어갔다. "너하고 에이토스가 멀어진 데는 놀랐어. 둘은 어렸을 때부터 뗄 수 없는 사이였잖아."

"그래, 뭐, 애들은 자라지." 나는 큰 소리로 말하고는 필요 이상으로 힘주어 서랍을 닫았다. "너도 데인은 믿으면 안 돼."

"둘이 매트 위에서 주고받은 공방을 보고 그 정도는 알았어." 그는 다른 책을 꺼냈다. "여기는 힐러 사령관들이네."

"유용하지만 우리에게 필요한 건 아니야." 나는 쪼그려 앉아서 마지막 서랍을 열었다. "젠장. 또 기록들뿐이야."

"20분 남았어. 그리고 문까지 돌아가려면 그중에 10분이 필요해." 이모젠이 다급한 마음이 배어 나오는 투로 경고했다.

갑옷 옷깃이 조금 더 죄어드는 느낌이어서 목 부분을 잡아당겨야 했다.

"여긴 서기들이고…." 아릭이 네 번째 책장에서 말했다.

"최대한 조심스럽게 초창기 것들만 살펴봐. 페이지 가장자리만 건드리도록 하고." 나는 맨 아래 서랍을 닫고 일어섰다. 수색할 책장이 두 개 더 있었다. "뭐든 보호막이나 보호석에 대한 언급을 찾아."

아릭은 고개를 끄덕이며 책을 뽑았다.

나는 여섯 번째 책장으로 관심을 돌리고 제이든에게 말했다. "여기는 절반이 티렌더 역사 같아."

"그거 매력적인데. 이 전쟁에서 이기고 나면 돌아와서 연구해야겠어." 제이든이 대답했다. 위병 하나가 바스락거려서 우리 모두가 몸을 돌렸지만, 놈이 눈을 뜨기도 전에 제이든이 다시 때려서 기절시켰다. "내가 영구적인 뇌손상을 입히기 전에 서둘러."

"이건 통합 6년이라고 되어 있어." 아릭이 일기장을 닫으면서 말했다. "그때쯤에는 보호막이 자리를 잘 잡고 있었어."

"젠장." 좌절감에 목에 맺힌 응어리가 커졌다. "다음 일기장을 봐." 나는 가능성이 있어 보이는 책등이 갈라진 오래된 책을 한 권 꺼냈다. 하지만 그건 망할 놈의 날씨 연감이었다.

"미술과 공예?" 아릭이 책 한 권의 그림 표지를 보여줬다.

"바이올렛." 이모젠이 경고했다. "15분만 더 있으면 그 거대한 문이 우리를 가둬버릴 거야!"

일이 이렇게 돌아가면 안 되는 건데, 하긴 지난 몇 달간 내 인생이 언제는 안 그랬나? 흑색선전은 다른 생도들의 가린 눈을 틔워줬어야 했다. 미라는 나를 믿었어야 했다. 앤다나는 깨어났어야 했다.

"*숨 쉬어.*" 제이든이 명령조로 말했다. "*기절할 것 같은 얼굴인데, 난 널 잡아줄 수 없어.*"

"*이게 다 헛수고면 어떻게 하지?*" 나는 심박수를 낮추는 데 집중하고, 공포에 잡아먹히지 않으려고 애쓴 후 앞에 보이는 책등을 쭉 읽었다. 섬 왕국들에 관한 책들이었다.

"*그러면 다른 곳을 찾아야 한다는 걸 알게 되겠지. 이 임무는 오직 잡힐 경우에만 실패야. 아직 5분이 남아 있어. 그 시간을 써.*"

"천문학." 아릭이 맨 아랫줄의 책 제목을 읽으려고 앉으면서 말했다.

나는 눈을 감고 심호흡을 하며 중심을 잡았다. 그런 다음에 눈을 뜨고 책장에서 뒤로 물러섰다. 그리고 서기 매뉴얼 내용을 읊었다. "오래된 문서를 저장할 때는 온도와 접촉만 살필 것이 아니라…."

"네가 그렇게까지 변한 건 아니라는 사실이 좋네." 아릭이 몇 년 만에 처음 보는 미소를 지었다.

"…빛도 신경 써야 한다." 나는 시선을 들어 올렸다. "빛은 잉크의 색소를 빼낼 뿐 아니라 책등과 표지 가죽이 갈라지게 한다."

"한 번은 칼디르에 있는 홍벽을 오르다가 쟤가 통합 협정을 통째로 읊는 것도 들었지 뭐야." 아릭이 다음 책장 맨 위로 이동하면서 말했다.

빛. 빛이 닿지 않게 숨겨야 했을 것이다. 나는 바닥에서 또 다른 비밀 문이나 저장고를 시사하는 선을 찾기 시작했다.

"우리는 서로 대화하지 않기로 한 것 같은데." 제이든이 느리게 말했다.

"너한테 말한 거 아니야." 아릭은 이모젠을 보았다.

"그러니까 모든 낙인자를 싫어하는 건 아니군?" 이모젠이 가슴 앞에 팔짱을 끼고 대꾸했다.

"내가 왜 너희를 싫어하겠어?" 아릭은 책을 다시 꽂았다. "너희들의 부모는 정당한 반란을 일으켰고, 내가 아는 한은 너희도 똑같은 일을 하려고 할 뿐이야. 저놈은 내 형을 죽였으니까 싫은 거고."

"말 되네." 이모젠이 발을 톡톡 두드리기 시작했다.

"너희 아버지라면 제일 귀한 물건을 어디에 보관할까?" 나는 아릭에게 물었다. "과시하고 싶어 하겠지?"

"쉽게 손 닿는 곳에 두지." 아릭이 동의했다. "그런데 너희가 뭘 보호하려고 하는지는 말 안 해줄 거야? 저항군 기지겠지?"

제이든이 중앙 수납장의 서랍 사이 나무를 찔러보면서 숨겨진 공간을 찾고 있던 나와 눈을 마주쳤다.

타우리 왕이라면 손 닿는 곳에 일기장을 뒀을 것이다.

"그게 유일하게 논리적인 해답이야." 아릭은 바닥에 주저앉아 중앙 받침대 아래를 살피며 말했다. "너희는 양면 전쟁을 수행하게 될 테니까, 바스지아스의 보호막에 의존하지 않는 독자적인 보호막을 세우는 거지. 이 밑에는 아무것도 없어." 아릭이 일어섰다. "기지는 어디 있지? 드레이터스? 거기가 제일 논리적인 선택지인데. 나바르 국경과 바다 양쪽에 가깝잖아."

"바이올렛, 이제 가야 해." 이모젠은 크림색 로브 소매를 걷고 위병들에게 다가가며 말했다.

타우리 왕이라면 과시하고 싶어 했을 거야.

벨벳 테이블보에 손을 뻗어 잡아당겼다.

"있다!" 나는 받침대 위에 들어 있는 유리 원을 가리켰다. "아릭! 유리 아래야!" 내 손바닥 크기와 비슷한 가죽장정 두 권이었다. 배낭에 넣기 딱 좋은 크기다…. 최초의 드래곤을 타고 다닐 때 그랬겠지.

"유리가 아니야. 이것도 보호막이야." 아릭이 수납장 위로 몸을 뻗어 손을 넣더니, 날카로운 슉, 소리를 내며 아픔에 일그러진 얼굴로 책 두 권을 꺼냈다. "젠장!" 그는 수납장 가장자리에 책을 내려놓고 두 손을 들어 올렸다.

나는 보호막을 통과했던 아릭의 피부에 빼곡하게 엄지손가락만 한 물집이 잡힌 모습을 공포에 질린 눈으로 보았다.

"저 보호막은 내가 아버지가 아닌 걸 아나 봐." 아릭이 얼굴을 찡그렸다. "가자!"

나는 로브 벨트를 풀고 제시니아가 바로 이때를 위해서 준비해준 크림색 가방 두 개를 꺼내 한 권씩 집어넣었다.

"2분!" 위병 옆에 무릎 꿇은 이모젠이 외쳤다. 그녀는 덩치 큰 쪽의 머리에 손을 대고 있었다.

제이든이 위병들의 무릎에 와인 주머니 두 개를 던졌고, 나는 바닥에 떨어진 테이블보를 낚아채 다시 덮었다.

"지날 신께서 널 사랑하실진 몰라도, 그분을 시험하진 말자." 아릭이 물집 잡힌 손을 부여잡고 잇새로 말했다.

"아플 텐데…" 나는 벨트를 단단히 조이면서 반대했다.

"그렇다고 널 여기 내버려둘 순 없지." 아릭은 내 손을 잡고 아픔에 신음하면서도 나를 끌고 보호막을 통과하여 복도로 나갔다.

아릭의 손이 끈적했다.

"뛰어야 해." 제이든이 복도 저편을 가리켰고, 우리는 정확히 그 말대로 했다. 뛰었다.

로브가 걸리적거리자 나는 두 손에 천을 모아 쥐고 질주해서 계단을 달려 올라가는 제이든을 뒤쫓았다.

"매일 아침 같이 달리기를 한 게 뿌듯하네!" 이모젠이 뒤에서 소리치는 가운데 우리는 방향을 틀고, 틀고, 또 틀었다. 교실에 들어섰을 때는 계단을 오르느라 현기증이 났다.

제이든이 제시니아가 썼던 레버에 손을 뻗고는, 이모젠과 아릭이 나오자마자 레버를 밀었다. 우리는 입구가 닫히기 시작하는 모습을 보자마자 다시 뛰었다.

나는 가슴을 들썩이면서 복도를 달려갔고, 제이든은 한 번도 의문을 표하는 일 없이 제시니아가 왔던 길을 그대로 따라갔다. 길에 대해 확신이 있거나, 아니면 우리에게 생각할 시간조차 없다는 걸 알고 있거나 둘 중 하나겠지.

우리가 도서관 본관에 도착했을 때 한 시간이 지나갔음을 알리는 종이 울리기 시작했다.

"더 빨리!" 제이든이 명령했다.

종소리가 한 번 울렸다.

더 빨리 달리는 건 불가능했지만, 말대꾸할 호흡조차 남지 않았다. 우리는 대리석 바닥에 부츠 소리를 울리며 테이블 사이를 질주했다.

두 번째 종소리.

"뛰어!" 소여가 입구에서 외쳤다.

신들이시여, 저 문.

세 번째 종소리.

문이 조금씩 닫히기 시작했고, 한 번 닫히면 잠금장치 때문에 12시간 동안 열리지 않을 것이다. 허벅지 근육이 항의하듯 불타올랐다. 나는 마지막 테이블 앞에서 돌다가 미끄러졌고, 바닥을 슬라이딩하면서 책꽂이 끝에 얼굴이 구겨질 정도로 세게 어깨를 부딪쳤다.

네 번째 종소리.

제이든이 내 옆에서 달리느라 뒤처졌다. 하지만 우리 중에서 제이든이 가장 빨랐다.

"책 받아!" 나는 헉헉거리면서 외쳤다. "당신은 나갈 수 있어!"

다섯 번째 종소리.

"네가 남으면 나도 남아!" 제이든이 한 손을 들어 올려 쭉 뻗으면서 달리자,

벽에서 그림자가 날아와서 닫혀가는 문을 밀어 열었다. 드디어 마지막 테이블을 지났다.

소여가 두꺼운 강철문과 문틀 사이에 남은 좁은 길을 비웠다.

여섯 번째 종이 울렸다.

제이든이 먼저 나를 문 너머로 밀어냈고, 나는 빠져나오자마자 뒤를 돌아보았다. 말도 못하게 숨이 찼고 심장이 어찌나 세게 뛰는지 머리가 울리는 느낌이었다.

이모젠이 질주해서 빠져나오고, 제이든이 문앞에 도착한 순간 일곱 번째 종이 울렸다.

신들이시여, 제이든은 한 팔을 잃을 것이고, 아릭은….

해내지 못할 거야.

34

아레티아 전투가 벌어지기 전에 아버지에게 화를 냈어. 안전하게 있으라고 나만 보내버리는 데 분노했지. 그 일로 나 자신을 용서할 수 있을지 모르겠지만, 아버지는 나를 용서했다고 생각하고 싶어.

— 제이든 라이오슨 소위가 바이올렛 소른게일 생도에게 보낸 편지

문이 쾅 닫히는 순간, 제이든이 아릭을 끌고 빠져나왔다. 산산이 부서진 그림자가 바닥 여기저기에 낙엽처럼 흩날렸다. 힘이 쭉 빠진 나는 무릎 위로 두 손을 짚고 허리를 굽힌 채 숨을 들이켰다.

"해냈어!" 리애넌이 내 쪽으로 고개를 숙이며 활짝 웃었다.

"그리고 계속 해내야지." 제이든이 우리를 일깨웠다. "로브 벗어. 계획대로 한다."

심장박동이 조금 가라앉자 나는 허리를 펴고 서기용 로브를 벗어서 퀸이 내민 손에 얹었다.

보디는 아릭이 손의 물집을 건드리지 않고 로브를 벗도록 도왔다.

"찾아냈어?" 제시니아가 희망에 찬 얼굴로 신호했다.

나는 고개를 끄덕였다. "사람들이 널 의심할까?" 나스야는 벽에 기대어 잠들었다기보다는 기절한 것처럼 보였다.

"기숙사에 빨리 돌아갈 수만 있다면 괜찮아." 제시니아가 대답했다.

"이 녀석은 내가 처리할게." 이모젠이 나스야에게 다가가며 말했다.

"그 녀석은 기억 못 할 거야. 내가 뒤에서 쳤거든." 소여가 로브들을 커다란 크림색 세탁 봉투에 밀어 넣으며 말했다.

나는 그 말을 제시니아에게 통역했다.

"내가 그렇게 잠들면 어떻게 하냐고 야단칠게." 제시니아는 소여에게 미소를 보이며 수어로 말했고, 내가 통역했다.

소여는 눈을 깜박이더니, 한참 있다가 마지막 로브를 받아서 봉투에 집어넣었다. 아릭의 로브였다. "젠장, 네 손…."

터진 물집들에서 피가 흐르고, 아직 남은 물집도 곧 터질 것 같았다.

"반발 화상이군." 보디가 말했다. "치료만 받으면 밤새 깨끗해질 거야."

"계획을 바꿔야겠어." 제이든을 보았지만, 그는 한쪽 눈썹만 올렸다. "리독, 아릭을 네 방으로 데려가서 손을 숨기게 해줘. 리애넌, 병동에 가서 다이어를 찾아. 복원 능력자는 관심을 너무 끌 거야. 다이어가 근무 중이 아니라면 시간이 좀 걸릴지도 모르지만, 나에게 진 빚을 갚으라고 하면 입 다물 거야. 다이어를 분과에 몰래 데려와야겠지만…."

"좋은 생각이야. 내가 할 수 있어." 리가 두 사람에게 고개를 끄덕였다. "어서 가자." 세 사람은 복도를 걷기 시작했다.

"세탁물은 내가 가져갈게." 제시니아가 수어로 말했다.

내가 그 말을 통역해주자, 소여가 봉투를 건넸다.

"움직이자." 제이든이 명령했다.

"가." 제시니아가 재촉했다. "여긴 됐어."

"고마워." 나는 수어로 말하고, 다른 사람들과 같이 움직였다.

"네 쪽은 어떻게 됐어?" 제이든은 왼쪽 계단을 지나쳐서 힐러 분과를 향해 걸어가며 퀸에게 물었다.

"내 분신을 공용 구역에 투사해서 레모네이드를 찾는 티를 팍팍 냈지. 우리 모두가 이모젠 방에서 술을 마신다고 해뒀어." 퀸이 씩 웃자 보조개가 나타났다. "그런 다음에는 바이올렛과 리애넌인 척 산책도 했어."

나는 입이 딱 벌어져서 발을 헛디딜 뻔했다. "다른 사람 모습도 투사할 수 있어?"

퀸은 고개를 끄덕였다. "내 이목구비도 조금은 왜곡할 수 있지만, 아스트랄계가 훨씬 쉬워. 내 고유 능력이 더 강한 건 크루스가 우리 종조모님의 드래곤이었기 때문이야. 친척이긴 한데 그렇다고 직계 조상은 아니다 보니, 직계 가족과 계약한 드래곤들처럼 미쳐버릴 걱정도 없지. 드래곤들이 가문을 가까이 하면 안 되는 것도 바로 그래서야. 인간의 규칙을 따르는 게 아니라." 퀸은 이모젠을 흘긋 보았다. "난 아직도 네 머리카락이 정확히 어떤 분홍색인지 잘 모르겠어."

우리는 병동 옆을 지나면서 조용해졌다. 계획대로 분과에서 헤어지기 전에 넘어야 할 마지막 장애물이었다.

"흠, 다행히 아무 일도 없었군." 보디가 다리로 통하는 문을 밀어 열었다.

"너나 그렇겠지." 이모젠은 보디의 가슴을 탁 때리고 지나가면서 대꾸했다. "넌 아릭이 바이올렛을 보호막 안에 가둬놓은 동안 제이든을 진정시켜야 하는 입장이 아니었잖아."

나는 웃고 말았다. 우리 둘 다 상황이 그렇게 돌아가지 않았다는 사실을 알고 있으니 말이다. 제이든이 턱에 힘을 넣었다.

우리는 다리를 건너자마자 헤어졌다. 이모젠과 퀸은 방으로 돌아가는 계단을 올랐고, 보디와 소여는 기억에 남을 만한 장면을 연출하기 위해 공용 구역으로 향했고, 제이든과 나는 1층으로 가서 안마당으로 빠져나갔다.

10월의 공기가 달아오른 뺨을 식혀줬다.

"괜찮아?" 제이든이 생도들 한 무리를 지나치면서 물었다.

"전력 질주 때문에 목이 마르지만…." 나는 얼굴에 번지는 웃음을 누르려고 하지 않았다. "그래도 기분 좋아."

그는 내 쪽을 보고 입으로 시선을 옮기더니, 두꺼운 벽에 파인 어두운 벽감으로 나를 끌어당겼다. "그런 미소라니." 그는 중얼거리며 굶주린 사람처럼 다급하게 입을 맞췄다.

나는 그에게 몸을 붙이고 두 손으로 머리를 헤집으면서 모든 감정을 쏟아서 키스했다. 거세고 빠르고… 행복한 키스였다.

입술이 떨어졌을 때 우리는 웃고 있었다.

"우리가 해냈어." 나는 그의 어깨에 손을 얹으며 말했다.

"우리가 해냈지." 그는 나에게 이마를 맞대면서 맞장구쳤다. "이렇게 빨리 떠나기 싫다."

"나도 그래." 나는 물러서서 어깨에 멘 가방 하나를 들고 일기장을 꺼냈다. "하지만 그게 더 안전해. 한 권은 당신이 브레넌에게 가져다줘야 해."

맨손으로 워릭의 일기장 가장자리를 잡고 가운데 부분을 펴본 나는 휘갈겨 쓴 옛 루세라스어를 보고 씩 웃었다. 내용 때문에 웃음이 나오고, 승리감에 가슴이 부풀었다. "우리는 마지막 룬을 새긴 후에, 보호석을 드래곤들이 가장 깊은 마법의 흐름을 느낄 수 있는 자리에 놓았다." 나는 제이든에게 번역해준 다음에 눈을 들었다. "내가 한두 마디 빠뜨렸을 수는 있지만, 그 내용이 여기 있어!" 몇 페이지를 더 넘겼다. "마지막 단계를 완수하자, 보호막이 제대로 일어났다…" 나는 얼굴을 구기며 나머지를 해석했다. "…철의 비가 태어나는 곳에서."

나는 그 말을 세 번이나 읽고 나서야 일기장을 가방에 넣었다. "바로 이거야." 그리고 가방을 제이든에게 건넸다. "이걸 브레넌에게 갖다줘. 오빠는 번역할 수 있을 거야. 다들 당신이 아침까지 떠나지 않을 줄 알 테니까, 지금 나가면 수색을 받지 않고 잘 빠져나갈 수 있어. 그리고 일기장을 나누면 두 배는 빠르게 읽을 수 있지." 둘 중 한 명은 확실히 여기에서 나갈 수도 있고.

그는 크림색 천가방으로 일기장을 잘 싸더니, 비행 재킷 단추를 풀고 가슴팍에 넣은 다음에 다시 단추를 잠궜다. "밤을 보낼 수 있다면 좋을 텐데." 그의 걸걸한 목소리를 들으니 바로 흥분이 됐다.

"나도 마찬가지야."

그는 갈망 비슷한 것이 담긴 눈으로 나를 보다가 그림자 속에 넣어두었던 가방을 꺼냈다. 시선을 마주친 채로 가방을 등에 메고는, 내 얼굴에 손을 뻗어 키스했다.

그 단순한 쾌감은 완벽했다.

"넌 정말 놀라워." 그가 내 입술에 대고 말했다. "7일 뒤에 보자."

"7일 뒤에." 나는 그를 끌어당겨 다시 키스하고 싶은 욕망과 싸우며 동의했다. 몇 번이라도 하고 싶다. "이제 가. 계획대로 해야지. 기억하지?"

그는 내 말이 끝나자마자 빠르고 열렬하게 키스하더니 그대로 몸을 돌렸다. 안마당을 성큼성큼 가로지르는 모습이 마치 이곳의 주인 같았다. 나는 그가 떠나는 모습을 지켜보는 아픔을 가라앉히려고 손으로 심장 위를 문질렀지만, 그 아픔도 지금 느끼는 승리감에 비하면 아무것도 아니었다.

나는 안마당 안쪽으로 들어가서 위를 올려다보며 제이든이 남동쪽으로 날아가는 모습이라도 보려고 기다렸다.

몇 달 만에 처음으로 내 핏속에 두려움이 아닌 희망이 흘렀다.

우린 해낼 수 있다. 해내고 있다. 최초의 여섯이 보호석을 활성화시킨 방법을 진술한 책을 손에 넣었고, 그다음에는 제이든을 설득해서 코딘으로 날아가 루미너리를 확보할 것이다. 제이든이 좋아하지는 않겠지만, 결국엔 그렇게 할 것이다. 휴가를 받을 방법만 생각해내면 된다. 그때까지 우리는 하던 일을 계속할 것이다. 우리끼리 자립할 수 있을 때까지는 무기를 밀수해서 내보내고, 나바르 안에서 입지를 쌓을 것이다. 아레티아는 며칠 안에 보호막을 갖게 될 것이다. 확신이 있었다.

"바이올렛?"

어깨 너머를 돌아본 나는 한 손에는 와인 주머니를, 한 손에는 주석 잔을 쥐고 다가오는 놀론을 보며 미소 지었다. 놀론은 큰 시술을 하나, 아니 최소 열두 개는 하고 나온 것처럼 피곤해 보였다. "안녕, 놀론." 나는 손을 흔들었다.

"너일 줄 알았다. 레모네이드를 받으러 왔다가 잭이 밖에서 널 봤다고 하길래 네가 내 복원 명단에 있다는 걸 기억해냈지." 그는 나에게 잔을 건넨 뒤 하늘을 올려다보았다. "내 기억대로라면 네가 제일 좋아하는 음료지."

"정말 친절하시네요." 나는 잔을 들어 아카이브를 미친 듯이 달린 뒤 타들어간 목의 갈증을 해소했다. "제 어깨 걱정은 말아요. 벌써 나았어요. 그나저나 심문 때 저희를 도와준 일에 대해 고맙다는 말을 못 했네요."

"난 네가 다치는 모습을 보는 게 싫은데, 바리쉬는 너를 결딴내려고 하지." 그는 와인 주머니를 들고 마시더니, 수염자국이 남은 뺨을 긁었다. "그런데 라이오슨은 어디 있니? 토요일에 둘이 떨어져 있는 모습을 못 봤다만."

안마당 한쪽에서 잭 발로우가 캐롤라인 애쉬튼과 다른 제1비행단의 2학년들과 걸어가는 모습을 보자 마음이 가라앉았다. 잭의 목례에 어색하게 화답하려니 속이 뒤집히려고 했다.

"바이올렛?" 놀론이 내가 잭을 쳐다보는 것을 보고 물었다. "무슨 일 있는 거냐?"

"괜찮아요. 그리고 제이든은 일찍 떠났어요. 저희가 늘 어울리는 건 아니거든요." 나는 레모네이드를 한 모금 더 마셨다가 잔을 내려다보았다. 주방에서 레시피를 바꾼 모양이었다. 이상하면서도 익숙한 뒷맛이 느껴졌다.

"내 말은 진심이다." 놀론이 내가 든 크림색 가방을 보면서 조용히 말했다.

크림색이다. 검은색이 아니라.

갑자기 머릿속이 흐릿해져서 놀론을 보자 시야가 흔들거렸다.

"테른…." 하지만 테른이 없다. 모든 정신적 연결이 흐릿하다.

아니야. 신들이시여, 그럴 리가.

하지만… 하지만 나는 몇 년이나 놀론을 믿고 목숨을 맡겼는데.

"난 정말이지 네가 다치는 모습을 보기가 싫단다." 놀론이 안타까운 듯 속삭이며 눈썹을 찌푸렸다. 내 손에서 떨어진 잔이 잠시 후에 자갈에 부딪치는 소리를 냈다. "하지만 네가 이 왕국 민간인들의 안전을 위험에 빠뜨렸을 때는… 네 행동이 부른 결과로부터 너를 지켜줄 수가 없구나."

사방에서 부츠 소리가 들리고 세상이 빙글빙글 돌았다. 내 눈앞에 있는 건 바리쉬의 얼굴이었다. "저런, 소른게일 생도. 대체 무슨 일에 뛰어든 건가?"

35

인턴식보다 더 섬뜩한 능력이 하나 있다면 진실 판별 능력이다. 그러나 우리는 진실 판별자들은 살려둔다.

__ 아펜드라 소령, 《라이더 분과 지침》(무허가 판본)

나는 천천히 눈을 깜박였다. 달팽이가 기어가는 속도로 시야에 초점이 잡혔다. 뒤통수에서부터 앞머리로 둔하고 욱신거리는 압력이 퍼져나갔고, 시야에서 회색 덩어리가 살짝 걷히면서 나선 패턴으로 자리 잡은 돌들이 보였다. 연기에 까맣게 그을린 부분도 있었다. 천장?

"그건 우리의 관심사가 아니야." 낯설고 귀에 거슬리는 남자 목소리였다. "우린 명령에 따른다."

몸 안에 두려움이 가미된 아드레날린이 흘렀지만, 무슨 일이 벌어지는지 알아내려고 근육을 단단히 고정시킨 채 최대한 가만히 있었다.

"그분이 알아낸다면 관심 둬야지." 또 다른 목소리가, 이번에는 여자가 대답했다.

젖은 이끼와 쇠 냄새가 났고, 공기는 서늘하지만 탁했다. 지하다. 꾸준히 물 떨어지는 소리가 정적을 채웠다.

"그분은 칼디르에 있어. 일정상 돌아올 때까지 일주일이 있다." 귀에 거슬리는 목소리가 말했다.

그리고 나는 앉아 있었다. 뒤통수 아래를 파고드는 건 의자 등받이였다. 손목과 발목에 느껴지는 무게가 친숙했다. 심문 평가 때처럼 팔다리가 묶여 있었다.

"*테른…*." 마음을 뻗었지만 연결이 흐릿하고 마력이 일어나지 않았다.

그 레모네이드. 가방. 놀론.

젠장, 들킨 것이다.

"아아아, 저기 일어났군." 희끗희끗한 수염이 있는 남자 얼굴이 내 앞에 나타나더니, 세 개나 빠진 치아를 드러내며 웃었다. "소령님? 소령님의 죄수가 깨어났습니다!" 그는 물러섰고, 나는 고개를 들어 주위를 살폈다.

감방은 쐐기 모양이고, 심문실 문과 똑같이 생긴 문이 제일 좁은 면을 차지했다. 그러나 이 감방은 교육 목적으로 만들어진 게 아니다. 간수가 보병의 파란 제복을 입은 걸 보니 구금실인 게 분명했다.

오른쪽에 보이는 나무 선반이 침대 역할을 하는 것 같고, 반대쪽에는 화장실 같은 게 있었다. 피로 얼룩진 벽을 보자 두려움이 치밀어 오른 나는 잽싸게 고개를 돌리고, 머리가 맑아지는 동안 방 안을 살폈다. 언제나 내 가방을 쏟던 노라가 팔짱을 끼고 나무 테이블에 몸을 기대고 있었는데, 걱정 때문인지 찡그린 얼굴이었다. 그 옆에 있던 문이 열렸다.

바리쉬 소령이 들어오면서 미소 짓는 모습을 보자 뱃속에 구멍이 뚫리는 기분이었다.

신들이시여. 다른 친구들은? 여기 있을까? 다쳤을까? 목이 콱 막히는 느낌에 숨을 제대로 쉴 수가 없었다.

"나가." 바리쉬가 말하자 보병 제복의 남자는 거미처럼 곁방으로 나갔다. 문을 꽉 닫지 않은 덕분에 큰 방 책상 위에 내 단검들이 쌓인 모습을 슬쩍 볼 수 있었다. 곧 바리쉬가 내 시야를 가렸다. "내가 그쪽 방법을 한 번은 시도해 보겠다고 약속했지요." 그는 어깨 너머로 외쳤다.

공포심이 목을 더 심하게 틀어막았다. 테른이나 제이든에게 닿을 수가 없다. 고유 능력을 불러낼 수도 없고, 손이 묶여 있으니 단검술을 쓸 수도 없다.

나는 혼자고, 무방비했다.

놀론이 들어왔는데, 걸음걸이에는 활기가 없고 눈에는 슬픔이 가득했다. "몇 가지 질문에만 대답해주면 된다, 바이올렛."

"저한테 약을 먹였군요." 목소리가 갈라졌다. "놀론을 믿었어요. 언제나 믿었다고요."

"이 사태를 빨리 해결하면 우린 다시 서로를 믿는 사이로 돌아갈 수 있다." 놀론이 말했다. "왜 리라의 일기장을 훔쳤는지부터 시작해볼까?" 그는 노라 뒤로 손을 뻗어서 그 책을 꺼냈다.

지금까지 배운 심문 기술은 무용지물이었다. 나는 그저… 그저 일기장을 바라볼 수밖에 없었다. 이 상황에서 빠져나갈 방법을 찾으려고 애썼지만 아무리 생각해도 방법이 없었다.

"내가 틀렸기를 바랐다." 놀론은 부드럽게 말했다. "하지만 마컴이 왕의 개인 도서관에서 왕실 보호막이 뚫렸다는 경고를 울린 직후에 네가 서기용 가방을 들고 안마당에 서 있는 모습을 봤지…."

"그건 아카이브에서 책을 나를 때 흔히 쓰는 가방이죠." 나는 맞받아쳤다.

망할. 멍청하게도 보호막을 건드리면 마컴에게 경고가 갈 거라는 생각을 못하다니.

"그런 경우였다면 넌 두통을 느끼며 병동에서 깨어났을 테고 나는 진심으로 사죄했겠지." 놀론은 흉터 진 가죽 일기장을 들어 올렸다. 아레티아를 지킬 열쇠를. "하지만 넌 이걸 가지고 있었어."

"우린 그런 논쟁을 하려고 여기 있는 게 아니다." 바리쉬는 황홀하다는 얼굴로 나를 보았다. "내 질문에 대답하면 내일 수업 전에 잠을 자서 두통을 떨치게 해주마. 한 번이라도 거짓말을 했다간 일이 지저분해질 거다."

그러니까, 이미 일요일이구나.

"질문은 세 개다." 놀론은 바리쉬 쪽으로 근엄한 시선을 던졌다. "우린 네가 어떻게 그 일을 했는지, 누구와 했는지, 그리고 제일 중요하게는 왜 그랬는지 알고 싶다."

막힌 목구멍이 뚫리는 기분이었다. 나는 패닉을 가라앉히려 애쓰면서 폐에 공기를 한껏 채웠다. 저들이 공범을 모른다는 건, 아무도 이 아래에 묶여 있지 않다는 뜻이다. 제이든도, 리애넌도, 아릭도, 다른 누구도, 나뿐이다. 혼자라는 사실이 축복으로 변했다.

그리고 나는 무방비하지 않다. 아직 정신이 멀쩡하지 않은가.

"어떻게 왕실 보호막을 뚫었는지부터 시작하지." 바리쉬가 말했다.

"제가 왕실 보호막을 뚫기란 불가능하죠. 보시다시피 저는 왕족이 아닙니다." 나는 턱을 들어 올리고 정신적으로 최악을 대비했다.

"사실을 말하고 있습니다." 노라가 고개를 옆으로 기울이며 말했다. "내 고유 능력은 거짓말을 감지하지. 하나라도 거짓말을 하면 내가 알아."

심장이 펄쩍 뛰었다. 그렇다면 진실만 말해야겠네. 이 심문이 끝나고 나면 어머니에게 내 대답 또는 침묵을 설명해야 할 것이다. 한 마디, 한 마디가 중요하다.

"바이올렛, 부탁이다." 놀론이 일기장을 테이블에 놓으며 애원했다. "그냥 설명해다오. 너희끼리 시합이라도 한 거니? 2학년들 사이의 담력시험 같은 것? 정확히 무엇이 사라졌는지 확인하려고 하는 중이니 우릴 도와다오. 우리에게 말해주면 처벌도 훨씬 너그러워질 거다."

확인하려고 하는 중이라. 안에 들어갈 수 없구나.

"바로 이유부터 묻는군요." 바리쉬가 눈동자를 굴렸다. "이래서 놀론 당신이 심문에 맞지 않는 겁니다." 그의 옅은 눈동자가 내 눈을 들여다보았다. "어떻게 했지?"

"원본이 사라졌는지 확인하지도 못했다면, 어떻게 그 책이 복제품이 아니라고 추정할 수 있죠?" 나는 놀론에게 물었다.

놀론은 바리쉬를 곁눈질했다. "마컴은 덮개가 흐트러지지 않았다고 했지."

"그런데 우리 손에 그 망할 놈의 일기장이 있지." 바리쉬가 내 주위를 천천히 돌았다. "그러면 복제품이냐?"

그는 내 거짓말을 잡아내려 했다.

"저야 조사해보지 않았으니 모르죠."

그럴 시간이 없었거든.

"사실입니다." 노라가 판정했다.

바리쉬가 내 앞에 멈춰 섰고, 나는 그의 영혼 없는 옅은 색 눈동자를 똑바로 보았다. "바리쉬 소령님에게는 증거가 없는 것 같군요. 아무도 왕실 보호막을 뚫고 들어갈 수 없고, 아무도 왕에게 경보가 울렸다고 자진해서 알리지 않을 테니까요. 경보가 가짜든 진짜든 상관없어요. 한 가지 일깨워드리고 싶은데, 지난번에 증거도 없이 저보고 거짓말한다고 비난한 누군가는 루세라스에서도 제일 외딴 해안 기지에 배정됐답니다."

"아, 에이토스 말이군." 바리쉬는 움찔하지도 않았다. "걱정 말아라. 내 감독하에 너를 둔 동안에 에이토스에게 필요한 증거를 찾아낼 거다. 넌 놀론의 희망처럼 협조하기보다는 맞설 생각으로 보이니 말이야. 그레디가 워낙 규칙에 엄격하게 구는 바람에 지난번에 만났을 땐 내가 바라는 만큼의 수확이 없었지." 그는 쭈그리고 앉더니, 얼른 부수고 싶어서 안달이 난 반짝이는 새 장난감을 보듯 나를 보았다. "누가 그 책을 훔쳤지?" 그러면서 내 두 손을 날카롭게 보았다. "네가 아니었다는 건 우리 둘 다 알잖나."

선택적 진실. 친구들을 지키기 위해 내가 쓸 수 있는 무기는 그것뿐이다.

"저 책을 가방에 집어넣은 건 저 혼자입니다."

"사실을 말하고 있습니다." 노라가 말했다.

나는 바리쉬와 놀론을 번갈아 보았다. "그리고 질문에 대한 답은 다 했습니다. 저를 재판에 넘기고 싶으시다면, 비행단장 정족수를 소집해서 코덱스에 따르시죠."

바리쉬는 천천히 일어서더니 손등으로 나를 쳤다. 타격에 머리가 홱 꺾이면서 뺨에 통증이 터졌다.

"소령!" 놀론이 외쳤다.

"노라, 즉시 생도들을 집합시켜서 모든 생도의 손을 확인해라." 바리쉬는 내가 아픔 속에서 눈을 깜박이는 동안 말했다. "놀론, 당신은 가도 좋아요."

바리쉬가 제복 소매를 걷어 올리자 나는 심호흡을 하며 찾아올 고통에 대비했다. 벽에 박힌 비뚤어진 벽돌에 집중하면서 통증과 정신을 분리하려고 애썼다.

이 방에서 무슨 일어난다 해도, 제이든이 워릭의 일기장을 들고 빠져나갔다는 사실은 변하지 않는다. 브레넌은 아레티아의 보호막을 올리리는 데 필요한 정보를 찾을 것이다. 바리쉬가 어떤 고통을 가한다 해도 버틸 가치가 있다.

'바이올런스, 연약한 건 몸뿐이라는 사실을 기억해. 너는 꺾을 수 없는 사람이야.' 나는 제이든이 했던 말에 매달렸다.

"필요하면 부르지요." 바리쉬는 놀론에게 나가라고 손짓하며 약속했다.

나를 복원이 필요한 상태로 만든다는 의미겠지.

"걱정 말아라. 작게 시작할 테니." 바리쉬가 말했다. "그리고 여기에서 힘을 가진 사람은 너다, 소른게일 생도. 네가 말만 하면 이 과정은 멈출 거야."

나는 그가 첫 번째 손가락을 탈구시켰을 때 큰 소리를 내고 말았다.

그리고 부러뜨렸을 때는 비명을 질렀다.

똑. 똑. 똑.

나는 그 소리가 창문을 두드리는 빗소리인 척, 뺨을 기댄 단단하고 무자비한 나무가 제이든의 가슴팍인 척, 부자연스러운 각도로 구부러져서 맥박이 뛸 때마다 욱신거리는 팔이 다른 사람 팔인 척한다.

"잘 수 있다면 자도록 해." 가슴 아프게도 익숙한 목소리가 부드럽게 제안한다. 나는 그나마 성한 눈을 꽉 감았다.

'넌 정말로 여기 있는 게 아니야. 고통과 탈수 때문에 보이는 환각이지. 신기루야.'

"그럴지도 모르지." 리암이 말했다. 바닥에 앉은 리암이 보일 만큼만 눈을 떴다. 리암은 침대 옆에서 무릎을 세우고 부러진 팔 바로 아래에 팔꿈치를 대고 나를 보고 있다. "아니면 말렉이 친절을 베풀어 날 보내주셨을 수도 있고."

'말렉은 친절을 베풀지 않아. 영혼이 헤매게 두지도 않고.' 내 두뇌를 칭찬하자, 리암은 훌륭한 환각이다. 정확히 마지막으로 보았던 모습 그대로다. 비행 가죽 재킷을 입고, 보는 사람의 가슴이 아파지도록 미소를 짓고 있다.

"난 헤매고 있지 않아, 바이올렛. 정확히 내가 있어야 할 곳에 있어."

'온몸이 아파.' 끝없는 고통이 다시 암흑으로 끌고 가려 하지만, 지난 두 번의 경험과 달리 이번에 의식을 잃지 않으려고 애썼다. 몇 시간 만에 처음으로 혼자 있는 시간이다. 이제는 방 중앙에 있는 의자가 무섭지 않다. 바리쉬가 나를 그 의자에서 꺼낼 때 오히려 뼈가 더 부러진다는 사실을 아니까.

"나도 알아." 리암이 다정하게 말한다. "하지만 넌 굳세게 버티고 있어. 네가 정말 자랑스러워."

내 무의식이니 그렇게 말하겠지. 나에게 꼭 필요한 말이니까.

혀로 찢어진 입술을 핥자 피 맛이 난다. 바리쉬는 칼을 대진 않았지만 그놈의 주먹질에 피부가 터진 데가 너무 많다 보니 내가 하나의 거대한 상처가 된 느낌이다. 지난번에 움직였을 때는 제복에 말라붙은 피가 부서지는 소리가 났다.

"소속 대대를 데려오시죠." 곁방에서 노라가 제안한다. "소령님이 대대원들을 취조하기 시작하면 소른게일도 꺾일 겁니다."

리암의 턱에 힘이 들어가고, 내 텅 빈 뱃속에 두려움이 똬리를 튼다.

"평가 때는 그러지 않았다." 바리쉬가 대꾸한다. 맙소사, 차라리 저놈의 목소리를 몰랐으면 좋겠다. "그리고 데려오면 대대원들도 무슨 일이 벌어졌는지 알 테고, 이모젠 카둘로의 팔에 새겨진 낙인을 생각하면 그들의 기억을 기

450

꺼이 지우려고 할 것 같지도 않군. 놈들을 죽이면 완전히 다른 문제가 생길 거야. 손에 부상 입은 생도가 없는 건 확실한가?"

"모두 제가 직접 조사했습니다." 노라가 대답한다. "대대원들만이 아니라 드베라와 에메테리오도 소른게일이 어디 있는지 묻고 있습니다. 오늘 수업에 빠졌으니까요."

월요일이구나.

테른에게 마음을 뻗어보지만 여전히 결속이 흐릿하다. 그래, 팔을 부수고 발목을 꺾는 사이사이에도 억지로 내 목에 그 약을 들이부었기 때문이지. 바리쉬는 그러면서 내 부츠를 벗기지도 않았다. 하지만 놈들이 부러뜨린 건 내 몸뿐이야. 난 한마디도 하지 않았어.

"그렇다면 넌 여기에 이틀 있었던 거구나." 리암이 말한다.

'제이든이 내가 사라진 걸 알려면 5일은 더 있어야 해. 보나마나 제이든에게 알리지 못하게 편지도 감시하고 있겠지. 제이든은 반응할 수 없어, 리암. 그랬다간 모든 걸 위험에 빠뜨리게 돼.'

"제이든은 이미 이성을 잃지 않았을까?" 리암의 입꼬리가 올라가더니, 내가 너무나 그리워하는 건방진 웃음을 짓는다. "분명 제이든은 알 거야. 스게일이 테른의 패닉을 느낄 테니까. 네 드래곤은 바스지아스 지하 깊숙한 이곳까지 너를 찾으러 오지 못한다 해도, 제이든은 벽돌을 뜯어내고 널 찾아낼 거야. 그때까지 살아남기만 하면 돼."

'제이든은 우리 계획을 위험에 빠뜨릴 수 없어. 그러면 안 돼.' 제이든의 우선순위는 언제나 선명했고, 그건 내가 사랑하는 그의 일면이기도 했다.

"제이든은 올 거야."

문이 열렸지만, 일어날 힘도 능력도 없다. 고개를 돌리거나 손을 들 힘조차 없다. 심장이 이 지옥 같은 몸에서 도망칠 기회라도 본 것처럼 펄쩍 뛴다. 심장이 멈추고 싶다고 간절히 바라더라도, 미라의 갑옷이 멈추지 못하게 지킬 거라는 사실을 어떻게 말해줘야 할지 모르겠다.

리암에게서 30센티미터도 떨어지지 않은 곳에 선 바리쉬가 몸을 숙여 나와 눈높이를 맞췄다. "정말 고통스럽겠지. 다 멈출 수 있다. 놀론이 옳았을지도 모르겠어. 네가 어떻게 그 책을 훔쳤냐는 부분은 잊자. 네가 공범을 내놓지 않는다는 것도 알겠어. 다만 이유는 알아야겠다. 왜 최초의 여섯이 쓴 일기장이 필요하지? 나도 읽어봤는데 흥미로운 역사더군. 넌 무엇에 보호막을 치려고 하는 거냐, 소른게일?"

그는 답을 기다리지만, 나는 아무 말도 하지 않았다. 놈이 소름 끼치게 가까웠다.

"우린 빙빙 돌려 이야기하기는 그만두고 진짜 논의를 해볼 수도 있다." 바리쉬가 제안했다. "물론 네게도 내가 답할 수 있는지 의문이 들겠지. 왜 우리가 포로미엘 문제에 관여하지 않으려고 하느냐는 질문 같은 거 말이야. 그런 건가? 정의로운 분노? 우린 동등하게 정보를 교환할 수 있다. 우리 둘 다 네 친구의 드래곤을 죽인 게 그리폰이 아니라는 건 아니까 말이야."

화들짝 놀라면서 새롭고 극심한 고통이 밀려왔다.

"넘어가지 마." 리암이 고개를 저었다. "저놈이 널 속이려 하는 거 알잖아."

"하지만 넌 얼마나 많이 알지?" 바리쉬가 친절이라도 베푸는 것처럼 부드럽게 물었다. "그리고 낙인자들과 그동안 뭘 했지? 우리야 물론 몇 년 동안 낙인자들을 지켜보았다만, 에이토스 생도가 너에 대해 알려주기 전까지는 추측만 계속해야 했다. 하지만 그때 너희는 바스지아스로 돌아오지 않았지. 어떤 전초기지에서도 너희가 힐러를 찾는다는 보고를 하지 않았어. 그러니, 아까의 질문을 다시 하겠다. 넌 어디로 갔던 거냐, 소른게일 생도? 네가 보호막을 치려고 하는 곳은 어디지?"

이건 내가 책을 훔쳤다는 문제보다 훨씬 큰 사안이었다.

"맙소사, 대단하군. 아니면 고통이 너무 심해서 반응도 못 하는 건가." 바리쉬가 고개를 기울여 나를 관찰하는 모습이 올빼미 같았다. "내 고유 능력이 뭔지 아나, 소른게일 생도? 내가 왜 이 방에서 그토록 뛰어난지? 기밀 정보지만, 이 안에서는 우리 모두 친구 아니겠나?"

나는 빤히 바라보기만 할 뿐 대꾸하지 않았다.

"나는 사람들을 보지 않아." 그는 고개를 기울인 채 나를 관찰했다. "난 사람들의 약점을 보지. 전투에서는 큰 이점이다. 솔직히 처음 만났을 때는 너에게 놀랐다. 소른게일 막내에 대해 들은 이야기를 감안할 때, 너를 보면 고통, 부러진 뼈, 아니면 엄마의 기대에 미치지 못한다는 수치심 같은 걸 보게 될 줄 알았거든." 그는 부러져 있는 내 팔뚝을 손가락으로 훑었지만, 누르지는 않았다. 놈이 누를 수 있다는 생각만으로도 가슴이 답답해졌다. "하지만… 아무것도 보이지 않았어. 누군가가 네게 차단벽 치는 방법을 가르쳤지. 네가 차단 기술에 아주 뛰어나다는 사실은 인정하겠다." 그는 몸을 더 가까이 기울였다. "네 마력을 끊어놓고 나니 이제 내 눈에 뭐가 보이는지 알고 싶나?"

증오가 솟구친다. 놈이 그걸 봤으면 좋겠다.

"던이시여, 내가 대화를 전부 다 끌고 가야 하나?", "네, 물론 알고 싶습니다." 그는 목소리를 높여 조롱하듯이 내 목소리를 흉내 냈다. "흠, 소른게일 생도, 네 약점은 네가 사랑하는 사람들이다. 고를 만한 사람이 참 많아. 마티아스 대대장부터 나머지 대대원, 네 언니, 네 드래곤들." 그는 비틀린 미소를 지었다. "라이오슨 소위."

심장이 잠시 멈췄다.

"흔들리지 마, 바이올렛." 리암이 말했다.

"걸려들었습니다." 노라가 문가에서 말했다.

"나도 안다." 바리쉬가 대꾸했다. "그리고 넌 분명히 라이오슨이 널 구하러 올 거라고 생각하고 있겠지?" 그는 내 팔뚝에 남은 멍자국을 예술작품처럼 감상했다. "토요일이 와도 네가 사마라에 나타나지 않으면, 휴가 정책을 어기는 한이 있어도 라이오슨이 찾아올 거라고 말이야. 넌 라이오슨이 널 위해 규칙을 어길 거라는 데 희망을 두고 있어. 라이오슨이 널 구해줄 거라고. 네 어머니는 손가락 하나 까딱하지 않으니까 말이지."

침도 삼키기 힘든 탈수 상태인데도 목구멍이 움직였다.

"제이든은 토요일까지 기다리지 않을 거야." 리암이 장담했다.

"나도 그걸 기대하고 있지." 바리쉬가 고개를 끄덕였다. "너를 코덱스 아래 심문하려고 규칙을 깨뜨리기만을 기다렸다. 네 엄마는 그런 면에서 정말 원칙주의자거든. 하지만 펜 라이오슨의 아들은 너를 도우려 코덱스를 어기고 근무지를 이탈할 것이고, 그러면 너 다음으로 이 의자에 묶이겠지. 얼마나 즐거운지 몰라. 그리고 그놈은 내가 찾는 답을 내어주겠지."

잠깐만. 뭐라고?

"젠장. 저놈은 너만 심문하려는 게 아니야. 제이든에게 함정을 판 거야." 리암이 긴장했다.

심장이 쿵쾅거리기 시작했다.

"너에겐 정말 큰 힘이 있다, 소른게일. 너만이 라이오슨 소위가 도착할 때 기다리고 있는 위험에서 그놈을 구할 수 있어. 내가 알고 싶은 바를 말하면, 그놈을 해치지 않겠다."

나는 1초 정도 유혹을 느꼈다. 제이든이 고문당한다고 상상하자 손이 오그라들며 손톱이 거친 나무판을 긁었다.

"어니에 보호막을 치려는 거냐? 낙인자들이 하려는 일은 무엇이고?"

"버텨, 바이." 리암이 내 옆에 손을 짚는데, 정말이지 진짜처럼 느껴졌다. "말했다간 이 대륙의 모든 생명이 죽게 될 거야. 놈들이 증거라도 가지고 있다면 제이든을 벌써 체포했겠지. 놈들은 제이든을 해치지 않을 거야. 아니, 못 할 거야."

논리적으로는 나도 알지만, 감정적으로는….

"싫어? 정말로? 네가 구할 수 있다니까. 바로 여기에서, 바로 지금. 난 그놈이 올 거라고 생각하고, 그놈이 오면 내가 무너뜨릴 거다. 그리고 네가 그 모습을 지켜보게 할 거야." 바리쉬는 속삭이는 소리로 장담했다. "하지만 걱정 말아라. 넌 곧 비밀을 외치게 될 거다. 물론 그때쯤에는 나에게 그 비밀이 필요 없겠지. 내가 정말 원하는 상대를 손에 넣을 테니."

그는 미친 듯이 뛰는 내 맥박이 보인다는 듯이 목으로 시선을 옮겼다.

"아아, 이제 이해했군. 안 그래?" 바리쉬가 씩 웃었다. "분명 너는 그놈이 부서지지 않는 존재라고 생각할 테지만, 내가 보장하마. 난 운 좋게도 너희 세대에서 가장 강력한 라이더가 풋내기처럼 차단벽을 놓친 순간을 슬쩍 엿봤거든. 1초도 안 되는 시간이었지만, 그것만으로도 그놈을 박살내려면 무엇이 필요한지 보기에는 충분했지. 우린 며칠 안에 필요한 모든 정보를 얻게 될 거다. 넌 전리품이 아니라 도구다, 소른게일."

개자식.

"솔레스는 숨는 걸 즐기나 봐?" 목소리가 갈라지고, 기침이 터져 나왔다.

바리쉬는 눈을 깜박였지만 재빨리 놀라움을 숨겼다.

"내가 테른과 대화하지 못하게 막았다고 해서 테른이 네가 무슨 짓을 했는지 모르는 건 아니거든." 나는 억지로 미소를 지으며 입술을 열었다. "넌 제이든을 사냥하고 있지. 하지만 테른은 솔레스를 사냥하고 있어. 양쪽 다 네가 약한 쪽이야. 내가 이 방에서 죽을지는 모르지만, 너도 죽는다고 장담하지."

"목표물을 놓치지 않으려면 널 죽일 순 없을지 몰라도, 그놈이 도착할 때까지 몇 번이고 널 박살낼 수는 있단다. 우린 즐거운 시간을 누리게 될 거다." 그는 일어서서 제복 허벅지에 손을 털더니 걸어 나갔다. 문틈으로 희미하게 그의 목소리가 들렸다. "놀론을 불러들여. 새로 시작해야겠다."

하지만 바리쉬가 틀렸어. 제이든은 오지 않을 거야. 제이든은 혁명의 안전을 택할 거야. 난 이제 그가 지킬 수 없는 사람이야. 다만 모두의 생각이 틀려서, 내가 죽고 나서도 제이든이 무사히 살아남기를 빌 뿐이야.

'내 곁을 떠나지 마.' 나는 리암에게 속삭였다. 내가 환각을 볼 정도로 제정신이 아니라는 사실도, 내 두뇌가 리암을 목발처럼 이용하고 있다는 사실도 상관없다. 리암이 곁에 있어 주기만 한다면, 혼자가 아닐 수만 있다면.

"난 여기 있을 거야. 맹세해."

똑. 똑. 똑.

시간의 흐름도, 몇 번이나 맞았는지도, 얼마나 대답을 거부했는지도 알 수가 없다. 놀론이 두 번 찾아왔다. 아니, 세 번이었을지도.

삶은 다양한 고통의 연속이지만, 리암은 내 곁을 떠나지 않았다. 내가 눈을 뜰 때마다 그 자리에서 지켜보고, 고문 내내 말을 걸어주고, 내가 진작에 제정신을 잃었다는 사실을 증명하면서 동시에 제정신을 유지하게 해준다.

그들은 하루에 최소 한 번은 나를 의자에 묶어놓고 목에 물약을 넘겨서 테른과 단절시킨다. 나는 그들이 주는 음식을 먹는다. 생존이 제일 중요하니까. 그리고 복원을 받을 때마다 잠들었다가, 깨어나면 다시 부서진다.

정확히 겨냥한 발차기 덕분에 갈비뼈에 금이 갔고, 바리쉬가 처음 부러뜨렸던 왼쪽 팔은 같은 자리가 또 부러졌다. 나만이 아니라 놀론도 완전한 상태가 아니라는 뜻이다.

"이게 먹히지 않으면 잭 발로우를 참여시킬 수도 있습니다." 노라의 목소리가 커지면서 의자에 앉은 채로 깜박 졸던 나는 정신이 확 들었다. "잭은 보복할 기회를 계속 기다렸어요."

"유혹적이군." 바리쉬가 대꾸했다. "분명히 그 녀석이라면 기꺼이 소른게 일에게 동기를 부여할 만한 새롭고 창의적인 방법을 찾아내겠지. 하지만 죽이지 않는다는 보장이 없어. 사실 그 녀석은 아무것도 믿고 맡길 수가 없지 않나? 너무 예측 불허야."

"그 자식이 살아났다니 아직도 믿을 수가 없어." 문 오른쪽 벽에 기대어 선 리암이 중얼거렸다.

맙소사. 부러진 곳이 부어올라 화끈거리고, 눈에 보이는 피부란 피부는 전부 색깔이 변했다. 온몸이 다 아팠다. 이젠 내가 나인지, 쇠약해져가는 몸속에 든 고통인지도 잘 모르겠다. 하지만 리애넌은 이런 일을 겪고 있지 않다. 리독도, 소여도, 이모젠도, 퀸도. 내가 아끼는 사람들은 모두 안전하다. 나는 그 사실에만 매달린다.

'알지? 슬론은 날 미워해.' 나는 속삭였다.

"슬론이 좀 너무할 때가 있지." 리암이 사과하는 듯 희미한 미소를 지었다. "넌 잘하고 있어."

'그래, 난 끝내주는 롤 모델이지.' 어이없다는 표정을 짓지 않고 할 수 있는 말은 그게 다였다.

"절 보자고 하셨습니까? 여기서요? 계단에 위병이 열 명은 있겠는데요."

저 목소리. 리암이 문 쪽으로 고개를 홱 돌렸고, 두려움이 등골을 타고 내려가며 오한을 남겼다.

데인이다. 난 완전히 망했다. 우리 모두 끝장이다.

"그랬지." 바리쉬가 대답했다. "자네의 도움이 필요하다. 나바르에 자네의 도움이 필요해."

"제가 뭘 하면 됩니까?"

나를 의자에 묶어놓은 끈을 비틀어 보았지만, 버클은 튼튼하게 고정되어 있었다.

"침착해." 리암이 속삭였다. 어차피 아무도 그 목소리를 듣진 못할 텐데도.

"이번 주에 보안 사고가 있었고, 기밀 서류가 도난당했다. 범인은 잡았고 정보를 잃지는 않았지만, 죄수가…." 극적인 끊기. "이 라이더는 우리가 나바르를 파괴할 의도를 갖고 있다고 의심하는 두 번째 반란군과 함께 일하고 있음이 분명하다. 우리 보호막 안에 있는 민간인의 안전을 위해 죄수의 기억이 필요하다, 비행단장. 자네가 진실을 뽑아내야만 해. 그러지 않으면 우리의 삶의 방식 자체가 위태로워질 것이다."

흠, 저렇게 말하니 그럴싸하네. 다시 끈을 당겨보았지만 신경체계에 통증만 더해졌다. 지금 나에겐 차단벽이 없다. 데인을 막을 방법이 없다. 아레티아의 모두가 죽을 것이고, 그건 내 잘못이다.

"경고해두겠네." 바리쉬가 부드럽게 말했다. "죄수의 정체를 알면 충격받을 수도 있어." 내가 온전히 마음의 준비를 하기 전에 문이 열렸다.

바리쉬가 걸어 들어왔고, 데인은 문가에 서서 눈을 크게 뜨고 나를 보았다. 그의 시선은 의자 팔걸이에 묶인 채 부어올라 자줏빛으로 얼룩진 두 손에 잠시 머물렀다가, 못지않게 엉망일 얼굴로 날아왔다. 최악은 어차피 제복 안에 있어 보이지 않을 것이다. 부러진 뼈와 타박상 자국들은.

"바이올렛?"

"제발 나 좀 도와줘." 나는 이제는 존재하지 않는 데인에게 애걸하고 있다는 사실을 알면서도 속삭였다. 내가 호소하는 건 내 앞에 서 있는 무정한 3학년이 아니라, 난간다리를 건너기 전에 알던 데인이었다.

"바이올렛을 5일 동안 고문한 겁니까?" 데인은 바리쉬를 추궁했다.

5일이라고? 이제 겨우 목요일이야?

"소른게일이 왕의 개인 도서관에서 리라의 일기장을 훔친 후부터 말이지?" 바리쉬는 지루해하는 목소리였다. "물론이다. 에이토스, 소른게일이 자네의 어린 시절 친구일지는 모르지만 지금은 누구에게 충성하는지 우리 둘다 알지. 라이오슨과, 라이오슨이 우리를 상대로 계획하는 전쟁이다. 소른게일은 보호막을 무너뜨리고 싶어 해."

"그건 사실이 아니야." 소리를 지르고 싶었지만 며칠이나 비명을 지른 탓에 목이 쉬어서 흐느끼는 듯한 소리밖에 나오지 않았다. 바리쉬는 모든 것을 비틀어버렸다. "난 절대 민간인을 해치지 않아, 데인. 너도 알지…."

"난 이제 너에 대해 아무것도 모르겠어." 데인은 분노에 일그러진 얼굴로 맞받아쳤다.

"저 바깥에선 전쟁이 벌어지고 있어." 나는 데인이 내 안에 침입하기 전에 그의 마음을 뚫고 들어가려고 필사적이었다. "포로미엘 민간인들이 죽고 있는데, 우린 조금도 도우려 하지 않아. 그냥 지켜보고만 있다고, 데인."

"우리가 포로미엘의 내전에 개입해야 한다는 거야?" 데인이 반박했다.

나는 어깨를 늘어뜨렸다. "난 네가 너무 오랫동안 거짓말을 듣고 자란 나머지, 진실을 눈앞에 들이밀어도 알아보지 못한다고 생각해."

"나도 너에게 똑같이 말할 수 있어." 데인은 바리쉬를 보았다. "바이올렛이 보호막을 무너뜨리려고 한 게 확실합니까?"

"문제의 일기장은 안전하게 보관하기 위해 아카이브로 돌려보냈다만, 물론이다. 소른게일이 훔쳤던 책에는 보호막을 어떻게 만드는지 자세하게 나와 있고, 그 내용을 지도로 삼으면 보호막을 푸는 것도 가능해." 바리쉬는 데인의 어깨를 잡았다. "듣기 힘든 말인 줄은 알지만, 사람들이 늘 우리가 원하는 모습대로는 아니다."

리암이 벽에서 몸을 떼고 두 사람 주위를 돌아서 걸어오더니 내 옆에 쪼그려 앉았다. "이번에는 네가 멈출 수 있을 것 같지 않아."

내 생각도 그래.

"너무 화내지 않도록 해봐라." 바리쉬는 안타깝다는 듯한 표정으로 데인에게 말했다. "누구와 사랑에 빠질지는 마음대로 되는 게 아니잖나?"

데인이 뻣뻣해졌다.

"라이오슨은 소른게일을 제대로 이해하지도 못하는 일에 끌어넣었다. 자네도 알지. 작년에 그 일이 일어나는 걸 자네도 직접 봤어." 그는 한숨을 내쉬었다. "이것까지 보여주고 싶진 않았지만…" 그는 자기 칼집에서 내 합금 단검을 뽑았다. "소른게일은 이것도 가지고 있었다. 자네가 보는 이 금속이 보호막에 동력을 공급한다. 우린 놈들이 이 물건을 밀수하고 있다고 생각한다. 어딘지는 모르지만 이 전쟁을 벌이려는 곳으로 가져가서 우리의 보호막을 조금씩 약화시킨 거지."

"그게 사실이야?" 데인의 시선이 나에게 날아왔다.

나는 문설주에 기대선 노라를 보고 몸을 떨었다. "내가 설명할 수 있어. 저 말대로가 아니라…"

"네 설명은 필요 없어." 데인이 으르렁거렸다. "나하고 얘기 좀 하자고 몇 달을 부탁했는데, 이제야 왜 말하지 않으려고 했는지 알겠네. 왜 내가 절대로 널 만지면 안 된다고 했는지도. 네가 숨기고 있는 걸 내가 볼까 봐 두려워한 거였어." 그는 천천히 앞으로 걸어왔고, 나는 의자 등으로 몸을 움츠렸다.

제이든, 날 용서해줘.

"네 행위 규범을 명심해라, 생도." 바리쉬가 지시했다. "특히 소른게일 생도에 대한 네 애착을 감안하면 그래야 해. 연습한대로 수색하되, '보호막'이라는 말에 집중해라."

"노라 중위." 곁방에서 목소리가 들렸다. "사령부 전원에게 집합 명령이 떨어졌습니다. 국경에… 사건이 있었답니다."

"누구 명령이지?" 노라가 물었다.

"소른게일 장군님입니다."

"곧 가겠다." 노라는 손을 내저으며 대답했다.

"이미 너무 늦었을 수도 있겠군." 바리쉬는 고개를 저으며 말했다. "오늘 아침에 받은 보고서에 따르면 라이오슨이 며칠 전에 탈영했다. 그래서 우린 낙인자들을 모으고 있지."

숨이 멈췄다. 라이오슨이 탈영했다고? 그는 지금 안전하게 아레티아에서 보호막을 올리고 있을 수도 있다. 하지만 이모젠은? 보디는? 슬론은? 사령부에서 모으고 있는 건 그들이다.

리암의 손이 내 어깨를 잡고 지탱했다. 그들은 낙인자를 죽일 것이고, 아레티아에 대해 알게 되면 나머지도 사냥할 것이다. "데인은 네 기억을 뒤질 수 있어." 리암이 말했다. "하지만 논리적으로는 네가 하는 생각부터 헤치고 들어와야 할 거야."

"무슨 짓을 한 거냐, 바이올렛?" 바리쉬가 물었다. "또 다른 전초기지 공격을 계획했나? 알아낼 수 있는 정보를 캐내라, 에이토스. 우리 왕국의 안전이 달려 있다. 시간이 핵심이야."

데인이 확 타오르는 눈으로 두 손을 들어 올렸다.

"넌 리암을 죽였어." 나는 불쑥 내뱉었다.

그가 멈칫했다. "넌 계속 그렇게 말하지. 하지만 난 오직 아버지가 틀렸음을 증명하기 위해 네 기억을 뒤졌을 뿐이야, 바이올렛. 그런데 지금 넌 아버지가 옳았다는 사실을 증명했어. 낙인자들이 우리 왕국을 배신하다가 죽었다면, 그런 대가를 받아도 싸."

"네가 미워." 눈이 따갑고 화끈거렸다. 나는 간신히 쥐어짜낸 소리로 속삭였다.

"시간을 끌고 있군." 바리쉬가 내 말을 잘라냈다. "바로 실행해라. 그리고 혹시 이해할 수 없는 게 보이거든, 놈들의 군대가 어디 숨어 있는지 알아낸 후에 내가 다 설명해주겠다. 우리가 나바르의 모든 시민에게 최선이 되도록 행동하고 있다는 점만 믿어라. 우리의 목표는 민간인들을 안전하게 지키는 것뿐이다."

데인은 고개를 끄덕이고 나에게 손을 뻗다가, 마지막 순간에 살짝 주저했다. "온몸이 멍투성이네요."

"데인에게 네가 보여주고 싶은 걸 보여줘." 리암이 부추겼다.

"반역자일 뿐이다." 바리쉬가 대꾸했다.

"그렇죠." 데인은 고개를 끄덕였고, 나는 데인의 손가락이 아픈 관자놀이에 닿는 순간 눈을 감았다.

그들이 내 마력을 차단했을지는 몰라도, 그건 테른에게서 오는 힘이다. 내 마음에 대한 통제력? 그건 내 것이고, 내게 남은 전부였다. 작년과 달리 이번에는 마음 가장자리, 원래라면 차단벽이 있어야 할 자리에 데인의 존재가 느껴졌다. 그리고 나는 침입에 움츠러드는 대신 데인을 붙잡고 기억 속으로 끌고 들어갔다.

'근처에 우리 군이 있었나?' 리암이 묻는다.

최악의 악몽이 실제로 살아 숨 쉬는 괴물이었다는 사실을 깨달으면서 발밑이 흔들린다.

두 다리. 네 개가 아니다. 와이번이다.

그들은 죽으라고 우리를 여기로 보냈다.

461

눈 주위로 붉은 핏줄이 번져나가는 베닌이 무력한 사람들을 죽이고 있다.

파란 화염. 생기를 잃은 땅. 넘어지는 솔레일과 퓨일.

우리는 결코 상황을 바꿀 만큼 많은 무기를 밀수할 수 없을 거야. 그들은 우리에게 이 모든 것을 비밀로 하고, 우리의 역사마저 지웠다. 싸움을 피하기 위해, 무고한 사람들이 죽어가는 동안 우리만 안전하기 위해서.

리암… 신들이시여. 리암. 나는 정신의 손톱을 데인에게 박아 넣고 그때의 감정을 나와 함께 느끼게 만들었다. 그 무력감. 가슴이 부서지는 슬픔. 눈앞이 흐려지는 분노.

리암의 마지막 말. '내가, 영광, 이었지.'

내 드래곤을 죽이고 나를 끝장내려고 최선을 다하는 베닌을 죽일 유일한 무기로 무장하고 테른의 등에서 싸우며 하늘에 내가 퍼부었던 복수.

단검이 내 옆구리로 밀고 들어오던 순간, 나는 데인을 끌어당기기를 멈추고 밀어내기 시작했다. 육체적으로도 정신적으로도 비명을 지르면서, 지난 나흘 동안 나에게 가해진 모든 고통으로 머릿속을 가득 채웠다.

데인이 숨을 들이키면서 내 관자놀이에서 손을 뗐다.

눈을 떴다. 내가 지른 비명이 아직도 귓가에 울리는 가운데, 데인은 얼굴의 모든 선에 공포를 아로새긴 채 물러섰다.

"나 여기 있어." 리암이 약속했다. "그리고 난 여전히 후회 안 해, 바이. 1초도 후회하지 않아."

뺨에 축축한 것이 흘러내렸다.

"원하던 건 얻었어?" 나는 엉망이 된 성대로 겨우 물었다.

"무기를 밀수하고 있었구나." 데인은 내 눈을 들여다보면서 천천히 말했다. "다른 왕국을 도우려고 우리 무기를 훔치고 있었어?"

완전한 실패에 속이 내려앉았다. 내가 보여준 그 모든 장면에서 그것만 이해했단 말인가?

나는 데인에게서 시선을 떼고 리암을 보면서 그 얼굴 생김새와 특징적인

파란 눈을 기억에 새겼다. '널 실망시켜서 정말 미안해.'

"넌 날 실망시킨 적이 없어. 한 번도." 리암은 고개를 저으며 속삭였다. "우리가 널 전쟁에 끌어들였지. 미안한 쪽은 나야."

"그래야 마땅하지." 바리쉬가 비웃었다.

내 기억을 정복했다면, 내가 도운 무기 배달까지 보았다면, 데인은 전부 알 것이다. 절망감이 밀려오면서 내 결의를, 꺾이지 않겠다던 결심을 앗아갔다. 내 안에 남은 것이라곤 고통뿐이었고, 그것만으로는 싸울 가치가 없다. 방금 내게 어떤 의미라도 있는 모든 것과 모든 사람을 넘겨줬다면 무슨 의미가 있겠는가.

"당장 오시랍니다!" 곁방에 있던 남자가 외쳤다.

"바리쉬." 노라가 재촉했다. "사령부 전원 소집입니다."

"뭘 알아냈나?" 바리쉬는 평정을 잃고 데인을 돌아보았다. "놈들이 어디에서 일을 벌이고 있지?"

"그 칼 주십시오." 데인은 손을 내밀고 요구했다. "제 기억 속에서 본 칼과 비교해보고 싶습니다. 놈들이 우리에게서 훔쳐가고 있는 단검 말입니다."

"죽이지만 말아라. 우린 소른게일을 미끼 삼아 라이오슨을 심문해야 한다." 바리쉬가 내 단검을 데인에게 건넸다.

그는 단검을 보고 고개를 끄덕였다. "이게 맞군요. 놈들은 이 단검을 열두 개씩 들고 나가서 적을 무장시키고 있습니다. 제가 봤습니다." 갈색 눈이 나와 마주쳤다. "적어도 그리폰 부대 하나 이상이 관련되어 있습니다."

심장이 곤두박질쳤다. 데인이 안다. 그렇게 애를 썼는데도, 다 봤다.

그들은 나를 다시 심문할 테고, 제이든을 꾀어내기 위해 죄수로 잡고 있을 테지만, 결코 살아서 여길 나가게 해주지는 않을 것이다. 내가 집으로 여겼던 이 학교가, 아버지와 걸었던 복도, 신들과 나란히 숭배했던 아카이브, 테른과 앤다나와 함께 날았던 비행장, 친구들과 웃으며 지나던 복도, 그리고 제이든과 연결되었던 방들이 내 무덤이 될 것이다.

그리고 강가에서 같이 나무를 타던 소년도 나의 죽음이 되겠지.

나는 마지막 남은 투지마저 빠져나가서 축 늘어졌다.

"좋아, 좋아. 이제 놈들이 어디 있는지 말해라." 바리쉬가 명령했다.

데인은 왼손에 단검을 쥐고 빙글 돌려서 칼날을 팔뚝과 수평으로 들고는 내 목에 들이댔다. "넌 날 믿었어야 했어, 바이올렛."

나는 침조차 삼키지 못한 채 그 개자식의 눈을 똑바로 마주 보았다. 두려워하면서 죽진 않겠어.

"네가 날 믿기만 했어도 이 모든 일은 일어나지 않았을 거야." 그의 상처받은 눈을 보니 분노가 더 거세게 일어났다. 감히 어떻게 네가 상처받은 표정을 지어. "그리고 이젠 너무 늦었어."

"바리쉬!" 노라의 고함 소리가 곁방을 가득 채웠다.

바리쉬가 노라 쪽으로 몸을 돌렸고, 단검이 피부를 스치는 느낌이 났다.

데인이 날 죽일 것이다.

"넌 괜찮을 거야." 리암이 내 어깨를 받쳤다. "난 바로 여기 있을 거야. 네 곁을 떠나지 않을 거야."

테른. 앤다나. 신들이시여, 제발 그들은 살아남게 해주세요. 제이든은 살아야 해. 살아야만 해.

제이든을 사랑해. 매일매일 사랑한다고 말했어야 했어. 싸움과 의심 속에서도 내 감정에 솔직했어야 했어. 이제는 그 감정을 제이든에게 돌려주는 대신 마음속에 품은 채 죽겠지.

시야가 흐려지고 눈물이 뺨을 타고 흘러내렸지만, 나는 턱을 더 치켜올렸다.

데인이 팔을 뒤로 뺐고, 나는 칼날이 앞으로 날아와서 살을 가르고 아픔이 찾아오고 피가 흐르기를 기다렸다.

그러나 그런 순간은 오지 않았다.

바리쉬가 툭 튀어나온 눈으로 옆구리를 붙잡고 비틀비틀 물러서면서 으르렁거렸다. 곧바로 내 앞에 다가온 데인이 피 묻은 단검으로 손목에 묶인 끈을 하나씩 잘랐다. "싸워서 여길 뚫고 나갈 수 있을지 모르겠어." 그는 내 발목도 풀기 위해 주저앉으며 빠르게 말했다. "움직일 수 있겠어?"

이게 대체 무슨 일이지?

"에이토스!" 바리쉬가 벽에 부딪치더니 돌을 따라 미끄러져 내려갔다. 새빨간 핏자국으로 벽이 얼룩졌다.

"바이올렛!" 데인이 뭔가를 내 손에 쥐어주면서 외쳤다. "움직여야 해. 아니면 우린 죽어!"

내가 망가지지 않은 손으로 친숙한 칼자루를 쥐는 동안 데인은 허리에 차고 있던 장검을 뽑더니, 방 안에 뛰어 들어온 노라의 목을 겨눴다. "우릴 보내주면 살려주겠어."

그는 장검을 흔들림 없이 겨눈 채 반대쪽 팔로 일어서려는 내 등을 안았고, 내 다리가 무너지려고 하자 똑바로 서도록 부축했다. 두 다리는 놀론이 지난번에 온 이후로 다시 부러지지 않았다고 기억하지만, 금이 간 갈비뼈에 압력이 가해지며 방이 빙빙 돌기 시작하자 나는 흐느끼는 소리를 내고 말았다.

"난 그런 약속 못하겠군." 그 낮고 위협적인 협박을 듣자 무릎이 풀렸다. 단검을 든 손 하나가 노라의 목옆에 나타나더니 망설임 없이 가로로 그었다.

노라는 벌어진 목에서 피를 콸콸 흘리며 쓰러졌다.

나는 금빛 반점이 박힌 오닉스라는 형태로 나타난 전쟁 신, 던의 격노를 올려다보았다.

36

생도를 살해하는 것보다 더 나쁜 범죄는 오직 사령부에 대한 불측한 공격 행위뿐이다.

___ 아펜드라 소령, 《라이더 분과 지침》(무허가 판본)

오른손에는 장검, 왼손에는 단검을 쥐고 양쪽에서 피를 뚝뚝 떨어뜨리면서 데인을 공격하려고 하는 제이든의 눈에 분노가 번득였다.

오, 신들이시여.

"안 돼!" 나는 소리치면서 데인 앞으로 나서려고 했지만, 발이 말을 듣지 않아서 돌바닥에 그대로 엎어질 뻔했다.

"젠장!" 강철이 바닥에 떨어지는 소리가 나면서 데인이 나를 잡았다.

고통에 끌려 내려가면서 시야 가장자리가 캄캄해졌다. 겨우 일어서려고 하자 온몸이 항의의 비명을 질렀다. 하지만 나를 떠받치는 건 데인의 팔만이 아니었다. 엉덩이와 팔 아래에는 부드러운 그림자 띠가 있었다. 제이든이 둘로 보였다가, 정신을 차리려고 애쓰자 하나로 합쳐졌다. "데인이 날 구해줬어." 나는 속삭였다. "죽이지 마."

바리쉬를 찔렀으니 데인에게도 기회가 있어야지… 그렇지?

제이든이 나를 획 보았다가, 놀라서 다시 보았다.

"맙소사, 바이올렛." 사방에 그림자가 폭발하면서 돌을 쪼개고 내 피로 얼룩진 나무 침대 판을 부쉈다.

내 얼굴도 몸만큼이나 엉망인가보다.

"당신이 왔네." 나는 비틀거리며 앞으로 걸어갔고, 데인도 머리가 있는지 나를 놓아줬다.

제이든이 나를 받았고, 그림자가 장검을 대신 쥐는 사이에 내 등을 손바닥으로 감싸며 살짝 안았다. 내가 부서질까 두려워하는 듯한 동작이었다.

"세상에 내가 널 찾아내지 못할 곳은 없어. 기억하지?" 그는 내 더럽고, 너덜너덜하며, 피가 튄 머리에 입술을 내리더니 정수리에 입을 맞췄다. 가죽과 민트 향기가 감방의 쇠와 이끼 냄새를 뒤덮었고, 나는 놀론의 약물을 마신 후 처음으로 안전하다고 느꼈다. 눈물이 그의 가슴팍을 적셨다. 그의 눈물인지, 내 눈물인지는 알 수 없었다.

"이런 망할." 제이든 뒤에서 개릭이 말했다. "뛰기 시작하더니만, 나한테 한 놈도 남겨줄 수 없었어? 계단에 쌓인 시체들 치우는 데 시간이 얼마나 걸렸는지 몰라."

제이든의 품에서 얼굴을 옆으로 돌려, 그의 강하고 안정적인 심장박동에 뺨을 대고 미소를 지으려니 입술이 다시 터졌다. "안녕, 개릭."

개릭은 창백해진 얼굴로 장검을 내렸다가, 잽싸게 미소 지었다. "원래 모습이 더 보기 좋았는데, 바이올렛. 그래도 살아 있어서 다행이야."

"나도 그래."

"저 위는 혼돈이야." 개릭이 데인을 향해 의문에 찬 시선을 던지며 제이든에게 말했다. "사령부 전원이 국경으로 가기 위해 이륙하고 있어."

"그렇다면 우리 수가 먹혔군." 제이든이 말했다.

바리쉬가 신음하자 모두가 그 쪽으로 고개를 휙 돌렸다.

"너도 반역자가 된 거냐?" 그는 옆구리의 상처를 부여잡은 채 힘겹게 일어서면서 데인을 비난했다.

"아, 그렇게 된 거야?" 개릭은 데인과 바리쉬를 번갈아 보면서 물었다.

"네 아버지가 정말 실망하실 거다." 바리쉬는 피에 물든 이를 악물고 잇새로 말했다. 기침에 피가 섞여 나오는 것을 보니 오래 가진 않을 터였다.

"아버지가 바이올렛이 보여준 내용을 이미 알고 있다면, 나야말로 아버지에게 실망이지." 데인이 장검을 집어 들고 바리쉬에게 겨누면서 응수했다.

"아니야." 제이든이 으르렁거렸다. "네가 아니야." 그가 내 등을 받친 손을 살짝 움직이자 그림자가 바리쉬를 감싸서 바닥을 쭉 끌고 왔다. 그림자 끈이 그를 의자에 던져놓고 손목과 발목을 묶자 바리쉬는 공포에 눈을 크게 떴다. "그 영예는 바이올렛이 누려야지. 하고 싶어 한다면 말이지만."

"내가 하고 싶어." 바로 대답했다.

제이든이 나를 잡은 손을 옮겨 허리에 팔을 감고서 내 반응을 보았다. "어딜 건드려도 되는지 모르겠어."

"괜찮아." 나는 왼손을 무력하게 늘어뜨린 채로 오른손에 합금 단검을 쥐고 장담했다.

제이든이 나를 부축해서 걷자 데인은 장검을 내리고 물러섰다. 나는 돌바닥에 말라붙은 내 핏자국 위로 발을 끌었다.

바리쉬는 창백해진 얼굴로도 눈을 가늘게 떴고, 나는 제이든의 안정적인 부축을 받으면서 힘없이 떨리는 손으로 단검을 들어 올려 바리쉬의 가슴에 갖다 댔다. 심장 바로 위, 갈비뼈 사이에 정확하게.

"내가 너는 이 방에서 죽는다고 약속했지." 그렇게 속삭이긴 했지만, 단검을 세게 밀어 넣기에는 몸이 너무 덜덜 떨렸다. 서 있기만도 힘들었다.

제이든이 내 손을 감싸더니 칼을 앞으로 찔러서 바리쉬의 심장에 박아 넣었다. 나는 생명이 스러져가는 바리쉬의 얼굴을 기억해둘 것이다. 그래야 악몽이 찾아왔을 때 그놈이 죽었다고 안심할 수 있을 테니까.

바라보고, 바라보고, 또 바라보는 사이에 지금까지 일어난 모든 일의 무게가 나를 옥죄어오면서 숨을 쉬기가 힘들어졌다. 목이 꽉 막히고 눈은 타는 듯이 따끔거리면서 생각이 빙빙 돌았다. 내가 방금 라이더 분과의 부생도대장을 죽였다.

이젠 어떻게 해야 하지? 다시 수업을 들으러 가?

그리고 제이든은… 제이든은 여기 오느라 모든 것을 걸었다.

"우리에게 잠시만 시간을 줘. 그리고 에이토스는 일단 살려둬." 제이든이 명령했고, 방을 치우는 소리가 들렸다. 그는 조심스럽게 몸을 돌려 나를 마주하더니, 바리쉬의 시체를 보지 않게 했다. "넌 살아 있어. 이 방에서 무슨 일이 일어났고, 무슨 말이 오갔다 해도 넌 살아 있어. 중요한 건 그뿐이야."

"난 꺾이지 않았어." 나는 속삭였다. "데인… 데인이 바리쉬를 찌르기 직전에 내 기억을 보긴 했지만, 난 꺾이지 않았어. 정말이야." 고개를 젓자 시야가 흐려졌다가 눈물이 흐르면서 앞이 맑아졌다.

"믿어." 그는 내 뒤통수를 감싸안고 아름다운 눈으로 나를 지그시 들여다보았다. 그 시선이 나를 통째로 삼켰다. "하지만 설령 네가 말했다 해도 나에겐 중요하지 않아. 이제 가자. 널 이 망할 곳에서 데리고 나가야겠어."

나는 눈을 깜박였다. "지금 떠날 순 없어. 우릴 따라올 거야. 그리고 브레넌은 준비가 되지 않았어." 얼굴이 구겨졌다. "바스지아스의 무기에도 손대지 못하게 될 거고…."

"아무래도 상관없어. 일단 가고 나서 방법을 생각해낼 거야."

"당신이 쌓아온 모든 것을 잃게 될 거야." 목소리가 갈라졌다. "나 때문에."

"너만 있다면 내게 필요한 건 다 갖는 셈이지." 그는 얼굴을 낮추고 몸을 가까이 기울였다. 눈에 보이는 것도, 느껴지는 것도 제이든뿐이었다. "너만 살수 있다면 아레티아가 다시 불타버린다 해도 기꺼이 지켜보겠어."

"진심은 아니겠지." 그는 고향을 사랑한다. 고향을 지키기 위해 그 모든 일을 했다.

"진심이야. 내가 고결한 행동을 할 거라고 생각했다면 미안해. 경고했잖아. 난 다정하지도, 부드럽지도, 상냥하지도 않아. 그래도 넌 나에게 빠졌지. 바이올렛, 이게 네가 얻은 나야. 좋은 면도, 나쁜 면도, 용서할 수 없는 면도, 전부 다 네 거야." 그의 팔이 허리를 감싸며 든든하게 끌어안았다. "진짜를 알고 싶다고? 의미 있는 뭔가를 알고 싶어? 사랑해. 널 사랑하게 됐어. 눈송이가 네 머리카락에 내려앉고 처음으로 나에게 키스했던 그 밤부터 그랬어. 내 목숨이 네 목숨과 묶여 있어서 고마워. 너 없는 인생을 하루도 보내지 않아도 되잖아. 내 심장은 오직 네 심장이 뛰는 동안에만 뛸 것이고, 네가 죽으면 너와 나란히 말렉을 만날 거야. 너도 나를 사랑하니 정말 다행이지. 이번 생에도, 그 후에 따라올 수 있는 모든 생에도 내가 네 옆에 붙어 있을 테니까."

입술이 벌어졌다. 계속 듣고 싶었던 말, 들어야 했던 말이었다. "정말로 당신을 사랑해." 나는 속삭이는 목소리로 인정했다.

"잊지 않았다니 기쁘군." 그는 몸을 기울이더니 내가 아프지 않게 조심하며 가볍게 입술을 스쳤다. "같이 여기에서 나가자."

나는 고개를 끄덕였다.

"움직여야 해." 개릭이 외쳤다.

"계단 비워!" 제이든이 명령했다. "그리고 보디에게 바이올렛과 다른 대대원에게 필요한 해독제를 추적하라고 해."

"착수할게." 개릭이 말했다.

"우리 대대?"

제이든이 돌아보았다. "무사해. 다만 어제 구출을 시도한 이후로 심문실에서 감시당하고 있었어. 걸어서 나갈 수 있겠어?"

"모르겠어." 나는 솔직하게 대답했다. "어디가 부러졌고 어디를 놀론이 복원했는지 잊어버렸어. 왼팔이 부러지고, 그리고 오른쪽 갈비뼈가 최소 세 대 정도 부러진 건 알아. 엉덩이도 온전한 상태는 아닌 것 같고."

"놀론은 여기에서 한 짓 때문에 죽을 거야." 그는 몸을 빙글 돌리고 나를 부축해서 감방을 나갔다. 노라의 시신을 지나치고 나자 온통 피바다였다. 우리와 계단 사이에 적어도 여섯 구의 시체가 있었다. 그는 내가 손에 쥐고 있는 단검만 빼고 다른 단검들을 챙겨서 재빨리 원래 자리에 꽂았다.

데인이 근처 로커에 있던 보급품을 건넸고, 제이든은 최대한 빠르게 내 팔에 부목을 댔다. 나는 갈라진 입술을 깨물면서 비명을 참았다. 이어서 그는 내 갑옷 위로 붕대를 감았다.

"제이든!" 개릭이 계단에서 외쳤다. "문제가 생겼어!"

"젠장." 제이든이 중얼거리며 벽에 기대놓은 장검과 나를 번갈아 보았다.

"바이는 내가 안고 갈 수 있어." 데인이 제안했다.

제이든은 느리고 고통스러운 죽음을 안겨주겠다는 듯한 눈빛으로 데인을 노려보았다. "아직 널 살려둘지 말지 결정하지 않았다. 내가 네놈을 믿고 바이를 맡길 것 같아?"

"내가 걸을 수 있어. 아마도." 하지만 걸으려고 해보자마자 방이 기울어졌다. 그리고 평생 처음으로 내가 약하다는 느낌이 들었다. 그게 이 방에서 그 괴물이 한 짓이었다. 그놈이 내게서 힘을 빼앗았다.

"그래도 놈은 널 꺾지 못했어, 바이올렛." 리암이 방구석에서 조용히 말했다. 그리고 리암이 그림자에서 한 발자국 물러서는 모습을 보자 가슴이 조여들었다. 또 한 걸음.

"이러면 어떨까. 다음번에 내가 5일 연속으로 두들겨 맞으면 네가 날 안고 감옥에서 나가게 해줄게." 제이든이 장검을 등에 메면서 말했다.

"고마워." 나는 제이든과 리암 둘에게 말했다.

제이든은 나를 안아들더니, 내 갈비뼈에 압력이 가해지지 않도록 조심해서 가슴팍에 당겨 안았다. "날 따라오든가 죽든가. 네 선택이지만 당장 택해." 그가 데인에게 말을 던져놓고 나를 안은 채로 계단을 올라가자 우리 주위로 그림자가 둥글게 칼날을 그렸다.

그의 어깨에 머리를 얹었다가 얼굴을 찡그리고 말았지만, 여길 떠난다면야 그까짓 고통쯤이 문제겠는가? 우리 둘 다 살아만 있다면? 제이든이 왔는데.

"그래서 무슨 문제야, 개릭?" 제이든은 계단 모퉁이를 돌면서 물었다.

"장군급 문제지." 개릭이 허공에 두 손을 들어 올린 채로 대답했다.

어머니의 칼이 개릭의 목에 닿아 있었다.

이런 젠장.

나는 고개를 들었고, 제이든은 몸을 긴장시키며 멈춰 섰다.

개릭 위의 계단에 서 있던 어머니가 나와 눈이 마주치더니 얼굴선이 일그러지면서… 잠깐만, 저거 걱정하는 표정이야? "바이올렛."

"어머니." 나는 눈을 껌벅였다. 난간다리 이후로 어머니가 내 이름을 부르는 건 이번이 처음이었다.

"누굴 죽였나?" 어머니는 제이든에게 질문을 던졌다.

"전부 다요." 그는 당당하게 대답했다.

어머니는 고개를 끄덕이더니 칼을 내렸다.

개릭은 숨을 깊이 들이마신 다음 비켜서서 벽에 등을 댔다.

"여기." 어머니는 제복 주머니에 손을 넣더니 투명한 액체가 든 병을 꺼냈다. "이게 해독제다."

멍하니 병을 보는데, 굼뜨게 뛰던 심장이 빨라졌다. 저게 정말 해독제인지 어떻게 알지?

"내가 알았다면 더 빨리 왔을 거다." 어머니는 눈빛만이 아니라 목소리도 부드러웠다. "난 몰랐다, 바이올렛. 맹세코 몰랐어. 지난주 내내 칼디르에 있었다."

"그래서 돌아오신 게 뭐, 우연이라고요?"

어머니는 입술을 오므리더니 병을 쥔 손가락에 힘을 넣었다. "잠시 내 딸과 둘이서만 이야기하고 싶군."

"그럴 일은 없습니다." 제이든이 대꾸했다.

어머니는 제이든을 보고 눈빛이 날카로워졌다. "다른 사람은 몰라도 너는 내가 저 아이를 지키기 위해 어디까지 할지 알 텐데. 그리고 우리 국경선의 전초기지에서 드래곤들이 와이번의 사체를 떨구고 있다는 보고가 들어온 것도,

이 학교의 사령부 대부분이 그 문제를 막기 위해 달려가면서 학교가 빈 것도 네가 이유일 테니, 최소한 딸에게 작별 인사할 기회를 다오."

"뭘 했다고?" 나는 제이든을 쳐다보았지만, 그는 내 어머니만 보고 있었다.

"더 빨리 했어야 했는데 와이번을 추적해서 죽이는 데 며칠이 걸렸죠." 제이든이 대꾸했다.

"넌 우리 왕국 전체를 위협했어." 어머니는 눈을 가늘게 떴다.

"잘됐네요. 당신은 바이올렛이 며칠 동안이나 고문당하게 놔뒀고. 그게 당신이 없어서든, 당신이 무관심해서든 상관없습니다. 당신 책임하에서 일어난 일이에요."

"3분만이다." 어머니가 명령했다. "당장."

"3분이요." 나도 동의했다.

제이든의 시선이 나에게 날아왔다. "저 여자는 빌어먹을 괴물이야." 부드러운 목소리였지만, 잘 들렸다.

"내 어머니야."

제이든은 잠시 나와 싸울 것 같은 얼굴이었다가 천천히 나를 내려서 벽에 기대게 해줬다. "3분이야." 그가 속삭였다. "그리고 난 이 계단 위에 있을 거야." 그 말은 내 어머니에게 하는 경고였다. 그는 개릭을 앞세우고 계단을 오르기 시작했다. "에이토스, 따라오기로 결정했나?"

"그런 것 같아." 몇 계단 아래에서 기다리던 데인이 대답했다.

"그럼 냉큼 따라와." 제이든이 명령했다.

데인은 투덜거리면서도 나와 어머니만 두고 계단을 올라갔다.

이미니는 평정 그 자체였다. 자세는 곧고 얼굴은 무표정한 채로 병을 내밀었다. "받아라."

"어머니는 몇 년 동안이나 바깥에서 벌어지는 일을 알고 있었죠." 나는 칼을 힘주어 잡았다.

어머니는 말없이 다가오더니 내가 쥔 단검과 반대쪽 팔에 댄 부목을 보고는, 내 제복 윗주머니를 하나 골라서 약병을 넣었다. "네가 아이를 갖게 되면, 그때는 우리도 아이들을 안전하게 지키기 위해 어떤 위험을 감수할지, 어떤 거짓말까지 기꺼이 하게 될지 이야기해볼 수 있겠지."

"그 사람들의 자식들은요?" 내 목소리가 커졌다.

"마찬가지다." 어머니는 한 팔로 내 등 위를 감싸고 어깨 아래로 손을 넣더니 옆으로 끌어당겼다. "네가 어머니가 되거든 아이들을 살리기 위해 누굴 희생시킬지 말해보려무나. 이제 걸어라."

나는 이를 악물고 어지러움과 피로감, 밀려오는 고통과 싸우면서 한 걸음씩 계단을 올랐다. "그 사람들이 무방비 상태로 죽게 두는 건 옳지 않아요."

"나도 옳다는 말은 한 적 없다." 우리는 천천히 첫 번째 계단 굽이를 돌았다. "그리고 네가 결코 그 문제를 우리처럼 보지 않을 줄 알고 있었지. 넌 절대로 우리처럼 자기 보호를 우선할 리가 없었어. 마컴은 너를 제자로 여기고 다음 대의 서기 수장으로 보았지. 몇백 년 전에 서기들이 우리를 위해 선택한 복잡한 눈가리개를 계속 엮어나갈 만큼 영리하고 똑똑한 후보자는 너뿐이라고 여겼어." 어머니는 코웃음을 쳤다. "마컴은 네가 통제하기 쉬울 거라고 생각하는 실수를 저질렀지만, 나는 내 딸을 알지."

"어머니야 그렇게 생각하겠죠." 모든 걸음이 전투였다. 뼈가 부딪치고 관절이 시험당했다. 온몸이 끔찍하게 헛돌면서도 너무나 빽빽해서 압력 때문에 몸이 쪼개질 것 같았다.

"바이올렛, 네게는 내가 낯선 사람일지 모르지만 나에게 너는 전혀 낯선 사람이 아니야. 넌 결국 진실을 알아냈을 거다. 서기 분과에 있을 동안은 아닐지 몰라도 대위나 소령이 될 때쯤에는 확실히 알았겠지. 그 정도 계급이면 대부분이 그렇듯 마컴도 널 합류시키려고 했을 테고, 그렇게 되면 넌 자비 때문이든 어떤 감정 때문이든 간에 모든 비밀을 알아냈겠지. 그러면 놈들이 널 죽였을 거야. 난 이미 국경을 지키려다가 자식 하나를 잃었고, 하나를 더 잃을 마음이 없었다. 내가 왜 널 억지로 라이더 분과에 밀어 넣었다고 생각하느냐?"

474

"서기를 하찮게 봐서겠죠."

"개소리. 내 인생의 사랑이 서기였어." 우리는 꾸준히 나선계단을 올랐다. "내가 널 라이더 분과에 넣은 건 그래야 살아남을 가능성이 있기 때문이었다. 그리고 라이오슨에게 낙인자들을 분과에 넣어준 빚을 갚으라고 요구했지."

나는 아카이브로 이어지는 문이 시야에 들어오자 멈춰 섰다. "뭘 했다고요?" 지금 내가 뭘 들은 거지.

어머니는 고개를 기울여 내 눈을 보았다. "간단한 거래였다. 라이오슨은 낙인자들에게 기회를 주고 싶어 했지. 라이오슨이 책임진다는 전제하에 라이더 분과에 넣어 주고, 그 대신 내가 부탁하는 일을 한 가지 하라고 했어. 네가 그 부탁이었다. 네가 난간다리에서 살아남기만 한다면, 라이오슨은 1년 동안 아무도 너를 죽이지 못하게 하기로 했지. 격투 시합이나 네 순진한 실수만 제외하고 아무도. 라이오슨은 약속을 지켰다. 에이토스 대령이 모의전투로 저지른 짓을 감안하면 기적이나 다름없지."

"알고 있었어요?" 토할 것 같았다.

"일이 벌어진 후에 알았지만, 그래. 그런 표정 짓지 말아라." 어머니는 나를 끌고 또 한 계단을 오르면서 꾸짖었다. "그 계획은 성공했다. 넌 살아 있지. 안 그래? 반려 사이인 드래곤들이라거나 네가 얽힌 관계 같은 건 예측하지 못했다는 사실을 인정하마. 그 부분은 기대에 어긋났지."

모든 게 맞아들었다. 작년에 참나무 앞에서 마주쳤던 밤에 제이든은 낙인자들의 모임을 본 나를 죽였어야 했다. 나를 죽여서 내 어머니에게 복수할 기회가 있었던 격투 시합에서도 제이든은 오히려 나를 가르쳤다. 탈곡 때도 개입할 뻔했고….

갈비뼈에 다시 금이 가는 기분이었다. 나에 관한 한 제이든에게는 언제나 선택지가 없었다. 그의 목숨, 그리고 그가 아끼는 이들의 목숨은 언제나 나와 하나로 묶여 있었다. 그렇다면… 반드시 알아야만 하는 답이 있다. "제이든의 등의 칼자국은 어머니가 낸 건가요?"

"그래." 건조한 말투였다. "티렌더의 관습이지…."

"그만 말해요." 그런 용서할 수 없는 행위에 대해 한마디 설명도 듣고 싶지 않았다.

하지만 어머니는 내 말을 듣지 않았다. "아무래도 널 라이더 분과에 넣는 바람에 내가 우리의 종말을 앞당긴 것 같구나." 우리는 마지막 계단 네 개를 올라서 아카이브 옆 터널로 나갔다.

제이든이 내게 손을 뻗었고, 어머니는 팔을 풀었다.

"혼돈을 이용해서 바이를 데리고 빠져나가겠지?" 질문의 형태였지만, 우리 둘 다 어머니가 명령하고 있음을 알았다.

"그럴 계획입니다." 제이든은 나를 옆에 끌어안았다.

"좋아. 어디로 가는지는 말하지 말아라. 알고 싶지 않다. 마컴은 아직 왕과 함께 칼디르에 있다. 그 정보로 어떻게 할지는 알아서 해라." 어머니는 개럭과 함께 잿빛이 된 얼굴로 옆에서 기다리던 데인을 보았다. "이제 사실을 알고 선택을 내린 거냐?"

"그렇습니다." 데인이 어깨를 폈다. 서기 분과의 생도 한 무리가 어쩔 줄 모르는 얼굴로 후드를 흐트러뜨린 채 뛰어서 지나갔다.

"흠." 어머니는 그 한마디로 데인을 일축하더니 제이든을 보았다. "이렇게 해서 아버지의 전쟁을 아들이 이어받는군. 너였지? 무기를 훔치고, 우리를 갈가리 찢으려는 적을 무장시키던 사람이?"

"저를 라이더 분과에 넣어준 걸 후회하십니까?" 제이든은 차분한 목소리를 유지했지만, 터널 벽을 따라 그림자가 일어나고 있었다.

"아니." 어머니가 나를 내려다보았다. "살아남아라. 네가 살지 못하면 이 모든 게 헛수고가 될 거다." 어머니는 손등으로 부어오른 내 얼굴을 살짝 스치듯이 만졌다. "아르니카를 먹고 힐러를 찾아가라고 하고 싶다만, 그 정도는 너도 알겠지. 네 아버지는 네게 필요한 모든 걸 가르쳤어. 그게 아니라도 네 스스로 방법을 찾을 수 있게 가르쳤지. 넌 네 아버지가 남긴 전부다."

하지만 아니야. 미라 언니는 아버지의 웃음과 따뜻함을 닮았고, 브레넌은…. 어머니는 브레넌에 대해 모르는구나. 그리고 이 순간, 나는 그 사실을 비밀로 지키는 데 아무 후회도 없다.

어머니가 나를 보고 짓는 미소는 딱딱하면서도 너무나 서글퍼서 내가 환각을 보나 싶을 정도였다. 그 웃음은 순식간에 사라졌고, 어머니는 돌아서서 본관으로 이어지는 계단으로 향했다. "아, 그리고 바이올렛." 어머니는 어깨 너머로 외쳤다. "소른게일은 걷거나 날아서 전장을 떠날 뿐, 절대로 들려서 가지는 않는다."

믿을 수가 없네! 나는 어머니가 사라질 때까지 그 모습을 지켜보았다.

"네가 그렇게 포근한 것도 놀랍지 않다, 바이올렛." 개릭이 중얼거렸다.

"가자." 제이든이 선언했다. "낙인자들을 모아서 비행장에서 만나…."

"안 돼." 나는 고개를 저었다.

제이든은 내가 팔다리를 몇 개 더 꺼내는 모습이라도 본 듯한 표정이었다.

"방금 이야기했잖아. 우린 여기 남을 수 없고, 난 널 두고 가지 않아."

"낙인자들만 데리고 떠나면 안 된다는 소리야." 나는 명확하게 말했다. "마컴이 없고 사령부 대부분이 국경으로 날아갔다면 지금이 우리의 유일한 기회야."

"떠날 기회?" 제이든은 양쪽 눈썹을 올렸다. "좋아, 그렇다면 우린 같은 의견이군."

"모두에게 기회를 줘." 나는 빈 터널 쪽을 보았다. "간부들이 돌아와서 정보가 퍼지는 걸 막을 수 없다는 사실을 알면 이 학교를 폐쇄할 거고, 그럼 친구들은…." 나는 고개를 저었다. "친구들에게 기회를 줘야 해, 제이든. 안 그러면 우리도 사령부보다 나을 게 없어."

제이든이 눈을 가늘게 떴다.

"정당한 이유에서 떠나고 싶어 하는 사람들은 드래곤들이 보장할 거야." 내가 속삭였다.

그는 이를 갈면서도 고개를 끄덕였다. "좋아."

"여긴 너에게 안전하지 않을 거야. 방금 네가 한 짓을 생각하면 그래." 나는 데인을 보고 눈썹을 들어 올렸다. 개인적으로 나를 보호하거나, 평생 알고 지낸 내 어머니 앞에서 고개를 숙이는 건 이 학교를 무너뜨린 라이더로 알려지는 것과는 전혀 다른 문제였다.

"우리가 갈 곳도 이놈에게 안전하진 않을걸." 개릭이 데인과 제이든을 번갈아 보았다. "진심은 아니겠지. 이 녀석을 믿는다고?"

"우리의 신뢰를 원한다면 얻어내야겠지." 제이든이 말했다.

데인은 턱 근육을 움찔거리면서도 고개를 끄덕였다. "비행단장으로서 내가 할 마지막 공식 행동은 생도들을 집합시키는 것이겠군."

"사령부는 지금 거기에 가 있다! 열 마리가 넘는 와이번의 시체를 숨기러 간 거야!" 30분 후, 데인의 목소리가 안마당 전체에 울려 퍼졌다. 우리는 집합한 생도들 앞, 연단 위에 서 있었고 다른 비행단장들도 데인 오른쪽에 있었다. 등 뒤의 산봉우리들 아래로 해가 떨어졌지만, 남아 있는 빛만으로도 거의 모든 라이더의 얼굴에 떠오른 충격과 불신의 표정을 알아볼 수 있었다.

낙인자들과 우리 대대만 빼고 자기들끼리 다투기 시작했다. 조용한 사람들도 있었고, 대놓고 소리를 지르는 사람들도 있었다.

"이럴 거라고 생각했어?" 제이든이 모여든 생도들을 훑어보며 물었다.

"그렇진 않아." 나는 그에게 무겁게 몸을 기댔지만 그럭저럭 내 발로 서 있었다. 제복은 깨끗했고, 배낭을 꾸려 놓았으며, 발목부터 부러진 팔까지 붕대를 감고 지지대를 댄 상태였다. 그래도 내 얼굴을 대놓고 쳐다보는 사람이 한둘이 아니었다. 거울을 살짝 보았더니 왜 그러는지 이해가 갔다. 놀론이 심각한 부상만 복원해놓은 모양이었다. 내 얼굴은 새로 생긴 자주색과 검은색 멍자국에 더 오래된 초록색 멍자국이 모여서 만든 콜라주였고, 제복 밖으로 드러난 부분은 어디나 같은 상태였다.

제이든은 내가 옷을 갈아입는 내내 덜덜 떨다시피 했다.

"내 말이 믿기지 않는다면, 드래곤들에게 물어봐라!" 데인이 외쳤다.

"그 드래곤들이 말하는 데 동의한다면 말이지." 베일에서 돌아오고 있던 테른이 말했다. 나는 10분 전에야 겨우 어머니를 믿고 해독제를 마셨다. 테른 은 그것만이 논리적인 조치였다고, 결국 그는 영리하다는 이유로 나와 계약 했다고 주장했다.

"엠피리언은 어떻게 결정했어요?" 오늘 밤에 선택을 내려야 하는 건 우리 만이 아니었다.

"드래곤 각자에게 맡길 거다. 엠피리언은 개입하지 않을 것이고, 떠나기로 하고 새끼들을 데려가는 드래곤들을 벌하지도 않을 거야."

싸우기로 결정한 드래곤들을 대량 학살하는 것보다는 나은 결정이었다. "정말 괜찮은 거 맞아요?" 나는 다시 물었다. 우리 사이의 연결이 기묘했는데. 테른이 평소보다 뭔가를 참는 느낌이었다.

"복잡한 동굴 속에서 솔레스를 추적하다가 놓쳤다. 그래서 내가 직접 솔레 스와 바리쉬를 죽이지 못했어. 솔레스 그놈을 찾기만 하면 죽이기 전에 고통 을 연장해줘야겠다."

그런 기분이라면 나도 이해했다. "앤다나는요?"

"비행 준비를 시키는 중이다. 데리고 나갈 거야." 그는 멈칫했다. "마음의 준비를 하거라. 앤다나는 아직 자고 있다."

불안감에 뱃속이 뒤틀렸다. "뭐가 잘못된 건데요? 뭘 숨기는 거예요?"

"원로들은 청소년기의 드래곤이 이렇게까지 오랫동안 꿈 없는 잠에 머무 는 모습을 본 적이 없다."

심장이 쿵쿵 뛰었다.

"거짓말이야!" 아우라 바인헤븐이 고함을 지르면서 칼을 들고 데인에게 돌 진하는 바람에 눈앞의 일로 관심을 돌렸다.

개릭이 장검을 뽑아들고 바인헤븐 앞으로 나섰다. "난 오늘 죽인 사람 수를 늘리는 데 아무 거리낌도 없다, 바인헤븐."

내 새끼손가락 색조와 같은 자주색으로 머리를 물들인 히튼이 계단 아래에 서 있다가 도끼를 뽑아들고 생도들을 마주했다. 그 옆에 있던 에머리는 이미 장검을 뽑아든 후였으며 시애나는 그의 등을 지켰다.

제이든은 내가 감방에 갇혀 있던 5일 동안 바빴다. 그는 반역의 인장이 찍힌 졸업생 전원과 그들과 같이 학교를 다닌 졸업생 상당수를 데리고 돌아왔다. 그러나 전원은 아니었다.

"서두르는 게 좋겠어." 나는 제이든을 올려다보았다. "교수들이 언제 들이닥칠지 몰라." 보디가 비행장으로 주의를 돌려놓았기에 우리는 교수들 모르게 모일 시간을 벌었지만, 시간을 오래 끌 순 없었다. 특히나 바스지아스에는 아직 드베라, 케이오리, 카, 에메테리오가 있다는 사실을 생각하면 그랬다.

"부디 해봐." 제이든은 지겹다는 표정으로 대꾸했다. "얼마든지 녀석들을 설득해봐."

"*레손의 기억을 공유해요. 그보다 더는 말고요.*" 나는 테른에게 말했다. "*모두가 같은 정보를 갖는 게 제일 쉬운 방법이에요.*"

"*싫은 아이디어로구나.*" 테른은 예전에도 반려가 아닌 존재에게 기억을 공유하는 건 마음이 편한 일이 아니라고 불평한 적이 있었다.

"*더 나은 아이디어 있어요?*"

테른이 투덜거렸고, 나는 정확히 기억이 공유되는 순간을 볼 수 있었다. 대열에 파문이 번지듯이 고개를 떨구거나 숨을 들이키는 사람들이 보였다.

"됐네." 나는 덜 다친 무릎 쪽으로 무게 중심을 옮겼고, 제이든은 주로 쓰는 팔을 비워둔 채로 내 허리를 단단히 감싸안았다.

제이든이 한숨을 내쉬었다. "그것도 목표를 성취하기 위한 한 가지 방법이긴 한데, 몇 가지 부분은 빼두지 그랬어."

리암의 죽음 같은 부분.

"사실이었어!" 제2비행단의 누군가가 소리를 지르더니, 충격으로 대열에서 벗어나서 비틀거렸다.

"대체 무슨 소릴 하는 거야?" 또 다른 누군가가 혼란에 빠진 얼굴로 나머지를 보면서 외쳤다.

"너희들의 드래곤이 선택하지 않는다면…." 데인이 입을 열었지만, 그의 목소리는 생도들 사이에서 벌어진 소동에 묻혀버렸다.

"어떻게 되어가나, 비행단장?" 제이든의 말에서 비아냥이 뚝뚝 떨어졌다.

"당신은 더 잘할 수 있을 것 같아?" 데인이 천천히 돌아서서 제이든을 노려보았다.

"혼자 서 있을 수 있겠어?" 제이든이 나에게 물었다.

나는 똑바로 서려고 하자 온몸이 내지르는 날카로운 항의에 얼굴을 찡그리면서도 고개를 끄덕였다.

제이든이 나서서 두 팔을 들어 올리자 뒤쪽 벽에서 그림자가 몰려오더니 대열부터 연단에 있는 우리까지 전부 암흑으로 에워쌌다. 내 아픈 뺨을 살짝 어루만지는 느낌이 들었는데, 생도들은 비명을 질렀다.

"거기까지!" 제이든이 증폭된 목소리로 외치자 발밑의 연단이 흔들렸다.

안마당이 조용해졌다.

그림자가 재빨리 물러나고, 생도들이 얼빠진 눈으로 제이든을 올려보았다.

"하여간 과시하기는." 개릭이 아우라와 대치한 채 중얼거렸다.

제이든의 입꼬리가 올라갔다. "너희는 라이더다!" 그는 외쳤다. "모두가 선택받고, 모두가 탈곡을 거쳤으며, 모두가 다음에 일어날 일에 책임이 있다. 걸맞게 행동해라! 에이토스가 한 말은 사실이다. 믿고 말고는 너희에게 달렸다. 너희의 드래곤이 방금 본 장면을 공유하지 않기로 했다면 드래곤이 너희 대신 선택한 거고."

날갯짓 소리가 가득 차기 시작하면서 생도들이 웅성거렸다. 나는 우리 대대 맨 앞에 선 리와 눈을 마주쳤다. 리는 아주 살짝 로톤다 쪽을 고갯짓으로 가리켰다. 로톤다를 보자 크림색 옷을 입은 세 명이 보였다. 제시니아가 선두에 있고, 모두가 가방을 지고 있었다. 신들이시여, 고맙습니다. 왔구나. 이제 저 셋을 기꺼이 태우려고 하는 드래곤 셋만 있으면 된다.

"그 문제는 이미 해결했다." 테른이 장담했다. "이번 한 번만이다."

저 셋의 목숨을 구하기 위해서는 이번 한 번이면 충분하다.

"전쟁은 너희가 준비되기를 기다려주지 않는다." 제이든이 말을 이었다. "그리고 분명히 말해두는데, 우리는 전쟁 중이다. 고유 능력 면에서만이 아니라 제공권 전체에서 우리가 열세인 전쟁이지."

"이걸 격려랍시고 하는 거야?"

"격려해줘야 하는 녀석들이라면 우리와 같이 가면 안 되지."

일리 있는 지적이었다.

"다음 한 시간 동안 너희가 내리는 결정이 너희의 인생 행로를, 그리고 어쩌면 결말까지도 결정할 것이다. 우리와 같이 가면 산다고 보장할 순 없다. 하지만 여기 남는다면 너희는 잘못된 편에 서서 싸우다 죽을 것이다. 베닌은 국경선에서 멈추지 않는다. 포로미엘의 마법을 모조리 빨아들인 다음에 베일의 부화지를 노리고 오겠지."

"너희를 따라가면 위에서 우릴 반역자로 사냥할 거야!" 제3비행단에서 누군가가 외쳤다. "그리고 우린 반역자가 되겠지!"

"스스로를 반역자로 정의하려면 어느 쪽에 충성하는지 선언해야지." 제이든이 맞받아쳤다. "그리고 우리를 사냥한다는 부분에 대해서는…." 그는 어깨를 올렸다 내리면서 깊은 숨을 들이마셨다. "그들은 우리를 찾을 수 없을 것이다."

허공을 때리는 날갯짓 소리가 점점 커지면서 심장도 같이 쿵쾅거리기 시작했다. 건틀릿과 비행장으로 이어지는 문이 활짝 열리더니, 분노와 충격에 얼굴을 일그러뜨린 교수 십여 명이 뛰쳐나왔다.

"대체 무슨 짓을 한 거냐!" 카가 달려오면서 소리치더니, 성긴 머리카락을 사방으로 흩날리며 두 손을 들어 올렸다. "너희는 우리 모두를 끝장낼 거다.

누굴 위해서? 만나본 적도 없는 사람들을 위해서? 내가 허락하지 않겠다!"

"보디!" 카가 제3비행단에 다다르자 제이든이 명령했다.

카의 두 손에서 뿜어 나온 불길이 연단으로 날아오자, 속이 철렁했다. 시간이 느려지는 듯한 착각 속에서 보디가 앞으로 나서더니 다이얼을 돌리는 것처럼 손을 돌렸다.

순식간에 불이 꺼졌다. 아예 없었던 것처럼 꺼져버렸다. 카는 멍하니 빈 두 손을 응시했다.

"우릴 잘 가르치셨어요, 교수님." 보디가 손을 든 채로 말했다. "좀 지나치게 잘 가르쳤는지도 모르겠네요."

젠장.

보디는 고유 능력을 상쇄할 수 있어. 제이든이 말했다.

음, 그거 끝내주게 무서운데.

나머지 교수들은 드래곤들이 하늘을 가득 채우고 다가와서 날개를 펼치자 위를 올려다보았다. 그린. 오렌지. 레드. 브라운. 블루. 고개를 올리자 테른이 빠르게 내려앉는 모습이 보였다. 블랙.

드래곤들이 대규모로 착륙하자 벽이 흔들렸고, 제이든이 곧바로 내 허리를 잡았다. 드래곤 수십 마리가 앉을 수 있는 모든 공간에 앉으면서 발톱으로 바위를 조각냈다. 몇 마리는 우리 뒤쪽의 산비탈에 내려앉았고, 나머지는 라이더 분과의 망루들 위에 앉아서 살아 있는 조각상처럼 아래를 내려다보았다.

"우리는 너희를 막지 않을 거다." 드베라가 제이든에게 말하더니, 난간다리 옆에 내려앉은 자기 드래곤에게 다가갔다. "사실은 너희에게 합류하려고 기다리던 사람도 있지."

"정말요?" 보디가 씩 웃었다.

"전투 브리핑 시간에 졸랴에 대한 소식을 뿌린 게 누구일 것 같나?" 드베라가 고개를 끄덕였다.

나는 입꼬리를 올리고 말았다. 드베라는 언제나 내가 생각하던 사람 그대로였다.

"우리는 한 시간 안에 떠난다." 제이든이 외쳤다. "선택은 각자 하는 것이
고, 단순하다. 너희는 나바르를 지킬 수도 있고, 대륙을 위해 싸울 수도 있다."

우리는 한 시간도 지나지 않아서 하늘에 떠올라 남쪽으로 날고 있었다. 지
금까지 본 적 없는 거대한 드래곤 무리였다. 드래곤 개체가 200에 라이더는
101명. 라이더 분과의 거의 절반이었다. 그리고 더 많은 드래곤이 새끼들을
데리고 느린 경로로 날아오고 있다.

테른은 연단 앞에 엎드려서 마지못해 제이든의 도움을 받아가며 나를 안장
에 앉혀야 했지만, 그래도 우린 해냈다. 테른은 앤다나의 등에 갈고리를 걸어
들어 올렸는데, 조금 작은 블랙 드래곤의 몸은 자느라 무섭도록 축 늘어져 있
었다. 어쨌든 우리는 이제 날고 있다. 나도 안장 앞쪽에 늘어진 채 여정 내내
잤다. 내 몸은 회복하기 위해 너무 많은 휴식을 요구했다.

너무 바빠서 모두의 얼굴을 확인하진 못했지만, 우리 대대는 전원이 왔다
는 사실이 자랑스러웠다. 아직 드래곤에 앉아 있기 힘든 1학년들까지도 따라
왔다. 한계까지 비행하느라 그들은 아침이 올 때까지, 그리고 다음 날 내내 비
늘을 잡고 매달려 있어야 했다.

낙인자들이 비행 대형의 가장자리를 차지하고 날면서 멜그렌이 볼 수 없도
록 우리를 숨겼고, 최대한 인구가 적은 항로로 날았다. 그래도 이렇게 엄청난
드래곤 떼를 숨기기는 힘들었다. 아무리 고도가 높다 해도 그랬다.

국경으로 불려간 건 사령부만이 아니었던 게 분명했다. 우리는 티렌더에
진입해서 드랄로 절벽을 넘어 고원으로 들어갈 때까지 순찰대와 한 번도 마
주치지 않았다.

"거의 다 왔다." 테른이 수정처럼 맑은 비타 강을 넘으면서 말했다.

"난 괜찮아요."

*"나한테까지 거짓말할 필요 없다. 다 느낄 수 있어. 기진맥진한 것도, 아픈
것도, 네 왼쪽 팔의 부러진 뼈가 내는 소리도, 네 얼굴에 난 상처도, 네 왼쪽 무*

릎의 통증도…."

"*알아들었어요.*" 나는 아픔을 조금이라도 덜어보려고 안장에 앉은 자세를 바꿨다. "*테른이야말로 12시간 동안 물 한 번 마시지 않았는데요.*"

"*난 필요하다면 12시간을 더 날 수도 있다. 너희는 우리에 비하면 놀랄 만큼 요구가 많은 종족이야.*"

아레티아에 도착했을 쯤에는 나는 안장 위에서 반쯤 죽어 있었다.

테른과 스게일이 대형에서 벗어나서 앞서 날아갔고, 우리가 마을 위를 날아서 라이오슨 저택으로 향하는 동안에 나머지 드래곤들은 더 높은 곳에 있는 계곡으로 날아갔다.

"*네 상태로는 산비탈을 내려갈 수 없어.*" 테른의 결정이었다.

그 결정에 맞서기에는 내가 너무 피곤했다.

테른이 날개를 활짝 펼치자 온몸의 관절이 항의했다. 반동으로 나는 안장에 더 깊숙이 파묻혔고, 테른은 비교적 부드럽게 앤다나를 라이오슨 저택 앞마당 한가운데에 내려놓았다.

문이 활짝 열리자 테른이 고개를 돌렸고, 나도 약해지고 수면이 부족한 상태로 천천히 고개를 돌렸다.

"바이올렛!" 브레넌이 대리석 계단을 달려오며 외쳤다.

나는 온몸의 뼈가 서로 갈리는 듯한 고통 속에서 안장 버클을 풀고 힘겹게 내렸다. 부러진 팔을 받쳐 안고서 테른의 앞다리를 미끄러져 내려가자 정확히 제이든의 품이었다. 그 자리에서 그대로 허물어질 뻔했다.

"내가 받았어." 제이든이 나를 부축하고 머리카락 안으로 속삭이면서 라이오슨 저택 쪽으로 몸을 돌렸다. 오빠가 화난 얼굴로 빠른 속도로 다가오고 있었다.

내가 고개를 돌려 앤다나를 보기도 전에 테른이 날아올랐다.

"이번엔 또 바이올렛을 무슨 일에 끌어들인 거야?" 브레넌이 제이든에게 외쳤다.

"제이든이 날 구해냈어." 내가 대신 대답했다.

"그래? 그런데 왜 네가 데려올 때마다 내 동생이 반 죽은 상태지?" 브레넌은 둘 중에 누가 더 폭력적인지 다시 생각해봐야겠다 싶은 표정으로 제이든을 노려보았다. 브레넌은 내 얼굴에 손을 뻗다가 차마 건드리지 못하고 멈췄다. "맙소사. 바이올렛, 너… 놈들이 너에게 무슨 짓을 한 거야?"

"난 괜찮아." 나는 한 번 더 말했다. 내가 걸어가자 브레넌이 조심스럽게 나를 끌어안았다. "복원을 좀 받으면 좋긴 하겠지만."

브레넌은 흐릿한 굉음 같은 바람 소리가 다가오자 고개를 젖혔다. 계곡으로 향하는 거대한 드래곤 떼가 마을에 접근하고 있었다. "둘이 무슨 짓을 한 거야?"

"동생에게 물어봐." 제이든이 대꾸했다.

브레넌은 충격과 약간의 공포가 섞인 눈으로 나를 내려다보았다.

"그게…." 나는 미소를 지으려고 하다가 괜히 입술만 다시 터졌다. "오빠가 우리에게 라이더가 필요하다고 했잖아."

아이언 플레임 1

초판 1쇄 발행 2024년 10월 31일 | 초판 2쇄 발행 2024년 11월 22일

지은이 레베카 야로스 | 옮긴이 이수현

펴낸이 신광수
CS본부장 강윤구 | 출판개발실장 위귀영 | 디자인실장 손현지
단행본개발팀 김혜연, 조기준, 조문채, 정혜리
출판디자인팀 최진아, 당승근 | 저작권 김마이, 이아람
출판사업팀 이용복, 민현기, 우광일, 김선영, 신지애, 이강원, 정유, 정슬기, 허성배, 정재욱,
  박세화, 김종민, 정영묵, 전지현
영업관리파트 홍주희, 이은비, 정은정
CS지원팀 강승훈, 봉대중, 이주연, 이형배, 전효정, 이우성, 장현우, 정보길

펴낸곳 (주)미래엔 | 등록 1950년 11월 1일(제16-67호)
주소 06532 서울시 서초구 신반포로 321
미래엔 고객센터 1800-8890
팩스 (02)541-8249 | 이메일 bookfolio@mirae-n.com
홈페이지 www.mirae-n.com

ISBN 979-11-7311-152-5 (04840)
ISBN 979-11-7311-151-8 (set)

* 북폴리오는 ㈜미래엔의 성인단행본 브랜드입니다.

* 책값은 뒤표지에 있습니다.

* 파본은 구입처에서 교환해 드리며, 관련 법령에 따라 환불해 드립니다.
  다만, 제품 훼손 시 환불이 불가능합니다.

북폴리오는 참신한 시각, 독창적인 아이디어를 환영합니다.
기획 취지와 개요, 연락처를 bookfolio@mirae-n.com으로 보내주십시오.
북폴리오와 함께 새로운 문화를 창조할 여러분의 많은 투고를 기다립니다.